青岛大学『东亚文学与文化研究丛书』第一辑

本书为青岛大学东亚文学与文化研究中心规划资助项目

# 日本汉诗研究论文选

刘怀荣　孙丽　选编

中国社会科学出版社

**图书在版编目(CIP)数据**

日本汉诗研究论文选 / 刘怀荣，孙丽选编 . —北京：中国
社会科学出版社，2017.4

（东亚文学与文化研究丛书）

ISBN 978 - 7 - 5161 - 9822 - 3

Ⅰ.①日…　Ⅱ.①刘…②孙…　Ⅲ.①汉诗 - 诗歌研究 - 日本
Ⅳ.①I313.072

中国版本图书馆 CIP 数据核字（2017）第 025324 号

出 版 人　赵剑英
责任编辑　宫京蕾　慈明亮
责任校对　王佳玉
责任印制　戴 宽

出　　版　**中国社会科学出版社**
社　　址　北京鼓楼西大街甲 158 号
邮　　编　100720
网　　址　http：//www.csspw.cn
发 行 部　010 - 84083685
门 市 部　010 - 84029450
经　　销　新华书店及其他书店

印　　刷　北京明恒达印务有限公司
装　　订　廊坊市广阳区广增装订厂
版　　次　2017 年 4 月第 1 版
印　　次　2017 年 4 月第 1 次印刷

开　　本　710×1000　1/16
印　　张　23.75
插　　页　2
字　　数　392 千字
定　　价　108.00 元

# 目　录

## 日本汉诗专题研究

## 日本汉诗与中国诗歌比较研究

# 前　言

# 20 世纪以来中国的日本汉诗研究

刘怀荣　孙丽

日本汉诗是中国诗歌与日本本土文化结合的产物，从产生之初就与中国诗歌有着千丝万缕、不可分割的关系。早在唐代，中日文人间就有汉诗往来。明清时期，部分总集开始收录有日本汉诗，但入清以后，日本汉诗的西传，颇多曲折。俞樾编选的《东瀛诗选》"收作家 548 人，诗 5297 首，不但是中国研究日本汉诗的奠基之作，在日本也是规模空前的一部总集"。"由唐至清，一千多年来日本汉诗在中国的流布，虽不能说触目皆是，却也斑斑可考，不绝如缕。"甚至晚清"诗界革命"可能也受到日本明治"文明开化新诗"的影响①。1894 年甲午战争之后，这一极具特色的中日文化交流形式中止了。此后直至中华民国时期，关注日本汉诗的有 3 部汉诗集②，3 篇文章③，后者还不是研究性的文字。新中国成立后由于众所周知的历史原因，中日之间的文化往来和交流一度中断，直到 1972 年两国实现邦交正常化之后才开始逐渐恢复。因此，中国国内的日本汉诗研究实际开始于 20 世纪 80 年代。据我们不完全的统计，到 2014 年 10 月为止，相关成果有著作 56 部，论文 384 篇，其中包括硕士、博士学位论文 42 篇。我们在此拟从纵、横两个方面，对这一研究历史和现状做一初

---

①　关于唐代至晚清日本汉诗传入中国及中国学界对这类诗歌的关注问题，可参阅蔡毅《日本汉诗在中国》，《华东师范大学学报》2011 年第 4 期。

②　据王宝平《近代以来中国人编日本汉诗（词）集述略》[《天津师范大学学报》（社会科学版）2013 年第 1 期]，民国时期的 3 部汉诗集分别为：齐燮元：《日本汉诗选录》，1925 年序刊，出版社不详；王长春编选：《和诗选》七卷，上海华中印书局 1942 年刊印；王长春编：《和诗百绝》，1942 年出版。

③　为佳校（录）：《现代日本名家汉诗钞》，《东方文化月刊》1938 年第 7 期，第 111—112 页；乔桑：《沧桑所感：日本人之汉诗》，《华文北电》1943 年第 8 期，第 19 页；陈寥士：《日本诗人的汉诗：三届大东亚文学者大会外纪》，《长江画刊》1945 年第 1 期，第 21—22 页。

步的梳理和总结。

## 第一节　汉诗研究的发展历程

20 世纪 80 年代以来，国内关于日本汉诗的研究，大概可以分为三个阶段：起步期（1980—1991）、发展期（1992—2000）和繁荣期（2001—至今）。

### 一　起步期（1980—1991）

相关成果有著作 10 部，论文 11 篇。论文数量较少，大多为基础性的描述概括。温祖荫将日本汉诗的发展历史、内容题材及艺术特色分别加以说明①，尽管简略，但是却已经有意识地将日本汉诗作为一个特定的文学对象进行研究，这在此阶段还是极为罕见的。除了一些文学鉴赏性和介绍性的文章之外，学者们的研究主要是从比较文学的角度进行的，旨在强调中日之间源远流长的文学历史关系。学者们注重将中国诗与日本汉诗及和歌进行比较，一方面发掘二者之间的关系，另一方面也注意到了二者的差异。雷石榆对唐代至 20 世纪 80 年代中日文化交流背景下两国诗歌的发展脉络做了描述，指出"日本汉诗与和歌所反映的主题和思想倾向也多类似中国各类诗人"，特别强调了唐代以杜甫、李白、王维为代表的诗人其儒、道、佛思想对日本诗歌产生的作用，同时还指出两国自然环境的差异对诗人的影响②。

著作则以各种日本汉诗选评注本为主，如黄新铭的《日本历代名家七绝百首注》（书目文献出版社 1984 年版），张步云的《唐代中日往来诗辑注》（陕西人民出版社 1984 年版），刘砚、马沁选编的《日本汉诗新编》（安徽文艺出版社 1985 年版），程千帆、孙望的《日本汉诗选评》（江苏古籍出版社 1988 年版），孙东临、李中华的《中日交往汉诗选注》（春风文艺出版社 1988 年版）。

总的来说，这个阶段的"日本汉诗"主要还是被作为中日文学比较

---

① 温祖荫：《论日本的汉诗——兼及与中华文化之关系》，《国外文学》1990 年第 Z1 期。

② 雷石榆：《关于汉诗与日本民族诗歌的关系——在历史悠久的文化交流中、诗歌代代相传中日友谊之声》，《河北大学学报》1987 年第 1 期。

研究背景下的一种文学形式，而并非学者们专门的研究对象。与此相应，研究范围还比较狭窄，视野也不够开阔，但作为日本汉诗研究的萌芽阶段，则为日后的研究奠定了基础。

## 二　发展期（1992—2000）

相关成果有著作 8 部，论文 62 篇，包括硕士学位论文 1 篇。学者们开始有意识地将"日本汉诗"作为一个特定的对象进行研究，对其产生、发展做了系统的考察。在延续上个阶段介绍、鉴赏及比较的基础上，这一阶段的研究呈现出以下几个特点。

第一，研究初具规模。如果说上个阶段还只是个别学者的偶发性研究，甚至还难免带着个人感悟色彩进行陈述的话，那么这个阶段则已经成为一种现象性探索。日本汉诗不再仅仅是作为个别作家的作品，而是一种文学体裁甚至文学现象被越来越多的学者们所认识。

第二，研究范围的拓展。一是学者们开始重视个案性研究，如蔡毅对赖山阳继承并发展中国古典诗歌传统的研究①，肖瑞峰对菅原道真汉诗艺术性的总结及对汉诗集《怀风藻》和《敕撰三集》艺术性的探讨②，都体现了个案研究的深入。二是中国诗人诗歌在日本的受容情况开始引起注意。如马歌东发表系列论文探讨日本汉诗对杜甫、王维、李白等中国诗人的受容情况③。三是在诗论方面，以卢盛江为代表的一批学者对遍照金刚（空海）的《文镜秘府论》的研究。这个时期的研究基本上都是针对这本书本身进行的④，在此基础上研究者对中日诗歌理论的异同加以比较，涉

---

① 蔡毅：《试论赖山阳对中国古典诗歌传统的继承与创新》，《中国诗学》第 2 辑，南京大学出版社 1993 年版。

② 肖瑞峰：《论菅原道真的汉诗艺术》，《杭州大学学报》1997 年第 3 期；《从"诗臣"到"诗人"的蜕变——论菅原道真的汉诗创作历程》，《吉林大学社会科学学报》1998 年第 5 期；《〈怀风藻〉：日本汉诗发轫的标志》，《浙江大学学报》（人文社会科学版）2000 年第 6 期；《从"敕撰三集"看日本汉诗艺术的演进》，《华文文学》1999 年第 3 期。

③ 参见马歌东《试论日本汉诗对于杜诗的受容》，《陕西师大学报》（哲学社会科学版）1995 年第 2 期；《试论日本汉诗对王维三言绝句幽玄风格之受容》，《人文杂志》1995 年第 3 期；《试论日本汉诗对于李白诗歌之受容》，《淮阴师范学院学报》（哲学社会科学版）1998 年第 1 期。

④ 可参见卢盛江《日本人编撰的中国诗文论著作——〈文镜秘府论〉》，《古典文学知识》1997 年第 6 期；《〈文镜秘府论〉日本传本随记》，《南开学报》1998 年第 1 期；《关于〈文镜秘府论〉"九意"的作者》，《中国诗学》第六辑，南京大学出版社 1999 年版。

及对属论①、意境②、诗律③等诸多方面。

第三，研究逐渐趋于深入和细致。如在对日本汉诗发展史进行描述时，除了利用传统的历史时期划分方法对汉诗的流变发展进行宏观叙述外，林岫、何乃英等学者在对每一阶段汉诗特点的把握上较之上阶段的粗略概括明显趋于细致④。肖瑞峰则另辟蹊径，从汉诗在与和歌的竞争中历史地位的升降、在对以白居易为代表的"偶像崇拜"中日本汉诗作家"主体意识的迷失与复归"、日本汉诗发展过程中"娱兴"与"言志"两种创作旨归所产生的对立与演变等三个独特的视角，对日本汉诗的发展轨迹作了深入探讨⑤。另外，肖瑞峰还以"浙东唐诗之路"为切入点，通过对"天台""剡溪"等唐诗意象的深入剖析，进而在中日汉诗比较中确立了日本平安朝时期汉诗发展的走向和特点⑥。这种研究角度的转变无疑为研究的深入提供了更大的可能性。

就著作而言，肖瑞峰《日本汉诗发展史》第 1 卷（吉林大学出版社1992 年版）是这个阶段的代表性研究著作。汉诗选注本仍是这一阶段的重点所在，代表性的著作有王元明、增田朋洲主编的《中日友好千家诗》（学林出版社 1993 年版），马歌东选注的《日本汉诗三百首》（世界图书出版公司 1994 年版），王福祥、汪玉林、吴汉樱主编的《日本汉诗撷英》（外语教学与研究出版社 1995 年版），黄铁城、张明诚、赵鹤龄主编的《中日诗谊》（陕西人民出版社 1995 年版）等。

与上一阶段相比，日本汉诗作为一种专门研究对象，正式进入了学者们的研究视野中。这一阶段的研究无论是从研究范围上还是从研究深度上，都有了一定的拓展和深入。需要说明的是，这一时期的研究主要集中在几个著名的汉诗作家和几部重要的汉诗集上，无论是对日本汉诗发展史的梳理，还是对个别作家作品的分析，以及在此基础上进行的中日之间文

---

① 卢盛江：《〈文镜秘府论〉对属论与日本汉诗学》，《江西师范大学学报》（哲学社会科学版）1997 年第 4 期。

② 王福雅：《〈文镜秘府论〉与唐代意境理论》，《长沙水电师院社会科学学报》1995 年第4 期。

③ 黄绍清：《〈文镜秘府论〉的诗律学》，《东方丛刊》1992 年第 4 辑。

④ 林岫：《日本古代汉诗初探》，《学术交流》1992 年第 2 期；何乃英：《日本汉诗变迁概说》，《扬州师院学报》（社会科学版）1992 年第 4 期。

⑤ 肖瑞峰：《且向东瀛探骊珠——日本汉诗三论》，《文学评论》1994 年第 2 期。

⑥ 肖瑞峰：《浙东唐诗之路与日本平安朝汉诗》，《文学遗产》1995 年第 4 期。

学的比较，主要还是在纯文学的层面进行的，并没有大的文化层面上的考量，如在对作家作品的研究上，基本上还是以对诗歌内容的分类和艺术特征的归纳为主；在比较研究方面，也多是以文本为出发点，探讨中国诗人及其作品对日本汉诗作家及其作品的影响。

### 三　繁荣期（2001—2014.10）

相关成果有论著 38 部，论文 311 篇，包括硕士、博士学位论文 41 篇。与前两个阶段相比，这个阶段的研究成果在数量上有了明显增加，研究的广度和深度也都有了明显的提升，同时相关的学术交流也逐步增多，如北京大学、天津师范大学、浙江大学、南京大学、青岛大学等高校都曾主办过东亚汉文学的学术研讨会。随着越来越多的人投身于这项工作，对日本汉诗的研究呈现出了繁荣的景象。就这一阶段研究总体呈现出的特点而言，主要体现在以下四个方面：

第一，研究视野的拓宽。这一阶段更多的作家、作品进入学者们的视野之中，如对雪村友梅、一休宗纯、正冈子规等诗人及其作品的关注。近几年来，对菅茶山和以绝海中津为中心的五山诗僧群体的研究也成了一个热点。在受容影响研究中，除了白居易、杜甫、王维等继续受到重视外，陶渊明、苏轼等中国诗人对日本汉诗的影响，也成为学者们探讨的论题。此外，日本汉诗在发展过程中产生的一些现象，也颇受关注。如关于"和习"问题的研究，除了一些学术论文外，马骏的《日本上代文学"和习"问题研究》（北京大学出版社 2012 年版）和郭颖的《汉诗与"和习"：从〈东瀛诗选〉到日本的诗歌自觉》（厦门大学出版社 2013 年版）都是研究这一问题的专著。有关汉诗的训读法及汉诗吟诵等专门问题，也有人进行了探讨。①

第二，研究角度的增加。这个阶段除了延续着传统意义上的文学研究之外，和以前就文本作纯文学研究不同的是，学者们开始从不同的视角对日本汉诗做了新的解读。这主要体现在如下三个方面：

一是语言学角度。如王晓平以《怀风藻》中难解诗语为中心，探讨了奈良时代诗人的"炼字"技巧问题。作者认为难解诗语并不全是表达

---

① 辛文：《日本汉诗训读研究价值与方法论前瞻》，《河南师范大学学报》2011 年第 4 期；赵敏俐、李均洋：《日本汉诗的吟诵及启示》，《光明日报》2012 年 2 月 20 日第 15 版。

不成熟的表现，有些是因为诗人"受到六朝初唐字句雕琢之风的影响"而有意追求新奇的结果。作者从修辞学的角度对诗集中历来存在的疑问进行了考证和重新诠释①。廖继莉则从音韵学的角度对《怀风藻》中的用韵进行了研究，指出《怀风藻》的用韵基本在《王三》音系的框架内，与隋初唐诗文有着共同的用韵特征②。

二是文体学角度。从文体学角度对日本汉诗进行研究的代表性著作是吴雨平的《橘与枳：日本汉诗文体学研究》（中国社会科学出版社 2008 年版），这也是本阶段日本汉诗研究的优秀著作。作者将汉诗作为一种文体进行考察，研究这种诗体及其诗风的形成、发展与变迁历程，并从中考察汉诗与日本社会历史、政治文化思潮间的关系以及日本政治、经济、文化等方面的消长对汉诗发展的作用。张晓希的《日本古典诗歌的文体与中国文学》（南开大学出版社 2010 年版），也在这方面进行了探讨。

三是形象学角度。如高超从比较文学形象学的视角出发，指出深受中国文学和中国文化影响下的日本汉诗，除了在诗歌中表现出本国的风物人情之外，还建构出一个"文化中国"的形象，表现为大量运用中国典故、吟咏中国人物、描绘中国地理、表现中国传统意象等。在此基础上，作者认为中日具有文化同源性的特质，而且日本文化常对中国文化加以"利用"，同时中日之间的诗人唱和也是中日之间文化交流的见证。作者还特别指出，这种"文化中国"的建构"主要指向明治维新之前的日本"③。

此外，也有一些论文从历史、思想、翻译等角度，对日本汉诗进行了研究，与上述论著共同显示出这一时期研究视角的多样化。④

第三，研究方法的多样。随着学者们研究的逐渐展开和对西方一些研究方法的借鉴，这个阶段的研究方法也呈现出多样性。

一是越来越重视对文本的细读，研究呈现细致化。如在论证中国诗人对日本诗人的影响方面，之前的研究虽然也结合具体作品进行分析，但往

---

① 王晓平：《〈怀风藻〉的炼字技巧》，《天津师范大学学报》（社会科学版）2001 年第 5 期。

② 廖继莉：《日本汉诗集〈怀风藻〉用韵研究》，《语言研究》2014 年第 4 期。

③ 高超：《形象学视野中的日本汉诗》，《名作欣赏》2011 年第 20 期。

④ 靳明全：《日本近世文论历史扫描》，《重庆师范大学学报》2010 年第 3 期；吴雨平：《儒文化圈与日本汉诗思想体系的形成》，《求索》2007 年第 7 期；杜海怀：《浅议日本汉文训读法翻译中国诗歌的局限性》，《中南大学学报》2008 年第 3 期。

往从大处着眼，而这个时期已经细化到从某一个意象或者某部作品入手展开论证。如在对杜甫的受容影响研究中，王京钰通过对义堂周信诗文中出现的"江云渭树"这一语词进行分析，发掘这一诗句的原创者——杜甫在五山文学时期的受容情况，指出五山文学"对杜甫重朋友情意的颂扬"①。王京钰还通过对菅原道真的《九月十日》和杜甫的《至日遣兴二首》进行比较，认为这两篇异时异地创作的作品无论是诗歌的表层结构还是意象营造，都有着鲜明的同质性，这也从一个侧面说明平安朝汉文学受到了中国文学的影响②。

二是文学研究与地理、哲学、风俗等层面的结合，体现出了鲜明的文化意识。如唐千友对日本汉诗中出现的富士山意象研究，就已经不再是传统意象研究的路子，而是将文学与文化地理学结合起来，在文本分析的基础上对富士山这一意象进行解读，认为这是地理意象与诗人情感的完美结合，"具有地理意象和诗歌意象的双重特质"。这一形象也是在中国文化的影响和西方民族文化心理的发展共同建构的结果，而且这种流变折射出了日本民族文化心理的演变③。

三是以文见史，文史互证的方法。如崔晓从日本汉诗入手，考察古代日本在中国科举制度影响下建立起来的日本贡举制度，认为"古代日本的贡举制度基本上全盘仿照中国唐朝的科举制度"，但"在古代日本不同的政治、经济、文化背景与条件的作用下……与中国的科举制度走上了完全不同的道路，并终因不适应社会的发展而退出了历史的舞台"④。此外，还有一些别的研究方法，如吴雨平认为应该用"传播研究"的方法去研究日本汉诗与中国古典诗歌的关系⑤。

---

① 王京钰：《义堂周信诗文中的"江云渭树"——日本五山文学杜甫受容的一个侧面》，《辽宁工学院学报》2004年第5期。

② 王京钰：《菅原道真与杜甫逐臣思君主旨诗歌中的意象同质性——以〈九月十日〉和〈至日遣兴二首〉为例》，《中国文学研究》（辑刊）2014年第1期。

③ 唐千友：《文化地理学视野下的富士山》，《世界文学评论》2012年第2期；《日本汉诗中的富士山形象研究》，《安徽大学学报》（哲学社会科学版）2012年第6期。

④ 崔晓：《从日本汉诗看古代日本贡举制度》，《世界历史》2012年第1期。

⑤ 吴雨平：《"传播研究"及日本汉诗人的文体意识》，《社会科学战线》2009年第12期。文中提到的"传播研究"是由王向远提出的用以在比较文学研究中用以代替"影响研究"的方法。他认为"影响"是一种关系的概念，"传播"才是信息流动的过程；前者是无形的，后者是有形的。见《论比较文学的"传播研究"》，《南京师范大学文学院学报》2002年第2期。

　　第四，研究逐渐深入。研究的逐渐深入是建立在以上提到的三种特点基础上的。研究视野的拓宽有利于对日本汉诗做更宏观和更全面的把握，为文学发展"史"的建构和完善提供了一个更加坚实的基础。研究视角的增加有利于从多个侧面对日本汉诗进行认识和解读，诗人或者作品的存在价值及其意义能够得到全方位的发掘。至于研究方法的多样化，更是为深度的加强提供了一个必要的前提，比如通过对文献的整理和对文本的细读和分析，可以形成对日本汉诗研究新的认识。如刘芳亮通过日本所藏公安派书目考察公安派输入日本的情况，并且以僧元政、石川丈山、梁田蜕岩三人为中心，探讨了江户前半期日本诗坛对公安派的接受情况，发现这个时期的汉诗写作者"从整体上看这不过是日本千百年来引入中国典籍、关注中国文学发展的惯性行为，带有较强的个体志趣好尚，更谈不上出于纯粹的文学意识并以性灵说为基础形成群体诗学追求"①。即便是对一些早就进入研究范围的作家作品，通过重读文本或者细读文本，也会有所突破，如首都师范大学中国诗歌研究中心对赖山阳的诗文的注译和研究，就很有代表性。

　　与前面两个时期的著作多以汉诗选注本为主不同，这个阶段出版的著作多以专题性研究为主，内容涉及很多方面，除了上文中提到的几本著作外，像马歌东的《日本汉诗溯源比较研究》②（中国社会科学出版社2004年版）、蔡毅的《日本汉诗论稿》（中华书局2007年版）、严明的《花鸟风月的绝唱——日本汉诗中的四季歌咏》（宁夏人民出版社2006年版）、安勇花的《夏目漱石的汉诗世界》（延边大学出版社2010年版）、刘芳亮的《日本江户汉诗对明代诗歌的接受研究》（山东大学出版社2013年版）等都是这一阶段比较有代表性的著作。

　　总的来说，跨入21世纪以来，日本汉诗研究无论是在广度的开拓还是在深度的发掘上，都有了显著的提高。以对《怀风藻》的研究为例，在汉诗研究起步期，几乎没有人对这部日本最早的汉诗集进行过专门研究。到了发展期，陆续有学者关注，如高文汉、肖瑞峰等人主要对《怀

---

　　① 刘芳亮：《江户前半期公安派文学在日本的传播与接受》，《洛阳师范学院学报》2013年第7期。

　　② 该书再版时更名为《日本汉诗渊源比较研究》（商务印书馆，2011），在初版基础上有所改动。

风藻》中的汉诗的内容和艺术特色进行了分析①。而在汉诗研究的繁荣时期，学者们对《怀风藻》的研究呈现出从多角度、多层面深入的特点。一方面能从小处入手，对文本的解读日趋细致化。如王晓平对《怀风藻》炼字技巧的分析②，廖继莉对其用韵的研究③；另一方面，在细读文本的基础上，也能从大处着眼，将《怀风藻》放在一个更大的文化背景和历史背景下进行观照。如徐臻以《怀风藻》中的山水诗为个案，对其中体现的日本奈良文人的精神气质和中国道教文化的探讨④。潘小多以《怀风藻》中收录的四位具有代表性的遣唐使为研究对象，分析其作品中所体现的中国诗歌对日本汉诗的影响⑤。

　　通过对日本汉诗研究历史进程的梳理，我们发现三十几年间学者们研究的立足点和倾向在慢慢地发生着改变。从开始时站在本土立场，强调中国文学对日本汉诗的影响，到以日本汉诗为出发点，发掘其对中国文学和文化的受容，再到后来将两国的诗歌、文化进行比较。直至今天，学者们将对日本汉诗的研究纳入对中国文学研究的范畴之内，在对他国的文学研究中反观自身，进一步确立本国文学的特质，树立本国文学乃至文化的世界历史地位。这种变化其实也是学术研究深入发展的重要标志之一。

## 第二节　汉诗研究探讨的主要问题

　　20世纪80年代以来，国内日本汉诗研究的成果，主要集中在汉诗发展分期、诗人和诗作、诗集和选本、受容与影响、中日比较、诗话和其他专题等七个方面。现就每一专题的研究情况简述如下。

---

　　①　可参看高文汉《〈怀风藻〉论析》，《日语学习与研究》1993年第1期；肖瑞峰《〈怀风藻〉：日本汉诗发轫的标志》，《浙江大学学报》（人文社会科学版）2000年第6期。

　　②　王晓平：《〈怀风藻〉的炼字技巧》，《天津师范大学学报》（社会科学版）2001年第5期。

　　③　廖继莉：《日本汉诗集〈怀风藻〉用韵研究》，《语言研究》2014年第4期。

　　④　徐臻：《〈怀风藻〉的山水与道教文化》，《日语学习与研究》2013年第2期。

　　⑤　潘小多：《〈怀风藻〉遣唐使汉诗对中国诗歌的接受与发展》，《文艺评论》2014年第8期。

## 一　汉诗发展分期研究

有关日本汉诗的发展分期，是很多研究者都关注的问题。就已有成果来看，学者们对日本汉诗分期的讨论，主要有三种观点。

一是五期说。何乃英认为日本汉诗的发展脉络大概可以分成五个阶段：上古，即从汉诗在日本的产生到奈良时代（710—794）；中古，即平安时代（794—1185）；中世，即镰仓室町时代（1185—1615）；近世，即江户时代（1615—1867）和近代，即明治维新（1868）以后。其中前三个阶段的日本汉诗可以被称为日本古代汉诗①。赵乐甡将汉诗分为五个时期：奈良时期（710—794），平安时期（794—1192），镰仓室町时期（1193—1603），江户时期（1603—1868），明治、大正以后（1868—1916）。这种划分与何乃英的划分基本一致，只是在时间上略有差异。赵乐甡还指出："这种用汉语写成的'诗'，日本学者过去认为它是中国文学的一个分支，因此在日本文学史中不加论述，单在日本汉文学史（或汉诗史）中加以评介。现在，一般都认为汉语诗属于日本文学的一个方面，列入日本文学史。"②孟昭毅也以汉诗产生到奈良朝、平安朝、镰仓室町时代、江户时代、明治后为时间分界点，将日本汉诗发展史分为五个时期③。

二是四期说。温祖荫将汉诗的发展分为四个时期：开创时期（公元7—8世纪）、发展时期（9—14世纪，包括平安、镰仓时代）、鼎盛时期（公元17世纪，江户时代）、衰落时期（19世纪中叶，明治维新时期)④。马歌东也持四期说，他认为王朝时期为源起时期，包括大和时代后期、奈良时代、平安时代；五山时期为发展时期，包括镰仓时代和室町时代；江户时期是全盛期，从江户幕府的创设到明治维新前夕；明治以后为由盛趋衰时期。⑤吴雨平划分的四期为：王朝时代（646—1192，包括大和时代后期、奈良时代、平安时代）、五山时代（1191—1602，包括镰仓时代、

---

① 何乃英：《日本汉诗变迁概说》，《扬州师院学报》（社会科学版）1992年第4期。

② 赵乐甡：《诗有源流远处新——日本汉语诗述略》，《文艺争鸣》1992年第4期。

③ 孟昭毅：《日本汉诗及其汉魂》，《唐都学刊》2003年第2期。

④ 温祖荫：《论日本的汉诗——兼及与中华文化之关系》，《国外文学》1990年第Z1期。

⑤ 马歌东：《试论日本汉诗对于杜诗的受容》，《陕西师大学报》（哲学社会科学版）1995年第2期。

南北朝、室町时代和桃山时代）、江户时代（1603—1868，是从江户幕府创立到明治维新之前）、明治维新以后（1868—，包括明治、大正和昭和时期）。吴雨平还分别用"翰林时代""丛林时代""儒林时代"和"士林时代"来命名这四个时期①。毛翰也把日本汉诗划分为王朝、五山及战国、江户、明治后四个时期，并分别以"春耕""夏耘""秋收""冬藏"来指称这四个时期。其中王朝时期指的是从天智天皇起及整个奈良时代、平安时代五百余年的时间②。

三是三期说。以林岫为代表。她认为日本古代汉诗的发展大致经过了奈良平安时代的贵族汉诗、镰仓室町时代的禅林汉诗和江户时代的儒士汉诗三个时期。③

在对日本汉诗各个阶段进行历史性描述时，学者们也采取了大致相同的思路，即对每个时期的概况加以描述，举出代表性作家、作品，指出这一历史时期的突出特点，并且进一步揭示这种时代性特点产生的历史和现实原因。此外，像高文汉、唐千友等人也对汉诗发展史进行了相对较为简单的描述④。

## 二　诗人与诗作研究

关于日本汉诗人及其作品的研究。国内学者对于日本汉诗作家及其作品大致可分为以下几类：

1. 结合汉诗作者本人的生平经历去研究其诗歌创作。肖瑞峰结合菅原道真一生的生活经历叙述了其从"诗臣"到"诗人"的创作经历⑤。高文汉对菅原道真的生平进行了较为详细的叙述说明，并且结合其身世遭遇将其人生不同时期、不同题材的诗歌进行了分析。其中谈到诗人受到汉文化影响深远，特别是因为与白居易有过类似的人生遭遇，所以一些诗歌

---

① 吴雨平：《橘与枳：日本汉诗的文体学研究》，中国社会科学出版社 2008 年版。

② 毛翰：《日本历代汉诗概览》（分为一系列 4 篇：《帝掬昆仑雪，置于扶桑东》《兴感苍凉神鬼泣，可无铁版换红牙》《只觉枯肠充锦绣，岂知风骨化神仙》《别有天成难学得，青莲风格少陵心》），刊于《安徽理工大学学报》（社会科学版）2011 年第 1—4 期。

③ 林岫：《日本古代汉诗初探》，《学术交流》1992 年第 2 期。

④ 参见高文汉《日本古代汉文学的发展轨迹与特征》，《解放军外国语学院学报》2005 年第 4 期；唐千友《汉诗的东渐与流变——日本汉诗》，《学术界》2011 年第 7 期。

⑤ 肖瑞峰：《从"诗臣"到"诗人"的蜕变——论菅原道真的汉诗创作历程》，《吉林大学社会科学学报》1998 年第 5 期。

无论是从内容上还是从寄托上都有着明显受到白居易影响的痕迹①。类似的文章还有占才成在介绍一休宗纯一生癫狂生涯的基础上，论述其创作汉诗的思想内容及艺术成就②。

有学者亦从诗人生平经历出发，但从中试图发现的是整个社会时代背景特别是外来的思想文化在个体身上打下的烙印，进而以此窥见当时的社会思潮和文化现象。比如徐顺凤、王安江认为菅原道真一生的经历从一个侧面折射出了日本当时政治体制的重大转变，这是大和朝廷的氏族制的官司体制向中国的天子专制的官僚体制转变，菅原道真的没落"实际上是以藤原氏为代表的门阀摄关体制与中国的天子专制的官僚体制较量的结果"。此外，也能看到中国思想文化对当时日本社会产生的重大影响以及汉诗文当时独霸文坛的局面③。再如，陆晓光在对河上肇汉诗写作的研究中指出"河上肇是在日本发动侵华战争的背景下开始研习汉诗并自觉表达认同儒家思想价值之心志的"，这"不仅具有拒绝与反讽当时主流意识形态的意味，而且堪称是在文化领域坚持深层的反战抵抗。"④

2. 从诗人的汉诗文本入手，重点解析其思想内涵或者诗中所体现出来的诗学理论。学者们从这个角度入手，集中探讨了以下的一些论题：一是夏目漱石的人生观、自然观及其诗学思想"则天去私"和"非人情"⑤；二是菅原

---

①  高文汉：《论平安诗人菅原道真》，《日语学习与研究》2002 年第 4 期。

②  占才成：《梦闺风流客，癫狂五山僧——日本五山诗人一休宗纯及其汉诗》，《湛江师范学院学报》2010 年第 4 期。

③  徐顺凤、王安江：《从菅原道真看中国古代思想文化对日本平安时代的影响》，《哈尔滨商业大学学报》（社会科学版）2010 年第 5 期。

④  陆晓光：《"汉诗人"河上肇的文化抵抗——〈资本论〉日本译介者的侧面像》，《华东师范大学学报》（哲学社会科学版）2007 年第 5 期。

⑤  具体可参看下述研究成果：封家骞：《略论夏目漱石的汉诗》，《桂林市教育学院学报》（综合版）1997 年第 1 期；安勇花：《由汉诗解读夏目漱石的〈草枕〉》，《延边大学学报》（社会科学版）2010 年第 4 期；李玉双：《夏目漱石汉诗与"非人情"》，《学术探索》2012 年第 6 期；揭侠：《漱石的汉诗与"则天去私"》，《日语学习与研究》1992 年第 3 期；胡兴荣：《〈明暗〉时期的汉诗与〈明暗〉及"则天去私"》，《山西大学学报》（哲学社会科学版）2010 年第 6 期；沈洪楠：《"仁者乐山"——浅析夏目漱石汉诗中"山"的意象》，《文学界》（理论版）2011 年第 2 期；沈洪楠：《夏目漱石汉诗中"山"的意象研究》硕士学位论文，东北师范大学，2013 年；陈雪：《夏目漱石汉诗中的"白云"意象内涵探微》，《牡丹江师范学院学报》（哲学社会科学版）2011 年第 6 期等文章。

道真汉诗的思想性①；三是赖山阳的诗学思想及其咏史诗研究②；四是以绝海中津为中心的五山禅僧的文学思想③。近年来对五山诗僧的研究逐渐增多。一方面因为他们代表着日本汉诗发展史上的一个重要阶段；另一方面，也因为他们具有"诗人""僧人"的双重身份，有的甚至还兼具文化交流使者的身份，这也使得研究不再仅仅局限在文学层面，而更多地有了宗教、文化的意味。

3. 探讨日本汉诗人及其诗歌与中国文学和文化的关系。中国对日本诗人及其作品的影响有的是纯文学性的，表现在诗歌的语词、意象、典故、句法等，有的是文化性的，表现在日本汉诗中所蕴含的丰富的中国文化内涵，包括受到来自思想、历史、书画方面的影响等，汉诗的创作只是这种文化影响的反映和表现。在文学性的影响研究方面的论文数量是比较多的，比如李志坚通过对夏目漱石汉诗的分析，认为诗中不仅出现的众多"白云"意象而且很多意境与句法都和王维的诗相似④。孙舒展分别从中国诗人诗歌角度、中国典故的角度和汉语词汇学意义上梳理了赖山阳诗文创作中受到的影响。其中论及汉诗时谈到了赖山阳汉诗受杜甫、苏轼、韩愈及杜牧的影响⑤。史艳玲、何美娜通过对正冈子规诗歌中"大鹏""蝶

---

① 具体可参见下述研究成果：肖瑞峰：《闪耀在着实中的思想火花——三论菅原道真的汉诗创作》，《唐都学刊》2003 年第 4 期；吕顺长：《菅原道真的棋论》，《体育文化导刊》2003 年第 4 期；赵海涛：《菅原道真隐逸汉诗研究》，硕士学位论文，东北师范大学，2011 年；曹正霞：《浅谈菅原道真讽谕意识的局限性——以〈寒早十首〉为例》，《商情》2009 年第 23 期；顾姗姗：《菅原道真的诗学——以〈菅家文草·后集〉为中心》，硕士学位论文（用日语写作），厦门大学，2007 年；等。

② 具体可参见下述研究成果：赖多万：《赖山阳的咏史诗——逆说的咏史诗》，中国中古文学研究——中国中古（汉—唐）文学国际学术研讨会论文集，2004 年 8 月，国际会议；李晶晶：《赖山阳咏史诗中的出典与咏史的表现——以〈咏史十二首〉为中心》，硕士学位论文，首都师范大学，2013 年；等。

③ 可参见下述研究成果：任萍：《五山僧绝海中津与日本中世禅林文学》，《日本研究》2010年第 4 期；孟阳：《论五山诗僧中岩圆月——以汉诗为中心》，《现代交际》2012 年第 6 期；任萍：《绝海中津〈蕉坚稿〉中的汉诗之研究》，《浙江外国语学院学报》2013 年第 3 期；任萍：《日本诗僧绝海中津的多元文化身份研究》，《浙江外国语学院学报》2014 年第 4 期；朱雯瑛《关于五山禅僧形象的考察——以绝海中津为中心》，硕士学位论文，天津外国语学院，2009 年；等。

④ 李志坚：《从"白云"意象看王维诗歌对夏目漱石汉诗的影响》，《山东教育学院学报》2006 年第 6 期。

⑤ 孙舒展：《中国汉诗文影响下的日本式创新——日本赖山阳汉诗文研究评述》，硕士学位论文，首都师范大学，2013 年。

梦""无为""无何有乡"等意象或者诗句的分析，认为《庄子》对正冈子规的影响深刻，但是庄子思想并没有成为其思想核心①。在研究中，学者们还注意到中国文学对日本诗歌创作的影响不仅仅局限于诗歌。日本汉诗作家还能够从中国文学的其他体裁中吸取营养，例如小说。王晓平从菅原道真的诗歌入手，分析了中国古代文学，特别是六朝志怪小说对其诗歌产生的影响。作者以相当数量的实例进行说明分析，详解了菅原道真的诗歌中出现的意象、典故解释源于中国文学的影响②。在文化性影响研究方面，刘岳兵以夏目漱石晚年创作的七十六首汉诗为基本文本，通过对"道"字详细的分类、诠释进而论证了作家思想中受到中国传统道家思想的影响③。赵海涛在分析了夏目漱石诗作中受到的中国古代文学的影响之外，还论及作品中体现出来的儒家的"经世济民"和佛禅的隐遁出世思想④。这类研究论文数量可观，不再一一赘述。

4. 日本汉诗的语言学研究。这是近年来日本汉诗研究出现的一个新的方向，主要围绕日本汉诗作品中的语词进行。高爱英对国内外《菅家文草》的研究现状做了整合，指出《菅家文草》在词汇训诂、文字、辞书编纂等方面极有研究价值。作者对《菅家文草》中的词汇进行了详尽的分类研究，既有对名物词的辨析，也有对诗集中的唐诗口语词，诸如"厮儿""厨儿""几许""夜来"的实例研究，此外，还将诗集与白居易诗歌的语词进行了对照比较分析⑤。曾苗苗采用词汇词源统计的方法和中日词汇语义的比较研究方法，对菅茶山的诗语进行了个案性研究。一方面，菅茶山汉诗中的诗语受到了中国汉诗的深刻影响，另一方面，其中也有很多是诗人自己创造出的具有鲜明个人色彩的新诗语⑥。李秋艳以《五山文学全集》为文本，意在总结五山僧人们在汉诗创作的过程中对个别

①　史艳玲、何美娜：《正冈子规汉诗中〈庄子〉的引用及解读》，《日本问题研究》2012年第1期。

②　王晓平：《诗化的六朝志怪小说——〈菅家文草〉诗语考释》，《天津师范大学学报》2000年第1期。

③　刘岳兵：《夏目漱石晚年汉诗中的求"道"意识》，《日本研究》2006年第3期。

④　赵海涛：《中国古代文学观照下的夏目漱石汉诗解读》，《甘肃联合大学学报》（社会科学版）2013年第1期。

⑤　高爱英：《域外汉籍〈菅家文草〉词汇研究》，硕士学位论文，浙江财经学院，2012年。

⑥　曾苗苗：《菅茶山汉诗的诗语研究——以〈黄叶夕阳村舍诗〉第五、六卷为文本》，硕士学位论文（用日语写作），首都师范大学，2012年。

汉字的使用习惯和共性。以"嬾"字代表的个别与汉语意思相异的汉字历来被标注为"误用",作者通过与《全宋词》作对比,发现所谓的"误用"实际上是僧人有意为之①。

此外,还有一些文章或是介绍性或者概述性的描述,或是对某一作品进行考辨。这类文章数量较少,不做具体陈述。

总的来说,近年来进入研究者视野中的日本汉诗家越来越多,由早期对赖山阳、菅原道真、夏目漱石的研究扩展到现在对菅茶山、五山禅僧、正冈子规等人的研究。早期的研究侧重于结合诗人生平经历探讨其作品的思想内容、艺术特色。近年来在遵循这一传统研究方法和思路的基础上,对作家作品的研究也出现了一些新的变化,特别是通过对文本的细读,从语言、文化角度上对作家作品进行的深入解析值得关注。

### 三 诗集和选本研究

在数量众多的日本汉诗集和选本中,学者们眼光投注的目标是比较集中的,多在如《怀风藻》、"敕撰三集"等汉诗集和《东瀛诗选》等汉诗选本上。

1. 关于《怀风藻》的研究。学者们的研究一是对于诗集中收录作品内容的叙述,指出其中大部分诗歌都是模仿中国汉诗的作品,是为迎合娱情遣兴的需要而产生的朝廷公宴上的"应诏"之作或者题咏之作。高文汉分别从宫苑诗、感伤诗及梵门、祭祀诗等几个类别进行了论述,指出《怀风藻》尽管"缺乏独立的创作精神和深刻的思想内涵",但是从中也能窥见日本诗人"在模仿中国汉诗的同时,也在努力融汇日本的民族文化"②。二是学者们通过对诗集中诗歌内容和艺术特色的分析,普遍认为这个时期的日本汉诗受到中国风气和中国诗人的影响都是很明显的。王晓平在文章中分析了《怀风藻》中吉野山水诗和晋宋玄言诗的关系,指出"玄言诗思想情感以各种形式投射在《怀风藻》诗人描写的吉野山水中,吉野的山水与玄理的结合,即固有思想与晋宋儒、道、佛思想的融合——这正是游览吉野诗里似隐似现的思想背景"③。宿久高、尹允镇从《怀风

---

① 李秋艳:《关于五山诗僧汉诗中的汉字使用——以"嬾"字为中心》,硕士学位论文(用日语写作),长春工业大学,2014年。

② 高文汉:《〈怀风藻〉论析》,《日语学习与研究》1993年第1期。

③ 王晓平:《怀风藻的山水与玄理》,《天津师范大学学报》2000年第6期。

藻》与中国儒家思想、老庄思想、《文选》、六朝初唐文学、七夕诗及其
他运用中国典故的诗歌等五个方面探讨了《怀风藻》与中国古典文学的
关系，得出了"如果没有中国古典文学也就没有《怀风藻》所取得的艺
术成就"的结论①。潘小多重点选取了遣唐使时期四位曾入唐的汉诗作家
进行了作家作品分析，认为汉诗创作在当时的社会意义超过文学本身，是
中日之间文化交往的一种工具②。徐臻认为诗集中关于山水的描写在思想
倾向、审美情趣、遣词造句等方面处处可见道教文化影响的痕迹，日本固
有的崇尚自然的情趣和中国老庄玄理的遇合，也是产生山水诗的思想背
景③。三是分析作为汉诗发轫期代表的《怀风藻》中艺术缺陷形成的原
因。肖瑞峰认为这一时期的汉诗在艺术形式上呈现出了发轫期的稚拙，这
一方面是"受六朝诗的影响"，另一方面也是"诗艺、诗学尚未成熟的必
然产物"④。

　　通过以上研究可见，日本文学的发生和发展都是在中国文学的影响下
完成的这一观点得到了学者们的公认。然而，美国哥伦比亚大学巴纳德学
院的 Wiebke Deneeke（魏樸和）却指出"《怀风藻》序和《古今集》序
都未承认从最早期到当代为止中国文学对日本不可否认的影响。中国文学
悠久和多产的历史只在平安后期大江匡房《诗境记》中才得到确认"。在
《怀风藻》序中，甚至于把文字解释为自古以来已经存在于日本列岛大和
天皇的"八卦原型文字"和"鸟文文字"。《怀风藻》一书是在尝试叙述
属于日本本国的文学史⑤。

　　2. 关于"敕撰三集"的研究。"敕撰三集"指的是日本平安朝初期
奉敕编撰的《凌云集》《文华秀丽集》和《经国集》的合称。学者们对
这本诗集的研究往往是结合《怀风藻》进行的，或者是以此探究日本诗
集编纂的意义，或者是进行对比研究，借以探寻日本汉诗演进的轨迹。黄

---

　　①　宿久高、尹允镇：《〈怀风藻〉与中国古典文学的关联》，《日语学习与研究》2005 年第
3 期。

　　②　潘小多：《〈怀风藻〉遣唐使汉诗对中国诗歌的接受与发展》，《文艺评论》2014 年第
8 期。

　　③　徐臻：《〈怀风藻〉的山水与道教文化》，《日语学习与研究》2013 年第 2 期。

　　④　肖瑞峰：《〈怀风藻〉：日本汉诗发轫的标志》，《浙江大学学报》（人文社会科学版）
2000 年第 6 期。

　　⑤　［美］Wiebke Deneeke（魏樸和）：《追溯日本文学的起点——以〈怀风藻〉和〈古今和
歌集〉为例》，《日语学习与研究》2007 年第 5 期。

少光通过考察《怀风藻》和"敕撰三集"序文中的"并显爵里""爵次"等词语，认为奈良、平安朝时期诗集编撰的意义在于"并非表面的对中国古代文学的构想、主题、技巧等的受容，而是从根本上理解并接受了古代中国的'文章经国'之道、'文化立国'之理"①。在对比性研究中，肖瑞峰认为较之《怀风藻》，"敕撰三集"不管是在题材的广度和深度上都有了拓展，具体从言志抒怀、写景咏物、咏史怀古和爱情相思等四大题材的解析中发掘出其在因袭中表现出来的新变②。高文汉具体介绍了"敕撰三集"的主要内容并对其在诗形、体裁等方面表现出的特点做了简要论述，指出其"吸收、模拟的对象已不止《文选》《艺文类聚》《玉台新咏》等著作，其参考对象已涉及初中唐的大量诗篇"③。肖瑞峰通过对"敕撰三集"的研究也指出平安朝时期的日本诗坛将汉诗当作娱情遣兴的工具和崇文尚雅的游戏的特点没变，但是"摹拟六朝诗的倾向为模仿唐诗的趋势所代替"④。

3. 关于《东瀛诗选》的研究。王宝平认真梳理了中国编纂日本汉诗集的情况，"自1883年首部日本汉诗集问世以来，中国日本汉诗集的编撰走过了近130年的历程。在这期间，近代有2部，民国时期有3部，新中国成立以来有16部（含词选），共诞生了21部日本汉诗集"⑤。这其中最为众所周知的就是清代光绪年间俞樾的《东瀛诗选》。该书一直以来被认为是第一部由中国学者在中国编选的日本汉诗选集⑥，也是日本历史上最早正式出版的最大规模的汉诗总集。陈福康认为在《东瀛诗选》中一些评价很高的日本诗人却在其他人那里没有给予相应重视乃至忽视。作者

---

① 黄少光：《奈良·平安朝汉诗编撰事业于日本文学史上的意义——以诗序为中心》，《日语学习与研究》2009年第2期。

② 肖瑞峰：《敕撰三集：因袭中的新变》，《吉林大学社会科学学报》2002年第1期。

③ 高文汉：《论日本文学史上"敕撰三集"的诗风》，《日语学习与研究》1995年第3期。

④ 肖瑞峰：《"敕撰三集"与日本诗坛风会》，《浙江社会科学》2001年第3期。

⑤ 王宝平：《近代以来中国人编日本汉诗（词）集述略》，《天津师范大学学报》（社会科学版）2013年第1期。

⑥ 但有学者指出，其实真正的第一部由中国人编选的日本汉诗集，应该是旅日文人陈曼寿所编的《日本同人诗选》。虽然该书的出版早于《东瀛诗选》，但因"编者属无名之辈，内容也限于陈氏'同人'，故罕有人言及"。见于蔡毅《日本汉诗在中国》，《华东师范大学学报》（哲学社会科学版）2011年第4期。王宝平亦持此观点，见其论文《近代以来中国人编日本汉诗（词）集述略》，《天津师范大学学报》（社会科学版）2013年第1期。

从文献保存的角度特意强调了《东瀛诗选》对一些几乎被人忘却了的江户时期优秀诗人及诗作的保存之功。同时，还对一些认为诗选中存在有些诗歌"不当选而选"的观点进行了批驳①。马歌东指出《东瀛诗选》的编选宗旨是"就余性之所近录而存之""务取雅音""以期协律""有美必扬""不必尽以中法绳之"等。在此基础上，马歌东分析认为俞樾的汉诗观包括三个方面：一是正确的源流观：中国诗歌是日本汉诗的渊源，"日本汉诗是中国诗歌流溢域外的一派支脉"；二是开放的交流观；三是积极的比较观。②

4. 关于其他诗集的研究。特别要提到的是《新撰万叶集》，由于这本诗集采用的是和歌和汉诗对照编排的特殊编纂方式，所以关于汉诗存在的意义和价值一直备受争论。对这本诗集的研究基本是从翻译学的角度去探讨和歌和汉诗是否存在对应关系。比如孙晖苑通过对上秋四和歌与汉诗的对比研究，认为"汉诗是和歌的翻译这种说法不成立"，应该是汉诗作者根据对和歌的理解进行的再创作③。阙春梅结合当时时代的特性，从"解释论"和"对照论"均属于"翻译"范畴这一论点出发，将集子中的和歌和汉诗的关系最终归结为"翻译论"④。

到目前为止，国内在对日本汉诗集和选本的研究方面视野还不够开阔，基本上还是集中在几部诗集上。而且除了对《怀风藻》和"敕撰三集"的研究相对来说比较充分外，对《东瀛诗选》的研究还远远不够。此外，关于《新撰万叶集》中汉诗的定位问题仍是学者们争论的焦点问题。

## 四　受容与影响研究

马歌东指出，"日本汉诗从根本上说是一种文化受容的产物"⑤。由于

---

① 陈福康：《论〈东瀛诗选〉对江户汉诗的鉴选保存之功》，《上海大学学报》（社会科学版）2010 年第 1 期。

② 马歌东：《俞樾〈东瀛诗选〉的编选宗旨及其日本汉诗观》，《兰州大学学报》（社会科学版）2002 年第 1 期。

③ 孙晖苑：《〈新撰万叶集〉上秋四和歌与汉诗的关系》，《牡丹江师范学院学报》（哲学社会科学版）2007 年第 5 期。

④ 阙春梅：《诗歌交流过程中的和汉互译尝试——翻译视角下的〈新撰万叶集〉和歌与汉诗》，硕士学位论文（用日语写作），厦门大学，2008 年。

⑤ 马歌东：《试论日本汉诗对于杜诗的受容》，《陕西师大学报》（哲学社会科学版）1995 年第 2 期。

日本汉诗的产生和发展是中国诗歌及文化影响的结果，所以在它发展和变化的每个阶段，都能看到中国文化传播的历史印记。关于受容和影响的研究从来都是将来也一定是日本汉诗研究的热点问题。过去几十年里这方面的研究大致可概括为以下几类：

1. 受容与影响概述。早在 1986 年，雷石榆就梳理过中国诗歌及文化对日本诗歌在不同历史时期的影响①。肖瑞峰考察了日本汉诗嬗变演进的轨迹后明确指出："日本汉诗的形成，是中国文化东渐的结果。"② 孟昭毅将日本汉诗在不同时期的代表作家及其作品进行了分析，重点说明了这些作品如何受到中国诗人诗歌的影响，做了比较分析，并指出："汉诗之所以经久不衰地受到日本文人的重视，其主要原因在于日本人早已认识到中国诗的精美。"③ 张晓希以《怀风藻》《万叶集》《古今和歌集》为中心，结合诗歌作品探讨了日本的汉诗、和歌及俳句、狂歌等诗歌与中国诗歌的关系，包括诗歌写作内容、表现手法、意象典故的使用等方面④。袁忠鑫列举出日本汉诗中出现的明显的中国文化因素，认为不管是从诗歌表现的内容上还是从写法上对中国古诗的引用借鉴都说明了两国之间的文化交流源远流长⑤。熊笃从诗歌体制、诗歌格律、典故、意象以及诗歌理论等四个方面具体论述了中国诗歌对日本文学所产生的影响⑥。张红运则具体解析了日本汉诗的时空意境构成受到唐诗影响的四种表现：同"时"异"空"关系下的意境；同"空"异"时"关系下的意境；同"时"同"空"关系下的意境；异"时"异"空"关系下的意境⑦。李寅生发现日本作家"以日本的汉诗形式，来讴歌中国的传统道德思想"，表现在中日交流的过程中日本汉诗中蕴含的"忠""孝"思想、崇尚高雅、注重气节

---

① 雷石榆：《关于汉诗与日本民族诗歌的关系——在历史悠久的文化交流中、诗歌代代相传中日友谊之声》，《河北大学学报》1987 年第 1 期。作者注明文章是 1986 年应邀赴日所作的学术报告，初稿为日文，后写成中文稿。

② 肖瑞峰：《中国文化的东渐与日本汉诗的发轫》，《文学评论》1998 年第 5 期。

③ 孟昭毅：《日本汉诗及其汉魂》，《唐都学刊》2003 年第 2 期。

④ 张晓希：《中国古代诗歌对日本诗歌的形成与发展的影响》，《解放军外语学院学报》1993 年第 4 期。

⑤ 袁忠鑫：《从日本汉诗看中日文化交流》，《学术交流》1994 年第 4 期。

⑥ 熊笃：《中国古典诗歌对古代日本的影响》，《文史知识》2001 年第 2 期。

⑦ 张红运：《唐诗的时空意境对日本汉诗的影响》，《陕西师范大学学报》（哲学社会科学版）2006 年第 2 期。

以及淡泊明志等中国传统道德思想①。吴雨平叙述了日本奈良平安时期、五山时期、江户时期用汉诗作为媒介与东亚各国或者政权的进行政治文化交往，在这个过程中能够清晰地看到日本文学与中国文学之间源远流长的关系②。

受容和影响研究几乎都是在中国文学文化在日本的传播和影响背景下进行的。然而，在文化交流的过程中，尽管一方可能占据绝对优势，但是同时也不可避免地存在相对弱势的一方对强势一方的影响。这种研究相对来说比较少，学者蔡毅在这个方面成果突出。他从中外文化交流的角度入手，评述了日本汉诗传入中国的历史轨迹，也就是所谓的文化"逆输入"现象③。他基于日本明治维新之后中日文化交流之间出现的逆转，特别是日本"文明开化新诗"对于晚清"诗界革命"的影响这种文化现象探讨了日本汉诗对中国诗歌产生的影响④。另外，还以日本僧人寂照的一首汉诗《以黑金水瓶寄丁晋公》为例，探论日本汉诗西传的问题，从而说明"文化交流在有主从、强弱、高下之分的同时，也是双向互动的产物"⑤。

2. 不同历史阶段的文学文化受容与影响。很多研究者以日本汉诗发展史上某一特定历史时期的汉诗为基础，致力于归纳总结这一历史阶段日本汉诗对中国文学的学习和吸纳。臧运发指出平安朝前期之前的"日本文学对中国文学的借鉴表现为全面汉化、对汉文学一边倒的全面移植形态"，不仅文学理念、写作技巧，连文字、句法也都是从中国直接拿去使用的⑥。俞慰慈阐述了五山诗僧在汉诗文的创作过程之中"频繁引用和化用《楚辞》的诗语"，"通过五山诗僧的情感转换，屈原的形象被咏为

---

① 李寅生：《中国传统道德与日本汉诗》，《东方论坛》2006年第2期。

② 吴雨平：《日本汉诗与古代东亚各国的文化交流》，《社会科学战线》2007年第6期。

③ 这种论点可参见蔡毅的《黄遵宪与明治"文明开化新诗"》（黄遵宪研究新论——纪念黄遵宪逝世一百周年国际学术讨论会论文集），2005年3月，国际会议；《明代典籍所收日本汉诗考——以严从简〈殊域周咨录〉为例》（中国古代文学理论学会第十七届年会暨国际学术讨论会论文集），2011年8月，国际会议。

④ 蔡毅：《日本汉诗在中国》，《华东师范大学学报》（哲学社会科学版）2011年第4期。

⑤ 蔡毅：《日本汉诗西传举隅——以〈杨文公谈苑〉为例》，《西华师范大学学报》（哲学社会科学版）2014年第2期。

⑥ 臧运发：《日本平安时代对中国文学的移植与创新》，《解放军外国语学院学报》2002年第1期。

'逆耳忠言千岁洁,春兰风露几清香'(一休宗纯《续狂云诗集》)的同时,亦成为五山文学的定型汉诗题材"①。张文宏说明日本以五山禅僧为主体的汉诗人在吸收中国禅宗思想的同时也接纳了中国文学的精神,"完成了从'偈'到'诗'的演进,推动了汉诗的发展"②。就历史阶段而言,日本的江户汉诗与明清诗歌,特别是与明代文学流派之间的关系问题是学者们研究的一个热点问题。陈广宏针对江户汉诗坛的唐宋之争,探寻日本社会人文主义思潮的发展,并且通过其与所摄取相关明代文学资源关系的比较考察,力图发掘出其中深藏的思想文化内涵③。李鹏则关注的是江户后期性灵派的诗歌及诗话在日本的广泛传播,借助袁枚和赵翼的诗歌及诗歌理论,促进了日本诗坛的进一步发展④。严明认为"作为汉诗艺术发射源的明清诗歌,确实起着开创风气和传播影响的主导作用",江户汉诗之所以繁荣,"接受中国诗歌特别是明清诗歌的影响是至关重要的",在此基础上,日本汉诗人积极探索出具有本国特色的汉诗发展道路⑤。值得注意的是,有的研究者已经不仅仅是从文本入手,而是从文化交流和传播的角度,通过对文学的解读,发掘汉诗传播的历史轨迹,揭示的是当时整个社会的历史文化状况乃至心理机制,而且在传播和接受中凸显的是两国文化之间的异同。比如刘芳亮不仅对日本江户时期的诗坛进行了详细深入的探究,还从文化传播交流的角度入手,描画了当时中国典籍在日本的翻刻和日本对中国诗歌的介绍出版状况等。同时,还从文学比较的视点分析了明代诗歌被接受的心理机制、社会原因、文化因素以及在接受过程中所凸显出的文化差异等⑥。

3. 其他角度的受容与影响研究。另有一些研究是从汉诗选本入手,

① 俞慰慈:《论〈楚辞〉对日本中世汉文学的影响——以五山文学为中心》,《中国楚辞学》2004年第4辑。

② 张文宏:《禅宗与日本五山文学》,《佛山科学技术学院学报》(社会科学版)2004年第6期。

③ 陈广宏:《明代文学东传与江户汉诗的唐宋之争》,《上海师范大学学报》(哲学社会科学版)2010年第6期。

④ 李鹏:《性灵派与江户后期汉诗诗坛——以袁枚、赵翼诗歌及诗话在日本的传播为中心》,《中国典籍与文化》2004年第2期。

⑤ 严明:《明清诗风之变对江户汉诗的影响》,《中国比较文学》2013年第4期。

⑥ 刘芳亮:《日本江户汉诗对明代诗歌的接受研究》,山东大学出版社2013年版。

研究两国之间的诗歌及文化渊源。从选本的角度去考察中国诗歌对日本汉诗的影响的意义在于"从日本汉诗的历史发展来看,每一时期诗风的形成,都有一种选本作为写作典范;诗风的转变,也往往靠选本为之推波助澜"①。吴雨平主要研究了三个唐诗选本——《三体唐诗》《唐宋千家联珠诗格》《唐诗选》在传入日本后,出于日本人学习汉诗的需要和一些商业化考虑所进行的一些日本本土化的阐释。"我们从中窥见的,是日本汉诗的发展轨迹,以及不同时期的日本汉诗在美学上的不同偏好和独特的关怀重点。"② 谢琰论述的是宋元之际于济、蔡正孙编的七绝选本《唐宋千家连珠诗格》"对于日本五山时期七绝的发展,起到了承上启下、推波助澜的作用"。不管是在结构上还是在内容上都对日本五山时期的汉诗产生了重大影响。作者从这个选本的传播和影响史窥见中国文学经典在海外传播的一个规律是多采取"断片传播"的方式和遵循"思想先行"的原则③。

马歌东则对中国古代的"秀句"文化进行了整理归纳,指出秀句具有"独立性""典型性""特出性""创新性"的特点。中国的秀句文化对日本影响深远,"日本空海的《文镜秘府论·南卷》全文收载元兢《古今诗人秀句序》一事,是日本对于中国秀句文化的最初受容",空海和元兢相距约 150 年。此后日本还出现了一些秀句集,从开始单纯收录中国诗人的秀句到后来并收日本诗人的秀句,从单选录汉诗秀句到后来也兼收和歌秀篇④。

在国与国之间的交流中,往往并不能实现文化的同期发展,有的时候会出现滞后现象。18 世纪日本著名汉学家江村北海提出中日间诗歌所谓"二百年气运"的说法,意思说由于地域阻隔,中国文学影响日本文学存在大抵二

---

① 张伯伟:《选本与域外汉文学》,《南京大学学报》(哲学人文科学社会科学版) 2002 年第 4 期。

② 吴雨平:《唐诗选本的日本化阐释及其对中晚期日本汉诗创作的影响》,《江苏社会科学》2009 年第 5 期。

③ 谢琰:《〈连珠诗格〉的东传与日本五山七绝的发展——兼论中国文学经典海外传播的路径与原则》,《江海学刊》2013 年第 3 期。

④ 马歌东:《中日秀句文化渊源考论——以唐诗的秀句传承及其域外影响为中心》,《陕西师范大学学报》(哲学社会科学版) 2003 年第 2 期。

百年的时差①。根据揖斐高的分析②，这种二百年时差的结论应该是基于江村北海认为 18 世纪日本萱园学派诗风盛行于元禄年间（1688—1704）是受明代嘉靖年间（1522—1566）复古格调直接影响的结果，而这两者之间相差约为二百年。孙立认为"二百年气运"的说法只能是对那个历史时期中日文化交流的一个描述，实际情况是在不同的历史阶段，这种时间上的差距是在不断变化的。奈良时期的日本宫廷文人模仿魏晋时期中国文人曲水流觞，酒会赋诗，中间已经隔了四五百年的时间。到了江户时期，中国新刊书籍最快甚至次年就能传到日本。"在江户后期，日本文学几乎能与中国文学思潮同步发展。"③肖瑞峰针对在遣唐使频繁使唐的奈良朝并没有涉及"浙东唐诗之路"，反而是在遣唐使废止的平安朝中后期提及"浙东唐诗之路"的诗歌却大量出现的情况，指出这是因为文化在传播和接受的过程中存在时间上的滞后性。"由于中国古典诗歌'代有新变'，所以日本汉诗摹拟的对象也就不断发生转移：由六朝诗转移到唐诗，再由唐诗转移到宋诗。这种转移的过程，亦即诗坛风会变迁的过程。但日本诗坛的风会变迁，并不是与中国诗坛同步进行的，而要落后于中国诗坛半世纪或一世纪。"④

4. 中国诗人在日本的受容情况及其对日本汉诗的影响研究。

（1）白居易。白居易诗歌在日本平安朝诗坛的影响远远大于唐代像李白、杜甫这样的大诗人。这种影响不仅体现在日本诗人对其诗歌的推崇模仿上，而且还有对其生活态度和生活趣味的向往。总的来说，其研究主要是以下三个方面：

一是关于白居易对日本平安朝文坛乃至整个日本文学影响的研究。郭

---

① 书中写道："我邦与汉土，相距万里，划以大海。是以气运每衰于彼，而后盛于此者，亦势所不免。其后于彼大抵二百年……我元禄明嘉靖，亦复二百年，则七子诗，当行于我邦，气运已符……亦气运所鼓，不得不然。而遐州远境，至今犹尸祝七子者，气运推移，有本末，有迟速，犹我邦之于汉土也。"［日］江村北海：《日本诗史》，《域外诗话珍本丛书》（第五册），北京图书馆出版社 2006 年版，第 530 页。

② ［日］揖斐高：《江户の汉诗人》，诹访春雄、日野龙夫编《江户文学与中国》，日本：每日新闻社，昭和五十二年，第 77 页。转引自孙立《面向中国的日本诗话》，《学术研究》2012 年第 1 期。

③ 关于这个问题的梳理，可参看孙立《面向中国的日本诗话》，《学术研究》2012 年第 1 期。

④ 肖瑞峰：《浙东唐诗之路与日本平安朝汉诗》，《文学遗产》1995 年第 4 期。

洁梅以《长恨歌》为中心，较为详细地介绍了白居易对平安朝文学造成的深远影响，并分析这种影响形成的原因主要是"他的精神、思想和美的意识与日本是一致的"。"平安文学的美意识是'物哀'，这与白居易的'情趣'是相同的。"① 王雅楠从汉诗、和歌、女性文学三个角度论述了白居易对平安时代日本文学的影响②。潘怡良整理研究了白居易诗歌平安朝时期在日本的传入和接受情况。白居易诗歌不仅对平安朝时期的作家及其韵文（包括汉诗与和歌）作品，而且对当时的散文也有相当的影响力，前者例如岛田忠臣、菅原道真等诗人的诗歌，后者例如在《枕草子》《源氏物语》等作品中都能发现白居易诗歌的影子③。类似的文章数量可观④。当然，很多研究者也发现并指出在诗歌传播中，日本诗人对白居易诗歌的认识和接受其实并不全面。

二是关于白居易诗歌对某个作家或某类文学题材影响的个案研究。高文汉从菅原道真所处的时代背景、个人经历及其诗歌创作入手，指出菅原道真受到白居易诗歌的深刻影响。这种影响不仅体现在"救济人病，裨补时阙"的诗歌创作主张上，而且在主题、意境乃至语言表达上都有着明显的白诗的痕迹⑤。高爱英从语言学的角度就"动词＋助字"这种口语用法的构词在白居易诗歌和菅原道真诗歌中的使用进行了释例研究，说明这种共同的用词方式既是菅原道真学习白居易词汇的例证，也是汉语词汇发展的必然结果⑥。有的研究者选取了一些容易被人忽视的细微角度进行发掘，比如胡洁选取了女性文学题材的角度去观察这种影响。作者以两部平安时代的日本汉诗《贫女吟》和《玉造小町子壮衰书》为切入点，通

---

①　郭洁梅：《白居易与日本平安朝文学》，《文学遗产》1991 年第 4 期。

②　王雅楠：《浅议白居易对日本平安文学的影响》，《职业时空》2010 年第 7 期。

③　潘怡良：《日本平安朝时代白诗受容论稿》，硕士学位论文，吉林大学，2009 年。

④　严绍璗：《白居易文学在日本中古韵文史上的意义和地位》，《北京大学学报》（哲学社会科学版）1984 年第 2 期；姚亚玲：《白居易和平安朝文学》，《日语知识》2003 年第 1 期；郑新刚：《王朝贵族推崇〈白氏文集〉现象》，《河北理工大学学报》（社会科学版）2007 年第 2 期；杨知国：《白居易的诗歌对日本古代文学的影响》，《作家杂志》2008 年第 12 期；刘隽一：《白居易讽谕诗在日本平安时期的传播》，《世界文学评论》2011 年第 1 期；谢东芹：《白居易诗歌对日本古典文学的影响》，《剑南文学》2011 年第 8 期；张永吉：《白居易诗歌对日本平安朝文学的影响与接受研究》，《时代报告》2011 年第 11 期；等。

⑤　高文汉：《道真文学与白居易诗歌》，《文史哲》2008 年第 6 期。

⑥　高爱英：《〈菅家文草〉与白居易诗歌词汇研究》，《现代语文》2011 年第 11 期。

过对女性形象刻画的变化过程来分析对外来文学的接受和社会环境的关系①。

三是关于白居易在日本文坛产生重大影响并被广泛接受的原因的研究。归纳起来，有以下四点：一是从社会历史条件来看，白居易诗歌在唐朝流传最广，风习波及日本，而且白诗产生的社会历史条件与平安时代的日本相似；二是白居易诗歌通俗易懂，容易被平安朝缙绅士人接受；三是与白居易晚年浸染佛教有关，感伤闲适的诗歌风格符合当时日本社会文化背景和当时贵族的生活态度，跟当时日本人的审美情趣极为接近；四是《白氏文集》由于取材广泛，涵盖面广，成为日本诗人竞相模仿的范本②。

（2）杜甫。除白居易之外，杜甫的受容与影响研究也是日本汉诗研究的一个重点。马歌东将杜甫诗歌在日本的受容进程做了一个历史的描述，并从诗语、诗形、诗魂三个层面分析了杜甫及其诗歌对日本汉诗的影响③。李寅生分别从意境、典故句式、内容、精神等几个方面论述杜甫对日本汉诗创作的影响④。王京钰将杜甫在日本平安时期、镰仓和室町时期、江户初期的受容情况做了评述⑤。沈文凡通过对有关资料进行挖掘、归类和整理，研究杜甫诗句在日本的流传和受容情况⑥。张伯伟则以比较文学的角度论述了杜诗典范在中国、日本和朝鲜的确立并分析这种典范形成的不同原因是：在中国"是由文坛巨擘的弘扬表彰而形成的"，在日本是"以学者眼光的专业衡量"造就的，而在朝鲜半岛则得力于"王室力量的直接推动"⑦。

---

① 胡洁：《白诗和平安文学的女性形象》，《日语学习与研究》2008年第6期。

② 肖瑞峰：《白居易与日本平安朝诗坛》，《传统文化与现代化》1998年第4期；张安琪：《日本平安时代对白居易诗歌的接受》，《湖北成人教育学院学报》2010年第2期；王雅楠：《浅议白居易对日本平安文学的影响》，《职业时空》2010年第7期；常晓霞：《琴诗酒友，雪月花时——浅析白居易诗歌的"东渐现象"》，《东京文学》2011年第9期；张永吉：《白居易诗歌与日本平安朝文学》，《语文教学与研究》2012年第15期；等。

③ 马歌东：《试论日本汉诗对于杜诗的受容》，《陕西师大学报》（哲学社会科学版）1995年第2期。

④ 李寅生：《曾来余亦诗成癖，昨夜分明梦杜翁——谈谈杜诗对日本汉诗的影响》，《杜甫研究季刊》2002年第4期。

⑤ 王京钰：《概论日本汉文学中的杜甫受容》，《辽宁工学院学报》2005年第1期。

⑥ 沈文凡：《杜甫名篇名句日本江户以来汉诗受容文献初缉》，《杜甫研究学刊》2013年第1期。

⑦ 张伯伟：《典范之形成：东亚文学中的杜诗》，《中国社会科学》2012年第9期。

（3）其他诗人。近年来，越来越多的中国诗人进入研究者的视野中，包括陶渊明①、王维②、李白③、苏轼④、陆游⑤、袁宏道⑥等。通过对日本汉诗的解读分析，察觉到中国诗人诗歌的痕迹，进而从诗语、诗题、诗韵、风格、意象意境、思想等方面分析某个诗人在日本的受容情况以及对日本诗人本人及其汉诗创作所产生的影响，并且分析之所以形成这种状况的外在历史现实原因和内在精神思想原因，这是此类研究的一个基本思路。

5. 受容与影响基础上日本汉诗的本土化努力。日本诗人是在对中国诗歌接受、学习、模仿、交流、创新的过程中一步一步走向成熟，虽然终究脱不了中国诗歌的影子，但到底最终形成了自己的民族特色。从初期的借鉴模仿到后期有意识地区别于中国诗歌所进行本土化的努力，这是一个漫长的历史过程。

臧运发指出平安朝前期，"汉诗文成为凌驾于其他一切艺术形态之上的最高艺术"，但从 894 年菅原道真提出"和魂汉才"的主张和建议朝廷废除遣唐使制度之后，日本文学开始走上了试图摆脱汉文学影响，走上民族文学发展之路。《古今和歌集》"标志着日本的民族文学开始走向独立"，"《古今和歌集》的假名序，开始显现出对中国诗学的抗拒意识"，"有意识地淡化了来自中国诗论的影响，突出地表现为一种日本本土意识"⑦。蒋义乔考察了句题诗从平安前期到中后期在出典和内容方面的重大变化，得出结论，认为"这些变化是平安朝汉诗脱离汉学，逐渐

---

① 李寅生：《日本和陶诗简论》，《江西社会科学》2003 年第 1 期。

② 尚永亮、黄超：《日本汉诗对王维诗之空寂、幽玄美的受容——兼谈"汉诗日本化"的形成过程》，《江西社会科学》2009 年第 8 期；马歌东：《试论日本汉诗对王维五言绝句幽玄风格之受容》，《人文杂志》1995 年第 3 期。

③ 马歌东：《试论日本汉诗对于李白诗歌之受容》，《淮阴师范学院学报》1998 年第 1 期。

④ 林瑶：《日本五山文学中的"苏轼"》，《乐山师范学院学报》2013 年第 9 期。

⑤ 郝润华：《陆游诗歌与日本江户文学——以市河宽斋为中心考察》，《南京政治学院学报》2004 年第 4 期。

⑥ 衷尔钜：《公安派文学在日本的传播和影响》，《文史哲》1990 年第 6 期；［澳］林章新：《袁宏道对日本诗文学的影响》，《文艺理论研究》1993 年第 1 期。

⑦ 臧运发：《日本平安时代对中国文学的移植与创新》，《解放军外国语学院学报》2002 年第 1 期。

本土化的具体表现"①。祁晓明注意到江户时期出现了大量日本诗话受本土文学理论的影响深刻。诗话作者常用和歌、俳句的理论、实践来探讨汉诗的创作，这种"以和歌、俳句来与汉诗相互印证、相互发明，以期打通和、汉壁垒的尝试表明，日本人对于外来的中国汉诗并非只是被动的接受，而是在创作实践中努力探索一条使汉诗本土化的路径"②。日本汉诗的本土化努力除了体现在内容上，在形式上也出现了一些变化。"狂诗"本身是近代日本汉诗的一大新变，它不仅是接受传统中国文化影响的产物，也是日本诗歌在探求自身发展，特别是探求汉诗与日本俗体诗结合的结果，其特色主要体现在"滑稽和俚俗两大要素的巧妙融合"。严明对这一特殊的汉诗创作形式进行了研究，将狂诗在日本诗坛的发展所经历的三次创作高潮进行了梳理。这三次高潮分别出现在江户明和年间（1764—1771），文政初年（文政元年为公元1818年），明治年间（1868—1912）的前期和中期③。

　　从语言角度来看，日语和汉语之间的相同之处众所周知，但作为两种语言，它们之间的区别不仅体现在日语读音的产生落后于汉字出现的特殊性上，在语法上更是与汉语有着巨大的差别。这就决定了日本诗人在进行汉诗创作时往往面临着诸多困难，体现在汉诗创作上，就是"和习"现象的出现。吴雨平专门对日本汉诗的"和习"现象进行了研究，指出"和习"又叫"和臭"，指"日本人创作作汉诗文时有语序颠倒、音韵不谐以及运用汉语中没有的词语等毛病，即汉诗文中的日语痕迹"④。"和习"原本是"日本人最初尝试汉诗文创作时不可避免的现象，是日本汉诗文在发展初期的稚拙表现"。然而在后来的发展过程中，"和习"有时是有意为之，目的是有意识地与汉诗"保持一定的距离，甚至对它进行抵抗"，其本质是为了强调日本文学的独立性和特异性。这也是日本诗人

---

　　①　蒋义乔：《从古句题到新句题——论平安朝汉诗的本土化进程》，《日语教育与日本学研究论丛》第三辑，2006年12月，国际会议。

　　②　祁晓明：《日本汉诗本土化的探索——江户汉诗在理论及实践层面对和歌、俳句的借鉴》，《山东大学学报》（哲学社会科学版）2012年第4期。

　　③　严明：《日本狂诗创作的三次高潮——从东亚汉文学史的发展角度着眼》，《学习与探索》2009年第2期。

　　④　吴雨平：《日本汉诗中的"和习"：从稚拙表现到本土化尝试》，《江苏社会科学》2010年第6期。

作家努力摆脱中国文化痕迹的一种自觉尝试，同时也是将外来文化本土化的追求和结果。郭颖通过对江户时期汉诗的梳理，认为从以中国文学为中心的"和臭"到树立中日相对化的"和习"是"以中国/日本或者外部/内部的二元对立为基准的评价方式"。后来突出日本自身优越感的"和秀"观念，"不仅意味着日本自身的'文化自觉'，也代表着日本文学中一种新的评价基准的树立"。而从这种评价基准的变迁中真正折射出的是江户时代"日本逐渐开始脱离中国文化的传统，走向自我文化身份的自觉"①。

日本汉诗脱胎于中国汉诗的事实使得受容与影响研究顺理成章地成为必然。事实上，这个方面的研究一直以来都是学者们关注的焦点。随着国内研究的逐步展开和深入，对这个问题的研究也逐渐具体化和细致化。从泛泛而论中华文化对日本汉诗的影响，到研究某一作家的思想、作品在日本的受容和影响，再到具体研究个体对个体的受容和影响，这一发展走向清晰地说明了这方面研究所取得的进展。另外，作为日本汉诗本土化进程的背景，中日两国历史和文化的变迁也在研究中得到了相应的关注。

## 五　比较研究

中日之间的文化交流源远流长，关于中日之间比较文学研究的情况，王琢曾做过一个概述，这个概述基本上是建立在日本学界的比较研究基础上的②。国内对中日汉诗进行的比较研究主要是从诗歌主题、意象、形式等层面进行的。

1. 诗歌主题的比较。

（1）春、秋。严明在文章中主要论述的是日本的赏春汉诗，但是同时又揭示出日本汉诗与中国诗歌同源分流的特性，指出"从其中的寓意象征以及语言结构所表现出来的特征来看，日本汉诗又是在中国诗歌语言的外壳里面包含着日本文化精神的内涵"③。刘叶立探讨了宋玉的"悲秋"

---

① 郭颖：《日本江户汉诗评价基准与文化自觉》，《厦门大学学报》（哲学社会科学版）2013 年第 4 期。

② 王琢：《20 世纪日中比较文学研究的回顾与展望》，《海南大学学报》（人文社会科学版）2003 年第 1 期。

③ 严明：《日本汉诗中的赏春》，《上海师范大学学报》（哲学社会科学版）2005 年第 3 期。

奠定了中国的伤感主义传统，同时这种思想传入日本，影响了从王朝时期开始的日本汉诗创作①。

（2）山水。胡萍将唐朝的山水诗与江户时期的日本山水诗进行了比较，认为两者的差异在于前者带有一定的政治色彩，"倾向于在寻幽探奇和隐逸闲适中吟唱大自然"，而后者则社会政治色彩比较淡薄，注重"在平凡的自然风物和日常生活情境中发现并捕捉山水诗意"②。

（3）其他主题。此外，还有一些其他诗歌题材的对比，比如国辉、张晓希将中日古代流散汉诗进行了比较③。近年来，进行中日汉诗主题比较的硕士论文数量可观，涉及的主题也比较广。比如送别④、七夕⑤、西湖题材⑥，甚至通过对两国汉诗中的法国形象比较探究当时的国民心态和文化差异⑦。

2. 诗歌意象的比较。研究者们选取某一个在诗歌中经常出现的意象为研究对象，考察在中日汉诗中某个或者某些意象所指代含义的异同，进而从国情、文化心理、历史传统等方面分析差异形成的原因。

（1）自然景物，比如花、柳、竹等。陶曷因将中日咏梅诗进行了比较，指出日本汉诗虽然在构思和用词上借鉴了中国的咏梅诗，但是在意境、情趣以及文化蕴涵上两者存在明显的差异。中国诗歌中，常以梅吟咏高洁品格或"表达诗人壮志难酬，带有情调低落、忧国忧民的情怀"又

---

① 刘叶立：《中国文学中悲秋思想对日本汉诗的影响——从宋玉〈九辩〉说起》，《岱宗学刊》2010 年第 4 期。

② 胡萍：《唐朝山水诗与江户山水诗的比较》，《宜春学院学报》2011 年第 6 期。关于山水题材的比较研究，还可参见白景皓《日本〈怀风藻〉与中国汉魏六朝时期的山水诗志趣表现手法的比较》，《神州》2013 年第 14 期；姚国静：《中日古代游览山水诗的比较研究——以"敕撰三集"为中心》，硕士学位论文，对外经济贸易大学，2007 年。

③ 国辉、张晓希：《中日古代流散汉诗及其特点——以唐诗及五山文学汉诗为例》，《东方丛刊》2010 年第 3 期。

④ 伍爱凤：《中日古代送别诗比较研究》，硕士学位论文，对外经济贸易大学，2006 年。

⑤ 蔡蕾：《中日七夕诗歌比较研究》，硕士学位论文，对外经济贸易大学，2006 年；念华龄：《中日七夕诗歌比较——中国唐朝以前和日本平安朝以前》，硕士学位论文，福建师范大学，2008 年。

⑥ 辜承尧：《日本五山文学中的西湖题材作品考察》，硕士学位论文，浙江工商大学，2013 年。

⑦ 赫雪侠：《清末中国和幕末明治日本海外汉诗中的法国形象》，硕士学位论文，山西大学，2012 年。

或者是"乡情、友谊的象征";在日本诗歌中,梅虽有"眷恋、怀旧的含义",但却大多单指景物,没有更多复杂的情感①。董春芹则选取了对梅花进行描写的汉诗创作为例,解析了中日之间对同一种景物进行描写时所凸显出的差异,并指出形成这种差异的原因是中日汉诗作者各自所属民族、所处地理位置、生活习惯和思维方式等方面的不同②。杨芬霞亦着眼于日本汉诗中的咏花情结,指出日本汉诗在具有自我特性的同时,在题材、意象、表现方式上又都深受中国诗歌影响③。邓云凌以明月、梅花等意象为例,说明在中日诗歌中相同意象所蕴藏的不同含义,并且分析这种差异形成的原因有四个方面:"日本形成审美基础时期,诗作多出自女官之手;狭小岛国、海洋气候的地理自然环境;古代文化及古老民族细腻敏感的个性;古代诗歌多囿于歌娱抒情,而没有像中国那样被赋予沉重的载道责任。"④ 还有论者就苔、竹、柳、海等意象进行了对比研究⑤。

(2) 人物形象。除了对景物意象的对比研究之外,还有一些文章着力于比较中日汉诗中出现的人物形象。由于这些历史人物形象所涵盖意思的特殊性,其实也可视为诗歌中的意象存在。陈姝婵对比了《新选万叶集》和《全唐诗》中出现的西施、潘岳形象,指出在《新选万叶集》中,西施和潘岳共出现三次,而且全部都是一起出现的,诗意上带着一种多情善变的游戏爱情的味道,而在《全唐诗》中,这两个人物形象则从来没有同时出现过,且西施多为美女的代称,潘岳则是情郎或者美男子的代称,与日本汉诗中的指代意思相差较大⑥。这种差别是一种很有意思的事

---

① 陶曷因:《梅花与暗香:中日咏梅诗的文化差异》,《名作欣赏》2009 年第 24 期。

② 董春芹:《浅析中国汉诗与日本汉诗的风景描写手法之异同》,《长春理工大学学报》2012 年第 8 期。

③ 可参看杨芬霞的两篇文章《论日本汉诗中梅和樱的意象》,《唐都学刊》2005 年第 3 期;《浅谈日本汉诗中的咏花情结》,《唐都学刊》2013 年第 2 期。

④ 邓云凌:《中日古典诗歌意象比较》,《东方论坛》2004 年第 4 期。

⑤ 于永梅:《浅析中日汉诗文挽歌中的"苔"》,《日本研究》2007 年第 4 期;曹颖:《唐诗远播扶桑时——从意象"竹"分析唐诗对于日本文学的影响》,《社会科学论坛》2008 年第 8 期;刘军:《日本古代"敕撰三集"的自然描写——比较文学的新视角》,硕士学位论文,对外经济贸易大学,2007 年;伍爱风:《中日古代送别诗中的意象比较研究——以汉诗为中心》,《国际商务——对外经济贸易大学学报》2008 年增刊;陈婧:《隔海春鸟啼不尽——花鸟风雨意象中的中日诗歌比较》,《跨世纪》2008 年第 10 期;陈菊、贺雪飞:《诗论苏轼和赖山阳的咏海诗》,《焦作大学学报》2013 年第 2 期;等。

⑥ 陈姝婵:《〈新选万叶集〉中的西施·潘岳》,《通化师范学院学报》2007 年第 9 期。

情，但遗憾的是作者并没有去分析差别出现的原因。不过这种希望通过细微之处的比较来发现中日文化之间差异的尝试本身就是一件有意义的事情。

（3）其他意象。于永梅通过对中国文献中出现的"血泪"与"红泪"两个意象的分析，指出两者之间有着明显的差异，前者"表达了死别的悲伤和迫切的忧国之情，多用于男性身上"，后者则"强调了化妆女性的美丽，是女性特有的表现"。而在平安朝时期的日本诗歌中，"血泪"在表达死别的悲伤上基本继承了中国诗歌的用法，但是却没有表达忧国之情的使用。至于"红泪"则基本与中国诗歌中的意思不同。平安时代的汉诗文中，这两个意象的用法曾经出现过区别，"可是'红泪'所表达的内容里却逐渐包含了'血泪'的用法，这就使得二者的区分逐渐模糊"①。再如对"脱屣"②"猿声"与"鹿鸣"③ 等意象的比较皆属此类。

还有一些论文着眼于研究日本汉诗中出现的中国人物或者意象，尽管在中国古代诗歌中也经常出现，但是作者并没有作对比研究④。

3. 诗歌形式的比较。中日汉诗中存在一些比较特别的诗歌形式，尽管数量较少，但因为特色比较鲜明，有研究者也给予了关注。比如关永皓从文体特征、内容价值、结构模式、传播方式以及思想倾向等方面对中国的"打油诗"和日本"狂诗"进行了对比，两者虽有差异，但在很多方面有许多相似之处，从侧面说明了中国文学对日本文学的影响⑤。又如陈福康探讨了两种罕见而特别的杂体诗——"八音诗"和"八居诗"在中

---

① 于永梅：《论平安时代汉诗文中的"血泪"与"红泪"》，《日语学习与研究》2009 年第 3 期。

② 于永梅：《论平安时代汉诗文中的"脱屣"》，《日语学习与研究》2013 年第 4 期。

③ 于永梅：《论平安时代汉诗文中的"猿声"与"鹿鸣"》，《大连理工大学学报》（社会科学版）2013 年第 3 期。

④ 王志刚：《昭君题材诗文在日本的流播发展与〈和汉朗咏集〉》，《内蒙古大学学报》（人文社会科学版）2004 年第 1 期；王志刚：《九世纪初期日本君臣的昭君母题诗作》，《湖北民族学院学报》（哲学社会科学版）2008 年第 6 期；刘济民：《日本汉诗中王昭君的情感空间》，《三峡论坛》2013 年第 4 期；刘济民：《试论日本汉诗中的屈原形象》，《三峡文化研究》第十辑，2010 年；黄晟育：《日本汉诗中竹之意象浅析——以王朝时代的主要作品为中心》，《安徽文学》2014 年第 2 期。

⑤ 关永皓：《中国"打油诗"和日本"狂诗"的特征对照》，《伊犁师范学院学报》（社会科学版）2008 年第 4 期。

国和日本的创作情况①。

4. 其他层面的比较。以上的比较研究主要是在文学性的层面上进行的，此外，还有一些其他层面的比较。比如顾庆文从时间感、生死观、空间感、自然观四个方面将中日诗歌进行了对比，指出两国在审美情趣上的差异②。张思齐对比了中日诗歌理论层面的六组对偶范畴，构成六组对应关系："言志传统与写景专好"；"言志性抒情与审美性抒情"；"壮志豪情与物哀幽情"；"庄重严肃与凄婉俳谐"；"人的题材与物的题材"；"写实主义与印象主义"③。王伟从寒山子的系列禅诗和张志和的《渔歌子》入手，分析了唐诗中的禅意对日本诗歌创作的影响，并且从诗歌主题、禅意成分、咏物情怀的角度出发对比了中日诗歌的异同④。

除了中日之间比较之外，有的学者将日本汉诗与其他东亚国家的汉诗进行了比较。比如徐东日认为朝鲜、日本诗歌虽同受中国诗歌文学影响，但前者受杜甫、苏轼影响巨大，后者则受白居易影响明显。论文从两个方面分析原因：从审美意识上说，"日本民族将美与真联姻，形成'幽玄'的审美意识，与'白诗'追求'闲适'、'感伤'的特性合拍；朝鲜民族将美与善联姻，形成追求现实功利的审美意识，与'杜诗'、'苏诗''兼济天下'的思想合拍"；从社会文化秉性上来说，"日本儒学思想未占主导地位，文学远离政治，耽于唯美主义，与'白诗'表现'中隐''欢娱'的倾向切近；朝鲜儒学思想占主导地位，表现出强烈的政治、伦理倾向，因而接受儒学思想浓厚的'杜诗'、'苏诗'"⑤。孟昭毅探讨的是滥觞于两晋南北朝时期的中国禅宗传入朝鲜、日本、越南后与汉诗结合。三国表现禅悟的汉诗中呈现出共同的特点：一是表现无我之境，具有审美效果的禅悦；二是诗人常在与自然接触的过程中表现出禅悟。作者总结说"正是禅宗之禅将域外汉诗从一般的说理、写景的玄言诗、山水诗、田园

---

①  陈福康：《论八音诗和八居诗》，《苏州大学学报》（哲学社会科学版）2011 年第 5 期。

②  顾庆文：《从日本古典诗歌看中日审美情趣差异》，《外语教学》2008 年第 4 期。

③  张思齐：《在比较中看日本诗歌的六个特征》，《东方丛刊》2008 年第 2 期。

④  王伟：《浅谈唐诗对日本诗歌创作的影响》，《长春工业大学学报》（社会科学版）2013 年第 6 期。

⑤  徐东日：《期待视野：朝鲜、日本接受中国诗歌文学的相异点》，《延边大学学报》（社会科学版）1997 年第 2 期。

诗的层次，上升到'理趣'的高度和成熟的境界"①。

中日汉诗的比较研究，从诗歌主题、诗歌形式到诗歌意象等，涉及面比较广泛，而以汉诗为载体探寻中日两国审美情趣和文化心理异同，则是比较研究的最终指向。研究者虽能指出差异所在，对形成这种差异的深层原因的探讨却有待深入。这在诗歌意象的比较研究上，即表现得非常明显。

## 六 诗话研究

镰仓时代（1192—1334）虎关师炼的《济北诗话》被认为是日本诗话写作的开端之作。同日本汉诗的写作受到中国诗歌的影响一样，《济北诗话》也能看到北宋欧阳修《六一诗话》的影子，时间上则晚了约二百年。学者们对日本诗话的研究，大多是以日本大正九年到十一年（1920—1922）池田四郎、次郎编著的《日本诗话丛书》（共 10 卷）为基础的。这是日本唯一的一部诗话总集，其中共收录了 62 种诗话。然而日本诗话的数量其实并不限于《日本诗话丛书》所收，据张伯伟所言②，他之所见就达 91 种，而据日本《国书总目录》及《古典籍总合目录》，还有相当数量的诗话仅存目录不见原书。近年来，研究者对日本诗话的研究成果丰富，刘欢萍曾就 20 世纪 80 年代以来中国的研究进行过述评③。大致说来，学者们的研究主要集中在以下几个问题上：

1. 日本诗话的辨析。船津富彦对日本诗话从产生到发展的历史加以描述，指出从广义而言，尽管最早由空海所辑的《文镜秘府论》已属诗话的同类之作，但以"最符合诗话定义"的角度来看，日本诗话的开端之作应是虎关师炼的《济北诗话》④。蔡镇楚对此也持相同观点，他认为《文镜秘府论》不应被视作日本诗话的肇始，《济北诗话》才是最早以

---

① 孟昭毅：《禅与朝鲜、日本、越南汉诗》，《天津师大学报》（社会科学版）1998 年第 4 期。

② 张伯伟：《论日本诗话的特色——兼谈中日韩诗话的关系》，《外国文学评论》2002 年第 1 期。

③ 刘欢萍：《20 世纪 80 年代以来中国的日本诗话研究述评》，《日本学论坛》2008 年第 4 期。

④ ［日］船津富彦：《关于日本的诗话》，张寅彭译，《中国文学研究》1990 年第 4 期。

"诗话"名书的著作①。当然，作为与中国诗话联系紧密而且对后世的日本汉诗创作发展产生重要影响的一部著作，《文镜秘府论》仍然备受关注，对它的研究也从来没有中止过②。

马歌东对《日本诗话丛书》中收录的日本诗话进行辨析后认为其中的《全唐诗逸》收录乃传入日本而在中国亡佚之诗，《诗史蕚》乃市野迷庵读日本南北朝史有感自作咏史诗又自为评论，不能算作诗话，另外还有一种《东人诗话》实为朝鲜诗话，所以，《日本诗话丛书》中真正算作日本诗话的只有59种③。

2. 日本诗话的分类。船津富彦将日本诗话根据不同的标准进行了分类：（1）按写作语言分成中文和日文诗话；（2）从内容上分为叙述中国诗词的和叙述日本诗词的；（3）广义层面上的诗词入门书；（4）辞语的诠明；（5）文学史性质的诗话；（6）专收有关诗文的书信；（7）音韵方面的诗话；另外还有直接阐述诗学理论的④。蔡镇楚的观点与此类似，但标准更为明确化，分类更加科学，他认为：（1）以语言形式分，分为汉文诗话和日本诗话；（2）以内容分，分为评论中国诗词的和评论日本诗词的；（3）以论诗主旨分，分为诗论、诗格、诗史、诗证、诗录、诗事六类；（4）以时间地域分，有专论一朝一代的断代诗话，也有专论某一地域之诗的地方性诗话⑤。马歌东把《日本诗话丛书》中收录的日本诗话按内容和功用分为了四类：诱掖初学之诗话、品评鉴赏之诗话、论述日本汉诗发展史之诗话、诗学论争之诗话，并且几乎在每一类别下举例说明⑥。

3. 日本诗话的特点。船津富彦指出日本诗话的特点，一是各则独立

---

① 蔡镇楚：《中国诗话与日本诗话》，《文学评论》1992年第5期。

② 据笔者所见，20世纪80年代以来，以卢盛江为代表的关于《文镜秘府论》的研究论文有36篇，专论空海及其《文镜秘府论》的著作有5部。刘欢萍在《20世纪80年代以来中国的日本诗话研究述评》（《日本学论坛》2008年第4期）中对相关的研究概况有过全面介绍，包括文献资料的整理校阅、研究专著、论文分类等，兹不赘述。——编者注

③ 马歌东：《日本诗话的文本结集与分类》，《陕西师范大学学报》（哲学社会科学版）2001年第3期。

④ ［日］船津富彦：《关于日本的诗话》，张寅彭译，《中国文学研究》1990年第4期。

⑤ 蔡镇楚：《中国诗话与日本诗话》，《文学评论》1992年第5期。

⑥ 马歌东：《日本诗话的文本结集与分类》，《陕西师范大学学报》（哲学社会科学版）2001年第3期。

性非常强，连续性不够；二是诗话中论述的问题往往是发散性的而非发展性的，没有提出一些具体、共通的问题；三是关于诗语的解说，日本诗话中经常是以专著形式出现的，不同于中国诗话中与其他内容交叉并存于一书之中；四是在中国有"或以时代、或以作家庭、或以地域为性质为限编辑的诗话，日本则除了地域性质的《北越诗话》一部以外，一般没有这些专题类型的诗话"。此外，研究者推论日本诗话作者为了显示自己具有汉文写作的能力，往往会努力用汉文写作①。蔡镇楚则在比较中指出日本诗话不同于中韩诗话的特征在于：一是诗格化，即"日本诗话论诗则特别注重于诗歌格律、法式，而不注重于诗本事的考察"；二是"钟化"，即日本诗话论诗具有钟嵘《诗品》侧重于诗评的特点；三是诗论化，"日本诗话一诞生就摆脱了宋人诗话'以资闲谈'的'记事'格局，而成为评诗论诗的严肃著作"②。张伯伟认为日本的诗话有两大特点：一是"诗格化"；二是"小学化"。为指导初学者而作的诗话特别多，基于此写作目的，所以在内容上就更注重诗律、诗法。值得注意的是，与韩国诗话中往往奉中国诗论为圭臬不同，日本诗话中体现出诗话作者本人对中国诗话某些结论的辨析，形成了极具个人特色的看法和观点。这也是日本诗话的特色之一③。

4. 日本诗话与中国的关系。邱明丰通过对 10 到 13 世纪中日诗话作品的观照，阐述了二者之间的渊源关系，指出中国诗话对日本诗话的影响是全方位多层次的。同时，从《济北诗话》开始，日本对中国诗话就是在继承与学习中进行改造的④。孙立指出日本诗话"脱胎于中国诗话，其体例来自中国，其内容也大多涉及中国历代诗人诗作，是面向中国的日本诗话"。江户时期随着诗人群体的扩大，更加面向普通世人，诗话的发展呈现出鼎盛局面。这个时期的诗话不仅秉承源流，继续扮演着向日本介绍中国诗歌的角色，提供了关于汉诗的写作技巧和方法，同时也显现出日本

---

① ［日］船津富彦：《关于日本的诗话》，张寅彭译，《中国文学研究》1990 年第 4 期。

② 蔡镇楚：《中国诗话与日本诗话》，《文学评论》1992 年第 5 期。

③ 张伯伟：《论日本诗话的特色——兼谈中日韩诗话的关系》，《外国文学评论》2002 年第 1 期。

④ 邱明丰：《中日诗话的影响与比较——十至十三世纪中日诗话关系探析》，《中外文化与文论》2009 年第 1 期。

诗话的本土特色①。谭雯指出"明代复古与反复古文学思潮作为江户时代日本诗话关注的一大焦点，涉及该问题的诗话作品占总数的二分之一以上"。这场"源于明代而波及日本"的"复古与反复古文学思潮对于日本汉文学批评的发展有着重要的推动作用"②。并具体论述了江户时期的日本文学受到的中国明清时期诗歌、诗话乃至文化影响③。刘欢萍认为日本诗话对清代诗文的接受和批评是广泛深入的，一方面"呈现出对唐、宋、明诗的高度热情"，清代诗文显得有些冷清；另一方面，"清人诗学著作在江户时代的日本诗坛引起了很大的反响"。另外，"袁枚诗盛行也是日本诗坛学习清诗的特点之一"。这种情况发生的原因，一则"与其时代的文学风尚、诗学思潮、诗坛论争的接受环境有关"；二则日本对中国诗歌的接受也需要时间④。

5. 对日本诗话中具体问题的研究。马歌东对《济北诗话》中虎关师炼批评陶渊明诗歌非"尽善尽美"，责备其人"是为傲吏，岂大贤之举乎"的观点予以批驳，指出形成这种偏颇看法的原因在于中日之间民族性格、文化差异等诸方面的差异。虎关师炼不能理解陶渊明的行为，实际上是对中国儒家出处进退观以及中国传统"傲吏"观理解的缺失⑤。古贺煜的《侗庵非诗话》由于对中国历代诗话进行了全面的否定，所以受到了格外的关注。中国学者对此进行了评论，并加以批驳。比如张寅彭指出，《侗庵非诗话》的诗话批评是以经学立场出发的，其否定态度显得过于保守⑥。蔡镇楚则在全面考察《侗庵非诗话》的基础上，分析了其产生的原因并进而批驳书中存在的谬误，指出作者缺乏历史观念，批评带着强

---

① 孙立：《面向中国的日本诗话》，《学术研究》2012 年第 1 期。

② 谭雯：《明代复古与反复古文学思潮对日本诗话的影响》，《中国韵文学刊》2000 年第 2 期。

③ 详见谭雯：《明代复古与反复古文学思潮对日本诗话的影响》，《中国韵文学刊》2000 年第 2 期；谭雯：《明代诗话与日本诗话比较研究》，硕士学位论文，湖南师范大学，2002 年；谭雯：《日本诗话及其对中国诗话的继承与发展》，博士学位论文，复旦大学，2005 年。

④ 刘欢萍：《日本诗话对清代诗文的接受与批评考论》，《东疆学刊》2010 年第 1 期。

⑤ 马歌东：《论虎关师炼陶渊明"傲吏说"》，《陕西师范大学学报》（哲学社会科学版）2006 年第 3 期。

⑥ 张寅彭：《非诗话——一位经学家的诗学立场》，《域外汉籍研究集刊》第 1 辑，中华书局 2005 年版。

烈的主观色彩，而且思维方法片面①。谭雯、蒋凡重点集中在日本诗话中对于"诗话"这一论诗体裁的认识、对中日两国诗话的品评以及对古今诗话的总体批评②。另外，还有一些对诗话中其他问题的探究，比如王晓平、马歌东还分别对日本代表性的诗话《夜航余话》《彩岩诗则》进行了考辨分析③等，兹不赘述。

总的来说，在诗话研究方面，对于《文镜秘府论》的研究开展得比较早，相对来说也比较深入，尽管对书中一些具体问题的探析也还有待于进一步加强。与其他方面的研究相比，对日本诗话的研究还远远不够，即便是对被认定为日本第一部真正意义上的诗话——《济北诗话》的研究，成果也并不多。

## 七　其他专题研究

1. 关于汉诗与政治制度、思想文化之关系研究。吴雨平认为日本五山汉诗之所以能够形成一个汉诗发展史上的高潮时期，其重要原因在于幕府的大力提倡和扶助。他着重强调了在国家发生变革的过程中执政者的意识形态对于文学发展的重要作用④。兰立亮以日本汉诗作为切入点，重点考察的是汉诗文对明治时期日本社会的反映，再现了日本在"文明开化""殖产兴业"和"富国强兵"政策下社会出现的新变化。随着中国国力的衰弱，日本逐渐将注意力转移到对西方文化的追捧，汉诗讽刺地成为日本贬低中国和表露侵略野心的工具⑤。崔晓、肖瑞峰从汉诗入手，考察的是古代日本的科举制度⑥。吴雨平指出日本古代汉诗中由于受到中国文化的影响，同时为了适应上层统治的需要，创作观念上呈现出与儒家文化思想

①　蔡镇楚：《千秋诗话 功罪几何——评日本古贺煜〈侗庵非诗话〉》，蔡镇楚、龙宿莽：《比较诗话学》，北京图书馆出版社2006年版。

②　谭雯、蒋凡：《日本诗话论诗话》，《湘潭大学学报》（哲学社会科学版）2008年第2期。

③　王晓平：《中日诗歌意象的融通喻合——〈夜航余话〉的中日诗歌比较谈》，《辽宁大学学报》1994年第2期；马歌东：《日本诗话〈彩岩诗则〉著者考辨》，《唐都学刊》2001年第3期。

④　吴雨平：《幕府执政者意识形态与日本五山汉诗》，《苏州大学学报》（哲学社会科学版）2007年第4期。

⑤　兰立亮：《日本汉诗文中的明治时代》，《乐山师范学院学报》2010年第1期。

⑥　崔晓：《从日本汉诗看古代日本贡举制度》，《世界历史》2012年第1期；肖瑞峰：《日本有没有实行过科举制度——读日本汉诗献疑》，《文史知识》1995年第7期。

体系相适应的特征①。另外，在日本汉诗中也能看到中国民俗文化的影响。如李寅生就通过对日本汉诗描写内容的罗列进而观照一些中国节日如春节、上巳节、清明、寒食节、中秋节、重阳节、七夕等在日本的情况②。王秋雯则从"七夕"诗入手，分析指出日本汉诗及其"七夕"习俗受到中国诗歌及其文化的深刻影响③。

2. 关于日本汉诗特定题材的研究。在诗歌题材方面，有研究者针对日本汉诗中反映出的某一特定历史事件进行研究，以此为切入点，旨在揭示在一特定的历史时期中日本汉诗的创作特点，并据此考察汉诗创作在当时日本社会的状况和在文学史上的地位。如夏晓虹选取与中日甲午战争密切相关的一部诗集，即出版于明治二十八年（1895）的《大东军歌》为研究对象。在诗集中可以看到有相当数量的汉诗，说明当时日本军官写作汉诗也是一种热潮，但在体制的编排上，特别是把汉诗与和歌使用场合的刻意区别，反映出汉诗在当时时代的地位，已经由原来的与和歌并驾齐驱甚至更胜一筹的地位，下降到了次一等的诗体，和歌成为诗歌中最高等级的代表④。陈福康也对日本在明治维新之后到"二战"结束时的一类汉诗进行了实证研究，按年代顺序对近代日本著名的汉文学家作品进行了梳理分析，揭示了其中隐含的军国主义糟粕并进行了批判⑤。李桂红选取了历代日本著名汉诗人富有禅意的汉诗作为研究对象，阐发其中蕴含的禅者的恬淡宁静的心境和自然纯真的生命存在⑥。郭海萍选取的研究对象是幕末明治时期来华日本人所写作的汉诗，辨析其中所描绘出的正面负面两种中国形象，映照出的则是日本在当时社会和时代对中国的"集体想象"，这也影响到后来日本在对待中国文学和文化上的态度⑦。

---

① 吴雨平：《儒文化圈与日本汉诗思想体系的形成》，《求索》2007年第11期。

② 李寅生：《从汉诗看中国节日习俗对日本的影响》，《长江学术》2009年第4期。

③ 王秋雯：《中国"七夕"在日本诗歌中的接受与流变》，《南京师范大学文学院学报》2009年第1期。

④ 夏晓虹：《日本汉诗中的甲午战争》，《读书》1999年第11期。

⑤ 陈福康：《揭开日本汉文学史角落的另一幕》，《日语学习与研究》2008年第3期。

⑥ 李桂红：《禅心未必负春色，院院珠帘卷上钩——以日本汉诗为研究对象》，《南京晓庄学院学报》2014年第3期。

⑦ 郭海萍：《幕末明治游清日人汉诗中的晚清中国形象》，硕士学位论文，山西大学，2012年。

3. 日本汉诗训读研究。马歌东对训读法的基本形态和工作原理进行了研究分析，认为汉诗文训读法是"一种双向处理汉语、和语，使两者相互训译转换的语言机制"，也是"日本人接受汉籍并进而创作汉诗文的语言工具"①。杜海怀探讨了训读法在汉字的配读、句法结构的转换、诗歌意象的再现等方面存在的局限性②。辛文针对日本汉学家荻生徂徕、青木正儿、吉川幸次郎等提出的"训读否定论"观点，作者从"音读"的局限性、训读的现实生命力、训读的比较文学研究价值三个方面进行了考察，认为汉诗训读有其特殊的研究价值，"作为中日文化交流史上的活化石，见证了古人超越地理、语言、文化诸多障碍所进行的努力，作为'第三种语言'，理应在文化交流史上获得应有的重视"③。

从以上纵、横两个方面对20世纪80年代以来研究状况的概述来看，在日本汉诗发展史的梳理、著名作家作品的研究、以白居易为代表的中国诗人对日本诗人及其作品的影响及比较研究等方面，取得了明显的进展和可喜的成绩。但也有一些地方并不尽如人意，还有进一步深入的必要。这主要包括以下几个方面。

第一，基本文献资料的整理与翻译。对文本的精准把握是一切研究展开的根基，然而我们发现，基础文献资料的缺乏以及在翻译过程中出现的错误却成了以往汉诗研究的障碍。离开基本的文本阅读泛泛而谈、人云亦云甚至以讹传讹的情况并不鲜见，所幸这个问题已经引起了学者们的重视。近年来一些学者和研究机构开始着手于基本文献资料的整理，如《一休和尚诗集》（殷旭民点校，华东师范大学出版社2008年版）、《夏目漱石汉诗文集》（殷旭民点校，华东师范大学出版社2009年版）、《内藤湖南汉诗文集》（印晓峰点校，广西师范大学出版社2009年版）、《日本诗话二十种》（马歌东，暨南大学出版社2014年版）等陆续出版。另外首都师范大学中国诗歌研究中心近年来也在积极从事"日本汉诗的整理

---

① 马歌东：《训读法：日本受容汉诗文之津桥》，《陕西师范大学学报》（哲学社会科学版）2002年第5期。

② 杜海怀：《浅议日本汉文训读法翻译中国诗歌的局限性》，《中南大学学报》（社会科学版）2008年第3期。

③ 辛文：《日本汉诗训读研究的价值与方法论前瞻》，《河南师范大学学报》（哲学社会科学版）2011年第4期。

与研究"工作。这项基础性的工作对未来的汉诗研究是极具意义的，今后应该继续得到重视。

第二，研究范围的拓展。据日本1980年东京刊行的《汉诗文图书目录》统计，自《怀风藻》到明治时代，日本出版的汉诗总集、别集存世达769种，凡2339卷，20余万首诗，这应该还是不完全的统计。到目前为止，国内对日本汉诗的研究基本还集中在一些代表性作家作品和几部主要汉诗集上，相对数目庞大的汉诗作品来说，研究所涉猎的范围显然还只是冰山一角。对日本诗话的研究同样如此。国内对于《文镜秘府论》的研究起步比较早，成果也比较突出，但是对于其他日本诗话著作的研究还远远不够。随着对文献资料的逐步引入和介绍，相信今后的研究也会越来越全面和丰富。

第三，基本概念的认识和确定。尽管日本汉诗研究在很多领域都取得了较大的进展，但是在一些基本概念和问题上，学者们的认识还不一致。比如《新撰万叶集》的定位、诗集中和歌和汉诗的关系、汉诗的角色和地位等问题，《文镜秘府论》的定位问题，日本诗话涵盖的范围问题等，未来尚需进一步探讨。

第四，比较研究的视角变换。全球化背景下的文化交流和影响是双向的。近几十年来，中国诗歌及文化对日本汉诗的影响研究相对来说是比较充分的，但是，关于日本汉诗的"逆输入"，即日本汉诗西传并可能对中国文学产生的影响，却很少有人进行研究。尽管在历史发展的过程中，日本汉诗的确是更多地受到了来自中国的影响，但是在这个过程中以日本汉诗对中国文学的受容及其所做的本土化努力为鉴，反观中国文学的发展应该是一个有意义的开拓路向。更何况自遣唐使时期日本汉诗在中国的传播就已经开始。

第五，文化特质的确立。日本汉诗走过了一条学习、模仿、借鉴、创新的道路，在这个过程中日本汉诗逐渐有意识地摆脱中国诗的影响，确立了自己的本土化特质。尽管以往研究者也对日本汉诗的特色做出过说明，但是往往从大处着眼，缺乏足够的说服力。文化特质的确立应该凸显于与他国文化的对比和比较中。以往的研究大多是站在中国文化的立场上进行的，多以求"同"为主，对"异"的研究尚嫌不足。

此外，有关日本汉诗的研究中也还存在一些问题①。究其原因，客观上是由于对原始文献资料的掌握不够充分，主观上则是由于研究者的态度有失严谨。这也从一个侧面反映出国内对于日本汉诗的研究存在的局限性。因为不管是对那些懂日文但对中国和日本古典文学缺乏深入了解的人来说，还是对那些文学功底深厚但是不通日文的研究者来说，都会受到来自文学积累或者语言方面的限制，不能全面直接地在跨文化领域内自如地进行研究。这个问题的存在，不管是在现在还是在将来，都会是一个比较大的障碍，同时也是一个巨大的挑战。

## 第三节　本书编辑体例

本书甄选自发表于 1980 年以来的 380 余篇论文。选择的标准除了学术质量外，还适当考虑了论文在某类专题研究中的代表性。全书把日本汉诗研究成果大致分为"日本汉诗概说""日本诗话研究""白居易与日本汉诗研究""日本汉诗人及其汉诗研究""日本汉诗专题研究""日本汉诗与中国诗歌比较研究"六类。其中很多学者，不仅有厚重的汉诗研究专著，其论文也涉及多个专题领域。但限于篇幅，本书中只有肖瑞峰、高文汉两位先生的论文，在两个专题中各选了一篇，其他作者都只选入一篇。国外学者的论文，只选了日本学者两篇，美国学者 1 篇。

还有部分国内和国外的作者，因终联系不上，或因其他原因没有得到授权，相关篇目不得不放弃。在过目而未能入选的论文中，也有相当一部分写得非常精彩。但从出版和选本的角度来说，篇幅有限制，有些论文只能割爱。我们就自己阅读所见写成的《20 世纪以来中国的日本汉诗研究》，目的就是想与选文形成互补，使读者对日本汉诗研究能有一个更完整的认识。需要说明的是，国外研究成果，尤其是日本学者的研究成果，

---

①　祁晓明专门撰文指出近年来在中日比较诗学研究中出现的一些错误。他在《近年来中日比较诗学研究中存在的问题》（《山东社会科学》2014 年第 10 期）一文中，主要以邱繁华的《东方美学史》（商务印书馆 2003 年版）和谭雯的《日本诗话中的中国情结》（中国社会科学出版社 2007 年版）为例，批评作者及其书中存在诸如"缺乏严谨科学、实事求是的治学态度""对于立论所依据的基础资料缺乏甄别，以讹传讹""缺乏根据、主观臆断、望文生义、强作解人"以及"作者自身的外文读解和翻译水平存在缺陷"等问题。

因条件所限，选入甚少。这不能不说是一大遗憾。

全书所选21位作者23篇论文，发表时间最早的为1992年，最晚的是2012年。30年间不同的刊物对论文格式的要求很不一致，其中最集中地表现在引文的处理上，或都用脚注，或脚注与尾注或参考文献并重，还有的只有参考文献，或参考文献中只有作者和书名。也有少数论文没有现在通行的摘要和关键词。在选编过程中，我们在引文格式上统一改为脚注；与脚注不交叉或重复的参考文献，均予以保留。一些明显的笔误或因排版出现的文字错误，都直接加以改正，除非特别的人名或重要问题在注释中以编者按的形式指明外，不再一一注出。责编按出版的规范对少量字句做了调整。少数没有注释，或没有摘要与关键词的论文，则一仍其旧。

此外，本着对原作者的尊重，我们还在每篇论文首页，以脚注的方式增补了由作者本人撰写的作者简介，并在作者简介前标注了原发期刊、年份和期号。

# 日本汉诗概说

# 日本汉诗变迁概说<sup>*</sup>

## 何乃英<sup>①</sup>

**摘　要：** 日本汉诗产生发展、几经兴衰，但始终没有中断。它已经深入日本人心，不仅成为日本文学不可或缺的重要组成部分，而且广泛地滋养了日本文学的其他领域，促进了其他文学体裁的发展提高。较之中国汉诗，日本汉诗最主要、最明显的特点是社会政治色彩比较淡薄，这是由日本的社会构成、诗人队伍构成的特点决定的。

**关键词：** 汉诗；菅原道真；雪村友梅；赖山阳；下谷吟社

汉诗（指中国古代诗歌）不仅是我国历史悠久、内容丰富的宝贵文学遗产，而且其影响及于朝鲜、日本和越南等邻近国家；在这些国家，既广泛传诵着汉诗，又有他们自己创作的汉诗大量涌现，成为他们文学创作的重要组成部分之一。从这个意义上说，汉诗已经成为一种国际性的文学体裁，汉诗的流传堪称东方文学交流史上的佳话。其中，日本的汉诗可谓源远流长、硕果累累，时至今日仍然连绵不断、为人乐道。研究日本汉诗的变迁过程，既应当看到我国不同历史时代的汉诗所给予的重大影响，也不能忽视日本本身的环境（包括社会、政治、文化、风俗、习惯、心理、

---

\* 本文原发表于《扬州师院学报》（社会科学版）1992 年第 4 期。

① 何乃英，男，1935 年出生，北京师范大学文学院教授。1958 年毕业于北京师范大学中文系，留校任教。1981—1983 年在日本早稻田大学研究生院研修日本文学。长期从事日本文学和东方文学的教学和研究工作。现任中国外国文学学会东方文学分会副会长，中国日本文学研究会理事。主要论著有《东方文学概论》（主编）、《日本当代文学研究》（北京师范大学出版社 1997 年版）、《夏目漱石和他的小说》（北京出版社 1984 年版）、《泰戈尔传略》（天津人民出版社 1983 年版）等 7 部；编著有《伊朗古今名诗评选》（北京师范大学出版社 1992 年版）等 7 部；译著有《川端康成》《环环相扣》《中国古代民俗》等 11 部。

气质等）所产生的制约作用。依据日本文学史的一般分期法，汉诗的变迁可以分为上古、中古、中世、近世和近代五个阶段。

一

上古汉诗是指自汉诗在日本产生至奈良时代（710—794）所创作的汉诗。

据日本学者考证，285 年百济博士王仁向应神天皇献《论语》和《千字文》，为汉字传入日本之始（这是指正式传入，实际开始传入时间恐怕还要早些）。皇太子菟道稚郎子拜王仁为师学习汉字和汉学。王仁后来逝于日本，其子孙在朝廷掌管记录文书之事。随后有后汉灵帝子孙阿知使臣及其子都加使臣率众赴日，其子孙也世代掌管文笔。自此之后，汉学在天皇宫廷逐渐盛行起来。始而主要由外来的"归化人"掌握文笔事宜，继而一般日本官吏也学会了汉字汉文；后者起初学习记录用的实用文章，后来作为表现高尚趣味教养的汉诗开始登场。《日本书记》有 485 年在皇宫后苑举办曲水宴的记载。曲水宴本是 353 年 3 月上巳节我国书法家王羲之在会稽山阴兰亭举办的一种高雅诗会。前者若是仿效后者，则可以肯定这时已有相当多的人在创作汉诗上达到一定的水平了。

推古天皇时期，由于摄政者圣德太子积极派遣遣隋使和留学生，我国文化滔滔涌入日本，其结果即是 646 年的大化革新。在这次革新中，留学生南渊清安、高向玄理等人尽了很大力量。我国隋亡唐立后，日本方面更加频繁地派遣遣唐使和留学生入唐。唐代是我国汉诗发展的全盛时代。受其影响，当时的日本文人不仅以作诗为个人趣味好尚之表现，而且以作诗为与我国交往不可缺少之教养。曾经领导大化革新的中大兄皇子即位后，致力于振兴日本文化，喜欢召集学士大夫赐宴赋诗。因此，一般认为，日本汉诗始于此时。从种种迹象可以推断，这时大约已有不少作品产生；可惜大部分未能保存下来，只有大友皇子的作品被收入其后编纂的《怀风藻》中。

进入奈良时代以后，汉诗创作日益兴旺发达。这可以由以下几个事例得到证明：一是 726 年宫内长出灵芝，圣武天皇命朝野人士作诗祝贺，于是在十余日内奉诗者达百余人；二是同年有新罗使者赴日，在长屋王邸设宴，宾主分字作诗互相赠答；三是 734 年 7 月 7 日，天皇主办七夕诗会，命百官赋诗庆贺。

上古汉诗的结晶则是汉诗集《怀风藻》。《怀风藻》成书于 751 年。关于编纂者有种种不同说法，至今不能确定。据该书序文，书名取缅怀先辈诗人遗风之意。全书收入自近江朝（668—672）至奈良朝汉诗约 120首，按时代和作者顺序排列，以大友皇子、大津皇子、文武天皇为首，包括官吏、僧侣等共 64 人，其中 9 人附有略传，其他人则记有官职、年龄。诗的形式以五言居多，七言较少；五言之中又以八句居多，十句以上长篇较少。多数诗含对句，但合近体平仄韵法的较少。就诗的内容而言，关于侍宴、应诏等宴会诗居多，游览次之，其中还有我国自初唐起经常出现的述怀、咏物、七夕等诗题。有些诗句近乎抄袭，这说明当时日本的汉诗尚未摆脱模仿我国的阶段。从诗的思想来说，诗里常常使用《论语》和老庄语句，表现出对儒家思想和老庄学说的倾慕；不过其中多数仍然属于浅层次的引用，还不能说是对于我国诸子学说的深入理解。《怀风藻》所收诗歌可以 8 世纪 20 年代为界分为前后两个时期。前期诗歌主要接受我国六朝诗歌（《文选》《玉台新咏》）影响，后期诗歌则主要接受我国初唐诗歌影响，特别喜欢利用王勃、骆宾王的诗句。总之，作为日本最早的汉诗集，《怀风藻》具有重要价值。

# 二

中古汉诗是指平安时代（794—1185）所创作的汉诗。

如果说上古的汉诗尚处于单纯模仿阶段的话，那么中古的汉诗则次第走上了表现自我的道路。中古汉诗可以花山朝（984—986）为界分为前后两个时期。

平安时代前期由于历代天皇奖励学问，重视诗文，所以汉诗发展较快，人才辈出。嵯峨天皇高举文章经国旗帜，大力倡导汉诗汉文。在他的指令下，日本最初的两部敕撰汉诗集《凌云集》和《文华秀丽集》相继完成。《凌云集》由小野岑守等编纂，收入 23 人的 90 首诗，成书于 814年，即在《怀风藻》之后六十余载。比起《怀风藻》来，《凌云集》不仅增加了七言诗，而且在平仄、押韵和修辞上也大有长进，受到我国唐代诗坛的明显影响。《文华秀丽集》于818年完成，由藤原冬嗣等编纂，收入28人的143首诗，比《凌云集》在长诗数量上有所增加，在文辞技巧上也更为洗练。随后又有良岑安世等奉淳和天皇之命编纂《经国集》(827)。该集收入178人的1000余首诗，在规模上大大超过了《凌云集》和《文华秀丽集》，堪称平安时代初期汉诗文之集大成者。滋野真主、小野岑守、菅原清公、良岑安世、空海等是这时颇为活跃的诗人。其中以空海最为突出，他的《文镜秘府论》在音韵论和诗论史方面具有重要价值，诗文集《性灵集》所收汉诗超出当时日本一般水准之上，尤其是在长篇乐府诗方面显示出独特的成就。

　　仁明朝（835—850）以后，藤原氏专制统治体制形成，文章经国理想失去现实效力，文人开始变为专门职业文人，加之白居易的《白氏文集》传入日本，风靡诗坛，成为作诗规矩准绳，于是诗风为之一变。这时的重要诗人有小野篁、菅原是善、大江音人、都良香、岛田忠臣、纪长谷雄、三善清行等，但达到最高水平的则是有平安时代第一诗人美称的菅原道真。菅原道真著有《菅家文草》和《菅家后集》。他的诗在题材和修辞等方面摆脱了单纯模仿我国诗人的境地，以主体式的自我表现法树立了独自的高格调诗体。特别是在"诗人无用论"的压力下，他在官场失意，屡遭左迁、贬谪之际，所写作品表现个人孤独心境、哀叹自己悲苦命运、指责社会政治不公上颇为出色。后人评他的诗避免难解晦涩，力求平易畅达，不喜佶屈聱牙，专爱流丽融和；化唐诗为和诗（即日本诗），体现国民性格。不过，894年遣唐使制度被废止后，日本与我国交往中断，汉诗随之衰弱。尽管诗会之类仍然频繁举行，可是作诗日益走向游戏化，赛诗（把作者分为两组，命题作诗，裁判优劣）、探题（寻找题目作诗）和掩韵（掩藏韵字，由推测韵字争胜负）、离合诗（将第一句第一字省去偏旁作为第二句第一字，以下类推）、回文诗等成为一种竞技，偏于文字技巧，缺乏文学价值。此外，文人范围扩大，作诗参考书和启蒙书大量问世，门派诗人局面逐渐形成等，也是这时的显著特点。活跃一时的诗人有大江朝纲、大江维时、菅原文时、源顺、兼明亲王等。

　　进入平安时代后期以后，汉诗又几经兴衰。第一次兴隆是在一条朝的正历、宽弘年间（990—1012），庆滋保胤、源为宪、具平亲王、大江匡衡、大江以言、纪齐名、高阶积善等诗人辈出，《扶桑集》《本朝丽藻》是当时作品之集成，而汉诗的进一步日本化则是当时的特征之一。第二、三次兴隆是在后冷泉朝（1045—1068）和堀河朝（1086—1107），前者以藤原明衡为中心，他所编的《本朝文粹》收入当时具有代表性的诗文，价值颇高；后者以大江匡房为顶点。到了平安末期，汉诗文又出现了新动向，即由于王朝的衰弱和动乱的到来，游戏式的诗文逐渐被实用的经学所取代。当时活跃于诗坛的诗人有藤原基俊、藤原敦光等，他们的作品大多收入《本朝续文粹》《本朝无题诗》《朝野群载》《中古记部类纸背汉诗集》等诗文集里。

三

中世汉诗是指镰仓室町时代（1185—1615）所创作的汉诗。

平安时代的汉诗主要掌握在贵族手中。进入镰仓时代（1185—1333）之后，虽然在贵族之间仍然继续举办赛诗会、连句会等，可是由于贵族日趋衰败无力，所作诗文几乎无可观者。至于新兴的武士阶级则忙于政务和战事，无暇顾及诗文。在这种情况下应运而生的则是僧侣文学。僧侣一般不大关心世俗社会，因而得以专心致志研究学问。再加上遣唐使废止后，僧侣往来中日间仍然较为自由，中国文化继续通过这条渠道输入日本，也为日本僧侣文学的发展提供了充足的养料。更值得注意的是，当时的僧侣在文化上和精神上居于指导地位，僧侣文学并非自我感情的单纯表现，而是力图与禅宗思想结合起来，其目的在于确立自我，在根底上具有经过内观的自我体验性质，所以不是一味模仿我国文学。正因为如此，镰仓室町时代以僧侣为主体的汉诗已经不是平安时代的简单延续，在内容和形式上都产生了很大变化。

这时的僧侣文学主要是指五山文学。五山是日本官方确定的五大临济宗寺院，包括京都五山、镰仓五山及其所属寺院。五山文学的内容以关于佛教的法语类和汉诗文为中心。五山汉诗的发展可以分为三个时期：前期（镰仓时代末期）由于我国著名禅僧赴日和日本留学禅僧归国，新的文运勃兴，处于其最高峰的是留学禅僧雪村友梅。雪村友梅通晓汉学，尤其擅长汉诗，著有《岷峨集》。他的汉诗既与五山派主流气脉相通，又有所发展。他长于古诗，善于在华丽雄伟的境界中构成独特的美。此外，著有《济北集》的虎关师炼也是这时的重要诗人。中期（室町时代前期）为五山汉诗的最盛时代，代表这一时期的诗人首推号称双璧的诗人义堂周信和绝海中津。义堂周信文笔之才出众，所著诗文集《空华集》为五山文学之精华。绝海中津曾在我国明代留学，自幼爱好文学，尤其爱好汉诗，所著诗文集《蕉坚稿》被誉为五山汉诗文之顶峰。同时的佳作还有中岩圆月的《东海一沤集》，别源圆旨的《南游集》《东归集》。其后，义堂、绝海门人分为两派继续从事汉诗创作活动。后期（室町时代后期）再度强调汉诗民族化，但诗风次第转向衰退，教科书式的《百人一诗》《花上集》等选集问世，古典研究注释盛行。作为诗人则有著《翰林葫芦集》的景徐周麟、朱子学家桂庵玄树等。总之，五山时代推崇杜甫、苏轼、黄庭坚，以近体诗为主，七绝数量激增。

除五山文学外，大德寺派出身的癫狂诗僧一休宗纯（所著《狂云集》颇为出色）、公卿诗人一条兼良、武将诗人细川赖之、武田信玄、上杉谦信、足利义昭和直江兼续等人的创作活动也应予以重视。

# 四

近世汉诗是指江户时代（1615—1867）所创作的汉诗。

室町时代末期战乱不绝，五山僧侣也相继被卷入其中，失去舞文弄墨之闲暇，诗文创作日益趋向衰落。进入江户时代以后，起初是儒学家兼作汉诗者辈出，汉诗成为儒学家的余技；随后是一般士人创作汉诗人数激增，汉诗作者范围迅速扩大。正因为如此，若说中世是僧侣文学时代，近世则可称为儒学家文学时代和士人文学时代。

近世汉诗可以享保（1716—1736）为界分为前后两个时期。前期首先引人注目的是儒家地位显著提高，儒家学者空前活跃，他们大多怀有诗才，喜爱赋诗。属于这类儒学家兼诗人者首推著有《惺窝先生文集》的藤原惺窝，次之则应举出林罗山、堀杏庵、那波活所、松永尺五等人。因为他们认为耽于诗文则将玩物丧志，始终把文学放在第二位，所以未能在汉诗上取得更高成就。唯有木下顺庵、新井白石、石川丈山以及元政等人的汉诗创作受到较高评价。木下顺庵不满五山诗风，首倡汉诗唐风，著有《锦里先生文集》。其弟子新井白石遵从师训，主张诗学盛唐，著有汉诗论《室新时评》，作品收入《新井白石全集》。石川丈山将主要精力放在汉诗创作上，同样继承唐风，力求咏出充实的诗情，所著《凹凸窝先生诗集》《覆酱集》和《诗法正义》历来为人称道。元政的汉诗文集《草山集》则以我国明代诗人袁宏道为表率，论者以为业已达到神似地步。元禄年间（1688—1704）的代表诗人为伊藤仁斋及其子东涯，仁斋倡导古义学认为诗乃人情之表露，故肯定其意义。他们的汉诗理论和创作实践为下一时期汉诗的开花准备了条件。在正德、享保年间（1711—1736），获生徂徕的古文辞学派风靡一世。徂徕提出文宗秦汉、诗宗汉魏盛唐的复古主义、拟古主义文学主张，导致《唐诗选》的流行和模拟盛唐诗的盛行。徂徕著有《四家隽》《绝句解》等。其门人中令人瞩目者为著有《南郭先生文集》的服部南郭和失明诗人高野兰亭。

后期汉诗也有几度变化。自宝历至宽政年间（1751—1804），获生徂徕的古文辞学派遭到严厉批判，而站在批判最前列的则是山本北山。北山效仿袁宏道的性灵说，在所著《作诗志彀》里提出诗歌应当重视自己真情的主张，对于日后诗坛产生了很大影响。在实际创作方面，市川宽斋、大窪诗佛等人的作品以语言平易、素材卑近为特色，被称为清新派。自文化至弘化年间（1804—1848），汉诗诗坛百花缭乱，诗人簇簇。其中诗名最高的有赖山阳、梁川星岩、广濑淡窗等人。赖山阳性格豪放，爱好诗文，著有《山阳文稿》《山阳诗抄》等。他一面继承宋诗流行风潮，一面又不满足于此，喜好陶诗杜诗，提倡表叙实际，力主排斥虚说。梁川星岩既学习陆游、高启，又吸收唐诗格调措辞，晚年则作为勤王志士写出不少激昂慷慨的政治诗歌，收入《西征诗》《星岩集》中。他还创办了玉池吟社，据说聚集一千余人，其影响及于明治维新以后。广濑淡窗长于短篇古诗和五言绝句，诗风淡雅，格调端整，感情自然，收入《远思楼诗抄》；另有诗论著作《淡窗诗话》，论述诗歌和文学在人生中的意义。他所创办的塾舍（威宜园），门人多达三千。自嘉永至庆应年间（1848—1867），由于内外多事，幕府衰替，维新胎动，社会混乱，于是一代怀有忧国忧民热情的志士登上历史舞台，他们那些慷慨壮烈、激楚惨澹的诗歌撼动了人心。《精神一注》《殉难前草》《殉难后草》《兴风集》《殉难拾遗》《振气篇》《殉难遗草》《防长正气集》《皇朝近世诗文歌集》《鸣世余言》等诗文集相继出版。这些志士大多不是纯粹的诗人，所写作品在技巧上也有不少问题，但其思想价值乃在技巧之外，所以至今仍为人所爱读。佐藤一斋、安积艮斋、广濑旭庄、藤井竹外等人都有不少佳篇留传后世。

# 五

　　近代汉诗是指 1868 年明治维新以来所创作的汉诗。这一百余年的汉诗发展可以分为明治（1868—1912）、大正昭和（1912—1988）两个时期。由总体观之，明治年间汉诗得到蓬勃发展，而大正昭和年间的汉诗则好似前者之余势。

　　明治维新以后，日本走上资本主义道路，西方文化和西方文学犹如潮水一般涌入，我国文化和我国文学的影响日益削弱。但明治时代的汉诗却呈现出兴隆状态。究其原因，不外如下几个方面：其一是汉诗历史悠久，根深蒂固，深受人们喜爱。无论贵族诸侯、维新元勋、官吏军人、文人学士都既爱读汉诗，又爱写汉诗，愿以汉诗作为表达思想和抒发感情之工具。其二是私塾和诗社推动汉诗发展。以东京为中心，全国各地的硕学鸿儒大办私塾，诗坛巨匠广立诗社；前者以汉诗为重要教学内容之一，后者则成为培养诗人的熔炉。其三是印刷技术发达，报纸开辟汉诗专栏（如《每日新闻》的"沧海拾珠"、《日本新闻》的"文苑栏"等），汉诗刊物纷纷创立（如《新文志》《明治诗文》《圭玷新评》《桂林一枝》《时事评论诗》等），各种诗集大量出版（如《东京才人绝句》《下谷社诗》《花香月影》《随鸥集》等），为汉诗的推广和普及提供了前所未有的优越条件。因此种种，明治汉诗获得蓬勃发展，涌现许多诗人和诗社。大诏枕山的诗歌以沉痛幽寂的情调为特色，一面以白眼观察从幕末到维新的骚然世界，一面耽于观月赏花和诗酒，所作《偶感》一首云"莫求杜牧论兵笔，且检渊明饮酒诗"，其狷介姿态可见一斑。他著有《枕山诗抄》，并创办下谷吟社。该社鼓吹宋诗，被称为性灵派，或熙熙堂派，继梁川星岩的玉池吟社之后成为东京诗坛最有力的诗社，长期称雄诗坛。林春涛的诗歌能将维新后的开化世态列入诗题。他著有《新泻竹枝》《春涛诗抄》等。他所创办的茉莉吟社提倡清诗之新风，被称为神韵派或香奁体派。此外，冈本黄石创办的麹坊吟社，因崇尚杜甫，又称读杜吟社；舻松塘创办的七曲吟社，曾盛极一时，后被茉莉吟社所压倒；成岛柳北创办的白鸥吟社，网罗各派势力；向山黄村创办的晚翠吟社，为下谷吟社之后继者。在诗人方面，除了以上所述，菊池三溪、竹添井井、菊池溪琴等也是不应该遗漏的。

大正、昭和时代由于西化倾向日趋显著，汉诗地位有所下降。这个时期报纸一般不再开设汉诗专栏，发表汉诗主要依靠专门杂志，如大正时代的《大正诗文》（后改为《昭和诗文》）、《随鸥集》等，昭和时代的《东华》《雅友》等；尽管如此，这时进行汉诗创作的专业诗人和业余诗人仍然为数不少，举其中之佼佼者则有夏目漱石、久保天随、臼田缨村、国分青厓、松平天行、土屋笔雨等。尤其是国分青厓，早在明治时代便已很有名气，其后堪称大正昭和时代诗坛领袖。他先后主持过咏社、朴社、兰社、兴社、龙一吟社、雅文会等诗歌团体，指导后进；并曾主办《新闻日本》的"评林"诗栏，痛切指责时弊，引起各界注意，获得"评林体"之称。

# 六

综观日本汉诗的变迁过程，我们不难发现，虽然自古至今这种文体几经兴衰，可是始终没有中断。这是因为汉诗作为一种经过反复锤炼推敲达到极其精练地步的诗歌形式已经深入日本人心，为日本人所喜闻乐见。事实证明，汉诗不仅业已成为日本文学不可或缺的组成部分之一，而且还广泛地滋养了日本文学的其他领域，促进了和歌、俳句以及其他文学体裁的发展和提高。在一定意义上可以说，不了解日本汉诗的变迁便不能算是了解日本文学的历史。

那么，与我国汉诗比较起来，日本汉诗的特征何在呢？我以为其特征可以列出许多条，但从总体来看最主要、最明显的特征乃是其社会政治色彩比较淡薄。即就汉诗与社会政治的关系而言，一般来说我国汉诗与社会政治的联系较为密切，诗人力图通过诗歌表达自己对于社会政治问题的态度和见解，干预、批评时政，社会政治色彩较浓。而日本汉诗则与社会政治的联系较为松散，诗人不很关心社会政治问题，也不想把诗歌与社会政治问题挂起钩来，主要是通过诗歌抒发自己的主观感受，这种主观感受是由外界事物的触动而产生的，是所谓细腻、优美、沉静、幽深、和谐、悲哀的情趣，因之社会政治色彩较淡。日本汉诗的这种倾向不仅表现在他们所创作的作品中，也表现在他们接受我国汉诗时的取舍标准上。例如，在中古阶段（平安时代），日本多次派遣唐使到我国来，白居易的诗歌被大量介绍到日本，产生广泛影响，但名声更大的杜甫的诗歌却几乎没有被介绍过去，其原因之一可能是杜诗社会政治色彩更浓，不大合乎他们的口味吧；再从白居易诗歌本身来说，日本人最喜欢的并非白氏认为足以代表其文学本质的"讽谕诗"，而是白氏作为消遣而创作的"闲适诗"和"感伤诗"，如《长恨歌》等，这也是由于"讽谕诗"的社会政治色彩浓厚，而"闲适诗"和"感伤诗"的社会政治色彩淡薄。与此相关，日本汉诗与我国汉诗在风格上也有所不同。总的来说，我国汉诗以思想明确、说理透彻、刚健明快为上乘之作；但日本汉诗却不以阐述思想、说明道理为己任，在日本诗人看来，只抒发主观感受而不表现一定思想志向或思想志向朦胧的诗歌未必不是佳作，只要能够细腻入微地抒发出主观感受就好，而且抒发主观感受不妨模糊一些、暧昧一些，甚至越模糊、越暧昧越有味道，越能引人共鸣，因而越为人所喜爱。与我国汉诗刚健明快的风格不同，日本汉诗的特点是娇柔纤细。有人说，中国汉诗是男性的，而日本汉诗是女性的。这种说法不无道理。

关于日本汉诗社会政治色彩较淡这一特征的形成原因，情况较为复杂，难以一一尽述；但大体说来是与日本社会构成和日本诗人组成特点分不开的。从社会构成特点来说，日本不像我国这样在历史上经历过多次改朝换代和外族入侵，它是一个远离亚洲大陆的岛国，长期处于孤立状态，自古以来基本上保持着天皇和武士专政的一统局面，社会政治斗争较为单纯，因而社会政治问题在汉诗里反映较少。从诗人组成的特点来说，日本诗人队伍不像我国诗人队伍主要是由热心政治的士大夫或准士大夫组成的，而是以不大热心政治的退位天皇、贵族、宫廷女官、僧侣、学者、隐士等为重要成员的，他们创作诗歌的目的在于抒发自己的感受，寄托自己的情思，所以表现风花雪月、儿女情长、生离死别、游戏滑稽、闲适消遣、幽雅风流、无常虚幻、心灵颤动之作便自然而然地成为日本汉诗的重要内容了。

## 参考文献

[1]〔日〕简野道明：《和汉名诗类选评释》，明治书院，1952 年。

［2］［日］结成蓄堂：《和汉名诗抄》，文会堂书店，1911 年；《续和汉名诗抄》，文会堂书店，1915 年。

［3］［日］盐谷温：《兴国诗选》，弘道馆，昭和十八年（1943）。

［4］［日］土屋久泰：《日本百人一诗》，砂子屋书房，1943 年。

［5］［日］山田准：《日本名诗选精讲》，金铃社，1942 年。

［6］［日］猪口笃志：《日本汉诗》，明治书院，1972 年；《日本汉诗鉴赏辞典》，角川书店，1980 年。

［7］［日］绪方惟精：《日本汉文学史》，日本评论社，昭和三十六年（1961）。

［8］［日］江村北海：《日本诗史》，岩波书店，昭和十六年（1941）。

［9］［日］芳贺矢一：《日本汉文学史》，富山房，昭和三年（1928）。

# 日本古代汉诗初探<sup>*</sup>

## 林岫<sup>①</sup>

日本汉诗是用中国汉民族文学语言和传统诗歌创作形式表达日本诗人思想感情的诗歌作品。它是日本汉文学艺术宝库中最主要和最有价值的文学珍品。

日本汉诗，跟至今活跃于日本书坛的汉诗文书法一样，昭示了借助中国艺术语言表现日本艺术家审美理想的可能性。这个特殊的文化现象，在中日文化交流史上有着重要的研究价值。如果抛弃"淮北生枳"的陈见，从比较学的角度进一步研究和正确评价日本汉诗，对了解日本汉文学，研究诗歌创作心理学，甚至更深刻地理解中国古代诗家作品，无疑也具有重要的意义。所以，本文拟从不同的发展时期对日本古代汉诗作一初步的研究。

一

至 1868 年日本近代史上划时代的明治维新为止，日本古代汉诗的发展大致经过了奈良平安时代的贵族汉诗、镰仓室町时代的禅林汉诗和江户

---

　＊　本文原发表于《学术交流》1992 年第 2 期。

　①　林岫，女，1945 年生，浙江绍兴人。字苹中、如意，号紫竹居士、颐阳书屋主人。1967年毕业于南开大学中文系，著名诗人、学者、书法家。曾任中国新闻学院古典文学教授，中国书法家协会第五届副主席。现任国务院参事室中华诗词研究院顾问，中央文史馆书画院院委研究员，中国国家画院院委研究员，中国书法家协会顾问，中国汉俳学会副会长，北京文联副主席，北京书法家协会主席。著有《古文体知识及诗词创作》《诗文散论》《林岫汉俳诗选》《林岫诗书墨萃》《紫竹斋诗词稿》等，主编有《汉俳首选集》《当代中日著名女书法家作品精选》等。

时代的儒士汉诗三个时期。

从飞鸟时代经奈良时代至平安时代结束，其间六百年（593—1192）之久，是汉诗在日本破土萌蘖而生的时期。

据《隋书·东夷传》和《北史·倭国传》载，日本在推古天皇十五年（607）派遣小野妹子等赴隋之前就已经有过跟隋朝的文化往来。史载有名的遣隋留学生虽然仅十余人（一说13人），但并不以学佛法为主，在漫长的二三十年留学期间广采中国礼文政治等，对当时日本上层社会的文化影响是极为明显和深远的。478年日本倭王武（即雄略天皇）致刘宋顺帝的表文，散骈合体，就一如六朝散文。后来的天皇都雅尚汉字书法和汉诗文，并以此奖掖皇子、朝臣，汉文便逐渐成为王朝中通行的官方文字。从现存的资料看，最早的汉诗作品是收入《怀风藻》的大友皇子（648—672）写的《侍宴》和《述怀》。江户汉学家江村北海在《日本诗史》中说"古昔诗可徵于今者，莫先乎怀风藻"，足见其镒金拱璧之位。

奈良时代（710—784）的日本皇室推重萧统《文选》，并以此作为学习汉诗文的范本，朝臣多能暗诵，所作汉诗取典或安章之法多据《文选》，诏策、文告等用骈散交互的汉文，如719年表彰入唐十八年学而有成的释道慈的诏书（见《续日本纪》）、756年光明皇后御制《东大寺献物帐》（见《东大寺要录》）等皆如是。此风一直延至平安朝（794—1192）初期也有增无减。718年曾有过"凡进士试时务策二条，帖所读《文选》上帙七帖、《尔雅》三帖"的规定，至平安朝延历十七年（797）太政官又宣令16岁以下"大学生"须先习《尔雅》和《文选》，所以在这个背景下，编纂于751年的汉诗集《怀风藻》（辑60家诗120首）显见继承秦汉六朝和初唐诗风的痕迹，是十分自然的。联系之后的作品来看，《怀风藻》无疑属于已经逝去的飞鸟和奈良时代。

《怀风藻》中大部分汉诗的句式、句意或篇法皆有祖构，用典也多出于中国神话和秦汉六朝诗文。句式相袭者最为多见，如：

> 凤盖随风转，鹊影逐波浮。[日]藤原史《七夕》
> 姮娥随月落，织女逐星移。（梁）庾肩吾《七夕》

句意相袭者，如：

巫山行雨下，洛浦回雪飞。［日］荆助仁《咏美人》

仿佛兮若轻云之蔽月，飘摇兮若流风之回雪。（魏）曹植《洛神赋》

洛浦疑回雪，巫山似且云。（梁）何思澄《南苑逢美人》

这些汉诗形象地展示了日本诗人由憧憬到追摹的过程，故学步之艰难也历历可见。从内容题材和表现手法等看，《怀风藻》部分作品确实存在牵文缝合的问题，但作为最早的汉诗集，《怀风藻》荟萃了汉诗在日本早期的萌芽作品，仅此，就确立了它在中日文化交流史上的重要地位。

9世纪初，平安朝的嵯峨天皇（810—823年在位）敕撰《凌云集》和《文华秀丽集》，淳和天皇（824—833年在位）又敕撰《经国集》。这三部汉诗集在内容和诗体体制特点等方面的变化，显示了平安诗风的新气象，也展示了日本汉诗经历过由秦汉六朝而隋唐的遭递历程。这个历程虽然比同期中国的诗歌发展要滞后一百多年，而且奈良汉诗那种贵族气氛仍笼罩遍至，但以唐朝文化为源头的平安汉诗毕竟因获得新的契机而趋创新，为诗坛吹起了一股清新之气。

从奈良朝前期舒明天皇二年（630）到平安朝宽平六年（894）停派遣唐使为止，日本共派出遣唐使191次（人数最多的一次曾达六百名）。加之其间商船往来，遂为大量移植唐朝文化开了方便之门。8世纪中叶，"仿唐风"已无所不及，学汉语和吟作汉诗成了朝臣贵绅的日课，使和歌等本土文学一度受到压抑。当时上层社会还流传着《离骚》《庾信集》《太宗文皇帝集》等抄本，汉诗人"涉汉魏六朝唐诸家必矣"（见《本朝一人一首》卷十）。待中唐元（稹）、白（居易）二氏诗传入后，朝野随即翕然相从，学作白诗一时蔚为风气。日本《本朝丽藻》（卷下）说"我朝词人才子以《白氏文集》为规摹，故承和（834—847）以来言诗者皆不失体裁矣"，可知当时步趋白诗盛况。在中唐诗风影响下，汉诗的创作也由原来皇苑内写侍宴从游之类，扩大为贵绅间的唱和题咏等。诗人在用汉语表情达意，甚至平仄声韵的使用上都远比奈良朝成熟。受白居易《新乐府》《秦中吟》诸诗的影响，有些诗人还写出了一些咏史言志和反映民生疾苦的作品。诗体上，七言歌行、近体和乐府诗的出现，也使《怀风藻》以五言为主的格局大为改观。这时的汉诗人都是博学洽闻的贵族或皇亲国戚，著名的有菅原道真、三善清行、嵯峨天皇、都良香、纪长

谷雄、藤原为时，女诗人有智子内亲王、惟氏等，他们的作品代表了这个
时代汉诗的创作倾向。例如嵯峨天皇（786—843）的《渔歌子》（五首选
一）："寒江春晓片云晴，两岸飞花夜更明。鲈鱼脍、莼菜羹，餐罢酣歌
带月行。"仿唐代张志和《渔歌子》，张诗尾句用"不"字，嵯峨用
"带"字，奉和者有用"送""入"字的，皆得玄真风神。以天皇至尊之
身写渔家本属难为，但这组诗写得情趣盎然且造语俊逸疏快，唯"鲈鱼
脍，莼菜羹"用《晋书·张翰传》见秋风思吴中莼羹、鲈鱼脍事说本土
渔家，未免牵合。又如菅原道真（845—903）组诗《何人寒气早》（十
首，选后二首）："何人寒气早，寒早卖盐人。煮海虽随手，冲烟不顾身。
旱天平价贱，风土未商贫。欲诉豪民推，津头谒吏频。""何人寒气早，
寒早采樵人。未得闲居计，常为重担身。云岩行处险，瓮牖入时贫。贱卖
家难给，妻孥饿病频。"菅原道真是平安朝著名汉学家，曾官至右大臣兼
右近卫大将，此组诗是901年冬季遭谗迁九州，在领地赞州哀平民疾苦而
作。当时豪族大肆兼并土地，并纠集地方富绅爪牙欺压平民，诗中写的十
种苦寒之人实为平安平民痛苦生活的写照。类同此诗的，还有菅原道真的
《路遇白头翁》、纪长谷雄的《贫女吟》等。对这类诗，有些研究者断为
白诗的仿造之作。其实，参照白诗原本，从命意或篇法处理上分析，这类
诗与《怀风藻》中的部分步踵之作决不可相提并论。《何人寒气早》虽然
在篇法上借鉴白居易《春深》（"何处春深早，春深富贵家……"），但前
诗专写平民苦寒，直歌其事，自然浑成，并无斧斤之痕。又如《路遇白
头翁》，虽然在命意上影本白居易《卖炭翁》，但前诗采用诗人与白头翁
对话的叙述形式，与后诗纯写诗人眼中所见不同，又前诗借白头翁之口对
官府先贬后颂以表达诗人对统治者"愿因积善得能治"的愿望，与后诗
以"苦宫市"抨击社会现实自不相同。又如菅原道真《不出门》（七律）
中"都府楼才看瓦色，观音寺只听钟声"，研究者认为是撷取白居易"遗
爱寺钟倚枕听，香炉峰雪拨帘看"而来。平心而论，不但句意不能断为
沿袭，而且从句式上看，后者显然是白诗中最常见的"四二一"（或作
"二二三"）结构，如"昭阳殿里恩爱绝，蓬莱宫中日月长""陶令门前
四五树，亚夫营里百千条"等，而前诗"都府楼—才看—瓦色，观音
寺—只听—钟声"却是"三二二"结构，如同白诗的"巫女庙花红似粉，
昭君村柳翠于眉"等。上述这些同异互见的现象，不单关系到对日本早
期汉诗作品的评价问题，重要的是，透过这些现象，我们看到了平安汉诗

诗人面对唐朝文化巨大冲击下的新思考和新作为。这恰是平安汉诗的价值所在。

平安诗风的变化，除题材范围的扩展，汉语语汇量的增加和表现技巧的进步外，还表现在平安汉诗人不安于故步，竭力缩短与同期中国诗人的距离并力求汉诗日本化所作出的姿态和努力。编纂于9世纪末期的《新撰万叶集》将表现同主题、同意境的和歌与汉诗一一对排，相对奈良朝后期的《万叶集》，不难看出汉文学对和歌的渗透和影响。之后，藤原公任（966—1041）又编出了第一部日本诗歌名句选，即《和汉朗咏集》。这两部集子的和汉并排，是饶有深意的。提供比较的机会，就有启发，撷取、醇化或靠拢的可能。这就是不安于故步的反思。在此之前，日僧空海（774—835）所辑《文镜秘府论》曾提倡"以敌古为上，不以写古为能""凡高手言物及意，皆不相依傍"等，可以说，已从理论上为反思指出了方向。再加上唐诗云水般地涌入，又从题材革新和诗体遭变等方面作出了示范，故诗风在平安一变当事出必然。

还有一点必须提及的是，以嵯峨天皇为首的平安朝数代皇家诗人和以菅原道真为代表的一批贵族诗人，显然构成了汉诗在日本能扎根生长的最强有力的政治支撑力。尽管在这一点上显示了与中国诗歌初自民间口头创作而后登假于文苑殿堂的不同走向，但这种支撑无疑有利于汉诗的生存，可以看作是客体文化移植的一种特殊性。当然，平安朝及其之后较长一段时间汉诗人多据耳食和史典闭门造诗，作品缺乏生活滋养而了无余味，汉诗极难庶民化也是一个重要的原因。

## 二

日本汉诗的第二个发展时期是镰仓时代至室町时代。其间四百年（1192—1602），汉诗主要是指以禅宗五山为中心的诗僧创作的作品，故又称"五山时期"或"缁流文学时期"。

在这之前，因日本停派遣唐使，中日文化交往曾出现过一段时间的断层。随后，中国经五代十国战乱到北宋结束，两国间交往都极为冷淡。据日本《百炼抄》和《中日交通史》载，日本一度锁国，凡私人宋者皆处以流放重罪，僧人入宋虽属例外，也比唐朝锐减（仅20余人）。由于唐朝时那种活跃的文化传播媒介长期中断，故缺乏北宋新文化的刺激，刚入佳境的平安汉诗到后期又变得委靡起来。南宋中叶后，日本禅风日盛，入宋僧五十年内竟有百余人之多。在南宋已经烂熟的禅宗借入宋僧和渡日宋僧的传法，在日本大阐宗风，很快便东呼西应。纵宋元之际忽必烈两次东征，也未有过间断。其间，宋朝新文化大量入日，不但影响其文学艺术，而且"仿宋风"几乎遍及衣饰、烹调、种植、起居等各个方面。这时僧人说禅作诗皆用汉语，入宋多称不为求法而单为修行而来，游历江南名山禅院如得江山之助，皆祈愿"法海无边，诗囊饱满"。大德十一年（1307）因倭寇焚捣庆元，元军逮捕了天童山的日僧十余人，禅僧雪村友梅（1290—1346）以间谍嫌疑被拘于湖州狱中，执刑时雪村朗诵赴日僧无学祖元（1266—1286）诗偈（"乾坤无地卓孤筇，且喜人空法亦空。珍重大元三尺剑，电光影里斩春风"），方得幸免。后放逐西蜀，长达十余年，遂有《岷峨诗集》，集中佳作不逊于宋元诸家。如《中秋留别觉庵元文》，笔寄深慨，写情能到真处，也是至诚墨沈。又如《杂体十首》（其一）："吾不欢人誉，亦不畏人毁。只缘与世疏，方寸淡如水。一身缧继余，三岁长安市，吟哦聊适情，直语何容绮。"又似得陶潜风神。这时日本禅林中事概效宋元。最突出的就是镰仓末期仿南宋宁宗时期所建之"五山十刹"。围绕五山禅林的汉文学始终是镰仓以至室町时代最具有影响力的，所以评论家皆以"五山文学"指称这个时期的全部禅林文学。

镰仓末期正值元朝，两国禅林的双向对流更加频繁。东渡的元僧，如一山一宁、明极楚俊、竺仙梵仙、清拙正澄等原本就是博学多识的高僧，渡日后又董理名山大刹，对五山汉诗影响极大。史册留名的入元僧有220余人，入元前大都通汉语且长于诗文，入元后于天目山挂锡，靠一钵一杖四处巡历。如在华居住45年之久的龙山德见（1284—1358）的《倚明极（楚俊）老人山中杂言十章韵言志》有"我昔过东海，清游到江西。爱此江山好，驻锡已忘归"。五山僧对汉诗的仰慕和实践确实出于"本心"，即使面对虔诚的宗教膜拜也不隐藏半分。文词本是禅家务斩之葛藤，素有不立文字之说。唐释拾得有"我诗也是诗，有人唤作偈"句，宋人更从禅意诗中发现"比物以意"的"象外句"，《香祖笔记》说"舍筏登岸，禅家以为悟境，诗家以为化境，诗禅一致，等无差别"，看来，"以言消言"也在情理之中。不管怎么说，五山僧虽"生乱世，无有所以，偏以翰墨之游戏余波"（中岩圆月语），用诗集记录其心声，毕竟是缁流中之卓识者。

这个时期的后二百多年是室町幕府时期（1393—1602）。其间，经"战国时代"（1467—1573）的大名混乱和"一向宗"起义，直至德川家康篡夺丰臣政权和剪除大名。时间上相当于中国明朝洪武至万历间。

武家参禅始自镰仓，禅林所谓"两头俱截断，一剑倚天寒"的生死观正是镰仓武士政治和军事斗争中求之不得的精神支柱，尤其是 1281 年北条时宗靠渡日高僧无学祖元下语击退忽必烈的元军之后，幕府武士遂与禅林释子互为依傍，故禅悦之风愈盛。中国元明交际间"五十年来，狮弦绝响"（见《紫柏老人集》卷首），到明代中叶，禅宗忽又席卷江南，释子广交文人名士成风，如达观（1543—1603）与汤显祖、袁宏道、董其昌等文学家、艺术家，均"声气相求，函盖相合"。这种风气自然与日本五山文风妙合神契。明朝三百年间东瀛入明僧有 110 余人，且多雅尚诗文者。入明僧中最著名的五山诗僧是绝海中津（1336—1405）。入明朝 8 年，常以诗和明代诗僧来复、怀渭等。他晋谒明太祖言及徐福事时，曾赋诗并蒙太祖赐和。又杭州中天竺的如兰师曾为其《蕉坚稿》作跋，称"虽我中州之士老于文学者不是过也，且无日东语言气习，而深得全室之所传"，绝非过情之誉。其诗取境淡远，情致尤胜。如《题梅花野处图》"淡月疏梅野水湾，何人注意写荒寒。一枝瘦影清波上，应是孤山雪后看"，造语秀拔，自成气象。

五山汉诗取法宋元明，标榜醇雅，力求语言遒炼；寓意隽深，与奈良平安朝那些演迤拘谨之作相比，诗人驾驭这个独特的诗歌创作形式已渐纯熟，长期接受汉文化熏陶和直接体验中国丛林生活等使五山诗人获得了更多的创作自由。宋诗多议理以及明诗宗唐等创作倾向在后期的五山诗中能声磬相和，说明平安朝那种滞后距离正在缩短。从采览和驱使典籍看，诗僧多悟翻转一法，料是缘自禅宗破壁斩关，六祖翻转神秀偈而来。不少作品的开阖变化，也足以较量元明诸家。如杜甫以"时闻杂佩声珊珊"写玉佩声，愚中周及《三月二日夜听雨》以审美幻觉写雨声："佩玉珊珊鸣竹外，谁家公子入山来。今宵赚我一双耳，明日桃花千树开。"又如欧阳修有"游人不管春将老，来往亭前踏落花"句写诗人游春所见，景徐周麟《山寺看花》改视觉为听觉，从审美联想中产生的错觉去写落花："居僧不识惜春意，数杵钟声惊落花。"又如写秋扇，自班婕妤《怨歌行》写出"弃捐箧笥中，恩情中道绝"后，历代吟秋扇诗皆落笔怨人，西胤俊承（1358—1422）《秋扇》"一朝秋至宠还断，恨在西风不在人"，迥异旧调，也深涵泳。又如明人许邦才《送友人归射洪》有"自从筇竹通西夏，汉使年年出夜郎"句，景徐周麟《题宋宫殿钱塘观潮图》的"观潮亭上七行酒，北使年年带雪来"显然点化许诗而出，但讽谕蕴含，意趣独至，远胜原作。当然，五山汉诗中也有一些缚茧体式的作品。如虎关师炼（1278—1346）《秋日野游》"浅水柔沙一径斜，机鸣林响有人家。黄云堆里白波起，香稻熟边荞麦花"，体从杜牧《山行》，"机鸣"句意仿宋僧道潜"隔林仿佛闻机杼，知有人家在翠微"，后两句以黄云言香稻，以白波喻荞麦花，似借王安石"缫成白雪桑重绿，割尽黄云稻正青"句法，但原诗皆含蓄春容，虎关诗偏重体式且风韵不逮，若度长絜短，自不难辨蜀腻浙清。当然，这些诗是不足以影响五山汉诗的成就的。无论从个性化风格的形成和对中国文学的借鉴上看，还是从平安贵族诗或后来江户的儒士诗相比较而言，五山汉诗都是日本汉文学中最有生气的优秀作品。

## 三

进入 17 世纪后，汉诗诗风又为之一变。这就是日本汉诗发展的第三个时期，即德川幕府时期（1603—1867），因幕府设在江户（今东京），故又称"江户时代"。其间 260 余年。

室町末期，作为五山文学的副产物，出现了有助于阅读和理解汉文典籍的"和点"（即用日语读汉字的"训读"）、"抄"（即汉文的抄释）。后来江户的荻生徂徕（1667—1728）又用唐音直读汉文来取代和训倒读的方法，使原来望而生畏的汉文典籍变得易读和通俗起来。这些努力，均为普及汉学和提高普通日本人学习汉学的兴趣起了重要的作用。加之，地方讲学之风日盛，便出现了一大批和汉并擅，儒佛兼通的文人学士，如玄树桂庵、桃源瑞仙、笑云清三等。德川幕府初期研究儒家经学的学者多出其门下，楚材晋用，故有"室町儒学之风乃德川文运先声"之说。

江户初始，正值明代万历攻击"狂禅"、斥佛教为异术之时，日僧虽不再西向，渡日僧人却络绎不绝，如超然、超元、隐元等，皆为明清文化东渐的传播者。后来幕府为了巩固其"幕藩体制"推崇宋儒朱熹的理学为官学，又恰与清初统治者力倡程朱理学桴鼓相应，于是五山禅悦之风渐趋式微，汉诗诗坛也渐归儒士。这时著名的汉诗人有林忠、藤原肃、新井君美、石川凹、伊藤维桢等。这些诗人除诗集外，皆有多种儒学著作，平素仍结交学衲，诗作多追求平易恬淡之趣。如伊藤维桢（1627—1705）《嵯峨途中》："十里嵯峨路，往还天欲昏。钟声云外寺，树色雨余村。相伴只筇竹，所携唯酒樽。阿宣与通子，双立候柴门。"清而不薄，取材弘富，仿佛中唐，以陶潜自比，风致淡雅，也是五山气格。

这时因复明无望而流寓日本的明儒朱之瑜（1600—1682）被幕府聘为庠序之师、国师，正在提倡荟萃儒学精华的"理实学"，对日本儒学大兴和程朱理学内部的门户纷争产生着重大影响。与朱同时赴日的学者陈元赟（1587—1671）携来的《袁中郎全集》，后来在汉诗界也掀起过轩然大波。稍后以荻生徂徕为首的汉诗人主张明七子的"复古学"，"天下翕然向之，遂至风靡一世"。汉诗作品唯上六朝，下中唐，或舍律而古，或取风李杜，似与中国明代嘉靖、隆庆时文风相应。《袁中郎全集》传播后，袁宏道反对蹈袭和要求"独抒性灵，不拘格套"的文学主张，颇得山本北山等人的响应。始与荻生徂徕"复古派"分树旗旌。诗风复由唐归宋。最早接受并传播公安派文学主张的诗人是陈元赟的学生元政。元政（1623—1668）俗名石井吉兵卫，日莲宗僧，他与陈元赟的唱和集，即《元元唱和集》，是中日文化交往的重要资料。其诗不事雕琢，语言洁净明丽，异于流尚。如《草山偶兴》："晦迹烟霞避世尘，云松为屋竹为邻。闲中日月不知岁，定里乾坤别有春。会面何嫌青眼友，慈颜每爱白头亲。门前流水净如练，好是无人来问津。"着力幽致，有宋诗佳境，尾结用谢朓"澄江静如练"，陶潜"后遂无问津者"，写山居之乐，又是五山嗣响。由于元政和北山的传播，后来日本汉诗人仰慕袁宏道者日众，如市河世宁、井上纯卿、村濑之熙等皆以公安派主张与荻生派对垒，于是汉诗至德川中期又斐然中兴。

荻生徂徕，江户汉学家，倡古文辞学，其七绝及古体蕴藉流丽，似出入盛唐。《少年行》"猎罢归来上苑秋，风寒忆得鹔鹴裘。分明昨夜韦娘宿，杜曲西家第二楼"，得辋川绝句之风神。其弟子皆尚唐风，太宰纯（1680—1747）的《神巫行》："宕邱之山郁崔嵬，朝云暮雨去复来。宕邱巫女何姣丽，弱质阿娜倚高台……"服部元乔（1683—1759）的《明月篇》："长安八月秋如水，夜色纤尘空万里。河汉已收星欲稀，江天初照月相似……希逸毫端霜露陨，仲宣楼上岁年深。楼上遥情凄复凄，万户千门落月低。旧时月落情难歇，落月今宵望迷转。唯有远山长河色，斜影沉沉落月西。"皆效唐人歌行，篇中顶真句法等也如唐人《春江花月夜》《长安古意》中常见。江户学唐风的汉诗人多重体式而风骚偏远，有的揽采唐代各家，合而为一，有的套用篇法，意各有主。

德川中期，尤其是天明（1781—1788）前后日本汉诗人嘤然尊宋，鼓吹范（成大）、杨（万里）、苏（轼）、黄（庭坚）、陆（游）。江户诗人本来寝馈汉籍殊深，故此时创作愈重才情学问，并于唐宋以来字句篇法等，莫不留意。如诗用虚字一法，自古有之。天明前后，日本汉诗也多用虚字，如"虫隐者游青藻雨，花君子立碧汀烟"（森田居敬句）、"名场老矣头将鹤，故国归欤意似鸿"（藤森大雅句）、"得意花于闲处看，无心云只自然飞"（福田俭夫句）、"未醉以前多俗虑，除诗之外绝常谈"（村上大有句）等，皆用于近体诗对仗，以添迤逦之概。

诗讲字句篇法，虽神气体势皆由之见，若不重神理气味，毕竟还是学诗之肤浅者。如赤田元义"借问村家何处住？看花直到野桥西"本唐代杜牧《清明》，仅得形似。重神理气味且翻腾新意、构思奇巧者，则谓之夺胎换骨。如西岛长孙《落叶》"楮衾菊枕得眠迟，叩户真如雨作时。从此秋声无处着，唯留宿鸟守闲枝"，前两句由唐代释无可"听雨寒更尽，开门落叶深"化出，通篇不着一"叶"字，写秋声由有到无，落叶飘尽自见于言外。又如横山谊夫《枕上作》"隔厨灯火小于萤，幽梦初回近立更。虫语满庭元自乐，被人枉作恨秋声"，翻千古秋虫寒吟悲时之案，韵味亦厚。从整体看，江户多汉儒，汉诗主要是文人诗。南宋刘辰翁《须溪集》卷六《赵仲仁诗序》说"后村（刘克庄）谓文人之诗，与诗人之诗不同"，此言甚是。五山僧诗从游历中来，以才情写见闻，所谓"句法端从履践来"，江户儒士所取宽博，多在锤炼词语，驱使典籍上用功，虽兼取各家而渐趋老成，不少作品虽比五山诗有深意，却伤生气。所以待清朝乾隆、嘉庆后的"考据"学风影响到日本儒学和史学界，汉诗创作便自然出现了列典如阵的拟古主义和缔章绘句的形式主义诗风。如古贺朴的一句一典诗，赖惟杏坪的"代语诗"等，皆堪例类，到江户末期，诗人不满于风流日下，纷纷结社，各具作法，雅集与教学并行，为日本汉诗在明治维新前的最后繁荣起了推动作用，这时才出现一批有独特风格的杰出诗人。其中最有影响的是赖襄（1780—1832）。赖襄，号山阳，著有《日本外史》《日本乐府》等，识议宏博，以布衣终老。殁后六十年，中国首任驻日大臣何如璋与参赞黄遵宪过山阳道时犹为之心折淹留。其诗远取秦汉三唐，径造宋明大家，兼取众善，七律雄浑蕴藉，七绝俊雅深婉，俱以风调取胜。《修史偶题》"囊册纷披烟海深，援毫欲下复沉吟。爱憎恐枉英雄迹，独有寒灯知此心"，至诚真情竞逐笔下，道尽史家苦辛。《随园诗话》谓"有性情便有格律"，于山阳诗可见。比赖襄稍后又一位著名诗人是广濑吉甫（1870—1863），号梅墩，有《梅墩诗钞》。清代学者俞樾《东瀛诗选》评其诗谓"长篇大作，极五花八阵之奇，而片言单词，又隽永可味"。其诗，五言能尽雅，七律荡放流转，七绝意蕴涵泳，如《春寒》"梅枝几处出篱斜，临水掩扉三四家。昨日寒风今日雨，已开花羡未开花"，后两句仿唐宋"当句对体"（如白居易"今日心情如往日，秋风气味似春风""东涧水流西涧水，南山云起北山云"，到宋明用此法已如填作匡格），却别有自裁。除赖襄、广濑吉甫外，还有梁川孟纬、远山澹、大槻清崇及女诗人梁川景婉等，皆各擅胜场，时称特出。

除汉诗创作外，江户大量论诗诗、诗论和诗话的出现，表明日本汉诗人创作主体意识的自觉性正在增强。唐代元兢《诗髓脑》、梁钟嵘《诗品》等在平安时代影响过日本的"歌学"和汉诗创作，宋明清的诗论和诗话东渡也对日本汉诗的品鉴和创作产生过重要影响。江户汉诗人祇园瑜的《明诗俚评》、太宰纯的《诗传膏肓》、市河世宁的《陆诗考实》、菊池桐孙的《五山堂诗话》、广濑建的《淡窗诗话》、江村北海的《日本诗史》等汉诗理论著作，以及长谷允文的《客中论诗》、坂井华的《次韵诗僧东林作·诗不必》、赖襄的《夜读清诗人诗戏赋》等论诗诗，对中国历代诗歌风会迁移、流派主张和诗家作品的评价，或者对日本汉诗创作的新认识，都显示了这个时代日本汉诗人的觉醒。这种觉醒，来自不同于平安时代基点上的新反思。群星璀璨，佳作如云，立足于本土，写自己跻身的这个时代，可以看作是汉诗真正日本化的开始。虽然这个开始在明治时期的"欧化飓风"冲击下随着汉诗的江河日下而稍纵即逝了，但是我们在日本美术、书法等领域中常见的那种汲取或容融中国文化以丰富主体文化的自主性，却客观存在在江户汉诗之中。

汉诗传入东瀛，并非单生日本汉诗一脉。它对日本文学的影响是全方位的。汉诗丰富的辞藻、奇妙的文思和变幻无穷的表现技巧，不仅丰厚了日语语汇量，刺激了和歌等本土诗歌的遭变，而且结合汉魏六朝传奇文学和唐本事诗等催生了日本的物语文学。随汉诗接踵而至的诗学，使日本的

"歌学"和诗学另开新境，恐也是始料未及的。汉诗渗入日本文学，历时1300余年而始终保留用汉语言表情达意这个客体形式，有人称之为"文化病症"。或许这恰如珍珠是牡蛎的病症产物一样，它才为日本文学留下了卷帙浩繁的文化财富。

现在日本仍活跃着近百个民间汉诗社。吟作汉诗，跟书道和茶道一样，被看作是最富有日本文化情趣的雅事。汉诗在日本不会绝迹，"异域知音代有人"，它同两国的文化情缘一样久长。

# 日本汉诗及其汉魂[*]

## 孟昭毅[①]

**摘　要**：日本汉诗是中日文化交流的结晶。作为日本文化的重要组成部分，日本汉诗迄今已有 1300 多年的历史。梳理和廓清这一历史，以凸显日本民族对汉文化独特的接受和创发很有必要。

**关键词**：日本汉诗；汉语；汉文化；中日文化交流

日本汉诗是日本诗人、文学家以古代汉语和中国旧体诗的形式创作的韵文作品。由于中日两国的文化渗透和影响的缘故，日本人自古以来，就羡慕秦汉神趣、唐宋风韵，素以写汉诗为荣、为雅、为贵、为高。他们以汉诗的形式，借中国的人物典故，抒发民族的情感，因此，汉诗自然成为日本文化的重要组成部分。日本的汉诗自成型至今已有 1300 多年的历史。它以自己独特的美学追求，悠久、厚重的历史积淀，成为日本文化旅人的记录者。它以浸透了儒道佛思想传统的精神，吟咏出贴近自然与社会现实的心声，以汉语的优美韵律融歌道的艺术感染力于一体，使人登上传播和享受诗美的乐园天国。

---

\* 本文原发表于《唐都学刊》2003 年第 2 期。

① 孟昭毅，男，1946 年出生，天津师范大学文学院教授、博士生导师，天津师范大学东方文学与文化研究中心主任，享受国务院特殊津贴。研究方向为比较文学和东方文学文化交流。主要著作有《东方文学史》（合编）、《东方文学交流史》《丝路译花——阿拉伯波斯作家与中国文化》等。

# 一

日本汉诗滥觞于公元 7 世纪的近江朝天智天皇（626—672）在位期间（667—672）。现存最早一首汉诗《侍宴》是被誉为"汉诗之祖"的大友皇子（弘文皇帝，？—672）21 岁时所作："皇明光日月，帝德载天地。三才并泰昌，万国表臣仪。"这首诗描写了朝廷设诗酒之宴，招揽文人学士，天皇即席赋诗、群臣献颂，雕章琢句、竞献文华的场面。一派歌舞升平、四海殷昌的气象，颇显汉时之诗风。其他一些群臣唱和以及应诏侍宴的汉诗，在 672 年发生的"壬申之乱"中几乎丧失殆尽。

奈良朝（710—794）正值中国唐代开元盛世，唐诗成熟代表了中国诗歌发展已达巅峰。日本众多遣唐使归国时都要携回一些诗歌经典，如《诗经》《离骚》《文选》《玉台新咏》等。这不仅使中国诗歌得以在日本广为流传，而且也刺激了日本作家的汉诗创作。凡贵族饮宴、迎送使节、文人唱和、抒情言志，均以赋汉诗为时尚，一时间蔚然成风。长屋王（？—729）、淡海三船（722—785）等，是这一时期著名的汉诗人。此时的汉诗一般为五言诗，主要是以《文选》为本，多模仿齐梁体和初唐诗风。内容多以侍宴、从驾、唱和，以及吟咏月、雪、梅、菊、酒等为主。反映了当时人们对儒家正统思想、老庄神仙思想、竹林清谈的虚无思想、佛家出世思想等的羡慕之情。

孝廉天皇天宝三年（751），日本第一部汉诗集《怀风藻》编写。编者不详，据传是淡海三船。在这第一部书面文学集的序中写道："余撰此文之意，为不忘先哲遗风，故以'怀风'名之。"当时已传入日本的唐代名僧道宣（596—667）所著 30 卷《广弘明集》中有"寄筌输以怀风，援弱竟而抒情"（《道士支昙谛诔序》）和"慕德怀风，杖策来践"（《鹿苑赋》）的文句。《文选》卷 17 所收《文赋》李善注写道："孔安国尚书传曰，藻，水草之文，有人以此喻文。"日本有的学者认为，《怀风藻》书名很有可能取此上两书中的"怀风"和"藻"之意。① 全书一卷，按时代顺序收入近江、奈良两朝 80 余年间的 64 位作者的约 120 首汉诗。作者

---

① 李均洋：《日本文学概说》，陕西人民教育出版社 1992 年版，第 8 页。

有天皇、皇子、诸臣、僧侣和隐士等。这些汉诗虽属贵族文学范畴，大多还难说是真实的个人生活感受，但它毕竟是在尚无本国书面抒情文学的拓荒之作，对于掌握了汉字的文人而言，有启迪才思的意义。

大津皇子（663—686）文武全才，长于汉诗和汉赋的写作，天武天皇（672—686）之子。自天武天皇十二年（683）起即参与朝政。朱鸟元年（686）天武天皇死后不久，即以谋反罪被捕赐死。《怀风藻》收其汉诗四首。其中五言诗《临终》为其临死前所作："金乌临西舍，鼓声催命短。泉路无宾主，今夕谁家向。"短短 20 个字，不仅表达了自己成为政治斗争牺牲品的哀伤，也流露出诗人壮志未酬的无可奈何之情。此诗有"建安风骨"之神韵，和曹植（192—232）后期悲凉慷慨的诗风有共鸣。诗中"金乌"一词源于中国古代神话，传说太阳中有三足乌，因此常用于太阳的别称。韩愈（768—824）曾有"金乌海底初飞来，朱辉散射青霞开"（《李花赠张十一署》）的诗句。大津皇子的汉学功底可略知一二。

从六朝到初唐，咏物诗一度风行中国朝野，影响到《怀风藻》中的咏物诗以及和歌传统中表现四季景物的手法。中臣大岛的《咏孤松》一诗有一定代表性。"陇上孤松翠，凌云心本明。金根坚厚地，贞质指高天。弱枝异萱草，茂叶同桂荣。孙楚高贞节，隐居悦笠轻。"诗人以松自喻，袭用了梁范云《咏寒松》一诗"凌云知劲草，负雪见贞心"的诗意，取"岁寒然后知松柏之后凋也"（《论语·子罕》）以明志。此诗和《文选》"游仙"类所录何敬宗的《游仙诗》也有相同的意境："青青陵上松，亭亭高山柏。光色冬夏茂，根柢无凋落。吉士怀贞心，悟物思远托。扬志玄云际，流目瞩岩石。"何敬宗以青松植根于仙乡，比喻吉士之贞心高洁。大岛之诗则不仅以松柏之孤直比喻自己的志节高远不俗，而且在咏物之时，使人犹如置身仙境，这种咏仙境之物的诗，表达了中日两国诗人企图远离动乱尘世的共同心理。

平安时代（749—1192），日本王公贵族和文人写汉诗抒情言志几近传统。初期的嵯峨天皇和淳和天皇等都十分崇尚汉诗文。在他们的支持下，《凌云集》《文华秀丽集》和《经国集》得以问世。这 3 部敕撰汉诗集以唐诗为典范，以七律、七绝为主要体裁，多方面地学习汉诗。就其题材和内容而言，远比《怀风藻》要丰富得多，艺术表现力也达到了较高的水平。

《经国集》（826）收录了 178 位作者的赋、诗、序、对策等汉文作品。其中收录的嵯峨天皇（809—823 在位）模仿中唐诗人张志和（约730—约810）而写的《渔歌子》5 首是"词"这种诗歌形体最早出现于日本文坛的记录。嵯峨因此有了"填词之祖"的美誉。据《日本填词史话》记载，张志和的词《渔歌子》5 首联章体，距其原作仅 49 年就传入日本。嵯峨天皇读后爱赏备至，以至在贺茂神社开宴赋诗时亲自模仿。当时，词这种在中国也是新兴的诗体，能在很短的时间里，以全新的面目流传日本，并受到天皇贵族们的模仿，足以说明日本接受汉文化的高度敏感性以及敢为天下先的创新气派，张志和原词之一写道："青箬笠，绿蓑衣，斜风细雨不须归。"嵯峨天皇的仿作写道："寒江春晓片云晴，两岸花飞夜更明。鲈鱼脍，莼菜羹，餐罢醋歌带月行。"① 作者并没有简单、肤浅地仿效原作形式，满足于随手拈来唐诗的词句加以编缀，而是深入原作结构的深层，力图创造出一种高于原作的高雅、淡泊的意境。他寄情于景，以词入画，全篇 27 个字，既描绘了"寒江春晓""两岸花飞"的初春秀丽景色，也对"鲈鱼脍""莼菜羹""餐罢醋歌"的渔家之乐，进行了诱人的渲染。为表达自己的心情，诗人运用"片云晴""夜更明""带月行"三个描写晴空景色的词组，表现自己由于内心欢悦，在食饱酒醋之后，边唱边行夜路的情形。一派山林闲适、世外桃源的野趣。

平安朝最杰出的汉诗作者首推菅原道真（845—903）。他生于世人皆以学习白居易诗为荣的时代。据日本《入唐求法巡礼行记》载，日本学问僧惠萼于 844 年（日本承和十一年）二次入唐时，在苏州南禅院亲手抄录了《白氏文集》33 卷（为《白氏长庆集》的一部分）。并于 847 年（承和十四年）② 携带回国。因白诗浅显易懂，受到日本文人的普遍欢迎，人们争相传阅，视为楷模。道真 7 岁即能作汉诗，趋就世风，受白诗影响，势在必然。诗家称，"其诗近白乐天"。他的七言长诗《过路白头翁》颇有白居易《新丰折臂翁》《卖炭翁》《杜陵叟》等新乐府的神韵。"路遇白头翁，白头如雪面犹红。自说行年九十八，无妻无子独身穷。三间茅屋南山下，不商不农云雾中。屋里资财一柏柜，柜中有物一竹笼。……贞观末年元庆始，政无慈爱法多偏。虽有旱灾不言上，虽有疲死不哀怜。四万余户生荆棘，十有一县无炊烟。……"这首诗在描写白头翁坎坷生活

① 孟昭毅：《中外诗词欣赏入门》，吉林大学出版社 1992 年版，第 167 页。

② "承和"是日本年号，834 年至 859 年。中日学者普遍认为《白氏文集》在此间传入。

的同时，也揭露了时政的弊端，具有与白居易乐府诗相同的努力表现民生的现实主义倾向。它基本摆脱了单纯模拟白体诗的外部形态和局部意象的局限，而注重从总体上和本质上摄取其提供的各种文学经验，并融入自己的真情实感，形成一种新意境。这首诗无论在题材选取、思想内容，还是在艺术表现等方面，都融汇了白体诗的主题、意象和形式，表现的是日本的民族情感和精神物质。仅此一例就可知白居易的诗影响之大、之深远。正如平安时代的兼明亲王评价说："我朝词人才子，以《白氏文集》为观摹，故承和以来，言诗者皆不失体裁矣。"①

这一时期的汉诗作者，紧随中国诗歌发展的步伐，不断吸取新鲜的创作信息。由初时学习《文选》中的齐梁体诗风，进而转变为学习唐诗的各种艺术表现方法。汉诗的体裁形式，也由初期的五言化为七言。词这种诗歌形式在中唐时才逐渐定型，即被传入日本并仿作。这都表明，日本古代汉诗的写作与中国诗歌的发展，几乎趋于同步进行。

## 二

13 世纪初日本进入镰仓、室町时代，武士集团执政，注重征战，奖励武艺，汉诗创作一度衰颓。14 世纪禅学盛行，汉诗修养成为禅僧的必需，于是汉诗复兴。其作者也由古代的贵族文人变为僧侣或慕恋禅佛之人。其中尤以五山的禅僧最负盛名。五山文学的汉诗主要学中唐、晚唐的诗，有些诗也能发现宋诗濡染的痕迹。尤其是那些入元僧回国以后，熟练地运用律诗和绝句的形式来表现在日本的生活感受，无论是咏史，还是写景，其成就都令当时的贵族公爵、武士儒雅望尘莫及，将汉诗的创作推向日本汉学发展的巅峰。当时五山僧人深居禅院而远离人民，作诗在很大程度上是为了炫耀学识、孤芳自赏、聊以自慰。这自然限制了汉诗的思想价值和艺术价值达到更高的水平。

五山文学开山奠基人为雪村友梅（1290—1346）。他曾师从宋归化僧一宁一山学习汉学。在参禅之余喜读儒家老庄典籍。18 岁时赴元朝留学23 年。他曾造访赵孟頫（1254—1322），并挥笔泼墨摹写李北海（李邕，

---

① 严绍璗：《中日古代文学关系史》，湖南文艺出版社 1987 年版，第 224 页。

678—747）的字，使之大为惊叹。雪村的汉诗颇受陶渊明、杜甫和韩愈等人的影响。曾作《过邯郸》一诗，表达自己"人空法亦空"的禅学思想。"莫笑区区陌上尘，百年谁假复谁真？今朝借路邯郸客，不是黄粱梦里人。"这首诗明显是模仿金代诗人元好问（1190—1257）的《过邯郸四绝》而作。原诗"四绝"之四为："死去生来非一身，定知谁妄复谁真？邯郸今日诗题客，犹是黄粱梦里人。"雪村的诗一反原诗，将自己比作人生苦旅中的匆匆过客，难知百年身后事，因为他觉得尘世中的一切，"触目无非是幻空"①。他将原诗中的"犹是"改为"不是"，翻案文章表达自己的新意。在入世与出仕之间，他以一字之改表示了自己的抉择，显示出他淡泊名利、恬淡高洁的性情以及"眼中无贵贱"的佛家品格。日本评论家冈田认为这首诗是"纯粹的诗人之诗"②。日本汉学家也喜欢引用此诗为雪村的代表作之一。

　　在五山诗僧中，绝海中津（1326—1405）是日本文坛最引以为自豪的名僧。他曾入明留学九年，汉学造诣很深。最为人称道的是，明太祖朱元璋曾在英武楼召见他，询问日本国情，当谈及徐福东渡日本的遗迹熊野古祠时，绝海中津赋诗作答，题为《应制赋三山》："熊野峰前徐福祠，满山药草雨余肥。只今海上波涛稳，万里好风须早归。"此诗的写作修辞技巧虽未必属上乘，但从诗题和诗意分析，作者隐然默认了秦时方士、齐人徐福曾奉命率童男童女渡海赴蓬莱、方丈、瀛洲三山，求不死之花未果，而死于熊野峰前（今和歌山县新宫市徐福町）的传说是可靠的。"由此可知，在绝海中津入明（1368 年——笔者注）以前，熊野已有徐福祠，徐福墓想必也已同时存在。"③ 绝海中津以徐福墓前满山都是茂盛的长生不老药草的描写，来回答明太祖关于徐福古祠事宜的垂询。最后两句赞扬了明代与日本的和平友好往来。诗中选词、用韵，均可发现对唐代诗人张志和《渔歌子》五首之一的妙用。

　　"西塞山前白鹭飞，桃花流水鳜鱼肥。青箬笠，绿蓑衣，斜风细雨不

---

① 此诗为他在被元人关入死牢中所作。郑清茂：《中国文学在日本》，纯文学出版社 1981
年版，第 209 页。

② 郑清茂：《中国文学在日本》，纯文学出版社 1981 年版，第 212 页。

③ 汪向荣：《古代中日关系史话》，北京时事出版社 1986 年版，第 54 页。

须归。"原诗中加点的字①，都可以在绝海中津的诗中找到对应。明太祖对他的诗极为欣赏，于是和韵赐诗一首，在中日文化交流史上传为佳话："熊野峰前血食祠，松根琥珀也应肥；当年徐福求仙药，直到如今更不归。"

　　五山诗僧中与绝海中津齐名的是义堂周信（1324—1388），二人同处于五山文学翘楚的地位。义堂博通佛书禅录，涉猎经史百家之籍，尤其擅长汉诗文的写作。其居室名为空华，取"空兮无相，华兮无实"之意。他最崇拜李白、杜甫之诗和韩愈、柳宗元之文，对苏东坡等宋人的诗文也不无景仰。在他的汉诗文集《空化集》卷六《辛卯上巳》一诗中写道："胡为辛卯岁，不似永和春？草木伤兵火，江山带虏尘。"诗人感叹自己生逢战争频仍的岁月，辛卯年即 1341 年，正是多事之秋，但他更为生民遭涂炭的乱世之苦而动容。正如他谈及杜甫及其诗时说："余尝读老杜诗，感其方安史丧乱之际，不失君臣忠义之节，至若'文章一小技，于道未为尊'，是余感之深者也。"② 颇有儒家"先天下之忧而忧，后天下之乐而乐"的思想。他虽身为出世禅僧，却忧国忧民，感伤离乱，有参与幕政的意识。曾得到室町第三代将军利义满③（1358—1408）的厚遇，更表现出"穷则独善其身，达则兼济天下"的儒家思想。通过这首短诗可以发现在他思想深处，儒佛互补相济的人生哲学。他的诗稿曾被日本僧人带到中国，受到赞扬，以为出自中华人之手。可见其汉诗水平非同一般。

　　五山诗僧的人格品藻，一般口碑皆佳，但也不无例外。自号"狂云"的一休宗纯（1394—1481）就以恣意言行、不拘礼法而著称于世，颇似唐代诗僧寒山（约 680—约 793），是个富有个性的狂放派诗人。日本现代著名作家川端康成（1899—1972）保存的一幅一休书法真迹上写道："入佛界易，进魔界难。"流露出一休的矛盾心境。剃度出家、念佛修行，即可称之为入了佛界，但对于"魔界"恐怕是想进又害怕，意志薄弱者难以进去。精通儒学、知识渊博的一休，超越禅宗的清规戒律，将自己从禁锢中解脱出来，以反抗当时宗教的束缚，立志要在那因战乱而崩溃了的世道人心中，恢复和确立人的本能和生命的本性。这种思想之"狂"，可

———————————

　　① 编者按：《唐都学刊》此文中的《渔歌子》无加点的字，疑加点的应为："前""肥""风""归"四字。

　　② 郑清茂：《中国文学在日本》，纯文学出版社 1981 年版，第 216 页。

　　③ 编者按："利义满"，当为"足利义满"之误。

以说使他既入了佛界，又进了"魔界"。在他的诗集《狂云集》及其续集中，有禅宗诗、爱情诗，也不乏愤世嫉俗、讥讽人生之作。为讽刺那些不学无术、却动辄则以圣贤自居的僧人，他写了《蛙》一诗予以嘲笑："惯钓鲸鲵笑一场，泥沙碾步太忙忙；可怜井底称尊天，天下衲僧皆子阳。"一休以"井底之蛙"为典，嘲讽那些目空一切的僧人。此典出自《庄子·秋水》："井蛙不可以语于海者，构于虚（同墟）也。"意指井底的青蛙住得太狭小，不能对它谈大海。《后汉书·马援传》载，马援（公元前14—公元49）曾评说两汉之交在蜀称帝的公孙述（字子阳，？—36）说："子阳井底蛙耳。"一休在诗中借此表达了对那些夜郎自大、见识短浅的僧人的厌恶之情。

五山僧人受幕府重视，而集中到五山十刹之中，自然偏重名誉、地位而远离生活。这不仅使一部分道德、文章并重的高僧不愿鱼目混珠、泥沙俱下，也使汉诗的创作在质量上受到影响。于是随着外部条件，即室町幕府的衰亡，依附于武士集团支持的五山文学，也进入了"夕阳无限好，只是近黄昏"的境地，其中汉诗的创作自然也逐渐失去往日的炫目光辉。

## 三

江户时代的汉诗创作，表现出日本近世文学的特征。随着五山十刹对文人学者影响力的减弱，汉诗逐渐走出深山古刹而进入世俗的知识阶层。各地文人学者纷纷开办学塾，汉文学成为必修专业。易懂、易读、易记，洋溢着韵律美的汉诗，也慢慢在町人、地主、武士中间得以广泛传播。厚积薄发的汉诗步五山文学之后尘，名家辈出，又进入一个辉煌发展的时期，一直延续到明治时代。直到1895年中日甲午战争之后，这种热潮才逐渐平复下来。

近世汉诗的题材，已从五山文学时期以清隽、淡雅的文笔描写山林野趣，扩展到描写日本特有的自然景色和广阔的社会生活。以汉诗形式表现自然风光之美的作家，近世要首推曾被朝鲜使节称为"日本李杜"的石川丈山（1583—1672）。他出身武士之家，早年在大阪战役中立过军功。后师从近世汉学泰斗藤原惺窝（1561—1619）研习汉学，凡诗书都取得显著成就。他曾在睿山脚下的一乘寺营建诗仙堂，陈列六朝至唐宋诗人的画像，以示倾慕并视为先师。其诗文曾受到提倡"文秦汉，诗盛唐"的荻生徂徕（1666—1728）的赞赏。他题为《富士山》的写景名诗，堪称是汉诗杰作："仙客来游云外巅，神龙栖老洞中渊。雪如纨素烟如柄，白扇倒悬东海天。"富士山雄姿奇伟，为不少诗人所倾倒。这首诗描写富士山的景色分外独特。先以"仙客""神龙"的形象造成一种神秘悠远的意象。 "仙客"指日本一位传奇式的人物役小角（634—?）。黄遵宪（1848—1905）在《日本国志》中提及役小角时说他"居岩穴三十年，结萝为衣，拾果为食"。"凡国中名山大岳，足迹殆遍。"他曾在文武天皇（697—707 年在位）三年（669）攀登过富士山。诗中以此表明，富士山早已被世人所仰慕。后两句想象奇特，气势非凡。远眺富士灵峰，白雪晶莹，洁如细白的沿山铺下的绢。"纨素"比喻雪之白细。"烟如柄"则源于有"日本文学之母"之称的《竹取物语》。该书结尾部分，国王将飞升月宫的赫夜姬留下的不死仙药，在离皇都不远，而离天最近的骏河国的高山顶上点燃，其美丽的轻烟至今仍冉冉升入云天。因日文中"不死"与"富士"同音同形，此山也因燃烧不死仙药而得名"富士山"。也有人说因登山时有大队武士，故名"富士"。终年覆雪披银的富士山犹如一把展开的白色折扇，倒悬在东海上空，此句表现出诗人极为丰富的想象力。中国写雪山之诗，自六朝以降，不乏名句。南朝沈约（441—513）的"玉山聊可望，瑶池岂难即"（《咏雪应令诗》）；唐代祖咏（699—约746）的"终南阴岭秀，积雪浮云端"（《终南望余雪》）；唐代元稹（779—831）的"才见岭头云似盖，已惊岩下雪如尘"（《南秦雪》）；宋代杨万里（1127—1206）的"最爱东山晴后雪，软红光里涌银山"（《雪后晚晴四山皆青惟东山全白赋最爱东山晴后雪绝句》）。凡此种种，描写的都是陆地雪山，而石川丈山所描绘的是临海的富士雪山，独辟蹊径。将"纨"即细白的绸绢与"扇"联在一起描写的诗，早有南北朝江淹（444—505）的名句："纨扇如圆月，出自机中素。"（《杂体·班婕妤咏扇》）可惜并未将"纨扇"用来比喻雪山。这是因为中国古代只有羽扇和团扇，并无折扇。北宋时，折扇才由日本传入。日本人天性素喜白色，折扇又为情有独钟之物，石川丈山将此二者与中国诗歌传统中的"纨素"，恰到好处地融为一体，用以形容富士山"扇悬东海"的奇观，体现出丰富的民族特色。

江户后期，汉诗再次进入鼎盛时代。小野长愿（又名小野湖山，

1814—1910）是描写社会生活反映儒家忧国忧民思想的诗人。他在江户时代即已成名，后被誉为明治初期名震汉诗坛的"三山"之一山。他作诗近万首，以诗名成为天皇的文学侍从。有《湖山楼诗稿》和《湖山近稿》问世。其影响最大的是《郑绘余意》22 首。江户时代画家山本琴谷曾画有 22 幅《流民图》，小野长愿为每幅画题诗一首，以点明题旨，二者相得益彰。因中国北宋画家郑侠（1041—1119）曾画《流民图》，山本模仿其主题而画，所以，小野长愿诗名《郑绘余意》。意在表明，山本所画与小野所咏，都是对郑侠绘画的一种补充与延续，而宋代流民之惨状，在日本也应有尽有。其中第五图《驱蝗》的题诗和白居易《新乐府》中《捕蝗·刺长吏也》题旨相同。"食根为之螽，食节谓之贼。有螟又有螽，要皆蝗之属。驱蝗或捕蝗，各地因旧俗。钟鼓响郊野，灯炬光赫赫。有似儿童戏，安知惨心极。我闻蝗之生，原由吏贪黩。吏胥靦无渐，苍生被其毒。所以仁贤主，选能任其职。"① 这首诗词意浅白，生动地描述了日本农民面对蝗虫之灾的真正原因。这一组汉诗还有"霖雨"（水灾）、"祷雨"（旱灾）等题。词意朴实、感情真切，描绘的社会世态都与人民的生计有关。在对人民表示深切关心的同时，谴责了官吏施政的种种弊端。组诗的风格类似白居易的《秦中吟》和《汉乐府》，也充分体现了他的"文章合为时而著，歌诗合为事而作"（《与元九书》）等进步的文学主张。白居易《秦中吟》序中说："予在长安，闻见之闻，有足悲者，因直歌其事，命为秦中吟。"在《汉乐府》序中说："首句标其目，卒章显其志"，"其辞质而径""其言直而切"，"为君、为臣、为物、为事而作，不为文而作也"。小野"因事立题"、大胆讽谕、痛下针砭等诗歌表现手法，正是白居易诗的传统。

明治后期，日本由原来"向中华一边倒"转变为"向西洋一边倒"。日本的汉文学犹如夕阳残照，而汉诗也像回光返照时的一抹余晖，再现出独特的美学之光。以森槐南（1863—1911）等为首的诗人，依然如中流砥柱，力挽狂澜，奋力复兴汉诗。他们结诗社以利培育新人，刊登汉诗为传授探讨技艺。这种为创作汉诗而研究中国诗歌发展的风气，一直沿袭到大正年间（1912—1925）的诗坛。他从研究汉字音韵的角度探讨作诗法，并上升为对汉诗理论的总结。著有《古诗平仄论》《浩荡诗程》《韩昌黎

---

① 北京日本研究中心：《日本学研究》，科学技术文献出版社 1991 年版，第 17 页。

诗议义》《杜诗进义》《唐诗选注释》等。其诗善于活用中国诗词中字词、典故，以表现日本人民委婉、含蓄的美学风格。如《夜过镇江》："他日扁舟归莫迟，扬州风物最相思。好赊京口斜阳酒，流水寒鸦万柳丝。"诗中名词几乎都能在唐宋诗中找到来源。李白诗"人生在世不称意，明朝散发弄扁舟"。（《宣州谢朓楼饯别校书叔云》）宋代，贺铸（1052—1125）词"尽任扁舟路，风雨卷秋江"。（《水调歌头》）"扁舟"自有放浪江湖之意。唐代温庭筠（812—约870）词："雨后却斜阳，杏花零落香。"（《菩萨蛮》其十一）两处的"斜阳"都有夕阳暮霭的感受。在南宋刘子辉（1101—1147）的诗"寒鸦散乱知多少，飞向江头一树栖"（《天迥》）中，"寒鸦"一词也有了源头。"万柳丝"明显是改写唐代贺知章（659—744）诗"碧玉妆成一树高，万条垂下绿丝绦"。（《咏柳》）而成。从森槐南此诗的句式看，模仿的印迹也很清晰。"扬州风物最相思"，显然是套用王维的名句"劝君多采撷，此物最相思"。（《相思》）最后两句恰是南宋杨万里（1127—1206）《过下海》一诗最后两句的模式："行人自趁斜阳急，关得归鸦更苦催。"就全诗而言，又和南宁著名词人辛弃疾（1140—1207）的《永遇乐·京口北固亭怀古》联系紧密。"京口""斜阳""扬州""寒鸦"，都在这首辛词中出现过，只是"寒鸦"由"神鸦"化来，连用意都相同。仅就一首诗就可看到森槐南熟读唐宋诗的程度。他如数家珍般地将汉诗句和典故化为己用，不直接表现扬州、镇江景物之美，而是婉转地表示了他日有机会再来扬州，尽管其风景好，也要早些到京口（镇江）赊点老酒，在夕阳余晖中饱览大江流水，寒鸦栖枝的美丽风光。森槐南不愧为垂范明治末期的汉诗大家。

　　日本是个极其善于保留传统的民族，对与其有渊源关系的中国文化传统，自然也不例外。凡是他们认为美的，而且能够表现本民族审美特点的中国文化传统方方面面，都可以化为己用，成为他们民族文化的一部分。如茶道、棋道、柔道等各种艺道，无不如此。汉诗虽是用中国的诗体和语言及写作方法进行创作的，但表现的是日本的自然风貌、社会生活和民族情感。这种形式袭用已久，已成为日本文学的一部分。因此，汉诗在日本的生命是不会完结的。1956年梅兰芳先生访日，在京都演出《贵妃醉酒》，著名学者吉川幸次郎博士（1904—1980）观后欣喜若狂，即兴写下题为《南座观剧》的一组汉诗，表达了他对中国人民的友好情谊和对京剧表演艺术家的无限钦佩。其中一首写道："何如唐代踏谣娘①，鱼卧衔杯亦擅扬。莲步蹒跚尤夺魄，可怜飞燕醉沉香。"诗中典故运用自如，表现了作者深厚的汉学功底。他对杜甫的诗论和诗以及清人诗人王士祯（1634—1711）等，有深入研究。他在京都大学文学部所作的最后一次讲演中，曾自豪地宣称："我自认为，即使不必勉强也能讲出杜甫的伟大之处。""仅就杜甫的作品来说，我认为是能够把自己赞赏和钦佩的地方坦率而如实地加以说明的，我确信能够做到一点。"②

汉诗之所以经久不衰地受到日本文人的重视，其主要原因在于日本人早已认识到中国诗的精美。吉川幸次郎就指出："中国诗无论发音和字形都是世界无匹的意味浓厚的语言。"当代日本学者名吉川忠久（1932—　　）也认为："汉诗是高级的语言艺术，无疑是世界上最灿烂、最富内涵的诗歌。"③基于日本学界的这种认识，汉诗这一中日文化长期交流的结晶，将在日本文坛永放光华。

---

① 踏谣娘为南北朝舞乐节目，有学者认为它是中国最早的剧目之一。

② 刘伯青：《日本学者中国文学研究译丛》第一辑，吉林教育出版社1986年版，第44页。

③ 中国社会科学院《中国文化与交流》编辑部：《中日文化与交流》，中国展望出版社1985年版，第161页。编者按：原注有误，"中国社会科学院《中国文化与交流》编辑部"，应为"北京市社会科学研究所国际问题研究室《中日文化与交流》编辑部"，另日本学者"名吉川忠久"，应为"石川忠久"。

# 日本汉诗在中国[*]

## ［日］蔡 毅[②]

**摘 要：** 在中日文学交流史上，中国古典诗歌对日本汉诗的巨大影响是显而易见的。但反之"学生"的习作，也曾摆上"老师"的案头；"支流"的活水，也曾对"主流"有所回馈——这种日语称之为"逆输入"的现象，因其数量甚少，作用甚微，迄今似乎无人问津。本文拟从文化交流双向互动的视点出发，对日本汉诗传入中国的历史轨迹作全方位的扫描和评述：1. 日本汉诗人的在华足迹及其创作活动；2. 日本汉诗人为实现作品跨海西传所作的努力；3. 日本汉诗对中国诗歌反转性影响的可能性及其所蕴含的文化意义。通过对这种"逆向反馈"文学现象的解读，揭示东亚汉文学史上罕为人知的一个侧面，并为中国文学的开放性、包容性，提供一个重新认识的崭新视角。

**关键词：** 日本汉诗；文化交流；逆输入；双向互动；开放性

日本汉诗作为中国文学在东亚汉字文化圈的一条支流，深受中国古典诗歌的影响，已是众所周知的事实。然而，所谓文化交流，从来都是双向互动的，在漫长的中日文化交流史上，也有一些日本汉诗以各种方式传入中国，并获得了或隐或显的种种反响。尽管其数量和中国古典诗歌的风靡东瀛相比，显得有点微不足道，但作为一种"逆输入"的文化现象，同

---

　＊ 本文原发表于《华东师范大学学报》（哲学社会科学版）2011 年第 4 期。

　② 蔡毅，扬州师范学院中文系毕业，1988 年赴日留学，京都大学博士毕业后，任岛根大学法文学部副教授，现任南山大学外国语学部教授，南山大学亚洲太平洋研究中心主任、外国语学部教授。研究方向为东亚文化与文学，主要著述有《日本汉诗论稿》《中国传统文化在日本》（日语）、《君当恕醉人——中国酒文化》（日语）、《市河宽斋》（日语）等。长于域外汉籍，以及中国诗学在东亚文化圈的研究。

样值得我们加以关注。

笔者对这一课题产生兴趣，其实出于一个很偶然的机缘。

在日本有一首脍炙人口的汉诗，江户时代末期释月性的《将东游题壁》：

> 男儿立志出乡关，学若无成不复还。
> 埋骨何期坟墓地，人间到处有青山。

作者月性（1817—1858）为幕末志士，这是他离别山口故乡时的述志之作，后来成为日本家喻户晓的"立志诗"。但笔者赴日留学之初读到这首诗时，却觉得似曾相识，于是立刻判定这是对中国古人某首诗的"剽窃"，一百多年来日本学者竟然无人指正，实属疏漏。可是，当我想证实自己的"断案"时，却怎么也不能如愿。唯一可补日本各种注本不足的，是找到了后两句的出处：苏轼《予以事系御史台狱，……以遗子由二首》之一"是处青山可埋骨，他时夜雨独伤神"，后来陆游《醉中出西门》诗又用东坡语"青山是处可埋骨，白发向人羞折腰"，明代都穆《南濠诗话》已指出苏、陆之间的继承关系。然而这不过是极其正常的用典，和我最初的"剽窃"印象毫不沾边。

带着这个疑问，1993 年末，我回国探亲。当时为纪念毛泽东 100 周年诞辰，国内正热播电视连续剧《少年毛泽东》，我也看了其中一集。突然一个画面跃入眼帘：朝阳喷薄欲出，长天一碧如洗，少年毛泽东站在翠绿的山冈上，高声朗诵的，正是这首诗。

原来如此。它被当成了毛泽东的作品①。

据有关资料，1910 年秋，毛泽东请亲戚说服一心想把他送到县城米店学徒以继承家业的父亲毛顺生，让他到湘乡东山小学校继续读书。临行前他抄录了这首诗，夹在父亲的账簿里，让每天必览账簿的父亲能够看到。新中国成立初期征集革命文物时，毛泽东母亲文氏的家族把诗上交给地方政府。但因为诗并未写明原作者，后来便以讹传讹，被非正式地当成

---

① 编者按：刘仁荣《关于毛泽东〈赠父诗〉》"有些报刊公开或内部刊用这首诗，标题《赠父诗》，署名毛泽东，几乎把诗变成是毛泽东写的"。《湖南师院学报》（哲学社会科学版）1982 年第 2 期。

了毛泽东的作品。毛泽东是从何处读到这首诗的，目前尚不明。据中共中央文献研究室编《毛泽东年谱》注，该诗还曾刊载于此后出版的《青年》第一卷第五期，依中文习惯，原作的"坟墓"被改作"桑梓"，"人间"被改作"人生"，与毛泽东抄录的相同，只是作者被误署为"西乡隆盛"①。笔者当初不知就里，反而武断认定月性为抄袭者，正缘于曾经在国内看到过这首诗，但因它并没有被正式收入毛泽东诗词集，故而印象模糊，闹出了一个欲证其伪而始知己误的笑话。

这个误会，其实意味颇为深长。20世纪初内地湖南偏僻的乡村，居然也印有日本汉诗的足迹，那么在两千年的中日文化交流史上，究竟有多少日本人创作的汉诗作品传到了中国？它们又获得了怎样的评价和反响？对这个几乎从来无人关注的"逆向反馈"问题，笔者开始了一场近乎大海捞针的艰难跋涉。

# 一　日本汉诗的西传轨迹

根据现有资料，中国人最早给予评价的日本汉诗作品，是空海的《在唐日示剑南惟上离合诗》：

> 磴危人难行，
> 石险兽无升。
> 燭暗迷前后，
> 蜀人不得过。②

空海（774—835），即弘法大师，是日本佛教史上最具影响力的人物，他作为遣唐使的一员，曾于唐贞元二十年（804）至元和元年（806）入唐求法。其《性灵集》序云：

---

① 编者按："人间到处有青山"句可能最早出现的中文文献是苏曼殊、陈独秀译《惨世界》"大丈夫四海为家，俗言道'人间到处有青山'，还怕没葬身之所吗？"

② ［日］空海：《拾遗杂集》，《弘法大师全集》第三辑，日本密教文化研究所，1965年，第614页。

　　和尚昔在唐日，作离合诗赠土僧惟上。前御史大夫泉州别驾马总，一时大才也，览则惊怪，因送诗云：何乃万里来，可非炫其才。增学助玄机，土人如子稀。①

　　按离合诗本来是一种文字游戏，基本方法是切取前句首字的偏旁，作为后句的首字，再把剩下的部分加以组合，来构成一个新字，而这个字往往就是这首诗的主题（空海诗为登 + 火 = 燈，马总诗为人 + 曾 = 僧）。中国现存最早的离合诗是汉末孔融的《离合作郡姓名字诗》（《艺文类聚》卷五十六所收，该卷还收有其他魏晋南北朝时期的若干离合诗作品）。而如果把话题扩展到拆字游戏的话，与孔融大致同时代的东吴薛综嘲讽西蜀张奉之语，亦可纳入我们的视野："蜀者何也？有犬为獨，无犬为蜀。横目苟身，虫入其腹。"（《三国志》卷五十三薛综传。另裴松之注引《江表传》诸葛恪语，作"有水者濁，无水者蜀"）这里关于"蜀人"的戏语，或许亦为空海所本。可是，离合诗在孔融以后尽管绵延不绝，但直到空海入唐之前，在这漫长的岁月中，它不过是文人兴之所到，偶或为之，完全谈不上人气所钟，流行所至。另外，在日本除空海之外，现知最早的离合诗是收于《文华秀丽集》（818 年成书）的小野岑守《在边赠友》，题下自注"离合"。诗为五言律诗（略有失律），各句首字"班""夕""衿""衣""弦""弓""绵""帛"，可离合为"琴絃"二字。小野岑守（778—830）比空海小四岁，从年龄上看空海在入唐以前似乎有可能接触过这种体裁，但如果考虑到空海入唐时才三十岁，此前仅为一介学僧，尚未与平安宫廷汉诗人多有过往，而小野岑守仅二十六岁，与空海之间也并无接点，因此这种可能性应属微乎其微。再看小野之作题为"在边赠友"，当作于他 810 年之后任地方官时，其时空海已经归国，反过来说他是受空海影响，也未可知。何况小野此作亦属昙花一现，之后又过了大约一百年，才开始出现收于《本朝文粹》的橘在列的离合诗，以及字训诗、回文诗等游戏之作。就是说，空海的这首离合诗，在日本汉诗史上，非唯空前，在相当长的期间除小野之作外亦属"绝后"，成为一个非常特殊的存在。

---

　　① ［日］空海：《遍照发挥性灵集序》，《弘法大师空海全集》第六卷，筑摩书房，1984年，第 729 页。

问题也由此而生。空海此作，难道是他突然心血来潮，想落天外的产物吗？如果不是这样，又是什么机缘，使空海对离合诗这一特殊体裁产生了兴趣的呢？笔者认为，下述重要的历史事实，值得我们予以关注。

在空海抵达长安前一年，唐贞元十九年（803）秋，以所谓新台阁诗人权德舆为首的文人唱和集团，掀起了一阵小小的离合诗以及其他游戏诗体的创作热潮。其成员为权德舆、张荐、崔邠、杨於陵、许孟容、冯伉、潘孟阳、武少仪等八人，被离合的文字为"思张公""私权阁""咏篇""效三作""好""五非恶""词章美""才思博"。这些作品收于《权载之文集》卷八，《全唐诗》则分隶于各人名下。我们知道，在中国诗歌史上，离合诗尽管早已出现，但至此时为止，一直是文人率尔操觚的即兴之作，如此众多的官僚文人的集体唱和，尚属首次。而综合考察空海的在唐行迹，如他在长安的广泛交游，编纂《文镜秘府论》时对唐代典籍的大量接触，对新潮文学的敏锐反应，以及与权德舆及其离合诗创作集团成员的接触可能，我们大致可以认定，空海的离合诗正是在这一背景下写成的。

这一史实的认定，在唐代中日文化交流史上，实不可等闲视之。

第一，唐朝是当时世界最先进的文明国家。对于空海等遣唐使来说，其最高的文明成果，不是当今时代的科学技术，而是中国文化的瑰宝，唐代达于巅峰的文学样式——汉诗。空海竭尽全力搜罗整理的汉诗作法大成《文镜秘府论》，就是他对这一文明巅峰崇拜景仰的结晶。离合诗也许是因为初露峥嵘，当时的诗论家还未及予以关注，《文镜秘府论》对之没有道及，但"反音法""回文对"等细微的文字锤炼功夫，已为空海所瞩目[1]。当然，离合诗只不过是一种文字游戏，故向无佳作，但对刚刚接触汉字文明、刚刚尝试汉诗创作的当时的日本文人来说，这无疑是汉字构造和汉诗艺术的最巧妙的组合，具有无穷的魅力，它极为困难，也极富挑战性。空海勇敢地接受了挑战，并获得了成功，因而受到唐代文人的高度赞赏，使他们对这位来自文明后进国的文化使者刮目相看。这份光荣，无异于当今时代的一个小国选手在奥运会上夺得了金牌。正缘于此，空海到晚年还念念不忘，告之于弟子真济，并使其书之于自己文集的序言。

---

① 参见［日］兴膳宏编《弘法大师空海全集》第五卷《文镜秘府论》注释，筑摩书房，1984年，第23、335页。

　　第二，从日本汉诗对中国诗歌接受的历史来看，空海的离合诗也具有特殊意义。如江村北海在《日本诗史》中所指出的那样，日本汉诗的流行诗风，往往比中国本土滞后二百年左右，例如相当于唐代后期的平安时代前期，流行的还是六朝诗风。而空海此作，却感应着当时最时髦的文学风气，表现出与时代同步的创新能力。尽管空海在平安时代汉诗人中，显得颇为"另类"，比如他不像其他诗人那样一味专写近体诗，而垂青于日本汉诗人并不擅长的古体诗，特别是七言歌行，对当时几乎无人知晓的李白等盛唐诗人的作品也有所眷顾，因此离合诗之于空海个人，既有其必然性，也有其独特性，或许属于一种例外，但唯其如此，也就益发显示出它的可贵。

　　第三，唐代中日文人之间的汉诗往来作品，多达 129 首①，而其中真正的唱和之作，仅此二首。《性灵集》序云"兼摭唐人赠答，稍举警策，杂此帙中，编成十卷"，但第八、九、十卷均已散佚，这些"唐人赠答"的实情，已无从知晓。因此，空海和马总的离合诗，就成为一千多年来中日汉诗人丰富多彩的唱和往来诗中现存最早的作品，同时也是现存最早的中国文人对日本汉诗的评价记录，大辂椎轮，垂范可谓久矣。

　　踵武空海，终唐之世，中日两国诗人陆续有所交流。894 年日本废止派遣遣唐使以后，中日文化交流的使命，便主要落在僧侣肩上。日僧在入华求法时，于汉诗也有所眷顾，如入宋僧成寻所著《参天台五台山记》抄录的杨亿《杨文公谈苑》中，就收有日僧寂照的诗作。但迄于元代，这种日本汉诗的西传形迹，大都是零散、片断的，中国典籍对日本汉诗的集中著录，实始于明代。

　　明代因倭寇问题，对日本的关注大大高于前代。虽然较之于政治、经济、地理等关乎国运的情报，日本汉诗仅为附庸而已，但作为一种文化的表征，中国文人仍表示了浓厚的兴趣。明代典籍如郑若曾《郑开阳杂著》、严从简《殊域周咨录》、王昂《沧海遗珠》，乃至清代钱谦益《列朝诗集》、朱彝尊《明诗综》，以及《御选明诗》等总集中，都辟有专栏，收录日本汉诗。这些作品因为缺少日方资料的佐证，目前尚难遽断真伪，但其如此批量登场，无疑是需详加考察的课题。

　　与清代几乎同时的日本江户时代，因幕府实行锁国政策，中日文人几

---

　　①　据张步云《唐代中日往来诗辑注》，陕西人民出版社 1984 年版。

乎没有直接的交流，日本汉诗要通过特殊的途径，才有幸摆上中国文人的案头，对此本文第二章拟作详述。中国文人得以大量接触日本汉诗，并对之作有意识的收集整理、编辑出版，要到明治维新海禁大开、两国重启人员往来之后。

19 世纪后半叶，以俞樾编选《东瀛诗选》为代表，日本汉诗作为一个东亚汉文学的整体存在，被正式纳入中国文人的视野。该书收作家 548 人，诗 5297 首，不但是中国研究日本汉诗的奠基之作，在日本也是规模空前的一部总集。其编选所用日人诗集多达 163 种，堪称日本汉诗最大规模的西传。作为晚清大儒，俞樾对日本汉诗的平章月旦，现在已成为研治此业者的必备参考。但有违俞樾初衷的是，由于他的选材局限于日商岸田吟香所提供的资料，在诗人和作品的入选上与日本一般认识多有乖违，所以当时在日本并未引起太大反响。其实，真正的第一部中国人编选的日本汉诗集，应为旅日文人陈曼寿所编《日本同人诗选》。该书出版早于《东瀛诗选》，但因编者属无名之辈，内容也限于陈氏"同人"，故罕有人言及。其他如李长荣《海东唱酬集》、叶炜《扶桑骊唱集》、聂景孺《樱花馆日本诗话》，也都是晚清文人对日本汉诗在华传播所做的有益尝试。

除了这些选集之外，清末诗话类作品中也屡见日本汉诗的身影。如当时尚属罕见的具有赴德任教经历的潘飞声，因在柏林与日人多有交往，其《在山泉诗话》中不仅收有多首日本汉诗，还记录了他对这些作品的评价，其间隐含了对东西文化冲突的隐忧，颇具时代特色。下面介绍一则可略发史实之覆的实例：

孙橒《馀墨偶谭》正集卷五"日本诗人断句"条云：

　　日本诗教甚盛，近有词人江户百户藤顺叔（宏光），不远数万里，航海至柳堂从李子虎光禄问诗，自称海外诗弟子。其别子虎有句云："他日倘寻江户宅，白莲秋水夕阳边。"亦殊有美思也。①

文中所云藤顺叔者，实名八户宏光，字顺叔（"百户"当为"八户"之误，而"藤"之姓，则应为顺承江户文人习惯，把自己的姓氏临时改为单字，以获取中国文人的亲近感）。这个八户顺叔，曾于 1866 年前后访

_____

① 孙橒：《馀墨偶谭》正集卷五，大立出版社影印小醉经阁丛刻本 1982 年版，第 12 页。

问香港、广州、上海、南京等地，但因他 1867 年 1 月，在香港的报纸上刊载了一条署名记事，揭露日本已经暗地里做好战争准备，图谋侵略朝鲜。这个消息随即经由北京清廷传到朝鲜政府耳中，乃至发展成为日朝之间的外交问题。也许因为捅了这个纰漏，他后来便隐姓埋名，以致在日本几乎找不到他的任何信息。端赖上引诗话，特别是王韬、李长荣等人的有关记述，我们才得以知晓其人的存在。中日两国文献的互补，也于此可见一斑。

总之，由唐至清，一千多年来日本汉诗在中国的流布，虽不能说触目皆是，却也斑斑可考，不绝如缕。这些史实的廓清，显然有助于我们更准确地把握中日汉诗往还乃至中日文化交流史的全貌。

# 二　日本汉诗人的西传努力

日本汉诗人在对中国诗歌学习的漫长过程中，从最初的单纯模仿，到有所创新，再到自成一体，经历了艰辛甚至痛苦的蜕变过程。江户中期以降，日本汉诗开始了"日本化"的探索，即在遵守汉诗基本规范的同时，也力求体现岛国风情，东瀛特色。这一动向，与当时日本开始增强文化自信、倡导国粹思想的潮流，是一致的。而在汉字文化圈的总体框架下，文化宗主国的认可，便成为周边各国争取对等地位的重要前提。具体就汉诗世界而言，则是力求获取中国文人对自己作品的评价。

汉诗的"本场"在中国，主流和支流，老师和学生，是中日之间无可置疑的历史定位。因此，支流如果能对主流有所回馈，学生如果能得到老师首肯，显然会极大地助长弱势一方的底气，尤其在日本民族本位意识抬头之际，这些来自彼岸大陆的赞语，就不啻春风化雨，加速催生此地独具风姿的异卉奇葩。

当然，在江户时期，还有一些渡日僧侣以及来往于长崎的清朝客商，他们为日本汉诗留下了不少序跋评点，从一个侧面显示了中国人对日本汉诗的理解和认识。但这些都发生在日本国内，并未回传中国，而且长崎清客均属商贩贾人，其评语多为逢场作戏，每见溢美之词，当时日本有识之士也不以为然，故本文对此不予论列。

可是，西土虽然只有一海之隔，受制于锁国之限，也唯有望洋兴叹。

怎样才能承受"正宗"中国文人的青睐呢？这里介绍两个颇具典型意义的事例。

一是伪造沈德潜等人赠诗事件。

这是日本汉学史上一个著名的笑话。据东条琴台《先哲丛谈后编》卷五、原田新岳《诗学新论》卷中等书的记载，其大致梗概为：

沈德潜于乾隆十八年（1753）为吴中七位诗人编定的《七子诗选》（共十四卷，王鸣盛、吴泰来、王昶、黄文莲、赵文哲、钱大昕、曹仁虎各二卷），不久就传到了日本。长崎汉诗人高彝（1718—1766，实姓高阶，字君秉，号旸谷）对之加以节选，各人二卷删为一卷，仍名《七子诗选》，复刻于日宝历七年（1757）。高彝向来自负诗才，以此为契机，便欲托人请沈德潜为自己的《旸谷诗稿》作序。他找到了来往于长崎、自称可出入沈德潜之门的杭州人钱某、尚某，以重金请他们转交自己致沈德潜的一封长信、五首七律，以及分别题赠七子的七首七律。二人归国后，谎称高彝为"侯伯执政者"，携厚礼叩访沈德潜，却被沈以华夷有别、日本入清以来未作朝贡、商贾之人不得私与其事为由，严词指斥，拒之门外。对此沈德潜《归愚诗钞》余集卷五《日本臣高彝书来乞作诗序，并呈诗五章。文采可观，然华夷界限不应通也，却所请而纪其事》诗以及《自订年谱》乾隆二十三年（1758）条均有明确记载。

碰壁之后，钱、尚二人苦于无计，杭州一老商以"日本人资性悫实易欺"，建议他们请寄寓杭州的落魄文人龚某作伪。龚某乃与五六学究合伙炮制沈德潜答书、和诗以及吴中七子次韵之作七首，钤以朱印，精心装裱，由钱、尚带回长崎。高彝得之，自然欣喜若狂，不仅重谢二人，还把伪沈氏诗中"才调能胜中晚唐"一句刻成印章，大肆炫耀。可惜好景不长，数年后沈德潜诗钞传日，其他长崎清客也纷传钱、尚欺诈之事，骗局终于败露。

现录伪沈德潜和诗二首如下：

**奉题琼浦君秉高先生诗集并志遥注**

昭代声华四表光，国风十五大文章。
尚教人杰锺旸谷，犹遍歌谣译越裳。
万里银涛飞锦字，百篇玉戛奏笙簧。

元音自是盈天地，酬唱相思叹望洋。

大雅如林今古芳，原无人可登堂。
文鸣得似东西汉，才调能胜中晚唐。
读到君诗堪击节，谁言我论示周行。
多缘四海同心理，渺渺钟情忆大方。

归愚沈德潜草（钤印二方：“沈德潜印”，“归愚”）

诗格卑微，遣词拙劣，岂能出自以“体格”自高的沈德潜之手？其伪不辨自明，徒为笑柄耳。关于这段公案，北京大学陈曦钟先生已论之甚详①，兹不赘述。笔者只想补充一则轶闻：这些伪造的沈德潜及吴中七子诗原件，两年前赫然现身于日本古董拍卖网（上引二诗文本即据网络照片），听说已被东京一位专攻中国文学的学者买下收藏，可谓得其所哉。

二是赖山阳《日本乐府》的快速西传。

赖山阳（1780—1832）是江户后期日本汉学的代表人物，也是汉诗日本化的倡导者。他著名的《夜读清诸人诗戏赋》，逐一评骘了明末以来十五位诗人，或褒或贬，纯出己意，丝毫没有以往日本汉诗人因过于尊崇彼岸先贤而显出的谦卑之态。诗末云：

吹灯覆帙为大笑，谁隔溟渤听我评？安得对面细论质，东风吹发骑海鲸。②

对一海之隔的清代诗人，他已不满足于亦步亦趋，而是渴望他们也能听取自己的声音。他的《日本乐府》，就是这种日本民族意识高涨的集中体现。

赖山阳于文政十一年（1828）岁末，仿明代李东阳《拟古乐府》和清代尤侗《明史乐府》，一气呵成了分咏日本历史的《日本乐府》六十六首（其中有部分为旧作的改写），与当时日本六十六州之数相合。在日本

---

① 陈曦钟：《关于“大学头”及其他》，《北京大学学报》2004 年第 6 期；《再谈高彝与〈七子诗选〉》，《北京大学学报》2006 年第 1 期。

② 《赖山阳全书·诗集》卷十九，赖山阳先生遗迹显彰会，1922 年，第 573—574 页。

汉诗史上，咏史诗夥矣，但大都是题咏中国古史旧事，如此全面、系统地抒写日本本国历史，以及运用乐府诗形式咏史，赖山阳均为第一人。其创作动机，如该书《后记》自述"我国风气人物，何必减西土"，即凸显日本的独立地位和存在价值。该书文政十三年（1830）冬刊行，一年多后就得到了中国文人的评论，在日本汉诗的西传史上，这也许是最快的一例。其传送何以如此之速？数年前在长崎发现的清朝客商江芸阁、沈萍香的书简，可以为我们破解这个秘密。

这些书简由兰学专家、京都大学松田清教授首先寓目，乃嘱笔者予以考察。书简现藏长崎县立美术博物馆，共 52 通，虽有部分破损、蠹蚀和缺页，但近两百年前的中国普通商人的书信文稿被如此妥为保存，仍不能不使人对日本人珍惜文物的热情肃然起敬。

以下略举数函为例，文字悉依笔者判读。江芸阁致水野媚川 13 号书简云：

> 今春所托评阅赖乐府，携归即送晚香主人。奈伊即日起程往浙江儿子署中去矣，此书带去未还，且待伊归向索也。

水野是长崎"唐人屋敷"、即清客住居之所的管理者；"晚香主人"为吴县文人顾铁卿；"今春"当为天保三年（1832）春天，其时距《日本乐府》刊行仅仅一年稍过，水野的动作可谓迅速。

不幸的是，在水野拜托江芸阁请顾铁卿评阅《日本乐府》一事尚无结果时，传来了赖山阳于该年 9 月辞世的噩耗。此后江还数次致函水野，字里行间似有难言之隐。所幸水野并没有唯江芸阁是求，他还同时悄悄地另觅高明，这个人也果然不负所望，他就是沈萍香。

沈萍香 16 号书简，其实并非信函，而是沈与水野的一段笔谈：

> （水野）：日本乐府赍归乞翁先生雌黄一件，深为拜托。翁先生、榕园先生同学人。
>
> （沈）：翁海村，知不足。我有微物，未曾检出，正月内奉赠，乞恕之。翁公本来相好，榕园却不认识。当到吴门访托，勿负见委。
>
> （水野）：所赐科场书，看过毕了然。多谢。
>
> （沈）：缓日我尚有事奉托。花月楼小集重刻否？

（水野）：已告成，他日应上呈。游记山阳批径电览否？

（沈）：缓日我再要做跋。

（水野）：敝邦一佳话也。

这份笔谈未署时间，从文中言及赖山阳"游记"（不详）而未言及其死，以及后文要谈到的钱泳题咏时间来看，当作于天保三年（1832）上半年。在新发现的江、沈书简中，这份笔谈也许最具有史料价值，下面且对此稍作详考。

水野首先拜托的"翁先生"，大概出自沈萍香的推荐。翁广平（1760—1842），字海琛，号海村，江苏吴江人。他的《吾妻镜补》作为中国第一部研究日本的集大成之作，近年来受到广泛重视。该书引用日本资料多达 41 种，在当时的条件下，堪称洋洋大观。而翁广平科举不第，仕宦无成，一生蛰居故乡平望，几乎足不出户，其资料何所从来？这里的奥秘，在于当时中日贸易的主要港口浙江乍浦，距其家乡不远，那些往返于长崎的吴门清客，他也多有交往，因此他才能享有别人不可企及的研究日本的便利条件。沈萍香是否了解《吾妻镜补》的写作，是否有将《日本乐府》纳入该书的希求，现在无从考证，但作为"本来相好"的同乡人，他知道翁广平是当地的"日本通"，才向水野推荐其人的，却也应该是不争的事实。

其实，沈萍香瞄准的目标似乎更高、更大，这就是笔谈中的"翁海村，知不足"六个字。鲍廷博的《知不足斋丛书》，因收入太宰纯校《古文孝经孔氏传》等书，在日本名震一时，林述斋的《佚存丛书》，即多为鲍氏所取资；市河宽斋编《全唐诗逸》，也以厕身其列为最高理想。而翁广平和鲍廷博交游甚深，《全唐诗逸》就是因翁广平推荐，在鲍廷博去世后，由其子鲍志祖于道光三年（1823）收入丛书第三十集的。该集还收有翁广平自撰记其族叔事迹的《余姚两孝子万里寻亲记》，这篇文章仅不足三千字，内容、体例与《知不足斋丛书》其他诸作迥不相类，可见他和鲍氏父子的交情非同一般。尽管《知不足斋丛书》至三十集已寿终正寝，但沈萍香并不一定知道详情，通过翁广平把《日本乐府》纳入丛书，会不会是沈萍香向水野许下的宏愿呢？

另一位拜托对象"榕园"，则出自水野之请。榕园即吴应和，《清朝续文献通考》卷二百七十九经籍二十三云：

《榕园吟稿》十卷，吴应和撰。原名宁，字子安，号榕园，浙江海盐人。

吴应和既非达官显宦，也非文坛巨擘，更不像翁广平那样和日本有特殊的因缘，水野为何同时还选中了他？原来赖山阳天保二年（1831）秋于归省旅途中，曾抽暇评点了《浙西六家诗钞》，而这部诗集的编选者，就是吴应和。吴选编成于清道光七年（1827），而赖山阳的评点直到十八年后的嘉永二年（1849）才正式出版，当时并未流传，水野远在长崎，却如此迅速地捕捉到这个信息，可见他对赖山阳关注之切，了解之深。

也许因为沈萍香"不认识"吴应和，"访托"似乎并无结果，而翁广平那里，却不仅确确实实送达，翁还特意为之撰写了一篇洋洋近千言的《日本乐府序》，载其《听莺居文钞》。此外，该书又被送到了另一位与日本汉学颇有关联的清末文人钱泳手中。钱泳（1759—1844），字立群，号台仙、梅溪，江苏金匮人。曾与翁方纲等交游，娴于诗书字画，对日本文史亦颇感兴趣，因其家居今无锡一带，故可和翁广平一样从清客们那里观览日本典籍，赖山阳《日本乐府》即因此得以寓目。《赖山阳全传》天保三年（1832）十月廿四日条：

（清道光十二年）该日，清国钱梅溪，得沈萍香见赠其于长崎来舶时所获《日本乐府》，乃作五律二首，追慕之余，添书于小屏风，送来京都赖家（三年后送达）。中川渔村云此由梨影见示。支峰又将其诗冠于《乐府》，并自添跋文，刊于"增补"本（明治十一年二月）。

沈君萍香尝游长崎岛，于市中得《日本乐府》一册，持以示余，为题其后二首：

文教敷东国，洋洋播大风。传来新乐府，实比李尤工（自注：谓李宾之、尤西堂也）。稽古联珠璧，斟今考异同。天朝未曾有，还拟质群公。

诗才真幼妇，史笔表吾妻。日月无私照，风云渐向西。雄文标玉管，彩笔敌金闺。闻说扶桑近，高攀未可跻。

道光十二年十月廿四日，句吴钱泳题。①

钱泳的题咏，大概是中国文人对《日本乐府》最早的评价。正因其难能可贵，山阳之子赖复（支峰）才于明治十一年（1878）《日本乐府》改版增补时特意附于书后，并作跋曰："而其诗，先考易箦后，经三裘葛，始寄送京师。"②钱氏作诗的"道光十二年十月廿四日"，正值赖山阳辞世后整整一个月，未知山阳冥冥之中，可曾对这异国知音发出一叹？值得注意的是，翁广平说"此册沈萍香先生得于长崎岛市中"，钱泳也说"沈君萍香尝游长崎岛，于市中得《日本乐府》一册，持以示余"，都未提及此乃日本人水野媚川特意嘱托。而无意得之，与有意为之，其在文化交流史上的意义，实有天壤之别，因前者往往止于随心采撷，而后者则系自主推介，由此我们也更可感知新发现的沈萍香书简尽诉原委之可贵。尽管赖山阳本人或许出于自尊，或许鉴于前述高彝被骗的教训，其著作中并未提及这件请托之事，但从他与水野的密切交往来看，他是完全应该事前知情，并乐观其成的。《日本乐府》后来在中国也获得赞誉，吴闿生《晚清四十家诗钞》曾选其中《蒙古来》《骂龙王》二首，评曰："此二诗绝高古，不似日本人口吻。……意朱舜水之徒为之润色者欤？"③

上述二例告诉我们，江户时代的汉诗人为了突破锁国的封锁，获取彼岸贤达的只言片语，曾付出了怎样艰辛曲折，甚至走火入魔的努力。正因为有他们持续不懈的隔海诉求，这一时期的中日文化交流，才得以桴鼓相应，蔚为大观。

# 三　日本汉诗西传的文化意义

日本汉诗对中国的回传，亦即日语所说的"逆输入"，在中日文化交流史上有着不可忽视的重要意义。

首先，它再次印证了汉诗作为东亚汉字文化圈的共同纽带，是怎样把

---

① 《赖山阳全书·全传》，赖山阳先生遗迹显彰会，1922年，第614页。说明部分原文为日文。

② 《赖山阳全书·诗集》所收《日本乐府》，第46页。

③ 《中华国学丛书》所收，中华书局（台北）1970年版，第91—92页。

语言互异、国别不同的人们紧密地连接在一起的。历史上朝鲜文士访华时留存的《燕行录》、朝鲜通信使与江户文人的唱和往还，已成为人们耳熟能详的美谈。但中日间直至明治时期之前，这种文士们的大规模同场竞技、一争短长的壮举，可惜并未出现。正缘于此，上述日本汉诗通过不同渠道的回流，哪怕只有一星半点，也如同空谷足音，弥足珍贵。它说明文化交流尽管有主从、高下、强弱之分，但同时也是彼此渗透、双向互动的。特别是在强势一方已被充分认识之后，对弱势一方积极回馈的确认，便非唯拾遗补阙，更可相得益彰。

其次，它对过去中国人认识日本，也起到了相对正面的作用。自《三国志·魏书·东夷传》"倭人"条迄于近代，中国人的日本认知，大致经历了蒙昧鄙野（魏晋南北朝）→知书识礼（唐宋元）→凶残暴虐（明、清代前期）→文明开化（清末）的嬗变过程。其间虽因时势迁移、岁月流转而屡有变化，但日人能诗这一印象，始终使中国人能以温情的目光，注视着遥远东海中那块神秘的土地。因为"华夷之辨"的基本准则，并非地域人种，而是礼乐文化，如韩愈所说："诸侯用夷礼则夷之，进于中国则中国之。"① 吟诗作赋，则文野判然可别，史不绝书的中日之间的汉诗赠答，即其明证。

此外，我们还可以举出诸如传递信息、增进了解、刺激想象等社会学、文化学、比较文学的相关话题。然而万变不离其宗，即日本汉诗的西传，对中国文人来说，充其量不过是一种认知的材料，以致难脱搜奇猎异、以助谈资的畛域。笔者在这里想提出的问题是：日本汉诗可曾对中国诗歌产生过直接影响？

乍一看来，这似乎是一个不可能成立的"伪命题"。核之中日文化交流史实，如日本刀、折扇、和纸之类日本器物制作之精良，的确曾在中国引起过不同程度的赞赏，但如果语涉汉诗这一"家传宝典"，或恐难容异域之人反客为主。因为中国诗人面对日本汉诗人，长期以来一直以祖传正宗自居，在先生巨大光环的笼罩下，弟子们似乎唯有俯首听命，而毫无置喙的余地，遑论"逆向反馈"？然而，当我们瞩目中日文化交流发生逆转的清末、即日本明治维新时期，就会发现其实有重新思考的必要。

---

① 韩愈：《原道》，屈守元、常思春主编《韩愈全集校注》（五），四川大学出版社1996年版，第2664页。

先说结论：笔者认为，与当时大量"日制汉语新词"回馈华夏故土，促进中国早期启蒙运动的时代气运相呼应，晚清"诗界革命"的代表人物黄遵宪在清光绪三年（1877）至光绪八年（1882）任清朝首批驻日使馆参赞期间，也曾受到明治时期"文明开化新诗"的影响。

众所周知，黄遵宪是晚清诗界革命创作成就最为显著者。其新体诗的一大特点，即梁启超所说的"能熔铸新理想以入旧风格"①，代表作如他使英时写的《今别离》四首，分咏轮船火车、电报、照相和东西半球时差，当时就得到了诗坛大家的交口称赞。陈三立评之曰："以至思而抒通情，以新事而合旧格，质古渊茂，隐恻缠绵，盖辟古人未曾有之境，为今人不可少之诗。"② 此外，黄遵宪"百年过半洲游四"③，他的大量记录日、美、欧出使行迹的诗篇，也被认为是开辟了诗歌领域的新境界。陈衍《石遗室诗话》有云："中国与欧、美诸洲交通以来，持英簜与敦槃者不绝于道。而能以诗鸣者，惟黄公度。其关于外邦名迹之作，颇为夥颐。"④

诚然，上述评价如果仅仅准之中国诗史，黄遵宪的确当之无愧。但如果我们拓宽视野，把目光投向整个东亚汉字文化圈的话，看到的就是另外一种景观了。早在黄遵宪赴日之前，东瀛的汉诗人就承维新之际西学蜂拥而入的时代风会，作了把西洋文明新事物、新语汇纳入传统诗歌形式的率先尝试。明治以后，国门大开，具有汉学素养的日本文人得以亲赴海外，看到他们以前只能通过书本神游的外部世界，并诉诸吟咏，形诸笔墨。众多漫游中国大陆的诗作姑且勿论，明治六年（1873）成岛柳北周游欧美归来，其《航西杂诗》在记述西方世界异域风情方面，已着了先鞭。明治八年（1875）森春涛编辑的《东京才人绝句》，则汇集了明治初期题咏"文明开化"的代表性成果。川田瓮江序云："昔者咏物，花鸟风月；而今则石室电机、汽车轮船。耳目所触，无一非新题目。""森翁此编，作

---

① 梁启超：《饮冰室文集》四十五（上）《诗话》，《饮冰室合集》第 5 册，中华书局 1981 年版，第 2 页。

② 钱仲联：《人境庐诗草笺注》（上）《今别离》注引，上海古籍出版社 1981 年版，第 517 页。

③ 陈铮编：《黄遵宪全集》（上）所收《己亥杂诗》第 1 首，中华书局 2005 年版，第 153 页。

④ 陈衍：《石遗室诗话》卷九，张寅彭主编《民国诗话丛编》第 1 册，上海书店出版社 2002 年版，第 125 页。

诗史读，可也；即作文明史读，亦无不可。"① 且略举其诗题、内容及作者如下表。

| 诗题 | 内容 | 作者 |
| --- | --- | --- |
| 《航西杂诗》 | 咏"伦敦"等 | 成岛柳北 |
| 《夏日病中作》 | 咏"中外新闻"等 | 铃木蓼处 |
| 《横滨杂诗》 | 咏"瓦斯灯"等 | 关根痴堂 |
| 《杂咏十题》 | 咏"女学校"等 | 藤堂苏亭 |
| 《赠新闻记者某》 | （如题） | 铃木半云 |
| 《博览会》 | （如题） | 八木萃堂 |

森春涛于同年创刊并主编的汉诗文杂志《新文诗》，则以每月一期的速度，不断推出标榜"清新"的汉诗近作。这份刊物虽然本以在维新大潮中"独守旧业"、即坚守汉诗园地为宗旨，但能顺时应变，在已显落伍的汉诗这一文学样式中吹进"文明开化"的新风，也称得上是"化腐为新，工亦甚矣"②。阪谷朗庐因日语中"新文诗"与"新闻纸"发音完全相同，更赞之为"吾家吟坛新闻纸"，"新闻纸示劝戒于新话，而新文诗放风致乎新韵，皆新世鼓吹之尤者"③。下面且捃拾数例，看看他们是怎样用"新韵"来作"新世鼓吹"的。

铃木蓼处《题风船图》：

> 西人技术亦奇哉，舟在青空尽溯洄。
> 见得谪仙诗句是，孤帆真个日边来。④

诗有想象，有情韵，用典也恰到好处，因而被视为明治汉诗的代表作，入选各种诗集。但与之相反，生吞活剥，食洋不化，扞格难通者，也在所难免。如芳川越山《明治九年十二月设海底线于阿波州，竣工有作》：

---

① ［日］森春涛编：《东京才人绝句》，明治八年（1875）刊印，第1页。

② ［日］川田瓮江：《读新文诗》，《新文诗》第1集，明治八年（1875）刊印，第1页。

③ ［日］阪谷朗庐：《赠春涛老人》，《新文诗》第1集，明治八年（1875）刊印，第11页。

④ 《新文诗》第5集，明治九年（1876）刊印，第9页。

非因要害碍楼船，一锁投来万信传。

休道相思南北隔，偷从海底两情牵。①

　　诗前半颇为稚拙，几近不文，但后半称扬电线暗递相思，与黄遵宪《今别离》礼赞电报遥寄情愫，在借科学技术昌明写传统游子思妇题材这一点上，就不无相通之处。

　　森春涛不仅以《新文诗》为阵地，为这一汉诗新潮推波助澜，他自己也时时挥笔上阵，鼓噪呐喊。他于明治十四年（1881）六月将作新潟之游，友人杉山三郊作序送之，称新潟其地"西洋各国亦争辐辏，于是火轮之船，电机之线，山水人物，殆有与昔时异观者，而从未尝见有艳笔描其形胜，写其风俗者，岂不昌平一大遗憾乎哉？岁之辛巳夏六月，春涛森先生将启新潟之行，赋诗曰：此行要问今风俗，吾意将翻古竹枝"②。收于《春涛诗钞》的《新潟竹枝》组诗，虽然传统意象仍然在唱主角，但"铁轮""火井""邮签""巨舰""人力车"等新名词，也时时现于笔端③。用"古竹枝"写"今风俗"，正是当时汉诗坛流行的一种风尚。

　　最为集中的例证，是黄遵宪赴日前夕，明治十年（1877）八月上野博览会开幕，《新文诗别集》第9号为之特辟专号《上野博览会杂咏》，其诗题全部直接标举展示名目，依次为：制丝机器，谷种，矿种，漆器，陶器，酿造品，织造品，文房三具，写真翁媪匾额，写真女子匾额，洋法画匾，盆松。和洋杂陈，琳琅满目，新鲜事物的诱人魅力，扑面而来。对此当时诗坛泰斗小野湖山有一个精辟的论述，他在评松冈毅轩《上野公园博览会开场……》诗时说：

　　事新，则字面亦不得不新。能用新字面以作稳雅诗，非毅轩翁决不能也。④

　　①　《新文诗》第14集，明治十年（1877）刊印，第7页。

　　②　［日］杉山三郊：《送春涛先生游新潟序》，《新文诗别集》第14号，明治十四年（1881）刊印，第4页。

　　③　《春涛诗钞》卷十五《新潟竹枝》，［日］富士川英郎等编《诗集日本汉诗》第19卷，汲古书院1989年版，第126—128页。

　　④　《新文诗》第21集，明治十年（1877）刊印，第1页。

　　这里的"能用新字面以作稳雅诗"，和陈三立所说的"以新事而合旧格"、梁启超所说的"能熔铸新理想以入旧风格"，如出一辙。面对来势汹涌的西方文明大潮，东瀛西陆汉字文化的子孙们为拯救祖传家业开出的药方，竟然如此不谋而合，实在是意味深长。

　　到黄遵宪抵日后，这一热潮依然有增无减。《新文诗》第30集卷末载"皆笑社月课文题"，即明治十一年（1878）该诗社的每月共同课题，四月为"气球船喻"，八月为"电线说"，而不是惯例的赏樱、玩月，追新逐奇风气之盛，不言而喻。而这一年，正是黄遵宪开始与明治汉诗人广为交流的重要年份。

　　综上所述，在黄遵宪赴日前以及在日期间，日本汉诗坛以《新文诗》为中心，正劲吹着一股"文明开化"之风。以"采风问俗"的"古之小行人、外史氏"① 自任的黄遵宪，面迎这一古典诗歌王国前所未闻的巨变，怎么可能视而不见、无动于衷呢？

　　进而论之，我们可以肯定地说，黄遵宪与明治"文明开化新诗"之间，确实有着种种直接或间接的关联。以开风气之先的森春涛为例，黄遵宪就与之多有交往。明治十一年（1878）清使何如璋特访森春涛，森作诗志其事，黄遵宪次韵，并于题下注云："髯翁素工香奁，戏仿其体。"② 来日仅仅一年，就对森诗风嗜好了然于心，可见过往之密。黄遵宪致森春涛的个人信函，还分别刊载于《新文诗》第55、57、62集，其中并谈到对春涛之子森槐南所作戏文《补春天传奇》的指导，父子两代，交谊深厚。黄遵宪因为这种特殊关系，对《新文诗》杂志以及森春涛所编所写的其他诗作时有寓目，当为情理中事。不仅是森氏父子，黄遵宪与上文涉及的小野湖山、川田瓮江等人，也均为酬酢甚勤的友人。石川鸿斋《日本杂事诗跋》说他"人境以来，执经者，问字者，乞诗者，户外屦满，肩趾相接，果人人得其意而去"，这些登门求教的人士手上，想必也经常捧着"文明开化"的诗篇。何况黄遵宪为撰写《日本杂事诗》和《日本国志》，曾广泛浏览当时报纸杂志，登载的汉诗文固不必说，即使是日语的"新闻纸布令"，他也自称"然仆观之，不译亦知其事也"③。因此，

<hr />

①　黄遵宪：《日本国志叙》，上海古籍出版社2001年影印版，第2页。
②　《新文诗》第42集，明治十一年（1878）刊印，第6页。
③　《黄遵宪全集》（上）所收《戊寅笔话》第170话，第680页。

在他触目可及的大量日本文献中，明治"文明开化新诗"这株刚刚破土而出、沾着新鲜露珠的诗苑奇葩，必然会引起他浓厚的兴趣。

其实，黄遵宪在日期间，对这种新体诗可以说已经初尝鼎脔。《日本杂事诗》第53、175、178、181首分咏新闻纸、照相、博览会、人力车，就已显示出他驾驭此类题材的娴熟功力。《日本国志》里日人新创的西文译语，即所谓的"和制汉语"，更是纷至沓来。可是，《日本杂事诗》作为叙事性的大型组诗，最初的写作目的如黄遵宪所说，是"仆东渡以来，故乡知友邮筒云集，辄就仆询风俗，问山水，仆故作此以简应对之烦"①，与专以某一新奇事物为对象、即传统意义上的"咏物"之作，毕竟还有区别。这里且让我们从另一个角度，来看看黄遵宪对引舶来文明入诗所持的积极态度。

明治十一年（1878）出版的石川鸿斋编《芝山一笑》，收有清朝驻日钦差副使张斯桂的《观轻气球诗》，对这"泰西气球新样巧"的新奇事物，作者发出由衷的感叹。石川自己也和了一首《戏次其韵》，其诗中有云：

> 闻说洋人始新制，图敌瞰营施奇计。
> 或历宇内捡广狭，又阅舆地极微细。

对此黄遵宪评曰：

> 奇思异想，真入非非。亦广大，亦精微，是不可思议功德也。②

按黄遵宪在来日前作于同治九年（1870）的《香港感怀》中，已提到了"气球"，若论《人境庐诗草》用新名词，这也许可算作最早的一例。而咏赞气球的张斯桂，也是一个自称"心地尚若少年，意欲纵观天

---

① 黄遵宪：《与森希黄》，《新文诗》第62集，明治十三年（1880）刊印，第10页。按：该文《全集》失收。

② 王宝平编：《晚清东游日记汇编》第1种《中日诗文交流集》，上海古籍出版社2004年影印版，第71页。

下奇形怪状一切事情"① 的好事之人。因此，在他们治下的清使馆中，便不时有此类"新诗"的具体实践。如使馆之首何如璋，在一次与黄遵宪以及日人的共同唱和中，就曾以当时最摩登的电话为题：

> 近西人有电器名德律风，足以传语，故以此为戏：
> 何须机电谇神通，寸管同掺用不穷。
> 卷则退藏弥六合，好扬圣教被殊风。②

黄遵宪自己也并非徒作旁观。《戊寅笔话》记大河内辉声在新买的一把"洋伞"上题诗，并请黄遵宪也题一首，黄乃作《戏作四言铭》：

> 亦方亦圆，随意萧然。
> 朝朝暮暮，可以游仙。
> 替笠行露，伴蓑钓烟。
> 举头见此，何知有天？③

按《日本国志·礼俗志》叙日本女子所持之伞，"伞仿西洋制，名蝙蝠伞，谓张之其翼如蝠也"，《日本杂事诗》第 103 首自注亦云日女子"出则携蝙蝠伞"，足见其对这一舶来生活用品的注意。这首诗虽然属于"戏作"，用语也纯然古风，但既然题在洋制"蝙蝠伞"上，也就可以视为黄遵宪"奇思异想"的一种尝试。

那么，为什么黄遵宪使日四年有余，上述新潮诗人可谓时相过从，新事新语也几乎每日耳濡目染，却始终没有写出《今别离》那样的杰作呢？对此我想试作以下三点解释。

首先，黄遵宪如其《日本杂事诗》定本自序所说，对明治维新从一开始因危惧传统汉学消亡，常作指责讥议，到知其乃大势所趋，理所必然，有一个认识深化的过程。同样，对明治初期的"文明开化新诗"，作为一名年轻时就主张"我手写我口，古岂能拘牵"（《杂感》）的革新派

---

① ［日］小野湖山：《题张副使彤管生辉次韵诗后》，《新文诗》第 56 集，明治十二年（1879）刊印，第 2 页。

② 《黄遵宪全集》（上）所收《与宫岛诚一郎等笔谈》，第 722 页。

③ 《黄遵宪全集》（上）所收《戊寅笔话》第 159 话，第 665 页。

诗人，他自然会深感兴趣，备受启发，甚至跃跃欲试，但真正操刀染指，却尚需时日，有待观察。而在当时日本汉学界，保守势力仍居统治地位，黄遵宪就自称"余所交多旧学家，微言刺讥，咨嗟太息，充溢于吾耳"①，这些旧学宿儒出于对维新事业的抵触，视汉诗中阑入新名词为浅薄庸俗，诘难非议也时有可闻。明治十三年（1880）城井国纲编《明治名家诗选》，就秉承其师村上佛山遗愿，有意不选这类"新诗"。五年前对森春涛《东京才人绝句》的"耳目所触，无一非新题目"称扬备至的川田瓮江，这时也不得不韬光养晦，三缄其口，川田序引村上之语云："近日作者投时好，如气球、电机、轮船、铁路，争入题咏，奇巧日加，忠厚日亡，今而不救，恐有流弊不可胜言者。"② 黄遵宪也应邀为这部诗选作序，听到如此痛心疾首的呵责申斥，不会不有所避忌。何况他作为中华传统文化的代表，对日本汉诗人本处于一种居高临下的指导地位，"新诗脱口每争传"③，这些被"争传"的"新诗"，实际上还负有示范本土标准，乃至整肃诗坛纲纪的重要使命，如果他也随波逐流，加入世俗称颂"奇巧"的行列，或许将有损于他国粹护法神的形象。而到了英国之后，他显然已经没有这种多余的顾虑了。

其次，黄遵宪对西洋文明事物本身，也还需要理解消化。日本因同属东方国度，在此所见所闻，毕竟只是中转贩卖的"二手货"，真实的欧风美雨，还有待今后的亲历。再说像地球东西时差那样的"国际知识"，不做亲身体验，是无从真切感知的。

最后，黄遵宪作诗的谨慎态度，也可能使他不愿率尔操觚。"公度诗自命另开一新面目，最不肯轻易落笔。"④ 黄遵宪在致宫岛诚一郎的信中，也嘱其作诗务必推敲再三："四库目论陆放翁，讥其作诗太多，故伤冗滥，通人当知其意，无俟仆喋喋也。"⑤《今别离》四首，也许正是因为经过长期孕育、终于瓜熟蒂落的缘故，才能想落天外，与古为新，意环笔

---

① 《日本杂事诗自序》，《黄遵宪全集》（上），第6页。

② ［日］城井国纲编：《明治名家诗选》卷首，明治十三年（1880）刊印。

③ 黄遵宪：《奉命为美国三富兰西士果总领事留别日本诸君子》，《黄遵宪全集》（上），第105页。

④ 潘飞声：《在山泉诗话》卷一，《古今文艺丛书》，江苏广陵古籍刻印社1981年重印版，第1212页。

⑤ 《黄遵宪全集》（上），第308页。

绕，穷形尽相，较之明治诸公，无疑堪称后来居上。

毋庸讳言，黄遵宪的新体诗也并非登峰造极，无懈可击。梁启超
《饮冰室诗话》在赞扬黄遵宪的同时，曾批评"当时所谓新诗者，颇喜捃
扯新名词以表自异"，"苟非当时同学者，断无从索解"[①]；而钱锺书《谈
艺录》则认为黄遵宪也不免此病："差能说西洋制度名物，搞撷声光电化
诸学，以为点缀，而于西人风雅之妙，性理之微，实少解会，故其诗有新
事物，而无新理致。"[②] 令人抱憾的是，随着 20 世纪以来旧体诗本身的全
面衰退，怎样才能真正获取、自由表现"新理致"，这个问题一直没有、
大概今后也不可能得到很好的解决。当然这已是另外一个范畴的话题了。

以上所论，尚仅限于黄遵宪一人，其他如梁启超等人与明治汉诗的关
联，还需继续深入探讨。因此，晚清"诗界革命"受明治"文明开化新
诗"影响这一命题，目前似乎还难做定论。然而，即便笔者的臆说能够
成立，我们也大可不必为家传灵丹竟曾"师夷之技"而感到沮丧。汉诗
一道，尚且能面向海外，博采众长，这正说明了中国文学与生俱来的包容
性、开放性，显示了中华文化不仅源远流长，而且汇纳百川的强大生命
力。本文的写作目的，其实正在这里。

---

① 《饮冰室合集》第 5 册，中华书局 1989 年版，第 40 页。
② 钱锺书：《谈艺录》（补订本），中华书局 1984 年版，第 23—24 页。

# 日本诗话研究

# 日本诗话的文本结集与分类[*]

## 马歌东[①]

**摘　要：**日本诗话是中国诗话域外繁衍的一大支脉。日本诗话与日本汉诗、中国诗话、中国古诗之间密切错综之关系，使其具有特殊的研究价值。日本诗话对于开拓我国古代文学的域外追踪研究和汉字文化圈内比较文学研究，是极为珍贵的资料，但国内迄今尚无专论。《日本诗话丛书》所收日本诗话 59 种，包括狭义诗话 38 种，广义诗话 21 种；和文诗话 29 种，汉文诗话 30 种。日本诗话可分为诱掖初学之诗话、品评鉴赏之诗话、论述日本汉诗发展史之诗话、诗学论争之诗话 4 大类，各有其不同的特征。

**关键词：**日本诗话；日本汉诗；中国古诗

一

日本大正九年至十一年（1920—1922），池田四郎次郎编辑出版了《日本诗话丛书》（全十卷，以下简称《丛书》）[②]。《丛书》是日本重要诗话的文本结集，也是日本唯一的诗话总集。本文之研究，即以《丛书》

---

　＊　本文原刊于《陕西师范大学学报》（哲学社会科学版）2001 年第 3 期。

　①　马歌东，男，1944 年生，河南开封市人。陕西师范大学文学院教授，博士生导师。1987年至 1991 年应邀并经国家教委派遣，赴日本国立福井大学讲学四年，其间先后兼职于金泽大学、北陆大学，为日本中国学会会员。主要从事中国古代文学、日本汉文学及中山国出土文字书法价值及应用研究。著有《日本汉诗溯源比较研究》《日本汉诗三百首》《日本诗话二十种》《马氏中山篆作品集》《马氏中山篆书谱》及译著《日本白居易研究论文选》等。

　②　〔日〕池田四郎次郎：《日本诗话丛书》，文会堂书店，1920—1922 年。

所收诗话为基本考察对象。

日本汉诗的发展分为四期：源起初盛的王朝时期（646—1192），缓慢发展的五山时期（1192—1602），臻于鼎盛的江户时期（1603—1868），走向衰微的明治以后。日本诗话的兴衰，大致伴随着日本汉诗的发展历程。

王朝时期弘法大师空海（774—835）著有《文镜秘府论》。《丛书》卷七《文镜秘府论》［解题］云：

> 此书于我邦为诗文话中之最早者。书中论四声、举八病，或论格式，或辨体裁。我邦韵镜之学，实起于此。弘法大师尝答嵯峨帝之问，奏云："如天（平）子（上）圣（去）哲（入），言言皆协韵。"顾当其入唐之时，得名公钜卿传授者。市川（河）宽斋《半江暇笔》曰："唐人诗论，久无专书，其数虽见于载籍，亦仅如晨星。独我大同中，释空海游学于唐，获崔融《新唐诗格》、王昌龄《诗格》、元兢《髓脑》、皎然《诗议》等书归。后著《文镜秘府论》六卷，唐人之卮言尽在其中。是编一经出世，唐代作者秘奥之发露殆无所遗，洵有披云雾睹青天之概。实可谓文林之奇籍，学海之秘策。"

《文镜秘府论》对日本汉诗文及诗话创作影响深远，且因其保存了我国内久已亡佚之古文献而颇受重视，但它毕竟只是一部绍介阐释中国诗文作法的著作，不是严格意义上的狭义的诗话，且又早已传入我国为学界所熟知，故本文于此绍评从略。

至五山时期，始产生了日本第一部以"诗话"命名的著作《济北诗话》。著者虎关师炼（1278—1346），五山时期著名禅僧，诗文秀拔，被誉为五山文学之祖。著有《济北集》20 卷，《济北诗话》乃其中之第11 卷。

《济北诗话》从创作旨趣到文笔体例，都留下明显受容欧阳修《六一诗话》的痕迹。全文共 31 则（《济北诗话》所断则数向无定论，予谨依其文脉，断为 31 则），主要评论我国诗人及作品，上自孔子、陶渊明，下迄唐李、杜、王、孟、岑、元、白、韩、韦、李商隐、贾至、李端、卢纶、薛令之、宋苏轼、王安石、林逋、梅尧臣、杨万里、刘克庄、朱淑真等，涉及颇广。还论及了《梵网经》《起世经》《广灯》等佛门经典，涉及《诗人玉屑》《古今诗话》《遯斋闲览》《诚斋诗论》《苕溪渔隐丛话》等我国早期诗话著作。毋庸置疑，这部诗话对于我国古代诗歌及诗话的域外传播史研究，具有极其重要的史料价值。

《济北诗话》是日本第一部狭义诗话，也是五山时期唯一的诗话，此后直至江户时期宽文七年（1667）日本第二部狭义诗话《史馆茗话》的问世，其间诗话创作至少沉寂了300余年之久。

至江户时期，与日本汉诗的蓬勃发展同步，诗话创作也日渐繁盛。此时期著录的诗话有近百部之多，日本有影响的狭义诗话，除《济北诗话》外，几乎全部产生于此时期。维新后日本将目光转向西方，伴随着日本汉诗的衰落，诗话也走向了衰微。

日本诗话的发展脉络大致如上。《丛书》所收诗话文本之排列呈完全无序态，为显示日本诗话发展之轨迹，本文在对《丛书》及其他有关文献资料进行综合研究的基础上，依出版或撰成之时间先后为序列表如下：

**《日本诗话丛书》所收诗话一览表**

| 序号 | 卷次 | 诗话名 | 卷数 | 著者 | 生卒年 | 出版年 | 语种 | 分类 |
|------|------|--------|------|------|--------|--------|------|------|
| 01 | 7 | 文镜秘府论 | 6 | 空海 | （774—835） | 820 | 汉 | B |
| 02 | 6 | 济北诗话 | 1 | 虎关师炼 | （1278—1346） | 1346 | 汉 | A |
| 03 | 1 | 史馆茗话 | 1 | 林梅洞 | （1643—1666） | 1667 | 汉 | A |
| 04 | 3 | 诗律初学钞 | 1 | 梅室云洞 | （？—？） | 1678 | 和 | B |
| 05 | 3 | 初学诗法 | 1 | 贝原益轩 | （1630—1714） | 1679 | 汉 | B |
| 06 | 10 | 诗法正义 | 1 | 石川丈山 | （1583—1672） | 1684 | 和 | B |
| 07 | 1 | 南郭先生灯下书 | 1 | 服部南郭 | （1683—1759） | 1733 | 和 | B |
| 08 | 7 | 老圃诗 | 1 | 安积澹泊 | （1656—1737） | 1737 | 汉 | A |
| 09 | 4 | 彩岩诗则 | 1 | 桂山彩岩 | （1678—1749） | 1739 | 和 | B |
| 10 | 9 | 诸体诗则 | 2 | 林东溟 | （1708—1780） | 1741 | 汉 | B |
| 11 | 3 | 斥非 | 1 | 太宰春台 | （1680—1747） | 1745 | 汉 | B |
| 12 | 4 | 诗论（并附录） | 2 | 太宰春台 | （1680—1747） | 1748 | 汉 | A |
| 13 | 2 | 丹丘诗话 | 3 | 芥川丹丘 | （1710—1785） | 1751 | 汉 | A |
| 14 | 10 | 诗律兆 | 11 | 中井竹山 | （1730—1804） | 1758 | 汉 | B |
| 15 | 2 | 诗学逢原 | 2 | 园南海 | （1676—1751） | 1762 | 和 | B |
| 16 | 9 | 艺苑谈 | 1 | 清田儋叟 | （1719—1785） | 1768 | 和 | A |

（续表）

| 序号 | 卷次 | 诗话名 | 卷数 | 著者 | 生卒年 | 出版年 | 语种 | 分类 |
|---|---|---|---|---|---|---|---|---|
| 17 | 6 | 艺苑谭 | 1 | 清田儋叟 | （1719—1785） | 1769 | 和 | B |
| 18 | 1 | 日本诗史 | 5 | 江村北海 | （1713—1788） | 1771 | 汉 | A |
| 19 | 5 | 淇园诗话 | 1 | 皆川淇园 | （1734—1807） | 1771 | 汉 | A |
| 20 | 3 | 诗学新论 | 3 | 原田东岳 | （1729—1783） | 1772 | 汉 | A |
| 21 | 2 | 诗学还丹 | 2 | 川合春川 | （1750—1824） | 1777 | 和 | B |
| 22 | 1 | 白石先生诗范 | 1 | 新井白石 | （1657—1725） | 1782 | 和 | B |
| 23 | 1 | 唐诗平仄考 | 3 | 铃木松江 | （？—1784） | 1786 | 和 | B |
| 24 | 1 | （附录）诗语考 | 1 | 铃木松江 | （？—1784） | 1786 | 和 | B |
| 25 | 8 | 作诗志彀 | 1 | 山本北山 | （1752—1812） | 1783 | 和 | A |
| 26 | 8 | 词坛骨鲠 | 1 | 松村九山 | （1743—1822） | 1783 | 和 | A |
| 27 | 8 | 诗讼蒲鞭 | 1 | 雨森牛南 | （1756—1815） | 1785 | 和 | A |
| 28 | 6 | 诗辙 | 前3 | 三浦梅园 | （1723—1789） | 1786 | 和 | B |
|  | 7 | 诗辙 | 后3 | 三浦梅园 | （1723—1789） | 1786 | 和 | B |
| 29 | 1 | 诗诀 | 1 | 园南海 | （1676—1751） | 1787 | 和 | B |
| 30 | 4 | 葛原诗话 | 4 | 释慈周 | （1737—1801） | 1787 | 和 | A |
|  | 5 | 葛原诗话后编 | 4 | 释慈周 | （1737—1801） | 1804 |  |  |
| 31 | 4 | 葛原诗话标记 | 1 | 猪饲敬所 | （1761—1845） | 1787 | 和 | A |
| 32 | 5 | 葛原诗话纠谬 | 前2 | 津阪东阳 | （1756—1825） | 1836 | 和 | A |
|  | 10 | 葛原诗话纠谬 | 后2 | 津阪东阳 | （1756—1825） | 1836 | 和 | A |
| 33 | 9 | 太冲诗规 | 1 | 中荷泽 | （1734—1797） | 1797 | 和 | A |
| 34 | 3 | 诗圣堂诗话 | 1 | 大洼诗佛 | （1767—1837） | 1799 | 汉 | A |
| 35 | 4 | 弊帚诗话 | 3 | 西岛兰溪 | （1780—1852） | 1799 | 汉 | A |
| 36 | 9 | 五山堂诗话 | 前2 | 菊池五山 | （1772—1855） | 1807 | 汉 | A |
|  | 10 | 五山堂诗话 | 后4 | 菊池五山 | （1772—1855） | 1807 | 汉 | A |
| 37 | 2 | 孝经楼诗话 | 2 | 山本北山 | （1752—1812） | 1808 | 和 | A |
| 38 | 5 | 竹田庄诗话 | 1 | 田能村竹田 | （1776—1834） | 1810 | 汉 | A |
| 39 | 8 | 艺苑锄莠 | 2 | 松村九山 | （1743—1822） | 1811 | 和 | A |
| 40 | 8 | 辨艺苑锄莠 | 2 | 奥山榕斋 | （1777—1842） | 1812 | 和 | A |
| 41 | 10 | 梧窗诗话 | 2 | 林荪坡 | （1781—1836） | 1812 | 汉 | A |
| 42 | 2 | 谈唐诗选 | 1 | 市河宽斋 | （1749—1820） | 1816 | 和 | A |
| 43 | 2 | 夜航诗话 | 6 | 津阪东阳 | （1756—1825） | 1816 | 汉 | A |
| 44 | 1 | 作诗质的 | 1 | 冢田大峰 | （1747—1832） | 1820 | 汉 | A |

（续表）

| 序号 | 卷次 | 诗话名 | 卷数 | 著者 | 生卒年 | 出版年 | 语种 | 分类 |
|---|---|---|---|---|---|---|---|---|
| 45 | 4 | 松阴快谈 | 4 | 长野丰山 | (1783—1837) | 1820 | 汉 | A |
| 46 | 6 | 沧溟近体声律考 | 1 | 泷川南谷 | (？—？) | 1820 | 和 | B |
| 47 | 7 | 木石园诗话 | 1 | 久保善教 | (？—？) | 1831 | 汉 | A |
| 48 | 4 | 诗律 | 1 | 赤泽一堂 | (1796—1847) | 1833 | 汉 | B |
| 49 | 3 | 夜航余话 | 2 | 津阪东阳 | (1756—1825) | 1836 | 和 | A |
| 50 | 6 | 柳桥诗话 | 2 | 加藤善庵 | (？—？) | 1836 | 汉 | A |
| 51 | 8 | 锦天山房诗话 | 前1 | 友野霞舟 | (1792—1849) | 1847 | 汉 | A |
| | 9 | 锦天山房诗话 | 后1 | 友野霞舟 | (1792—1849) | 1807 | 汉 | A |
| 52 | 3 | 诗山堂诗话 | 1 | 小诗山 | (1749—1875) | 1850 | 汉 | A |
| 53 | 5 | 锄雨亭随笔 | 3 | 东梦亭 | (1796—1849) | 1852 | 汉 | A |
| 54 | 1 | 诗格刊误 | 2 | 日尾省斋 | (？—？) | 1856 | 汉 | B |
| 55 | 3 | 诗格集成 | 1 | 长山樗园 | (？—？) | | 汉 | B |
| 56 | 6 | 幼学诗话 | 1 | 东条琴台 | (1795—1878) | 1878 | 和 | B |
| 57 | 10 | 社友诗律论 | 1 | 小野招月 | (？—？) | 1882 | 汉 | A |
| 58 | 6 | 淡窗诗话 | 2 | 广濑淡窗 | (1782—1856) | 1883 | 和 | A |
| 59 | 9 | 诗窗闲话 | 1 | 中根香亭 | (1839—1913) | 1913 | 和 | A |
| 60 | 6 | 全唐诗逸 | 3 | 市河宽斋 | (1749—1820) | 1804 | 汉 | |
| 61 | 7 | 诗史蘽 | 1 | 市野迷庵 | (1765—1826) | 1792 | 汉 | |
| 62 | 5 | 东人诗话 | 2 | [韩] 徐居正 | (？—？) | | 汉 | A |

关于此表，作如下说明：

其一，《全唐诗逸》系由市河宽斋搜集传入日本而中国已亡佚之诗，得百二十余家之零章残句编纂而成者，并非诗话；《诗史蘽》乃市野迷庵读日本南北朝史有感，自作咏史诗15首而又自为评论者，亦非诗话。《丛书》中除去此两种及朝鲜《东人诗话》，实收日本诗话59种。

其二，《诗辙》前三卷与后三卷，虽《丛书》将其分刊于不同卷中，但实系一部诗话。与此相类者，还有《葛原诗话纠谬》前两卷与后两卷，《五山堂诗话》前两卷与后四卷，《锦天山房诗话》上卷与下卷。此外，《葛原诗话》四卷与《葛原诗话后编》四卷，虽出版有先后，但后编系对前编的补充与正误，内容相贯，也应视作一部诗话。唯《夜航诗话》与《夜航徐话》，一则语种不同：一为汉文，二为和文；二则所论对象有异：

前者唯论汉诗，后者兼论和歌俳句；三则名称有异；四则出版时间相距二十年之久，故应视其为两部诗话。

其三，《诗语考》一卷，《丛书》作为附录收入，但实系独立的诗话著作，故单独列出。

其四，表中"汉"为汉文诗话之简称，"和"为和文诗话之简称；"A"代表狭义诗话，"B"代表广义诗话。

让我们利用此表，先做两项比较分析如下：

其一，关于和文诗话与汉文诗话。《丛书》各卷均收和文诗话、汉文诗话各数种。和文者列前，汉文者居后；和文者据原文照排，汉文者下附有和语译文。《丛书》共收汉文诗话 30 种，和文诗话 29 种，几乎一比一。以初学者为对象的诗话多用和文。

其二，关于狭义诗话与广义诗话。《丛书》之狭义诗话中，汉文诗话 23 种，占 61%；和文诗话 15 种，占 39%。广义诗话中，汉文诗话 7 种，占 33%；和文诗话 14 种，占 67%。综上可知，当时之狭义诗话大都以汉文著成，广义诗话大都以和文著成。江户时期汉文诗话占半数之多，当时必有相当数量的读者，而至大正年间《丛书》编纂时，却必须附以和语之译文，此亦日本维新后汉文学衰微之一证也。

《丛书》编辑者于每种诗话前所加用日语撰写之［解题］，对该诗话之著者、版本、体例、特色等均有所介绍，要言不烦，颇资参考。1972年 6 月日本凤出版社出版发行了《丛书》首次复刻本。

## 二

日本诗话从内容及功用上可分为诱掖初学之诗话、品评鉴赏之诗话、论述日本汉诗发展史之诗话和诗学论争之诗话等四大类。

### 其一，诱掖初学之诗话

诱掖初学之诗话按内容可分为汉诗文训读法、声律、诗家语、作诗法、作诗技巧等五类。

#### 1. 关于汉诗文训读法

日本汉诗人几乎皆不谙华音，阅读和创作汉诗文，用的是汉诗文训读法。训读法可以几乎原封不动地保留汉诗文中全部汉字,却读之以日本语音。日本学子要习得这种双向处理和语汉语的语言机制,以负笈拜师为主要途径,而诗话也起了很大作用。例如,初习训读法最难把握的是同训汉字。原田东岳《诗学新论》卷上引荻生徂徕之言曰:"本邦之人不识华音,读书作诗,一唯和训是凭,故其弊也,视'丽'若'华'。"铃木松江《诗语考》亦曰:"吾邦人常以和训通用汉字引起诗文语误读者不鲜",并举例以正之。如指出:"请见落花浮涧水""请见庭梅已放香""忽听琴书出帝州""俄听旧时龙迓去"等句中之"见",皆应为"看";"听",皆应为"闻"等。

2. 关于声律

日本人用训读法读汉诗,平仄声韵已体现不出,但作汉诗时却力求声律无误。可以想见,这也极难。于是指点声律便成为启蒙诗话又一重要内容。铃木松江《唐诗平仄考》云:"唐诗名以律,其严可知也。……诗而不唐则已,苟欲其唐,《律兆》《诗考》其津梁也,岂可废诸?"广濑淡窗《淡窗诗话》亦云:"邦人不通唐音,故不能知音节之异同,故唯选汉人用法之多且正者以从之。"

3. 关于诗家语

中国之诗家语,即下文中所谓"诗家熟用文字",对日本汉诗人来说,理解与使用均甚难,启蒙诗话中往往引华诗为例详作解说。皆川淇园《淇园诗话》云:"学诗须先多知诗家熟用文字。当须每字搜集古人用例,以精辨其义,字义已熟,而后广解古人之诗,既得解了,则其目中必已能辨巧拙佳否,诗盖至是始可与商论矣。"释慈周(六如)《葛原诗话》卷二[平欺、平交、平视、平添、平临、平、平填、平翻]条,逐一列举唐、宋名家用例之后云:"此外,准例可自造,不必一一拾余唾。"末二句耐人寻味:"准例"者,模仿也;"自造"者,新创也。日本汉诗对华诗之受容,此二者缺一不可,不惟诗家语如此。

4. 关于作诗法

讲说作诗法是启蒙诗话之重心所在。如长山樗园《诗格集成》,《丛书》[解题]云:"此书乃就元明清诗话及诸家随笔杂著中有关诗之体格声韵之说而抄录者,又时时录其自说。"又,三浦梅园《诗辙》,《丛书》[解题]云:"此书分为大意、诗义、体例、变法、异体、篇法、韵法、句法、字法、杂记十门,每门更置数十项小目以详述。其说极平易,不难了解，且从历代诸家诗话中抄出名说，加以自家之断案，明晰的确，无复余蕴，是我邦诗学书中有数之作。"由此可知，日本关于作诗法的诗话，是以绍介中国有关诗话为主，而又"时时录其自说"，并"加以自家断案"者。

5. 关于作诗技巧

此类涉及诗歌品鉴，属狭义诗话。兹举赤泽一堂《诗律》一则以为例：

> 一人赍诗来乞笔削，其诗云："独步桥头支杖留，松低古涧暮山秋。枫林昨夜霜新下，红锦如霞洗碧流。"前二句支杖看松，后二句赏枫，宛如读二首诗，而松意不足，枫亦不尽。试改"松"作"枫"，"枫林"作"林间"，始为合作，四句贯通，赏枫意十分。今人作绝句，第三转句全然转去，不接前二句，每有此病，宜戒已。其人始得诗律，后来间言出佳诗来，遂为一诗人。

如此者，可谓循循善诱。

**其二，品评鉴赏之诗话**

品评鉴赏是狭义诗话的基本功能，日本此类诗话可分为品评鉴赏华诗与品评鉴赏日本汉诗两大类，每类又包括诗人评介、诗艺品鉴两方面。此外，有时还对华诗进行训解考证。

1. 品评鉴赏中国诗歌之诗话

（1）诗人评介。日本诗话对于华诗人之评介甚多，如虎关师炼《济北诗话》云：

> 杨诚斋曰："李杜之集无牵率之句，而元白有和韵之作。诗至和韵而诗始大坏矣。"……元白有和韵而诗坏者非也。夫人有上才焉，有下才焉。李杜者上才也，李杜若有和韵，其诗又必善矣。李杜世无和韵，故赓和之美恶不见矣。元白下才也，始作和韵，不必和韵而诗坏矣。只其下才之所为也，故其集中虽兴感之作皆不及李杜，何特至赓和责之乎！

此诗话作于五山时期，推尊李杜，贬抑元白，已与王朝时期大异其趣。

（2）诗艺品鉴。日本诗话对华诗的品评鉴赏甚多，且不乏新见，有时还能指出华诗中不尽如人意处，表现出与华诗人相与切磋的参与意识。如津阪东阳《夜航诗话》卷四云："王驾《社日》绝句，足称绝妙好辞，但'鹅湖山下'四字，诗中无所干涉，真赘疣矣。且下句有'鸡、豚'字，则'鹅'字尤宜避也。柳宗元'破额山前碧玉流'，亦是同病。曾谓唐人而有此卤莽乎？然绝无而仅有尔。"此非"他山之石"乎？且骨鲠既吐，又作回护，其意亦善矣。

（3）训解考证。日本诗话对华诗亦时有训解考证文字，其中不乏卓见，如《济北诗话》云：

> 老杜《别赞上人》诗："杨枝晨在手，豆子雨已熟。"诸注皆非，只希白引《梵网经》注上句"杨枝"，不及下句"豆子"。盖此"豆"非青豆也，澡豆也，"梵网"十八种中一也。盖此二句，褒赞公精头陀。诸氏以青豆解之，可笑。而希白偶引《梵网》至上句，不及下句，诗思精粗可见。由此言之，千家之人，上杜坛者鲜乎！

我国文献尚未见此说，特录以备考。

2. 品评鉴赏日本汉诗之诗话

（1）诗人评介。日本诗话很重视对前代或同时代汉诗人的评介，这对于日本汉诗圈内的交流、借鉴、普及和提高意义深远。其评介文字亦时见精彩，如江村北海《日本诗史》卷二，评价号称"五山文学双璧"的绝海中津（1336—1405）、义堂周信（1326—1388）云：

> 绝海、义堂，世多并称，以为敌手。余尝读《蕉坚稿》，又读《空华集》，审二禅壁垒。论学殖，则义堂似胜绝海；如诗才，则义堂非绝海敌也。绝海诗，非但古昔中世无敌手也，虽近世诸名家，恐弃甲宵遁。何则？古昔朝绅咏言，非无佳句警联，然疵病杂陈，全篇佳者甚稀。偶有佳作，亦唯我邦之诗耳，较之于华人之诗，殊隔径蹊；虽近时诸名家，以余观之，亦唯我邦之诗，往往难免陋习。如绝海则不然也，（示例略）有工绝者，有秀朗者，优柔静远，瑰奇赡

丽，靡所不有。义堂视绝海，骨力有加，而才藻不及，且多禅语，又
涉议论，温雅流丽者，集中几无。如绝句，则有佳者（示例略）。

其卷三又评江户时期释门二强百拙、万庵之诗云：

余尝论元和（1615—1623）以后（指江户时期）释门之诗，以
百拙对万庵，人无信者。盖其无信者，以诗体玄黄相判也。如其资
才，二僧斤两大抵相称，无有轻重；但其志尚相反，轨辙异途耳。盖
万庵欲莫以禅害诗，百拙欲莫以诗害禅。故万庵诗，诗必诗人之语；
百拙诗，诗必道人之语。是以万庵诗高华雄丽，百拙诗深艰枯劲。并
是假相有意，非其本相也。有时出于其无意者，万庵未必无道人之
语，百拙间或有诗人之语。百拙尝作《春雨书怀》七绝七首，其一
曰："梅花落尽李花开，禊事将来细雨来。半幅疏帘人寂寞，前村野
水洗苍苔。"

以上所举绝海、义堂，百拙、万庵，皆一时旗鼓相当之诗僧，而北海
于绝海、义堂，别之以学殖诗才，于百拙、万庵，则辨之以志尚，其评皆
能鞭辟入里，深中肯綮，竟无一句雷同。

（2）诗艺品鉴。日本诗话对日本汉诗佳作评介极多。或一首，或一
联，或一句，或一字，品之味之，击节叹赏，这是旨在"资闲谈"的狭
义诗话的重要特征。且正如华域一样，许多并不广为人知的诗人与诗作，
也是仰赖此类诗话始得以传世。如大洼诗佛《诗圣堂诗话》云："余常摘
近人之句录之，时一出观之，足以慰一日三秋之思矣。"其评市河宽
斋云：

宽斋先生为一代诗匠，与其盟者，如舒亭、梅外、伯美、娱庵
辈，皆各成一家。海蠖斋序先生《百绝》云："江湖诗社得人，于斯
为盛。如先生《题东坡游赤壁图》云：'孤舟月上水云长，崖树秋寒
古战场。一自风流属坡老，功名不复画周郎。'可谓绝调。"

菊池桐孙《五山堂诗话》卷三于此诗亦有评云：

此作尤脍炙人口。偶读文待诏诗云："秋清山水夜苍苍，月出波平断岸长。千古高情苏子赋，东风谁更说周郎？"抑何相似之甚？余道文诗虽佳，烹炼之功却不如先生之至也。孰谓今人之不如古人耶？

如此种种，不胜枚举。其旨趣腔口，皆与滥觞于《六一诗话》的华域狭义诗话一无二致。

### 其三，论述日本汉诗发展史之诗话

虽然有数部诗话论及日本汉诗发展史迹，但作为专著且影响深远者，则是江村北海《日本诗史》。它是日本江户时期唯一的一部日本汉诗史著作。此书名为"诗史"，实则熔史论、评鉴为一炉，亦是一部优秀的狭义诗话。《日本诗史》对日本汉诗发展各时期都有极精辟的阐述。其［凡例］有云："古曰：作诗之难，论诗更难。非论诗之难，论而得中正之难。……余不好诡言异说以建门户。是编所论……人人各逐其体评论，冀无寸木岑楼之差。"今观此书，知其无负初衷。大谷雅夫于《日本诗史·解说》中推赞北海此著为"稳当至极的文学史"①，诚为确论。

### 其四，诗学论争之诗话

与中国风波代起新变迭兴的历代诗坛相较，对中国诗歌亦步亦趋的日本汉诗坛如影随形，如车覆辙，相对而言要平静得多，但是到江户时期却爆发了一场持续六七十年之久的诗学论争。论争中，各自的主张除了通过师承关系以及在同气相求中建立的各种诗会、诗社中酝酿渲发外，宣说观点与异派交锋，则主要通过诗话。

江户时期是日本汉诗鼎盛期，此时期又可划分为儒者文学的兴起（1603—1708）、古文辞复古派的盛行（1709—1750）、清新宋诗风的勃兴（1751—1803）和日本汉诗的极盛期（1804—1868）四个阶段。上述诗学论争，主要集中在第二、三阶段。一方打着明代前后七子的复古旗号，标榜格调，主张高华；另一方则打出"公安派"旗号，反对模拟，标榜性

---

① ［日］清水茂、揖斐高、大谷雅夫：《日本诗史·五山堂诗话》，《新日本古典文学大系》第65卷，岩波书店，1991年。

灵。这场论争是日本汉诗发展的必然，也是明代那场旷日持久的诗学论争播传到日本汉诗坛后激荡起的轩然大波。应当说，正是通过诗话进行的这场持续半个多世纪的诗学论争，消弭了门派之见，找到了日本汉诗健康发展之路，迎来了日本汉诗百花绚烂的极盛期。

# 论日本诗话的特色<sup>*</sup>

## ——兼谈中日韩诗话的关系

### 张伯伟<sup>①</sup>

**摘　要**：本文在深入考察日本诗学文献的基础上对日本诗话进行了综合研究，提出日本诗话的产生同中国诗话向日本的大量传入以及由此引发的论诗风气有关。同时通过与韩国古代诗话的对比，指出对中国诗话的批评是日本诗话的特色之一。此外还结合日本汉诗的历史演变，分析了日本诗话的"诗格化"和"小学化"特色，并为中日韩诗话的交流提供了例证。

**关键词**：日本诗话；中国诗话；诗格化；小学化；朝鲜诗话

　　日本诗话的数量不少，大正九年（1920）至十一年（1922），日本文会堂书店曾出版过池田胤编辑的《日本诗话丛书》十卷，汇聚了日本诗话的基本资料，计六十四种。但此书一则未出全，又编次无序，而且将朝鲜的《东人诗话》也收入其中。<sup>②</sup>所以虽然可作为依据，但日本诗话的资

---

　　* 本文原发表于《外国文学评论》2002 年第 1 期。

　　① 张伯伟，1959 年生，南京大学文学士、硕士、博士，现为南京大学中文系教授、域外汉籍研究所所长、南京大学人文社会科学高级研究院特聘教授。曾任日本京都大学文学研究科、韩国外国语大学中文系、台湾大学中文系、香港科技大学人文学院客座教授，香港浸会大学中文系访问教授。著有《中国古代文学批评方法研究》《全唐五代诗格汇考》《清代诗话东传略论稿》《东亚汉籍研究论集》《作为方法的汉文化圈》《域外汉籍研究入门》等，主编《中国诗学》《域外汉籍研究集刊》《中华大典·文学理论分典》《朝鲜时代女性诗文集全编》等。

　　② 据［日］池田胤《日本诗话丛书引》，其书共有 12 卷。又据其凡例，有据抄本收入的诗话四种，即古贺侗庵《非诗话》、津阪东阳《葛原诗话纠谬》、友野霞舟《锦天山房诗话》及乙骨耐轩《读瀛奎律髓刊误条记》。但现在出版的仅十卷，而且不包括《非诗话》和《读瀛奎律髓刊误条记》二种。

料实不限于此书所收。即以笔者寓目的日本诗话而言，就达 91 种。而根据日本《国书总目录》及《古典籍总合目录》，更有不少诗话在目录上有所登录而一时未能觅得原书者。总之，就域外诗话而言，日本诗话与韩国诗话一样，数量是相当丰富的。

如果说韩国诗话从一开始就受到欧阳修开创的诗话体的影响，那么日本诗话则主要受唐人诗格的影响而逐步发展起来。虽然《文心雕龙》和《诗品》早已传入日本（藤原佐世《日本国见在书目》中已有著录），但日本诗话之祖不能不推空海的《文镜秘府论》。市河宽斋《半江暇笔》云：

> 我大同中，释空海游学于唐，获崔融《新唐诗格》、王昌龄《诗格》、元兢《诗髓脑》、皎然《诗式》等书而归，后著作《文镜秘府论》六卷，唐人卮言，尽在其中。①

虽然空海此书以纂辑唐人资料为主，但对后世影响很大，它奠定了此后日本诗话的一个写作基调。如果我们全面审视一下日本诗话，就可以发现这样两个现象：一是诗格类的内容特别多；二是为指导初学而作的诗话特别多。这两者又是联系在一起的。唐人诗格，就其写作动机而言，不出两种：或以便科举，或以训初学。日本诗话既受诗格影响较大，则其内容偏重论诗歌的格、法乃顺理成章。又日本历史上没有科举取士的制度，②所以其写作动机也就多在以训初学一端，使诗话"诗格化"。兹举例如

---

① 转引自［日］池田胤《日本诗话丛书》第 7 卷《文镜秘府论》"解题"，文会堂书店，大正十年（1921），第 215 页。按：据《国书总目录》及《国书人名辞典》所载，市河宽斋有题名《半江暇笔》之著，但如今在日本遍觅不得，不知是已经亡佚抑或藏在私家，待考。

② 江村绶写于明和壬辰（1772 年）的《诗学新论序》中指出："我邦亦尝定试士法，而今已邈矣。"（［日］池田胤：《日本诗话丛书》第 3 卷，第 257 页）这里当指平安时代。藤原明衡《本朝文粹》卷七《省试诗论》中有大江匡衡、纪齐名等人据唐人诗格讨论考量学生大江时栋所献诗的记录。但从严格意义上说，这些都不能算是真正的科举取士。依当时的制度，从庆云到承平年间（704—938），共选文章生（即进士）65 人。文章生是从拟文章生（即秀才）中以试诗赋方式选拔的，但他们都是通过大学或国学教育而获得考试资格，学生皆有身份限制。如大学专收诸王及五品官以上的子孙，国学则收郡司子弟。可见，其考试的范围是极为有限的，故不能与中国唐以后的科举制度相提并论。参见［日］佐藤诚实著，仲新、酒井丰校订《日本教育史》上卷，平凡社，1973 年，第 49—60 页。

下，贝原笃信《初学诗法序》云：

> 予固不知诗，且不揣僭妄，辑古来诗法之切要者，约为一书，庶觉俗间初学之习而不察者而已。①

龙公美《白石先生诗范序》云：

> 今也斯书虽区区小册子乎，教谕之重，万金弗啻，则学者宜奉戴而谨承也。②

芥焕彦章《丹丘诗话小引》云：

> 余结发业诗，从事有年，仰诵俯思，有得辄书，积书为卷，以资蒙士。虽不足取高前式，庶亦无差品骘云尔。③

原尚贤《刻斥非序》云：

> 盖先生尝观世之学者所行，不忍见其非，因一二斥之，以示小子辈。④

筱应道《南海诗诀序》云：

> 大匠不为拙工改废绳墨，岂可以初学忽之哉。诗话、诗丛，诗家法故也，于我桑域绍之者，只《南海诗诀》有是哉。⑤

释敬雄《诗学逢原序》云：

---

① 《日本诗话丛书》第 3 卷，文会堂书店，大正十年（1921），第 173 页。
② 《日本诗话丛书》第 1 卷，文会堂书店，大正九年（1920），第 35 页。
③ 《日本诗话丛书》第 2 卷，文会堂书店，大正九年，第 555 页。
④ 《日本诗话丛书》第 3 卷，文会堂书店，大正十年（1921），第 133 页。
⑤ 《日本诗话丛书》第 1 卷，文会堂书店，大正九年（1920），第 4 页。

乃展读之，则言近旨远，循循善诱，实诗家正法眼藏也。①

泷长恺弥八《南郭先生灯下书序》云：

此书之行也，后进之士赖焉。②

平信好师古《诗学还丹序》云：

顷日著《诗学》之一书，其为书也，述摹拟古人之诗，或以国歌为诗句，以和言为诗语等之事，将俾初心易入于学诗之境。③

山田正珍宗俊《作诗志彀序》云：

夫子著斯编，名以《志彀》，其意在使夫后学不失诗正鹄也。④

江村绶《诗学新论序》云：

有大夫之资，而无侯之藻鉴之明，劝学之训，安能到此。⑤

柚木太玄《艺苑谱序》云：

先生向者撰《艺苑谈》，概其大旨，为救时弊也，喻之于医方，《艺苑谈》泛论世之婴疾病者，而至其论治，是编有之。其所以教喻人最为深切也。⑥

平安岩垣明《跋淇园诗话》云：

---

① 《日本诗话丛书》第2卷，文会堂书店，大正九年（1920），第4页。
② 《日本诗话丛书》第1卷，文会堂书店，大正九年，第48页。
③ 《日本诗话丛书》第2卷，文会堂书店，大正九年，第161页。
④ 《日本诗话丛书》第8卷，文会堂书店，大正十年（1921），第3页。
⑤ 《日本诗话丛书》第3卷，文会堂书店，大正十年，第259—260页。
⑥ 《日本诗话丛书》第6卷，文会堂书店，大正九年（1920），第3页。

此书先生特为后进示义方者也，学者由是思之，则庶几能骎渐开、天佳境也。①

**淡海竺常《葛原诗话序》云：**

彼其比唐拟明，因仍相袭者，必以是为异端焉，然其有益于后学，吾宁取此而不取彼也。②

**松村良猷《艺园鉏莠自叙》云：**

余亦有诗文说话，欲以示子弟者若干条，以用舍未定，不成之篇次，……故欲先鉏其害嘉谷者，以备树艺之一助。③

**东饱赖惟柔《沧溟近体声律考序》云：**

此间诗人能假济南舟筏，初涉平澜，后凌狂浪，离和境而到汉岸，庶几不负南谷君津梁之慈矣。④

**津阪孝绰《夜航余话序》云：**

诚詹詹琐言，不足以示大方之家，然于初学之徒，庶几正讹救弊，进技所资。遂倩人缮写，以备童生之玩览。⑤

**川田刚《淡窗诗话序》云：**

盖先生一代宿儒，隐居不仕……托词风月，与古诗人心心相印，

---

① 《日本诗话丛书》第5卷，文会堂书店，大正九年（1920），第227页。
② 《日本诗话丛书》第4卷，文会堂书店，大正九年，第3页。
③ 《日本诗话丛书》第8卷，文会堂书店，大正十年（1921），第158页。
④ 《日本诗话丛书》第6卷，文会堂书店，大正九年（1920），第234页。
⑤ 《日本诗话丛书》第3卷，文会堂书店，大正十年（1921），第3页（原文为日语，兹译其大意）。

有所自得，乃诱掖子弟，示以入学法门，令其渐渐进步，升堂入室，其用意笃且至矣。①

还有一些诗话，从其名目上就可知其为初学者而作，如《诗律初学钞》《幼学诗话》等。

第一个以"诗话"命名其著作的是五山诗僧虎关师炼，《济北集》卷十一即为《诗话》，收入《日本诗话丛书》时易名为《济北诗话》。其背景应该与大量宋人诗话传入日本以及在禅林中激发起评诗、论诗之风有关。② 在五山诗僧的文集中，往往能够看到这样的题目，如《丁巳重阳有文词伯招同门诸彦评诗命予定其题……》（周麟景徐《翰林葫芦集》卷四）、《留客论诗》（横川景三《小补集》）、《秋夕与客论诗》（希世灵彦《村庵稿》卷上）、《雪屋论诗》（兰坡景茝《雪樵独唱集》绝句之一）、《花院借榻论诗》（同上）、《梅窗论诗》（同上）、《春夜留客论诗》（天隐龙泽《默云稿》）。从这些诗歌的标题中可以感到当时的论诗是一项群体性活动，如横川景三《留客论诗》云：

　　东山古寺白云层，一夜论诗六七僧。③

又如其《雪夜与客论诗》，题下注云："希世来访，会者十人，联句五十韵，句罢，评诗。"其诗云：

　　十雪④古闻今见之，扫门迎客倒迦梨。夜深月落品题定，中有梅花寒似诗。⑤

---

① 《日本诗话丛书》第 4 卷，文会堂书店，大正九年（1920），第 219 页。

② 参见［日］芳贺幸四郎《中世禅林の学问および文学に关する研究》第 2 编第 2 章第 3 节，《诗话——新文学论の输入》，日本学术振兴会，1956 年，第 312—326 页。

③ 《小补集》，［日］玉村竹二《五山文学新集》第 1 卷，东京大学出版会，1967 年，第 11 页。

④ "十雪"之咏始于中国的元代，指"韩王堂雪、程门立雪、袁安洛雪、李愬淮雪、王猷溪雪、李及郊雪、苏武瓩雪、郑綮驴雪、孙康书雪、欧阳诗雪"。日本五山诗僧多和之，如惟肖得岩《东海琼华集》、南江宗浣《渔庵小稿》中皆有其作，可参阅。

⑤ 《补庵京华集》，《五山文学新集》第 1 卷，第 212 页。

希世灵彦也同时有作，其《雪夜与客论诗》云：

　　灞上吟驴久驻鞍，玉堂白站亦应难。论诗未了天犹雪，人与梅花一夜寒。①

又如其《次韵丛子岁暮留客论诗之作》云：

　　三百余篇删定后，辉光古往与今来。诸家辈出传宗派，大雅沦胥堕劫灰。春浅池塘诗谢草，雪残篱落老逋梅。论诗此夕一樽酒，更约重游岁暮催。

　　非诗何得永今夕，细说唐并宋以来。林下僧风蔬笋气，桥边驴雪豆秸灰。老来谩与客名甫，穷后愈工人姓梅。数百年间无此作，黄鸡白日自相催。

　　冷淡平生是生活，论诗岁暮喜君来。推敲月下头如雪，竞病樽前心未灰。驴入剑门初细雨，人经瘐岭半残梅。偶然一句在天外，应笑匆匆击钵催。②

　　从他们所运用的典故中，可以看出所受中国诗人和诗话影响的痕迹。如希世灵彦《秋夕与客论诗》云：“留客论诗同半床，清新俊逸细商量。”③上句似用范晞文《对床夜语》典，下句则用杜甫评李白“清新庾开府，俊逸鲍参军”及“何时一樽酒，重与细论文”（《春日忆李白》）。瑞溪周凤《读梅圣俞诗》云：“白首固穷诗愈工，宛陵风物落吟中。荻芽洲畔杨花岸，说得河豚惊醉翁。”④显然本于《六一诗话》“梅圣俞尝于范希文席上赋《河豚鱼诗》”条。

　　五山时期僧林中流传的中国诗话不少，以万里集九的《梅花无尽藏》为例，其中直接、间接引用到的中国诗话计有《西清诗话》《后村诗话》《石林诗话》《洪驹父诗话》《诗林广记》《联珠诗格》《冷斋夜话》《苕溪渔隐丛话》《沧浪诗话》《诗人玉屑》《雪浪斋日记》《许彦周诗话》

----

① 《村庵稿》卷上，《五山文学新集》第2卷，第290页。
② 《村庵稿》卷中，《五山文学新集》第2卷，第347—348页。
③ 《村庵稿》卷上，《五山文学新集》第2卷，第234页。
④ 《卧云稿》，《五山文学新集》第5卷，第508页。

《吕氏童蒙诗训》《清林诗话》等。①《梅花无尽藏》卷四有《还春泽之书籍》云：

> 十七史全部四十五册，《史记》全五十六册，《渔隐》前集五十卷、后集四十卷（以上九十卷），《诗林广记》前集十卷、后集十卷（以上二十卷）还春泽。以《汉书》之前集、后集以上十九册还南丰之方丈。②

从这段记载中可以认识到中国诗话在五山诗僧之间交流的状况。当时论诗风气渐渐形成，尤其是在一些看似与论诗无关的作品中，也每每出现论诗的内容，这是论诗风气兴盛的标志。例如，横川景三《以清字颂并序》云：

> 永安惟宗外史，其徒曰俊，风姿可爱也。其游远寄小幅求字，字曰"以清"。老杜诗曰："清新庾开府，俊逸鲍参军。"盖谓太白诗豪放飘逸，无敌于世也。孔子曰："不学诗，无以言。"是止于周诗《国风》而已。无文师有谓曰："少学夫诗，若七言四句得于七佛，五言得于棱严、圆觉，古风、长篇得于华严。"严沧浪又曰：论诗犹如论禅，汉魏晋与盛唐之诗，则第一义也。学之者临济下也。由是言之，吾徒之言诗也，与儒教相表里，以传不朽，实不诬焉。……公远承于济下，参诗参禅，有自来矣。苟克登翰墨之场，挟风雅之辀，清新以究其体，俊逸以尽其用焉，则异日必有僧太白起于丛社凋零之后，岂不盛乎！③

本来是一篇字说，但作者却引发为诗论。类似的写法也见于《子建字说》（见《补庵京华续集》）一文。又如兰坡景茝的《炉边话旧》诗云：

---

① 此处诸诗话以在文集中出现的先后为序，不复以年代先后诠次，重复出现者略之。

② 《五山文学新集》第6卷，第870页。

③ 《补庵京华后集》，《五山文学新集》第1卷，第317页。

碧瓦吹霜寒更奇，炉边捻断数茎须。官梅慎勿动诗兴，吟拨阴、何灰未知。①

这四句诗中用到的典故有卢延让，其《苦吟》诗曰："吟安一个字，捻断数茎须。"有何逊、阴铿和杜甫，杜甫《和裴迪登蜀州东亭送客逢早梅相忆见寄》曰："东阁官梅动诗兴，还如何逊在扬州。"又《解闷》云："颇学阴、何苦用心。"兰坡诗的主旨也是强调"苦吟"。诗话体创造了一种近似于炉边谈话的亲切的说诗方式，这首《炉边话旧》所"话"的内容也正是诗。日本第一部以"诗话"命名的著作便是在这样的背景下产生的。

从《济北诗话》中可以推知，作者接触到的中国诗话是不少的。如云"赵宋人评诗，贵朴古平淡"，当指宋人诗话；"或问：陶渊明为诗人之宗，实诸"条，"诗人"上或当有"隐逸"二字，则出于钟嵘《诗品》；"《玉屑集》：句豪畔理者"云云，出于《诗人玉屑》卷三"句豪而不畔于理"；"夫诗人剽窃者常也，然有三窃"，则出于皎然《诗式》的"诗有三偷"；又引"杨诚斋曰"云云，当出《诚斋诗话》；② 又引《云卧记谈》《古今诗话》《遯斋闲览》等，可知其涉猎颇为广泛。

虽然《济北诗话》受中国诗话影响，但虎关师炼对中国人的评论并非亦步亦趋。他经常对中国诗话中的某些结论加以辨证，尽管其辨证未必正确。这恰恰形成了其诗话的特色，并且也是日本诗话的特色之一。而在韩国诗话中却往往奉中国诗论为圭臬。《济北诗话》云：

赵宋人评诗，贵朴古平淡，贱奇工豪丽者，为不尽耳。夫诗之为言也，不必古淡，不必奇工，适理而已。大率上世淳质，言近朴古。中世以降，情伪见焉。言近奇工，达人君子，随时讽谕，使复性情，岂朴淡奇工之所拘乎？唯理之适而已。古人朴而不达之者有矣，今人达而不朴之者有矣，何例而以朴工为升降哉？③

---

① 《雪樵独唱集》绝句之一，《五山文学新集》第5卷，第33页。

② 《济北诗话》引杨诚斋曰："大抵诗之作也，兴上也，赋次之。赓和不得已也"云云，不见于今本《诚斋诗话》。

③ 《日本诗话丛书》第6卷，文会堂书店，大正九年（1920），第294页。

　　宋人的这一见解在欧阳修评论梅尧臣、苏舜钦的诗歌时曾有所表达。平淡是宋诗的特色之一，作为开平淡之风的梅尧臣，他的诗受到宋人的赞扬也就毫不奇怪。虎关师炼的这一批评从文字表面上看，可谓堂皇妥帖，但实际上对宋人的意见却有所误会。作为一个批评术语，宋人所强调的平淡是由锻炼、组丽而来。没有锻炼的平淡往往轻率平易，未经组丽的平淡往往枯槁杳冥。所以方回评论道："宋人当以梅圣俞为第一，平淡而丰腴。"（《瀛奎律髓》卷一）这一点，才可以说是宋人的通识。如葛立方《韵语阳秋》卷一指出：

　　　　大抵欲造平淡，当自组丽中来。落其华芬，然后可造平淡之境。……梅圣俞《和晏相诗》云："因今适性情，稍欲到平淡。苦词未圆熟，刺口剧菱芡。"言到平淡处甚难也。①

周紫芝《竹坡诗话》云：

　　　　作诗到平淡处，要似非力所能。东坡尝有书与其侄云："大凡为文，当使气象峥嵘，五色绚烂，渐老渐熟，乃造平淡。"余以不但为文，作诗者尤当取法于此。②

　　虽然如此，虎关师炼努力在诗话中表达自己的意见、不徒以中国诗论悬为金科玉律的做法，还是对后世产生了很大影响。

　　江户时代日本人对中国诗话的批评更多，如中井积善《诗律兆》卷十"余考"，其中对引及的诗话有褒有贬，是其所是而非其所非。对诗话作全面批判的，应数刘煜季晔的《侗庵非诗话》。该书成于文化十一年（1814），共十卷。第一、二卷为总论，从第三卷至第十卷，历数诗话十五病："一曰说诗失于太深；二曰矜该博以误解诗意；三曰论诗必指所本；四曰评诗优劣失当；五曰稍工诗则自负太甚；六曰好点窜古人诗；七曰以正理晦诗人之情；八曰妄驳诗句之瑕疵；九曰擅改诗中文字；十曰不能记诗出典；十一曰以僻见错解诗；十二曰以诗为贡谀之资；十三曰不识

---

① 何文焕：《历代诗话》，中华书局1981年版，第483页。

② 同上书，第348页。

诗之正法门；十四曰解诗错引事实；十五曰好谈谶纬鬼怪女色。"① 并一一举例以说明之。虽然不免于持论近苟（如"论诗必指所本"即不可一概否定），但多能言中诗话之弊。其卷一"总论"云：

> 诗话之为书，大抵一分辩证，二分自负，三分谐谑，四分讥评。

又云：

> 诗话之名昉于宋，而其所由来尚矣。滥觞于六朝，盛于唐，蔓于宋，芜于明，清无讥焉。其诡说廖论，难一一缕指，而尚可举其梗概。诗话诗品为古，其病在好识别源流，分析宗派，使人爱憎多端，固滞难通；唐之诗话，如《本事诗》《云溪友议》等书，其病在数数录桑中、溱洧赠答之诗，以为美谈，使人心荡神惑，丧其所守；宋之诗话，如《碧溪》、《彦周》、《禁脔》、《韵语》等书，其病在以怪僻穿凿之见，强解古人之诗，使人变其和平之心，为深险诡激之性；明之诗话，如《升庵》、《四溟诗话》、《艺苑卮言》，其病在扬扬自得，高视阔步，傲睨一世，毒骂古人，使人顿丧礼让之心，益长骄慢之习。四代之病，无世无之，予特就其重者而言耳。

中国诗话中固然也有对诗话的批评，如《侗庵非诗话》引及的胡应麟批评宋代诗话语，即见于《诗薮》杂编卷五。又引及李东阳《怀麓堂诗话》、杨慎《升庵诗话》对诗话的批评，但他们自己也仍然写作诗话，所以被刘煜季晔评为"口非而躬犯，可谓言不顾行矣"。专究某家诗话而纠其谬者，有冯班《严氏纠谬》、赵执信《谈龙录》，但刘煜认为，"《沧浪纠谬》《谈龙录》为一人而作，私也；予《非诗话》为诗道而作，公也。"（卷二）即使章学诚《文史通义》专列《诗话》，实际上也是针对袁枚《随园诗话》而发。所以，大规模地批评中国诗话，实当数《侗庵非诗话》为最。为了写作这部书，作者"将昌平书库及友人家所有诗话，从头翻阅，涉猎略遍，因得益照悉病根之所在，乃著《非诗话》如干卷"。可见其态度之认真。侗庵之博闻强记，在当时即为人推崇，乃日本

---

① 卷首目录，崇文院，昭和二年（1927）。

近世所罕见。《刘子》三十卷，博涉经义文学。① 其为学尊从宋儒，著有《四书问答》《崇程》等。其诗学观亦与宋儒一脉相承，认为"朱子之论诗，可谓尽矣，学者宜三复书绅"（卷一）。其《非诗话》一书，亦"以忧道闵时为念"，不止于批评诗话本身。② 明治时期近藤原粹刊行《萤雪轩丛书》，专收中国诗话，其中亦多有批评，但只是读书时的批语，较为随意，可取者不多。③ 总之，从《济北诗话》到《萤雪轩丛书》，对于中国诗话的批评形成了日本诗话的一个特色。

由于日本诗话多为初学者而作，也就形成了内容上的一些特色，一是讲究诗律、诗法的诗话特别多，这就是上文已经指出的"诗格化"的特色。日本诗论家对中国诗话的兴趣往往偏于诗论、诗法，轻视"以资闲谈"类的诗话。如芥焕《丹丘诗话》卷下指出：

> 古今诗话，惟严仪卿《沧浪诗话》断千古公案，仪卿自称，诚不诬也。其它欧阳公《六一诗话》、司马温公《诗话》之类，率皆资一时谈柄耳，于诗学实没干涉。初学略之而可也。
>
> 《沧浪诗话》之外，略可取者陈师道《后山诗话》。虽其识非上乘，其论时入妙悟。故高廷礼《品汇》多收之，诗家最不可不读也。④

又如刘煜季晔《侗庵非诗话》贬斥了几乎所有的中国诗话，但仍然肯定了以下几种：

---

① 此书见收于［日］关仪一郎编《续日本儒林丛书》第3、4册，东洋图书刊行会，昭和八年（1933）。

② 《侗庵非诗话》卷一指出："东汉而降，著书意义益易而益轻，以为求名之资者有之，以为钓利之具者有之，是以书日增多，而其为书也多损少益，徒使人听荧不知所适从，而诗话为甚。予故著《非诗话》十卷，以明诗话之害。盖特论其甚者，而未遑及他也。人果能以忧道闵时为念，则其书也虽多，不无一可取。乃区区以钓利求名为心，以语言文字之末为务，陋矣！呜呼，岂独著诗话者而已也哉？"

③ 《萤雪轩丛书·例言》云："斯书总系余书库中所藏者，故余晨夕爱玩之，随读随批，或疏或密，或称扬，或骂詈，其例不一。盖以录我意之所思，本非有意于公世也。……斯书批评，本为余一家言，而又有或重复、或前后龃龉者，亦未可知也。是由于非一时所批评焉耳。"东京：青木嵩山堂，明治二十八年（1895）。

④ 《日本诗话丛书》第2卷，文会堂书店，大正九年（1920），第606页。

诗话中惟钟嵘《诗品》、严沧浪《诗话》、李西涯《怀麓堂诗话》、徐昌谷《谈艺录》可以供消闲之具。……自余诗话则以覆酱瓿可也，以界炎火可也。

恶而知其美者，君子之公心也。历代诗话，汗牛不啻，其铁中铮铮者，独《诗品》、《沧浪》、《怀麓堂》、《谈艺录》而已。……欲观诗话，则惟此四家可也。（卷二）

冢田虎《作诗质的》也指出：

论作诗体裁者，非亦不多也。然后则南宋严沧浪《诗话》、元陈绎曾《诗谱》、明王敬美《艺圃撷余》，前则梁钟嵘《诗品》，是最其精密者也，作者不可以不览也。①

日本诗话大盛于江户时代。从日本汉诗的历史来看，王朝时期的作者以贵族为主，五山时期则以僧侣为主，而到了江户时期，其作者便突破了儒士的圈子，呈现出民间化、普遍化的趋势。② 由于"学诗之人，逸在布衣"（借用《汉书·艺文志》语），就使得当时的诗话形成了另一个特色，即对于诗歌中词汇的训释和使用的讲究，这可以说是诗话的"小学化"。由于江户时期学习汉诗文写作的普遍性，当时出现了不少有关文字训释方面的书。除诗歌方面以外，如荻生徂徕《训译示蒙》，伊藤东涯《秉烛谭》《助字考证》，冈田龙洲《助辞译通》，释显常《文语解》，皆川愿《助字详解》等，可见一时风气。释显常《诗语解题引》云：

诗之与文，体裁自异，而其于语辞，亦不同其用。大抵诗之为言，含蓄而不的，错综而不直，而其所使之能如是者，正在语辞斡旋之间。诗文之所以别，唐宋之所以殊，皆以此。语辞于诗，不亦要乎！然初学者多胡乱使用，填塞句间，不复能考明。故今一一举录，从头解之，以为诗家之筌蹄。③

_____

① 《日本诗话丛书》第 1 卷，文会堂书店，大正九年（1920），第 376 页。
② 参见张伯伟《日本古代诗学总说》，《中国诗学研究》，辽海出版社 2000 年版，第 338—358 页。
③ ［日］吉川幸次郎等编：《汉语文典丛书》第 1 卷，汲古书院，1979 年，第 171 页。

虚字的使用千变万化，故能传达出微妙的感情。所以，当时的著作也偏于对虚字和语辞的训释，如源孝衡《诗学还丹》卷下、卢玄淳《诗语考》、山本信有《孝经楼诗话》、津阪孝绰《夜航诗话》卷五、荪坡林瑜《梧窗诗话》等，而最典型者为六，如慈周《葛原诗话》、津阪孝绰《葛原诗话纠谬》、猪饲彦博《标记》以及释显常（大典）《诗语解》《诗家推敲》等。如卢玄淳《诗语考》云：

> 凡吾邦之人，常以和训而通用文字，故诗文之语误者不少。①

淡海竺常《葛原诗话序》云：

> 夫考明字义，学之始也，况倭而学华者乎?②

释显常《诗语解题引》云：

> 字义既非训释所尽，耳况倭读所能详明乎？大抵倭语译字，有能当有不当，且讹转差错者亦太多。今欲检其不当，咸易以能当，随当随差，莫能执捉也。字既如是，又况连字成句，脉络相综，华之与倭，语路自殊者乎?③

这就是导致日本诗话重视诗歌语词训释尤其是注重辨证两国语言中相同词汇之不同使用习惯的原因。例如"看""见"二字，《诗语考》指出："此方之人，'请看'作'请见'，'请听'作'请闻'，皆是和训之弊也。"如杜甫诗中"请看石上藤萝月"，明人诗中"请看行路兵戈满""请看落日潇湘色""请看如玉丛台女""请看襄子宫前水"等，"皆'请看'也，然此方之人，虽称当世诗学之盛也，此弊未除。近来诸家，误用者不少"（原文为日语）。并举《筑波山人集》《如来山人集》《草庐集》为例，如"请见落花浮涧水""请见人生荣与枯""请见当时宸幸

---

① 《日本诗话丛书》第1卷，文会堂书店，大正九年（1920），第125页。
② 《日本诗话丛书》第4卷，文会堂书店，大正九年，第3页。
③ ［日］吉川幸次郎等编：《汉语文典丛书》第1卷，汲古书院，1979年，第172页。

地""请见庭梅已放香"等。① 而《葛原诗话》则专就词语作解释，这些词语，有些是杜甫以后运用当时俗语或禅语的词汇，由于这些词汇往往不见于仓雅之书，释之不易。例如卷一"不分"条云：

> "不分"有诸说，杜诗仇注：不分，不能分辨也。邵注：分，别也，言不能辨别也。此二家同。顾注：不分即不忿也，正是忿意。蕉中师《诗语解》：不忿，言不胜忿也。此二说同。东厓《秉烛谈》：不分，谓不自知其分也。此别为一说。《法苑珠林》引《冤魂志》云：晋丹阳陶继之枉杀一妓，陶夜梦妓云：昔枉所杀，实所不分。此不分之词与不胜忿之义似尤亲。蕉中师曰："不分"，杜诗对"生憎"，分明不胜忿之义，谓不能分辨之解，谬也。②

对这些词汇加以归纳解释，在当时只是为作诗而用，但站在学术史的立场上看，对于这些语辞的考释是很有意义的。当然，在中国诗话中，从《六一诗话》开始，也有对语辞的考释，如"太瘦生""末厥"，后来的《中山诗话》《韵语阳秋》《苕溪渔隐丛话》《诗人玉屑》等书，都有对语辞的解释。明代胡震亨的《唐音癸籖》，卷十六至二十四"诂笺"，全是解释唐诗语辞。但这方面在中国诗话中所占比重不大，所以未能形成特色。由于这些语辞"性质泰半通俗，非雅诂旧义所能赅，亦非八家派古文所习见"③，即使在中国也常有难明其意者。正如释显常《诗语解题引》所言："夫讹转差错，虽华言有之，因循成用，不能反本，直取时俗之易解耳。"因此，日本江户以后的诗话对诗歌语辞的归纳、整理、考释，其价值是值得重视的，直到现代研究者也往往乐于参考，即为一证。④ 当然，这些著作有时考索诗语的语源，亦难免有未能寻根究底者，如津阪孝

---

① 《日本诗话丛书》第 1 卷，文会堂书店，大正九年（1920），第 126—128 页。
② 《日本诗话丛书》第 4 卷，文会堂书店，大正九年，第 20—21 页。
③ 张相：《诗词曲语词汇释叙言》，中华书局 1957 年版，第 1 页。
④ 参见［日］盐见邦彦《唐诗口语の研究》"等头""都卢""个中""何等""积渐""若为""探支""闻健""向道""一向"等条，中国书店（东京），1995 年。

绰的《葛原诗话纠谬》已经指出了若干,① 兹再举二例。《葛原诗话后篇》卷四"眼似刀"条云:

> 李宜古诗:"能歌姹女颜如玉,解引萧郎眼似刀。"范成大诗:"惜无楚客歌成雪,空有萧朗眼似刀。"盖目成挑人之貌,李白诗所谓"卖眼掷春心"之类。退之诗:"艳姬蹋筵舞,清眸刺剑戟。"亦同意也。(原文为日语)②

若以现代学术为背景,则可以更作深究。如敦煌《云谣集杂曲子》有两首《内家娇》云:

> 嫩脸红唇,眼如刀割,口似朱丹。
> 两眼如刀,浑身似玉,风流第一佳人。③

可知其语源当溯至唐人。又如《后篇》卷三"雪中骑驴孟浩然"条,所举最早例证为苏轼诗,但晚唐唐彦谦《忆孟浩然》诗中已经写到,苏轼实本之。④ 词语的考释对于日本初学汉诗者当然很有助益,但从诗学的角度看,未免零碎细琐。因此,当时人对《葛原诗话》的评价往往不太高,如菊池桐孙《五山堂诗话》卷二评论云:"盖渠一生读诗,如阅灯市觅奇物,故其所著《诗话》,只算一部骨董簿,殊失诗话之体也。"⑤ 这段话,猪饲彦博《葛原诗话标记》"总评"条全文照录,引以为评。总之,对于词语的考释与日本诗话多为初学而作是有关的,这项内容在中国诗话中不能说没有,但毕竟不是重心所在。因此,应该视之为日本诗话的一个特色。

菊池桐孙的话其实还涉及一个诗话观念的问题。从理论上讲,日本人

---

① 例如《葛原诗话》卷四"冯仗"条引范成大、高启诗为证,《纠谬》卷四引唐人卢全、李贺、元稹、白居易、李群玉、李山甫、秦韬玉、郑谷、韩偓等人诗为例,并指出:"是唐诗常用语,引宋、明末矣。"

② 《日本诗话丛书》第5卷,文会堂书店,大正九年(1920),第114页。

③ 张璋、黄畬编:《全唐五代词》,上海古籍出版社1986年版,第851页。

④ 参见张伯伟《骑驴与骑牛——中韩诗人比较一例》,《中国诗学研究》,第382—404页。

⑤ 《日本诗话丛书》第9卷,文会堂书店,大正十年(1921),第575页。

认定的诗话正宗，似乎还是以欧阳修为代表。长山贯《诗格集成》云：

> 唐无诗话之名，始见于欧阳文集。盖司空曙（此当作"图"）
> 《诗品》、孟启（当作"棨"）《本事诗》、范摅《云溪友议》，是其所
> 本也。自此历代诸家，相次有诗话。①

此以诗话起于欧阳修。葛休文《五山堂诗话序》：

> 话桑麻者农夫乐事也，话利市者商贾乐事也，话诗赋者诗人乐事
> 也。话也者，非论、非议、非辩、非弹也，平常说话也。有是话而人
> 闻之，喜之、快之、笑之、记之、忘之，一任旁人所取，是话者之心
> 也。有是话而人闻之，恶之、忌之、厌之、嗤之、咈之，只触旁人所
> 怀，非话者之心也。农商之话皆此心也，况于温柔诗人之心乎？……
> 诗人则识文字，故把口头之话化作笔端之话，把一场之话，化作千万
> 场之话，把对面数人化作不对面千万人，唯恐闻之、喜之、快之、笑
> 之、记之、忘之者之不多，是诗人之心，而诗人之神通力也。诗人之
> 心既如是，诗话之作岂苟且也？②

小畑行简《诗山堂诗话自序》：

> 诗话者，诗中之清谈也。③

这都和欧阳修写《诗话》"以资闲谈"的著述宗旨相一致。所以，尽
管春庄端隆《葛原诗话跋》说这部诗话也是"传于同社君子，以供一夕
茶话云尔"④，但毕竟多涉考据、博物，仍难免"殊失诗话之体"之讥。
当然，落实到具体的诗话写作以及诗话总集的编纂，就不会如此纯粹。如
上文所述，日本诗话具有"诗格化"和"小学化"的倾向，便不是"以
资闲谈"一类。又如选集也被当作诗话，市河宽斋的《全唐诗逸》即被

---

① 《日本诗话丛书》第3卷，文会堂书店，大正十年（1921），第417页。
② 《日本诗话丛书》第9卷，文会堂书店，大正十年，第533—534页。
③ 《日本诗话丛书》第3卷，文会堂书店，大正十年，第463页。
④ 《日本诗话丛书》第4卷，文会堂书店，大正九年（1920），第205页。

收入《日本诗话丛书》第六卷；诗人小传可作诗话，如友野焕《锦天山房诗话》原为《熙朝诗荟》，其书"仿《明诗综》《湖海诗传》例，名氏之下，系以小传，附以诗话"（《熙朝诗荟序》）。① 《明诗综》和《湖海诗传》的小传部分裁出单行，即为《静志居诗话》和《蒲褐山房诗话》，此诗话亦效之。也有从笔记中裁出者，如安积觉的《老圃诗膡》便是从其《湖亭涉笔》卷四中裁出。甚至类似野史、方志的也称作"诗话"，如阪口恭《北越诗话》，取郑方坤《全闽诗话》例，自谓"体裁略拟全闽话"，"义兼野史与州志"②。

中国、朝鲜、日本诗话的交流也值得一提。中国诗话之传入两国并产生影响固不待论，日本诗话也有传入中国者，如《松阴快谈》有清人沈楙惪之跋：

> 日本僻处东瀛，百余年来，文教颇盛。若物茂卿、服安斋、神鼎、太宰纯辈，皆能力学好古，表彰遗籍，诚彼所谓豪杰之士也。《快谈》四卷，系伊豫长野确著，其中评论古今及诗文书画之属，援引博洽，时具特识，以侔物、服诸君，雅称后劲。且彼邦文献，亦略见于此。因亟录之，以广其传。③

沈氏好作诗话跋，以见于《清诗话》者言之，经其题跋者有《寒厅诗话》《蟫斋诗话》《莲坡诗话》《原诗》《一瓢诗话》《野鸿诗的》《贞一斋诗说》《消寒诗话》等。又有小野达《社友诗律论》亦传入中国，有陈曼寿为之序。

朝鲜诗话之传入日本者，有徐居正《东人诗话》，此书于朝鲜孝宗六年（日本明历元年，1655）传入，贞享四年（1687）有日本刊本。④ 又有崔滋《补闲集》，见引于三浦晋《诗辙》卷六。又有李德懋《清脾录》，此书乃得名于唐代贯休的《古意》诗："乾坤有清气，散入诗人脾。千人

---

① 《日本诗话丛书》第 8 卷，文会堂书店，大正十年（1921），第 307 页。

② 《北越诗话例言》，录其自作五绝句以代序言，其一云："话作诗亡我亦知，休言漫效宋人为。体裁略拟全闽话，捃摭新编北粤诗。"其二云："荜襏之功推雪村，春秋六百遡渊源。义兼野史与州志，一例莫将诗话论。"大正七年（1918），第 11 页。

③ 《日本诗话丛书》第 4 卷，文会堂书店，大正九年（1920），第 443 页。

④ 参见［日］原抟九万《东人诗话跋》，《日本诗话丛书》第 5 卷，第 558 页。

万人中，一人两人知。"作者有《青庄馆全书》，其中《蜻蛉国志》便是一部日本国史。由于这样的学术背景，《清脾录》除了论述中国和朝鲜诗人之外，也往往论及日本诗人。西岛长孙的《弊帚诗话》（一名《孜孜斋诗话》）附录多引用之。此书为其少作，[①] 西岛（1780—1852）比李德懋（1741—1793）小近40岁，可知《清脾录》成书不久便传入日本。但西岛的引用发挥实有夸大之词，如引用《清脾录》后云：

> 观此二节，则韩人之神伏于本邦，可谓至矣。如高兰亭、葛子琴易易耳，若使一见当今诸英髦，又应叹息绝倒。[②]

从《清脾录》的原文来看，其实并没有对日本汉诗"神伏之至"。而且，这与当时汉文学圈中的实际状况也颇不相合。略早于李德懋的申维翰曾在朝鲜肃宗四十五年（日本享保四年，1719）作为书记官随通信使赴日，作《海槎东游录》，其中就有对日本汉诗的实地评论。录其两则如下：

> 湛长老诗篇陆续，全无一句语可观。惟长牒叙佛理颇有知识。与我酬问者甚多，其徒曰禅仪、周镜、周远者，亦频频送诗，诗皆可笑。[③]

> 留赤关五日，所与诸文人酬唱者亦多，而无足道者。……有姓名草场中章者，……以所著诗文来质，自云曾学于南京人孟姓者，得中华钜匠之体，而诡怪险僻，无一语可解，虽天地日月山川草木寻常行语，必称奇字古字变幻异书，务令人不可读，真厕鬼迷人也。[④]

---

① 《弊帚诗话附录》附语云："右附录十数则，是不系（疑为'佞'）少作，近日所漫著也。"又《弊帚诗话跋》云："衷集作编，名曰《弊帚诗话》，实在廿岁左右也。"可知此书写于二十岁之前。

② 《日本诗话丛书》第4卷，文会堂书店，大正九年（1920），第572页。

③ 《海槎东游录》第一，《青泉先生续集》卷三，《韩国文集丛刊》第二百册，景仁文化社，1997年，第438页。

④ 《海槎东游录》第二，《青泉先生续集》卷四，《韩国文集丛刊》第二百册，景仁文化社，1997年，第452页。

虽然申氏的评论也不无傲慢之处，但毕竟能够反映当时朝鲜人对于日本汉诗的态度。申氏又著有《海游闻见杂录》，其中专列"文学"门，对当时日本汉诗文的评价也比较低。再如与李德懋同时的元重举所作之《和国志》① （写于1763年）卷二"诗文之人"条云：

> 诗文之行于国中，盖自王仁及智藏、弘法两僧而始，其后代各有人。而其以文字为补治之具，则又自敛夫、罗山、顺庵辈而盛，其后混窍日凿，而长碕之书遂通见。今家家读书，人人操笔，差过十数年，则恐不可鄙夷而忽之也。书此以俟之。②

元重举的评论较为客观地反映了当时朝鲜人对日本汉文学的看法，所以，"神伏"云云与当时实况相去过远。西岛的评论，只能以少年意气风发语视之，似不能坐实理解。不过，西岛的引征评论为研究朝日诗话交流提供了一个绝好的例证。

---

① 《和国志》一书在《古鲜册谱》和《成篑堂文库善本目录》解题中均称"著者未详"，据韩国河宇凤《解题》，此书在朝鲜李德懋《清脾录》和李圭景《五洲衍文长笺散稿》中曾被引及，题作《和国记》（即《和国志》），作者为元重举。兹本其说。见李佑成编《栖碧外史海外搜佚本》之三十《和国志》，亚细亚文化社，1990年。按：此书与《清脾录》所论之日本汉文学，实属同一时代，如他们都提到了木弘（一作"孔"）恭的兼葭堂，他们的观点应该可以互证。

② 《和国志》，第326页。

# 面向中国的日本诗话*

孙立①

**摘　要：**江村北海曾提到中国文学影响日本有 200 年的时间差。但从江户中后期开始，这一影响更加快捷，诗话也是如此。日本诗话脱胎于中国诗话，内容也以论析中国古诗及诗论为主，是一种面向中国的"外邦"诗话。本文辨析了中国文学影响日本文学有 200 年时间差的说法，论证了日本诗话在早期脱胎于中国诗话，在江户后期又逐步本土化的表现，说明日本诗话在面向中国的同时，为适应日本本土读者的需要而本土化的特色及过程。

**关键词：**二百年气运；中国诗话；日本诗话；本土化

## 一　中国与日本——诗坛二百年之气运

在日本学界，有一个很有名的有关中国文学影响日本文学二百年时差的说法，首倡者是 18 世纪的著名汉诗学家江村北海。其后有不少人引用这一说法，有的赞同，有的予以补正。揖斐高属于后者，他在《江户的汉诗人》这篇文章中的《诗风的变迁》一节中，引述并解析了江村北海

---

＊　本文原发表于《学术研究》2012 年第 1 期。

①　孙立，男，1957 年生，河南省开封市人。1984 年毕业于中山大学中文系，获文学硕士学位。2000 年至 2002 年任日本国立九州大学文学部外籍教授，2012 年任日本早稻田大学文学学术院访问研究员。现为中山大学中文系教授、博士生导师、中国古代文学教研室主任，广东省中国古代文学理论研究会副会长。主要研究方向为中国文学批评史，兼及先秦文学、明清文学及域外中国文学研究。出版《明末清初诗论研究》《中国文学批评文献学》《日本诗话中的中国古代诗学研究》等专著五种。

的观点。

《日本诗史》（1771）的作者江村北海，回顾了一千多年来汉诗的变迁。在该书的第四卷，论述了中国本土以及日本诗风变迁的特征与关系：

> 夫诗，汉土声音也，我邦人不学诗则已，苟学之也，不能不承顺汉土也。而诗体每随气运递迁，所谓《三百篇》，汉魏六朝，唐宋元明，自今观之，秩然相别，而当时作者则不知其然而然者，其运使之非耶。我邦与汉土，相距万里，划以大海，是以气运每衰于彼而后盛于此者，亦势所不免。其后于彼，大抵二百年。

由于地理上有大海相隔，日本的诗风追随中国本土诗风存在二百年的时间差。这是北海提出的一个极其宏观的假定。

但是，从《日本诗史》的行文来看，北海的这一假定，是根据日本汉诗史上一个具有重大意义的历史事实而设定的。这个历史事实就是 18世纪之后，给日本汉诗文坛带来了巨大的变化，在北海所生存的时代依然留有余温的荻生徂徕（1666—1728）及其门人，亦即萱园学派所提倡的古文辞格调派诗风的流行。萱园学派的诗风是从中国盛唐时期的诗中去追寻诗的理想，他们模仿盛唐诗的格调，是一种仿古主义。萱园学派的方法、立场，直接来自中国明朝嘉靖年间（1522—1566）李于鳞、王世贞所主张、并在当时流行的古文辞学的影响。之后，北海依据其假定，认为日本萱园学派诗风能在元禄年间（1688—1704）风靡日本一代，不是别的，正是上述文学的（二百年）"气运"所带来的必然结果。因为他认为，"我们的元禄时代距离明朝的嘉靖正好是 200 年"[1]。

从揖斐高的分析来看，他认为，江村北海提出这样一个看法，是基于他对 18 世纪日本汉诗界盛行明代复古主义格调诗说的判断之上。从明嘉靖年间（1522—1566）李攀龙、王世贞接续前七子复古主义学说，到 18世纪初（1711）荻生徂徕成立萱园诗社，接受李、王的复古学说，以盛唐诗为学习对象，推行古文辞学，形成学习唐明之诗的热潮的数十年时间，其过程恰好约二百年的时间。

---

[1] ［日］揖斐高：《江户の汉诗人》，诹访春雄、日野龙夫编《江户文学と中国》，每日新闻社，昭和五十二年（1977），第 77 页。

　　江村北海的依据或是基于他对 18 世纪日本汉诗坛与明嘉靖年间文学复古主义之间关系的判断，但实际的情况应该更早。奈良时期甚或更早的白凤时代，中国魏晋六朝文学就对日本宫廷贵族文学产生影响，这是日本文学面向中国最早的表现。如以影响的时间来计算，从中国魏晋文学传入日本，到奈良时期日本宫廷文人模仿中国文人曲水流觞，酒会赋诗，其间有 400—500 年的时间。如就《文选》传入日本后到发生影响，直至编成《怀风藻》，则有 200 余年的时间。因此，越是在早期，由于交通、交流的限制，影响的间隔越长。从 400—500 年，到 200 年，时间愈来愈短，影响越来越快捷。至江户时期，中国书籍输入日本，多而且快。这不仅表现在中国旧有书籍的输入，新刊书籍 7—8 年后即传入日本的情况十分常见，最快的次年就传入日本，对日本读书人接受中国“新文化”“新文学”起到了关键作用。日本汉文学也在日趋便利的文化传输中受益，在江户后期，日本汉文学几乎能与中国文学思潮同步发展。虽然期间中日两国政府考虑到国家安全及贸易问题，对通商有阶段性限制，但总体而言，江户以来，中日两国的文化交流、信息的传播远较以往方便，对日本文学思潮的世代更替，起到了关键的作用。

　　无论是 200 年，还是 7—8 年。相较于中国文化，在明治维新以前，日本是一个文化后进国，这是无疑的。面向中国，是日本文学自奈良开始就形成的格局，这也是由日本文化的后进性所决定的。日本九州的长崎，是中国与日本重要的通商口岸，书籍也大多由此港口上岸。

　　　　长崎镇，华夷通交转货处，故士民富饶，家给人足，治平日久，渐向文教。加之清商内（衍文）崇尚风雅，善诗若书画者，往往航来。沈燮菴，李用云，沈铨，伊孚辈，不遑楼指，故余习之所浸染，诗书画并有别致。①

　　这段话描述了长崎这个地方不仅经济发达，士民富饶，而且倾心于文教。于是清商中崇尚风雅者，在商货交易的同时，也夹带沈燮菴、李用云诸名家诗、书、画至长崎，通过售卖，获得额外利润，同时，使长崎人受

_____

　　① ［日］田能村孝宪：《竹田庄诗话》，《日本诗话丛书》第五卷，株式会社凤出版社，昭和四十七年（1972），第 575 页。

到文教滋养。

中国文化、文学对于日本的影响和作用，在日本读书人中是有共识的。原尚贤说过：

> 苟学孔子之道，则当以孔子之言为断；为文辞者，苟效华人，则当以华人为法。①

因此，习汉诗者，无不以拥有汉诗集为幸，购买汉典的欲望强烈，中国汉籍也通过多种渠道流入日本。有关中国典籍在日本流传及存目的情况，多年来中日学者有专门的研究。在大陆地区，早期的如吴枫《中国古典文献在日本的流传》（《社会科学战线》1980 年第 4 期）进行了初步的梳理。其后有更多的相关著作面世，如严绍璗《中日古代文学关系史稿》（湖南文艺出版社 1987 年版）和《中国文学在日本》（花城出版社 1990 年版），陆坚、王勇主编的《中国典籍在日本的流传与影响》（杭州大学出版社 1990 年版），严绍璗的《汉籍在日本的流布研究》（江苏古籍出版社 1992 年版），王宝平《中国馆藏和刻本汉籍书目》（杭州大学出版社 1995 年版），王勇、［日］大庭修主编的《中日文化交流史大系》第九册（典籍卷）（浙江人民出版社 1996 年版）和《中国馆藏日人汉文书目》（杭州大学出版社 1997 年版），大庭修的《江户时代中国典籍流播日本之研究》（杭州大学出版社 1998 年版），黄仁生的《论汉籍东传日本及其回流》（《常德师范学院学报》2002 年第 6 期），张伯伟的《清代诗话东传略论稿》（中华书局 2007 年版）等。在日本有关江户时期的著作有大庭修《江户時代における唐船持渡書の研究》（关西大学东西学术研究所 1967 年版），大庭修《江户時代における中国文化受容の研究》（同朋舍出版 1984 年版）等，均为其中重要的成果，其中也多有涉猎文学典籍的。

本文所关注的，是日本诗话中所记录的中国文学书籍传播及发挥影响力的情形，以与上述内容相补充。数百年以来，流入日本的汉诗集众多。在这些汉诗集中，以题名李攀龙的《唐诗选》影响最大，有人称它是

---

① ［日］原尚贤：《刻斥非序》，《日本诗话丛书》第三卷，株式会社凤出版社，昭和四十七年（1972），第 133 页。

"养成日本人中国文学教养与趣味的重要部分"①。但这部书实际上是部伪书,并非由李攀龙所编刻,而是由明人根据李攀龙的《唐诗删》重新编辑整理而成,在日本经荻生徂徕的推荐而广受欢迎。日野龙夫在服部南郭《唐诗选国字解》的卷首《解说》中推断,服部校订的和刻本《唐诗选》,自享保九年(1724)初版以来,至万延元年(1860)的130 余年中,最少出了 14 版,册数近 10 万。② 一本书盛行了 130 多年,其间还经历了宋诗派流行的数十年,说明这本诗集在日本受欢迎的程度。

到江户后期,为适应日本汉诗界对唐宋诗之争的讨论,明末清初的书籍需求很旺。加藤良白在诗话中说:"近时明末清初之书,盛行世。"③ 我们从当时文人讨论中所引用的书籍看,袁宏道的《袁中郎集》,陈子龙的《皇明诗选》,钱谦益的《列朝诗集》,王士禛的《唐贤三昧集》《渔洋诗话》以及稍后沈德潜的《国朝诗别裁集》《唐诗别裁集》《明诗别裁集》等都屡被提及,正好印证了加藤良白的说法。说明即便是在明治维新的前夕,文人对中国文学典籍的需求仍然旺盛。从明末清初(即 17 世纪中期到 18 世纪中期)到加藤良白《柳桥诗话》的发行(1836),其相差的时间也差不多是 200 年。这里需要说明的是,这 200 年的时间差,不是指书籍传至日本的时间,而是其发挥影响力的时间。因为江户以来,如仅就书籍的传播而言,非常快捷,有的新刻书籍次年就传到了日本。书籍传播的加快,当然也意味着影响力的发挥有可能突破 200 年的限制。在江户中后期,日本人已大致了解同时期中国诗坛的名流巨擘,并希望通过特殊的途径得到中国名诗人的青睐。加藤良白说:

昔者,长崎诗人高彝重赂商舶,投诗卷于沈德潜,乞求制序,德潜不许。商人计穷,遂使幺麽代"大匠",凡德潜以下一时名士数人(王鸣盛、钱大昕、赵文哲、王昶、来殷氏、黄文莲等,凡六人)假托赍来,大抵七古大作也。细读之,虚誉溢美,靳侮可憎,然高彝不

---

① [日]服部南郭:《唐诗选国字解》卷首之日野龙夫《解说》,平凡社,1982 年,第 1 页。

② 同上书,第 17 页。

③ [日]加藤良白:《柳桥诗话》,《日本诗话丛书》第六卷,株式会社凤出版社,昭和四十七年(1972),第 460 页。

悟，奉为拱璧。燕石之诮，人口藉藉，其事备见原温夫《诗学新
论》。或曰：东里之鱼，泣于鼎镬。何独咎于彝？且近时清商所赍来
诸货，何物非膺？不独诗已。①

这则记载说的是长崎诗人通过清朝商人向沈德潜求序的事情，是一个
让中国人觉得不光彩、十分汗颜的事情，当时的清商为牟利，常拿一些伪
造的清代名人题序或书札一类的东西蒙骗日本人。加藤说，不独诗文，连
近时清商输日货物，都"何物非膺"？真令人情何以堪。这种行为当然令
人不齿，但如果从另一个角度分析，它无疑也反映了日本人对中国名诗人
的仰慕甚烈，希望得到引荐的心情已到了饥不择食的程度。它说明，清中
叶（相当于日本的江户中后期）以后，借由商人，日本诗人可以和中国
诗人进行直接的沟通。不论沟通的结果如何，都反映出彼时中日两国在文
学交流方面，已远远突破了二百年文学气运的说法。正如揖斐高所说，二
百年的文学气运说，依据的是 18 世纪的文学现象。18 世纪以前，时间差
或不止于二百年，其后，则无须二百年。因此，从宏观的、阶段性的因素
考虑，二百年说有道理。从微观的、全局的角度而言，则不能涵盖所有的
中日文学交流与影响的现象。当然，江村北海的二百年说，虽然不一定完
全准确，也不一定符合 18 世纪以后的所有状况。但这一说法有影响，就
说明它有部分的道理，揭示了日本文化、文学接受中国影响的一种现象，
一个局部的规律。

## 二　日本诗话的前世今缘

面向中国，不仅是日本文化、文学的主动选择，也是日本诗话不得不
然的选择，这就是日本诗话的前世今缘。

在中国盛唐时期，著名的日本僧人遍照金刚"留学"回国后，将他
带回日本的流行于中国的诸多诗论著作重新编辑成《文镜秘府论》，这是
最早对中国诗论进行关注的、由日本人编辑的诗论著作。但它对日本人的

---

① ［日］加藤良白：《柳桥诗话》，《日本诗话丛书》第六卷，株式会社凤出版社，昭和四
十七年（1972），第 124—125 页。

作用仍与其他中国书籍一样，只是起到了汉诗知识的传播，而无助于日本诗论的建构。

完成于 14 世纪初虎关师炼的《济北诗话》是由日本人写作的首部诗话。师炼生活的年代相当于中国南宋末祥兴元年至元朝的至正六年，他阅读过不少中国宋人的诗话和笔记。在书中，引用过梅尧臣论诗之语和欧阳修《六一诗话》的内容。提到过《古今诗话》《庚溪诗话》《苕溪渔隐丛话》《遯斋闲览》等宋人诗话和笔记。考虑到《苕溪渔隐丛话》是一部诗话丛书，所以虎关通过此书读到了更多的宋人诗话。可以说，《济北诗话》从书名到内容，都可以看到其所受中国诗话的影响。如果说《文镜秘府论》还只是丛撮中国诗论话语的话，《济北诗话》则在接受中国诗话体例的同时，在内容上对中日两国的诗人、诗作也进行了独立的研究。其中对杜诗、陶诗的研究，既受到宋人重视杜、陶的影响，也有自己独到的成果。尤其是他对杜甫的推荐，开启了五山文学的一代风气。他对和韵诗的研究，在中日两国而言，都处于领先的地位。虎关是面向中国的日本诗话家中最早的奠基者，也是在研究中最有创见者之一。笔者还注意到，《济北诗话》主要以中国宋以前的诗人诗作为评析对象，虽然偶有涉及日本僧人诗作，但数量极少，与后世日本诗话形成对照。

日本诗话的繁荣，是从江户宽文七年（清康熙六年，1667）开始的。这一年，继《济北诗话》后，出现了第二本真正意义上的日本诗话，林梅洞的《史馆茗话》。此后，直至大正二年（1913），约 250 年的时间里，共出版发行诗话 100 余部，其中辑录在《日本诗话丛书》中的有 62 种。如以 250 年为时长去衡量，似乎两年多就有一部。但实际上日本诗话的撰写基本集中在江户时期，明治以后的诗话已经很少。研究日本诗话在江户时期的繁荣原因，学者指出了多种因素。如祁晓明先生据松下忠的意见认为，其一，在江户的元禄、享保时期，儒者生活贫困，汉诗文可以成为他们卖名的工具和生活的手段，因此以编写诗话作为一种商业手段营利；其二，认为编写诗话以教育门生弟子；其三，编写诗话以宣扬诗学主张并攻击论敌。[1] 以上总结的三条原因，笔者均深为赞同。

除此之外，还有两个重要的条件在此期才得以具备。一是从江户时期开始，有了专职的儒者、文人。儒学和古文辞业不仅是爱好，更是一种职

---

① 祁晓明：《江户时期的日本诗话》，中国社会科学出版社 2009 年版，第 46—50 页。

业。广濑范曾忆及其父广濑建作《淡窗诗话》的情形:

> 先人壮年患眼,每夕坐暗室,置灯户外,使门生谈话,听以为乐,数十年如一日。偶有问及经义文辞,亦瞑目答之,侍坐者或笔记之,积成卷册,名曰《醒斋语录》,今抄其涉韵语者二卷,上之于梓,题曰《淡窗诗话》,顾弟子一时问答,坦率平易,无复序次,非覃思结撰如前人诗话之比。但初学读之,庶几足以窥诗道之一斑矣![1]

广濑建以儒以文为业,修儒佛老三家,设家塾咸宜园讲经,号称弟子3000余人。从广濑范的叙述可见,即便壮年起就身患眼疾,其父依然授生如故,数十年如一日。而其诗话之作,也由门徒的听课笔记整理而成,说明江户时期的儒者以儒学、文学授徒为生,诗话成为其谋生手段的副产品。

二是江户以来,工商业发展,市民生活蓬勃,文教事业兴盛,刻印诗话以满足社会上对汉诗学的需求,间中又能牟利,成为一种风雅的"生意"。加上有的诗话作者如菊池五山将源自中国的诗话变身为一种"新媒体",用以发表诗人习作,更促进了这一现象的发生。

以上所说的两个条件尚属外部原因。如从诗话自身而言,日本诗话在江户中期以后的繁荣有没有内在的原因呢? 中国诗话自《六一诗话》创制以来,宋元明清,代不乏作。至清代,更是繁盛。据蒋寅先生研究,清诗话约有1500部以上。[2] 比宋元明三朝都多,达至中国古代的最高峰。我们回顾日本诗话的写作,从清顺治末、康熙初开始,也渐次出现繁盛局面。这是一种偶合还是有必然原因呢? 由于江户时期中日文化交流的便捷,日本汉诗人非常了解中国诗坛的变化。原直温夫曾自信地说:

> 其最惑人者,长崎诗人,日与华客相酬和,则以为师承渊源莫真

---

① [日]广濑建:《淡窗诗话》,《日本诗话丛书》第四卷,东京文会堂书店,大正九年(1920),第221页。

② 蒋寅:《清诗话考》,中华书局2005年版,第3页。

于是也（引者按：指追随宋代苏、黄诗风）。殊不知李、王后明风屡变。其荐于今者，非公安竟陵，则箕生所谓苊中佻外者已。文章之道，与气运盛衰。方今明亡而胡兴，推之前古草昧间，文气尚阕，其踵习晚明，亦犹洪永袭元余也。盛唐之道，至弘嘉始阐，亦宇宙所稀见，则王、李、袁、钟，彼未有定论者，吾虽不涉渤溟，践华域，犹指诸掌尔。①

原直对于长崎当地诗人非常鄙视，因为他们经常以能与清人接触而自傲，自以为了解中国诗坛之师承渊源。原直在叙述了中国明以来的诗风变化后说，他即便不涉重洋远渡中国，也能对中国诗坛之流变了如指掌。原因即在他能通过明清人的著述而详尽了解，其中当然不乏清人所作之诗话。小野达也叙述过类似的情况：

> 我曾游长崎，以所作诗质诸清人，问"可歌乎?"乃曰："可歌矣。"吾诗是经清人咀嚼者，如吾诗者，真诗也。②

这段记叙与原直温夫对长崎诗人的不屑类似。但从其叙述的场景看，长崎人以能与清人接触而有优越感是显然的。这不是个别现象，它反映出江户后期诗人对与其平行发展的清诗及清诗人的好奇和学习的心态。田能村孝宪具体记录了京城一带学子对《随园诗话》的喜爱：

> 近辈下子弟竞尚《随园诗话》，一时讽诵，靡然成风。书肆价直为之顿贵，至抄每卷中全篇所载者而刊布焉。盖子才选诗，字平而意巧，句淡而情褥，胚宋人之义理，谐以唐人之格调，故易入人心脾也。③

---

① ［日］原直温夫：《诗学新论》，《日本诗话丛书》第三卷，株式会社凤出版社，昭和四十七年（1972），第295—296页。

② ［日］小野达编：《社友诗律论》，《日本诗话丛书》第十卷，株式会社凤出版社，昭和四十七年（1972），第442—443页。

③ ［日］田能村孝宪：《竹田庄诗话》，《日本诗话丛书》第五卷，株式会社凤出版社，昭和四十七年（1972），第585页。

从文中看，当时江户一带的青年诗人"竞尚《随园诗话》"，以致其价格暴涨。而其所喜爱的原因非常令人奇怪，他们不是喜爱这部诗话中的理论和对诗的鉴赏或遗闻趣事，而是对书中所收录的近期清人的诗作感兴趣。有的书店因缺货，甚至将《随园诗话》中刊载有整首诗的部分，重新编排刊印，然后另行出售。这段话，使我们很清楚地观察到日本青年学子对诗话类著作的兴趣点，不在于其中的"话"，而在其中引录的"诗"。是因为日本人读最新的清人的诗不容易？还是喜欢袁枚的推荐？田能村孝宪认为是后者，因为袁枚在诗话中选评的诗"字平而意巧，句淡而情褥"，"易入人心脾"。它反映出，日本青年对诗话类著作感兴趣，是因为可以从中读到中国最新最好的诗作。

选择诗话中收录全篇诗者予以重新刊布，无疑透露出诗话在日本独有的功能：即通过诗话来读诗。其中的原因，很大程度上是因为诗话所收之诗，既经过诗话名家的选择，又有名家点评，所以要读今人之新诗，选读诗话中所辑录的诗是最佳选择。而书店经营者只节取诗话之"诗"，而不录其"话"，又反映出"诗"与"话"相比，"诗"更受欢迎。日本读者的这一选择有独特性。在中国，诗话起初是"资闲谈"的，亦即给读书人一种谈资。其后加强了理论性，分析的成分增多，向专门化、理论化方向发展。但无论是作为闲谈的谈资，还是有利于诗歌理论的阐发，中国读者显然是要从诗话中获得编著者的评析、理论观点等。与日本读者将诗话作为一种类似于诗歌选本，更重视从诗话中获取新诗、阅读经名家推荐的"好诗"有很大的不同。这是我们在考虑江户时期日本诗话的繁荣，以及诗话撰写的内容和体例时不能不考虑的因素。受此启发，我们反观江户时期的日本诗话，在登录中国的诗作及古人论诗之语、遗闻趣事之外，大多也刊载或分析日本诗人的诗作，有的品评前代作品，有的刊载当代诗人包括诗友的作品。这一体例，是从中国继承而来的。《六一诗话》篇幅较小，所涉及前人诗者，多为摘句点评，基本没有登载全诗的。其后的诗话，篇幅较大的，有摘句，也有整首诗全录的。袁枚的《随园诗话》除了上述内容外，还特别刊载了相当数量的随园女弟子的作品及同时代其他诗人的诗作。这在中国诗话中，是较有特色的地方。中国诗话，尤其是清以前的中国诗话，一般秉持钟嵘《诗品》"不录存者"的传统，会记录同时代人的生平逸事或文坛趣话，但较少登载及评析在世者的作品。而袁枚的《随园诗话》不同，除了品骘前代人的诗作外，对同时代诗人也有关注。如该书卷八记天长诗人陈烛门进士在江宁拜访袁枚，袁有诗相赠。又记乾隆初"江西四子"杨、汪、赵、蒋四人生平与诗作，并有优劣品鉴。[①] 此外，该书还经常记录与时人之交往，尤其是其宰江宁时，与各地文人相交，或朋辈互赏，或青年才俊求见的情景。同卷记其时名家蒋心余曾持诗作请袁枚作序，并口述"知交遍海内，作序只托随园"，袁氏叙及此事，有沾沾自喜之意，也有惺惺相惜之态。日本诗话作家中最喜欢袁枚的菊池五山（号称"本邦袁子才"）做《五山堂诗话》前后六卷，也多选日本今人之诗，其受袁枚影响显而易见。但菊池与袁枚又有不同，就其主观而言，有推荐新人甚至为牟利的目的；从客观而言，其刊载新人新作，起到了杂志媒体的作用，使一般读者也能从中受益。菊池五山的《五山堂诗话》，与《随园诗话》在日本受欢迎的部分原因是重叠的，即二者都提供了经名家选刊评点的时人作品。明乎此，我们也可以顺理成章地理解大部分的日本诗话除评析中国古代作品外，都或多或少地摘录或全录日本诗人的诗作。相当多的日本诗话同时刊载时人的诗作，既可以举荐新人，也能使读者从诗话中即时读到最新的诗人作品。

总结江户诗话之繁荣，除了上述学者所指出的外部原因和条件外，也有诗话自身创作的内在原因。江户以来的诗话，从远处说，承袭了宋以来中国诗话的基本体例和内容，为日本读者提供了汉诗学的相关知识和技巧，这是其前世远亲。从近处说，江户中后期，大量的中国诗话尤其是明清诗话传入日本，通过阅读清人诗话，了解清人的新作，并自创诗话，在记录中国汉诗的同时，也记录日本古今诗人的诗作，适应了日本汉诗爱好者的广泛需要。因此，对于一般日本读者而言，从诗话中，一可以了解汉诗的古今源流及最新变化，得到有关中国诗学的营养；二可以阅读到日本人本土的诗作，这是其今缘。

## 三　日本诗话的本土化

日本汉文学，在其接受中国文学思潮影响的同时，也在悄悄地发生变化。了解日本文学的变迁，也有利于把握日本诗话本土化的原因及特色。

---

① 袁枚：《随园诗话》，人民文学出版社 1982 年版，第 250 页。

揖斐高说：

> 北海（引者按：指江村北海）把日本汉诗的展开过程仅仅归咎为中国汉诗发展的外在因素，而忽略了日本诗人本身内在的成熟。与和歌、俳句不同，汉诗本身就是一种异邦文化，确实如北海所言，不得不依从汉土。也就是说，最终一定要从中国诗中去寻找规范。但随着时代的变化，这种作为规范的约束力确实在变弱。……
>
> 到了江户后期，日本汉诗史与中国汉诗史这种平行移动、替换的关系不再可能，这是当时的事实。当彼之时，作为中国诗的日本化，或者说是作为日本文学的汉诗成为一种事实，摆在了眼前。汉诗在诗情、表现、主题等方面逐渐成为日本文学的助力和臂膀，这也是汉诗在日本的文学形式大众化的一个过程。①

揖斐高的文章主要指出了汉诗开始日本化的过程。他接着分析了江户后期汉诗人创作上的变化。作者举出六如的《六如庵诗钞》以及《葛原诗话》中收录的其本人的诗及他人诗作，认为六如的诗与中国的乐府诗如《野田黄雀行》《狂歌行》等在诗的讽刺性、狂放抒情方面类似。但也有突出的变化，这就是六如的诗虽然使用中国诗的素材，但在表现方法上有开拓，更自由。还有些日本诗人所作汉诗，在形式上反而更接近日本本土的诗体，有俳谐的、和歌的形式和风格。

在该文的"文人的诗与诗社——以子琴为对象"一节，指出日本从18世纪中期以来，诗社众多。其中如赐杖堂、长啸社、幽兰社、混沌社等诗社，与当时市井生活的繁华、酒馔的丰盛、诗会谈论的关系密切。在此情形下，汉文学的作者反省格调派的失误，诗作开始出现写实的风气，这也是日本汉文学自身的变化。其中像《冬日野寺に游ぶ》、子琴的《晚秋の野望》等诗，写寂寒之物类，场面描写有写实性，风格平淡，与以往的格调派不同。在用字上，写晚秋用"紫翠""红黄"；写冬日用"苍黄""霜""白""山茶花"等，色彩感觉有新的发挥。子琴的《子明の家园の连翘》中也有类似的色彩鲜艳的表现，他不像一般儒者那样有经

---

① 揖斐高：《中国与日本江户的汉诗人》，［日］诹访春雄、日野龙夫编《江户文学と中国》，每日新闻社，昭和五十二年（1977），第78—79页。

世的思想，而是以《庄子》"逍遥游"为榜样，追求自由的思想和文人精神。混沌社消退后，有市河宽斋、山本北山等人继起的江湖诗社。江湖中人在混沌社的基础上，强调诗的"清新"与"性灵"，与混沌社追求自由思想之"逍遥"不同，他们更喜欢表现世俗的场景。像《北里歌》三十首，仿之于中国的《竹枝词》，以江户的游里吉原为素材写妓楼生活。这30首作品，以汉诗的形式，写游里的素材，也是一种变化。柏木如亭又仿《北里歌》作《吉原词》三十首，表现游女精巧的心性和缠绵。这些都是日本诗人在写作汉诗时加入新的元素，是汉诗日本化的表现。①

揖斐高所叙述的江户后期日本汉文学的变化，显示出其在接受中国古体诗影响的同时，有新的变化和发展，形成了汉诗日本化的倾向。

日本江户后期汉文学的新变与本土化，提示我们也应该考察日本诗话发展过程中，有没有本土化的现象。从江户诗话的写作，我们可以看到，为适应日本汉诗界的需要，诗话也产生了一些新的因素。在上文中，我们分析过江户后期的诗话出现更多地刊载日本诗人诗作、发布不知名青年诗人作品的特点，这实际上已经是一种本土化的表现。而日本诗话的本土化，又不止于这个部分。笔者在论述日本诗话特色时，曾涉及过本土化特色的内容。② 限于篇幅，本文只以诗格、诗法、诗律类著作为例，对诗话的本土化现象做更深一层的探讨。

揖斐高论日本汉文学的本土化从江户后期谈起，但日本诗话本土化的步伐远早于江户后期，在江户初年诗话刚刚复兴之时就已开始。江户267年（1600—1867）历史中，最早的一部诗话产生于1667年，属于江户早期。直到1733年前，共撰写发行了四部诗话。分别是《史馆茗话》《诗律初学钞》《初学诗法》《诗法正义》。从这四部诗话的书名我们就可以看出其内容，除了《史馆茗话》多记古今文人轶事外，其他三种都是面向初学者的有关中国古诗作法的性质。而《史馆茗话》这部书的产生完全是作者林梅洞跟随其父编辑史书的副产品，起初并没有撰写诗话的主观目的。其余三部作者有意识撰写的诗话，均为诗格诗法类的著作，说明江户早期的诗话作者目的很明确，就是向日本的汉诗初学者介绍中国诗的体格

---

① 揖斐高：《中国与日本江户的汉诗人》，［日］诹访春雄、日野龙夫编《江户文学と中国》，每日新闻社，昭和五十二年（1977），第79—100页。

② 孙立：《日本诗话视野中的中国古代文学》第一章，北京大学出版社2012年版。

诗法。那么，这样的撰写目的及成书后的体例，是否显示出本土化的倾向呢？答案是肯定的。再往后推 25 年，至 1758 年止，亦即到江户中期，又陆续有《彩岩诗则》《诸体诗则》《诗律兆》三部专门论述诗格、诗法、诗律的诗话出现，占了《日本诗话丛书》专论诗格诗法著作的 70% 以上。江户中期以后，这类专门的著作渐少，直到江户后期，只有《唐诗平仄考》（1786）、《诗律》（1833）两部专门的诗律著作。这一情况说明，日本诗话作者是根据日本读者的需要不断地调整诗话的内容，初期讲诗格、诗法、诗律的专书多，后来渐渐减少。这就是一个明显的为适应读者需要而逐步本土化的过程。此外，即便不是专书，其他类型的日本诗话也程度不一地安排有诗格、诗法、诗律的内容。而且这类书籍特别喜欢引用中国诗歌选本、诗话及笔记中涉及这方面的资料，显示出其为日本读者服务的目的。中国诗话中当然也有诗格、诗法类的专书，也有偏好讲述这方面内容的诗话，但从比例上来说，远远不及日本诗话那么高。这也证明日本诗话的本土化倾向之一，即是对诗格、诗法、诗律类的内容特别重视。

再从编写体例上看，日本诗话由于后起的缘故，在论诗格、诗法、诗律时，显然编排更严谨，更讲究逻辑性，更专门化。在早期的同类中国诗格类著作中，概念不清，体系不明，编排混乱的现象举目可见。现存唐五代诗格，即便是较集中论述诗格的著作，也非常薄弱。如《唐朝新定诗格》，讲体格的有十体，曰形似体、气质体、情理体、直置体、雕藻体、映带体、飞动体、婉转体、清切体、菁华体。十体的概念本身就不统一，且有些并不属于体的范畴。讲声律属对的有切对、双声对、叠韵对、字对、声对、字侧对、切侧对、双声侧对、叠韵侧对。初看名称，似也具逻辑性。但细看名下的解释，就知道其中有些是属于声律的范畴，有些是用字的范畴，有的是意象选择的范畴，其概念并不统一。题白居易的《金针诗格》影响很大，但观其条目，讲"诗有三本""诗有四格""诗有四得""诗有四练""诗有五忌""诗有八病"等。如仅从总目来看，不失为诗格之专论。但看细目，多有概念混淆、逻辑不严的情况。即便到了南宋末，以擅长辨体著称的《沧浪诗话》有关诗律诗格的部分，也存在上述不足。

日本诗话作者受元人诗法类著作影响更深，陈绎曾《文筌》及所附《诗谱》深为日本诗话作者及汉诗爱好者所追捧。但元人的诗法类著作虽较唐五代诗格有进步，在概念和逻辑的严密方面胜出，但仍然存在碎乱不周，论述不细致的现象。譬如旧题杨载的《诗法家数》，其"诗学正源"部分讲"风雅颂赋比兴"等诗六义；"作诗准绳"部分讲"立意、炼句、琢对、写景、写意、书事、用事、押韵、下字"；"律诗要法"讲"起承转合、破题、颔联、颈联、结句"诸要领；又论七言、五言之体格，诗中字眼等例释；"古诗要法"讲五言、七言古诗的体格要求；再论"绝句"要领，并论荣遇、讽谏、登临、征行、赠别、咏物、赞美、赓和、哭挽等诸体诗要求等。从其中内容的编排来看，比唐人诗格、宋人诗话中所涉及的相关内容要丰富，体例也稍有改善。但仍有碎乱及论述不够周严细致的弱点。

　　比较起来，江户时期的日本诗话是在参照了众多中国相关著作后撰写的，所以在体例方面，逻辑性要更强，体例相对完整。为适应日本读者阅读的需要，文字一般较浅显，而且在论述要义之后，往往附列中国诗人相关的论述，以作参照。早期的诗律类诗话《诗律初学钞》篇幅不大，只有一卷，与杨仲弘的《诗法家数》相类，篇首论诗学正源，也以诗六义开篇。其后依次论五言、七言绝句，律诗之格式及诗律画，诗八病及和韵诗体式等，整部书结构清晰，层次鲜明，也相对完整，能切合初学者的需要。日本诗话的几种诗法、诗律专著中，以林义卿的《诸体诗则》规模最大，与《诗律初学钞》的精致相比，其体系要相对庞杂些，但内容集中而丰富。介于二者之间的是贝原笃信的《初学诗法》，该书首列"诗学纲领"，论诗之理论要义；再论各体古诗如四言、五言、七言等；次论各体律诗之诗法、体式；复论绝句之声律要求；五、六部分论杂体诗及各体句法；最后总论诗法。全书结构完整，体系分明，中国各体诗之体类多有涉猎，且附列中国古书论诗之语以做辅佐。为适应日本初学者需要，还附列有平仄声律图。该书的缺点是引征中国诗话材料过多，自己的论述过少。

　　尽管日本诗话中有关诗格、诗律、诗法的书新见不多，但其优胜处在于浅显、集中、明晰。这样的特点，一方面是吸取了中国此类著作的经验和教训，另一方面也是为了切合读者的需要。《初学诗法》自序称"国俗之言诗者，往往以拘忌为定式，与中华近体之格律不同，又无知其规格之所由出者，盖所谓不知而妄作者也"[①]，说明其书之作，是为了纠正日本

---

① ［日］贝原笃信：《初学诗法》"序"，《日本诗话丛书》第三卷，株式会社凤出版社，昭和四十七年（1972），第173页。

习诗者不习中华近体格律之要，避免因无知而妄作者。《初学诗法》之解题说该书"平易稳妥"、为"初学正路"[①]，说明这部书能切合阅读者的需要。比照书中的内容，自序及解题都言之成理。其中自序说明了该书对日本习汉诗者的必要性，解题则说明了它适合初学者阅读。像这样内容集中，叙述浅显，纲目清晰的诗法、诗律类著作的面世，显示出诗话作者为了适应日本读者的需要，将此类著作进行更本土化编写的努力。

因此，日本诗话虽然脱胎于中国诗话，其体例来自中国，其内容也大多涉及中国历代诗人诗作，是面向中国的日本诗话。但同时，我们也看到，在日本诗话作者撰写诗话时，他们同时也要面向日本人，也要做本土化的改变，以适应日本读者的需要。两种力量的合力，成为今天我们所看到的日本诗话。它有中国诗话的外壳和内容，也有本土化的色彩与特征。

---

① ［日］贝原笃信：《初学诗法》"解题"，《日本诗话丛书》第三卷，株式会社凤出版社，昭和四十七年（1972），第171页。

# 白居易与日本汉诗研究

# 白居易与日本平安朝诗坛<sup>*</sup>

肖瑞峰<sup>①</sup>

对白居易其人其诗的影响，学术界所推重的几种文学史著作已详加评述。但令人略感遗憾的是，它们大多只进行了纵向的追踪，即仅仅从时间（历史）的角度探讨其人其诗对后世的影响，致力于辨析前后代之间的传承关系，而没有进行横向的扫描，即从空间（地理）的角度探讨其人其诗对邻国的影响，致力于辨析左右邻之间的借鉴关系。由这种非立体化的考察方式所得出的结论，纵然有可能是精粹的，却无论如何不可能是全面的。如果我们能够将视野拓展到曾经覆盖东亚地区的汉字文化圈，将衍生与演变于这一汉字文化圈的海外汉诗也作为接受影响的对象加以观照，那就不会仅仅着眼于簇拥在他周围的"元白诗派"的成员，也不会仅仅注目于宋初以徐铉、李昉、王禹偁为代表的白体诗人，而且还会高度重视日本平安朝诗人奉白居易为偶像、奉白居易诗为楷模的一系列实例，并从中寻绎出其不同寻常的意义——这正是本文所要谈论的话题。

一

如同人们所熟知的那样，在中国文学史上，曾有不少大师或名家成为

---

\* 本文原发表于《传统文化与现代化》1998 年第 4 期。

① 肖瑞峰，1956 年生，江苏南通人。1984 年毕业于吉林大学研究生院，1987 年破格晋升为副教授，1992 年晋升为教授，1993 年起享受国务院特殊津贴。现任浙江工业大学党委副书记、浙江大学中文系博士生导师。学术兼职有中国韵文学会副会长、中国宋代文学学会副会长等。已出版《日本汉诗发展史》《中国古典文学中的别离主题研究》《刘禹锡诗论》《晚唐政治与文学》《中国古典诗歌在东瀛的衍生与流变研究》等多种学术专著。

后代某一诗派学习、模仿的偶像，如杜甫之于江西派、李商隐之于西昆派等。但无论杜甫还是李商隐，都未能成为影响一代风气、被所有的属诗者无一例外地顶礼膜拜的人物。换言之，他们只是在有限的时空内被奉为偶像。而在日本平安朝时期，瓣香白居易的热潮竟能席卷诗坛的每一个角落，将所有的诗坛中人都裹挟入其中！虽然白居易在他生活的中唐时代也曾极为"摩登"，但充其量也就摩登了二十年左右——元稹《白氏长庆集序》说白诗"二十年间，禁省观寺邮堠墙壁之上无不书，王公妾妇牛童马走之口无不道"。这已是一种殊荣，但比起白居易在日本平安朝所受到的长达四百年的尊崇，又似乎不足挂齿了。

有别于李白、杜甫，白居易生前曾多次对自己的诗文进行整理、编辑，并誊写数本，分藏各处，从而使它们得以《白氏文集》《白氏长庆集》《白香山集》等集名流播遐迩。据《白氏长庆集后序》，此集在白居易生前即已传入日本。序云：

> 白氏前著《长庆集》五十卷，元微之为序；后集二十卷，自为序；今有续后集五卷，自为记；前后七十五卷，诗举大小凡三千八百四十首。集有五本：一本在庐山东林寺经藏院，一本在苏州南禅寺经藏内，一本在东都胜善寺钵塔院律库楼，一本付侄龟郎，一本付外孙谈阁童。各藏于家、传于后。其日本、新罗诸国及两京人家传写者，不在此记。

这篇序文乃作者自撰，时在会昌五年（845），即作者去世的前一年。而序文中称，日本、新罗已有其文集的传写本，这当是根据从日本、新罗方面反馈回来的消息，而绝非意在抬高身价的"虚词诳语"。征诸日本史传，仁和天皇承和五年（838），即唐文宗开成三年，太宰少贰藤原岳守对唐人货物进行海关检查，因发现其中有"元白诗笔"，便奏于天皇。天皇大悦，擢其爵位为"从五位上"。事见《文德实录》。所谓"元白诗笔"，即白居易与元稹的诗文集。这是正史中有关《白氏文集》传来的最早记载。其时间要远远早于白居易自撰序文的会昌五年，足证白氏序文所记无讹。此外，由《江谈抄》所记录的有关嵯峨天皇的一则轶闻，也可以推知《白氏文集》传入日本的时间不仅是在白居易生前，而且不会迟于承和五年：嵯峨天皇秘藏《白氏文集》，轻易不肯示人，而私下把玩、规摹之。行幸河阳馆时，将"闭阁难闻朝暮鼓，登楼遥望往来船"一联示小野篁。小野篁以为是天皇即兴所得之句，便奏曰：倘易"遥"字为"空"字，则益佳。天皇叹道：卿已诗情同于乐天也。原来，这本是白居易的诗句，天皇只改动了其中的一个"空"字；如果按照小野篁的意见再改回去，那就完全恢复了白氏原句的面貌。而小野篁是在并未见过白氏原句的情况下提出上述建议的，这就使天皇惊叹其诗思与白居易暗合了。嵯峨天皇于承和元年（834）退位、承和九年（842）逝世。因此，几乎可以肯定这是承和五年以前的事。而如果当时《白氏文集》尚未传入，天皇也就无从秘藏了。

必须说明，在平安朝前期，传入日本的唐人诗集为数众多，《白氏文集》只不过是其中最受推崇，从而也流传最广、影响最大的一种而已。日人林鹅峰《本朝一人一首》卷十有云：

> 文选行于本朝久矣。嵯峨帝御宇，白氏文集全部始传来本朝。诗人无不效文选、白氏者。然桓武朝僧空海熟览王昌龄集，且其所著秘府论，粗引六朝之诗及钱起、崔曙等唐诗为例。嵯峨隐君子读元稹集。菅圣相曰："温庭筠诗集优美也，公任、基俊所采用。"宋之问、王维、李顾、卢纶、李端、李嘉祐、刘禹锡、贾岛、章孝标、许浑、鲍溶、方干、杜荀鹤、杨巨源、公乘亿、谢观、皇甫曾等诸家尤多。加之李峤、萧颖士、张文成等作，久闻于本朝，然则当时文人，涉汉魏六朝唐诸家必矣。藤实赖见卢照邻集，江匡房求王勃、杜少陵集，且谈及李谪仙事，则何必白香山而已哉！

《白氏文集》以外传入日本的唐人诗集当然不止林氏所标举的这些，如空海归朝时曾进献《刘希夷集》四卷、《贞元英杰六言诗》三卷、《杂咏集》四卷、《朱书诗》一卷、《朱千乘诗》一卷、《王智章诗》一卷、《刘廷芝诗》四卷等；藤原佐世的《本朝见在书目录》则著录有当时流入的杨炯、骆宾王、沈佺期等集名。既然如此，则传入日本的唐人诗集的数目甚是可观。这些唐人诗集，比较普遍地为缙绅诗人们所喜吟乐诵。如菅原道真在《梦阿满》一诗中称其亡子七岁时即"读书谙诵帝京篇"，句下且自注道："初读宾王古意篇。"可知缙绅诗人们所喜吟乐诵者同样不只是《白氏文集》。进而也就可以说，对他们的汉诗创作产生影响的也绝不只是《白氏文集》。然而，从另一角度看最受日本推崇、流传最广、影响最大的又毕竟是《白氏文集》；白居易及《白氏文集》在平安朝诗人心目中的地位是其他任何唐人唐集都难以企及的；即使是成就高出白居易的李、杜也无法在平安朝诗人的祭坛上与他相颉颃。

<h1 style="text-align:center">二</h1>

平安朝诗人对白居易及《白氏文集》的推崇几乎达到了无以复加的地步。醍醐天皇在《见右丞相献家集》一诗中自注道："平生所爱《白氏文集》七十五卷是也。"具平亲王在《和高礼部再梦唐故白太保之作》中自注道："我朝词人才子，以白氏文集为规摹，故承和以来言诗者，皆不失体裁矣。"藤原为时则在同题之作中自注道："我朝慕居易风迹者，多图屏风。"这三条自注已足以说明问题，但却不是我们所能搜寻到的全部实例。翻检有关文献，类似的实例随处可觅，如都良香《都氏文集》卷三收有《白氏天赞》，中云："集七十卷，尽是黄金"；小野美材将《白氏文集》书写于屏风之上，并识曰："太原居易古诗圣，小野美材今草神。"这是白氏在故国所未能赢得的赞誉。又如藤原公任编纂《和汉朗咏集》时，于本朝诗坛取 51 人，中国诗坛取 31 人。其中，日本诗人入选佳作数为：菅原文时 49 首，菅原道真 34 首，源顺 32 首，大江朝纲 27 首；中国诗人入选佳作数为：元稹、许浑各 11 首，谢观 8 首，公乘亿、章孝标各 7 首，独白居易达 142 首之多。这种不平衡也昭示了平安朝诗人对白居易其人其诗的推崇之甚。

确实，在平安朝时期，白居易及《白氏文集》具有无与伦比的权威性。因为天皇及太子都耽读《白氏文集》，以致出现了侍读《白氏文集》的专业户——大江家。大江匡衡《江吏部集》卷中有记："近日蒙纶命，点文集七十卷。夫江家之为江家，白乐天之恩也。故何者？延喜圣主，千古、维时，父子共为文集之侍读；天历圣代，维时、齐光，父子共为文集之侍读；天禄御宇，齐光、定基，父子共为文集之侍读。爰当今盛兴延喜、天历之故事，而匡衡独为文集之侍读。"玩其语意，颇以大江家独占侍读《白氏文集》之专利而自豪。

在当时，有不少诗人对白居易思慕至极而夜寝成梦。最早将梦境记录下来的是高阶积善，其《梦中谒白太保元相公》一诗云："二公身早化为尘，家集相传属后人。清句已看同是玉，梦中不识又何神。风闻在昔红颜日，鹤望如今白首辰。容鬓宛然俱入梦，汉都月下水烟滨。"细味此诗，与其说是实写梦中情形，不如说是托言梦境，以更深一层地抒发作者对白居易、元稹的仰慕之忱。诗成后，一时奉和者甚众。不过，具平亲王与藤原为时等人在和作中已将元稹撇至一边，而仅在虚构的梦境中向白居易倾诉衷肠。这表明，绝大部分平安朝诗人都不认为元、白可以并称。具平亲王所作云："古今诗客得名多，白氏拔群足咏歌。思任天然沉极底，心同造化动同波。中华变雅人相惯，季叶颓风体未讹。再入君梦应决理，当时风月必谁过。"这实际上表达了平安朝诗人们的共同心声。

　　既然奉白居易为偶像，必然不仅规摹其诗，而且也仿效其生活情趣。以平安朝诗坛的冠冕菅原道真为例：他之所以在仕宦得意时期热衷于"游宴"，即完全是因为白居易晚居洛阳时以"游宴"作为日常生活内容之一。对此，其《暮春见南亚相山庄尚齿会》一诗说得很明白："风光借得青阳月，游宴追寻白乐天。"白居易曾经视琴、酒、诗为"三友"。他的《北窗三友》诗有云："今日北窗下，自问何所为？欣然得三友，三友者为谁？琴罢辄举酒，酒罢辄吟诗。三友递相引，循环无已时。"而一心步白氏后尘的道真也在《九日后朝，同赋秋思应制》一诗中祖露了同样的情趣："不知此意何安慰？饮酒听琴又咏诗。"此外，道真晚年还作有《读乐天北窗三友诗》，重申了自己与琴、酒、诗的至死不渝的交谊。白居易有"诗魔"之称。在《与元九书》中，他自道："知我者以为诗仙，不知我者以为诗魔。何则？劳心灵，役声气，接朝连夕，不自知其苦，非魔而何？"至于道真，虽无"诗魔"之谧，却也曾自觉形近"诗魔"。其《秋雨》一诗有句："苦情唯客梦，闲境并诗魔。"贬居太宰期间，他不仅每日吟诵《白氏洛中集》十卷，而且闭门绝户，呕心沥血地创制汉诗新篇，所作所为，纯属"诗魔"之行径。因为处处仿效与追步白居易，道真对白氏生平的一点一滴都极为留意，并常常顺手将其摭拾到诗中，如《诗草二首，戏视田家两儿……予不堪感叹，重以答谢》一诗有云："我唱无休君有子，何因编录命龟儿。""龟儿"，是白居易嫡侄小字，白居易曾命其编录唱和集。道真对白氏生平行事之熟谙，由此可见"一斑"。而在整个平安朝时期，又岂独道真如此？说到底，道真只是白居易的崇拜者和模仿者中最为出类拔萃的一个而已。

## 三

当然，平安朝诗人们更多地模仿的毕竟还是《白氏文集》中的诗歌作品。模仿的角度是千差万别的：有效其诗之风格者，有袭其诗之辞句者，有蹈其诗之意旨者，有摹其诗之情境者，也有鉴其诗之章法技巧者。具体例证，不仅充斥于被誉为"本朝之白乐天"的菅原道真等诗坛名家的别集，而且在一些知名度不高的诗人的作品中也俯拾皆是。如释莲禅的《听妓女之琵琶有感》："琵琶转轴四弦鸣，妖艳帘中薄暮程。清浊未分空侧耳，弛张始理自多情。飞泉溅石逆流咽，好鸟游花商韵轻。萧瑟暗和风冷晓，松琴谁玩月秋晴。不思客路入胡曲，无饱妓窗激越声。肠断何唯溢浦畔，夜舟弹处乐天行。"即使不在篇末点出"乐天"二字，读者也一眼便能看出这是由白居易的《琵琶行》翻转而来，因为不仅描写对象相同、情感指向相近，而且几乎每句都能在《琵琶行》中找到出处："琵琶转轴四弦鸣"，是融合了《琵琶行》中的"转轴拨弦三两声"与"四弦一声如裂帛"；"弛张始理自多情"，是脱胎于《琵琶行》中的"未成曲调先有情"；"飞泉溅石逆流咽"，是来自《琵琶行》中的"幽咽泉流冰下滩"；"好鸟游花商韵轻"，是本于《琵琶行》中的"间关莺语花底滑"，如此等等。尽管作者进行了一定的再创造，但全篇却以模仿与蹈袭的成分为主。

再看三宫（辅仁亲王）的《见卖炭妇》："卖炭妇人今闻取，家乡遥在太原山。衣单路险伴岚出，日暮天寒向月还。白云高声穷巷里，秋风增价破村间。土宜自本重丁壮，最怜此时见首斑。"虽然不便说这完全是模仿白居易的《卖炭翁》，但至少可以肯定它在题材与构思方面受到了《卖炭翁》的启发。同时，稍加寻绎，在诗中也能发现某些脱化于《卖炭翁》的痕迹：如"衣单路险"一句，便极易使人联想到《卖炭翁》中的"可怜身上衣正单"等语，而自然地推测它们之间有着渊源关系。说得刻薄些，作者只不过采用了改头换面术，将一个中土的穷老汉变成了有几分怪异的东洋老妪而已。如果说它还有那么一点生新之处的话，那就是没有让穷老汉被宫中太监抢劫一空的遭遇在东洋老妪身上重演。至于藤原敦光的《卖炭翁》，则完全是对白氏原作的缩写，已臻机械模仿之极致："借问老翁何所营？伐薪烧炭送余生。尘埃满面岭岚晓，烧火妨望山月程。直乏泣归冰冱路，衣单不耐雪寒情。白衫宫使牵车去，半匹红纱莫以轻。"继此诗之后，又有《和李部大卿见卖炭翁愚作所赠之佳什》一诗，再次对白氏原作进行了"缩写练习"；而他的《缭绫》一诗，也是根据白氏新乐府中的同题之作改制而成的"袖珍本"。

上述作品所模仿的都是《白氏文集》中的名篇，非名篇者也同样能激起平安朝诗人模仿的热情。如白居易喜咏蔷薇，源时纲、释莲禅、藤原敦光等人便争相仿效，迭相赓和，并且唯恐读者不明其渊源有自。源时纲故意在《赋蔷薇》诗中注明："白氏有蔷薇涧诗。"释莲释则在同题之作中强调："昔日乐天吟丽句，此花豪贵被人知。"又如白居易有题咏牡丹之作数种，大江匡房、藤原通宪等平安朝后期诗人便也纷起效尤，大咏牡丹。藤原通宪《赋牡丹花》诗起首云："造物迎时尤足赏，牡丹载得立沙场。卫公旧宅远无至，白氏古篇读有香。"明言是读"白氏古篇"后有感而作。既然如此，作品本身也就很难摆脱与白氏原诗的干系了。再如白居易有《三月三十日题慈恩寺》诗。诗云"慈恩春色今朝尽，尽日徘徊倚寺门。惆怅春归留不得，紫藤花下渐黄昏"。仅由其末句化出者，就有藤原敦光《三月尽日述怀》中的"紫藤昔咏心中是，红杏晚妆眼中非"。藤原明衡《闰三月尽日慈恩寺即事》中的"丹心初会传青竹，白氏古词咏紫藤"，惟宗孝言同题之作中的"白氏昔词寻寺识，紫藤晚艳与池巡"，等等。凡此种种，都不失为模仿白居易诗的实例。模仿到极处，甚至连白居易对诗友的评语也一并袭用。《古今著闻录》载有庆滋保胤品骘天下诗人语，其中评大江匡衡曰："犹数骑披甲胄，策骅骝，过淡津之渡。其锋森然，少敢当者。""其锋"二句原本就是白居易在《刘白唱和集解》中对诗豪刘禹锡的品评。

由于诗贵独创，模仿尤其是机械的模仿，无疑是不足称道的。但对于平安朝诗人们来说，即使是模仿，也非易为之事。要惟妙惟肖地模仿和左右逢源的借鉴，首先必须对《白氏文集》烂熟于心，随时可以从中攫取所需的蓝本加以翻版。而要烂熟于心，除了勤研苦习外，别无捷径。于是，缙绅诗人们有的"闲咏香炉白氏诗"（菅原在良《山家寻深，径路已绝……》），有的"白乐天诗披月验"（藤原基俊《秋日游云居寺》），有的"闲披白氏古诗吟"（藤原茂明《夏日言志》），有的"讴吟白氏新篇籍"（菅原道真《客舍书籍》）。在勤研苦习的过程中，缙绅诗人们既增进了对白居易诗的熟谙程度，也提高了对白居易诗的鉴赏水准。这方面最具说服力的例子是：村上天皇曾命被称为"菅江一双"的菅原文时与大江朝纲选呈《白氏文集》中最优秀的一首诗作。二人不谋而合，都选了《送萧处士游黔南》：

> 能文好饮老萧郎，身似浮云鬓似霜。
> 生计抛来诗是业，家园忘却酒为乡。
> 江从巴峡初成字，猿过巫阳始断肠。
> 不醉黔中争去得？磨围山月正苍苍。

此诗是白氏七律的压卷之作，情韵悠远，气象老成。"菅江一双"在众多的作品中选中它，说明他们有着相近的审美标准和不凡的识见。而这应当是有助于他们模仿的——至少能使他们在模仿时"取法乎上"。

## 四

《白氏文集》盛行于平安朝时期，并被缙绅诗人们作为主要模仿对象，当然不是偶然的，而有着多方面的原因。

首先，白居易的作品在唐朝亦属流传最广者。白居易在《与元九书》中自道"自长安抵江西三四千里，凡乡校、佛寺、逆旅、行舟之中，往往有题仆诗者。士庶、僧徒、孀妇、处女之口，每每有咏仆诗者"。而元稹也曾在《白氏长庆集序》中谈及白居易诗的流传情形："然而二十年间，禁省观寺邮堠墙壁之上无不书，王公妾妇牛童马走之口无不道。至于缮写模勒，炫卖于市井，或持之以交酒茗者，处处皆是。"可以说，古今诗人生前成名之速、得名之盛，以白居易为最，而其作品流传之广、影响之大，至少在当时也是无人堪与比并的。诚然，白氏作品中得到广泛流传的主要是反映都市生活的艳体诗。由于这部分作品糅合了市民化文人的庸俗和文人化市民的轻薄，可以最大限度地迎合与满足市民阶层的低俗的审美趣味，所以才不胫而走，为三教九流所喜爱。这意味着，当时使白居易享有盛名的实际上并不是今天的文学史著作所推崇的讽谕诗，而是他与元稹"迭吟递唱"的艳体诗。元稹在《白氏长庆集序》中早已暗示了这一点："乐天《秦中吟》《贺雨》讽谕等篇，时人罕能知者。"白居易在《与元九书》中颇为自得地描述作品行世的盛况时，也不得不承认："今仆之诗，人所爱者，悉不过杂律诗与《长恨歌》以下耳"，并不无愤激地声明："时之所重，仆之所轻。"不过，白氏作品中得到读者阶层最广泛的欢迎和最普遍的喜爱的作品究竟是哪一类，毕竟无关乎我们既定的话题，我们只想强调白居易诗在唐代亦属流传最广者这一点。而强调这一点的目的，则是意在说明：《白氏文集》盛行于日本诗坛，在一定程度上是受唐朝风气的波及。

其次，白居易诗的语言平易流畅，见之者易谕，闻之者易晓，因而特别适合平安朝时期的缙绅诗人的口味。据惠洪《冷斋夜话》载，白居易写诗时为求"老妪能解"而不惜反复修改。这即使有些言过其实，它所揭示的白诗的通俗化、大众化倾向却是无可怀疑的。惟其如此，它才能不仅在中国，同时也在日本赢得最广大的读者。这也就是说，《白氏文集》之所以盛行于平安朝时期，重要的原因之一是，由于它平易、流畅，缙绅诗人们感觉不到太多的解读上的困难，一下子便能把握住它的精义，加以其中大部分作品的情调又都与他们生命的律动相合拍，《白氏文集》便理所当然地会风靡于世，成为缙绅诗人们学习、模仿的主要对象了。从相反的方向说，假如白居易诗文字艰深、语言奥僻，那么，纵然它在唐朝广为流传，也不致盛行于日本。

最后，白居易晚年于佛教浸染殊深。在《苏州南禅院白氏文集记》中，他自称："乐天，佛弟子也，备闻圣教，深信因果，惧结来业，悟知前非。"在《醉吟先生传》中，他也自道闲居洛阳时"栖心释氏，通学小中大乘法，与嵩山僧如满为空门友"。这样，其集中便不乏谈禅语佛之作。而在平安朝时期，奉佛之风亦弥漫于朝野间。缙绅诗人们不仅俱崇佛教，而且悉通佛学。如菅原道真便曾藻心于佛，自称为"菩萨弟子菅道真"（《忏悔会，作三百八言》）。而其父祖师友，也无一例外地耽读佛典。因此，可以说，于佛教"有染"，是白居易与平安朝时期的缙绅诗人的共通点。当然，对佛教的共同信仰，绝非《白氏文集》得以盛行的全部原因，甚至也不是最主要的原因。否则，便很难解释同样笃信佛教，且有"诗佛"之誉的王维及其作品何以在日本诗坛并不摩登。

# 五

平安朝诗人对白居易及《白氏文集》的学习、模仿，是既有"得"，也有"失"的。上文曾经引录具平亲王的总结之辞："我朝词人才子，以《白氏文集》为规摹，故承和以来言诗者，皆不失体裁矣。"简单地说，这就是其"得"（或曰其"利"）。至于其"失"（或曰其"弊"），则主要有二：

一是不适当地将白居易神化，以致歪曲了白氏的真实形象、丢弃了白诗的批判精神。或许正因为对白居易崇仰过甚的缘故，缙绅诗人们自觉或不自觉地将白居易奉若神明，并因此而衍生出种种类似神话的荒诞传说。高阶积善《梦中同谒白太保元相公》一诗便有"高情不识又何神"句，且于句下自注："白太保传云：太保者是文曲星神。"成篑堂文库藏镰仓期古抄本《作文大体》的卷头载有源通亲的《中我水亭记文》，文中亦云："少年读白乐天之传，其身为文曲星所化。"这里所谓"白乐天之传"，未悉是否即高阶积善所得见的"白太保传"。但在中国，似乎并没有白居易乃文曲星所化的传说。这就值得深思了。大胆一些，也许可以说这是平安朝诗人的一种善意的附会；附会的目的是将白居易神秘化、偶像化。而神秘化、偶像化的结果，是抹杀了白诗的现实性——本来，白居易是一位用作品积极干预现实、反映现实的诗人，他不仅倡导"文章合为时而著，歌诗合为事而作"，而且强调"以诗补察时政"，"以歌泄导人情"（《与元九书》）。他曾经称赞张籍"风雅比兴外，未尝著空文"（《读张籍古乐府》），其实，他早年"陈力而出"时又何尝不是如此？后来仕途受挫，他才将创作重心转向闲适诗与艳体诗。但在平安朝时期，既然他被神化，那部分扎根于现实生活的土壤、"为君为臣为民为事"而作的讽谕诗必然遭到忽略，体现在其中的执着的入世、用世精神也必然被彻底丢弃。事实上，在整个平安朝时期，继承了白居易的现实主义传统、在作品中贯以"风雅比兴"之旨的诗人，严格地说，只有一位菅原道真，而且，即便菅原道真也仅仅是在谪守赞州、仕宦失意期间追步早年的白居易及其作品。其他诗人所模仿和效法的则是晚居洛阳时的那个优游岁月、闲适自足、超然物外的白居易及其作品。这就不能不说是学白而未得其正、反效其偏了。此其一也。

二是白居易诗原有"好尽之累"，平安朝诗人以白诗为规摹，难免在不失体裁的同时产生言繁语冗之弊。清人翁方纲《石洲诗话》认为："诗自元、白，针线钩贯，无所不到，所以不及前人者，太露太尽耳。"元、白是否"不及前人"，固然可以进一步商榷，但"太露太尽"，确实是元、白诗在艺术方面的缺陷。白居易自己也曾意识到这一点，而努力"删其繁以晦其义"，但收效甚微，因而他晚年特别推崇刘禹锡，诚如近人陈寅恪在《元白诗笺证稿》中指出的那样："大和五年，微之卒后，乐天年已六十，其二十年前所欲改进其诗之辞繁言激之病者，并世诗人，莫如从梦得求之。乐天之所以倾倒梦得至是者，实职是之故。盖乐天平日之所蕲求改进其作品而未能达到者，梦得则已臻其理想之境界也。"白居易在《刘白唱和集解》中称赞刘禹锡诗"真谓神妙"，"在在处处，应当有灵物护之"。实际上正是出于一种自愧心理。说到这里，结论已昭然若揭：平安朝时期的缙绅诗人们本来就有先天的语言方面的障碍，又以白居易诗为圭臬，悉心揣摩，刻意模仿，言繁语冗之弊的产生也就在所难免了。在这一时期的汉诗作品中，之所以能找到大量的语言赘疣，虽然不能归咎于白居易，而主要是作者自身方面的原因所造成，但却不能不说与学白也有一定的联系。

# 六

考察白居易其人其诗对日本平安朝诗坛的影响，我们至少可以从中得到一点启示，那就是，文学史研究在由微观走向宏观、单一走向多元后，有必要从域内走向海外，即把探求的触角和耕耘的犁头伸向海外汉诗这一广袤而又丰饶的领地。

时至今日对于中国的古典文学研究者来说，"海外汉诗"早已不是一个陌生的概念：包括今天的日本、朝鲜、越南在内的汉字文化圈诸国，在摄取和消化中国文化的过程中，创作了大量的汉诗作品。这些汉诗作品，不仅一遵中国古典诗歌的形式格律，而且具有与中国古典诗歌相类似的历史和文化内涵，因此完全可以视为中国古典诗歌在海外的有机延伸。从文学史研究的角度看，忽略对海外汉诗的研究，尤其是蔚然可观的日本汉诗的研究，实际上意味着自弃疆土。较之祖先"开边意未已"的精神，或许可以说，这多少有些不肖。反之，如果我们一同奋力开拓这一新的研究畛域，则可以扩大既有的研究半径，在更广阔的范围内对中国文学进行总体把握和全面观照。

研究海外汉诗的意义还在于：随着这一新的研究畛域的拓展，对产生于华夏本土的古典诗歌的认知将可得到进一步的深化。这就是说，研究海外汉诗，不仅可以张大文学史研究的"广度"，而且可以拓进文学史研究的"深度"。上文对白居易与日本平安朝诗坛的"双边关系"的缕述旨在提供一个较有说服力的例证。当然，还有其他许多例证，如唐末五代以还，"词为艳科""诗庄词媚"的观念曾经支配着中国封建士大夫的创作，使他们视写诗为"正道"、填词为"薄伎"。于是，在诗中他们不敢稍露的东西，在词中却可以发泄无余，以致后人在阅读欧阳修词时深感"殊不类其为人"，而怀疑是"仇家子"所嫁名。与此相仿佛，在日本平安朝时代的缙绅阶层中，则似乎存在"歌为艳科""诗庄歌媚"的意识。大江千里的《句题和歌序》透露了这一消息：

> 去二年十日，参议朝臣传敕曰：古今和歌，多少献上。臣奉命以后，魂神不安，遂卧薪以至今。臣儒门余孽，侧听言诗，未习艳辞，不知所为。今臣仅枝古句，构成新歌，别令加自咏古今物百廿首。悚恐震慑，谨以举进，岂求骇目，只欲解颐。千里诚恐诚惧，谨言。

这段文字不止一次被日本的汉学家所引用，但他们的注意力几乎都集中在大江千里奉敕撰进句题和歌集这一点上，而我所着眼的则是"臣儒门余孽，侧听言诗，未习艳辞，不知所为"云云。窃以为这寥寥数语颇堪玩味：把和歌称作"艳辞"，且强调自己是儒门之后，汉诗得自家传，于和歌则向未染指。这貌似谦恭而实倨傲的表白，多少流露出作者所代表的缙绅阶层对和歌所固有的轻视态度。当我们评议唐末五代以还的正统诗学观念时，以此作为印证，也许可以挖掘出一些深层的东西。而这又岂不是说明，拓展海外汉诗这一研究畛域，可以为文学史研究提供新的材料和新的视野，从而丰富我们既有的研究成果，提高我们既有的研究水准，推动文学史研究在更浩瀚的空间内实现新的跃迁。

# 道真文学与白居易诗歌<sup>*</sup>

## 高文汉<sup>①</sup>

**摘　要：** 菅原道真是日本平安时期的著名诗人。在日本时代风潮和儒家诗教的影响下，作者接受了中国白居易"救济人病，禆补时阙"的文学主张，创作了《寒早十首》《舟行五事》等诸多贴近社会、关注民生的现实主义作品；白居易对"世路"、人生的观察与思考使道真进一步加深了对人性的认识，从而深化了作品的主题与内涵。论修辞，道真亦从白诗中汲取了大量滋养，表现出平易而不失雅致的诗风。概言之，道真文学从主题、意境到语言表现都受到白诗的浸润，两者的关系至为密切。

**关键词：** 道真文学；白氏诗歌；影响关系

日本诗人大江匡房在评论平安朝（794—1192）汉文学时说："我朝起于弘仁、承和，盛于贞观、延喜，中兴于承平、天历，再昌于长保、宽弘。"<sup>②</sup> 日本敕撰三集《凌云集》《文华秀丽集》和《经国集》，即诞生于弘仁、承和年间（810—848）。"敕撰三集"的出现，具有划时代意义。据此，日本汉文学以高雅的形态稳居于庙堂之上，作为官方的正统文学，一直发展、延续到明治中期。贞观、延喜（859—923）年间出现了许多著名诗人，都良香（834—879）、岛田忠臣（828—892）、三善清行

---

\* 本文原发表于《文史哲》2008 年第 6 期。

① 高文汉，1951 年生，山东兖州人。现为山东大学外国语学院教授、博士生导师、东亚文化研究所所长，兼任中日比较文学研究会副会长、中华日本学会常务理事、山东省外国文学学会副会长等。先后赴日本山口大学、东京大学、国学院大学、国际日本文化研究中心等留学、访学或任客座研究员、客座教授。出版专著《中日古代文学比较研究》《东亚汉文学关系研究》《日本近代汉文学》《日本古典文学史》（日文）等多部。

② ［日］三善为康编：《朝野群载》卷三《诗境记》。

（847—918）以及被誉为日本"文神"的菅原道真（845—903）等都是活跃于那个时代的硕学大家。正是他们把平安朝汉文学推向了巅峰，而菅原道真就是其中的优秀代表，同时也是日本汉文学史上最杰出的诗人。

菅原道真出生于儒学世家。祖父清公、父亲是善都是文章博士（翰林）。道真也继承了父祖之业，经文章博士，历任遣唐大使（未成行）、权大纳言、右大将等，累官至右丞相。继吉备真备之后，成为日本历史上第二位文人出身的从二品重臣，并为后人留下了许多著述。

菅原道真的著作，主要有诗文集《菅家文草》（诗486首、文170篇）、《菅家后集》（又名《西府新诗》，诗46首）①、《类聚国史》《菅氏家训》，他还参与编修了日本国史《三代实录》等。同时，道真做过侍读，曾任国子监祭酒。在日本教育史上，他率先提出了"和魂汉才"的育人主张。认为"凡国学所要，虽欲论涉古今究天人，其自非和魂汉才，不能阚其阃奥矣"（《菅氏家训》卷一）。因此，日本后人景仰菅原道真的功业，将其尊为亚圣、文神、教育之祖，并立庙祭祀，奉之为"天满天神"。

道真文学具有鲜明的个性和时代印记。他的诗大多源自自己的生活体验和真实感受，尤其是两次左迁时期敢于面对现实，祖露心迹，竭力为穷苦百姓代言，或泣血倾诉或慷慨悲歌，写下了许多感人至深的讽谕诗等现实主义作品。此外，其悲愤诗、感伤诗、宫苑诗、咏物诗等，也都能穷形尽意，挥洒自如，表现出作者深厚的汉文学素养和不同寻常的笔力。不言而喻，道真取得的这些成就，主要依靠自身的努力，同时也与其家学传统以及所处的时代密不可分。

道真生活的时代，正是白居易的诗歌风靡日本的时代。据传，嵯峨天皇（809—823年在位）曾得《白氏文集》一部，私好诵之。日本史书《三代实录》（卷三）载：承和五年（838），太宰少贰藤原岳守检唐船，得《元白诗集》献于朝廷，获爵位。日本儒学家林鹅峰认为"嵯峨帝御宇，《白氏文集》全部始传来本朝。诗人无不效《文选》、白氏者"②道真的恩师岛田忠臣《吟白舍人诗》云："坐吟卧咏玩诗媒，除却白家余不

---

① ［日］市古贞次等编：《日本古典文学大辞典》（简约版），岩波书店，1986年，第422页。

② ［日］林鹅峰：《本朝一人一首》卷十。

能。应是戊申年有子，① 付与文集海东来。"道真对策及第时的主考——都良香称白诗"卷七十集，尽是黄金"②。对白诗的热爱，有些人已经到了日思夜想、魂牵梦萦的程度："二公身化早为尘，家集相传属后人。清句已看同是玉，高情不识又何神。风闻在昔红颜日，鹤望如今白首辰。容鬓宛然具入梦，汉都月下水烟滨。"（高阶积善《梦中谒白太保元相公》）如此，日本"词人才子，以《白氏文集》为规摹，故承和以来言诗者，皆不失体裁矣"③。在这样的文学风潮中，道真文学深受白诗的影响也就不足为奇了。

关于道真文学与白诗的关系，早在日元庆七年（883），渤海大使裴颋使日时，就曾经指出："道真文笔似自白乐天也。"④ 近代汉文学家冈田正之氏认为："比起散文，菅公更长于诗。菅公私淑于白乐天，爱诵温庭筠的诗。时人评曰：'诗风类白乐天。'"⑤ 当代学者藤原克己则进一步指出："道真的诗，不受白诗的影响或者与白诗没有亲缘关系的，实在不多。"⑥

以下，笔者试从道真的讽谕诗、感伤诗入手，就其诗的内容、意境、句式以及语言表现等问题，探讨它与白氏诗歌的关系。

# 一 道真文学与白氏的讽谕诗

白居易生前曾把自己的诗分为讽谕诗、感伤诗、闲适诗、杂律诗四类，他最看重的是自己的讽谕诗。"综观日本人摄取白诗的全过程，主要集中在他的感伤诗、闲适诗方面，这是日本文学传统的唯美主义倾向所决定的。而作为硕儒的菅原道真却不然，他吸收、借鉴最多的是白氏的讽谕诗。"⑦

---

① 此句下原有作者自注："唐大和戊申年，白舍人始有男子，甲子与余同。"

② ［日］都良香：《都氏文集》卷三。

③ ［日］高阶积善：《本朝丽藻》卷下《和梦中谒白太保元相公诗》注。

④ ［日］猪口笃志：《日本汉文学史》，角川书店，1984 年，第 142 页。

⑤ ［日］冈田正之：《日本汉文学史》（增订版），吉川弘文馆，1996 年，第 141 页。

⑥ ［日］藤原克己：《菅原道真与平安朝汉文学》，东京大学出版会，2001 年，第 285 页。

⑦ 高文汉：《论平安诗人菅原道真》，《日语学习与研究》2002 年第 4 期。

　　道真的讽谕诗集中创作于两次贬谪时期，也就是他的中年与晚年。其中，又以第一次左迁时期居多。当时的日本社会正值律令制体制行将崩溃，以藤原家族为代表的"摄关政治"正在形成的转折时期。天皇欲依靠律令制体制下的旧官僚以及新拔擢的文官巩固皇权，藤原家族则大肆鼓吹"诗人无用"论，借此排除异己。道真作为学界领袖，既有治国能力，又有报效朝廷的愿望。两种势力的激烈角逐，必然把他卷进政争的旋涡中去。

　　日仁和二年（886）正月，关白藤原基经的长子、16 岁的时平在仁寿殿举行了隆重的元服仪式，光孝天皇亲自为其加冠。半月后，朝中 28 名高官易职，道真被免去式部少辅、文章博士、加贺权守三官，改任边州——赞州太守。面对毫无缘由的贬黜，道真愤懑不已。在离京前的皇宫内宴上，见宫伎舞唐舞"柳花怨"，道真心荡神驰之余，自思就要离开繁华的京城，不禁"心神迷乱，才发一声，泪流呜咽。宴罢归来，通宵不睡。默然而止，如病胸塞"（《菅家文草》卷三）。赴赞州时，道真也没有忘记带去《白氏文集》《文选》《史记》《汉书》等汉籍。

　　抵达赞州后，但见盗匪横行，田野荒芜，百姓苦不堪言。道真在赈济难民、兴修水利、改善民生的同时，不忘为生活在社会最下层的穷苦百姓代言，先后创作了《寒早十首》《舟行五事》等作品。其中，《寒早十首》记述的是为躲避苛捐杂税而背井离乡的难民、葛衣蔽体饥寒交迫的"凤孤人"、风雨飘摇生计艰难的船夫、胼手胝足夜以继日地种药却难疗自身贫病的"药圃人"以及不惜攀岩涉险仍然难以维持家计的樵夫，等等。以下是其中的三首：

　　　　何人寒气早。寒早浪来人。欲避逋租客，还为招债身。鹿裘三尺弊，蜗舍一间贫。负子兼提妇，行行乞与贫。

　　　　何人寒气早，寒早药圃人。辨种君臣性，充徭赋役身。虽知时至采，不疗病来贫。一草分铢欠，难胜筭决频。

　　　　何人寒气早，寒早采樵人。未得闲居计，常为重担身。云岩行处险，瓮牖入时贫。贱卖家难给，妻孥饿痛贫。①

---

① ［日］市河宽斋编：《日本诗纪》，吉川弘文馆，2000 年，第 158 页。

　　道真笔下的流浪者、樵夫等都是挣扎在水深火热中的赤贫百姓。阅读这些诗，使我们很容易联想到白氏的《采地黄者》："麦死春不雨，禾损秋早霜。岁晏无口食，田中采地黄。采之将何用？持以易糇粮。凌晨荷锄去，薄暮不盈筐。携来朱门家，卖与白面郎：'与君啖肥马，可使照地光。愿易马残粟，救此苦饥肠。'"道真诗中的"充徭赋役身""不疗病来贫"的"药圃人"与"采地黄者"的境遇何其相似！同样，"贱卖家难给，妻孥饿病贫"的"采樵人"与白诗"可怜身上衣正单，心忧炭贱愿天寒"的"卖炭翁"形象也是一致的。两位诗人都在为嗷嗷待哺者说话。为他们所受到的煎熬、苦难而鸣不平。显然，道真在实践着白氏的"救济人病，裨补时阙"的创作主张，以收"美刺比兴"之功①。

　　道真在《舟行五事》中关注的也是吏治与民生。他在第一首中，首先痛斥那些"贪吏"与"豪家"，揭露他们滥伐林木、祸害百姓的丑行："赤木东南岛，黄杨西北峰。豪家常爱用，贪吏适相逢。刀割又斧伤，春生不涉冬。"第二首描写的是一名钓翁凄凉的老境："白头一钓翁，涕泪满舟中。昨夜随身在，今朝见手空。寻求欲凌浪，衰老不胜风。此钓相传久，哀哉痛不穷。子孙何物遗，衣食何价充？荷锸忏农父，驱羊愧牧童。"看得出，道真的这类作品与白氏的"文章合为时而著，歌诗合为事而作"的现实主义创作态度也是一脉相承的。

　　白居易在《与元九书》中说："闻'元首明、股肱良'之歌，则知虞道昌矣！闻五子洛汭之歌，则知夏政荒矣！"白氏认为诗歌应该反映时代的治乱与民生疾苦，"不欲使下之病苦闻于上"，"何有志于诗者？"其《伤唐衢》云："忆昨元和初，忝备谏官位。是时兵革后，生民正憔悴。但伤民病痛，不识时忌讳。遂作《秦中吟》，一吟悲一事。贵人皆怪怒，闲人亦非訾。"在随诗寄给元稹的信中，白氏不无自豪地说："闻《秦中吟》，则权豪贵近者相目而变色矣；闻《乐游园》寄足下诗，则执政柄者扼腕矣；闻《宿紫阁村》诗，则握军要者切齿！"诚然，道真的作品尚不具备那种让"执政柄者扼腕"、使"握军要者切齿"的凌厉气势，但是，正是由于他成功地实践了白氏的现实主义诗学原则，所以才摆脱了日本传统的贵族式的缠绵悱恻，以"但伤民病痛，不识时忌讳"的勇气，切入社会现实，真实地反映民情民意，从而为自己的诗注入了生命和灵魂。

---

　　① 高文汉：《中日古代文学比较研究》，山东教育出版社1999年版，第333页。

　　不过，由于受到文化背景和个人生活体验的制约。道真的讽谕诗所表现的内容以及观察、揭示问题的深度远不如白诗。道真的青少年时代是在京城度过的，生活十分优裕，交往的都是士子、贵族，极少接触平民百姓。白居易则不同，11 岁就遇上叛军作乱，不得不远离父母避难。以后数年颠沛流离，四处漂泊。"孤舟三适楚，赢马四经秦。昼行有饥色，夜寝无安魂。东西不暂住，来往若浮云。离乱失故乡，骨肉多散分。"① 16 岁北返长安后，家中依然贫寒困顿。尤其是父亲死后，生活更无着落。28 岁时，他在《将之饶州江浦夜泊》中写道："明月满深浦，愁人卧孤舟；烦冤寝不得，夏夜长于秋。苦乏衣食资，远为江海游。光阴坐迟暮，乡国行阻修。身病向鄱阳，家贫寄徐州。前事与后事，岂堪心并忧；忧来起长望，但见江水流。云树霭苍苍，烟波淡悠悠；故园迷处所，一念堪白头。"正是得益于这些痛苦体验以及对社会、民生的长期观察与思考，白氏的讽谕诗才写得如此犀利生动、真切感人。与白居易不同，道真仅在赞州生活了四年，而且作为太守，多半是以统治者的目光审视社会。二次左迁谪居在太宰府里，几乎与外界隔绝。因此，在唯美思潮始终主导日本文坛的大背景下，道真能够利用这么短的生活体验，创作出这么多优秀的现实主义作品，还是足以令人称道的。

## 二　道真文学与白氏的感伤诗

　　菅原道真是一位处下能治郡、处上能治国的政治家，也是一位感觉敏锐、情感丰富的诗人，所以一生创作了许多悼亡、赠别等感人至深的抒情诗。其中，尤以鄙视恶小、痛斥奸佞、倾诉胸中幽怨的感伤诗最为出色。道真的感伤诗主要创作于两个时期：一是在文坛上崭露头角之后；二是遭谗言陷害后谪居太宰府时期。

　　尽管白居易与道真生活在不同的国度，文化背景与个人的成长环境很不相同，但是他们都怀有兼济天下、赤诚为民的志向，都是疾恶如仇、直言敢谏的净臣。加之两人入仕后所处的人文环境以及谪居期间的痛苦心境大体相似，所以白居易在《太行路》《初入太行路》《天可度》等诗中表

① 白居易：《白香山诗集》卷十《朱陈村》中句。

现出的"人情反复""人心不可防"等涉及"世路难"类的主题与意境，以及在谪居江州时创作的《东南行一百韵》中所倾吐的幽怨与感伤，都在道真的感伤诗中得到了充分反映。

道真 26 岁对策及第后，进入仕途，初授"少内记"。33 岁晋为礼部少辅兼文章博士，司职科考、文官评议与宫廷仪式等。其时，"文人相轻"之风盛行，学界不乏醉舞狂歌、放荡不羁者。辱骂凌轹、癫狂撒泼者有之；每当大考，因自身学力不足而落第，反诬考官有眼无珠者，也大有人在。作为主考，道真难免受到才疏量小者的诽谤与攻击。对此，他曾以"博士难"为题，叹道："博士官非贱，博士禄非轻。吾先经此职，慎之畏人情。始自闻慈悔，履冰不安行。四年有朝议，令我授诸生。南面才三日，耳闻诽谤声。今年修举牒，取舍甚分明。无才先舍者，谗口诉虚名。教授我无失，选举我有平……"①

日元庆六年（882），有人作匿名诗讽刺大纳言藤原冬绪。由于诗作得出色，冬绪怀疑出自道真之手。值得庆幸的是，事情很快得到澄清，原来是别有用心的人企图嫁祸于道真。道真悲愤不已，遂赋七言长诗《有所思》："君子何恶处嫌疑，须恶嫌疑涉不欺。世多小人少君子，宜哉天下有所思。……虽云内顾我不病，不知我者谓我痴。何人口上将销骨，何处路隅欲僵尸。悠悠万事甚狂急，荡荡一生常险巇。焦原此时谷如浅，孟门今日山更夷。狂暴之人难指我，文章之士定为谁。三寸舌端驷不及，不患颜疵患名疵。功名未立人未老，每愿名高年又耆。况名不洁徒忧死，取证天神与地祇……"②

道真的前一首诗题《博士难》与白诗《太行路》《初入太行路》中的"行路难""世路难"等语句似有联系。《太行路》云："太行之路能摧车，若比人心是坦途；巫峡之水能覆舟，若比人心是安流。……行路难，不在水，不在山；只在人情反复间。"少年时代的颠沛之苦，以及读书求仕的艰辛、宦海的沉浮等，都使白居易对"世路"、人生产生了极为清醒的认识："天冷日不光，太行峰苍莽。尝闻此中险，今我方独往。马蹄冻且滑，羊肠不可上。若比世路难，犹自平于掌。"（《初入太行路》）③

---

① ［日］猪口笃志：《日本汉文学史》，角川书店，1984 年，第 140 页。

② 同上书，第 141 页。

③ 丁远、鲁越校正：《全唐诗》，国际文化出版公司 1993 年版，第 1352 页。

"世路"之难,难在何处呢?白居易在《天可度》中说:"天可度,地可量,唯有人心不可防;但见丹诚赤如血,谁知伪言巧似簧?劝君掩鼻君莫掩,使君夫妇为参商;劝君掇蜂君莫掇,使君父子成豺狼。海底鱼兮天上鸟,高可射兮深可钓;唯有人心相对时,咫尺之间不能料。君不见李义府之辈笑欣欣,笑中有刀潜杀人!阴阳神变皆可测,不测人间笑是嗔。"[①]

白居易形容"世路"之难,难于登太行;道真认为人生如"履冰","险巇"难"安行"。至于"世路"难在何处,白居易显然道出了问题的根本,即"人心不可防"。道真则认为"世多小人少君子",小人之口能"销骨"!他最憎恨、最惧怕的是恶人造谣中伤。孰料,道真担心的事情真的发生了,政敌以谗言玷污了他的清名,企图夺去他的性命!

日宽平三年(891),关白藤原基经去世。宇多天皇趁其子时平羽翼未丰之机,擢升了一批官员,道真被任用为"藏人头",随侍帝侧。此后在不到九年的时间里,累官至右丞相。道真的这种晋升势头,使左丞相藤原时平极度恐慌。几经策划,藤原时平向17岁的醍醐天皇奏称:菅原道真心怀二志,欲废陛下。另立齐世亲王(其妻为道真之女)为帝。醍醐天皇未加深思,立刻将道真贬黜出京。

道真于昌泰四年(901)二月仓促离京。转瞬间,"父子一时五处离。口不能言眼中血,俯仰天神与地祇。东行西行云眇眇,二月三月日迟迟"(《读乐天北窗三友诗》)。到了太宰府,屋漏墙塌,缺柴少米。及至秋风乍起,黄叶飘零,道真思妻忧子,夜不成寐,"黄萎颜色白霜头,况复千余里外投。昔被荣华簪组缚,今为贬谪草莱囚。月光似镜无明罪,风气如刀不破愁。随见随闻皆惨栗,此身独作我身秋"(《秋夜》)[②]。日延喜三年(903)初,道真自觉生命危殆,遂将在太宰府写的《叙意一百韵》《不出门》等诗结为一卷,题名《菅家后集》,送与好友纪长谷雄。不久,凄然长逝。

《菅家后集》乃悲愤之作,秋思之声。它的这种基调颇似白居易谪居江州创作的《放旅雁》《谪居》《东南行一百韵》等作品。尤其是《叙意一百韵》与白氏的《东南行一百韵》,无论是诗中描写的内容,还是蕴含的情感,两者都非常接近。

---

① 龚克昌、彭重光选注:《白居易诗选》,山东大学出版社1999年版,第84页。
② 〔日〕猪口笃志:《日本汉文学史》,角川书店,1984年,第146页。

| 白居易《东南行一百韵》 | 菅原道真《叙意一百韵》 |

**（一）仓促离京**

| 即日辞双阙，明朝别九衢。 | 贬降轻自芥，驱放忽如弦。 |
| 秦岭驰三驿，商山上二邟。 | 邮亭余五十，程里半三千。 |

**（二）心境凄凉**

| 黄昏钟寂寂，清晓角呜呜。 | 临歧肠易断，望关眼欲穿。 |
| 春色辞门柳，秋声到井梧。 | 落泪欺朝露，啼声乱杜鹃。 |

**（三）世路凶险**

| 时情变寒暑，世利算锱铢。 | 牛涔皆陷阱，鸟路总鹰鹯。 |
| 大道全生棘，中丁尽执殳。 | 世路间弥隘，家书绝不传。 |

**（四）人生无常**

| 日近恩虽重，云高势却孤。 | 光荣频照耀，组珮竞萦缠。 |
| 翻身落霄汉，失脚到泥涂。① | 国家恩未报，沟壑恐先填。② |

值得注意的是，白居易被贬谪江州只是仕途上的失意，并无生命之忧。而道真却已身陷绝境，时刻面临着死亡的威胁，所以心情比白居易更加愤懑、痛苦与悲伤，只觉得"朝朝风气劲，夜夜雨声寒"（《风雨》）；"人惭地狱幽冥理，我泣天涯放逐辜"（《南馆夜闻都府礼佛忏悔》）；"欲识搥钟报五更，三途八难一时惊。大奇春夏秋冬尽，为我终无拔苦声"（《听寺钟》）。而白氏在抒发愤懑、忧伤的同时，其诗与道真的诗相较，明显多出几分理性的思考："面瘦头斑四十四，远谪江州为郡吏。逢时弃置从不才，未老衰羸为何事？"（《谪居》）也就是说，二人的谪居诗虽然基调相似，但各有侧重。道真的诗偏重情感的抒发与宣泄，而白诗则表现出深刻的反省和思考。或许，这正是促使白居易后半生转向"行在独善"的重要原因之一。

---

① 丁远、鲁越校正：《全唐诗》，国际文化出版公司 1993 年版，第 1417 页。
② ［日］市河宽斋编，后藤昭雄解说：《日本诗纪》，吉川弘文馆，2000 年，第 197 页。

## 三　道真文学对于白诗的诗语诗形之受容

以上，笔者从主题与意境等方面，探讨了道真的讽谕诗、感伤诗与白诗的关系，下面再就两者在语言表现、句式结构上的特点，试作分析。

白诗之所以风靡日本，是因为它"诗语平易，文体清驶"①。及至苏轼提出"元轻白俗"之说后，附和者不少②。但是，白诗看似信笔而就，实际上每一首都是经过作者再三加工、精心提炼的。作者始终坚持"旧句时时改，无妨悦性情"③"见者易喻""闻者深诫"的创作宗旨，有意要把诗写得易读易诵，便于普及。但是要想达到这一目的，如果作者没有渊博的学识、从容的心态、儒佛道兼备出入世自由的品格，如果不谙深入浅出、见微知著、孕大含深的修辞技巧，是万万做不到的！宋人张镃《读乐天诗》云："读到香山老，方无斧凿痕。目前能转物，笔下尽逢源。学博才兼裕，心平气自温。随人称白俗，真是小儿言。"④尽管言辞尖刻了些，但是张氏对白诗的评价还是相当中肯的。

从整体上讲，道真的诗风"类自乐天"。因为从修辞、联句到整体构思，作者都从白诗中受到诸多启发，汲取了大量的滋养。另外，作为文坛领袖、朝廷重臣，道真肩负着彰显国威的重任，所以他必须在晓畅的基础上，尽量使自己的作品趋于雅致，不失凝重。在京期间创作的抒情、咏物以及宫苑诗等，即呈现出这种风格。

在语言表现方面，道真对白诗的吸收和借鉴，首先，表现在对词语、句子的借用、化用上，如前述道真的《秋夜》诗"月光似镜无明罪，风气如刀不破愁。随见随闻皆惨栗，此身独作我身秋"中的"风气如刀"大抵出自白诗《晚寒》"凄风利如刀"句；末句"此身独作我身秋"可能化自白诗《燕子楼三首》（其一）"秋来只为一人长"句。又如道真的《不出门》诗"一从谪落在柴荆，万死兢兢蹋踣情。都府楼才看瓦色，观音寺只听钟声"中的"柴荆"出自白诗《秋游原上》"清晨起巾栉，徐

---

① 周必大：《省斋文稿》卷十《跋宋景文唐史稿》。
② 陈有琴、龚克昌、彭重光：《白居易》，上海古籍出版社 1998 年版，第 5 页。
③ 白居易：《白香山诗集》卷二十三律体诗《诗解》中句。
④ 张镃：《南湖集》。

步出柴荆"句；后两句似乎化自白诗《香炉峰下新卜山居》"遗爱寺钟欹枕听，香炉峰雪拨帘看"一联。

其次，模拟句式、套用结构。如道真的《寒早十首》模拟的是元稹《春深二十首》与白诗《和春深二十首》的句式。元稹在"春深"组诗的第二首中写道："何处生春早，春生漫雪中。浑无到地片，唯逐入楼风。屋上些些薄，池心旋旋融。自悲销散尽，谁假入兰丛。"白居易和诗中的第二首是这样写的："何处春深好，春深贫贱家。荒凉三径草，冷落四邻花。奴困归佣力。妻愁出赁车。途穷平路险，举足剧褒斜。"显然，道真的"何人寒气早，寒早……人"是套用的元白句式，而且元稹的《春深二十首》每首都用"中、风、融、丛"为韵，道真的《寒早十首》也同用四字为韵，一用到底。前述《叙意一百韵》则套用了白居易《东南行一百韵》的结构，均以沉郁苍凉的笔调依次叙述了仓促离京、旅途艰辛、谪居的苦恼等，内容大体一致；均为五言排律，中间都没有换韵。

再次，从意象到表现，整体化用白诗。如白诗《放旅雁》云："我本北人今谴谪，人鸟虽殊同是客。见此客鸟伤客人，赎汝放汝飞入云。"道真则在《闻旅雁》中写道："我为迁客汝来宾，共是萧萧旅漂身。欹枕思量归去日，我知何处汝明春。"两者的影响关系是显而易见的。

最后，必须指出的是，道真文学异常丰富，作者吸收、借鉴的不只是白居易的诗歌，诸如四书五经、《史记》《文选》《汉书》等典籍以及陶渊明、骆宾王、李白、杜甫、韦应物、温庭筠等人的诗都对他产生了很大影响。由于篇幅所限，在此不再论及。

# 白诗和平安文学的女性形象[*]

## 胡洁[①]

**摘　要**：《贫女吟》和《玉造小町子壮衰书》是两部诞生于平安时期的日本汉诗作品。两部的主题虽不尽相同，但有一共同的特点：都以女性人生的盛衰起落为内容。这种对女性人生变化的注视，明显受白居易的诗篇影响。但是，女性的人生之"变"之所以能成为引发人们感叹的题材，进而成为佛家无常观说教的例证，却与其社会形态本身分不开。本文试图从该时期的婚姻、家庭形态的角度对平安文学中的女性形象以及和白诗的关系作一些背景性的探讨。

**关键词**：贫女；骄女；老媪；秽土；净土

众所周知，白居易的诗文对日本文学产生过巨大的影响。在平安时代，白诗被视为文学的金科玉律，文人们或独吟，或赠答，皆以引用白诗为荣。而白诗中以女性为题材的诗篇，又是流传最广、影响最大的内容之一。因此，白诗中女性题材在日本文学中如何生根开花，应该是白诗接受史研究的一个重要课题。以往这方面的研究，又往往把重点放在了《长恨歌》《李夫人》等描写宫廷女性的作品上，而对白诗中其他女性题材的

---

[*]　本文原发表于《日语学习与研究》2008年第6期。

[①]　胡洁，1956年生于上海市，1983年毕业于上海外国语大学，1999年获御茶水女子大学博士学位（人文科学）。2002年著作《平安贵族的婚姻惯习与源氏物语》（风间书房，2001年）获第九届关根奖。现为名古屋大学大学院国际言语文化研究科教授。研究领域为日本古典文学、日本外来文化接受史、日本婚姻习俗。目前主要研究课题为"古代日本的婚姻·家族的比较研究"。近年发表的论文有：《平安文学中的"博士"与"学生"》（日向一雅、仁平道明编：《王朝文学与官职·位阶》，竹林舍，2008年）、《闺怨诗与恋歌》（平野由纪子编：《平安文学新论》，风间书房，2010年）、《古代日本的婚姻形态与妻妾制的导入》（仁平道明编：《东亚的结婚与女性》，勉诚社，2012年）等。

作品很少作深入的探究。白居易善写女性，且题材广泛。在他的笔下，除了像杨贵妃、李夫人这样的宫廷女性之外，还诞生了许多不同社会层次、不同生活境遇的女性形象。平安时期的文人们不但从《长恨歌》等作品中汲取到文学的养料，同时也从白诗中反映女性悲苦命运的诗篇中找到了适合他们发挥的题材。问题在于，白诗作为外来文学的因素，一旦进入异国的土壤，就必须受接受方社会环境的制约。笔者在此想做一个小小的尝试，以两部平安时代的日本汉诗——《贫女吟》和《玉造小町子壮衰书》（以下简称《壮衰书》）为切入点，从女性形象的变化过程看外来文学的接受和社会环境的关系。希望能得到各位同行的指点。

## 一 《贫女吟》和《议婚》

《贫女吟》为平安前期的文人纪长谷雄（845—912）所写。此诗用叙事诗的体裁描写了一位富家女子由"富"变"贫"的人生经历，全诗如下。

> 有女有女寡又贫，年齿蹉跎病日新。
> 红叶门深行迹断，四壁虚中多苦辛。
> 本是富家钟爱女，幽深窗里养成身。
> 绮罗脂粉妆无暇，不谢巫山一片云。
> 年初十五颜如玉，父母常言与贵人。
> 公子王孙竞相挑，月前花下通殷勤。
> 父母被欺媒介言，许嫁长安一少年。
> 少年无识亦无行，父母敬之如神仙。
> 肥马轻裘与鹰犬，每日群游侠客筵。
> 交谈扼捥常招饮，一日之费数千钱。
> 产业渐倾游猎里，家资徒竭醉歌前。
> 十余年来父母亡，弟兄离散去他乡。
> 婿夫相厌不相顾，一去无归别恨长。
> 日往月来家计尽，饥寒空送几风霜。
> 秋风暮雨断肠晨，忆古怀今泪湿巾。
> 形似死灰心未死，含怨难追旧日春。
> 单居抱影何所在，满鬓飞蓬满面尘。

　　落落户庭人不见，欲披悲绪遂无因。

　　寄语世间豪贵女，择夫看意莫见人。（"择"为日本汉字，即
"择"）

　　又寄世间女父母，愿以此言书诸绅。

　　早在 20 世纪 30 年代，水野平次就指出，此诗受白居易的《琵琶行》
和《太行路》的影响①，之后小岛宪之又指出此诗受《议婚》的影响②。
其实一部作品的诞生，可能受到多部先行作品的影响，特别是词语方面，
很难用一两部的作品的影响来概括。就《贫女吟》来说，其内容主要有
两个层面的意思：一是女性不幸的人生变故；二是择偶的失败。作品中对
女子的寂寞幽怨的写法，在同样对日本文学产生过巨大影响的《文选》
《玉台新咏》中也可以找到很多类似的地方。但是，从创作态度上来说，
它确实是一部"转型期"的代表作。我们知道，无论是诞生于 8 世纪中
期的《怀风藻》，还是诞生于 9 世纪前期的敕选三大诗集《凌云集》《文
华秀丽集》《经国集》，在描写女性的题材上，大都模仿《文选》和《玉
台新咏》。如《文华秀丽集》的"艳情"部就有《长门怨》《婕妤怨》
《春闺怨》《王昭君》等"闺怨诗"，而这些作品正如小岛宪之所指出的
那样，皆为王朝官员们空想的异国"闺情"③，并非当时日本现实中的内
容。较之此类作品，《贫女吟》的进步就在于它不但有完整的叙事性，而
且成功地塑造了一位日本的"怨妇"形象。这一"转型"应和白诗的流
入④有着密切的关系。

　　众所周知，承和期（834—848）在日本文学史上是一个重要的转折
点。这一时期以后的文学潮流的主要特征是，一方面是和歌的复兴，另一
方面是白诗的流行。"歌合"，一种贵族间流行的赛歌游戏和屏风歌的兴
起，使得长期受冷落的和歌又重新回到了宫廷。而白诗，作为最"前卫"
的汉诗备受推崇，几乎风靡了整个文坛。《贫女吟》的作者纪长谷雄亦为
承和期以后的文人，因此他的作品带有明显的时代特征。这不单指《贫
女吟》在词语表现上受白诗的影响，笔者以为更重要的是他从白诗中学

---

①　［日］水野平次：《白楽天と日本文学》，目黑书店，1930 年，第 106 页。

②　［日］小岛宪之：《古今集以前》，塙书房，1976 年，第 204—205 页。

③　同上。

④　据《文德实录》记载，承和五年（838）《元白诗笔》传入日本。

到了某种现实主义的创作态度。这一点可以从他效法白居易的《议婚》写《贫女吟》上得到证明。白居易的《议婚》①是秦中吟十首的其中一首。全诗如下：

> 天下无正声，悦耳即为娱。人间无正色，悦目即为姝。颜色非相远，贫富则有殊。贫为时所弃，富为时所趋。红楼富家女，金缕绣罗襦。见人不敛手，娇痴二八初。母兄未开口，已嫁不须臾。绿窗贫家女，寂寞二十余。荆钗不直钱，衣上无真珠。几回人欲聘，临日又踟蹰。主人会良媒，置酒满玉壶。四座且勿饮，听我歌两途。富家女易嫁，嫁早轻其夫。贫家女难嫁，嫁晚孝于姑。闻君欲娶妇，娶妇意何如？

　　很明显，《议婚》和《贫女吟》的结尾部的议论都为择偶而发，而且在表现手法上，两首诗又同样采用贫富对比的手法。不同的是，白居易的《议婚》是通过两位女性的对比，来告诫世人娶妻不可嫌贫爱富。同情贫困悲苦的低层民众，是白居易诗文的一个重要的特点。秦中吟十首皆以痛斥权贵、诉民之苦为内容，在这些诗中，"贫贱"和"富贵"的对比尤为显著。如《重赋》中的"幼者形不蔽，老者体无温"写出贫者的饥寒交迫，又如《轻肥》中描写宦官们时说"食饱心自若，酒酣气益振"，描写灾民时说"是岁江南岸，衢州人食人"，将贫富作了鲜明的对照。因此说，《议婚》中对"贫家女"和"富家女"的议论也同样基于作者的这种立场。而纪长谷雄的《贫女吟》，虽然也用贫富对比的方法，写的却是一位由"富贵"走向"贫困"的女子。是今日的"贫"和昔日的"富"的纵向对比。说到用今昔对比来表现人生的不遇和沉沦，在白诗中也可谓俯拾即是。且不说《琵琶行》中商人妇自述自己年轻时的春风得意和人老珠黄后的落魄，就看《上阳白发人》中的宫女在回忆自己年轻时也说"皆云入内便承恩，脸似芙蓉胸似玉"，而今却是"外人不见见应笑，天宝末年时世妆"。再看《井底引银瓶》，诗中那位因轻信浪子而失身的女子，也是先说"忆昔在家为女时，人言举动有殊姿，婵娟两鬓秋蝉翼，宛转双蛾远山色"，再说"而今悲羞归不得"。这样的今昔对比，皆以女

---

　　① 此作品在《才调集》题为《贫女诗》。

子对年轻的时候的美好的回忆来反衬今日的失意和沉沦。与贫富的对比一样，今昔的对比也并非白居易独创，但在白诗流行的平安时代，他的作品所产生的效应就远非其他诗人能比了。必须注意的是，白诗中的今昔对比，并不全在于比较昔日的"富贵"与今日的"贫困"，而在纪长谷雄的《贫女吟》中，由"富"变"贫"的人生经历却成了最重要的主题。也就是说，纪长谷雄吸收了白诗中"今"和"昔"，"贫"和"富"这两方面的对比，塑造了一个由昔日的富贵女走向贫困的女性形象，写出了一部日本版的《议婚》。

那么为什么纪长谷雄不写"贫家女"和"富家女"的对比而要描述一位富家小姐的人生变化呢？笔者以为，首先是具有贵族文学性质的平安文学自身的局限性。白居易的《议婚》中所反映的那种抨击富家女、赞扬贫家女的批判精神，在平安文学中很难找到相适应的土壤。连颇得白居易讽谕诗精神真髓的《源氏物语》作者紫式部也是一样。《源氏物语》的《帚木》一卷中有一段有关女人品位的议论。活跃在这场议论中的左马头认为看女性的品位不应以其门第的高低为标准，这种观点显然与白居易《议婚》中所提倡的思想相似。但左马头否认"门第"的高低并不等于他否认经济实力的重要。实际上左马头大加赞赏的"中品"人家的女儿们就是因为她们有一位官职不高却颇有经济实力的地方官的父亲，是因为她们家中"应有尽有，花费阔绰"。在这里，"贫女"或许能成为同情的对象，但很难成为赞美的对象。

其次我以为纪长谷雄写一位落魄的女性，有其深厚的社会背景。这里值得注意的是《贫女吟》中的女性从富有的生活跌入贫困的深渊的转折点在于父母兄弟的离世或离去。失去家人的庇护而沉沦，这本来是任何时代任何社会都可能会发生的、带有普遍意义的问题，不足为怪。但是如果父母的在世和离世成了女性命运盛衰的一个分界线，并被戏剧性地加以夸大时，就应该引起我们的注意了。平安文学中我们可以看到很多由于父母的离世而成为"贫女"的描述。如九世纪中叶的僧侣作家景戒写的佛教故事集《日本灵异记》（822）中卷34话《孤女凭敬观音铜像得现报》有这样一段：

奈良右京殖槻寺的附近，住一孤女，未曾嫁人，也不知其姓什名谁。那女子的父母在世时，聚财甚多，亦有不少粮仓。他们便在自家宅院旁边建一佛殿，又铸造了一尊高二尺五寸观音菩萨的铜像，供奉在佛殿中。圣武天皇在位的时候，那女子的父母双双去世。从那以后，奴婢逃散，马牛死亡，家财散尽。只留下女子独守空宅。（笔者译）

出于宣扬佛道的需要，这里虽然没有像《贫女吟》那样对女子生活境遇的变化作强烈的今昔对比，而着重于描述贫女因虔诚而得到菩萨的保佑。但作者仍然不忘记点出她由"富"变"贫"的转折点在于父母的去世。再看11世纪的作品《源氏物语》中的末摘花，身为亲王女，父亲在世时，深受宠爱，但在父亲去世后，整个亲王府"就像深山荒岭一样寂寞凄凉"。作者对来到亲王府的源氏的内心作了这样一番描述：

亲王府荒凉不堪，源氏心想，这般凄凄惨惨的地方竟然住着一位亲王的千金。昔日在父亲老式而气派的教育下成长起来小姐现在一定在为自己的孤苦无依而伤心吧。只有在这样的地方，才应该有一位像故事里说的佳人住着，有一段动人的故事发生……（笔者译）

源氏对末摘花感兴趣是因为他幻想着他能遇上一位像故事里所说的落难小姐，会有一段浪漫情缘。从中我们可以推想当时的贵族社会中流传着许多落魄小姐的故事。而《贫女吟》中的女子，应该说是这一类文学形象的先驱。从比较文学的角度来看，女子的生活境遇和其父母如此密切相关，应该说是平安文学女性人物塑造上的一个特点。而这一特点的形成，与当时社会的家族制度，婚姻制度有着密切关系。

平安时代的贵族的结婚方式，从结婚的仪式，婚后的居住形式上来看，恰与中国传统社会的娶嫁婚相反。中国是娶妇，日本是取婿。由于儿子婚出，女儿留家，使得父母比较看重女儿在家中的地位，更是为如何招来乘龙快婿而费尽心思。父母让未婚的女儿住在家中最重要的居室"寝殿"中，千方百计地修饰她们的生活。配以众多的仕女的服侍来烘托她们的高贵，又以琴棋书画的教育来提高她们的教养。真可谓"金屋养娇"（娘かしづき）。这种"养娇女"在平安时期的贵族家庭中非常普遍。这当然不仅仅是父母的爱心的反映，从当时的取婿婚的习俗来看，其真正的目的在于招徕求婚者。《贫女吟》中的"本是富家钟爱女"，描写的就是当时待嫁的"娇女"。而"公子王孙竞相挑，月前花下通殷勤"——王公贵族争先恐后地前来求婚的景象，也正是父母最期盼的结果。由于女儿留家，因此女儿的成婚并不意味着"养娇女"的结束，相反，女儿婚后，父母在养女的同时，还必须"养婿"（婿かしづき），为女婿提供吃穿用度所需的开销。《贫女吟》中描述的女婿——长安一少年①之所以能日日"一日之费数千钱"地挥霍，和他富有的岳丈岳母的供养是分不开的。只有了解这一点，我们才能对《贫女吟》的作者为何要刻意地去描写这位女婿的放荡挥霍有更深的理解。因为取婿婚不同于招婿婚，招婿是父系社会的产物，父系社会男子承家，在无子有女时，才用招婿来解决无子承家的问题。因此被招进门的女婿必须完全进入女家。而平安时代的"取婿"是母系走向父系的过渡时期的产物。男性在婚后相当长的一段期间内实行走婚，并不完全进入妻家。他们有较大的自由，也可以走访其他女性。夫妻关系并不牢固。对女方父母而言，"取婿"也好，"养婿"也好，其目的就是留住女婿，以防将来自己不在人世后女儿以及外孙们的生活陷入无依无靠的困境。因此女家的父母往往会不遗余力地满足女婿的要求。《贫女吟》中说女子的父母对女婿"待之如神仙"，惟妙惟肖地勾勒出了女家父母的心理和态度。

对于男性来说，妻家父母的经济支援十分重要，特别是在他们官位不高、收入不多的年轻时期，更需要妻家父母的经济支援。10 世纪初的作品《伊势物语》中有一段著名的章节《筒井筒》，在写一对青梅竹马的恋人如愿以偿地结合之后这样写道：

> （结婚后）过了几年，女方父母相继去世，生活渐渐不如人意，那男人思忖着总不能长久如此厮守在一起，于是又去了河内国高安郡的一家人家。（笔者译）

这里说的"高安郡的人家"是指那男人新婚妻子的家。按当时的婚俗，男性走婚于几家之间是很普通的事。虽然这则故事的结局是男子最终被旧妻的诚意和和歌所打动而留在了旧妻家中。但我们从这则故事中不难看出，女方父母的死亡对本来就不够稳定的夫妻关系是一个很大的威胁。

---

① 这里的"长安"指日本的京都。

《贫女吟》作者笔下的女婿，可以说是取婿婚制下的一个典型的"荡子"形象。他将妻家的财产挥霍殆尽，在岳丈岳母死后，随即离弃了妻子。从这首诗中我们可以看到当时女性生活的两面性：一方面，由于留家取婿，她们是父母眼中的"娇女"；另一方面，由于取婿婚在相当长的一段时间内实行走婚，夫妇关系，特别是婚姻前期的夫妇关系很不稳定。这种不稳定，使女性的生活多了一层无常的色彩。一旦父母身亡，丈夫离弃，她们的生活就很有可能一落千丈。正是因为这种落差来自生活形态本身，落魄小姐的故事才有可能打动人心，成为平安文学中的一种类型。从这个意义上来说，尽管《贫女吟》运用大量的中国文学词汇和表现手法，但它所描述的却实实在在的是平安贵族社会的婚俗和家庭。明白了这一社会背景，我们也许更容易明白为何《议婚》和《贫女吟》同为"择偶"而发，白居易说"娶妇"重要："富家女易嫁，嫁早轻其夫，贫家女难嫁，嫁晚孝于姑"，而纪长谷雄却要提醒"世间豪贵女"和"世间女父母"谨慎地"择夫"和"择婿"了。

## 二 《玉造小町子壮衰书》和《秦中吟》《琵琶行》

《壮衰书》是继纪长谷雄《贫女吟》之后的又一部描写女性人生的悲剧的作品。较之《贫女吟》，它更强调人生的盛衰无常，充满宗教色彩。因此有的学者称之为唱导体汉文作品①。作品全篇由 1452 字的骈俪体序文和 1300 字的五言古诗组成。关于这部作品的作者是谁，一直颇有争议②，至今尚未有定论。日本学者栃尾武曾指出，此部作品的序和诗，有如唐人白居易写《长恨歌》、陈鸿写《长恨歌传》一样，为两个人所写。而序和诗并非同时产生。序原本是一个独立的作品，篇名可能叫《女人壮衰书》之类，与小野小町并无甚干系。以后被附上了诗篇，加之平安

① ［日］川口久雄：《平安朝日本汉文学史の研究（中）》，明治书院，1982 年，第 431—445 页。

② 古来就有人认为是空海（774—835）所作。问题是小野小町生于空海之后，所以历代有人对空海所作之说提出疑问，并由此产生了许多其他作者的推测。有的认为他的徒弟真济（800—860），还有的认为是三善清行（847—918）或仁海（951—1046），但终究因为没有确凿的证据而未能成立。

后期才女美女落魄传说的盛行才使这部作品和美女小野小町挂上了钩①，形成了今天我们所看到的《玉造小町子壮衰书》。如果栃尾武的这个解释成立的话，这部作品可以说是在平安时期中逐步形成起来的产物。因此它也为我们观察平安时代女性题材的作品的演变提供了很好的视角。在这部作品中，“富”和“贫”的对比被发挥到了极致，而女主人公由富变贫的悲剧人生也得到了别样的诠释。由于篇幅较长，在此只作内容概要介绍。

先是序部。序部讲述的是作者在途中的一段见闻。以问答形式展开。予（作者自称）在行路途中遇见一位老媪，只见她“容貌憔悴，身体疲瘦。头如霜蓬，肤似冻梨”。样子十分丑陋可怜。作者问老媪家住何处，由此引出她一段对自己身世的回忆。年轻时，受父母宠爱，生活奢侈，可赛王妃。谁料父母、兄弟相继去世，生活境况急转直下，最终贫困潦倒，沦落路头。如今只想皈依佛门。尾部是作者由此发出了一段人生无常的感叹。序部全篇 165 句，写路遇老媪用了 20 句，写女子年轻奢侈的生活竟用了 103 句，写父母死后的落魄和由此想入佛门用了 32 句，写作者的感叹用了 10 句。可见作者在描写女子年轻时的骄奢生活上花费了多少心血和笔墨②。作者铺陈了大量的词汇来夸张女子如仙的美貌和奢侈的生活，在此仅摘几句，以一斑窥全貌：

> 美貌：韦晔面子疑芙蓉之浮晓浪，婀娜腰支误杨柳之乱春风，不奈杨贵妃之花眼，不屑李夫人之莲睫……
>
> 生活：衣非蝉翼不着，食非獐牙不餐。锦绣之服数满兰闺之里，罗绫之衣多余桂殿之间……
>
> 食物：集神岭之美果，聚灵泽之味菜。……东王父之仙桃，西王母之神桃……

虽然“变体汉文”行文晦涩，但我们还是不难看出作者竭力想描述女子“盛时”的荣华富贵，用以和今日流落街头的老媪作对比。

再看诗部。诗部除了重复序部所描述的老媪的模样以外，在老媪的自

---

① ［日］栃尾武：《玉造小町子壮衰书》，岩波文库，1994 年，第 11—15 页。

② ［日］波户冈旭：《玉造小町子壮衰书の出典について》，《日本文学论究》第 34 期，国学院大学文学会，1974 年，第 65—72 页。“《壮衰书》ご若い女性の美貌と衣食住な描写する大量な言叶ね、えいてい《文选》と《游仙窟》かち来えのである。”

述中又加上了她另一段的回忆。说她在父母兄弟死后嫁给了一个猎人，在猎人的另外两位妻子互相妒忌诅咒的恶劣环境中生活，又遭到猎人冷落，虽生一子，最终也因贫困而夭折，随后又死了丈夫，最终沦落街头。显然，诗部的作者刻意要让女主人公在经历了一场不如意的婚姻和丧子之痛之后才彻底地"厌离秽土"。这段长达 126 句的描写将人生的凄苦悲凉写得淋漓尽致，和后面用来描写彼岸世界的光明美好的 102 句又形成了另一个强烈的对比。如果序部和诗部组合在一起的话，其结构是：

序部：父母健在时的快乐　　　昔日的繁盛
　　　父母双亡后的悲苦　　　今日的落魄
诗部：不如意的婚姻生活　　　人间的悲苦
　　　对彼岸世界的向往　　　彼岸的快乐

序部在贫富对比这一点上和纪长谷雄的《贫女吟》的构思极为相似。因此渡边秀夫指出此作品是以《贫女吟》为框架加之白诗的讽谕手法、《游仙窟》的文辞、《往生要集》的思想写成的①。从女性题材的这一视角来看，《壮衰书》的序部和《贫女吟》最大的共同点在于描述女性由"富"变"贫"、由"盛"变"衰"这一人生变化上。年轻时同样是如花似玉，同样是父母的掌上明珠，同样是众多贵人的求婚目标，而最终也同样是由于父母的亡故而失去了生活的依靠，跌入了贫困的深渊。也就是说，这两部作品扎根于同样的社会土壤。不同的是，《贫女吟》最后点明的主题是要慎重择夫，将贫女的悲剧归咎于错择夫君之上，而《壮衰书》的序却欲解释人世无常的道理。在序的结尾部，作者说他要"学乐天秦中吟之诗，且效幸地鲁上咏之赋。韵造古调。诗赋新章"。但其实诗部除了遣词造句上有一些引用白诗的地方以外，在内容和主题上和秦中吟并无多少相同之处。作者在这里说要学乐天的秦中吟，正如波户冈旭所指出的那样，秦中吟皆写作者在秦中的见闻，而《壮衰书》也是写途中见闻②，也就是说诗部的作者学的是乐天以见闻发议论这一手法。又有人说白居易

---

① ［日］渡边秀夫：《平安朝文学と汉文世界》，勉诚社，1991 年，第 612 页。
② ［日］波户冈旭：《玉造小町子壮衰书の出典について》，《日本文学论究》第 34 期，国学院大学文学会，1974 年，第 65—72 页。"《壮衰书》ご若い女性の美貌と衣食住な描写する大量な言叶ね、えいてい《文选》と《游仙窟》かち来えのである。"

的秦中吟十首，皆写人生之盛衰，也是无常之作①，这个说法不无道理但毕竟有些牵强。笔者以为，这里有一个秦中吟的读解的问题。在持有净土教思想的作者看来，白居易的秦中吟中所描写的贫者的苦难，正是人间秽土的最好写照。这也许有违白居易的本意，却反映了平安后期的时代精神。诗的作者的本意是借写人间的苦难，由此引出一段"厌离秽土，乐往净土"的说教来而已。

《壮衰书》真正重要的意义在于，它将女性命运的盛衰无常与净土教的人间秽土观联系在一起，用一个绝望于人世的女性形象来诱导听众皈依佛教。在塑造这一形象时，和《贫女吟》的作者一样，《壮衰书》的作者很可能参照了白诗中描写女性悲苦命运的诗篇。如《琵琶行》中的女性年轻时备受嫖客们的欢迎，人老珠黄后，下嫁行商，独守空闺。《壮衰书》的序中女子自述"吾是倡家之子，良室之女焉"。"倡家"两字，虽并不一定直接来自《琵琶行》，但《琵琶行》的女性确实是一位倡家之女。《壮衰书》里所描述的婚姻的不幸，也和《琵琶行》中的妇人相似。《琵琶行》说"弟走从军阿姨死，暮去朝来颜色故，门前冷落鞍马稀，老大嫁作商人妇"，而《壮衰书》说："孤寡送年处，嫁得一猎师，猎师有两妇，孤妾无一婢"，都是一段不如意的婚姻。当然，白居易写《琵琶行》的本意在于写天涯沦落之恨，叹人生之无奈，而《壮衰书》却将这种人生的感叹转化成"厌离秽土，乐往净土"的一个契机。

# 三　结语

白诗中以女性题材为题材的诗篇不仅给平安文学带来了丰富的题材，更重要的是带来了现实主义的创作风格和对女性命运的关注。《贫女吟》和《壮衰书》这两部作品，虽然其主题思想不尽相同，但在关注女性命运变化这一点上，都不同程度地受到白诗的影响和启发。作者们从白诗的女性题材的诗篇中，敏感地抓住了女性命运悲剧这一普遍性的要素，写出了一部又一部的日本女性盛衰史。通过这两部作品，我们可以比较清晰地

① ［日］栃尾武：《玉造小町子壮衰书》，岩波讲座日本文学と坛教四无常，1994 年，第 29—52 页。

看到白诗中以女性人生悲苦为题材的诗篇是如何融入日本文学并发生"和化"的。纪长谷雄吸收了白居易注重现实的创作作风，将重点放在了现实生活的问题上，而《壮衰书》序部的作者则吸收了白居易注视人间苦难的态度和视点，将重点放在了诠释人生上。而诗部则进一步将主题推向对净土的向往，是宗教的倡导。虽然各自的主题不同，却都围绕着女性的人生盛衰起落而展开。在这些作品里，白诗中原有的批判精神不见了，而女性生活境遇之"变"成了作者们最为关注的焦点。文学是社会现世的一种反映。女性的落魄和沉沦之所以成为最容易触发人们的感叹的材料，成为佛教说教中最有说服力的范例，是因为平安时代的女性的生活本身具有相当大的落差和不安定因素。从这个意义上来说，白居易的《议婚》也好，《秦中吟》也好，《琵琶行》也好，虽然对这些作品有启发和催化的所用，但并不意味着它可以原封不动地搬到异国的土壤上。

# 日本汉诗人及其汉诗研究

# 诗化的六朝志怪小说[*]

## ——《菅家文草》诗语考释

## 王晓平[①]

**摘　要：**菅原道真（845—903）是日本文学史上唯一以才学登上相位的文学家，也是最早为后世留下完备的诗文集《菅家文草》《菅家后集》的文学家，其诗文为平安朝文学的翘楚。他的部分汉诗汉文，横溢着与中国志怪小说相通的怪异性、神秘性、幻想性。本文以《菅家文草》语释为中心，考察道真诗歌与六朝志怪小说的关系，以探讨六朝志怪小说在平安朝诗化的轨迹。

**关键词：**六朝志怪小说；菅原道真；日本平安时代汉文学；诗话；考释；《菅家文草》

在日本文学史上，菅原道真（845—903）是唯一以才学登上相位的文学家，也是最早为我们留下完备的诗文集《菅家文草》《菅家后集》的文学家。川口久雄校注的《菅家文草　菅家后集》（日本古典文学大系72，岩波书店），虽然只为诗歌部分作了校注，但已使我们为这位平安时代汉文学家丰富的精神世界深感惊叹。

---

* 本文原发表于《天津师范大学学报》2000 年第 1 期。

① 王晓平，男，1947 年生，四川开江县人，天津师范大学文学院教授，国际中国文学研究中心主任，博士生导师。日本帝冢山学院大学客座教授，万叶文化研究所客座研究员。曾在日本多所大学任教。2010 年获日本万叶世界奖。著有《近代中日文学交流史稿》《亚洲汉文学》《梅红樱粉——日本作家与中国文化》《唐土的种粒——日本传衍的敦煌故事》《远传的衣钵——日本传衍的敦煌佛教文学》《日本诗经学史》《日本诗经学文献考释》《东亚文学经典的互读与对话》《日本中国学述闻》《中日文学交流史》等，译著有《水边的婚恋——万叶集与中国文学》《日本诗歌的传统——七与五的诗学》等。

　　宽平七年（895），纪长谷雄从六朝志怪小说中选出有关长寿的故事，由巨势金冈绘图，菅原道真为其作了题画诗。正如川口久雄所指出的那样，五首题画诗的原典如下：

| 题画诗小题 | 出处 | 故事 |
| --- | --- | --- |
| 庐山异化诗 | 《神仙传》 | 董奉 |
| 题吴山白水诗 | 《列仙传》 | 负局先生 |
| 刘阮遇溪边二女诗 | 《幽明录》 | 天台刘阮 |
| 徐公醉卧诗 | 《异苑》 | 东阳徐公 |
| 吴生遇老公诗 | 《述异记》 | 吴猛 |

这些书，见于《隋书·经籍志》：

| 《神仙传》 | 十卷 | 葛洪撰 | |
| --- | --- | --- | --- |
| 《列仙传赞》 | 三卷 | 刘向撰 | 毉续孙绰赞 |
| 《列仙传赞》 | 二卷 | 刘向撰 | 晋郭元祖赞 |
| 《幽明录》 | 三十卷 | 刘义庆撰 | |
| 《异苑》 | 十卷 | 宋给事刘敬叔撰 | |
| 《述异记》 | 十卷 | 祖冲之撰 | |

　　日本的《日本国见在书目录》载录《神仙传》二十卷，《列仙传》三卷，新旧唐书可见《异苑》以外诸书。菅原道真的这些题画诗显然是根据六朝志怪小说写出来的。

　　川口久雄所著《三订平安朝日本汉文学史研究》，指出了菅原道真所撰策问的特点。它们是：

| 对策者 | 策题 |
| --- | --- |
| 高岳五常 | 叙浇淳　征魂魄 |
| 三善清行 | 音韵清浊　方伎短长 |
| 纪长谷雄 | 通风俗　分感应 |
| 小野美材 | 明仁孝　辨和同 |

道真自己接受策问时，由都良香提出的策题是《明氏族》和《辨地震》。这些都反映了当时文学界风潮之一斑。大体两问之中，前者关于人世，后者则为超人世的内容。他们对这种超越儒教世界的超人世世界的关注，很值得我们注意。

然而，《菅家文草》中与中国志怪小说有关系的作品，却不只这些。川口久雄只提出这两点，似乎有所遗漏。事实上志怪小说以各种形式投影于道真的诗文之中，道真已经读到过不少志怪小说，对其文学评价，已有相当的理解。作为诗人，道真不仅憧憬神仙，而且积极从志怪小说中摄取构思与形象以创造诗境，以志怪为诗。志怪小说的故事与人物事物丰富着他的想象力，扩大了他汉诗的表现力，使其更富感染力。对于《菅家文草》中的志怪小说等闲视之而未予探讨，总是一件遗憾事。

读菅原道真的作品，最重要的书自然就是川口久雄校注的《菅家文草　菅家后集》了。由这本校注我们获得了很多知识；同时，又感到有些不满的地方，不免有得陇望蜀之念。《菅家文草》第七卷至第十二卷的散文部分，尚未校注，令人有遗珠之叹。川口久雄的校注是极慎重的，但也有误译、注释不完整的地方。指出原文的讹误，是颇需功力的，但这又是校注者想要避开也无法避开的事情。否则，就可能产生误读。原文的问题，是与"解释"分不开的。

读诗便是接近作者的诗心，汉诗盛行的平安时代，也是中国志怪小说流行的时候，汉诗中多有利用志怪小说的诗语。菅原道真的部分汉诗汉文中，横溢着与中国志怪小说相通的怪异性、神秘性、幻想性。这里以《菅家文草》语释为中心，考察道真诗文与志怪小说的关系。道真是怎样在诗文中引用志怪小说，这些志怪小说在道真诗文世界中发挥着怎样的作用，对这些问题，本文略陈拙见。

## 一　仙驾："灵寿应惭恩赐凤"

《菅家文草》中，屡见奇异趣味的诗。例如《九日侍宴，赋山人献茱萸杖，应制》，便可以看出趋奇好异的倾向：

茱杖肩舁八九重，烟霞莫笑至尊供；

南山出处荷衣坏，北阙来时菊酒逢。

灵寿应惭恩赐孔，葛陂欲谢化为龙；

插头系臂皆无力，愿助仙行趁赤松。

　　据川口久雄的解释，前四句的大意是，仙人（按：指山人）肩扛茱萸杖入宫，仙人做了献茱萸杖于宫中这样的俗事，烟霞不要见笑，仙人出于南山山岩，身上穿的荷衣已经凋敝，正逢宫廷里举行重阳节的宴会。关于这四句，看来没有问题，但接下来的第五句该怎样理解却是难题。注释说"恩赐孔"训解、意义皆存疑，用字牵强，而在补注中说："仙人向天子献上茱萸杖，祝其灵寿，天子对此予以赞许。孔，至、达、通之意，据段注，'凡言孔者，皆所以嘉美之'。"不过，段注"孔"字是副词，没有用于句末的例子。"恩赐孔"还是意义不明。

　　第五句和第六句必为对句，按上面所注，"恩赐孔"与"化为龙"显然龃龉，"化为龙"最后一字为名词，"恩赐"之后也应为名词。这样看来，这个字只能是"凤"。第五句与第六句当为："灵寿应惭恩赐凤，葛陂欲谢化为龙。"这里的"凤"，当源于"随凤凰飞去"的萧史故事。萧史善吹箫，作凤鸣。秦穆公以女弄玉妻之，为作凤①台以居。一夕吹箫引凤，与弄玉共升天仙去。秦人作凤女祠于雍宫内。见《列仙传》上。

　　在中国志怪小说中，凤与龙均为"登仙"即升天的坐骑。《仙传拾遗》载萧史夫妇升天时，弄玉乘凤，萧史乘龙（《太平广记》"神仙四"所引）。凤与龙为登仙坐骑未改。草体"凤"字与"孔"字字形相近，如果阅读者不知此句所用之典，便容易误解误写。

　　实际上第五句与第六句各用了一个有名的登仙典故，构思可谓巧妙。"萧史乘凤"的传说，葛洪《神仙传序》中也曾提到："萧史乘凤而轻举。"道真此诗下面的"灵寿"云云，不过是使"登仙"更为明确。这里将山人所献茱萸杖比作登仙坐骑以赞美，表达接受茱萸杖时的惶恐心情。接下的第六句，出于《水经注·汝水注》，费长房投杖于葛陂，其杖化为龙。这是进一步赞美茱萸杖，以吐露感激之情。假如这样理解不错的话，第五句为"灵寿应惭恩赐凤"，便可确认了。

　　在中国诗文中，常将神仙坐骑称为"仙驾"。仙人所乘凤车，称为

---

　　①　原书为"作"，参王叔岷《列仙传校笺》，第80页。

"凤辇"，《仙传拾遗》"有西王母乘翠凤之辇，乐会穆（天子）"之句，即为一例。除凤与龙之外，鹤也为仙驾之一。王子乔乘白鹤登仙的故事，是道真很爱用的。诗作当中，几次用到。他在《九日侍宴，同赋天锡难老，应制并序》一诗中感叹"轻身岂学仙，鹤毛无一片"。道真趋奇好异的趣味，对中国志怪小说的倾倒，使他的一部分作品带有了神秘性、幻想性的色彩。

## 二　升天："因君一到五云端"

中国志怪小说中，不仅有人登仙的故事，而且还有动物登仙的故事。《神仙传》卷四"刘安"条，淮南王刘安学道，招会天下有道之人。刘安得道，举家升天，畜禽皆仙。犬吠于天上，鸡鸣于云中。这个故事本身并无贬义，用以指一人得官，亲友亦随之得势，那是以后的事情。

菅原道真似乎很喜欢这个情节。例如《典仪、礼毕、简藤进士》里，有"我皆仙阶才舐器，应知细吠白云中"，用了这个典故。在《九日侍宴，观赐群臣菊花应制》里又有"鸡雏不老仙人署，麝剂初穿道士园"，再一次用了鸡犬随仙人升天的典故。

甚至他看到源皇子饲养的一群白鸡雏，也立刻想起了登仙的鸡。《感源皇子养白鸡雏，聊叙一绝》全诗如下：

> 冶冰残片雪孤团，怪问鸡雏子细看；
> 养得恩容交杵臼，因君一到五云端。

这里我们要探讨的是第三句中的"交杵臼"应当如何理解。川口久雄注释说："杵臼昔与程婴为保护主君遗孤不惜牺牲的恩容，以言源皇子对鸡雏精心养育。"程婴、杵臼的故事在中国、在日本都非常有名，《史记·赵世家》《蒙求》、元曲《赵氏孤儿》、日本的《唐物语》等都曾描述，难怪令阅读者一见"杵臼"二字，便马上想起程婴、杵臼的故事。但是将皇子源氏比作被杀掉的杵臼，把源皇子养的白鸡雏比作主君的遗孤，总使人感到别扭。

实际上，这里的"杵臼"并不是人名，"交杵臼"实指"杵臼交"

的故事。"杵臼交",指不计身份而结交的朋友。《后汉书·吴祐传》中说公沙穆来游太学,无资粮,乃变服客佣,为赁春。祐与语,大惊,遂共订交于杵臼之间。在道真的这首诗中,以"杵臼交"来比喻主人源皇子与他喂养的白鸡雏的关系,便没有什么不妥。道真本欲言"杵臼交",因音调不合,改为"交杵臼",是可以理解的。

这首诗的前两句,是写诗人看到像冰雪一样洁白的鸡雏,便细心观察,并向其提问:"你为何如此美丽洁白?"后面拟鸡雏口吻以作答,多亏源皇子的大恩,两者结下不计贵贱的交情,或许会因皇子而成仙,犹如舐刘安仙药而登天的鸡。而"因君一到五云端"中的"君",正是指源皇子,这实是以淮南王喻源皇子。

顺便要说的是,"鸡犬升天"的故事,得到平安时代文人们的喜爱。《续浦岛子传记》里有"志高于淮南,云中望鸡犬"的句子。这个故事反映了人与动物的亲密关系。道真所作《题吴山白水诗》,原据《列仙传》,他恐怕对《列仙传》中的"祝鸡翁"的故事也会很熟悉。祝鸡翁养鸡百余年,鸡有千余羽,皆以名呼之,夜栖木上,昼则放养。祝鸡翁后登吴山时,白鹤、孔雀数百羽,皆止于其旁。登吴山乃为登仙的代名词。道真的《感源皇子养白鸡雏,聊叙一绝》,与这个故事有相同的主题。

## 三 遇仙:"念念逢时丹桂一"

道真《吴生过老公诗》是根据《述异记》中吴猛访仙的故事写成的,但作为诗歌的表达方式,诗中只以吴猛受到仙人喜爱为中心来描写,而没有提到江州刺史迎来吴猛一事。因而,诗的前两句"山头不倦立烟岚,幸甚神人许接谈"中的"神人",并不是如同川口久雄注释所说指的是江州刺史,而是指庐山仙人,也就是说,仙人们立于云烟翻涌的庐山山顶,吴猛与仙人接谈,十分幸运。第三、四句"念念逢时丹桂一,行行见处石梁三",与前两句一样,均是以吴猛的视角着笔。《菅家文草》注释,关于第三句,言"存疑",补注中说:"三四句,一边展望庐山山顶,一边漫步,岩石构成自然的桥梁三处。走过石梁,正在思忖之时,只见神人正在红花盛开的桂树下。丹桂,开红色花朵的桂树。"实际上,丹桂是桂树的美称。第三、四句只是将《述异记》中描写的仙人所在的特征用诗语写出来，在原文中，吴猛走过三道石梁，"见一老公，坐树下"，故事的叙述为"桂树"，诗歌中变为"丹桂"，"丹桂一"就是一棵桂树。

桂花香气馥郁，在中国小说传说中，仙人们所居之处多种有桂树，而且到仙人所居之处的人，往往成为仙人。据《高道传》，吴猛得道，"冲虚而去"。道真显然视吴猛为仙人故事。

## 四　感应："应知感鲛涧中龙"

读道真《山寺钟》一诗：

> 草堂深锁翠烟松，拔苦音声五夜钟；
> 遥送槌风惊客梦，应知感鲛涧中龙。

对校注的训读并无异议，问题只在"感鲛"一语，到底是使什么感动。川口久雄的注释，认为这是"拟基于钟声感发水中鲛龙的中国民间信仰而言。鲛，海鱼之一，且通'蛟'，中国的钟，铸有蛟龙图案。'龙柄'、'蛟铭'之语正源于此。'感鲛'二字不详，或有误"。补注中进一步明确"感鲛"的意思，说"《文选》的《东京赋》有'发鲸鱼铿华钟'。这里所说的鲸也是海里的大鱼，与鲛同。东山寺大钟化为蛟，吉州龙鱼观的巨钟与江龙战的故事，见于《山堂肆考》《玉堂闲话》"。遗憾的是，"蛟"也好，"鲸"也好，均不是"鲛"，两种说法皆未当。

这里的"鲛"，也称鲛人，是居于水中的奇异的人鱼。《述异记》载南海中有鲛人之室，水居如鱼，不废织绩，其泪如珠。《博物志》也有类似的记述，谓"南海水有鲛人，水居如鱼，不废织绩，其泪能泣珠"。又说"鲛人从水中出，寓人家积月，卖绡将去，从主人索一器，泣而成珠满盘，以与主人"（《太平御览》七九〇、又八〇三）。鲛人泣而成珠的情景，对诗人来说无疑是印象深刻的。"鲛""鲛室""鲛人""鲛泪""鲛绡"等诗语在六朝特别是在唐诗中多见。在诗中，增强诗的悲剧气氛。例如，李颀《鲛人歌》："泣珠报恩君莫辞，今年相见明年期。"李俊民的《中秋诗》中有"鲛室影寒珠有泪，蟾宫风散桂飘香"的诗句，李商隐《锦瑟》"沧海月明珠有泪"也是以海中鲛人泣而成珠抒发遭时不遇的悲哀。菅原道真这首诗里的"应知感鲛涧中龙"，是应知感动了鲛人与涧中之龙的意思。鲛人感动泣而出珠的画面确是感伤的，巧妙地写出钟声余韵的动人力量。

在神话传说与志怪小说中，动植物、非生命物等非人存在，也具有人的思想情感，它们可能有人一样的价值观与情怀，这便称为"感应"。道真的《问秀才纪长谷雄文二条》之一的《分感应》，专门提出感应问题，将汉至六朝的有关感应的故事作为考察人才的内容。例如其中有"谓泉盖不识，临城何引赴节之流；为树已无情，东平何遗西靡之种"，便是有关东平思王和舒氏女故事的问题。东平思王欲归京师，死后，他冢上的松树枝条全倾向于西边的咸阳；舒氏女爱好音乐，死后泉水转向其墓的方向以倾听她的歌声。这本是出于刘峻《重答刘秣棱诏书》①（《文选·书》）的问题。但也说明了他对"感应"的特别兴趣，以及他对神秘性、幻想性的爱好。

## 五　异宝："明珠不是秦中物"

道真的《水仙词》是咏物诗。正像川口久雄所指出的那样，诗中描写的是唐人薛莹《龙女传》、李朝威《柳毅传》中所描写的画面：

> 寄托浮查问玉都，海神投与一明珠；
> 明珠不是秦中物，玄道圆通暗合符。

第一句据注释是乘楂到龙宫的意思，对此无异议。第二句注释说是"海神将一颗闪亮的明珠作为'引出物'而投给水仙"。这种解释很难理解，而这两句其实相当清楚。作者是将水仙喻为海神投予的明珠。在作者的想象世界，自己乘楂来到海神所在的龙宫时，从海神那里得到一颗明珠，这颗明珠正是眼前的水仙。水仙花小而白，十分美丽，宛如明珠。

第三句，注释中说"似是明珠（明月之珠，夜光璧之类），不是奏状

---

① 编者按："棱诏"当为"陵沼"之误。刘沼，字明信，梁天监初，曾任秣陵令。《梁史》卷五十有传。

中所写到的东西的意思"。另外又说"奏中物三字，存疑"。实际上第三句使用了顶真（亦称"顶针""顶真续麻"）的修辞方法。也就是说，这一句开头使用了与前一句末尾相同的诗语。诗人围绕"明珠"的想象，来咏唱水仙的美丽，而后进一步咏唱水仙的精神。如果这种理解不错的话，第三句的解释就不那么费劲了。

简而言之，"奏中物"，恐怕是"秦中物"之误。

《史记·李斯列传》收录的《谏逐客书》，也收进了《文选》里的"上书"类。书中说，秦王喜欢他国的产品、装饰品，爱听他国乐器演奏的音乐，只是对人，却不论曲直，予以轻视而一律驱逐。李斯这样尖锐地抨击道：

> 今陛下致昆山之玉，有随、和之宝，垂明月之珠，服太阿之剑，乘纤离之马，建翠凤之旗，树灵鼍之鼓，此数宝者，秦不生一焉，而陛下悦之，何也？

这里明确地说，明月之珠不是秦地所产，接着又说：

> 必秦国之所生然后可，则是夜光之璧不饰朝廷，犀、象之器不为玩好……

秦王所爱的夜光之璧不是秦地所产。李斯反复强调秦王对他国所产器物的嗜好，正是为了指出他驱赶并非秦国的人、他国来的客卿的政策是荒谬的。

读李斯这篇《谏逐客书》，道真《水仙词》的第三句便十分明了。本来这句应该是"明月不是秦中物"，由于误解误写而变得莫名其妙了。第二句说明珠（也就是水仙）是从海神投来的，并非人间所产。第四句说它与"阐述神仙玄妙之道的道教之说，重现实实践的儒教之说相通，如合符节"。全诗以明珠喻水仙，构思相当巧妙。

道真或许是在读过《史记》或《文选》中的《谏逐客书》，默记于心，在作《水仙词》一诗时，很可能道真诗心的角落，保留着上述文章。《史记·李斯列传》中，"和氏之宝"作"隋和之宝"，为"隋侯之珠"与"和氏之璧"的意思。"隋珠"，是说隋侯曾救过受伤的大蛇，大蛇以明珠答谢。《搜神记》卷二十也收录了这个故事。《搜神记》把本来不同的明月之珠、隋侯珠、夜光珠的传说统一起来，编成了一个隋侯之珠的故事。菅原道真对这个故事相当熟悉，在《金吾相公，不弃愚拙，秋日遣怀，适赐相视。聊依本韵，具以奉谢，兼亦言志》诗中的"衔珠欲报"，也用的是"隋侯珠"的典故。

道真几次从司空见惯的动植物联想到六朝志怪小说的故事。《黄雀儿》一诗也是取材于《搜神记》《续齐谐记》中的故事。黄雀儿本是西王母的使者，在出使往蓬莱的途中受到袭击，被杨宝救出。黄雀儿在受封于南海时，衔来四个玉环赠给杨宝。日本民间传说中，有不少歌颂知恩必报思想的故事。一只普通的黄雀，也使菅原道真想到志怪中的黄雀报恩故事，实际上正是因为这些故事表达的观念深植于心的缘故。

## 六　祥瑞："如闻早上李膺门"

道真的《感小蛇、寄田才子、一绝》一诗也是根据有关蛇的故事写成的。岛田忠臣来访时，蛇出现在庭院里。此诗视之为神秘的启示，在语句上并无难解之处，却不能说已经把握了诗的主旨。其诗如下：

> 纵未鳞飞石道蟠，如闻早上李膺门；
> 自知君感相存慰，为我衔来咳唾恩。

前两句是诗人发现小蛇的联想。这小蛇即使还没有作蛟龙雄飞，今天仍蟠于石径之上，但我仍像听到它很快就要成为腾飞的蛟龙的消息一样，如同登上李膺之门一样，预示着辉煌的前程。问题在于，为什么诗人在岛田忠臣来访之时看到小蛇马上想到这是官运亨通的祥瑞之兆呢？

《搜神记》卷九正载有蛇预言官运的传说。车骑将军，巴郡出身的冯绲，在任议郎的时候，打开存放官印的匣子时，两条长二尺的红蛇，分别逃向南方、北方。冯绲以为是凶兆，十分不安，请许宪来占卦，许宪继承了祖父的秘诀，他告诉冯绲这是吉兆，三年后冯绲将成为远征边境的将帅。后来冯绲果然出征南方，并相继担任了尚书郎、辽东太守、南征将军等。在这个故事中，小蛇是作为飞黄腾达前程的预言者出现的。因而，道真也视路上的小蛇为"祥瑞"。后两句利用隋侯之珠的故事，说正像衔明月之珠赠予隋侯一样，岛田忠臣的来访为道真带来精妙的议论。在这里，道真舍弃了隋侯之珠典故"报恩"的意思，而取"咳唾成珠玉"之意，说明岛田忠臣的话对自己来说是异常珍贵的。

顺便说来，蛇作为官运通达之兆的观念，可以追溯到汉代。《后汉书·杨震列传》说杨震讲学之时，鸟衔三鱼来，止于讲堂庭前，学生们纷纷道贺，原因是蛇鱼皆似大夫服饰，数三则意为三公，兆示杨震定登三公之位。杨震后来果为太尉。将这些同类故事一并来读，可以接近道真的诗心吧。

## 七　变化："蔷薇汝是应妖鬼"

六朝以来的志怪小说中多见"变化"的故事。所谓变化，一般即是非人的存在，也就是非人的动植物，非人物一时以人的姿态出现，起人的作用。道真爱好幻想性、奇异性，似乎相当喜欢变化的故事。《感殿前蔷薇，一绝》一诗，正证明了这一点。

> 相遇因缘得立身，花开不竞百花春；
> 蔷薇汝是应妖鬼，适有看来恼杀人。

诗人面对东宫殿前盛开的蔷薇花，这样说：由于前世良缘，今生你获得盛开于此的报应。你不是开放在百花吐艳的春天，而是在春日逝去的时候。蔷薇啊，你是妖媚的妖鬼变化而成的吧？时而注视着你，而你有令人迷惑懊恼的美。诗人向蔷薇发出惊异的赞叹。

在六朝以来的志怪小说中，以花草为主题的故事，往往不是以其妖艳怪异，而是以花草具有的可爱、清纯、艳丽而打动人心。《集异记》中有这样的故事。一位潜心读书的书生，在寺庙中与一位白衣美女相遇，分手时以白玉戒指赠美女。美女出寺门百步突然消失，书生于草丛中发现一株百合花，掘出百合根，剥开后见白玉戒指正在其中。书生且惊且悔神情恍惚，染病不起，不过十日死去。

读这个故事，道真《蔷薇》诗中因花而引出花中妖鬼，也便不足为怪了。唐代诗人写春花的妖艳，酿出"春妖"这一诗语。李绅《重莲台诗》"自含秋露贞姿结，不竞春妖冶态秾"，即是一例。李绅诗里有"不竞春妖"的诗语，道真的"花开不竞百花春"，恐怕正源于李绅此诗。

中国诗人们明确意识到各种志怪主题。晚唐诗人李商隐，在《无题》诗中表达对恋人的思慕，自比刘晨，"刘郎已恨蓬山远，更隔蓬山一万重"，里面的"刘郎"，正是"刘晨阮肇"故事的"刘晨"，实际也正是写李商隐自己。道真根据这个故事写成的《刘阮遇溪边二女诗》，描述故事的情节，同时也写出了自己的感触"不放神仙离骨录，前途脱屣旧家门"，吐露了刘、阮二人未曾留在仙人之中的遗憾心情。这里的"不放神仙"的"放"，同"仿"，仿照、学仿之意，也就是说刘、阮二人没有学神仙，而是回到了人间。

## 八　易形："雪鬟霜髯欲换身"

道真在《谢道士劝恒春酒》诗里利用麻姑的故事赞扬道士的长寿时，六朝志怪小说的"易形"故事浮现在他的脑海中。

> 临杯管领几回春，雪鬟霜髯欲换身；
> 若与方家论不死，麻姑庆谢醉乡人。

面对着道士递过的酒杯，要饮恒春酒的时候，想到此酒可益寿延年，会使几度青春归我所有，看到道士雪白的须髯，愿自己能与他移身换体，获得超过麻姑的寿数。这显然是与六朝志怪小说中的易形再生故事相同的构思。

刘义庆《幽明录》中的易形再生故事，可以说是人体器官移植的先声。换脚故事，讲元帝时某甲，与西域之人互换双足。甲突然病亡，司命对照生死簿发现他不当死，命差役送归人世。然甲足痛无法行走，此时恰有西域人名康者当死，其足甚健，于是差役让两人互换其脚，遂将甲送归人世。

《幽明录》中，不仅有换足故事，而且也有换头故事。贾弼之梦见一丑男请求换头，弼之予以拒绝，第二天夜里，又做了同样的梦，弼之嫌烦，答应了他的要求。醒来后头果然被换掉，脸能半边哭，半边笑，两手足与口皆能执笔同时写出好文章。

某甲与贾弼之的故事反映了人类克服器官老化、完善器官功能、延长寿命的幻想，在这个意义上，道真摄取了故事中"易形"的幻想，来描述羡慕道士健康高寿的心情。在《幽明录》的故事当中，还想象出人体器官移植后发生的有趣的家庭与社会问题。这里则作为诗歌的表达方式，巧妙地发展为由"换身"而获得长寿的构思。

在道真的诗中，麻姑的形象几次出现，主要皆作为长寿的象征。她经历了东海三次变为桑田，但仍是年轻的美女。因而说她还赶不上饮恒春酒的人，那么这无疑是对道士劝饮的恒春酒的最高赞美。这首诗中充满了道家不老不死的氛围。

菅原道真的诗文是平安朝汉文学的翘楚。在他死后，种种传说广为流传。说他作为怨灵神使平安京的人心惊胆寒，又说给他制造不幸的藤原时平一族被雷击死，还传说日本僧人宽建入宋时听到宋人口吟道真之诗。在道真死后几百年里，供奉他的菅原社、天神社遍布各地。这些传说有力地证实了道真的文学地位，反映着后世人感叹道真怀大才遇小人时不幸命运。对这样一位影响深远的汉文学家，迄今的研究不能不说是相当粗浅的。诸事之先，当是首先读懂他的作品。从这种意义上讲，本文的考释不过是起步而已。

（本文据笔者 1999 年 3 月发表于日本茨城基督教大学语言文化研究所学报第 4 号的《菅家文草诗语考释》日文稿写成）

# 论平安诗人菅原道真<sup>*</sup>

## 高文汉

**摘　要：** 至明治时代末期，日本文学始终存在两大支脉：一是日本汉文学；二是和文学。诞生在平安朝初期的菅原道真是日本最伟大的诗人、卓越的政治家和教育家。其作品题材广泛，内容丰富，风格多样；在京创作的宫苑诗，诗风绮靡典丽，表现出平安贵族的唯美主义倾向；两次左迁，使他的诗走出了皇宫高墙，开始贴近社会现实，从而摆脱了贵族式的缠绵悱恻，以"救济人病，裨补时阙"的创作理念，为其诗注入了生命和灵魂。

**关键词：** 菅原道真；汉文学；和文学；宫苑诗；讽谕诗；悲愤诗；抒情诗

　　平安时代初期，在平城、嵯峨、淳和三代天皇的大力倡导下，日本积极吸收我国的唐代文化，遂使日本文学得到了快速发展，先后诞生了汉诗集《凌云集》（814）、《文华秀丽集》（818）和《经国集》（827），涌现出了小野篁、嵯峨天皇、空海等一大批优秀诗人。菅原道真则出现在稍后的时代。与道真同时代的著名诗人还有都良香、三善清行、岛田忠臣、纪长谷雄等，这些人都是一代硕学，是他们将平安时代的汉文学推向了巅峰，而菅原道真则是这个时代的杰出代表，同时也是日本汉文学史上最伟大的诗人。

　　菅原道真（845—903）出生于家学世家。自曾祖父起，祖上三代都是文章博士。他也继承父祖之业，经文章博士，历任翰林学士承旨、遣唐大使（未成行）、权大纳言等，累官至右承相。继吉备真备（693—775）

---

＊ 本文原发表于《日语学习与研究》2002 年第 4 期。

之后，成为日本历史上第二位文人出身的高居从二品的廷臣。可是，由于道真出身学儒，政治上没有强势家族做靠山，所以，尽管他对朝廷忠贞不贰且怀仁慈于百姓，但仍免不了遭受排挤和打击，先后两次贬谪边塞，最后死于流放地——九州的太宰府。

道真一生的著述很多，主要有诗集《菅家文草》12 卷（前 6 卷为诗，计 486 首；后 6 卷收文章 170 篇），晚年诗集《菅家后草》有诗 39 首。另著有《类聚国史》《菅家遗训》，参与编修了日本国史《三代实录》等。道真还是位优秀的歌人，其和歌则散见于《古今集》《后选集》《拾遗集》《新古今集》等敕撰和歌集里。

道真对社会的贡献是多方面的。他不仅是一位伟大的诗歌创作者、出色的政治家，还是一名热心于教育的著名教育家。作为家学世家的掌门人，他悉心管理私塾，热情教授学生。即使贬谪赞岐（亦称赞州，今四国香川县），也不忘办学，并亲自祭孔授徒。在其努力下，菅氏家学"门徒数百，盈满朝野"（《菅家传》）。同时，道真做过侍读，曾任国子监祭酒，其教育之功彪炳千秋。所以，日本后人景仰道真的嘉言懿德，尊其为亚圣、文学之神、教育之祖，并立庙祭祀，奉之为"天满天神"。如今祭祀道真的天满宫遍布日本各地，全国多达两万余座。在日本的古今圣贤中，再无人能比得上菅原道真受到如此高的礼遇和尊重。

一

菅原道真在文学上取得的巨大成就，无疑来自他深厚的汉文学素养。这种修养的获得则得益于菅氏的家学传统。

平安时代初期，日本出现了比较引人注目的文化现象，即家学世家的诞生。至道真时代，日本的家学世家主要有两家：一是菅原家；二是大江家。当时，日本文人的姓多依唐式，改复姓为单姓。所以，菅原家通称为菅氏或菅家，大江家则为江家。

菅家的家学早江家一代，始自道真的曾祖父菅原古人（750—819）。古人由太子侍读，累进至文章博士、国子监祭酒，得敕姓菅原，为菅氏家学奠定了基础。古人一生恪尽职守，重德行不言利，为后世留下了一代儒士风范。

其祖父菅原清公曾于 804 年以判官身份（位阶仅次于副使）随遣唐大使藤原葛野麻吕入唐，回国后先后为嵯峨、淳和、仁明三帝进讲《文选》《后汉书》等。奉敕与小野岑守等编选了汉诗集《凌云集》《文华秀丽集》；自著汉诗文集《菅家集》6 卷，可惜没能流传下来。清公还是吸收唐文化的积极推动者，他主张宫廷仪式、服装、用具、舞蹈等均应依照唐式唐制；并在国子监的两侧修建了文章院。文章院设东、西两曹，东曹由大江氏、西曹由菅原氏执掌，专门用于培养文章生，从而为文学的发展培养、输送了大批人才。

至其父菅原是善一代，经祖孙三代翰林的精心培育，菅氏家学已经积累了相当丰富的经验和书籍，其家学的地位已经非常巩固，门下弟子盈室，名士辈出，著名诗人岛田忠臣即出自是善门下，其家学山阴亭甚至被时人誉为"龙门"。

菅原是善对道真文学的形成产生了很大影响。是善极擅赋诗，且藻思华赡，想象力丰富，笔致绮靡，道真的抒情诗即继承了其父的这一风格。其母为少纳言大伴善继的女儿。外祖父家为和歌世家，祖上多是日本的著名歌人。其母亦能文善歌，并有和歌被选入日本敕撰和歌集《拾遗集》里。道真自幼就生活在这样一个和、汉文学兼备的家庭环境中。

在兄弟间，道真排行老三，字依唐式，称"菅三"；名取"道艺之真"意，为"道真"。道真在家学及父母的熏陶下，少年时代便显露出非凡的天赋，因此被人称为神童。12 岁时，恩师岛田忠臣欲测试其才学，让其即席赋诗一首。道真赋得《月夜观梅华》："月耀如晴雪，梅花似照星。可怜金镜转，庭上玉房新。"此诗今载于《菅家文草》卷首。

道真 18 岁时，文章生（秀才）及第。父亲是善将其送入家塾山阴亭读书。日后，道真曾在《书斋记》里提及这段时光，尤其对山阴亭的描述非常详细，文章也写得很优美。其文称："东京宣风坊有一家，家之坤维有一廊，廊之南极有一局。局之开方才一丈余，投步者进退傍行，客身者起居侧席。先是秀才进士，出自此局者，首尾略计近百人，故学者曰此局为龙门。又号山阴亭，以在小山之西也。户前近侧有一株梅，东去数步有数杆竹。每至花时，每当风便，可以优畅性情，可以长养精神。余为秀才之始，家君下教曰：'此局名处也。钻仰之间，为汝宿庐。'余即便移帘席以整之，运书籍以安之。"

自入山阴亭，道真受先学学风的刺激，读书愈发刻苦，而且涉猎的范围很广。尤其在应试对策期间，还有中国学者王度直接用中文为他讲授《论语》。毫无疑问，卓尔不群的道真文学是与其青少年时期的刻苦攻读、辛勤积累密不可分的。

道真文学的最大特点是体裁丰富、风格多样，其散文辞藻富丽者有之，晓白流畅者亦有之；其诗畅达自如，欲华美时能华美，欲通俗时能通俗；繁简适宜，朴华得当，全无切削之痕。从诗形来看，七言律诗最多，两部诗集共有七言律诗199首，七言绝句159首，余为五言诗。五言诗中不乏40韵、50韵，乃至百韵长诗。从内容上看，道真的诗大致可分为以讽谕诗、悲愤诗为主的现实主义作品、宫苑诗和抒情诗（包括悼亡诗、感伤诗、赠别诗等），以及咏物、题画等杂诗。以我们的文学价值观判断，最受推崇的自然是他的现实主义作品。

## 二

道真生活的时代，是白居易的诗在日本十分流行的时代。因为白诗既通俗易懂，亦读亦诵，又得孕大含深、贯微洞密、深入浅出之妙。再加上白诗的题材范围广泛，既有"补察时政""泄导人情"以"兼济天下"为本的讽谕诗，又有"行在独善"的闲适诗，还有"归于怨思""止于伤别"之类的感伤诗等，这就为日本各阶层的众多诗人提供了爱己所爱的广阔空间。但是，综观日本人摄取白诗的全过程，主要集中在他的感伤诗、闲适诗方面，这是日本文学传统的唯美主义倾向所决定的。而作为硕儒的菅原道真却不然，他吸收、借鉴最多的则是白氏的讽谕诗。

道真的讽谕诗主要创作于两次贬谪时期。道真的诗"穷而后工"。仕途上的极度失意，使他不得不将视线由上层社会转向平民百姓，左迁途中的见闻、困顿的边塞生活极大地开阔了他的视野，使他的诗走出了宫苑高墙，开始贴近残酷的现实和食不果腹的穷苦百姓，从而摆脱了贵族式的缠绵悱恻，以"救济人病，裨补时阙"的理念，给自己的诗注入了灵魂与生命。叱贪官憎暴敛，不遗余力地为民请命，这在唯美至上的文学史观始终占有主导地位的日本文坛上，是非常罕见的现象。正因为这一点，道真文学也更具有他人无可替代的独特价值。

另外，道真的现实主义作品也是特殊时代的产物。他所处的时代，正值日本律令制时代行将崩溃，而以藤原家族势力为代表的摄关政治正在形成的转折时期。两种势力的尖锐斗争改变了他的文人生涯，将他推进了激烈冲突的政治漩涡之中。他的少年时代是在藤原良房弄权时期度过的，中年以后一直生活在藤原基经的阴影下，并于仁和二年（886）被贬为赞州太守。

离京前，道真得侍内宴，见宫妓舞唐"柳花怨"，心荡神驰之余，不禁悲从中来。自思就要离开这极具魅力的唐风文化，不得不去遥远的边塞了。面对严酷的现实，道真"心神迷乱，才发一声，泪流呜咽。宴罢归家，通晓不睡。默然而止，如病胸塞"（《菅家文草》卷3）。为排遣边塞生活的寂寞与忧愁，道真带去了《白氏文集》《文选》《史记》《后汉书》《春秋》《庄子》以及老子的《道德经》等许多汉籍。

在赞州期间，道真努力实践了"治国平天下"的儒学理念，作出了诸多政绩，但是这些并没有能够使他得到多少慰藉。面对百姓的穷困，农村的凋敝，他的心情格外沉重。为此，他创作了极具社会意义的组诗《寒早十首》《舟行五事》以及对话体长诗《路遇白头翁》等著名诗篇。请欣赏《寒早十首》中的以下五首。

> 何人寒气早，寒早浪来人。欲避逋租客，还为招责身。鹿裘三尺弊，蜗舍一间贫。负子兼提妇，行行乞与贫。
>
> 何人寒气早，寒早老鳏人。转枕双开眼，低簪独卧身。病萌愈结闷，饥迫谁愁贪。拥抱偏孤子，通宵落泪频。
>
> 何人寒气早，寒早药圃人。辨种君臣性，充徭赋役身。虽知时至采，不疗病来贫。一草分铢缺，难胜箠决频。
>
> 何人寒气早，寒早卖盐人。煮海虽随手，冲烟不顾身。旱天平价贱，风土未商贫。欲诉豪民擢，津头谒吏频。
>
> 何人寒气早，寒早采樵人。未得闲居计，常为重担身。云岩行处险，瓮牖入时贫。贱卖家难给，妻孥饿病频。

从内容上看，道真笔下的流浪者、药圃人、卖盐者，樵夫等，都是在死亡线上挣扎的穷苦百姓，他们在道真诗中的形象，很容易使我们联想到白居易的讽谕诗《采地黄者》和《卖炭翁》。显然，菅原道真在努力实践着白氏的"歌诗合为事而作"的创作主张，以收"美刺比兴"之功。

在赞州谪居期间，道真所作的《舟行五事》也是一组较好的讽谕诗。当他在船上看到山上的稀有树种遭到滥伐时，不禁吟道："赤木东南岛，黄杨西北峰。豪家常爱用，贪吏适相逢。刀割又斧伤，春生不涉冬。"日本是岛国，自古以来，有许多人是以钓鱼为业的。但是，渔民谋生非常不易。尤其是人至暮年，因年老体衰，再也不能出海钓鱼而失去谋生的手段时，其境况的凄惨更是不言而喻的。道真在刻画已歇业的钓翁时，这样写道："白头已钓翁，涕泪满舟中。昨夜随身在，今朝见手空。寻求欲凌浪，衰老不胜风。此钓相传久，哀哉痛不穷。子孙何物遗，衣食何价充？荷锸惭农父，驱羊愧牧童。"（《舟行五事》）在海上漂泊大半生的钓翁，不仅无一物留给子孙，而且连自身的生活也难以保障了。

在赞州谪居四年中，道真共创作了 169 首诗。无论是在数量上还是在质量上，这一时期的作品都超过此前他在京城的创作。

道真由赞州返京是在宽平二年（890），时年 42 岁。翌年正月，权臣藤原基经病卒，其子时平递补为朝廷重臣。其时，宇多天皇（867—931）在位。为了革新政治，新皇欲趁藤原基经新卒，时平羽翼未丰之机，拔擢能臣，遏制欲把持朝政的藤原势力。在这种背景下，同年二月道真被任用为藏人头。藏人头初设于嵯峨天皇时代，司职者常侍帝侧，掌管机密文书，经办重大诉讼与宣奏。因为位居中枢要位，一向均由皇门、鼎族出任，道真是极其例外的一位。因此，这位刚从边塞恶州返回的太守惶恐至极，急忙上表请辞。宇多天皇不仅不准，而且连连委以重任。宽平五年，升道真为参议，兼任式部大辅，甚至连册立太子这样关系到国家未来命运的大事，宇多天皇也仅与道真一人商议。也就是说，宇多天皇让菅原道真以柔弱的肩膀扛起了遏抑藤原势力、维护皇权的大旗。然而遗憾的是，宇多天皇是位风流帝王。他喜欢游幸狩猎、饮酒赋诗，憧憬于我国南北朝时期的文化氛围，想得更多的是再创嵯峨、仁明朝式的日本汉文化的辉煌。作为辅臣的道真不得不以儒权的政教理念牵制君主过于享乐的行为，同时又必须以自己的才学创作大量的汉诗与和歌，以满足宇多天皇精神、文化上的享受。所以，在赞州返京直至二次遭贬的这段时期里，道真创作得最多的是关于我国六朝的华美艳冶的应制诗及其和歌。

本来，宇多天皇重用道真的目的，重在治国，在于遏制威胁朝廷的藤原势力，结果却因自己的嗜好耗费了道真的精力。再者，宇多天皇的文人气质也决定了他性格上的软弱。政局上一遇到波折，他立刻妥协，同时降诏任用藤原时平与菅原道真为左、右大臣，即左、右丞相，自己则逊位于醍醐天皇。早就伺机铲除异己的藤原时平见时机成熟，立刻向年仅 17 岁的新帝进谗，称道真心怀二志，图谋废帝新立。年轻的醍醐天皇未加深思，当即剥夺了道真的官职，将其贬为太宰府（今九州太宰府市）次官，限七日内离京。

道真有子女 23 人，其中四个成年儿子被发配到四处，只许最小的一双儿女随行。昌泰四年（901）二月一日，道真离京。沿途驿站被时平告知：不准供应粮米和驿马。一路上，道真拖着衰老的躯体，在十余名士兵的押送下艰难地西行。而且沿途观者如堵，兼之脚气复发，羞辱病疼一齐袭向这位儒士出身的右大臣。就当时的心情，道真吟道："离家三四月，落泪百千行。万事皆如梦，时时仰彼苍。"（《自咏》）

比之赞州谪居，太宰府的流放生活要严酷无数倍。道真被软禁在三间茅舍里，经常缺粮断炊；百姓不敢接近，外界的信息被完全隔断，他唯一的自由是读诗、吟诗，是借诗抒发自己心中的郁愤。他在《咏乐天北窗三友诗》中写道：

> 白氏洛中集十卷，中有北窗三友诗。一友弹琴一友酒，酒之与琴吾不知。……自从敕使驱将去，父子一时五处离。口不能言眼中血，俯仰天神与地祇。东行西行云眇眇，二月三月日迟迟。重关警固知闻断，单寝辛酸梦见稀。山河邈矣随行隔，风景黯然在路移。平致谪所谁与食，生及秋风无定衣。古之三友一生乐，今之三友一生悲。古不同今今异古，一悲一乐志所之。

这首诗是道真抵达谪居地之后而作的。对于白氏的北窗三友——琴、诗、酒，菅原道真不弹琴，不饮酒，唯有诗是他终生的挚友，是至死相伴的真正的"死友"。太宰府缺医少食、无衣御寒的凄惨处境，使道真的情绪降到了最低点，其时的《听寺钟》令人不忍卒读："欲识搥钟报五更，三途八难一时惊。大奇春夏秋冬尽，为我终无拔苦声。"翌年，幼子因营养不良而夭亡。昔日的右相，如今眼看着娇儿死于非命而无力救助，其心情是何等的凄苦啊！道真在太宰府这座人间地狱里，怀着失去爱子的悲痛，背负着莫须有的叛逆罪名，面对着死亡的威胁，时而发出悲愤的呐喊，时而发出催人泪下的低吟，用自己的热血与泪水在谪居地太宰府铸就了自己的最后一部诗集《菅家后草》。这部由 39 首谪居诗组成的集子，既是道真留给后人的遗言集，也是令世人振聋发聩的警世录，更是日本中古汉文学史上的一座丰碑。

在《菅家后草》里，最引人注目的是《叙意一百韵》。应该说，与第一次贬谪时期创作的讽谕诗比较，这次谪居虽有对政坛"牛涔皆陷阱，鸟路总鹰鹯"的抨击，也有对社会上"杀伤轻下手，群盗稳差肩"（《叙意一百韵》）的揭露，但总体上讲，讽谕诗占的比重不大，更多的是倾吐不平与苦恼的悲愤诗。这类诗与他早年任文章博士兼式部少辅时针对文人的诽谤而创作的悲愤诗一样，都从不同侧面反映了那个时代的现状，因此都具有重要的现实意义。

## 三

道真所处的时代，是日本中古汉文学最繁荣的时代。因此，当时的文坛人才济济，都良香、三善清行、藤原佐世等也都是椽笔硕学。大家同处文坛，平时既是文友、同事，无形中也是激烈竞争的对手。加之学界教官间的矛盾频仍、考试监管不力等原因，致使文人秩序混乱不堪。醉舞狂歌、放荡不羁者有之，辱骂凌轹、癫狂撒泼者亦有之。每当考试，因自己学力不足而落榜反诬考官有眼无珠者，也大有人在。所以当道真成为文章博士时，尽管贺客盈门，但是其父是善想到的却是学界的妒忌、藤原氏的跋扈。他深为自己的儿子担心。

道真 36 岁时，其父是善去世。道真失去了慈父，也等于失去了恩师与靠山。道真翌年于吉祥院举行法会，祭祀亡故的父母时，在祭文中哀诉道："弟子无父何恃，无母何怙？"悲痛之中，明显表现出对未来的无限恐惧与担忧。此后不久，父亲是善担心的事情果然发生了。作为学者、大教育家，道真越是受到人们的尊重，就越发引起权门藤原氏的憎恨，越使一帮无聊文人侧目。于是，诽谤之声四起，流言蜚语横生。面对如此窘境，道真赋五言古诗《博士难》一首，叹道：

> 吾家非老将，儒学代归耕。皇考位三品，慈父职公卿。已知稽古力，当施子孙荣。我举秀才日，箕裘欲勤成。我为博士岁，堂构幸经

营。万人皆竞贺，慈父独相惊。相惊何以故，曰悲汝孤茕。博士官非贱，博士禄非轻。吾生经此职，慎之畏人情。始自闻慈悔，履冰不安行。四年有朝议，令我授诸生。南面才三日，耳闻诽谤声。今年修举牒，取舍甚分明。无才先舍者，谗口诉虚名。教授我无失，选举我有平。诚哉兹父令，诚我于未萌。

元庆六年（882），有人作匿名诗嘲笑、讽刺大纳言藤原冬绪。由于诗作得出色卓绝，冬绪怀疑为道真所作。值得庆幸的是，事情很快得以澄清，原来是妒忌道真并欲嫁害于他的一伙文人所为。道真险遭暗算，悲愤至极，赋诗一首，题为《有所思》。诗曰：

君子何恶处嫌疑，须恶嫌疑涉不欺。世多小人少君子，宜哉天下有所思。一人来告我不信，二人来告我犹辞。三人已至我心动，况乎四五人告之。虽云内顾我不病，不知我者谓我痴。何人口上将销骨，何处路隅欲僵尸。悠悠万事甚狂急，荡荡一生长险巇。焦原此时谷如浅，孟门今日出更夷。狂暴之人难指我，文章之士定为谁。三寸舌端驷不及，不患颜疵患名痴。功名未立人未老，每愿名高年又耆。况名不洁徒忧死，取证天神与地祇。明神若不愍玄鉴，无事何久被虚词。灵尸若不失阴罚，有罪自然为祸基。赤心方寸惟牲币，因请神祇应我祈。斯言虽细犹堪恃，更愧或人独自嗤。内无兄弟可相语，外有故人竟相知。虽因诗与居疑罪，言者何为不用诗。

自古以来，木秀于林，风必摧之；才卓于群，人必谗之。这固然是浊世的常态，但欲以诗戕害他人的行径实在可憎，绝非饱读诗书的文人儒士所能为！难怪道真气愤异常，乃至吁请"灵祇""阴罚"其恶。其实，不仅古代日本，环视当今的文人社会，这首长诗不也极具现实意义么！故将全诗录于此，以供今人揣摩玩味。

元庆七年（883），渤海大使裴颋抵日。其师岛田忠臣与道真分为接待正、副使，负责接待这位靠近大陆的远方使者。朝廷对渤海大使的到来异常重视，为提高接待规格，特意临时为道真冠了个"礼部侍郎"的头衔，并召集内教坊148名舞女为使团举行了大型的宫廷舞会。这种异乎寻常的接待规格，显然有意向毗邻大唐的来使展示自己的文化。指派岛田忠臣师徒二人出面接待，自然也是为了显示日本这个岛国确有高层次汉学人才。是年 4 月 27 日至 5 月 11 日，师徒二人始终住在鸿胪馆当值。每次宴集或有可能出现对诗机会时，二人都于事前认真准备，有时还预作几首，以备应急之用。渤海大使裴颋对道真诗的总体感觉是"礼部侍郎得白氏之体"，但也指出个别地方杂有日人习惯。应该说，这种评价是中肯而又符合实际情况的。经过长期消化、吸收中国文学之后，日本人的汉诗创作早已摆脱了单纯的模仿，变得相当成熟了。但是，当他们在直接使用汉诗的形式描写岛国特有的风物、表达本民族专有的审美情趣时，也难免出现日本人独有的个性和习惯，这就是通称的"和习"。道真生活的时代，这种现象已普遍存在，并非道真的学力不足而产生的谬误。但是，一伙存心不良的文人却借题发挥，大肆贬低道真的作品。他实在想不通，去年的匿名诗作得精巧，流言称"非当今博士不能为"。事隔不久，如今又把自己的作品贬得一无是处。面对乌烟瘴气、是非颠倒、人妖混杂的文坛和浊世，道真怅惘惨沮，悲愤不已，险些出家。他在《诗情怨》中慨叹道：

> 去岁世惊作诗巧，今年人谤作诗拙。鸿胪馆里失骊珠，聊相门前歌白雪。非显名贱匿名贵，非先作优后作劣。一人开口万人喧，贤者出言愚者悦。十里百里又千里，驷马如龙不及舌。六年七年若八年，一生如水不须决。一生如水秽名满，此名何水得清洁。天鉴从来有孔明，人间不可无则哲。恶我偏谓之儒翰，去岁世惊自然绝。呵我终为实落书，今年人谤非真说。

道真秉性刚直高洁，格外珍视自身以及祖上的名誉，所以他在抨击流言蜚语时，字里行间都透出不可遏止的激愤，而且笔致通俗犀利，举重若轻，颇具激浊扬清、荡涤群小的力量。道真的这类悲愤诗与其随侍宇多天皇期间创作的典雅华丽、绮靡幽婉的宫苑诗形成了鲜明的对照，简直不敢让人相信两者均出自一人之手。

# 四

从宽平二年由赞州返京至昌泰元年（898）四月晋升为右大将，道真

一直随侍宇多天皇。其间创作了许多应制、侍宴、游览等宫苑诗。其中的
应制诗，诗风华美雅致，畅达通俗，情调明快，给人以清新愉悦之感。作
为文臣，道真侍奉帝王靠的是渊博的学识和卓越的表现力，绝不像一些蹩
脚的酸腐文人那样，专凭肉麻地吹捧帝王而邀宠。关于这一时期的作品特
色，请欣赏《重阳后朝同赋秋雁橹声来应制》诗：

> 碧沙窗下橹声幽，闻说萧萧旅雁秋。
> 高计云晴寒叫阵，乍逢潮急晓行舟。
> 沙庭感误松江宿，月砌惊疑镜水游。
> 追惜重阳闲说处，宫人怪向是渔讴。

诗中所咏场景虽是深秋，但清新洒脱，欢快而富有生气。道真是一位
感情丰富而外露的正直学者。这一时期，尽管朝中暗流涌动，他也深知
"冰上之行，向春欲陷"之理，但其仕途基本上处于上升势头，而且深得
宇多天皇信任，所以道真的宫苑诗从容大方，挥洒自如，舒展而不局促。

道真的官苑诗还表现出明显的时代风尚。包括菅原道真，当时的许多
优秀诗人同时也是出色的歌人。所以，和歌的那种细腻、清雅、唯美是求
的审美倾向也被渐渐地融入了汉诗里。加之平安时代初期，桓武、嵯峨天
皇所倡导的尚优雅、嗜风情、熏爱恋的文化风潮，也弥漫于宇多、醍醐宫
廷，因此他们对游览、狩猎表现出浓厚的兴趣，对竞宴斗诗也抱有极高的
热情，佳丽美色更是平安朝的君臣及贵族们争相追求的"时尚"。日本六
歌仙之一的在原业平是与道真同时代的人，仅比道真年龄稍长，他素以猎
艳闻名；风流倜傥的元良亲王冶游放荡；道真的政敌藤原时平则与婶娘偷
情。宇多天皇有"宫妃五人，生了廿人"，还曾宠幸过妓女母女、皇太子
妃以及被藤原仲平和藤原时平兄弟二人争夺过的伊势女；醍醐天皇有
"后、妃、贵人等廿一人，子女卅人"（《愚管抄》）。平安朝上层社会的
这种贪求美色、赞美男女恋情的文风，以及憧憬于中国六朝时期贵族沙龙
式的文化氛围等，使这一时期的文人逐渐转向了香软艳冶的文学创作，道
真的宫苑诗也体现了这一风格。

宽平五年正月，道真于宫中赋得《双赐宴宫人同赋催妆并序》。此
时，道真年近五十，正值辞藻丰赡、文思泉涌之际，所以，"催妆并序"
诗文并茂，是道真华艳诗中较有代表性的作品。序较长，从略，仅将诗录

于此："算取宫人才色兼，妆楼未下诏来添。双鬟且理春云软，片黛才成晓月纤。罗袖不遑回头熨，凤钗还悔锁香奁。和风先导薰烟出，珍重红房透玉帘。"

道真有首《上巳日对雨玩花》比较典型地反映了日本古人的审美倾向。诗曰："暮中尤物雨中花，何况流觞醉眼斜。蜀锦沾波依晚岸，吴娃点汗立晴沙。且怜有清香犹袭，偏爱无尘色更加。温树莫知多又少，应言梦到上仙家。"日本人喜欢朦胧美。隐约闪现的、令人一边热切地期待着一边在脑海里描绘出来的美，才是最有韵致的美。所以有人说，日本女性在三种情况下最美，即其后影、伞下影和暮中影。同样，在道真的这首诗中，暮春时节，换上夏装的佳丽是美的；雨中观花是美的；更何况刚刚参加过曲水宴之后，醉眼蒙眬，又于蒙蒙春雨中看到的花以及如花般的"尤物"，岂不是"蜀锦沾波""吴娃点汗"，犹如到了仙家么！应该说，道真笔下的这首诗境，使人进一步幻化出了一座美丽而纯洁的人间仙境，升华出一个中日合璧的令人神往让人陶醉的"上仙"之家。

总体来说，尚美是道真宫苑诗的主色调。从其所具有的文学价值判断，这类诗自然不如他的现实主义作品，也不如他的抒情诗。照理说，悲愤诗也是抒情诗的一种，因其反映了文人社会的现状，所以笔者将其归入了现实主义作品里。下面笔者再简单地探讨一下道真的抒情诗及其他杂诗。


# 五


如上所述，道真是位感情丰富、性格率直的诗人，而且异常勤奋，他能随时随地地利用手中的笔将自己的喜怒哀乐准确而细腻地表达出来。由于父祖数代在朝为官，祖上的血脉又赋予了他文人兼贵族的气质，使他对周围的人情、事物，尤其是别人对自己的看法格外敏感。文人妒忌他时，他气愤；仕途遇到挫折时，他消沉；看到社会不公、百姓受苦时，他愤慨，他同情。通观道真的创作生涯，其情绪波动很大，时而意气风发，时而幽愤断肠，他的情绪随时因外界环境的改变而发生巨大变化。但是他的诗，无论是高亢还是哀伤，感情都是充沛的，都具有感人肺腑的力量，其悼亡诗更是如此。

元庆年间，正当道真为文人中伤、匿名诗遭诬等事件而苦恼时，七岁的儿子阿满夭亡。紧接着，其幼弟又不治而夭殇。内忧外扰，精神上的连续打击，使道真陷入了极度的悲痛之中。他在《梦阿满》诗中，重温了爱子读书、嬉戏时的音容笑貌，倾吐了其时的凄戾愀怆，在日本的哀伤文学史上留下了难得的篇章。他在诗中写道："阿满亡来夜不眠，偶眠梦遇涕涟涟。身长去夏余三尺，齿立今春可七年。从事请知人子道，读书暗诵帝京篇。药治沉痛才旬日，风引游魂是九泉。尔后怨神兼怨佛，当初无地又无天。……每思言笑虽如在，希见起居总惘然。到处须弥迷百亿，牛时世界暗三千。南无观自在菩萨，拥护吾儿坐大莲。"

岛田忠臣是平安时代的著名诗人，对道真的影响至深。于私，岛田是道真的恩师，也是其岳父；在外，岛田是道真的同僚和诗友。在道真的心目中，岛田所占的位置名副其实地重如泰山。在他逝世时，道真有首《哭田诗伯》，极尽哀悼之意："哭如考妣苦餐荼，长断生涯燥湿俱。纵不伤君伤我道，非唯哭死哭遗孤。万金声价难灰灭，三径贫居任草芜。自是春风秋月下，诗人名在实应无。"道真赞扬恩师的诗具有"万金声价"，岛田死后再无真正的诗人了。

道真的悼亡诗较多，另有《伤安才子》《哭菅外史》《哭翰林学士》等，也都极尽其哀，凄切感人。他在逝世前所作的《灯灭》二绝，宛如自挽诗，其声之哀更令人五内俱焚。在日本汉文学史上，像道真诗这样凄恻得让人心碎、令人断肠的伤悼诗是不多见的。

在道真的抒情诗中，感伤诗无疑占有较大比重。这类诗，对于我们了解道真的精神世界会有极大帮助。谪居赞州的第三年，道真44岁，《对镜》自怜，生出许多感慨："四十四年人，生涯未老身。我心无所忌，对镜欲相亲。半面分明见，双眉斗顿频。此愁何以故，照得白毛新。自疑镜浮翳，再三拭去尘。尘消光更信，知不失其真。未灭胸中火，空衔口上银。意犹如少日，只已非昔春。正五位虽贵，二千石虽珍。悔来手开匣，无故损精神。"这首诗晓白流畅，将一位玄初老者的心态和盘托出，让人一览无余。面对两鬓飞霜的自己，回想多蹇的仕途，道真明显流露出强烈的焦躁与不安，他谪居赞州的另一首《新蝉》则表现得更加急促悲凉，"新发一声最上枝，莫言泥伏遂无时。今年异例肠先断，不是禅悲客意悲。"寥寥四句，即将客居赞州的心情描写得淋漓尽致，其笔力绝非一般诗人所能企及。

在道真的感伤诗中，另有一类及物生情或游览偶吟等作品，表现出诗人瞬间的真切感受或由衷的慨叹，如《路次见芭蕉》："过雨芭蕉不耐秋，行行念念意悠悠。三千世界空如是，所以停鞭泣马头。"这首小诗轻灵偶然，辞随意境，仅仅二十八言即勾画出了一个人生如梦、万事虚空的大千世界。

日本律令制时代，也仿隋唐开考取士，竞争的激烈程度虽不及我国，但也不乏范进中举式的人物，更有久试不第的老生。道真有绝句十首《贺诸进士及一第》，其中既有对及第者的激励，也有诗人的无限感伤，现录其中三首，与读者共赏析：

### 贺田弦

人共贺君我独伤，曾知对策若风霜。
龙门此日平三尺，努力前途万仞强。

### 贺和平

无厌泥沙之曝鳃，场中出入十三回。
不遗白首空归恨，请见愁眉一旦开。

### 贺野达

亲老在家七十余，每看膝下泪涟如。
登科两字千金值，孝养何愁无斗储。

一般来说，君子不言利，文人不言钱。钱有铜臭，文人忌讳，自古很少有人论及。道真是位务实的关心国计民生的文人政治家，他写有一首五言小诗《咏钱》，很有韵致。其诗曰："家兄何利国，施用手中繁。榆荚重轻种，货泉商贾源。贪夫身有癖，高士口无言。腐镪谁应识，将令礼节存。"对于"孔方""家兄"，今人自然是天天不离手，日日不离口的。追其根源，钱的这种戏称来自我国晋人鲁褒的《钱神论》，他在论中说："为世神宝，亲爱如兄，字曰孔方。失之则贫弱，得之则富强"；"虽有中人而无家兄，何异无足而欲行，无翼而欲翔。"可见，自古钱能通神，"贪夫"对它是爱之成癖的。通过这首小诗，道真旨在告诉人们，求钱时千万别忘记礼法，一定要有个节度！

以上笔者主要探讨了道真的讽谕诗、悲愤诗、宫苑诗、抒情诗以及部分小诗，诗中涉及的题材异常广泛，而且道真不同时期、不同题材的作品都有着鲜明的个性和特有风格。最可贵的是他创作了一批直面人生的现实主义作品，这对我们了解日本平安时期的社会与文化状况具有十分重要的作用。

　　道真文学恰好诞生在日本中古汉文学与中古和文学兴衰交替的关键时期，同时，律令制体制的迅速解体与摄关政治的形成，也赋予了道真文学深刻的思想内涵，因此可以说，道真文学是座宝库，值得探讨的问题很多。由于篇幅所限，关于道真的散文、中国文学对其作品的影响与浸润、道真文学的思想内涵等，将另撰文探讨。

# 参考文献

　　[1] 高文汉：《中日古代文学比较研究》，山东教育出版社 1999 年版。

　　[2] ［日］猪口笃志：《日本汉文学史》，角川书店 1984 年版。

　　[3] （唐）白居易：《白居易全集》，上海古籍出版社 1999 年版。

　　[4] ［日］市古贞次等：《日本文学全史》中古卷，学灯社 1978 年版。

　　[5] ［日］菅谷军次郎：《日本汉诗史》，大东出版社 1941 年版。

　　[6] 吴功正：《六朝美学史》，江苏美术出版社 1994 年版。

　　[7] 日本和汉比较文学会编：《中古文学与汉文学》，汲古书院 1987 年版。

# 菅原道真汉诗的语言表达<sup>*</sup>

[日] 静永健<sup>①</sup>　刘怀荣<sup>②</sup>　陶文娟<sup>③</sup>译

**摘　要：** 菅原道真是日本9世纪末杰出的汉诗人，其诗歌创作深受白居易《白氏文集》的影响。不仅善于借鉴白居易诗歌的艺术技巧，喜欢使用唐代俗语，还常常尝试将日语独特的表达方式巧妙地引入汉诗创作中，创作出具有白居易诗歌语汇特色的日式汉诗，从而形成了自己独特的"诗语"和别具一格的诗风。

**关键词：** 菅原道真；汉诗；和习；白居易；《白氏文集》

日本平安朝诗人菅原道真（854—903），在日本汉诗史上享有崇高的地位。菅原道真认为，中唐白居易的诗作堪称典范，同时他本人也是被学术界公认的最早、最多地将《白氏文集》运用于诗歌创作的日本文士。<sup>④</sup>

---

＊ 本文日文原刊于日本九州大学中国文学会编《中国文学论集》2002年第31号。

① 静永健，男，1964年生于日本，文学博士，现为日本九州大学人文科学研究院中文系教授，九州中国学会理事、九州大学中国文学会代表，日本中国学会理事，东方学会会员，日本《白居易研究年报》编委委员。主要从事唐宋文学与文献、东亚汉文化圈文化交流史等研究。主要著作有《白居易讽谕诗的研究》（勉诚社，2000年，中译本《白居易写讽谕诗的前前后后》，刘维治译，中华书局2007年版）、《汉籍东渐及日藏古文献论考稿》（中华书局2011年版）。

② 刘怀荣，男，1965年生，山西岚县人，青岛大学文学院教授、博士生导师，主要从事中国诗歌与诗学研究。

③ 陶文娟，女，1989年生，山东莱芜人，青岛大学中国古代文学研究生，主要从事唐宋文学研究。

④ 从仁和二年（886）到宽平二年（890），菅原道真被任命为赞岐守离京。其间，他时常朗诵白居易的诗，如《菅家文草》卷四《客舍书籍》一诗中提道："吟诵白氏的新篇籍，讲授班家的旧史书。"

其诗风也确实深受白居易的影响①。

　　被尊称为"学问之神"的菅原道真，在现实生活中是怎样的？他的学识真的如此渊博吗？他又是如何拥有如此渊博的学识的呢？这些问题，大部分尚未解决。有人推测，菅原道真或许能够理解当时唐朝长安的汉语（汉音）。笔者认为，对菅原道真汉语能力这个问题的探究，不能将关注点只局限在他一个人身上，更多地去了解平安时期日本知识分子的"知识世界"，对这个问题的解决将会有很大的帮助②。正如前面指出的那样，菅原道真的汉诗中包含较多的唐代俗语（口语），这说明菅原道真的确精通唐朝的通用语言③；另外，当时在日本汉诗界还存在一种被称为和习（日本味）④ 的语言现象，这是包括菅原道真在内的日本诗人作品的共性。为了进一步探究菅原道真汉诗中这种和习表达与唐代口语词汇的关系，笔者将在本文中对他汉诗的艺术表达做一番探究。

一

　　说起外国语言，多数人想到的是普通的日常会话，但是也有特殊的情况。汉语的表达，为了达到疏通双方意思的目的，首先要有流利的会话能力，此外还讲究字斟句酌，有时也需要借助于丰富的表达技巧以及古典文学的素养。在日常的报刊、散文、随笔等作品中，时常可以发现《论语》等古典书籍中的词汇。略带夸张地说，不用古典词汇来写文章甚至更困难。在菅原道真生活的年代，《论语》和五经、《史记》《汉

----

① 关于菅原道真诗受白居易影响的问题，详见笔者的《把"黄叶"换成"红叶"——关于白居易和王朝汉诗的考察》（载《白居易研究年报》创刊号，勉诚出版社，2000 年）一文。

② 这一点笔者受到了［日］汤浅质幸近《古代日本人和外语》（勉诚出版社，2001 年）的启发。

③ 参考［日］后藤昭雄《平安朝诗文"俗语"》（载大阪大学国文学研究室编《语文》1987 年第 48 辑）、［日］松尾良树《平安朝汉文学和唐代口语》（载志文堂《国文学解释和鉴赏》1990 年第 55 卷第 10 号），也可参照笔者《〈菅家文草〉中的口语表现》（载和汉比较文学会编《菅原道真论集》）一文。

④ 参考［日］川口久雄《道真诗中和习和训读的问题》（载［日］川口久雄、若林力编著《菅家文草·菅家后集·诗句总索引》，明治书院，1978 年）。

书》以及《文选》《白氏文集》等书籍拥有众多的读者①。当时的人出于对知识的渴望，将阅读看作是一种纯粹且高尚的行为。而且，为了能够更好地理解优美且高雅的汉语作品，阅读也是他们不可或缺的一项基础的训练活动。

《九月十日》② 这首诗，是菅原道真晚年在太宰府中创作的。通过这首作品，我们可以窥探他当时的语言学习环境：

　　去年今夜侍清凉，（指宫中的清凉殿）

　　秋思诗篇独断肠。（敕赐"秋思"赋之，臣诗多述所怀③）

　　恩赐御衣今在此，

　　捧持每日拜余香。（宴终赐"御衣"，今随身在笥中，故云)④

这首诗作于延喜元年（901）秋天，菅原道真时年 57 岁，这是在太宰府迎来的第一个秋天。菅原道真于前一年（即 900 年）九月十日，在

_____

① 翻阅《菅家文草》可知，当时在宫中有机会接触各种中国典籍，这些典籍时常出现于菅原道真的诗歌中。以下即为菅原道真诗歌的题目序号、题目以及对应讲评的中国典籍名称：

055《仲秋释奠，听讲周易，同赋鸣鹤在阴》《易经》；041《仲春释奠，听讲毛诗，同赋发言为诗》《诗经》；014《仲春释奠礼毕，王公会都堂听讲礼记》《礼记》；088《仲春释奠，听讲左传，赋怀远以德》《春秋左氏传》；023《仲春释奠，听讲论语》《论语》；028《仲春释奠，听讲孝经，同赋资事父事君并序》《孝经》；034《史记竟宴，咏史得司马相如》《史记》；063《汉书竟宴，咏史得司马迁》《汉书》；009《八月十五日夜严阁尚书授后汉书毕，各咏史得黄宪并序》《后汉书》；149《相府文亭始读世说新书聊命春酒同赋雨洗杏坛花应教》《世说新语》；056《九日侍宴，同赋天锡难老应制并序》《文选》；070《九日侍宴，同赋红兰受露应制》《文选》；128《赋得春深道士家》《白氏文集》；148《早春内宴侍仁寿殿，同赋春娃无气力应制并序》《白氏文集》

② 本文所引菅原道真诗文是以［日］川口久雄校注的《菅家文草　菅家后集》（岩波书店，1966 年）为主，还参阅了其他版本。

③ 所怀：诸多版本都写作"所愤"，在川口久雄注本中，还有如下校勘："愤字旁边加注了一个'怀'字，但用'愤'字即可。"以笔者愚见，"所怀"这个词仍有讨论的余地。"述所愤"这种表达方式，与唐朝相比，略微有些别扭。下一个注释所举的《秋思》（译者注：指《九日后朝同赋秋思应制》）中，"所愤"这个语气略显强烈的形容词，多少给人留下一种不合适的印象。

④ ［日］川口久雄校注：《菅家文草　菅家后集》，岩波书店，1966 年，第 484 页。

宫中清凉殿参加"重阳后宴"时，曾奉命吟咏《秋思》诗①，醍醐帝深
受感动，便赐予御衣。由此来看，菅原道真本该在朝中承蒙皇恩，但不知
为何，一年后竟然谪居在太宰府中谨慎度日。都城与太宰府、荣耀与贬
谪，在将时间与空间，以及其境遇进行多重对比之后，我们更能感受到这
首诗的凄美、伤感。虽然有"恩赐御衣"作为转折句，但菅原道真只用
"拜余香"这样一个平稳、安静的动作，便将他对都城和天皇丝毫没有减
弱的诚恳之心与作品的情感自然地结合在一起，实属佳作。

接下来，首先要探讨的是"拜余香"一语的表达。

天皇赐予的御衣仍然散发着淡淡的熏香味，这的确有描述眼前事实的
意味。但进一步分析就会发现，如果将这一句解读为"通过嗅觉引发对
过去的追忆"，与整首诗的情调不符。如果将这句诗与中国的文学传统对
照来考虑，把"拜余香"理解为实际的闻香固然是好，但若将之解读为
是在对曾经身穿这件衣服的人（即醍醐天皇）婉转地表达敬仰之情，也
不见得牵强附会。极端一点来讲，即使现实中已经无法嗅到衣服的香气，
但象征着醍醐帝风度和品格的"无香之香"，才是菅原道真真正要叩
拜的。

最能体现这种"拜余香"的唐诗，是盛唐诗人李白《赠孟浩然》：

> 吾爱孟夫子，风流天下闻。
> 红颜弃轩冕，白首卧松云。
> 醉月频中圣，迷花不事君。
> 高山安可仰，徒此揖清芬。

这首诗是李白赠前辈诗人孟浩然的。在诗中，李白描述了孟浩然的成
就，将孟夫子誉为"高山"。身为仰慕前辈的后人，李白表现得十分谦
虚，"对孟夫子的清雅香气（清芬）深深拜服"。如同李白的诗，菅原道
真的"拜余香"在描绘眼前之景的同时，也在委婉地表达一种深深的尊
敬之情。所以，笔者认为要理解《九月十日》这首诗，首先要明确"拜

---

① 即《菅家后集》第473首《九日后朝同赋秋思应制》诗："丞相度年几乐思，今宵触物
自然悲。声寒络纬风吹处，叶落梧桐雨打时。君富春秋臣渐老，恩无涯岸报犹迟。不知此意何安
慰，饮酒听琴又咏诗。"

余香"的用法。

　　白居易也有一首类似的诗《游襄阳怀孟浩然》①。从诗中可以看出，白居易的"南望鹿门山，蔼若有余芳"，的确是由李白的诗句化用而来。而《文选》卷十七和陆机《文赋》中都提到的"咏世德之骏烈，诵先人之清芬"，则是李白这种表达方式的直接依据。其实，这种将散发熏香的东西用以比人，从德行品格寻找二者共通之处的思维方法，最早可追溯到先秦时期被称为"香草文学"的《楚辞》。这种思维方式在中国的文学传统中根深蒂固，即使到 18 世纪仍有广泛的应用。比如，在清朝的代表小说《红楼梦》中，作者就用各种香味来暗示即将出场人物的性格和品行。② 虽然我们还无法准确指出菅原道真这句"拜余香"的直接出处③，但却可以从中看出他在中国传统文学方面的深厚造诣。


## 二


　　菅原道真汉诗中最脍炙人口，同时也是他熟练运用"唐代口语"表现技法而创作的诗歌《不出门》④，也创作于延喜元年（901）秋天：


　　　　一从谪落就柴荆，万死兢兢局蹐情。
　　　　都府楼才看瓦色，观音寺只听钟声。
　　　　中怀好逐孤云去，外物相逢满月迎。
　　　　此地虽身无捡系，何为寸步出门行。


　　这首诗中有多处口语化的表达：第一句的"一从"⑤ 和"就"（某一

　　　　① ［日］那波道圆编：《白氏文集》卷七十一，活字刊印本，1618 年，第 340 页。
　　　　② ［日］垣见美树香君：《香味和〈红楼梦〉——以薛宝钗的冷香丸为中心》，日本九州大学中国文学会编《中国文学论集》第 30 号，2001 年。
　　　　③ 《玉台新咏》卷十所载的梁朝江伯瑶的《和定襄侯八绝·楚越衫》诗为："裁缝在箧笥，薰鬓带余香。开看不忍着（一作开着不忍看），一见泪千行。"显然，这首诗可以作为萦绕在衣服上的余香的先例，但还要认识到，美女熏香在闺怨诗和菅原道真诗中是有差别的。
　　　　④ ［日］川口久雄校注：《菅家文草·菅家后集》，岩波书店，1966 年，第 481 页。
　　　　⑤ "一从"等同于"自从"。"从……""……以来"，都是表示时间起点的词。参照 ［日］盐见邦彦《唐诗口语的研究》（中国书店 1995 年版）第 196 页。

版本是"在"①），第三句的"才"和第四句的"只"等②。

　　首先要研究的是第三句中的"才"。"才"在汉语中一般理解为"仅仅"，但作为副词，其含义主要有两层：一是表示经历过各种各样的事情之后"终于"达到那个动作；二是强调数量上的少，近似于"稍微"。其实，很多情况下这两种词意是共存的，难以区分。现将白居易相关诗句摘录如下：

　　　　①半空直下视，人世尘冥冥。渐失乡国处，才分山水形。东海一片白，列岳五点青。（白居易《梦仙》）
　　　　②尝为彭泽令，在官才八旬。怅然忽不乐，挂印着公门。口吟归去来，头戴漉酒巾。（白居易《效陶潜体诗十六首》）

　　例①中的"才"可以理解为第一层含义，即"终于"。中间两句叙述了曾经在梦中到过仙境的经历，意思是"随着在空中不断上升，渐渐看不清自己的故乡在哪里，只能根据山河的形状勉强看到一点"。例②涉及

---

　　① "在"有时等同于"于"，放在动词后起虚词的作用。有关"在"跟"于"的用法，参照［日］太田辰夫的《中文历史文法》（日本朋友书店，1981年）第251页。其次，"在"的这种用法，在白居易的诗中即有，如"长忧落在樵人手，卖作苏州一束柴"（《白氏文集》第54卷第2433页《东城桂三首》其二）。另外，"就"字的使用场合，跟"在"字十分相近，如白诗中即有"弦清拨利语铮铮，背却残灯就月明"（《白氏文集》第19卷第1302页《琵琶》）"能就江楼销暑否，比君茅舍校清凉"（同上书第20卷第1374页《江楼夕望招客》）"屈就商山伴麋鹿，好归芸阁狎鹓鸾"（同上书第65卷第3226页《韦七以太子宾客再除秘书监，以长句贺而钱之》）等例。但是，"就"字的使用场合，不像作为虚词的"在"。"屈就"（降低身份任职）看起来作为实词的意义比较强烈，但口气极其口语化，伴有轻快的语感。因此，《不出门》诗的第一句有可能被读作（不管是"就"还是"在"）"一丛谪落就柴荆"，没有必要在意"就"和"在"的强烈意味。此外，菅原道真在这里把"就"或"在"放入诗中，并非特别喜欢口语，考虑的主要是七言诗的押韵：
　　"一从谪落就柴荆，万死兢兢局蹐情。"（荆、情二字押的是下平声庚韵和清韵）考虑平仄，使用"就"（仄声）还是"在"（仄声）是值得推敲的。如果用正统汉语中的"于"（平声），就会犯"三平（七言诗的最后三个字连续为平声字）"的禁规，使得第一句的音调被打乱。译者按：荆、情二字均属于《平水韵》下平声"庚"韵。《下平声》中无"清"韵，第九为"青"韵，"情"不在"青"韵中。将"清"韵当作下平声的一个韵部，疑为作者之误。
　　② 详见［日］菅野礼行《平安初期日本汉诗的比较文学研究》（大修馆书店，1988年）第118—180页。这是考察"才""只"的解释以及颈联"中怀""外物"意思的先行研究。

了陶渊明的故事，其中的"才"应理解为第二层含义，即"稍微"或"仅仅"，句意为"就任彭泽县令仅八十天"。

如果将这两种词义分别代入菅原道真的诗句"都府楼才看瓦色"，得出的两层含义是相对的。即当解释为第一层含义"终于"时，句意为：从谪居的住所向远处眺望，经过努力最终看到了都府楼的屋面瓦；若解释为第二层含义"稍微"时，句意是：即便朝向都府楼，也只是看到一点点都府楼的房顶。

在此，第二种解释更贴切。菅原道真当时谪居的住所被保存了下来，现位于福冈县太宰府市的朴社，距离太宰府政厅遗址仅不到一公里。按照现实的地理位置来看，前一种解释中提到的"遥望的风景"是不存在的。而且问题不止这一个。解释为"终于"的时候，强调的只是从住所看到的风景；但解释为"稍微"的时候，强调的已经不是看到的风景，而是菅原道真的心境。菅原道真当时左迁至此，虽被授以"太宰权帅"一职，但因是贬谪之人并不能到政厅任职。也就是说，将"才看瓦色"这个行为解释为"菅原道真对朝廷的愤懑以及对官复原职的期待"与诗的意境不符，当时的菅原道真应是一种对现世无欲无求的心境。

若将"都府楼才看瓦色"与第四句的"观音寺只听钟声"对应来看时，就会更加确信上面的结论。这个"只"就像禅语"只管打坐"一样，是"只顾、只管"的意思。因此，这句诗不是谪居于只能听到钟声的偏僻之地的意思，而应该解释为菅原道真表达了自己只顾听观世音寺的钟声，却丝毫没有想要去参拜的想法。总之，第三句的"都府楼"对于菅原道真来说是现世的象征，相对第四句中的"观世音寺"，应该是祈求来世福德的场所。可是对于每天过着"万死兢兢局蹐情"日子的菅原道真来说，那里已经不是自己应该"出门去"的场所，诗人是想借此来表达他已看破红尘的态度吧。①

菅原道真原封不动地引入汉语中的"才""只"二字，并且能够运用

---

① 例如，也是作于太宰府中的《菅家后集》第491首《听寺钟·二月十七日》："欲识搥钟报五更，三涂八难一时惊。大奇春夏秋冬尽，为我终无拔苦声。"菅原道真听着寺里的钟声，叹息依靠佛祖庇护的自己却得不到救济。这种心情或许可以说同《不出门》中的解释完全相反。然而，忖度面临着人生中最大危机的菅原道真的内心，可以看出，这种矛盾的心理状态更能真实地贴近现实。正是因为有这种相互矛盾的情感并存，菅原道真才能在太宰府中创作出这几首绝唱。

得恰到好处，这种高超的语言水准让笔者惊叹不已。毕竟，"才""只"
这两个副词语感方面存在的差异，不是通过简单的调换，而是需要通过反
复吟诵才能够体会到的。

## 三

接下来，对《不出门》这首诗的颈联（第五、六句）进行探究。这
两句中最难理解的"中怀"和"外物"，菅野礼行氏的《平安初期日本汉
诗的比较文学研究》中已有详细的论述。根据菅野氏的考证，笔者将
"中怀"解释为菅原道真的"心和精神"，将"外物"解释为可以包括在
"中怀"之内的菅原道真的"身体"。因此，本文首先要探讨的是紧接在
这两个词之后的"逐孤云去"和"逢满月迎"的语法①。

这两个表达中，作为宾语的"孤云"和"满月"，都被夹在两个动词
中间，这种用法与现代北京话口语中的"他已经回家去了"的用法是一
致的。特别是宾语后面的"去"字，从语法角度可解释为单纯从语气上
表示动作方向的"趋向补语"。川口久雄氏将第五句解释为"心都随着浮
云飘走了，倍感空虚。算了，由他去吧"②。"空虚"的境界真的可以通过
"心飘走了"来实现吗？

笔者以为，菅原道真在这里运用没有日语意思的汉语，是想以此营造
一种轻快的语言氛围。因此，第五句句末的"去"字完全没有日语中
"离去"的意思，这里的解释故意没有用对应的日语译词，这种做法也是
最恰当的。即最稳妥的解释应该是"我的心要追随着晴空中漂浮的白
云"③。若将"去"解释为"离去"或"消失"，将"左迁之人的郁闷消

---

① 这两个四字结构前面的"好"和"相"，是带有动词性质的虚词，翻译成日语时没有对
应的词语。唐诗中运用这种虚词的最有名的两个例子是："知汝远来应有意，好收吾骨瘴江边"
（韩愈《左迁至蓝关示侄孙湘》）和"深林人不知，明月来相照"（王维《竹里馆》）。

② ［日］川口久雄校注：《菅家文草・菅家后集》，岩波书店，1966年，第481页。

③ 只有当《不出门》这首诗的题目作为基本事实存在的时候，这种解释的合理性才能够得
到确认。作为一个罪人，菅原道真在太宰府中时，尽管身体并没有受到什么束缚，却也不能踏出
门寸步。换句话说，"为什么没有外出的必要"，是贯穿全诗的主题。这首诗首联想表达的，如
若让我补充解释，应还有这样一种意思："没必要出门，是因为只有'中怀'常常随浮云飘去，
'外物'总是有满月这位客人造访吧。"在此斗胆陈述拙见，还望批评指正。

散了"的说法强行引入左迁后过着悲惨余生的菅原道真的作品中，明显曲解了原文。

用趋向补语等将宾语夹在两个表示动词成分的词语中间的用法，也有可能是来源于当时唐朝日常的口语（会话文）。其实这种表达方式，恰好是中唐诗人白居易所擅长的，如其《题王家庄临水柳亭》① 一诗：

> 弱柳缘堤种，虚亭压水开。
> 条疑逐风去，波欲上阶来。
> 翠羽偷鱼入，红腰学舞回。
> 春愁正无绪，争不尽残杯。

此诗吟诵的是游王氏庄园时在池水边柳亭观赏到的情景。由明媚的春光、柳树、亭子以及随风摇曳的柳枝、波光粼粼的水面转向捕鱼的水鸟，描述的焦点慢慢地由远及近，最后描写了练舞的艺妓，以作者难以释怀的春愁结尾。这首诗的妙处，在于读者可以通过诗句感悟到当时身在洛阳的白居易悠然自得的生活状态和老练成熟的心境。有趣的是从第一句到颈联第六句所有的句子中，末尾三个字都是采用上述"夹入"的句法而创作的。这种"夹入"表达方式的大胆重复，使作品呈现出一种春日安闲的氛围，这应该是白居易有意为之。

本文还要探讨的，是第三句"条疑逐风去"的表达方法及其意义。这是描写池边柳树的诗句，与菅原道真诗中同样用"逐……去"夹着宾语"风"这种句法是相同的，直译即为："柳条像是追逐着微风似的。"这句诗采用拟人的手法描写在春风中摇曳的柳枝，末尾的"去"字是表示动作方向的补语，因此无须增加日语对应的译词。

如此，菅原道真将白居易大量的诗语（尤其是口语词汇）变为自己的囊中之物，并将其引入自己的创作中，有时甚至会达到像"逐……去"这种语法上较为深入的程度。这不仅证明了最顶尖的唐朝诗歌集——《白氏文集》在当时的受欢迎程度，同时也体现出菅原道真深厚的汉语素养以及良好的汉语学习环境。笔者曾在《〈菅家文草〉中的口语表达》一文中提及：菅原道真对当时被邀请到"菅家走廊"的外来人王度很有兴

---

① ［日］那波道圆编：《白氏文集》卷七十一，活字刊印本，1618 年，第 3124 页。

趣。或许正是这个外来人在菅原道真汉语理解的过程中发挥了重要作用。当然，今后不止要考察王度一个人，还应该从更多的角度展开探究。

# 四

《不出门》诗的颈联，还有一个问题让人难以理解：第五句中的"好逐孤云去"这种表达，在当时的大唐都城也是通用的；但与其对应的句子"相逢满月迎"中的"逢……迎"这种两字相夹的表达，在现存的唐诗中却没有类似的例子。这或许是菅原道真开创的一种所谓日本独特的"和习"表达①。菅原道真汉诗中的这句对偶夹杂着两种表达方式：流畅优美的汉语表达与"和习"表达。这到底意味着什么？又该如何来理解？

笔者认为，菅原道真诗歌中运用了"和习"的大多数诗句，尽管从"语法"角度来讲偏离了唐诗的标准，但事实上在"平仄"的音律方面仍比较协调。如《不出门》的颈联中，七个字的平仄转换就非常妥帖②：

中怀好逐孤云去，外物相逢满月迎。

○○●●○○●　　●●○○●●○

律诗是中晚唐诗歌的典范，从格律角度来讲，平仄是更重要的；菅原道真的汉诗创作也受到中晚唐这种律诗创作风格③的影响。或许可以有另一种推测，菅原道真是从以白居易为首的中晚唐诗人的一些作品中察觉到：尽管"语法"上会有些不恰当，但只要能够做到"平仄"和谐，这首汉诗就依然成立。

---

①　"逢迎"作为接待来访客人的用法，在《战国策·燕策》中即有田光造访燕国、"太子逢迎"的例子，在唐诗中更为常见，如"主人能爱客，终日有逢迎"（王维《与卢象集朱家》）"偶逢故人至，便当一逢迎"（白居易《病中友人相访》）等。

②　○表示平声字，●表示仄声字。

③　唐人重视律诗平仄的最具象征性的例子，是贾岛的"推敲"，详见拙稿《贾岛"推敲"考》（载九州大学中国文学会编《中国文学论集》第 29 号，2000 年）。菅原道真《不出门》的颔联，都是前三字后四字的分节，这是一种不规则的对句，松浦友久在《白居易的韵律——诗型及其个性》（载勉诚社《白居易研究讲座》第一卷，1993 年）中指出，这种尝试早已见于中唐的白居易。

在菅原道真的"和习"表达中，《春日寻山》① 中的以下一联② 也在此推论范畴内：

　　　从初到任心情冷，被劝春风适破颜。
　　　○○●●○○● 　●●○○●●○

下联开头的"被"字，或许是作为表示被动语气的助词来使用的，虽然有些偏离了汉语语法，但仍然非常整齐地遵照了七言律诗的平仄。另外，《梦阿满》③ 诗中充满悲伤的诗句也是如此④：

　　　始谓微微肠暂续，何因急急痛如煎。
　　　●●○○○●● 　○○●●●○○

这首诗是菅原道真怀念突然死去的爱子的名作，其中表现出的悲痛辛酸，让人感到哀伤。"肠暂续"这种表达，或许是菅原道真基于汉语的"断肠"，用"已经维持了一段时间，可是……"这种语感创造出的词汇。但这丝毫没有影响此诗平仄音律方面的精确。

在实际创作中，七言句七个字的平仄不一定要全部合律，第二、四、六字按照"○●○●○"或者"●○●○●○"的平仄方式来处理，也是可以的。⑤ 上面三个例子中的平仄用法，与其说是因为日本人的语言习惯，不如说是日语特有的表达方式，或者说是只有日本人才能够理解的

---

　　① ［日］川口久雄校注：《菅家文草·菅家后集》，岩波书店，1966 年，第 270 页。

　　② 此例是金原理先生 2002 年 9 月 29 日在福冈县太宰府天满宫余香殿大厅举办的第 21 届和汉比较文学会大会的公开研讨会上提出的。

　　③ ［日］川口久雄校注：《菅家文草·菅家后集》，岩波书店，1966 年，第 200 页。

　　④ 此例是 2002 年 9 月 29 日在福冈县太宰府天满宫余香殿大厅举办的第 21 届和汉比较文学会大会的公开讲座中，由主持人藤原克己先生提出的。近年来，已经有人对川口的注提出了新的解释，详见 ［日］小岛宪之、山本登朗编著《菅原道真》（《日本汉诗人选集 1》，研文出版社，1998 年）第 52—59 页以及 ［日］藤原克己《菅原道真诗人的命运》（《上辻选书 12》，2002 年）第 104—110 页。

　　⑤ 译者按：这里对第二、四、六字平仄的要求，当源于中国古代所谓"一三五不论，二四六分明"的说法。其实这只是大致的，在实际创作中，这一规则还要更复杂，不能一概而论。具体要求可参考王力先生《诗词格律》的相关论述，中华书局 2000 年版，第 38—39 页。

一种细腻情感的吐露。笔者还发现，日本学者对此持有一种坦然的态度：尽管这些"和习"表达都是依据律诗的"平仄"规则来填词作诗的，但听起来的确有些不顺耳，对于这种现象，日本学者并没有刻意回避，而是坦然承认。上面这三个例子，都是菅原道真在遭受贬谪和失去爱子时所作，没有经过粉饰，简直就是"灵魂的呐喊"。汉诗在当时被认为是世界最高的文学形式，菅原道真的意图，或许就是将这些日语独特的表达方式光明正大地引入其中，这不能不说是为了认可自己独特的"诗语"而进行的尝试。行文至此，笔者已经没有其他材料继续进行新的推断。但在对菅原道真的创作态度有了初步了解之后，可以肯定：所谓的"国风文化"（日本文化的自立运动）不单单是从废止遣唐使的建议提出之后才慢慢发展起来的，继续往前追溯，在菅原道真幼年时期的承和年间（834—848）就已有所萌芽，这种说法应会得到更多的赞同①。

　　附：本文以 2002 年 9 月 29 日在福冈县太宰府天满宫余香殿大厅举办的第 21 届和汉比较文学会大会的公开研讨会"菅原道真的文学世界"的报告为材料。本文提出的问题，现在还未一一验证，但研讨会上笔者的发言内容以及之后讨论时被严重质疑的"和习"问题，此处都已写明。最后，向以主持人藤原克己老师和大会代表金原理老师为首的诸多与会老师以及参加研讨会并提出宝贵意见的诸位表示真挚的感谢。

---

　　① 参阅 ［日］ 藤原克己《菅原道真和平安朝汉文学》（东京大学出版会，2001 年）第二章"作为转换期的承和期"以及《菅原道真诗人的命运》（《上辻选书 12》，2002 年）第 217—220 页。

# 夏目漱石晚年汉诗中的求"道"意识<sup>*</sup>

## 刘岳兵<sup>①</sup>

**摘　要**：夏目漱石是日本近代最重要的文学家和思想家之一。他涉猎东西、会通古今，其作品为我们展示了一个力图创造一种新的人生理想和思想境界的探索者的足迹。直到晚年，其思想中各种因素的矛盾纠葛依然不断，这正是他生命力的源泉。其中道家意识具有不容忽视的协调作用。

**关键词**：夏目漱石；道；道家意识；汉诗

夏目漱石（1867—1916）晚年有着浓厚的求"道"意识，这一点他自己也常常提及。比如他 1913 年 10 月 5 日给和辻哲郎的信中就明确言及"我现在决心入道"<sup>②</sup>。而且在其最后的作品《明暗》时代，他一面写汉诗，一面反复地表明"决心修道"<sup>③</sup>"我真笨，到五十岁才意识到开始志于道，以为什么时候可以掌握道了，实际上却还有相当的距离，真是令人

---

＊　本文原发表于《日本研究》2006 年第 3 期。

①　刘岳兵，男，1968 年生于湖南省衡南县，2001 年毕业于中国社会科学院研究生院，获哲学博士学位。现为南开大学日本研究院教授、博士生导师（世界史）兼副院长。先后在日本的立教大学、东京大学、大东文化大学、国际日本文化研究中心留学、访学或进行合作研究。入选教育部 2012 年度"新世纪优秀人才支持计划"。主要著作有《日本近代儒学研究》（商务印书馆 2003 年版）、《中日近现代思想与儒学》（生活·读书·新知三联书店 2007 年版）、《日本近现代思想史》（世界知识出版社 2010 年版）、《近代以来日本的中国观第三卷（1840—1895）》（江苏人民出版社 2012 年版）等。

②　见《漱石全集》第十七卷，岩波书店，1937 年，第 295 页。江藤淳认为从《心》（1914年 4 月至 8 月连载于《朝日新闻》）到《道草》（1915 年 6 月至 9 月连载于《朝日新闻》）的飞跃是"从荀子向老子的飞跃"。

③　1916 年 11 月 10 日给鬼村元成的信。见《漱石全集》第十七卷，岩波书店，1937 年，第 613 页。

吃惊"①。但是对其所求之"道"究竟是什么，却并未明言。在 1916 年
10 月 6 日写下了"非耶非佛亦非儒，究巷买文聊自娱"② 的诗句，有意
思的是，人们对漱石与基督教、佛教和儒家的关系的研究很充分，而对其
所表现的道家意识的研究反而比较少见。实际上，漱石在《明暗》时代
所写的晚年的汉诗，是从思想和文学上解释他力图一直追求的"道"究
竟是什么的珍贵资料。

　　本文以漱石晚年，即 1916 年 8 月 14 日至 11 月 20 日（下文所引诗句
只注月日）所写的七十六首汉诗③为中心，通过对其中所出现的"道"字
的用法进行分类整理，旨在抛砖引玉，希望学界重视夏目漱石思想中的道
家意识并能客观地评价道家因素在其思想中的意义。

## 一

　　在漱石的作品中，"道"字从来没有像在其晚年汉诗中如此频繁而集
中地出现过。七十六首诗中，"道"字出现过二十九次。这也印证了上述
他的求"道"意识之强烈。

　　首先是作为动词使用，表示言说的道，共计有五处，且均以"谁
道……"的句式出现。其分别是"谁道文章千古事"（8 月 30 日）、"人
间谁道别离难"（9 月 4 日）、"谁道蓬莱隔万涛"（10 月 1 日）、"谁道闲
庭秋索寞"（10 月 4 日）、"谁道眼前好恶同"（10 月 9 日）。

　　　　紆来世故漫为忧，胸次欲摅不自由。
　　　　谁道文章千古事，曾思质素百年谋。

　　① 1916 年 11 月 15 日给富泽敬道的信。见《漱石全集》第十七卷，岩波书店，1937 年，
第 615 页。

　　② 本文所参考的夏目漱石的汉诗注释本有［日］吉川幸次郎《漱石诗注》（《吉川幸次郎
全集》第十八卷，筑摩书房，1970 年）、［日］中村宏《漱石汉诗的世界》（第一书房，1983
年）、［日］一海知义《〈漱石全集〉第十八卷汉诗文译注》（《漱石全集》第十八卷，岩波书店，
1995 年）。本文所引用漱石的汉诗，只注明写作的日期。南开大学外国语学院刘雨珍教授在资料
上给予了无私的帮助，特此致谢。

　　③ 其中七言律诗六十六首（包括未定稿一首）、五言绝句七首、七言绝句二首、七言古诗
一首。

小才几度行新境，大悟何时卧故丘。
昨夜闲庭风雨恶，芭蕉叶上复知秋。

这是抒发自己对回归质朴、自由、自然生活的向往之情。这里的"曾思质素"可参见刘向《说苑·反质》："吾思夫质素，白当正白，黑当正黑。"回顾自己的人生历程，以文为生，也几度创新，虽然饱经忧患但还是不能彻悟人间的风雨世故、黑白真相，以自由地坦抒胸怀。这使他不得不反思"文章"的意义，而渴望回归"故丘""闲庭"甚至在无言的"芭蕉叶上"领悟历史的奥秘。

人间谁道别离难，百岁光阴指一弹。
只为桃红订旧好，莫令李白醉长安。
风吹远树南枝暖，浪撼高楼北斗寒。
天地有情春合识，今年今日由成欢。

这是感叹人生的短暂，有及时行乐的意思。明代何景明《大复集》卷十二"除夕醉歌"中说："今年今日不可留，明日明年更可愁。山中纵有如渑酒，春花烂漫与谁游。"当然这里的"欢"不是肉体上或物质性的欢娱，而是与"有情"天地的合契。这样人间的别离、岁月的风浪，便都可以化为当下"成欢"的由绪。

谁道蓬莱隔万涛，于今仙境在春醪。
风吹鞍鞯虏尘尽，雨洗沧溟天日高。
大岳无云辉积雪，碧空有影映红桃。
拟将好谑消佳节，直下长竿钓巨鳌。

这是否定将理想之乡置千里之外，而提醒人们它就在直下的自然生活中。"好谑"，《诗·淇奥》曰："善戏谑兮，不为虐兮。"而李白《将进酒》有"斗酒十千恣欢谑"之句。"钓巨鳌"见《列子·汤问》。神话传说谓天帝让十五只巨鳌分三组轮流顶住蓬莱等五座仙山，"而龙伯之国有大人，举足不盈数步而暨五山之所，一钓而连六鳌，合负而趣归其国，灼其骨以数焉"。从诗人"拟将好谑消佳节，直下长竿钓巨鳌"之句可以看出这里的"好谑"是一种自娱、消闲，作者以笔为竿，将自己的豪迈和理想都寄托在这种自得的逍遥游戏之中。而这里无论是从出典还是意义上看，都透着浓郁的道家气息。8 月 20 日的诗句"两鬓衰来白几茎，年华始识一朝倾。薰莸臭里求何物，蝴蝶梦中寄此生"。也能说明这一点。

> 百年功过有吾知，百杀百愁亡了期。
> 作意西风吹短发，无端北斗落长眉。
> 室中仰毒真人死，门外追仇贼子饥。
> 谁道闲庭秋索寞，忙看黄叶自离枝。

这展现了作者内心中有为和无为之间的矛盾（这种矛盾在其早年的《老子的哲学》中就已经存在），闲庭之秋非等闲，只好以看"黄叶自离枝"来掩饰自己心中的"忙"。这里的"忙"与"闲""索寞"也正好是一个对照。这里的"真人死"，可以理解为诗人对佛、道意识的超越，而且这里的"死"，是在对"百年功过"的扪心自问中感悟到"百杀百愁亡了期"之后，以"仰毒"自尽的方式实现的。这种"死"是一种力图超越"有知"和"无心"的"心死"，而结果只好无奈地把生的希望寄托在"黄叶离枝"的瑟瑟秋风中。

> 诗人面目不嫌工，谁道眼前好恶同。
> 岸树倒枝皆入水，野花倾萼尽迎风。
> 霜燃烂叶寒晖外，客送残鸦夕照中。
> 古寺寻来无古佛，倚筇独立断桥东。

这里仍然是描写有为和无为，有心和无心之间的矛盾，是作者超越世俗生活中的各种主义而不得不在自然世界中寻找自由、独立的心灵写照。

由以上的分析可以看出，诗人是用"谁道……"这种反问的句式来回拒各种世俗见地及思想上的单边主义，而从种种质疑与否定中，其所求之道也初露端倪。

# 二

诗中更多的是将道作名词使用，从正面描述道的状态。我们又可以将其细分为以下几种情况。

第一是作动宾结构中的宾语用。有这样八句："幽居乐道狐裘古"（8月15日）、"淡月微云鱼乐道"（8月23日）、"人间有道挺身之"（9月13日）、"秃头买道欲何求"（9月23日）、"会天行道是吾禅"（10月12日）、"今日山中观道人"（10月15日）、"吾今会道道离吾"（10月21日）、"观道无言只入静"（11月19日）。

> 双鬓有丝无限情，春秋几度读还耕。
> 风吹弱柳枝枝动，雨打高桐叶叶鸣。
> 遥见半峰吐月色，长听一水落云声。
> 幽居乐道狐裘古，欲购缊袍时入城。
> 寂寞光阴五十年，萧条老去逐尘缘。
> 无他爱竹三更韵，与众载松百丈禅。
> 淡月微云鱼乐道，落花芳草鸟思天。
> 春城日日东风好，欲赋归来未买田。

这两首"乐道"之诗颇如唐代贯休的《禅月集》卷十一"寄赤松舒道士"中所唱的："子爱寒山子，歌惟乐道歌。"在另一首8月15日的诗中他就吐露了"殷勤寄语寒山子，饶舌松风独待君"的心声。作者对这一禅僧给道士的寄语是心领神会的。其所乐之道、鱼所乐之道以至万物所乐之道，在这里就有了丰富而具体的内容。

> 挂剑微思不自如，误为季子愧无期。
> 秋风破尽芭蕉梦，寒雨打成流落诗。
> 天下何狂投笔起，人间有道挺身之。
> 吾当死处吾当死，一日原来十二时。

可见他对人间之道的关注，并非完全是"出世"的。为了人间之道，可以随时于当死之处死之。值得注意的是，如果将这里的"吾当死"与前述的"真人死"联系起来，就可以看出，如果"真人死"是出于某种无奈，那么"吾当死"则是具有一种主动地为道献身的悲壮色彩。

> 漫行棒喝喜纵横，胡乱衲僧不值生。
> 长舌谈禅无所得，秃头买道欲何求。
> 春花发处正邪绝，秋月照边善恶明。
> 王者有令争赦罪，如云斩贼血还清。

这里夏目漱石对那些"胡乱衲僧"和"长舌谈禅"的"秃头"进行了批判。正邪、善恶，自有其道，也决非"王者"所能任意赦免。这样看来，的确是"非佛亦非儒"了。

> 途逢啐啄了机缘，壳外壳中孰后先。
> 一样风幡相契处，同时水月结交边。
> 空明打出英灵汉，闲暗踢翻金玉篇。
> 胆小休言遗大事，会天行道是吾禅。

这里的"英灵汉"，可以参考宋代阮阅《诗话总龟·后集》卷四十六中所谓"世间多少英灵汉，终是迷人唤人唤。可怜眼底黑漫漫，不见骊珠光灿烂"。该偈是有感于由儒入佛的体验而作，这与夏目漱石思想的某些方面也有相契之处。但是他大胆地倡导的"会天行道是吾禅"则有会通儒佛的意韵。无论这里的"天"是什么意思，"会天行道"都可以说是一种积极入世的态度，而漱石明言这就是"我的禅"。这种禅不能不说是经历了传统的"风幡相契"和"水月""空明"之后而达到的一种新境界。那么这里的儒佛（禅）是以什么为中介来相通的呢？宋代晁迥《法藏碎金录》卷八曰："儒家燕居，闲暇和舒显放怀之容止；禅家宴坐，澄心空寂晦入道之指归；理有浅深，说难穷尽。"道家意识无疑是其重要的媒介。可见以道来会通儒佛也不是漱石的发明，而是因为从究极的意义上说三者具有可以会通的因素。

　　　　吾面难亲向镜亲，吾心不见独嗟贫。

　　　　明朝市上屠牛客，今日山中观道人。

　　　　行尽逶迤天始阔，踏残岭嵝地犹新。

　　　　纵横曲折高还下，总是虚无总是真。

　　这里如果联系到上一首，便觉有"镜花水月"之意。明儒刘蕺山在谈论"慎独"时说："学者大要，只是慎独。慎独即是致中和，致中和则天地位、万物育。此是仁者以天地万物为一体实落处，不是悬空识想也。近世一辈学者亦肯用心于内，多犯悬空识想，将道理镜花水月看，以为妙语，其弊与支离向外者等。"（《刘蕺山集》卷六《答秦履思二》）夏目漱石的"总是虚无总是真"也是一种"悬空识想"么？自己的真实面目如镜中之影，镜中之影自然是无心的，这里的"独嗟贫"与 8 月 15 日诗中的"贫如道"一样，"贫"与诗中常出现的"愚"都是悟道的一种状态。而"明朝""今日"的身份变换，似乎是在强调悟道的当下性，即顿悟。但是"行尽逶迤天始阔，踏残岭嵝地犹新"两句，则说明悟道的艰难和求道的乐趣。高与下、真与幻已经不分彼此、道通为一。这与儒者之道显然大异其趣。

　　　　大愚难到志难成，五十春秋瞬息程。

　　　　观道无言只入静，拈诗有句独求清。

　　　　迢迢天外去云影，簌簌风中落叶声。

　　　　忽见闲窗虚白上，东山月出半江明。

　　这里告诉我们"观道无言只入静"的道理，但是"无言"与"入静"都是主体性的，这与"大愚难到"的渴望形成了一种矛盾。而且"大愚难到"本身就是一种矛盾，难在这是一种有为的无为、有心的无心、大智的超越。无言或入静只是悟道的方便途径，到了"大愚"①的境界，便无所谓有无、真幻了。这里的"大愚""观道""无言""入静"

───────────────

　　① 研究者多引证以"大愚"为号的良宽（1758—1831）的诗来比较："愚者胶其柱，何之不参差。有知达其源，逍遥且过时。知愚两不取，始称有道儿。"认为漱石追求的"大愚"就是这种"知愚两不取"的境界。参见祝振媛《夏目漱石的汉诗与中国文化思想》，中国书籍出版社 2003 年版，第 380 页。

"求清""虚白"的确都是一种悟道的境界或心情，具有浓郁的道家色彩。但是如果由此得出结论说，夏目漱石"终生以老庄作为理想来追求，到了晚年终于超越障碍，得以心入澄明之境"①。这就有些言过其实了。因为即便不论这里"心入澄明之境"的意义以及晚年漱石是否真的"心入澄明之境"，可以肯定的是，在漱石的"大智大愚"中老庄只是其中的一种因素。

> 吾失天时并失愚，吾今会道道离吾。
> 人间忽尽聪明死，魔界犹存正义朣。
> 掷地铿锵金错剑，碎空灿烂夜光珠。
> 独吞涕泪长踌躇，怙恃两亡立广衢。

　　这里"道"作为宾格和主格同时出现。"吾今会道道离吾"与1916年11月15日他给富泽敬道的信中所说的自己"到五十岁才意识到开始志于道，以为什么时候可以掌握道了，实际上还有相当的距离"可以相互参照。作为"自为"的道和作为"自在"的道，二者之间的矛盾在晚年夏目漱石的心灵中激荡着。或许这里的所会之道（"会天行道"）与"离吾"之道，不是一个意义上的道。只有超越局限于具体的宗旨、主义的小我之私，才能够欣赏到"碎空灿烂夜光珠"的美景。然而俯瞰人间、魔界，高处不胜寒，不得不忍受"独吞涕泪长踌躇，怙恃两亡立广衢"的寂寞苦楚。这或许有助于更深入地理解他的"贫"与"愚"。

　　其次，我们来看看主谓结构中作为主格的"道"的意义。除了上面一首之外还有如下三处："道到无心天自合"（9月3日）、"道到虚明长语绝"（9月9日）、"不依文字道初清"（9月10日）。

> 独往孤来俗不齐，山居悠久没东西。
> 岩头昼尽桂花落，槛外月明涧鸟啼。
> 道到无心天自合，时如有意节将迷。
> 空山寂寞人闲处，幽草芊芊满古溪。

---

① 谷学谦：《夏目漱石与庄子》，《日本学论坛》2002年第3—4期。

　　这是从正面描述道的特征。道、天、心，三者在这里统一起来，其中只有心是可感的，而无心，则是不要去有意感觉，就是一任其愚，一任其自然、闲适、寂寥。这样就可以体味到大化流行、生生不息而参天地之化育的道的境界。"道到无心天自合"可以理解为是《庄子·达生》所谓的通过"齐（气）以静心"而达到"以天合天"的意思。这里《庄子》所说的"齐（气）以静心"也是不容易的。曰："齐三日，而不敢怀庆赏爵禄；齐五日，不敢怀非誉巧拙；齐七日，辄然忘吾有四肢形体也。"这样才能出神入化"以天合天"。不齐则不济。

　　　　曾见人间今见天，醍醐上味色空边。
　　　　白莲晓破诗僧梦，翠柳常吹精舍缘。
　　　　道到虚明长语绝，烟归暖暧妙香传。
　　　　入门还爱无他事，手折幽花供佛前。

　　这是描述道的另一个方面的特征。中村宏解释"色空边"说："空（平等性）于色（差别相）的圆融无碍，确立了差别即平等、平等即差别的世界观。"① 这里的"见天"与前面出现的"会道"表现的是同一意义，只是用词的不同而已。"长语"与"饶舌""长舌"一样都是与"无言"相对而言的。"虚明"比清净、闲寂似更进一步，既超以象外，又得其环中。他还有"虚明如道"（9月6日）之句可以印证：

　　　　虚明如道夜如霜，迢递证来天地藏。
　　　　月向空阶多作意，风从兰渚远吹香。
　　　　幽灯一点高人梦，茅草三间处士乡。
　　　　弹罢素琴孤影白，还令鹤唳半宵长。

　　这里的"幽灯一点高人梦""弹罢素琴孤影白"似乎已成仙风道骨，然而，风声鹤唳，长夜如霜。如何才能接近"迢递证""天地藏"的"虚明"之道呢？这就如下面一首诗所说的，只有以"直下"应无穷了。

_____

① ［日］中村宏：《漱石汉诗的世界》，第一书房，1983年，第213页。

　　绢黄妇幼鬼神惊，饶舌何知遂八成。
　　欲证无言观妙谛，休将作意促诗情。
　　孤云白处遥秋色，芳草绿边多雨声。
　　风月只须看直下，不依文字道初清。

　　"绢黄妇幼"出自《世说新语》，原本是"妇幼绢黄"，指好文章。"无言"和"饶舌"之间、"作意"与"直下"之间取舍十分清楚。

　　但是我们必须注意的是，这与庄子《齐物论》所说的"道枢"又有很大的不同。因为他的"道"虽然有如空中音相中色，或镜花水月的趋向，但毕竟不是羚羊挂角无迹可寻的那种。他所追求的"大道"并非"高踏离群"、超绝于"圣凡"之外，而就在平常的"数卷好书"中，日常的"钉饱焚时""红尘堆里"。

　　上面我们论及的是被修饰的"道"，而在漱石的诗中，作为修饰语的"道"也随处可见。属于这种用法的有："道书谁点窟前烛""住在人间足道情""曷知穷里道情闲""香烟一炷道心浓""讬心云水道机尽""墨滴幽香道气多"。

　　无心礼佛见灵台，山寺对僧诗趣催。
　　松柏百年回壁去，薜萝一日上墙来。
　　道书谁点窟前烛，法偈难磨石面苔。
　　借问参禅寒衲子，翠岚何处着尘埃。

　　元代释念常《佛祖历代通载》卷十五："时禅者无着，入五台山求见文殊大士，至金刚窟前，炷香作礼，暝坐少顷……"《栖隐寺碑》："铭施柱侧，记法窟前。孰云千载，余迹方传……"总之，这里的"道书"无非如前所述的"吾道存"的"好书"。"窟前"，如上所述，也是象征性地表示接近于道或道之所在。寺、僧、禅、佛，时、空、自然等都是悟道的一种方便法门。如果不点燃心灵的烛光，也终究是明暗难辨，到不了"最上乘"①。而这里的心灵之光，又决非作意而成的，无心是其前提。

---

　　① 9月25日的诗有"礼佛只言最上乘"之句。(宋)晁迥撰《法藏碎金录》卷八曰："道书言真人、至人，佛书言大乘、最上乘者，其理大同小异。若执所说，则难为和会。"

对诗中出现的"道情"，吉川幸次郎都解释为"哲学的心情、宗教的心情"，还有"超越的心情"①。"道心"也解释为"宗教的心情"②。"道机"③ 则是"哲学的或宗教的机缘"④。"道气"⑤ 就是"哲学的或宗教的气氛"⑥。而在专门论述汉诗中所表现的漱石的"道"的文章中，也只不过是说到夏目漱石所追求的"道"，"超越了单纯的伦理道德，可以说是宗教性的实存的世界"，是"天然自然之道"⑦。可见要说清楚这种哲学或宗教的确不易。

## 三

尽管如此，可以肯定的是，在漱石的哲学或宗教中，道家意识有着不容忽视的位置。他甚至在现代社会重新演绎了一幅"老子出关图"。

闻说人生活计艰，曷知穷里道情闲。空看白发如惊梦，独役黄牛谁出关。

去路无痕何处到，来时有影几朝还。当年瞎汉今安在，长啸前村后郭间。

这里的"瞎汉"可参见 1910 年所谓"修善寺大患"之后的 9 月 22 日的诗："圆觉曾参棒喝禅，瞎儿何处触机缘。青山不拒庸人骨，回首九

---

① 《吉川幸次郎全集》第十八卷，筑摩书房，1970 年，第 230 页。

② 同上书，第 261 页。

③ 诗曰："不入青山亦故乡，春秋几作好文章。讬心云水道机尽，结梦风尘世未长。……"这里的"讬心云水道机尽"一句中的"道机"，最初是作"禅机"（《漱石全集》第十八卷汉诗文，一海知义译注，岩波书店，1995 年，第 367 页），是否这也可以作为说明其"道"是超越某一种具体宗教或主义的一种证据。

④ 《吉川幸次郎全集》第十八卷，筑摩书房，1970 年，第 232 页。

⑤ 诗曰："……兴来题句春琴上，墨滴幽香道气多。"其中的"道气多"三字，是由初稿"惹蝶过"修改过来的。见《漱石全集》第十八卷汉诗文（一海知义译注），岩波书店，1995 年，第 425 页。

⑥ 《吉川幸次郎全集》第十八卷，筑摩书房，1970 年，第 239 页。

⑦ ［日］佐古纯一郎：《夏目漱石论》，审美社，1978 年，第 134 页。

原月在天。"这里以老子出关相比况，当年与道无缘的瞎儿，经历了许多艰难的人生活计之后，悟出了道就弥漫在穷乡僻壤之间。但是，闲适和无奈在这里依然相互交织，这里的长啸，是发自内心深处的嘶鸣。而这种长啸终究归于无声无息，令人更觉寂寞。甚至有形的肉体都在自然中消失得无影无踪。如他在 11 月 20 日夜所作的绝命诗中所说：

> 真踪寂寞杳难寻，欲抱虚怀步古今。
> 碧水碧山何有我，盖天盖地是无心。
> 依稀暮色月离草，错落风声秋在林。
> 眼耳双忘身亦失，空中独唱白云吟。

　　这里的"何有我"确有《庄子·齐物论》中"吾丧我"的意味。郭象注曰："吾丧我，我自忘矣。我自忘矣，天下有何物足识哉？故都忘外内然后超然俱得。"宋代林希逸《庄子口义》中解释曰："吾即我也。不曰我丧我，而曰吾丧我，言人身中才有一毫私心未化，则吾我之间亦有分别矣。"这里"（小）我"已经与天地、山水、白云融为一体了。而"无心"与"无为"也是可以相通的①。如果说禅的无心是以"离"的作用而去妄想为契机，而老庄的无心是以"忘"的形式表现出来的话②，那么在这里"离"与"忘"已经很难区分开了。

　　下面是一海知义发掘的一首未定稿，很能说明漱石思想的哲学或宗教的特色。

> 无心却是最神通，只眼须知天地公。
> 日照苍茫千古大，风吹碧落万秋雄。
> 生生流转谁呼梦，念念追求真似空。
> 欲破龙眠匆匆卒，白云深处跃金龙。③

---

① 比如 8 月 22 日的诗句"终日无为云出岫"中的"无为"，其订正稿就曾改为了"无心"。见《漱石全集》第十八卷汉诗文（一海知义译注），岩波书店，1995 年，第 350 页。

② ［日］村上嘉实：《老庄的自然与禅》，［日］久松真一、西谷启治编《禅的本质和人间的真理》，创文社，1969 年，第 700 页。

③ 收入《漱石全集》第十八卷汉诗文，岩波书店，1995 年，第 90 页。一海知义的译注见该书第 579—581 页。

这里儒、道、佛三者融为一体，与"则天去私"的"天"一样，很难用一种思想或一家的"宗旨"来加以说明，而是一种新的创造。这也正如他在 10 月 17 日的诗中所说：

> 古往今来我独新，今来古往众为邻。
> 横吹鼻孔逢乡友，竖佛眉头失老亲。
> 合浦珠还谁主客，鸿门玦举孰君臣。
> 分明一一似他处，却是空前绝后人。

在这种"空前绝后"的"独新"哲学中，道家意识或许只是起到一种调和剂、凝聚剂或催化剂的作用。其"真"性①如何，无疑还有待于进一步的研究。有人将漱石晚年的汉诗写作看成是以另一种形式向早年《草枕》的浪漫主义的回归②，或认为其晚年汉诗是对其未完成世界的完成③。但是，从我们上面的分析看，漱石的世界本身可以说就是一个复杂的充满矛盾的世界，这种矛盾不是杂然的，而是深刻的；其世界不是已经完成的澄明，而是仍然在生成之中的混沌。其世界也正是因为这种生成性而具有多义性。尽管从其思想的走向上看，大致可以描述出一条从人到天、从世间到自然的轨迹，但是我们对他的"天""道""自然"等概念都不能作简单的理解。因为如他自己所说，他"只是以与自己相应的方针和用心来修道的"④。而究竟什么是与他自己相应的方针和用心，这无疑是夏目漱石研究中一个弥久而常新的问题。

---

① 比如 11 月 13 日的诗就颇有深意。曰："自笑壶中大梦人，云寰飘渺忽忘神。三竿旭日红桃峡，一丈珊瑚碧海春。鹤上晴空仙翩静，风吹灵草药根新。长生未向蓬莱去，不老只当养一真。"

② ［日］藤山健治：《漱石的轨迹和系谱》，纪伊国屋书店，1991 年，第 153 页。

③ 同上书，第 157 页。

④ 《漱石全集》第十七卷，岩波书店，1937 年，第 613 页。

# "汉诗人"河上肇的文化抵抗[*]

## ——《资本论》日本译介者的侧面像

陆晓光[①]

**摘　要**：河上肇是中国现代史上最初接受马克思学说的中介者之一。晚年的他在中国八年抗战时期隐居转入汉诗创作，并投入对南宋抗金诗人陆游为主要对象的鉴赏与研究。他以汉诗创作与鉴赏的方式寄托了反对日本侵华战争的心志，同时也汲取了古典汉文学的精神资源。河上肇汉诗堪称是在文化领域坚持深层的反战抵抗，代表了一种曾经被炮声淹没而值得后人静心聆听的声音。河上肇汉诗不仅从一个特定时代的日本学者的角度，实践了古典汉诗文的现代价值与跨国意义，而且从一个著名《资本论》日译者的角度，提示了古典汉诗文与现代马克思学说之间的精神相通性。

**关键词**：日本汉诗；河上肇；资本论；陆游；文化抵抗

　　河上肇（1879—1946）是日本最早译介《资本论》的著名经济学家，也是中国现代史上最初接受马克思学说的中介者之一。从李大钊到毛泽东、周恩来等，中国共产党第一代领导人都读过他的著作。20 世纪 20 年

---

　　* 本文原发表于《华东师范大学学报》（哲学社会科学版）2007 年第 5 期。
　　本文所据日文原著资料，皆笔者直接译出。

　　① 陆晓光：男，华东师范大学中文系教授，"比较文学与世界文学"博士生导师，兼任王元化研究中心暨东方文化研究中心主任。1977 年考入华东师范大学中文系，1984 年留校任教迄今。历任美国加州大学伯克利分校东亚研究所访问学者、日本佐贺大学客座副教授、神户大学客座教授。代表作有《中国政教文学之起源——先秦诗说考论》（专著）、《周汉文学史考》（译著）、《汉字传入日本与日本文字起源》《芥川龙之介的汉文学素养与艺术风骨》等。近年论著主要有《清园先生王元化》（编著）、《论王元化学术的"比较文学"特色》《马克思美学视域与〈资本论〉》《王国维读〈资本论〉年份辨》《庖丁解牛与〈资本论〉美学》等。

代迄至 60 年代，我国出版过他的论著近 20 种。① 然而中国学界迄今未必知道他还是一位才情"横溢"的汉诗人和有独特见解的中国古典诗词研究者。管见所及，在中国文学研究领域的汉语出版物中罕见其踪影。② 本文拟就河上肇汉诗之精神风貌作初步介评。

## 一　"六十衰翁初学诗"
### ——河上肇汉诗的创作背景与动机

河上肇在日本所称"满洲事变"（即"9·18 事变"）后的 1933 年 1 月，因其共产党人"非法"身份而被捕入狱，5 年牢狱刑满后于 1937 年 6 月释放"观察"，③ 其时 59 岁。此后河上肇迄至 1946 年病逝的近 9 年余生中，除了撰写《自叙传》外，主要专心致志于汉文学研究：一是研习汉诗，创作汉诗一百数十首；二是研究南宋抗金诗人陆游诗歌，撰写《放翁鉴赏》。这些成果战后得以出版，日本学者因以"汉诗人河上肇"称之。④ 下面是他的一首代表性汉诗：

---

① ［日］一海知义：《河上肇年谱》，《河上肇全集》别卷，岩波书店，1982 年。笔者据吕元明《河上肇著作在中国》（《吉林师范大学学报》1979 年第 2 期）与日本学者一海知义《河上肇与中国》的"河上肇与中国革命家"章（岩波书店，1982 年，第 148—149 页）所述整理。河上肇著作的中译出版至少有如下近 20 项：《马克思主义唯物史观》《共同生活与寄生生活》等论文，中文报刊，1919 年；《贫乏论》（原著《贫乏物语》），止止译，上海泰东出版社 1920 年版；《救贫丛谈》（原著同上），商务印书馆 1920 年版；《近世经济思想史论》，1920 年；《社会组织与社会革命》，郭沫若译，1925 年；《资本主义经济学之史的发展》，1928 年；《马克思主义经济学》，1928 年；《经济学大纲》上篇，1929 年；《劳资对立的必然性》（原著《阶级斗争の必然性と其の必然の转化》），1929 年；《人口问题批评》，1929 年；《资本论入门》，1929 年；《马克思主义经济学基础理论》，1930 年；《新社会科学讲话》（原著《第二贫乏物语》），1936 年；《社会组织与社会革命》（重版），1951 年；《资本论入门》上册（战后重版），1959 年；《资本论》下册（原著同上），1961 年；《河上肇自传》（原著《自叙传》），1963 年；《经济学大纲》上卷（原著同前，改译），仲民译，生活·读书·新知三联书店 1965 年版。

② 吕元明在其约两千字的《河上肇著作在中国》文中有百多字提到河上肇汉诗（《吉林师范大学学报》1979 年第 2 期）。

③ ［日］河上肇《狱中赘语》言及："保护观察"法是当时法规，根据该法规，违反"治安法"的人，即便出狱后也受监控。《河上肇全集》第 21 卷，岩波书店，1984 年，第 436 页。

④ ［日］一海知义：《河上肇与中国》，岩波书店，1982 年，第 229 页。

### 遣怀

（1941 年 7 月 16 日）

宛如萍在水，从风西又东。

此是鄙夫事，学者哪得同。

丈夫苟志学，指心誓苍穹。

唯要一无愧，何必问穷通。

困睫瞢腾老，耳聋心未聋。

寄寓世上轻薄子，莫拟瞒此避世翁。①

该诗押韵到位，句式整齐，意思明达，读来有流畅的节奏感；形式合乎中国古诗格律。诗中表达的是一位"避世翁"拒绝与时势流俗苟合的心志；从儒家"诗言志"传统观之，也足称有胸襟有格调。

以最早研究译介马克思经济学而著名的河上肇为什么转入古典汉诗世界，河上肇本人在其汉诗中有所自述：

### 六十初学诗

（1938 年 1 月 26 日）

偶会狂澜咆勃时，艰难险阻备尝之。

如今觅得金丹术，六十衰翁初学诗。②

作为具有诗人气质的学者，河上肇早在 19 岁时（1898）就开始创作和歌，至其 60 岁的约 40 年中，至少已写有包括新体诗与古典和歌在内的数百首日文诗歌。③ 上引诗中"初学诗"是指他开始投入汉诗研习创作。"六十衰翁初学诗"意味着，河上肇此年开始自觉地将创作汉诗作为追求目标。笔者统计，河上肇在其创作"初学诗"的 1938 年中，共写汉诗 39 首；而在他创作这首诗的 1 月 26 日之前，半个月中接连写了 7 首汉诗，分别为：《闲居》其一（1 月 13 日）、《闲居》其二（1 月 16 日）、《寄青枫画伯》（1 月 20 日）、《冬夜偶成》（1 月 21 日）、《无题》（1938 年 1 月

---

① ［日］河上肇：《河上肇全集》第 21 卷，岩波书店，1984 年，第 80 页。

② 同上书，第 62 页。

③ 同上书，第 4—59 页。

22 日)、《莫叹》（1938 年 1 月 22 日)、《不觉浮沉》（1938 年 1 月 24 日)。① 可见，"六十衰翁初学诗"，首先是对他本人生活的真实写照。

河上肇转入汉诗，客观原因首先在于，汉诗作为一种在日本历史上具有长久传统的古典文学样式，与当时日本社会严酷现实的关系明显疏远，有关汉诗文的典籍文献不在日本军政当局"管制"范围内。即便在监狱中，也允许阅读中国诗文典籍。据《河上肇年谱》，他在监狱期间"读破"过陶渊明、白乐天、王维、苏东坡等人诗集。② 因此，出狱后的他继续从事中国古典诗文研习，就更是"合法"的了。

日本有学者指出，河上肇是他同时代经济学家中引用汉籍诗文典故最频繁者，并认为他的汉文学兴趣"不仅与其受教育之背景有关，更是出于他对东洋文雅风格所具有的先天性爱好"③。这个看法不无道理。河上肇早期受教育于日本明治时代，明治时代日本文化人的特点是，一方面大量接受西方文化，另一方面保留着汉文学遗泽；因而那一代文化人有可能对汉诗文保持某种程度的亲和感。例如日本近代文学之父夏目漱石（1867—1916）曾经留学英国，但是他的一生除了创作现代小说外，也写过二百多首古典汉诗。④

然而河上肇出狱后倾心于古典汉诗，却是将之作为"金丹术"而倾心竭力追求。他在《狱中赘语》中说："我研究马克思学说始于约 1904 或 1905 年，迄今已历三十余年，我在学术上的信念是经历水火相煎的年代而确立起来的。"⑤ 这意味着他不会轻易转变学术对象。但当时现实情况是马克思学说被严禁，他本人正是因此而入狱；并且，他出狱后私人所藏《资本论》等 640 余册的"左翼"书籍皆被没收。⑥ 这些又意味着他无法以原来方式继续实践自己的学术信念。在这个两难处境中，他需要找到一种既能有所保持其学术信念，相对于严酷环境和他本人老衰条件又是现

---

① ［日］河上肇：《河上肇全集》第 21 卷，岩波书店，1984 年，第 60—68 页。

② ［日］一海知义：《河上肇年谱》，《河上肇全集》别卷，岩波书店，1982 年，第 252—258 页。

③ ［日］河上肇：《河上肇全集》第 20 卷，岩波书店，1984 年，第 530 页。

④ ［日］和田利男：《漱石汉诗的展开》，《夏目漱石全集》别卷，筑摩书房，1979 年，第 306—321 页。

⑤ ［日］河上肇：《河上肇全集》第 21 卷，岩波书店，1984 年，第 435 页。

⑥ ［日］一海知义：《河上肇年谱》，《河上肇全集》别卷，岩波书店，1982 年，第 261 页。

实可行的方式。河上肇本人在其《闲人诗话》中说，转入研习汉诗的
"最主要原因是，汉字汉文在某些场合最适合表达自己的思想感情"①。

　　河上肇是在日本发动侵华战争的背景中开始研习汉诗，而汉诗的故乡
正是中国。在这个特殊背景下他选择转入汉诗，仅就其形式而言就不无意
味。如果说马克思学说具有关怀与批判社会现实的品格，那么汉诗形式对
于河上肇不会仅仅是回避严酷现实的逃遁之术；如果说马克思学说还包含
着反对帝国主义战争的本质要求，那么河上肇视汉诗为"金丹术"，应该
是与他在严酷背景中坚持抵抗帝国主义战争的情志有关。

　　河上肇汉诗主要见于他本人所编《诗歌集》，其中混合了日语诗歌与
汉诗两种体裁的作品。值得注意的是其中编列时期的划分及汉诗作品数与
战争背景的相关性。以下是笔者统计结果：

1. 闭户闲咏以前（明治时期至 1937 年 7 月 7 日以前）汉诗 3 首
2. 闭户闲咏第一集（1937 年 7 月 7 日至 1941 年）汉诗 55 首
3. 闭户闲咏第二集（1942 年）汉诗 33 首
4. 诗歌日记（1943 年至 1945 年 5 月 13 日止）汉诗 23 首
5. 枕上浮云集（1945 年 5 月 13 日至 1946 年去世）汉诗 1 首
6. 拾遗（1937 年 7 月至 1945 年 10 月）汉诗 26 首
（以上总计）汉诗 141 首②

　　上面各分集的起讫年月分别是：1937 年 7 月 7 日（中国抗日战争开
始）；1942 年（该年日本进入"太平洋战争"时期）；1945 年（该年日本
战败投降）。显然，这个编目的起讫时间突出了战争背景。再看各时期的
汉诗作品数：1937 年后（55 首），1942 年中（33 首），1945 年前（23
首）；"拾遗"部分（26 首）皆在 1937 年至 1945 年所写。除 1945 年以后
的"枕上浮云集"的 1 首外，整个《诗歌集》（合计汉诗 141 首）的起讫

---

　　① ［日］河上肇：《河上肇全集》第 21 卷，岩波书店，1984 年，第 243 页。
　　② 河上肇自号"闭户闲人"，因此以"闭户闲咏"为诗集之名。目录中第 1—5 项的标题
及所录诗歌是他本人生前编列，合计汉诗 115 首；第 6 项"拾遗"汉诗 26 首，是他去世后由编
者一海知义搜集编录，两者合计数是 141 首。据一海知义另文所说，河上肇留下的汉诗总计有
160 余首（一海知义：《河上肇与中国》，岩波书店，1982 年，第 229 页），则其另有 19 首可能散
见于《河上肇全集》第 21 卷之外的各卷中。

年都是"1937年7月至1945年10月",这个时期也正是日本侵华战争期。换言之,河上肇集中写汉诗的起讫时期与中国的八年抗战时期吻合。在这个意义上可以说,其汉诗全体都是在"偶会狂澜咆勃时"所写;并且他本人编集时对各集起讫年月的划分也突出对应了战争期的各阶段。如果说河上肇这样编集的形式不是出于无意识,那么他在这样的背景中选择学写汉诗,就更是有特殊意味的"金丹术"了。

## 二 "不知兵祸何时止"
### ——河上肇汉诗的情志与风骨

古典汉诗理论有两个相互联系而各有区别的核心观点,即"诗言志"与"诗缘情"。前者主张诗歌的社会价值与现实关怀,后者偏重个体的情感愉悦与审美境界。《文心雕龙》提出"情志"范畴以强调两者的统一性,但根本上还是首先关注"志"的方面。[①] 从这一角度观之,河上肇汉诗特色首先在于具有自觉的"言志"意识与饱满的"情志"内涵。其情志内涵至少包括如下方面。

首先是,以汉诗表达作者对早先信念的矢志不渝。例如下面两首:

### 第六十回生日当日叙怀
（1939年10月20日）

一身瘦尽如枯叶,万境踏来始隔生。

只喜回头无所悔,谁知这个野翁情。[②]

### 余年二十六岁之时,初号千山万水楼主人,
### 连载社会主义评论于《读卖新闻》
（1939年12月14日）

夙号千山万水楼,如今草屋似扁舟。

---

① 王元化释《文心雕龙》"情志"曰:"文学创作中的情感只能是经过思想深化的感情,文学创作中的思想只能是被感情渗透的思想。"（《文心雕龙讲疏》,广西师范大学出版社2004年版,第216页）

② ［日］河上肇:《河上肇全集》第21卷,岩波书店,1984年,第70页。

相逢莫怪名殊实，万水千山胸底收。①

前一首是诗人在满 60 岁生日时的自我勉励：虽然衰老、孤独、落荒，
被世俗现实疏远乃至隔离，但是他不仅是"无所悔"，而且是"只喜回头
无所悔"。其中的"无所悔"显然主要是指他前此研究马克思经济学而形
成的学术信念。后一首是这位 60 岁老人追思青年时期就开始的奋斗生涯
而发的感慨，诗题直接标出"社会主义"这个当时已被禁止的关键词。
作者对自己当年的所为不仅无所后悔，而且显然怀抱自豪。虽然时异境
迁，作者已转成与世隔绝的"草屋扁舟"隐居人，但是他的内心生活，
还在一如既往地关注着"万水千山"的世事。再如下面一首：

### 无题
（1939 年 12 月 24 日）

几冒险艰身未亡，老来犹守旧时狂。

时难世事懒得语，尽日拥炉梦还乡。②

诗中的老人在严寒的冬天，独自拥守暖炉，沉醉于白日梦中。老年河
上肇心中的"旧时狂"以及他"梦还乡"的具体方向，我们从前面一首
诗的表白中已经大体可知。

河上肇汉诗的情志内涵的第二个突出表现是，其中的喜怒哀乐深切感
应着当时的重大事态，鲜明表达了作者的心志倾向。对于河上肇而言，当
时最重要的是中国延安的抗日根据地，他的关注与态度集中表达于下面
一首：

### 天犹活此翁
（1938 年 10 月 20 日）

秋风就缚度荒川，寒雨萧萧五载前。

如今把得奇书坐，尽日魂飞万里天。③

---

① ［日］河上肇：《河上肇全集》第 21 卷，岩波书店，1984 年，第 71 页。

② 同上书，第 207 页。

③ 同上书，第 62 页。

作者在该诗小序特别说明："奇书"指"埃德加·斯诺关于中国之新著"，该新著显然就是著名的《红星照耀中国》（*Red Star over China*，当时中国大陆译作《西行漫记》）。小序中还特别写道，"五年前（1933年）之今日，余始被刑务所收容。当时雨降风强，余身缠单薄囚衣，在寒风中打着冷颤，被戴上手铐，推入囚车，押送至荒川监狱。其时其境，迄今难忘"。"今日虽同为雨天，而寒冷稍减。早晨买花置于书斋，傍晚，尝食家人所作红米饭。"作者读该书后的欢喜之情溢于言表。

埃德加·斯诺的《红星照耀中国》首次向世界介绍了中国共产党领导的西北抗日根据地延安的风貌。身为日本人且身在日本的河上肇，读到这部"奇书"如此兴奋，以至于"尽日魂飞万里天"，这足以表明，他在隐居生活中所做的"还乡"之梦，与万里之外的中国抗日事业息息相通。"万里天"者，遥远的中国抗日事业也。值得一提的是，在写该诗的约一个月之前，河上肇在日本《改造》杂志上读到毛泽东《论持久战》的日译文，作了如此评点："毫无疑问，在日本没有一篇论文能够对战争前景作出像《论持久战》这样清晰透彻的预见。"[1] 由此又可见，河上肇"尽日魂飞万里天"的情思并非限于读《红星照耀中国》这本"奇书"之日。该诗写于前述"六十衰翁初学诗"的同一年，这意味着，河上肇转入汉诗领域的原因，是与该诗所表达的、在当时日本不仅独特而且犯大禁的情思密切相关。如果说独特的情思需要独特的形式表达，那么对于河上肇的"还乡"梦与"尽日魂飞万里天"的情思而言，汉诗形式无疑是独一无二的"金丹术"了。动人春色无须多，笔者以为，这首诗突出表征了河上肇所有汉诗中的某种相通底蕴。他的另一首五言绝句：

**虽身住陋巷，心常似游山川**

（1940年8月21日）

长江随浪下，无事到心头。

对月披襟卧，烟波载梦流。[2]

其中作者牵心挂肠的"长江"之事，想必也是与中国抗日事业相关吧。

① ［日］一海知义：《河上肇年谱》，《河上肇全集》别卷，岩波书店，1982年，第259页。

② ［日］河上肇：《河上肇全集》第21卷，岩波书店，1984年，第75页。

　　与河上肇对中国抗日事业之魂飞神往形成鲜明对照的是，他对包括日本在内的帝国主义战争持鲜明批判态度。早在第二次世界大战爆发之前他就写道："我相信列宁的帝国主义论包含着科学预见，第二次世界大战必然在我有生之年发生。虽然迄今我一直期望着以和平方式解决冲突，但是期望毕竟只是期望。"① 这表明，他对战争的批判不仅是出于一种情感，而且是基于其马克思学说的研究与信念。下面一首直接表达了他对帝国主义战争的愤懑与批判：

### 腥风不已

（1940 年 3 月 2 日）

战祸未收时未春，天荒地裂鸟鱼瞋。

何幸潜身残简里，腥风吹屋不吹身。②

　　"腥风不已""战祸未收"，其中包含着对战争之性质的批判；"天荒地裂鸟鱼瞋"的比喻，其意境类似杜甫诗"感时花溅泪，恨别鸟惊心"。作者当时作为年逾花甲的"衰翁"，无法以社会实践方式进行抵抗。不过他的"何幸潜身残简里"，并非藏身小屋而不问腥风春秋，而是正在以其可能的方式进行抵抗。正是在那段时期，他开始潜心研读撰写《放翁鉴赏》，意在借南宋抗金诗人陆游而寄托其批判日本侵华战争的心志（详后）。再看下面两首：

### 兵祸何时止

（1944 年 9 月 19 日）

其一

薄粥犹难得饱尝，煮茶聊慰我饥肠。

不知兵祸何时止，破屋颓栏倚夕阳。

其二

早晓厨下蛰虫声，独抱清愁煮野羹。

---

① ［日］一海知义：《河上肇年谱》，《河上肇全集》别卷，岩波书店，1982 年，第 260 页。

② ［日］河上肇：《河上肇全集》第 21 卷，岩波书店，1984 年，第 72 页。

不知兵祸何时止，垂死闲人万里情。①

诗人此时身处"破屋"与"饥肠"困境，并且自感行将辞世，故以"垂死闲人"自称（半年后的 1945 年 5 月 4 日，作者《拟辞世》曰："病卧及久，气渐坦然。"又半年后作者去世）。如果将"垂死闲人万里情"与前面《天犹活此翁》诗中"尽日魂飞万里天"互文对释，则该诗表明，河上肇并非一般地忧虑"兵祸"，其忧虑焦点是日本的侵华战争；他直至垂死之际依然情系万里之外的中国。

河上肇汉诗之情志内涵的第三个突出主题是"甘贫不卖文"。下面三首是直陈胸臆之作：

### 寄青枫画伯

（1938 年 1 月 20 日）

老去希无事，虽贫不卖文。

避名贪懒慢，卖剑择离群。

白眼忘机我，丹青乐艺君。

莫嗤冬夜永，孤客梦风云。②

### 无题

（1938 年 1 月 29 日）

赍志掩柴扉，虽贫不卖文。

俯仰无所愧，登高看浮云。③

### 不卖文

（1938 年 2 月 5 日）

守节游方外，甘贫不卖文。

仰天勿所愧，白眼对青天。④

---

① ［日］河上肇：《河上肇全集》第 21 卷，岩波书店，1984 年，第 156 页。

② 同上书，第 201 页。

③ 同上书，第 202 页。

④ 同上书，第 62 页。

　　三首诗都是作者出狱不久后所写，各首相隔时间总共不过半月，各首都有"甘贫不卖文"句。从中可以判断：首先，河上肇出狱后生活贫穷，而当时他有可能通过"卖文"方式换取利禄；其次，他之"甘贫不卖文"，目的是保持"仰天勿所愧"心志；最后，末句"白眼对青天"意味着，他的"不卖文"是针对以"天皇"为首的日本军政当局的战争宣传。不难推想，像河上肇这样的著名文化人，在当时背景下，日本军政当局很可能希望利用他来进行鼓动战争意识之宣传；河上肇很可能也多次受到这方面的说项诱惑，因此他才一而再，再而三地在诗中表达自己心志。如果说"老去希无事"和"卖剑择离群"意味着他迫于情势而不得不告别对马克思经济学的研究而退避隐居，那么"甘贫不卖文"则表明他退避的底线。古代中国诗人陶渊明曾经面对"乡里小人"而"不为五斗米折腰"，河上肇则是在日本侵华战争背景中选择"甘贫不卖文"，乃至敢于"白眼对青天"。如果说河上肇的困境较之陶渊明更为严峻，那么他的心志和勇气至少同样值得钦敬。

　　"甘贫不卖文"之情志是河上肇的汉诗频繁吟咏、贯穿始终的主题之一。除上面所举外，此后写的如："卜居西海曲，远距名利场。无欲红炉雪，有节白鬓霜。"（1938 年 6 月 20 日《上须磨伯父》）"无羡王公与富儿，但携孙稚步迟迟。"（1938 年 9 月 3 日《无题》）[1]"半生从笔砚，空作笃鱼奴。唯喜书百卷，一字未尝沽。"（1941 年 10 月 1 日《未尝沽》）[2]"故旧哀贫贱，贫贱元所期。不惭被宽褐，不羡坐虎皮。不学尝粪陋，不顾名利羁。怡怡五邻保，窃喜志未移。"（1942 年 7 月 9 日《六十四岁夏自画像》）[3]。从这些诗章可见，河上肇出狱后长期过着"贫贱"生活，长期坚持"不卖文"操守。他在意识到自己生命行将终结时，草拟过两句对联诗：

### 辞世试作

（1945 年 4 月 2 日）

　　六十七年波澜多少，上不愧天莞尔就死。[4]

---

① ［日］河上肇：《河上肇全集》第 21 卷，岩波书店，1984 年，第 204 页。

② 同上书，第 81 页。

③ 同上书，第 93 页。

④ 同上书，第 172 页。

其中问心无愧的欣慰，无疑包含着对自己一生，尤其在战争期间"一字未尝沽"的总结。

《文心雕龙·风骨》将"风骨"作为评价诗歌风格的最高境界："诗总六义，风冠其首"；"翰飞戾天，骨劲而气猛，文章才力，有似于此。"老年病衰的河上肇，其汉诗作品在韵味气势上，虽然未必有充沛的"骨劲而气猛"的力度，但是在精神品质上，笔者以为诚可谓蕴含超拔之"风骨"者也。

## 三　"碎尽小儒拔山志"
### ——河上肇汉诗情志的古典资源

如前所说，河上肇在日本侵华战争期间转入汉诗领域的原因之一，是为了坚持其前此研究马克思学说而建立的"学术信念"。这个转变意味着，在他看来，马克思学说的精神品质与汉诗领域中的价值资源具有某种相通性。换言之，河上肇汉诗之情志的精神资源，既来自他早先研究马克思学说而获得的信念，也来自汉诗所属的古典汉文学世界。

例如就河上肇"甘贫不卖文"情志的精神资源而言，它至少在某种程度上直接来自儒家典籍——儒家有"君子谋道不谋贫"（孔子）和"贫贱不能移"（孟子）的古训。并非偶然的是，河上肇汉诗中频繁出现以儒者自比的诗章：

### 三间屋

（1938 年 6 月 29 日）

容膝三间屋，曲肱一卷书。

小儒养老处，明月独侵庐。①

其中"曲肱一卷书"用《论语·述而》典故："饭蔬食，饮水，曲肱而枕之，乐亦在其中矣。"作者以"小儒"自比，表明其读过儒家经典

---

① ［日］河上肇：《河上肇全集》第 21 卷，岩波书店，1984 年，第 64 页。

《论语》并认同安贫乐道思想。同类的诗章另有："沦落小儒聊足慰，暮年自是残贫身。"（《无题》，1942 年 4 月 19 日）[①]；"老翁一日娱，鼓舌嘉粗饭。天怜此小儒，为许闲人健。"（《顷日瘦躯颇健》，1942 年 4 月 26 日）[②] 等，其中表现的不仅是"小儒"的贫穷处境，更是安贫乐道的欣慰乃至快乐。"小儒"之外又有"寒儒"的自比：

### 偶成
（1941 年 4 月 9 日）

身攀锦江再生缘，心似香山放妓年。

壮图如梦落花夕，老残寒儒谁为怜。

（河上肇自注）白乐天晚年住于香山自号香山居士。[③]

白居易晚年归隐洛阳香山，史载期间他曾大病一场，遂将前此收留的家妓放归。[④] 河上肇用此典故显然主要是取白居易晚年隐居病衰之意。"寒儒"者，卑贱贫寒之儒也。白居易晚年虽然病衰，却未必称得上卑贱贫寒，因而以"寒儒"比拟白居易未必恰当。不过从中可见作者乐意引古代中国大诗人为自己同道的心情。再看他以"陋儒"的自比：

### 更得一诗
（1944 年 11 月 3 日）

来宿君家古渡滨，衰翁忘得陋儒贫。

天迎我到以明月，消尽众星挑一轮。[⑤]

在汉籍经典中，"陋儒"之称始见于《荀子·劝学》："上不能好其人，下不能隆礼……则末世穷年，不免为陋儒而已。"荀子以"陋儒"嘲

---

① ［日］河上肇：《河上肇全集》第 21 卷，岩波书店，1984 年，第 88 页。

② 同上书，第 89 页。

③ 同上书，第 78 页。

④ 白居易《时热少客，因咏所怀》诗有："院静留僧宿，楼空放妓归。"见《全唐诗》，上海古籍出版社 1986 年版，第 1162 页。

⑤ ［日］河上肇：《河上肇全集》第 21 卷，岩波书店，1984 年，第 158 页。

笑徒颂诗书博取利禄而不能实践诗书精神的人。① 河上肇这里的"陋儒"则是指贫寒之儒士;"忘得陋儒贫"不仅是自嘲,更是自励。该诗后两句不仅表现出"清风明月不用一钱买"的洒脱,而且大有"明月为我从天出"的豪气。下面一首"儒餐"的造语则更是以儒者简朴生活而自豪了:

### 儒餐

(1943 年 10 月 20 日)

土锉煤炉老瓦盆,莫因鼎食羡豪门。

儒餐自有穷奢处,白虎青龙一口吞。②

其中"白虎青龙"是比喻豆腐青菜所制菜肴。在河上肇心目中,儒者的基本素质是甘于清贫,因而对儒者的心仪便引导他把青菜豆腐类的简朴菜肴想象为"儒餐"之极致。作者在进食"儒餐"时的快乐感,显然主要来自文化品位。

然而儒家之道所要求的不仅在于"安贫",更在于"乐道"。河上肇以儒者自比,原因也并不仅仅出于"安贫"的生活态度,更在于"乐道"的心志抱负。后者集中表现在下面一首:

### 题长谷部君居所扁额

(1940 年 2 月 20 日)

已③巳岁暮书此序,熔古铸今是何意。

尔来风雨十余年,碎尽小儒拔山志。④

末句"小儒"之意颇堪玩味。"拔山志"典据是项羽"力拔山兮气盖世",如果说这里的"小儒"是指当年怀抱"拔山志"的作者,那么就其志向之弘毅高远而言,其"小"不过是自称谦辞;如果说"小儒"是相

---

① 荀子的"陋儒"之讥,见梁启雄《荀子简释》,中华书局 1983 年版,第 10 页。关于荀子对"陋儒"的批评及原因,参见拙著《中国政教文学之起源——先秦诗说论考》,华东师范大学出版社 1994 年版,第 141 页。

② [日] 河上肇:《河上肇全集》第 21 卷,岩波书店,1984 年,第 128 页。

③ 编者按:"已"当为"己"之误。

④ [日] 河上肇:《河上肇全集》第 21 卷,岩波书店,1984 年,第 207 页。

对于"拔山志"破碎后的作者而言，那么它意味着作者对儒家"穷则独善其身，达则兼济天下"的处世之道有其真切理解，即视"兼济"为第一义，"独善"为第二义。"碎尽小儒拔山志"，既是作者奋斗多年、历尽坎坷、被迫退隐的真实写照；也流露出他虽在隐居，却某种程度上依然有"猛志固常在"的一面。正因此，河上肇即便退避书斋，其所选择的也是能够寄托其心志的以汉诗"熔古铸今"的方法。换言之，他虽然身处隐居独善，其独善之道的具体途径，却与修身养性以求长寿的道家不同，也与虔敬事佛以求清净的僧人不同，而具有针对侵略战争背景进行文化抵抗的自觉意识与现实内容。"小儒"者，其志非小；"陋儒"者，美质存焉。

就中国古代诗人范围中的儒者而言，河上肇最心仪的是南宋爱国诗人陆游；在某种意义上可以说，河上肇汉诗中最能体现他文化抵抗心志的也是那些与陆游相关的作品。笔者统计，其中直接提到陆游名字的作品至少有五首。这里举其中两首观之。其一：

### 放翁

（1942 年 5 月 7 日）

日夕亲诗书，广读诸家之诗，然遂最爱《剑南诗稿》。

邂逅蠹书里，诗人陆放翁。

抱琴歌扇月，忘世酒旗风。

伏枥千里骥，蹴空九秋鸿。

爱吟长不饱，闲暮乐无穷。①

值得首先注意的是小序中的"遂最爱《剑南诗稿》"。如前所述，早在作者1933年开始的五年监狱期间，他至少已经"读破"过陶渊明、白乐天、王维、苏东坡等大家的诗集。在写上诗前一年（1941 年 4 月 24日），他得到友人赠送的中国商务印书馆国学基本丛书版的《陆放翁集》全四册，喜而赋诗曰："放翁诗万首，一首值千金。"② 而翌年 2 月 8 日，河上肇将个人藏书，亚当·斯密的《国富论》初版珍本给予当时日本关

---

① ［日］河上肇：《河上肇全集》第 21 卷，岩波书店，1984 年，第 89 页。

② 同上书，第 78 页。

西学院大学，又以所得回赠报酬"购买汉诗关系书籍若干"①。之后他在
4 月 28 日写的汉诗《卖旧藏〈国富论〉换汉籍乐不少》专门咏及此事：
"蠹书聊得卖，青帙散空床。谁知贫巷里，亦有白云乡。"② 因此，上诗小
序中所说"广读诸家之诗，然遂最爱《剑南诗稿》"，应该是这次购书后
进一步广泛阅读比较后的结论。

不过更重要的在于，河上肇读陆游诗何以会有"抱琴歌扇月"般的
快乐，何以会如"伏枥千里骥"般地兴奋，又何以在中国诸多古典大诗
人中对陆游诗歌情有独钟。笔者以为其中最主要原因无疑是：陆游生活在
中原受北方金国入侵的南宋时期，他在当时朝廷属于抗战派，其诗歌中也
有大量抒发抗战情志的作品；陆游作为抵抗外来侵略的中国古代抗战诗
人，其风格特点是其他中国古代一流诗人所未必具有或相对逊色的，而对
于河上肇来说，却是最能借以寄托、最具现实意义，因而最能引起共
鸣的。

值得注意的还在于，在陆游所处的南宋时代，入侵并进而统治中国北
方的金国是由女真族构成；而在河上肇所处年代，日本帝国主义建立的殖
民政权"满洲国"也是在中国北方，"满洲"的前身正是在历史上建立过
金国的女真族。③ 这种历史的相关性使得在河上肇看来，陆游的抗金与当
时中国的抗日具有现实的隐喻性；至少对于河上肇而言，认同陆游的抗金
志向和借助于鉴赏陆游诗歌，能够虽隐蔽却充分地寄托他反对日本帝国主
义侵略中国的情怀。正因此，河上肇晚年继"六十衰翁初学诗"后不久，
又开始倾心投入的另一项耗费时间心力的著述工作，即撰写《放翁鉴
赏》。也正因此，他在鉴赏陆游诗的过程中，特别关注其时金国"侵迫"
宋朝的背景。例如他在解释陆游《春夜读书》诗中"枉是儒冠遇太平，
穷人哪许共功名"两句时，并非无意识地将金国首都称为"北方满洲"，

---

① ［日］一海知义：《河上肇年谱》，《河上肇全集》别卷，岩波书店，1982 年，第 262 页。

② ［日］河上肇：《河上肇全集》第 21 卷，岩波书店，1984 年，第 89 页。

③ 汉语《辞海》（上海辞书出版社 1999 年版）释："金国"，1115 年女真族创建，建都黑
龙江，1126 年灭北宋，先后迁都今北京、开封等地；金与南宋对峙，是统治中国北部的一个王
朝，1234 年灭亡。"满洲"，中国少数民族之一，16 世纪末至 17 世纪初，以女真族为主体，融合
其他各族而形成，主要分布于东北、内蒙古、河北等地。"满洲国"，日本帝国主义侵占中国东
北后制造的傀儡政权，1932 年 3 月 9 日在长春成立；1934 年 3 月"满洲国"改称"满洲帝国"，
为日本殖民地。

评论道："放翁生于宣和末年，两年后发生靖康之难，宋朝受到北方金国的胁迫。率大军南下的金国太宗，屡破宋军；宋朝徽宗上皇及钦宗皇帝等三千余人成为俘虏而被押解至北方满洲。（按：其时中国清朝末代皇帝溥仪也被扶植为日本统治的'满洲帝国'的'皇帝'。）……放翁自少年时代即怀为国复仇之志，至死未变。如果无视这些事情，仅由功名一类文字而以今日学者功名心联想之，则对放翁心思的理解就完全成风马牛了。"①河上肇这里对陆游诗中情志的解读也可谓是夫子自道。

如果说上面这首诗主要表现的是对陆游的心仪，那么下面一首则可谓是期望有所仿效：

### 题写真

（1944 年 8 月 14 日）

六十六年逆浪中，尚赢衰病老残躯。

昭和廿年正月后，不知几度值春风。

（河上肇自注）陆放翁诗句："嘉定三年正月后，不知几度值春风。"②

作者写此诗时已进入第六十六岁的老年（约一年半后的 1946 年 1 月 30 日去世），诗中"衰病老残躯"表明他意识到自己来日无多。"昭和廿年"是 1945 年，后两句的字面意思是：明年开始，不知我还能度几回春天。正是在面对生命行将终结的心境中，他再度想到陆游。该诗末句化用陆游的两句诗，即"嘉定三年正月后，不知几度值春风"，见于陆游晚年行将去世前的《题药囊诗》。清代学者赵翼、陈延杰、钱大昕等曾据此两句而考辨陆游究竟是否去世于 84 岁那年。河上肇在两年前写《放翁鉴赏》的"八十四岁放翁"部分时，对该两句诗发表过意见，他宁愿赞同赵翼之说，将之看作是陆游 84 岁去世的前一年所写。其理由则是：

我今年正好六十四岁，距八十四岁尚有二十年。我是难以像放翁那样生命长久的，即便长久，也难以像他那样精神和肉体都保持良

---

① ［日］河上肇：《河上肇全集》第 20 卷，岩波书店，1984 年，第 256 页。

② ［日］河上肇：《河上肇全集》第 21 卷，岩波书店，1984 年，第 152 页。

好。但是我一直羡慕放翁那精神矍铄的姿态，并乐意以他为榜样继续生活二十年。怀抱这种想法，我一首一首地阅读了放翁八十四岁的诗。①

由此可见，他在自己诗中化用陆游该两句诗，是期望像陆游那样保持"精神矍铄"。

河上肇在考察陆游70岁写的诗歌时发现，《剑南诗稿》载有261首，"古稀之年而有如此多的诗作，已经令我惊讶"；而考察其84岁之诗作时又发现："其数竟多达612首！如果撇开星期日，一年有二百七十日，以此日数计，则平均每天至少写两首。这实在是令人惊愕的多产数字。"据他的判断：同样是在晚年，80岁后的作诗数量远超70岁后的两倍半，"其原因只能归之于放翁老当益壮，诗兴愈发"②。由此看来，河上肇之羡慕陆游的长寿和精神矍铄，也是期望自己能老当益壮，继续有所作为。

事实上，河上肇在其晚年与陆放翁诗歌相遇而成为忘世知交后，不仅通读了近1万首的放翁诗集，而且选录了约500首加以评释，其评释结果即为卷帙厚重的《放翁鉴赏》。在他表达"最爱《剑南诗稿》"的那首汉诗的前后3年中，河上肇相继完成了《放翁鉴赏》的如下诸多分部（笔者据《河上肇年谱》与《放翁鉴赏》各部落款时间等资料整理）③：

**（1941）**

6月18日写成《陆放翁词释评·二十首》（400字原稿纸37页）

8月18日写成《古稀的放翁》（400字原稿纸百页）

8月23日写成《放翁绝句十三首和译附杂诗七首》（400字原稿纸21页）

9月9日写成《放翁诗话三十章》（400字原稿纸26页）

**（1942）**

5月28日写成《唐五代四大名家词鉴赏·六十一首》

① ［日］河上肇：《河上肇全集》第20卷，岩波书店，1984年，第322页。
② 同上。
③ 同上书，第5页。

6 月 15 日续写《陆放翁词释评》

6 月 26 日写成《放翁词释评·二十首续》

8 月 26 日写成《唐五代词鉴赏·十七首》

9 月 6 日写成《宋词鉴赏·十四首》

10 月 6 日写成《八十四岁的放翁》

（1943）

3 月 12 日写成《六十岁前后的放翁》

11 月 6 日写成《六十后半的放翁》

12 月后计划写《入蜀时的放翁》，因写《自叙传》而去世前未果。

由上可见，河上肇所谓"最爱《剑南诗稿》"，乃是一个付诸实际行动的学术序言。而当他在汉诗中化用陆游"不知几度值春风"诗句时，也确实正在以放翁为楷模，老当益壮加紧撰写《放翁鉴赏》。欲知河上诗，工夫在诗外。上面所列也包括对唐宋词的鉴赏部分，这是由于陆游诗歌总体也包括部分词作，因而引起河上肇的爱屋及乌吧。

"尔来风雨十余年，碎尽小儒拔山志。"——晚年河上肇无力直接抵抗日本的对外扩张侵略，因而在"兼济"方面确实可谓心志受挫。但是他由此转以汉诗寄托，以儒者自勉，以古代抗金诗人陆游为楷模，而于文字方面的辛勤耕耘，却堪称以一种沉潜方式坚持了他的"拔山志"初衷；支撑这位病衰老人继续"拔山"的动力，无疑与他心仪的陆游诗文中的精神资源相关。

## 四　余说：儒家文化传统与河上肇汉诗意义

就汉诗这种诗歌样式的起源和整体倾向而言，它与古代儒家思想体系密不可分。古代中国的主导思想是儒家思想，古代中国同时也具有悠久的诗歌传统，后者是在前者的统摄和指导下形成与发展的。诗歌作为在古代中国占主导地位的文学样式，它本身是儒家思想体系的重要载体和特殊表征；儒家"诗教"论直接表达了以诗歌传播思想文化的自觉意识。在这个意义上，对汉诗的认同与喜欢本身在某种程度上意味着对儒家思想之价值倾向的认同与喜欢。

　　并非偶然的是，就本文所已经涉及的河上肇汉诗特点而言，我们可以随处读出其中与儒家思想相关相吻的因素。例如他批判"兵祸"、忧虑"腥风"的诗，符合儒家诗教的"刺诗"传统；他关于"甘贫不卖文"心志表达，其思想资源乃至用典方式都直接来自儒家典籍；他在汉诗中频繁以"小儒"自视自比，这是他自觉认同儒家诗教精神的表征；他对陆游诗情有独钟，而陆游无疑属于儒家诗人系谱中意义特殊的代表人物。笔者以为更可贵的是，河上肇作为一名日本学者，在日本侵华战争背景中，能够超越国别，对遥远中国的抗日事业表达"尽日魂飞万里天"的心声，这也许主要是出于他作为马克思主义学者对帝国主义战争的批判信念，但是至少客观上也合乎儒家仁义之道超越国别族裔的普世性价值观的传统。

　　河上肇是在日本发动侵华战争的背景下开始研习汉诗并自觉表达认同儒家思想价值之心志的。从思想文化层面而言，日本的侵华战争是明治维新时代以来"入欧脱亚"思想主导的结果。"入欧脱亚"思想的基本含义之一是，将包括中国儒家思想在内的亚洲文明视为"野蛮"，因此代表"先进"的日本帝国主义对中国的侵略便成为"文明征服野蛮"的正义之举。提出"脱亚入欧"的日本"近代思想之父"福泽谕吉对儒家思想之现代意义的评断是："降低了人的智德，使恶人与愚者越来越多，发展下去必然变成禽兽世界，这个结果是与用算盘计算数字一样地准确。"[①] 从这个背景看，无论河上肇本人是否自觉意识到，他在特殊背景下倾心于代表儒家传统的汉诗，不仅具有拒绝与反讽当时日本主流意识形态的意味，而且堪称是在文化领域坚持深层的反战抵抗。河上肇汉诗，相对于日本侵华战争时期而言，代表了一种抵抗主流意识形态的声音；相对于中国抗战与和平事业而言，也堪称是一种曾经被炮声淹没而如今值得静心聆听的声音。河上肇汉诗，不仅从一个特定时代的异国学者的独特角度，实践了古典汉诗文的现代价值与跨国意义，而且还从一个著名《资本论》日译者的独特角度，提示了古典汉诗文与现代马克思学说之间的精神相通。[②]

---

　　① ［日］福泽谕吉：《文明论概略》，北京编译社译，商务印书馆1997年版，第149页。

　　② 关于马克思《资本论》中审美情愫及其与中国古典美学的关系，笔者有数篇拙文论及：《〈资本论〉结构艺术与马克思美学理念》（《华东师范大学学报》2007年第1期）、《〈文心雕龙〉"物"字章句与马克思美学反"物化"思想》（《文艺理论研究》2005年第5期）、《马克思的审美情愫与社会理想》（《华东师范大学学报》2001年第3期）。

# 日本汉诗专题研究

# 追溯日本文学的起点<sup>*</sup>

## ——以《怀风藻》和《古今和歌集》为例

[美] Wiebke Denecke（魏樸和）<sup>①</sup>

**摘　要**：本文探讨在中国文学传统的影响下发展起来的日本文学所面临的巨大矛盾：一方面接受外来影响以提高文学的优雅，另一方面努力构建本土文学传统而形成自身特色。日本现存最古的汉诗集《怀风藻》（751），借《文选》序的"人文"概念展开围绕"文"的文学史观；与此同时，最早的敕撰和歌集《古今和歌集》（905）构思了通过更换"文"这个关键概念，来强调优于汉诗文的"和歌之道"。本文对日本汉文与和文一体化的文学史进行了再思索和探讨。

**关键词**：怀风藻；古今和歌集；日本汉文；中日比较文学；跨文化文学史

---

\* 本文原发表于《日语学习与研究》2007 年第 5 期。

① Wiebke Denecke（中文名，魏樸和；日文名，ヴィーブケ・デーネーケ），女，1971 年出生，德国哥廷根人。现在美国波士顿大学现代语言比较文学系任中日与比较文学副教授。主要从事中国古典文学、日本古典文学以及比较文学（世界文学）研究。专业是先秦思想史、六朝唐代诗歌和诗论以及日本古代汉诗文、中日比较文学。已出版专著 *The Dynamics of Masters Literature: Early Chinese Thought from Confucius to Han Feizi*，哈佛出版社 2010 年版；*Classical World Literatures: Sino - Japanese and Greco - Roman Comparisons*，牛津大学出版社 2013 年版；编著 *The Norton Anthology of World Literature* 6 册，诺顿出版社 2012 年版；合著《日本における文とブンガク》，アジア遊学，2013 年（与河野貴美子合著）。代表性论文有《两面神即来则安：面对他者编纂文学史》（《新方向：比较文学与世界文学读本》，北京大学出版社 2010 年版）等。

# 一　日本文学史的变量

众所周知，最早期的日本文学是在中国文学的概念、文体、修辞和词汇的影响下发展起来的。因此最早叙述日本文学史的文献面临一个巨大的挑战，即应该如何接受能够提高文学典雅程度的中国文学的影响，构成本土与外来文学的均势，并构建起独立的日本文学传统。日本文学史的叙述不能自由地挑选自己文学史的开头，而是从一开始就纠缠于中国文学史叙述和丰富的文学遗产当中。而且在日本，汉诗文是跟假名文学共存的，"日本文学"也是在一个复杂的中国文学、日本汉诗文、日本假名文学三角形的空间里展开的。日本文学的汉文与和文所形成的"双重文学传统"，在具有强大生命力的"汉"与"和"两极之间，产生了共存与竞争的文学发展态势。

日本最初的汉诗集《怀风藻》（751）是最早试图叙述复杂的日本文学史的著述。《怀风藻》序以《文选》序为蓝本，把汉诗的发展看作"文"明发展的一部分。"文"这一关键词，在《怀风藻》序中可以同时代表"文"明的开头、"文"字出现，以及在效仿周"文"王德政的天智天皇（668—671年在位）主持下兴起的诗会和"文"章。这种以"文"为红线贯穿的文学史观，成为9世纪三种敕撰汉诗集［《凌云集》（814）、《文华秀丽集》（818）、《经国集》（827）］的文学史观的基础。9世纪末和歌在正式场合再度流行，因而到了《古今和歌集》（本文以下简称《古今集》）的时代，汉诗集沿"文"明发展而来的文学史观，就受到正在萌发中的和文潮流的挑战。为提高和文的地位，《古今集》的《假名序》和《真名序》引用了《日本书纪》中提到的《淮南子》的道家宇宙论。因而，既然《古今集》两序的和歌是从宇宙浮现的最初、就是神的时代就存在的，那么和歌自然拥有了比汉诗集序中的人造"文明"更优越的传统。《怀风藻》序和《古今集》序都未承认从最早期到当代为止中国文学对日本不可否认的影响。中国文学悠久和多产的历史只在平安后期大江匡房（1041—1111）《诗境记》中才得到确认。以张籍（590—644）的《醉乡记》为基础，将"诗境"阐述为一种寓意空间。匡房的中国和日本汉诗史，在论述了曹丕、陆机、潘岳、沈约、唐太宗、杜甫、温庭筠等中国大诗人之后，突然转到日本汉诗史：

> 我朝起于弘仁（810—824）、承和（834—848），盛于贞观（859—877）、延喜（901—923），中兴于承平（931—938）、天历（947—957），再昌于长保（999—1004）、宽弘（1004—1012）。广谓则三十余人，略其英莫不过六七许辈。①

遗憾的是匡房的《诗境记》未俟完成，文献记载到这里结束，所以我们无从得知匡房将如何详细描述日本汉诗的历史发展。但匡房很明显地提到了日本汉诗的三个发展阶段："盛""中兴"和"再昌"，以及"不过六七许辈"的优秀诗人数目。跟历史悠久且成果丰富的中国文学史相比，匡房提到的单薄而晚兴的日本汉诗史，的确证明中国文明具有压倒性影响，这在历史上是合理的。但《怀风藻》和《古今集》两序与此完全不同。

最早叙述日本文学史的典籍《怀风藻》和《古今集》两序，试图用中国典故来强调日本文学传统的悠久和独立性。而用中国典故为日本文化的独立性寻找根据，可以看成是一种逆反过程，之间并无矛盾，相反可以说是一种"以敌立己"的策略。

## 二　在 8 世纪的日本通解"文"的含义：日本最早的汉诗集《怀风藻》（751）

7 世纪末到 8 世纪初的日本出现了文籍激增的现象。奈良时代的律令国家建设需要很多司书官人，而且促生了一种务使统治制度正当化的思想。因此，奈良时代初朝廷发起规模宏大的编辑工程。《古事记》（712）就体现了一种将日本天皇从天照大神一直到推古天皇的政统正当化的企图。《风土记》（713）可以说是新建律令国家有关领土地方志的专集。《日本书纪》（720）虽不像《古事记》那么有意识地记录天皇一统天下

---

① ［日］后藤昭雄：《大江匡房诗境记私注》，和汉比较文学会编《中古文学と汉文学Ⅱ》，汲古书院，1987 年，第 303—326 页。

的目的，但它综合了当时新的律令国家各地方的多种传说和记录。

在 8 世纪日本的修文气氛中，汉诗不仅是律令国家统治下文籍膨胀的副产品，而且是光耀和增进天皇权威的新御用手段。《怀风藻》中大多数汉诗是在朝廷宴会时应景而作的。根据《怀风藻》序，天智天皇是"文学之士"诗会的创始者：

> 及至淡海先帝（天智天皇）之受命也，恢开帝业，弘阐皇猷；道格乾坤，功光宇宙。既而以为调风化俗，莫尚于文；润德光身，孰先于学。爰则建庠序，征茂才，定五礼，兴百度。宪章法则，规模弘远。夐古以来，未之有也。于是三阶平焕，四海殷昌；旒旷无为，严廊多暇。旋招文学之士，时开置醴之游。当此之际，宸翰垂文，贤臣献颂，雕章丽笔，非唯百篇。①

天智天皇时期是"文"这个概念逐渐伸展的最后和最成熟的阶段。天智天皇举行诗文会的原因，是天皇意识到"调风化俗，莫尚于文"。《怀风藻》序的编辑者选择以"文"为红线，证明了文籍在 8 世纪律令国家建设过程中的不可忽视的新作用。

如要溯本求源，在《怀风藻》序以"文"为红线的日本最初文学史开头的叙述中，"文"字和"文"学是"文"展开的最重要阶段。《文选》序中"人文"最早出现在伏羲八卦的卦辞中。《文选》序因《系辞传》和《说文解字》序中的伏羲发现八卦和仓颉造字的传说，将人造的文字"自然化"了。文字以前的"卦"和"鸟文"可谓"原型文字"，不是伏羲和仓颉的个人发明，而是自然（天地）之"文"在"人文"世界的表现。伏羲仓颉只能算是观察者，而不是发明人。这种将文字"自然化"的中国传统，对于从朝鲜半岛转辗接受了中国文字的日本人很有吸引力。《怀风藻》序是这样叙述"人文"这一个概念在日本的发端的：

> 逖听前修，退观载籍。［天孙］袭山降跸之世，［神武天皇］橿原建邦之时，天造草创，人文未作。至于神后（传说 201—269 年在

---

① ［日］小岛宪之校注：《怀风藻·文华秀丽集·本朝文粹》，《日本古典文学大系》69，岩波书店，1964 年，第 60 页。

位）征坎，品帝（270—310 年在位）乘乾，百济入朝，启龙编于马厩；高丽上表，图乌册于鸟文。王仁始导蒙于轻岛①，辰尔终敷教于译田②。遂使俗渐洙泗之风，人趋齐鲁之学。③

随着伏羲和仓颉的八卦、鸟文等原型文字的出现，《怀风藻》序中的大和朝廷不再需要从古老的中国文化中输入文字，也不需要承认日本文化的劣等和后起。其理由是：1. 日本有自己的八卦发现者，从日本首位天皇神武天皇"人文未作"的时代起，到神功皇后征伐三韩（"征坎"的"坎"卦表达北方，此指朝鲜半岛）和她的儿子应神天皇即位（"乘乾"的"乾"卦表示皇帝的地位）之时，日本天皇是沿着"八卦原型文字"而操作的；2.《怀风藻》序叙述此后"文"概念的展开，是真正的文字从百济和高丽传来之时，因为"人文"已成为普遍自然的概念，日本人就更自然地理解了高丽的"龙图"和"鸟文"文字。

也就是说，朝鲜半岛使节的贡献，不是给日本带来了文字和中国文化，而是王仁、辰尔等百济和高丽大使向日本进贡孔子的"齐鲁之学"。《怀风藻》序的无名作者很明显地希望显示大和朝廷幻想中的文化优势。文字技术是"人文"在日本列岛普遍化的表现。他认为儒教虽然是通过三韩输入而来，但也算是百济和高丽向优越的大和朝廷应该进献的义务。

为强调大和文化的独立性和内在发展，最初叙述日本文学史的《怀风藻》序颇为巧妙地把文字这个新奇的人造成果解释为自古以来已经存在于日本列岛，大和天皇的"八卦原型文字"和"鸟文文字"。

"文"不但在《怀风藻》序中成为历史发展的红线，在《怀风藻》全书中也扮演了一个重要角色。《怀风藻》开篇两位皇子（大友皇子和大津皇子）的传记就以"文"和"武"的对比为主题。此外，《怀风藻》中的很多汉诗提到了"文"和"质"的对比。譬如，文武天皇的《咏月》是"文"藻典雅的一首诗，反之文武天皇在《述怀》诗中考虑了天

---

① 応神天皇的首都。

② 敏达天皇的首都。

③ ［日］小岛宪之校注：《怀风藻·文华秀丽集·本朝文粹》，《日本古典文学大系》69，岩波书店，1964 年，第 58—59 页。

皇的所谓道德素"质"修养的责任。① 从这些例子可以理解"文"在
《怀风藻》中的至高无上的重要性。

## 三　对于汉诗集的"文"的挑战：《古今和歌集》
　　的和"歌之道"

　　醍醐天皇在 905 年敕命编撰《古今集》之前，已经有了三本敕撰汉诗
集，即《凌云集》（814）、《文华秀丽集》（818）和《经国集》（827）。虽
然还没有和歌的敕撰集，9 世纪的御制诗集可以说是正在发展中的和文学
的先例。《古今集》的两序（《假名序》和《真名序》）算是《古今集》
和《古今集》以前汉诗集之间竞争关系的一个表现。《古今集》序是如何
用一种正式承认的方法来对抗在公开的诗歌写作中早已稳固建立的汉诗文
传统的呢？

　　《古今集》序的编辑者的新颖之处不在于主张一种从中国和日本汉诗
传统中完全独立出来的和歌理论，而在于利用了日本汉诗集序中从未提到
过的中国典故。《怀风藻》中的"文"具有巨大的说服力，因为"文"
这个概念包括了从文明开启、文字发明到文学发展的一系列悠久的历史过
程。然而为了提高和歌的普遍性和永恒性，《古今集》序采用了《诗经大
序》"诗者志之所之也。在心为志，发言为诗"的诗论。兹引用《古今
集》的《真名序》开篇：

　　　　夫和歌者，托其根于心地，发其华于词林者也。人之在世，不能
　　无为；思虑易迁，哀乐相变。感生于志，咏形于言……若夫春莺之啭
　　花中，秋蝉之吟树上，虽无曲折，各发歌谣。物皆有之，自然之
　　理也。②

　　《真名序》说明"歌"是人和物应自然的刺激而生发的，歌随景而

---

　　① ［日］小岛宪之校注：《怀风藻·文华秀丽集·本朝文粹》，《日本古典文学大系》69，
岩波书店，1964 年，第 86—88 页。

　　② ［日］小岛宪之、新井荣藏校注：《古今和歌集》，《新日本古典文学大系》5，岩波书
店，1989 年，第 338—340 页。

生，同时景也是各种心情和情感的比拟，因而"托其根于心地，发其华于词林"。这种把"歌"解释成宇宙万物一般的"普遍化"现象的观念，有力地抗衡了汉诗集中对"文"进行历史性理解的观念。《古今集》序把汉诗"文"的文化与历史性更换为和歌"道"的普遍性心理。"道"对"文"取而代之的最明显迹象是《真名序》最后一段大胆地把《论语》中"文王既没，文不在兹乎"改写成"适遇和歌之中兴，以乐吾道之再昌。呜呼！人麻吕［柿本人麻吕］既没，和歌不在斯哉"①。

根据《真名序》，汉字的引入导致了和歌衰退的厄运。"自大津皇子之初作诗赋，词人才子慕风继尘。移彼汉家之字，化我日域之俗。民业一改，和歌渐衰。"② 但很有意思的是，把和歌传统的衰落原因归结为中国文字及文化的引入，这种造成二者敌对的断言在《假名序》中完全没有。《假名序》中的和歌传统是毫无文字的世界，而在《真名序》中文字和汉诗文被归结为和歌衰退的原因。哀叹着和歌的衰退，《古今集》的编辑者希望将来能"乐吾道之再昌"，因此"人麻吕既没，和歌不在斯哉"表明《论语》的"文"及其代表人"周文王"被更换成《真名序》里的"道"及其代表人"人麻吕"。《古今集》的编者（还是《古今集》的和歌作者）希望维护和发扬"吾道""再昌"的角色，也很像孔子试图发扬周文王"斯文"的角色。

为了建立和歌与汉诗文一样的正统地位，除了大胆地更换"文"跟"道"的概念以外，还有针对和歌和汉诗的历史相对性的一个巧妙而有说服力的论述策略。在《怀风藻》序中，如果说"人文"是从神功天皇和应神天皇操作八卦之时就存在的，那么汉诗就是"文"展开最晚的阶段。《古今集》序借用《日本书纪》和《文选序》的潜在含义，赋予和歌尽可能更早的神话性发端。《日本书纪》以《淮南子》为基础说明宇宙开端如下：

古天地未剖，阴阳不分，浑沌如鸡子，溟涬而含牙。③

---

① ［日］小岛宪之、新井荣藏校注：《古今和歌集》，《新日本古典文学大系》5，岩波书店，1989年，第348—350页。

② 同上书，第342页。

③ ［日］小岛宪之校注：《日本书纪》，《新编日本古典文学全集2》，小学馆，1994年，第18页。以《淮南子·俶真训》的"天地未剖，阴阳不判"和《三五天历纪》"天地混沌如鸡子"为基础。

《真名序》借用《文选》序的"式观元始，眇觌玄风。冬穴夏巢之时，茹毛饮血之世，世质民淳，斯文未作"说明和歌兴起如下：

> 然而神世七代，时质人淳，情欲无分，和歌未作。逮于素盏乌尊到出云国，始有三十一字之咏。今反歌之作也。其后虽天神之孙，海童之女，莫不以和歌通情者。爰及人代，此风大兴。长歌短歌旋头混本之类，杂体非一，源流渐繁。①

在《真名序》中，《日本书纪》的宇宙进化论被转述成一种"和歌进化论"。宇宙展开时的"阴阳不分"变成和歌构成的"情欲无分"。《真名序》把《文选序》和《怀风藻》序中的"斯文未作""人文未作"改写成"和歌未作"。因此，在这句话中，和歌不但更换了文王和孔子的"文"，而且"和歌"整个替换了"人文"。

因此根据《古今集》序，和歌无论在传统上、历史上还是心理上，都大大地超越了汉诗集"文"的叙述。发歌谣咏和歌变成宇宙的一般原理。《古今集》独辟蹊径的、按照季节更替的作品排列方式，也可以说是和歌传统心理一般化的表征。虽然《万叶集》中某些卷的内容也是按四季排列的，9世纪末的《新撰万叶集》之后的《古今集》还是最早的以四季为排列原则的诗歌集之一。《古今集》以前的汉诗集有按照时代和官位排列的（《怀风藻》《凌云集》），也有按照（四季以外）主题类别排列的（《文华秀丽集》），还有按照文体而排列的（《经国集》）。从中国传来的唐代诗集中好像没有按四季而排列的先例。因为这种排列原则是新奇的，所以笔者认为这是一种很值得研究的现象。

《古今集》的编辑者为什么选择四季作为和歌的排列原则呢？我认为四季不但是一种表面上的排列原则，而且深刻地渗透到《古今集》的总体结构中。理由有四：①四季作为敕撰集的"部立て"（分门别类）；②作为卷内的从早季到晚季的和歌一首一首的连续的排列原则；③按照《古今集》两序的歌论，季节的刺激是和歌产生的心理根源；④《古今集》卷十九收录的纪贯之和壬生忠岑的长歌，同时形容作为"部立て"

---

① ［日］小岛宪之、新井荣藏校注：《古今和歌集》，《新日本古典文学大系》5，岩波书店，1989年，第340页。

的四季和四季对诗人的影响。长歌再一次强调四季在《古今集》总体中的关键角色。①

## 四　结语

据管见所及，目前几乎没有关于《怀风藻》和《古今集》的比较研究，而我认为这种比较很有意义，试举要阐述如下。

拙文追踪了《怀风藻》和《古今集》的诗歌史观。最早的《怀风藻》依据《文选》序的"人文"概念，展开了一个从天皇八卦意识到三韩进贡"鸟文"文字，以及天智天皇的诗会的最早文学史叙述。最早的敕撰和歌集，当面对着像《怀风藻》一样的需要叙述文学史的挑战之时，大胆地把《日本书纪》中宇宙进化论解释成"和歌进化论"，这是一种开创性的文学史观。为了从8—9世纪汉诗文的手里夺得权威，《古今集》构思了通过更换"人文"这个关键概念，来强调历史上和心理上都优越于汉诗文的"和歌之道"。《古今集》创造性地按四季排列作品，这也表露了一种反对"文"的历史线性和进化性的时间观，从而强调"道"的永恒圆形的、对立的时间感。

这种发现的意义究竟何在？

第一，我希望为未来《古今集》两序的比较研究提供一个新视角。虽然两序的比较研究已经相当丰富，但好像还没有足够考虑到《真名序》与《假名序》之间最重要的一个差别，即《假名序》是假名散文的早期作品，也是最早用假名写的诗歌集序；② 而《真名序》是《怀风藻》中已有的汉文诗歌集序传统的一部分。希望研究《古今集》的学者将来能更深入地探讨这一点。

第二，日本汉诗文的研究常常从中国文学传统里寻找根源，譬如从《古今集》两序中追溯《诗经大序》《文选》序以及《诗品》等典故。但

---

① 很有意思的是编辑者的长歌文体选择。《古今集》很明显地褒扬短歌的歌体，短歌以外的像长歌和旋头歌被归入《杂体》卷第十九，只包括6首被误认为所谓"短歌"的长歌。当然为了在歌体咏书目录，编辑者选择了尽可能长的歌体，但这个具体选择违反了《古今集》短歌体为和歌基准的论点。

② 《新撰万叶集》《千里集》都有汉文序。

是与《古今集》共存而对抗的汉诗文并不全是这些中国文学作品，事实上与和文学相竞争的是日本敕撰汉诗集的传统。因此，对《论语》"文王既没，文不在兹乎"的改写不是针对中国的"文"，而表示与日本本土汉诗集之间的一种竞争。总而言之，与其比较中国文学跟日本文学，不如把握日本国内的"和"与"汉"文学之间的彼此竞争和相互影响。日本诗歌作者接受中国文献的概念和修辞，通常不是因为它们是中国的，而是因为能够有效地支持国内的"和""汉"文学之间的竞争。

　　第三，本文最后一个也是最重要的目的是，希望就日本文学史的叙述架构做一个重新思索。从早期的《怀风藻》和《古今集》到现在的日本文学史专题论文，都说明了一个在世界上很独特的、在"和"与"汉"文学之间竞争情况下发展起来的文学传统。因此，现代学者需要解构"和"与"汉"文学研究之间的隔绝状态，并追溯两种文学传统之间的相互作用及影响。大多数《古今集》研究者认为《古今集》是《万叶集》的继承者，同时又是敕撰和歌集的先祖；而我们也需要把它看成日本早期汉诗集权威的继承者。希望日本文学研究家将来能够重新思索日本文学史的架构，更深刻地探讨日本文学史上"和"与"汉"文学之间既对立又彼此紧密相连的关系。从这种观点而言，《怀风藻》和《古今集》虽然不是用同样"文"字写成的文学作品，但却是日本独特"文"学文明框架内互需互补的相等部分。拙文的目标就是希望为这种日本文学史框架的新研究做出一些微薄的贡献。①

---

　　①　拙文 Writing History in the Face of the Other：Early Japanese Anthologies and the Beginnings of Literature，*Bulletin of the Museum of Far Eastern Antiquities 76*，第 71—114 页更详细地论述了该论点。

# 浙东唐诗之路与日本平安朝汉诗<sup>*</sup>

## 肖瑞峰

剡溪，作为文化意义上的"浙东唐诗之路"②，曾经吸引与陶醉了多少慕名而来的唐代诗人？"此行不为鲈鱼脍，自爱名山入剡中。"③ "我欲因之梦吴越，一夜飞渡镜湖月。湖月照我影，送我至剡溪。"④ 仅在李白诗中，我们便能多少回寻觅到剡中风物的艺术显影！这在今天似乎已经不是一个新鲜的话题。但人们也许还没有充分注意到，"浙东唐诗之路"在当时不仅驰名海内，而且蜚声域外。翻检《日本诗纪》，我们至少可以发现，在日本平安朝时代，剡溪曾经以其汇合了天光水色的自然景观和回响着历史足音的人文景观，赢得无数日本汉诗作者的心驰神往。棹舟"剡溪"，访道"天台"，寻迹"刘蹊阮洞"。是包括诗坛冠冕菅原道真在内的许多日本汉诗作者梦寐以求的赏心乐事——而这恰好可以成为我们观照"浙东唐诗之路"的一个独特视角。

## 一

在星罗棋布于"浙东唐诗之路"的诸多景观中，最为平安朝汉诗作者所向往的无疑是剡溪的发源地"天台"。披览平安朝后期的汉诗总集《扶桑集》《本朝丽藻》《本朝无题诗》等，情系天台的吟咏不时跃入眼

---

\* 本文原发表于《文学遗产》1995 年第 4 期。

② 自从竺岳兵先生率先使用"唐诗之路"这一概念后，已得到学界的普遍认同。

③ 李白：《秋下荆门》，瞿蜕园、朱金城校注《李白集校注》，上海古籍出版社 1980 年版。本文李白诗皆出自此版本。

④ 李白：《梦游天姥吟留别》。

帘。如：

> 一辞京洛登台岳，境僻路深隔俗尘。岭桧风高多学雨，岩花雪闭
> 未知春。琴诗酒兴暂抛处，空假中观闲念长。纸阁灯前何所听，老僧
> 振锡似应真。（藤原通宪《春日游天台山》）
>
> 天台山崄万重强，趁得经行古寺场。削迹嚣尘寻上界，悬心发露
> 契西方。鹤闲翅刷千年雪，僧老眉垂八字霜。珍重君辞名利境，空王
> 门下立遑遑。（源为宪《奉和藤贤才子登天台山之什》）①

　　作者并非平安朝诗坛上的佼佼者，诗作本身也平平无足称赏——从谋篇布局到遣词造句，都带有日本汉诗处于发轫阶段时所难以避免的稚拙，但它却传达出关乎我们的话题的信息，那就是在平安朝时期，登临与游历天台，是诗人们乐于吟咏且历久难忘的一种体验。源氏所作题为"奉和藤贤才子登天台山之什"，所谓"藤贤秀才"，是指藤原有国（有国字贤）。《本朝丽藻》及《日本诗纪》录有他的《秋日登天台，过故康上人旧房》一诗，当属原唱。诗云：

> 天台山上故房头，人去物存几岁周？行道遗踪苔色旧，坐禅昔意
> 水声秋。石门罢月无人到，岩空掩云见鹤游。此处徘徊思往事，不图
> 君去我孤留。

　　诗以抒发对"故康上人"的怀念之情为主旋律，较多地渲染的是"人去物存"的感怆；展示天台胜迹，表现登临意趣，则非其"题中应有之义"，故而笔墨未及。但"秋日登天台"这一举动本身，却分明昭示了天台对作者所具有的吸引力。而此诗一经吟成，即有人奉和，并且在奉和时有意将"过故康上人旧房"这一层意思略去，转而把"登天台"作为诗的主体加以铺展，这也说明"天台"才是其神思之所驰。
　　的确，以"登天台"为题相唱和，在当时虽未形成一种时尚，却是

---

　　①　是二诗分别收录于《本朝丽藻》及《本朝无题诗》，亦见于《日本诗纪》卷三十一、四十二。《本朝丽藻》《本朝无题诗》及下文引录的《怀风藻》《凌云集》《文华秀丽集》《经国集》等日本汉诗总集均为日本经济杂志社明治三十八年（1905）翻刻《群书类丛》本；《日本诗纪》则为日本国书刊行会明治四十四年（1911）刊印本。下文不再一一注明。

许多诗人兴趣之所系。《日本诗纪》卷三十一录有大江匡衡的《冬日登天台即事，应员外藤纳言教》一诗，可为佐证：

> 相寻台岭与云参，来此有时遇指南。进退谷深魂易惑，升降山峻力难堪。世途善恶经年见，隐士寒温近日谙。常欲挂冠缘母滞，未能晦迹向人惭。心为止水唯观月，身是微尘不怕岚。偶遇攀云龙管驾，幸闻按雾鹫台谈。言诗谨佛风流冷，感法礼僧露味甘。恩煦岂图兼二世，安知珠系醉犹酣。

这是一首"应教"诗，而所谓"应教"，与"应制"一样，属于一种"命题作文"。诗题既云"应员外藤纳言教"，则命题者当是官居大纳言兼左卫门督的藤原公任。藤原公任是《和汉朗咏集》的编撰者，兼擅诗文，但今存的十三首诗作中，并无咏及天台者。这只有一种可能，即该诗已经亡佚。这里，需要指出的是，无论藤原公任、大江匡衡，还是藤原有国、源为宪，作为遣唐使制度已遭废止的平安朝后期的缙绅诗人，都没有渡海"遣唐"的经历，自也从未涉足过天台。这就意味着他们诗中所描写的登天台、参佛寺、悟禅机的种种情景，皆为想象之辞。元好问《论诗三十首》有句："画图临出秦川景，亲到长安有几人。"倒是可以移评这一创作现象。而骋想象于天台，岂不又见出当时的汉诗作者对天台是何等心驰神往？当然，天台是普遍信奉佛教的平安朝诗人所顶礼膜拜的圣地，这决定了他们在想象中演绎其"游历"时，自觉或不自觉地出以庄重之笔，营造出一种近乎肃穆的氛围。于是，我们也就难以在作品中感触到其本当具有的淋漓兴会和酣畅意态了。

## 二

寻绎与"浙东唐诗之路"相关涉的平安朝汉诗作品，我们可以发现，把持平安朝诗坛的缙绅诗人们不仅对"浙东唐诗之路"的自然景观极为神往，屡屡发生"江郡浪晴沈藻思，会稽山好称风情"① 之类的由衷感叹，而且熟谙点缀于其间的由历史遗迹、名人逸闻以及神话传说、民间故事等构成的人文景观——后者同样为他们所喜吟乐咏。就中，刘晨、阮肇天台遇仙的传说和严光富春垂钓的故事尤承青睐。

《日本诗纪》卷二十录有菅原道真的《刘阮过溪边二女诗》，这是咏及刘阮传说的汉诗作品中流播较广、影响较大的一篇：

> 天台山道道何烦，藤葛因缘得自存。青水溪边唯素意，绮罗帐里几黄昏。半年长听三春鸟，归路独逢七世孙。不放神仙离骨录，前途脱屣旧家门。

显而易见，此诗黏着于刘阮天台遇仙的本事，而没有过多地生发、拓展开去，因此很难将它推许为"灵光独运"或"别开生面"的作品，尽管它出自大家手笔。不过，其结构之流转自如，毕竟又显示出一点有别于藤原通宪及大江匡衡等人的大家气象。值得注意的是，这是一首题画诗②，与《卢山异花诗》《题吴山白水诗》《徐公醉卧诗》《吴生过老公诗》同为题写"唐绘屏风"而作——诗前的序文明白揭示了这一点。由此可以推知的是，刘阮传说曾同时作为流行于平安朝的"唐绘屏风"的素材而受到画师的钟爱，而此诗此画流传的过程，从某种意义上说，也就是负载着刘阮传说的"浙东唐诗之路"向海外播扬与延伸的过程。

如果说菅原道真的题咏保持着近乎"实录"式的冷静态度和从容笔法的话，那么，《本朝丽藻》所收录的大江以言的"句题诗"，《花时意在山》则染有较为浓烈的感情色彩，庶几可视为摅写心声之作"庐杏绥桃存梦想，刘蹊阮洞系精神。万缘不起唯林露，一念无他是岭春"。从既定的视角着眼，引人注目的当然是"刘蹊阮洞"一句：它袒示了作者渴望寻迹刘蹊阮洞的情怀，从而表明作者不仅仅是刘阮传说的域外播扬者，而且对刘阮的艳遇是私心慕之的。稍后于大江以言，藤原实纲的句题诗

---

① ［日］大江朝纲：《渤海裴大使到越州后见寄长句，欣感之至，押以本韵》，《日本诗纪》卷二十五。

② 题画诗，在日本平安朝亦称"唐绘屏风诗"，参见拙著《日本汉诗发展史》（吉林大学出版社 1992 年版）第一卷第二编第一章中的有关论述。

《远近多花色》① 也表达了对刘阮的企慕与欣羡之意："桃夭刘阮仙家迹，柳絮陆张一水邻。"

在咏及严光富春垂钓故事的平安朝汉诗作品中，则以高丘五常的《三日山居，同赋青溪即是家》② 最堪把玩：

> 野夫高意趣，云卧几回春。独饮南山水，宁蹈北阙尘。青溪唯作宅，翠洞□为邻。汉曲犹称老，唐朝不要宾。俗人寻访隔，禽鸟狎来亲。自业何为□，严陵濑上纶。

题曰"同赋"，说明赋写这一诗题的还有其他一些诗人。但除了此诗为《扶桑集》残卷所载录外，其余的作品俱已亡佚。这是何等令人遗憾的事情！此外，由"同赋"还可以推知，这实际上也是一篇具有规定情境的"命题作文"。"同赋"的目的是娱情遣兴和逞才竞巧，这又多少反映了绵延于平安朝诗坛的游戏笔墨的倾向。尽管如此，诗中所表现的隐逸意趣仍不失其真切——至少作者是心契于放浪林泉的隐逸生活的。而归结到既定的话题上来。诗中不仅表示要像严光那样以垂纶为业，而且"青溪""翠洞"等意象似乎也与"浙东唐诗之路"上的景致有着脱不了的干系。当然，此诗的着墨点是自抒怀抱，因而对严光的高风亮节以及与之相惬的青山绿水未作赞美之辞。相形之下，藤原能信的《得吴汉》③ 一诗倒是赞美有加："富春山月当头白，严子滩波与意清。"

# 三

自然，平安朝的缙绅诗人们更多地吟咏与思慕的还是"浙东唐诗之路"的载体——剡溪。"隐几情思寻友趣，子遒遥棹剡溪舟。"④ 历史上曾经棹舟于剡溪的骚人墨客的流风余韵，是那样振奋着平安朝后期诗人的高情与逸兴，激发着平安朝后期诗人的灵感与藻思。但横亘在两国之间的波

---

① 《日本诗纪》卷三十六。

② 《日本诗纪》卷二十四。

③ 《日本诗纪》卷三十五。

④ ［日］藤原明衡：《秋月诗》，《日本诗纪》卷三十七。

涛汹涌的大海以及比大海更难逾越的停止遣唐的政令，却使得他们有心"因之梦吴越"，无缘"飞渡镜湖月"。于是，他们便转而寄情于近似剡溪的本地风光，朝夕游赏，聊以消弭内心的憾恨。藤原季纲《月下言志》①一诗云："朔管秋声遥遣思，南楼晓望几伤心。闲斋帘箔有余兴，何必剡溪足远寻。"所谓"何必剡溪足远寻"，意在强调眼前风光亦极赏心悦目，较之剡溪"未遑多让"。这即便不是自欺之语，至少也是自慰之辞。

有趣的是，每当清风朗月之夜，缙绅诗人们对剡溪的怀想之情便分外强烈，反映在创作中，其表现是热衷于以"玩月"为题驰骋诗思，并往往在篇末引来剡溪相参照。如：

何处月光足放游，寺称遍照富风流。岁中清影今宵好，天下胜形此地幽。池水冰封宁及旦，篱花雪压不知秋。已将亲友成佳会，还笑剡溪昔棹舟。(藤原明衡《遍照寺玩月》)②

景气萧条素月生，自然个里动诗情。秋当暮律初三夜，时及漏筹四五更。双鬓霜加惊老至，前轩雪裛识天晴。南楼瞻望虽争影，东阁光华欲此明。帷幕高褰云敛后，琴歌不断梦残程。一觞一咏谁能禁，何心剡溪寻友行。(藤原有信《玩月》)③

二诗都采用扬此抑彼的笔法，着意揄扬此地此夜的皓洁月色，而对彼时彼地的剡溪风光故作不屑状。个中原因，或许是对于他们来说，棹舟剡溪，始终只是一个美好却遥远的梦，不及眼前月色、身边韵事来得真切。换言之，纵情于眼前月色与身边韵事，在他们也许仅仅是一种无可奈何的选择。事实上，以剡溪为参照，这本身便表明在他们心目中，剡溪独擅天下风光之胜。

以剡溪为中心，缙绅诗人们将视野拓展开去，对整个吴越地区的风光景物及人文胜迹都充满游赏和题咏的热情，"钱塘水心寺"便屡屡闯入他们的梦境和诗境：

① 《日本诗纪》卷四十三。
② 《日本诗纪》卷三十七。
③ 《日本诗纪》卷三十六。

钱塘湖上白沙头，四面茫茫楼殿幽。鱼听法音应踊跃，乌知僧意几交游。春风岸暖苔茵旧，暑月波寒水槛秋。已对诗章谙胜趣，何劳海外往相求。（藤原公任《同诸知己钱塘水心寺之作》）①

余杭萧寺在湖头，传道水心景趣幽。火宅出离门外路，月轮落照镜中游。云波烟浪三千里，目想心驰五十秋。天外茫茫龄已暮，此生何日得相求？（大江匡房《水心寺诗》）②

应当说，大江匡房在篇末发出的慨叹，才是脱尽夸矜、略无矫饰的真实心音，从中见出作者此生不能往游钱塘的憾恨之深。

# 四

"浙东唐诗之路"与日本平安朝汉诗之间的不解之缘略如上述。没有谁能否认，"浙东唐诗之路"既牵系着平安朝诗人的情思，也为他们提供了新的题材领域和意象仓廪。但这并不是最终的结论。有必要进一步探讨的问题是：在遣唐使频繁赴唐的奈良朝的汉诗作品中，几乎没有一篇涉及"浙东唐诗之路"，与此相反，在遣唐使制度废止后的平安朝中、后期，咏及"浙东唐诗之路"的篇什虽不至于俯拾皆是，却稍觅即得。这里究竟有什么奥秘呢？如果仅作静态的平面的分析，也许会百思不得其解；然而，只要对奈良、平安朝诗坛的风会变迁加以动态的立体的考察，问题就会迎刃而解。

正如人们所熟知的那样，日本汉诗不仅是在中国古典诗歌的影响下形成的，而且形成以后也一直自觉接受中国古典诗歌的影响，甚至在它已趋成熟和繁荣的江户时代，仍未能摆脱这种影响——如果我们把对中国古典诗歌的模拟看作一种影响的方式的话。由于中国古典诗歌"代有新变"，所以日本汉诗模拟的对象也就不断发生转移：由六朝诗转移到唐诗，再由唐诗转移到宋诗。这种转移的过程，亦即诗坛风会变迁的过程。但日本诗坛的风会变迁，并不是与中国诗坛同步进行的，而要落后于中国诗坛半世

---

① 《日本诗纪》卷三十。

② 《日本诗纪》卷四十六。

纪或一世纪。于是，中国诗坛上的"明日黄花"，往往成为日本诗坛上的
最新标本。而在奈良朝时期，为缙绅诗人们所模拟并影响着诗坛风会的恰
恰是六朝诗而非唐诗。将奈良朝的汉诗总集《怀风藻》与反映六朝风尚
的《文选》加以比照并观，可以发现它们从内容到形式都惊人地相似。
就形式而言，《怀风藻》所收录的作品中，五言诗占总数的 90%，七言诗
占总数的 5.8%；而《文选》所收录的作品中，五言诗占总数的 89%，
七言诗占总数的 1.8%。二者比例相近，都是五言诗占压倒优势。同时，
《怀风藻》中的作品多用对句而犹欠工整、已重声律而尚未和谐，这与
《文选》所大量收录的六朝诗的艺术特征也是一致的。就内容而言，《怀
风藻》中的侍宴从驾之作、言志述怀之作、写景咏物之作等，都不过是
重复表现收入《文选》的六朝诗所早已表现过的题材和主题。这样，"熟
精文选理"的读者，在阅读《怀风藻》时不免产生似曾相识之感。且看
其例：

> 虞风载帝狩，夏谚颂王游。春方动辰驾，望幸倾五洲。山祇跸峤
> 路，水若警沧流。神御出瑶珍，天仪降藻舟。万轴胤行卫，千翼汛飞
> 浮。……德礼既普洽，川岳偏怀柔。（颜延年《车驾幸京口三月三日
> 侍游曲阿后湖作》）
>
> 帝尧叶仁智，仙跸玩山川。叠岭杳不极，惊波断复连。雨晴云卷
> 罗，雾尽峰舒莲。舞庭落夏槿，歌林惊秋蝉。仙槎泛荣光，风笙带梓
> 烟。岂独瑶池上，方唱白云天。（伊与部马养《从驾应诏》）

前诗见于《文选》卷二十二，后诗见于《怀风藻》。文辞虽不相袭，
意境与情调却是毫无二致的，而造境与抒情的手法也如出一辙。这样，二
诗便有一种内在的"神似"——如果说外在的"貌似"并不明显的话，
而作为蓝本的当然是前诗而非后诗。

但进入平安朝以后，诗坛风会却发生了变迁：由模拟六朝转变为模拟
唐诗。此时被缙绅诗人们奉为模拟的蓝本的已不是《文选》，而是《白氏
文集》。如果说《怀风藻》中更多地看到的是《文选》的影响的话，那么
在平安朝前期编撰的"敕撰三集"①以及其后编撰的《扶桑集》《本朝丽

---

① "敕撰三集"是平安朝前期奉敕编撰的《凌云集》《文华秀丽集》《经国集》的合称。

藻》《本朝无题诗》等汉诗总集中，更多地看到的则是《白氏文集》的影响。对此，笔者另有专文论述，兹不赘及。① 有必要加以申发的是，除了白居易与《白氏文集》以外，其他许多唐代诗人及其作品也曾成为平安朝诗人所模拟的对象。当时，通过各种渠道大量流入的唐人诗集恰好为他们提供了模拟所需的客观条件。嵯峨天皇曾批点《李峤集》，而李峤在唐代诗人中并不属于享有盛名者，这说明他对唐诗的研习范围颇为广泛。确实，检嵯峨天皇所作汉诗，化用或暗合白居易、刘禹锡、张志和、刘希夷等唐人诗意者所在皆有。这里，仅拈出其化用刘禹锡诗意的两篇作品：

　　　　一道长江通千里，漫漫流水漾行船。风帆远没虚无里，疑是仙查欲上天。（《河阳十咏·江上船》）

　　　　青山峻极兮摩苍穹，造化神功兮势转雄。飞壁嵚崟兮帖屏峥，层峦回立兮春气融。朝喷云兮暮吐月，风萧萧兮雨濛濛。乍暗乍晴一旦变，凝烟吐翠四时同。神仙结阁，仁智栖托。或冥道而窅映，或晦迹以寂寞。林壑花飞春色斜，登临逸兴意亦赊。甚幽至险多诡兽，离俗远尘绝嚣哗。此地遨游身自老，老来茕独宿怀抱。夜深苔席松月眠，出洞孤云到枕边。（《青山歌》）②

前诗似由刘禹锡《浪淘沙词》脱化而来。《浪淘沙词》"其一"有云："九曲黄河万里沙，浪淘风簸自天涯。如今直上银河去，同到牵牛织女家。"细加比勘，二诗措辞虽异，而风调相仿，情韵相若。因而天皇属于遗其貌而取其神的善学者。至于后诗，则借鉴了刘禹锡的《九华山歌》——虽未像《九华山歌》那样着意将伟岸、险峻的青山形象作为作者情志的物化，在一唱三叹中呼出郁积已久的耿介之气，但展现青山姿容时那"腾企"般的笔法，以及贯注在对青山的规摹和深情礼赞中的宏伟气势，却与刘诗极为相似，令人不能不考虑它们之间的渊源关系。顺带说及，在平安朝前期的缙绅诗人们所模仿、效法的唐代优秀诗人中，刘禹锡是魅力比较持久、影响比较显著的一位。除了嵯峨天皇的这两首诗之外，"敕撰三集"中还有一些作品是以刘禹锡诗为蓝本规摹而成的。如：

---

① 参见拙作《且向东瀛探骊珠——日本汉诗三论》，《文学评论》1994 年第 2 期。

② 是二诗均见《日本诗纪》卷二。

河阳风土饶春色，一县千家无不花。吹入江中如濯锦，乱飞机上夺文沙。（藤原冬嗣《河阳花》）

山客琴声何处奏，松萝院里月明时。一闻烧尾手上响，三峡流泉坐上知。（良岑安世《山亭听琴》）①

刘禹锡《浪淘沙词》"其五"有云："濯锦江边两岸花，春风吹浪正淘沙。女郎剪下鸳鸯锦，将向中流匹晚霞。"这当是前诗所本。而后诗前两句分明脱胎于刘禹锡的《潇湘神》"其二"："楚客欲听瑶琴怨，潇湘深夜月明时。"不过，和嵯峨天皇一样，两诗作者大体上都便利到了师其意而不师其辞，袭其神而不袭其貌，取其思而不取其境。因而绝无捃撦、剽窃之嫌。

当然，在平安朝汉诗中，学习、模仿其他唐代诗人的作品也随处可见，不胜枚举。试看四例：

今宵倏忽言离别，不虑分飞似落花。莫愁白云千里远，男儿何处是非家。（淳和天皇《饯美州掾藤吉野得花字》）

今年有闰春犹冷，不解韶光着砌梅。风夜忽闻窗外馥，卧中想得满枝开。（淳和天皇《卧中简毛学士》）②

林叶翩翩秋日曛，行人独向边山云。唯余天际孤悬月，万里流光远送君。（巨势识人《秋日别友人》）③

时去时来秋复春，一荣一醉偏感人。容颜忽逐年序变，花鸟恒将岁月新。（藤原卫《奉和春日作》）④

熟悉唐诗的读者不知是否都能发现，这四首七言绝句并不是一无依傍的，而可以"沿波探源"，在唐诗中找到其出处。第一首后二句从句式到情调都脱胎于高适《别董大》："莫愁前路无知己，天下何人不识君。"第二首后二句反用孟浩然《春晓》："夜来风雨声，花落知多少。"第三首后二句本于张若虚《春江花月夜》："愿逐月华流照君。"第四首后二句化用

---

① 是二诗均见《文华秀丽集》及《日本诗纪》卷七。
② 同上。
③ 见《文华秀丽集》及《日本诗纪》卷九。
④ 见《经国集》及《日本诗纪》卷十。

刘希夷《代悲白头翁》："年年岁岁花相似，岁岁年年人不同。"值得称道的是，这四首七绝借鉴与模拟唐诗的技巧同样是较为圆熟的，虽将其意或其句楔入诗中，却不露太多的痕迹，因为它们都没有采取"生吞活剥"的做法，而致力于"移花接木"，至于"花木"赖以成活的土壤则完全是自配自备的。像第二首虽然在构思上受到孟浩然《春晓》的启迪，却从相反方向加以生发，另运巧思，铸为新词，因而完全称得上是一种带有创造性的模仿。这类深得模仿之要领而较见工巧的作品，多为短小精悍、轻便灵活的七言绝句。从诗体演变的角度看，七言绝句在平安朝前期的激增，也昭示了诗坛风会由倾斜于六朝转变为倾斜于唐代的事实。

那么，揭示这一事实，对于我们固有的话题有什么意义呢？其意义也许就在于：既然直至平安朝时期，诗坛风会才由模拟六朝诗转变为模拟唐诗，奈良朝的汉诗作品无一咏及"浙东唐诗之路"，也就可以理解了。从另一角度说，正因为平安朝诗人刻意模拟唐诗，包括他们最为崇拜的偶像白居易在内的许多唐代诗人所涉足过的"浙东唐诗之路"才有可能吸引他们的视线，并进而牵系他们的情思——这是我们依据上述事实作出的推断。

## 五

但问题并没有全部解决。接着需要探讨的是：唐代诗人并非仅仅以"浙东唐诗之路"为活动半径，而有着更为广阔的漫游天地。既然如此，为什么平安朝诗人对唐代其他地区的风景名胜难得涉笔，而唯独钟情于"浙东唐诗之路"呢？在我看来，这大概与"浙东唐诗之路"发端于天台，而天台又是平安朝诗人渴望朝拜的佛教圣地有关。

自从智𫖮创立"天台宗"后，位于浙东的天台山便声名远播，成为中外奉佛者人人皆欲参谒礼拜的名山胜刹。尤其是中唐时期，游天台、谒高僧，至少在佛教界已成风习，以致产生了数量众多的"送僧游天台""送僧适越"诗。如：

> 曲江僧向松江见，又道天台看石桥。鹤恋故巢云恋岫，比君犹自

不逍遥。(刘禹锡《送霄韵上人游天台》)①

孤云出岫本无依，胜境名山即是归。久向吴门游好寺，还思越水洗尘机。浙江涛惊狮子吼，稽岭峰疑灵鹫飞。更入天台石桥路，垂珠璀璨拂三衣。(刘禹锡《送元简上人适越》)②

而在络绎不绝地往游天台的僧侣中，当然也包括来自日本的"留学僧"。刘禹锡另有《赠日本僧智藏》③ 诗，起笔即云："浮杯万里过沧溟，遍礼名山适性灵。""天台"无疑会居于智藏所"遍礼"的名山之列。④赠予往游天台的日本留学僧的唐诗作品，今存的还有张籍的《赠海东僧》和杨巨源的《送日东僧游天台》：

别家行万里，自说过扶余。学得中州语，能为外国书。与医收海藻，持咒取龙鱼。更问同来伴，天台几处居。(张籍《赠海东僧》)⑤

一瓶离日外，行指赤城中。去自重云下，来从积水东。攀萝跻石径，挂锡憩松风。回首鸡林道，唯应梦想通。(杨巨源《送日东僧游天台》)⑥

强烈而迫切的问道求法的意欲和虔诚的佛教徒所固有的殉道精神结合起来，便驱使这些日本留学僧争先恐后地向大海彼岸的中国并进而向中国浙东的天台进发。当时，船舶尚不坚固，而海上风涛多变，"栀折、棚落、潮溢、人溺"等不测之祸时有发生。因此，以往每当遣唐使出征前，朝廷不仅诏令各大寺院念诵海龙王经，祈祷航海安全，而且往往举办盛大的诗宴相饯送。《续日本后记》记曰："承和四年三月甲戌，赐钱入唐大使参议常嗣、副使篁。命五位以上赋春晚陪钱入唐使之题。日暮群臣赋诗。副使同亦献之，然大使醉而退之。"虽没有"易水送别"的壮烈，但

---

① 见《全唐诗》卷三六五，中华书局 1960 年版。下同。

② 见《全唐诗》卷三五九。

③ 同上。

④ 《怀风藻》中收有"纳子智藏"诗二首，但与刘禹锡所结识的这位智藏显然不是一人，因为《怀风藻》早在刘禹锡出生前 21 年即已撰成。

⑤ 见《全唐诗》卷三八四。

⑥ 见《全唐诗》卷七六三。

一去不返的深忧却是同样萦绕在人们心头的。否则，大使也就不至于"醉而退之"了。这多少昭示了在当时的条件下赴中国进行交流之不易。但许多有志的僧侣却甘冒九险，必欲向天台一行。而为他们"导夫先路"的则是平安朝前期与空海齐名的高僧最澄。

无论在佛教史上，还是中日文化交流史上，最澄（767—822）都是值得大书一笔的人物。他于桓武天皇延历二十三年（804）从遣唐使入唐，径赴天台诸寺院受教。后又至越州（今浙江绍兴）龙兴寺修习。翌年携《台州录》102 部、《越州录》230 部等回国，正式创立日本天台宗。在整个平安朝时期，最澄创立的天台宗与空海创立的真言宗并列发展，史称"平安二宗"。这是人们并不陌生的史实。但不知人们注意到没有，在"浙东唐诗之路"向海外传播与延伸的过程中，最澄同样功不可没。之所以这样说，理由有二：其一是他亲自跋涉过"浙东唐诗之路"，不仅耳濡，而且目染于其间的自然景观和人文景观，回国后必然在传教的同时，把自己对"浙东唐诗之路"的感受也传达给教徒，诱发起他们的向往之情。其二是自他创立日本天台宗后，留学僧奔赴浙东天台，就具有了寻宗认祖的意味，这样，天台对日本留学僧的感召力与吸引力也就远远超过了其他名山胜刹；而"游天台"，势必"入刹中"，于是"浙东唐诗之路"便留下了越来越多的留学僧的足迹。

以最澄为首的往游天台的留学僧大多能文善诗，问道求法之余每每与唐代诗人或诗僧相交结，彼此切磋、唱和。当他们回国时，携归的不仅仅是佛教经典，也包括唐人诗集以及他们自己的汉诗创作。最澄虽无作品传世，但他回国时，赋诗为其送别的就有台州司马吴颛、台州录事参军孟光、台州临县令毛涣、进士全济时、天台僧行满等九人①，想来其诗才亦非泛泛。其中，全济时所作有云："家与扶桑近，烟波望不穷。来求贝叶偈，远过海龙宫。流水随归处，征帆远向东。相思渺无畔，应使梦魂同。"如果最澄"稍逊风骚"，又焉能使以诗赋为晋身之阶的"广文馆进士"如此相思不已？最澄的弟子圆载回国时，赋诗送别者甚至包括诗坛名流皮日休、陆龟蒙等人。而最澄的另一弟子圆珍，旅唐期间所赠诗达十卷，其中，清观法师赠句"叡山新月冷，台峤古风清"，曾被菅原道真许

---

① 所赋诗题均为《送最澄上人还日本国》，见最澄《显戒论缘起》卷上。转引自陈尚君《全唐诗补编》，中华书局 1992 年版。

为"绝调"。回国后，他身在"叡山"，而心驰"台峤"，曾赋诗抒写其
"思天台"之情。该诗今佚，但晚唐诗人李达的奉和之作却著录于傅云龙
《游历日本图经》①："金地炉峰秀气浓，近离双涧忆青松。斫泉控锡净心
相，远传法教现真容。"此诗题为"奉和大德思天台次韵"，"大德"即圆
珍。作者将"金地""炉烽""双涧"等天台所特有的景观交织入诗，意
在稍慰圆珍对天台的思念之情。而圆珍等人创作的这类汉诗作品在当时既
经流传，自也能扩大天台及发端于天台的"浙东唐诗之路"在海外尤其
是东瀛的影响。

　　诚然，最澄、圆珍等擅长汉诗的"留学僧"并不是平安朝诗坛的把
持者，他们的汉诗作品也多已不传，但当时处于诗坛霸主地位的缙绅阶层
却与他们过从甚密。这大概是因为前者虽为僧侣，却擅诗；后者虽为缙
绅，却奉佛——以菅原道真而言，他不仅终生是佛教的信奉者，有时甚至
还以佛门弟子自居，《忏悔会，作三百八言》一诗即云："可惭可愧谁能
劝？菩萨弟子菅道真。"在"敕撰三集"产生的时代，最澄、空海等诗僧
虽然不可能成为以嵯峨天皇为首的宫廷汉诗沙龙的正式成员，但却被这一
沙龙奉为座上宾，经常应邀出席沙龙所举办的吟咏活动；与此同时，包括
嵯峨天皇在内的所有沙龙成员也不时过访诗僧所在寺院，主动登门与他们
研讨禅理和切磋诗艺。这样，彼此间的奉酬唱和也就是常有常见的事情
了。仅《文华秀丽集》与《经国集》和"梵门类"，即收有这类汉诗作
品 59 首。其中，嵯峨天皇的《答澄公奉献诗》《和澄公卧病述怀之作》
等篇皆为酬答最澄而创制，且大多提及最澄游谒天台的经历，如《答澄
公奉献诗》开篇即云："远传南岳教，夏久老天台。"良岑安世的《登延
历寺拜澄和尚像》一诗亦云："溟海占杯路，天台转法轮。"在《本朝丽
藻》《本朝无题诗》产生的时代，缙绅诗人们同样与擅诗的留学僧保持着
密切的交往，源顺的汉诗名篇《五叹吟》其三②便为哀悼殉身于浙东天台
的诗僧而作：

　　　　天台山上身遄没，落泪唯闻雅誉残。午后松花随日曝，三衣薜叶
　　　与风寒。写瓶辨智独知易，破衣方便□不难。岂计香烟相伴去，结愁

---

① 转引自张步云《唐代中日往来诗辑注》，陕西人民出版社 1984 年版。
② 《日本诗纪》卷二十六。

长混行云端。

可以说，无缘亲履天台的缙绅诗人们是通过游历天台的留学僧来认识天台，并进而认识发端于天台的"浙东唐诗之路"的。不过，一旦获得对天台的全面认识，在他们心目中，天台便不再只是佛教名山，而且成为"造化钟神秀"的风景胜地。桑原腹赤《泠然院各赋一物得瀑布水应制》①一诗从侧面反映出这一点：

> 兼山杰出院中险，一道长帛曳布开。惊鹤偏随飞势至，连珠全逐逆流颓。岩头照日犹零雨，石上无云镇听雷。畴昔耳闻今眼见，何劳绝粒访天台。

作者认为"眼见"的泠然院瀑布足以与"耳闻"的天台山瀑布相媲美，正说明天台山瀑布为其神往已久。在这里，天台作为风景胜地的一面得以凸显，作为佛教名山的一面则被淡化。这也就意味着平安朝的缙绅诗人们虽然是以留学僧为媒介来认识天台的，却没有采用奉佛者的观察角度与鉴赏眼光——对天台是这样，对发端于天台的"浙东唐诗之路"又何尝不是这样呢？

---

① 《文华秀丽集》及《日本诗纪》卷八。

# 日本狂诗创作的三次高潮<sup>*</sup>

## ——从东亚汉文学史的发展角度着眼

严明<sup>①</sup>

**摘 要**：狂诗作为一种特殊的汉诗创作，在日本近世诗坛上有着突出的表现。江户明治时期狂诗的盛行，印证了汉诗扎根在不同和民族文化的土壤中，其形式及表现内容都可以因时因地因人而异，从而演绎出汉诗风格样式的丰富多样性。在长期接受中国文化熏陶的过程中，日本汉诗人不仅创造出了传统形式的日本汉诗，而且还在努力探求汉诗与日本俗体诗的结合之途。日本狂诗表现出了鲜明的艺术特色，其成功的主要原因来自滑稽和俚俗两大要素的巧妙融合。日本狂诗的演变过程中出现过三次创作高潮，对市民社会产生了巨大的影响，形成了近世日本汉诗的一大新变，对近代东亚汉诗发展贡献独特。

**关键词**：日本汉诗；狂诗特征；中日汉诗比较；东亚汉文学史

一

从保留下来的日本汉诗典籍看，江户时代之前可以称作狂诗的诗作数

---

\* 本文是国家社会科学基金项目"15 至 19 世纪东亚汉诗学比较"成果之一（05BZW003），原刊于《学习与探索》2009 年第 2 期。

① 严明，男，1956 年 8 月生，江苏苏州人。文学博士，现为上海师范大学人文学院教授，博士生导师，主要研究方向为明清诗学与东亚汉诗学。出版《中国诗学与明清诗话》《东亚汉诗的诗学构架与时空景观》《东亚汉诗研究》等专著 20 余部，在《文学遗产》《文艺研究》等刊物上发表论文 100 余篇。中国比较文学会理事，日本神奈川大学、明星大学、独协大学、泰国朱拉隆功大学，中国台湾东吴大学客座教授。

量很少，主要保留在五山诗僧编辑的《滑稽诗文》、一休宗纯的《狂云集》以及文之玄昌的《南浦文集》中。谈论日本狂诗的发端总会提到一休宗纯的《狂云集》，这位行为怪异的狂僧有点类似于中国明代苏州文人唐伯虎，民间对其过人的智慧才华及特立独行的人格魅力都极为崇拜，身后皆出现了大量的美化故事，比如中国有"唐伯虎点秋香"、日本有"聪明的一休"等家喻户晓的民间传说。一休宗纯被视为日本狂诗的鼻祖，其诗集中滑稽狂悖之作不少。[①] 略举两首如下：

花咲花而易老花，花颜花盛梦中花。花时花亦可情重，花落花过谁问花。（《恋》）

有钱有酒有金银，今年初成大德人。当寺他山若僧达，未申案内往来频。（《岁旦》）

除了个别的日语词汇，从语言形式上看基本上是中规中矩的汉诗，东亚汉字文化圈各国的文人都可以明白无误地了解这些诗的含义，也就是说这些诗篇写的是有点儿狂味，但还称不上是日本特有的狂诗。

一休宗纯之后，署名一枝堂主人的《童乐诗集》值得注意，这是江户初期的一本狂诗集抄本，根据序文可知诗集主人是一位在姬路藩效力的浪人，曾在江户住过一段时间，享保九年（1735）60 岁而卒。该诗集所收狂诗多为享保年间的作品，该时段的狂诗数量极少，狂诗集手抄本能够保存下来更属难得，故弥足珍贵。其中有两首曰：

位牌知行如我功，忘君亲恩勤业空。才艺劣他武具蠢，大禄高鼻俗士风。（《身程不知》）

今宵春冬分目军，挂取攻来恰如云。或谓留守或隙入，样样请和曾不闻。（《除夕》）

第一首是说一些人倚仗世袭而得到"位牌"大禄，却忘恩偷懒，才艺荒疏，仍然目中无人，自视清高，这就是俗士的坏风气。第二首是劝告

---

① 日野龙夫在《江户汉诗の世界》中说："一休所作称得上狂诗的约二十首。"［日］日野龙夫：《近世文学史》，ぺりかん社，2005 年，第 252 页。

世人不要随意借钱,不然到了年关日子就很难过了。值得注意的是这两首诗中的日语词汇用得极为自然,像"身程""高鼻""挂取""隙入"等,都是日本特有的汉语词汇,化用在汉诗中,形成了浓郁的日本风味,也形成了诗作表达过程中的滑稽和洒脱,这与五山时期滑稽汉诗偏重于语言游戏的写法已经不同。同时,作者似乎已经明白故意让汉诗的形式和内容出现不平衡,让俚俗的词语与高雅的诗歌形式发生某种不和谐,正是这种不平衡和不和谐,恰恰能够给当时熟悉汉诗的日本读者带来一种强烈的滑稽感和震撼感,这种写法离江户成熟期的狂诗已经相距很近了。

## 二

日本狂诗的第一次高潮在江户明和年间(1764—1771)出现的,而得到日本汉学界公认的标志,就是大田南亩于明和四年(1767)在江户刊印了《寝惚先生文集》。这本薄薄的个人汉诗文集的刊印,标志着江户狂诗的横空出世,也宣告了日本狂诗创作高潮期的到来,因而在日本甚至东亚汉文学史上都有着重大的意义。18世纪初,在江户讲学的荻生徂徕(1666—1728)对占据主流地位的朱子学中片面注重道德教育的倾向进行了一系列的修正批判。以徂徕为中心的蘐园学派,倡导强化政治统治功能的新儒学,放弃不切实际的道德修养规则,主张宽容和接纳人的自然性情,具有解放思想观念的倾向。在具体的教学中,还把传统的经学研究与现实的汉诗文创作分别对待,流风所及,就造就出有利于汉诗文创作的宽松环境氛围,促进了江户汉诗文创作的开放和全面繁荣。在江户初期,汉文学还只是停留在贵族、僧侣等社会上层人物的圈内,汉诗创作属于高雅活动,与市民百姓的俚俗生活毫不相干。但是进入18世纪之后,汉诗创作的风气也出现了变化,许多汉诗人开始打破雅俗的严格界限,认真关注市井民间的生活状况,汉诗中也频频出现俚俗生活的内容,歌咏市井百姓生活已经成为新的风气。同时,江户文坛上还出现了大量戏作的风潮,通俗文学大量刊印,描写市井俚俗生活的洒落本、黄表纸风行一时,其中充满着讽刺、调侃、滑稽、逗乐的题材内容,是当时繁荣的城市生活面目的生动写照。狂诗写作高潮便是在这样的时代风气背景下出现的,现存最早的江户狂诗文集是宝历十一年(1761)大阪汉诗人桂井在高刊印的《古文铁炮前后集》，这是一部对当时日本广泛流行的汉诗文选本《古文真宝》的翻版调侃之作。《寝惚先生文集》是大田南亩 19 岁时刊印的狂诗文集，据时人平秩东作《莘野茗谈》中记载，大田南亩大约在出版该书的两年前，曾经拿着约二十首狂诗草稿给他看。他对大田的滑稽才能留下了深刻印象，鼓励其继续创作，并与书商斡旋，终于促成了该书的出版。初版的《寝惚先生文集》分两卷，卷一收汉诗 27 首，卷二收汉文 10 篇。从所收的汉诗看，多写江户市井生活百态，令人耳目一新。如《江户见物》诗曰："江户膝元异在乡，大名小路下町方。二王门共中堂竣，两国桥逾御马长。悬直现金正札附，小便无用板屏傍。吉原常与品川赈，侥是狂言三戏场。"此诗为七律体，押下平声七阳韵，从汉字组合看，符合汉语近体诗的规则，但是不懂日语者却还是基本上看不明白诗中写了什么，原因就在于诗中大量使用了日语词汇，同样是汉字，词义却完全不同于汉语。比如"膝元"，指天皇和将军等权势者居住之所。"大名"为街名，在今东京都千代田区的丸之内，是一条南北向的大街。"二王门"指上野东睿山宽永寺的仁王门。"悬直"一句，是指日本桥一带高级和服店的售卖方式，现金交易。"小便无用"，此处禁止小便的意思，当时江户城内闹市区的板壁墙脚处，到处可见这样的纸贴条。"吉原""品川"都是江户市民的娱乐中心区，多妓楼、酒馆及戏院。"狂言"，日本的歌舞伎，江户城内有中村座、市村座和森田座三大戏场。明白了这些日语词汇，诗中一幅热闹繁华的江户城市图貌便凸显出来了。当然，大田南亩的狂诗并非都如此刻意使用独特的日本词汇，比如《江户四季游四首》，对于东亚国家的汉诗人来说基本上都能看懂：

> 上野兼飞鸟，花开日暮里。三弦茶弁当，多有幕之里。(《春》)
> 川长两国桥，花火燃前后。歌响屋形舟，皆翻妓子袖。(《夏》)
> 七月乍凉出，扬舟土手通。灯笼多见物，尽入大门中。(《秋》)
> 忽闻颜见世，番付卖人声。正是芝居好，应侵夜雾行。(《冬》)

选择了江户四季中的四个代表性场景：春天在上野、日暮里赏樱花；夏夜在两国桥赏焰火；秋季在吉原欣赏盂兰盆会的点灯风俗；每年冬季的十一月一日，到剧场（芝居）观看歌舞伎演员签订来年契约之后的开张演出，称之为"颜见世"，这些都是江户市民们最为熟悉的年中行事，大田南亩将其用汉诗的形式生动写出，确实是前无古人的新尝试。同时代的服部南郭也写有《东都四时歌》组诗，分为春、夏、秋、冬四首五绝体，所不同的是，服部南郭写的是正体汉诗，而大田南亩写的是狂体汉诗，对于江户的下层市民百姓来说，或许滑稽风趣的狂诗更加通俗易懂，也更能引起他们的喜爱兴趣。

谁都没有预料到《寝惚先生文集》的出版会一炮打响，反响会如此巨大，使得这位 19 岁的汉诗人很快便闻名于江户城。当时的汉诗人纷纷模仿其写作，书商们也闻风而动，各种滑稽风趣的汉诗集相继刊印。大田南亩自己也再接再厉地写狂诗，之后又出版了《通诗选笑知》（天明三年刊）、《通诗选》（天明四年刊）、《坛那山人艺舍集》（天明四年刊）、《通诗选谚解》（天明七年刊）。近二十年的创作，使得大田南亩当之无愧地成为江户狂诗的代表性诗人。大田南亩在江户刊出《寝惚先生文集》的两年后，京都 18 岁的汉诗人畠中正盈（号铜脉）也刊出了狂诗集《太平乐府》，同样是把日本化的汉诗写得风趣幽默，风行一时，形成了江户狂诗的东西两璧，狂诗作为日本汉诗的一种诗体也得以确立。寝惚和铜脉可谓英雄出少年，开启了江户狂诗的创作高潮。明和七年（1770）江户的阍云先生刊出了《娱息斋诗文集》，浪华（今大阪）的天所出版了《浪华狮子》，可可子刊出了《茄子腐稿》。次年又出现了《扫溜先生诗集》《毛护梦先生纪行》《片低先生诗集》等。从明和年间到天明年间，狂诗兴盛不衰，大田南亩的狂诗大多以李梦龙《唐诗选》中的名篇作为调侃模写的对象，而畠中正盈的狂诗则多以嘲讽市井生活中的滑稽现象为主，像《势多唐巴诗》（明和八年刊）、《太平遗响》（安永七年刊）、《狂诗画谱》（天明六年刊）、《天平遗响二编》（宽政十一年刊）等狂诗集都是如此。值得一提的是，寝惚和铜脉两人一次面都没有见过，但这没影响到两人间的书信往来及诗歌酬唱，到了宽政二年（1790），两人甚至还把互相间的赠答诗作汇集成册在京都刊行，这就是《二大家风雅》。这部狂诗集以两人酬唱诗作为主，同时收入了其他人尤其是京都诗人的狂诗作，因而也是一部当时的狂诗选本。此书不分卷，首列铜脉的《遥寄寝惚先生》：

> 客莫如坊主，佛无贵随求。茶屋悉受恶，借钱积如丘。道乐异见重，亲类相谈催。直行其夜短，朝饭过未回。近日被追出，忽向关东之。戏气尽又尽，偶有寝惚知。

从京都寄往江户的这首诗，透露出铜脉对于寝惚的尊敬和亲切感。两人都属于下层武士阶层，仕途无望，过着清贫的生活，又都年轻气盛，有着桀骜不群的诗歌才气，因而两人是惺惺相惜，互相赞许。末句中提出的"戏气"很重要，因为这是形成优秀狂诗人的根基，所以尤其值得珍惜。大田南亩显然与铜脉是趣味相投的，他立刻步韵回答了赠诗《和答铜脉先生见寄》：

> 狂诗无和者，年来且相求。门番留老子，坭坊叱孔丘。从知四角字，贫乏转相催。文盲多大才，腹筋日九回。偶读太平乐，御作又有之。始识我姓名，君能御存知。

诗中"留老子""叱孔丘"两句表明了大田南亩的政治观念取向，即热心于老庄之学，而对幕府官方独尊的孔子儒学则敢于批评。"文盲多大才"又直接说出了他重视市民俚俗文艺的观点，狂诗即是面向市民百姓的一种通俗文学。"太平乐"指铜脉的《太平乐府》，与《寝惚先生文集》一样，都是江户狂诗的开山力作，也成为江户狂诗第一次创作高潮中涌现出来的代表作。

# 三

日本狂诗创作的第二次高潮期出现在文政初年（文政元年为公元1818年），而以中岛规（号棕隐）为领军人物。此前的宽政年间（1789—1800），江户将军幕府采取了从紧控制的文化政策，这些法令政策都对江户、京都、大阪等大都市的市民生活产生了种种限制，自然不利于狂诗的发展。加之铜脉的过早去世（1801年，享年50岁），寝惚对戏作（包括狂诗）兴趣的减弱，江户狂诗创作出现了低潮。尽管如此，狂诗的创作还是根植于市井民间，在低潮中保存着其顽强的生命力。文化年间（1804—1817）还是有一些狂诗集刊行，比如署名桃花园编撰的《幼学自在诗楷梯》，文化一年（1804）江户版；狂言堂的《忠诗选谚解》，文化二年（1805）京都版；生醉山人的《狂诗语》，文化十年（1813）京都版；鼻垂先生的《同乐诗钞》，文化十年京都版等。文政二年（1819），京都的堺屋伊兵卫刊印了安穴道人（中岛棕隐）编撰的《太平新曲》，安穴祖父曾为江户前期京都著名学者伊藤仁斋的门生，父亲亦为下层儒者，研习汉学。中岛棕隐著有《棕隐轩诗集》《金帚集》《都繁昌记》《东游集》《鸭东四时杂词》等汉诗文集，又曾与赖山阳（1780—1832）隔壁而居，两人同为当时京都的代表性汉诗人。安政二年，中岛棕隐以安穴道人的别号刊出了《太平新曲》，次年刊出《太平二曲》，再次年又刊出《太平三曲》。天保十年（1839）又刊出《天保佳话》，天保十四年（1843）再刊出《天保佳话二编》。这些接二连三刊出的狂诗选集，在京都诗坛引起了持续的反响，促成了安政、天保年间狂诗创作的复兴，各种狂诗集再次推出，安穴道人也就成为江户狂诗创作第二次高潮期中的代表性诗人。中岛棕隐编撰的狂诗选集并非都是他一个人的诗作，而是包括了周围的诗友及门生如愚佛、邹可潭、乌山人、武朝保等人的狂诗作品，这些选本的刊出意味着已经形成了一个以他为中心的京都狂诗人流派。中岛棕隐刊出的多种狂诗集中，以《太平新曲》的影响最大，其中中岛棕隐本人的狂诗又以善于嘲讽而闻名于诗坛，如其刻画当时的江户人和京都人互相嘲讽和互不服气的情形：

### 《江户者嘲京》两首

木高水清食物稀，人人饰表内证晞。

牛粪路连大津滑，茶粥音向叡山飞。

算盘出合无立引，筋壁连中假权威。

女虽奇丽立小便，替物茄子怕数违。

常叩石桥如渡苇，毕竟皆为钱回无。

胜手各啬总眠目，上边追从难许肤。

带占鹅绒买不切，钵遣南京出煎枯。

最怜历历御见物，各包握饭出花都。

### 《京者嘲江户》

风荒火旱狗粪多，汲立水道泥杂沙。

杀厨买鲣食倒客，卖娘出祭浮气爷。

喧哗割头中直早，丧礼荷桶鼻歌赊。

身上徒磨铜壶盖，年中上下赖质家。

只好头胜张达强，了简恒出无彻方。

素见潮来尾先暗，木遣音头肝声黄。

亲分口利皆唐穴，火炎威势大篦坊。

元来皆因意地丑，费钱买喰鼻下忙。


　　从日本发展的角度客观地看，京都是古都，江户（今东京）是新京，两个大都市都是日本经济、政治、文化的集萃代表之地，长期以来形成了不同的城市风格面貌与市民生活习俗，这些正是日本城市文化所呈现出的丰富多彩之处。但作为同时代生活在不同城市的人，却经常会由于各种原因而产生彼此间的褒贬评论，刻意去寻找对方的丑陋之处，衬托和张扬自己的优异之处，在这样的贬人褒己的比较中求得某些优越感。这种城市间的互相攀比较劲、各自褒贬的言论表述，古今皆然，本不足为奇。然而，这类言论出现在狂诗中，还是首次，当属中岛棕隐的独创，而且在狂诗中写得如此生动具体，栩栩如生，确实令时人读之莞尔。中岛棕隐长期生活在京都，曾经东游江户，对于这两个大都市都很熟悉。尤其是他用学者的细心和狂诗的夸张诙谐来勾描这种大都市间的文化差异，用汉诗特有的形式展现出市井生活的种种特异之处，确实有着雅俗同赏的妙趣。安穴道人的诗友及门生中以愚佛较为活跃，在《太平新曲》和《太平二曲》中都收有愚佛的狂诗作品。此外，愚佛自己也编撰了《续太平乐府》（文政三年）、《钝狗斋新编》（文政五年）、《太平文集》（文政六年）、《续太平文集》（文政七年）、《太平风雅》（文政十一年）等汉诗文集，其中颇多狂诗作品，在文政年间的京都诗坛俨然一大家。他编撰的狂诗集中，收罗的都是各地的诗作，比如附近的兔鹿斋、顺斋、游足斋、乌山人、大极堂有长等人，还有金泽的痴医斋萃奈仁、彦根的间拔山人、浪华的南宫等外地诗人。甚至远在江户的半可山人这样有名的汉诗人也将其狂诗作寄给愚佛，编入其狂诗选集中。据青木正儿先生推测，愚佛很可能只是京都城里的一个小市民①。从蜀山、铜脉的狂诗看，尽管写得俚俗滑稽，但是骨子里还透露出一股士人志气，他们的身份毕竟都是下层武士；安穴的狂诗也写得世俗细致，但是细品还是看得出儒风尚存。相比较而言，愚佛的狂诗则全然是繁华城市下层生活的直接描述，充满着浓郁的市井俗气，称得上

---

① ［日］青木正儿：《京都を中心として見たる狂詩》，《青木正儿全集》第 2 卷，春秋社，1969 年，第 326 页。

是狂诗中的白乐天。其《续太平文集》卷一《道乐园记》有一段自我描述中写道："愚佛平生饮酒，左采茶碗，右持德利，不辨浊酒、鬼杀、伊丹、诸白之分。其于肴也，自红叶、锄烧、丸古、吕焦至泥鳅、油扬、鲸铁、鲍和旨物，皆集盘中。合口者喰之，虽无合口物，何打太鞍附人之请伴哉。醉回气浮，则张肝声，歌长歌，出糟声，语净留利，为加贺屋之声色，为高丽屋之身振。或怀手觊手妻，又脸被唆店，付莽莽虚虚，惟任足所向。山猫折乎，太夫时买，寝无叱者，起无褒者，身代与五体持，崩为痫症。隆隆焉，欢欢焉，不知天下之内，复有何乐可以代此也，因命之道乐。"这段自画像中满足于市井间的饮食歌舞，醉心于声色娱乐，此为太平盛世中小市民之常态，愚佛寓所取名为"道乐"，自然含有知足常乐之意。其狂诗中颇多小市民的喜怒哀乐，其口吻全然是市井中的芸芸众生，比如《七夕》："无船难渡天之川，一年一度鹊桥悬。人间推量御待远，近年取越一夜前。"京都的七夕之夜极为热闹，而且近年来有提前过节的倾向，因而商机无限。又如《精灵祭》："大暑时分来远方，驰走饮水不饮汤。况逢团子牡丹饼，可怜亡者成食伤。"酷暑长途旅行，又渴又饿，此时大量喝冷水，大吃京都名产糕团牡丹饼，就容易伤胃，甚至涨腹而卒。诗人祭奠的显然是这样一位亡者。再如《汤屋》："入手込合汤如泥，臭气胸恶户棚里。不知何者股藏毛，按我首筋似佛子。"描写京都最简陋的公共浴室内的入浴场景，虽则粗俗不雅，然比喻生动，显示出其狂诗俚俗到骨子里的本色。从安穴到愚佛，尽管风格不同，水平有差异，但其狂诗创作及出版狂诗选集的活动影响很大，带动起了江户狂诗创作的第二次高潮。

愚佛之后，在狂诗创作中取得较大成就的是半可山人和方外道人。半可山人是汉诗人植木玉崖（1781—1839）的雅号，他生于天明元年，历经天明、宽正、享和、文化、文政、天保，在天保十年去世。半可年轻时曾师事蜀山人，其后半生主要以幕臣的身份住在江户，而此时的江户城内可谓汉诗人云集，像大窪诗佛、菊池五山等著名的汉诗人及其门生都聚集于此，还有昌平黉的儒官野村篁园及其门生友野霞舟为主的幕臣汉诗人俱乐部，植木玉崖即为其中的一员，有《半可山人诗钞》（天保五年跋刊）传世。半可山人的这本诗集又名《狂诗妙绝》，收狂诗49首（五古2首、七古2首、五律2首、七律12首、五排律1首、五绝6首、七绝24首）。半可山人的狂诗基本上遵守了汉诗的押韵和平仄律，尤其是符合汉诗的平仄，这一点是前面的狂诗人都很难做到的。如其五言绝句《吉原》："大门五十间，游女三千人。几家子息殿，来成勘当身。"《船馒头》："唐诗长干行，和歌朝妻舟。欲入俗物耳，即是船馒头。"五言律诗《岁暮急作》："未掘门松穴，先闻煤扫音。釜随赁饼走，豆入福茶沉。年内无余日，世间多借金。空空待正月，却羡子供心。"一方面用俚俗的日语汉字词汇描写江户的市民生活，另一方面却严格遵守汉诗的形式要求，兼顾好此两点，却是很不容易，因此半可山人狂诗创作的出众才华得到了时人及明治以后汉诗人的高度推崇。方外道人的本名是福井健藏，又号梅庵，江户世代医家出身。其狂诗多写江户市井间的风俗人情，千姿百态，尤其擅长咏物。有《茶果子》（天保四年）、《江户名物诗》（天保七年）、《干果诗》（弘化四年）等狂诗集刊行，内容之丰富，描写之细腻，在当时江户诗坛是独树一帜的。其《咏樱》："八重樱出奈良都，折向唐人欲抚须。莫言四百余州广，如此名花一本无。"樱花代表着日本，赞颂独一无二的樱花，充满着大和民族的自豪感。又如《内田屋酒店》："昌平桥外内田前，德利如山酒为泉。孔子门人多上户，瓢箪携至是颜渊。"描写江户幕府昌平黉学府门外都是热闹的酒店，来往饮酒者大都是从官方学府出来的孔门弟子，嘲讽之意就包含其中。还有《万八书画会》："万八楼上书画会，不拘晴雨御来临。先生席上皆挥毫，账面频付收纳金。"举办书画展销是当时书商经常采用的促销方式，促销成功后，便出现了先生忙着挥毫应付顾客所求，账房则忙着收钱，显然是一场成功的文化促销会。再如《十轩店雏布》："小振内里古今雏，舟月玉山细工殊。唯恐节前悬直甚，试附半分打手呼。"这是一家出售和服布料的专卖店，节前就已经做好了准备，开始进行销售竞争。方外道人的狂诗描写细致入微，尤其是《江户名物诗》中，对江户百姓的生活细节处处都加以注目，留下珍贵的刻画记录，真实展示出江户市井文化的奇妙魅力，表现出狂诗特有的品位价值。与方外道人同时的不少狂诗人都更为细致地刻画了市井生活的细节画面，如中洲极堂先生的《年中狂诗》（天保二年刊）；仰山先生的《浪华狂吟》（天保三年大阪刊），《天保山百首》（天保六年大阪刊）；仁为、五十折合著的《狂诗百百色染》（安政二年江户刊）等。这些狂诗集皆偏重于实录民俗风情及市井生活的细节，诙谐滑稽的成分较之以前的狂诗而言逐渐减少，而趋向于中规中矩的汉诗格式，这是应该注意到的一种变化倾向。安穴先生（中岛棕隐）曾在其《加茂川五景诗》序中有感而发：

"狂诗之作不知其所始，五十年前铜脉、寝惚两子颇得风调，人争为上手。今皆拔舌于地狱，遗编徒成店曝。好事者虽间遗其形，而雅不知诗。故平仄悉违，颠倒每多。至句调之响、对语之工合，则绝无其考。杜撰最甚者，赖假名附以填无理字，使人如我所谓，倘消假名则顿不可解，此岂狂诗哉？"这段当事者的感言，指出了当时狂诗创作潮流中一种突出的现象，就是按照日本假名的发音来选择汉字填入诗中。这种糅合假名和汉语的狂诗，对于识汉字不多的日本市民来说，因其通俗易懂又充满滑稽风味而大受欢迎；但是对于正统的汉诗人来说，这种由雅转俗，甚至俚俗到庸俗搞笑的写法，则理解为是汉诗创作的衰退，这种看法上的差异或许正反映出了临近幕府末期狂诗风调出现的调整变化。

## 四

日本狂诗创作的第三次高潮出现在明治年间（1868—1912）的前期和中期。与前两次高潮期相比，明治年间写作狂诗的人数增加，但在诗歌形式方面的探索和变革却不多，也没有产生出像上述寝惚、铜脉、安穴这样的代表性狂诗人，因此明治年间狂诗的兴盛，可以认为是日本狂诗发展历程中的热闹谢幕。明治维新的成功，彻底改变了日本的社会制度，迅速提升了日本的国力，创造出了一个崭新的日本。数十年的励精图治，使得经济持续繁荣发展，西洋文化与本土文化大融合，出现了前所未有的太平盛世。在这样的时代背景中，江户时代都市娱乐文化的传统得到进一步的光大，在全面贯彻西洋舶来的政治改革热潮中，追求享乐戏谑的风气也在蔓延，社会处在欣欣向荣的变化中。明治初年文明开化，自由思潮涌动，文社诗社及各种类型文人集社纷纷出现，汉诗文创作也形成高潮。随着活字版印刷的普及，各种新闻报纸杂志刊物如雨后春笋般地出现，其中不少是专门刊登汉诗文的杂志，这就为汉诗的兴盛其中也包括狂诗的繁荣创造了新的条件。据日本学者杉本邦子《明治的文艺杂志》一书中考证，明治时期公开出版的杂志数量达到 345 种[①]，其中的《新文诗》《明治诗文》《花月新志》《团团珍闻》《东京新志》《骥尾团子》《桂林一枝》《春野

---

① ［日］山本邦子：《明治の文芸雑誌》，明治院，1998 年，第 303—310 页。

草志》等明治前期的文艺杂志以刊登汉诗文为主，大量的俗文学包括狂诗就主要刊登在这些刊物上，借助时尚的印刷刊物而大量流行，形成对社会各个层面的巨大影响力，这就使得明治狂诗的写作和流传有别于前代。从诗歌内容看，明治狂诗最为突出之处，就是大量表现出明治维新之后日本社会出现的新面貌和新气象。下面数首号称七绝体的狂诗都摘录于《古今狂诗大全》，从中可见明治狂诗面目之一斑：

> 流行渐及化洋癖，舞踏熟来屡上席。奇状夫妻携踊时，旦公鼻下长三尺。（《舞踏会》花月樵史）
> 著书翻译又何何，胜手自由吹法螺。中有可惊大安卖，先生名义灭法多。（《新闻广告》爱柳痴史）
> 月滞宿料穷书生，偶卖洋书买牛煮。君仆我辈空论外，时闻藤八五文声。（《东京洋学生》总子）

这些狂诗作品描画了明治维新时代中的社会各个侧面，其生动细致的瞬间场面刻画，滑稽俚俗的语言表达，至今读来仍然令人发噱。文明开化之初的历史背景下，无论是舞会上丈夫的醋意、大量出版书籍中的鱼目混珠、铺天盖地的廉价广告、城市马车业的辛苦经营，还是市民们对于议员议事的关注、对于国家经济预算失衡的抱怨、洋学生对日本文化的热衷，汉学衰落中的师生堕落，狂诗作中的这些点点滴滴，都成为明治初年日本社会的绝妙写照。和与洋、新与旧、雅与俗在碰撞中的趋向融合，成为维新时期日本城市生活中的普遍现象，而应时运而兴盛的狂诗创作自然也反映出了这样的时代特色。明治时代的汉诗人中对于狂诗创作起过较大推进作用的首推成岛柳北（1837—1884），他出身于江户儒官家庭，长期在幕府任文官，曾经游历欧洲，后创编《花月新志》汉诗文杂志，开辟狂诗专栏。又著有《柳桥新志》一书，详记明治开化初期江户妓院歌楼的盛况，此书长期流行不衰。当时狂诗选本主要有原田道义编撰的《东京开化繁昌诗选》和《开明讽谕珍文莞诗》；福城驹多朗编撰的《开化穴探狂诗选》三编；榊原英吉编的《明治太平乐府》四编；新田保之助编的《狂诗余学便览》二编；方外道人编的《笑注干果诗》；土田淡堂著的《正变狂诗选》；胡逸轮道太编的《明治狂体咏物诗选》；三木贞子编撰的《古今狂诗大全》；狂狂山人编撰的《狂诗选》等。明治时期的狂诗集刊印在数量上明显超过前代，狂诗中描写的社会现象及社会层面也扩大了许多，将汉诗的创作及欣赏的群体前所未有地扩大到了广大的市井平民阶层。这一变革，对于东亚汉诗的发展来说是具有革命性意义的，对中国晚清和朝鲜李朝末年的诗体新变及诗界革命都发生了直接的影响。因此，从东亚汉文学史的发展角度看，日本狂诗自有其独特的价值。

# 日本汉诗中的"和习":从稚拙表现到本土化尝试<sup>*</sup>

## 日本汉诗中的"和习":从稚拙表现到本土化尝试*

吴雨平①

**摘　要:** 日本汉诗中的"和习"是日本人最初尝试汉诗文创作时不可避免的现象,而经过长期吸收、消化中国文学之后,日本人在创作汉诗时为了体现民族文学特色,有时故意在诗文中表现日本语的特点即"和习",这应该看成是汉诗日语化(本土化)的表现形态之一,而且在某种程度上使日本汉诗内容与形式趋于和谐统一。

**关键词:** 日本汉诗;和习;民族文学;本土化

日本汉诗作为日本古代文学的重要组成部分,区别于其他文学样式的最显著的特征是它彻头彻尾的外来文学即中国古典诗歌的形式。而对于文艺作品"形式"和"内容"关系问题的认识,长期以来流行的理论是:内容决定形式,形式具有相对的独立性,但它有时也反作用于内容。根据这个理论模式,形式和内容是可以分离的两种东西,如中国古典诗歌的形式,既可以反映中国社会生活的内容,表现中国人的思想感情,也可以反映日本生活的内容,表现日本人的思想感情。这样一来,中国诗歌的形式(包括音韵格律)就成了一个可以装载任何所谓"内容"的容器。但是事实上,文学作品尤其是诗歌的形式绝不单纯是技术性和技巧性的因素,它包含着意识形态的投影、审美效应的期待等极其丰富的人文蕴含,甚至规

---

\* 本文原刊于《江苏社会科学》2010 年第 6 期。

① 吴雨平,女,江苏高邮人,文学博士,苏州大学文学院教授,比较文学与世界文学专业硕士研究生导师,从事比较文学学科理论及中日文学关系研究。1996—1998 年任日本北陆大学客座教授,2005—2006 年任日本关西学院大学客座研究员。主要著作有《菊与枳:日本汉诗的文体学研究》《比较文学基本原理》《东西方比较文学史》《世界比较诗学史》等。

定着内容的表达。

一

　　"和习"又叫"和臭",指日本人创作汉诗文时有语序颠倒、音韵不谐以及运用汉语中没有的词语等毛病,即汉诗文中的日语痕迹。表现在文字上,如将"请看"写作"请见","请听"写作"请闻"之类;表现在音韵格律上的问题更为严重。由于日本是在有了本民族的语言之后,再根据汉字的意思才创造出了日本读音的汉字,所以虽然日本汉字的意思基本上跟汉语相同,读音却完全不一样,绝大多数日本人只知道汉字的意思,却无法准确掌握汉字的读音,而"诗歌"又离不开声音,声韵是汉诗创作不可缺少的重要因素,因此一般的汉诗作者只能靠死记硬背那些将汉字按照汉语语音分好类的韵书,以此来掌握汉字的平上去入以及声韵,然后再进行汉诗创作。四声及声韵的记忆和分辨即使是对中国人来说也是极其艰难的,对日本人的难度之大更可以想见,所以日本人对于自己所作的汉诗是否合律往往缺乏自信。

　　"和习"的形成跟日语本身的特点有重大的关系。首先,日语在意义表现上有很大的不确定性。同一个句子,可以这样理解,也可以那样理解,甚至常常出现不完整的句子,余下的部分由听话人去理解、补充,或者是要表达的意思虽然很清楚,但却不明确地说出来。其次,日语除了名词性词语外,其他词类如动词、形容词、形容动词、助动词等,都有原形、假定形、推量形、命令形、连体型、连用型等多种活用形态,因此即使不用关联词语,只要词的形态变化,句子之间的意义关系也能显示出来;同样的词由于形态不同,句子的意义也各不相同。最后,日语中词在句子里的位置具有很大的自由性,因为日语依靠助词表现句子中各种成分之间的相互关系,常常可以前后移动实词的位置。实词的后面一般有一个助词,以提示这个实词在句子中的意义和作用,所以日语中词的位置并不重要,这和汉语正好相反,汉语中词的顺序非常重要,有时连词性都要通过词序来确定,更不要说意义了,词的位置不可更改。

　　语言的形式必然会影响到以它为物质载体的文学创作。日语的这些特点使日本人在创作符合民族特点的诗歌形式时更为便利——诗的语言本来就应该是含蓄的、能引起人们种种联想的；同样的语言，在不同的诗歌中往往要表现各种各样千变万化的复杂感情；诗的语言常常因为韵律节奏或意境表达的需要而颠倒词序。如果将这些特点无意识地、生硬地用到汉诗创作中来，那就是所谓的"和习"了。"和习"是日本人最初尝试汉诗文创作时不可避免的现象，是日本汉诗文发展初期的稚拙表现。然而日本人在创作汉诗时如果是有意表现出上述日本语的特点，应该看成是汉诗日语化（本土化）的表现形态之一。

　　事实上，日本人自古以来就认为会写诗比能咏和歌更有才华。《史馆茗话》记载了一则发生在平安时代（794—1192）中期的故事：园融太上皇邀请群臣外出游玩，为了方便大家作诗、咏歌以及进行音乐演奏，便让所有的人根据自己的所长，分别乘坐汉诗、和歌和管弦三条船，藤原公任随便上了"倭歌"（和歌）船并作秀歌一首，但不久便后悔了，因为他觉得和歌人人都可为之，不如乘坐汉诗船更可显示诗才。藤原公任才华横溢、"并达三艺"（汉诗、和歌、管弦三者皆长），更是《和汉朗咏集》的编纂者，精通汉文化。这个故事是否真实并不重要，但它说明汉诗在当时被追捧的程度确实是超过和歌的。因此不管是由于汉文学基本功和修养不够，还是出于振兴民族文学的心理刻意为之，"和臭"的说法正说明了日本汉诗是以中国诗歌的表现形式及历史文化内涵为评判标准的。日本江户时代著名学者江村北海（1713—1788）在其著名的《日本诗史》中说：

　　　　夫诗，汉土声音也。我邦人不学诗则已，苟学之也，不能不承顺汉土也，而诗体每随气运递迁，所谓三百篇、汉魏六朝、唐宋元明，自今观之，秩然相别。而当时作者，则不知其然而然也，气运使之者，非耶？①

　　显然，江村北海将"承顺汉土"看成日本人进行汉诗创作首要的、不得不遵守的原则。江户中期汉学家、诗人太宰春台（1680—1747）所著的《斥非》中更极端地将一切不合华人之法者皆斥之为"非"："非式

---

　　① ［日］江村北海：《日本诗史·卷四》，《新日本古典文学大系》65，岩波书店，1991年版，第508页。

也，华人弗为也""非礼也，华人弗为也""非法也，华人弗为也"等，即强调汉诗文创作从形式（"式"）到内容（"礼""法"）都应当"以华人为法"，否则即为"和臭"。他说：

> 今之学者，苟学孔子之道，则当以孔子之言为断；为文辞者，苟效华人，则当以华人为法。①

在日本民族文学已经取得了举世瞩目的成就，汉诗创作也广泛普及的江户时期，仍然有著名学者提出和强调这样的基本问题，足以说明日本人对汉诗的形式和内容问题的关注和重视，而这不能不引起我们的思考。反之，如果是和歌创作，就不可能存在要避免或者是提倡"和臭"的问题，因为在日本民族文学样式中，如果没有民族文学特色，那就不能成为"和文学"。和歌的民族文学特色没有人称之为也不应该称为"和臭"，它只是"和歌"之所以成为"和歌"的基本要素所在，也是日本歌人对民族文学表现手法的基本诠释。同样，中国人写诗也没有而且不可能有所谓的"汉习"或"汉臭"问题。日本汉诗的创作却相反，日本人往往带着一种矛盾的心理，一方面折服于中国古典诗歌的博大精深和不朽功绩，希望利用汉诗的雅文化地位为他们的政治和文化需要服务，另一方面又力图与形式和内容完美统一、几乎难以超越的汉诗保持一定的距离，甚至对它进行抵抗，以满足民族的自尊心以及促进民族文学的发展。这样，模仿阶段过后的日本汉诗创作必然会出现如"和臭"等一系列的问题。

## 二

有日本学者认为，说到"和习"，以江户诗人石川丈山（1583—1672，又名凹，字丈山，号六六山人）的《富士山》最为突出，而这首诗表现了"和习"的地方就是结句的"白扇倒悬"，因为中国的扇子跟日本的形状不同，尾部逐渐展开的扇子（折扇）只有日本才有，所以"白

---

① 转引自马歌东《日本汉诗溯源比较研究》，中国社会科学出版社 2004 年版，第16—17 页。

扇倒悬"的句子在中国的诗歌中是不可能有的①。然而，这种说法恐怕并不能成立，中国古代确实只有羽扇和团扇，但是宋代以后折扇已经从日本传入中国，而且在古典戏曲等文艺形式中运用非常广泛，所以日本人的阐释未必正确。但这首诗确实是日本众多咏富士山的诗中最为脍炙人口的：

> 仙客来游云外颠，神龙栖老洞中渊。雪如纨素烟如柄，白扇倒悬东海天。

诗的前两句以"仙"和"神龙"突出了富士山的神秘，接着用比喻来描述富士山的形状和颜色，受到众多评论者追捧的最后一句，将遥望的富士山比作倒悬的白扇，化巍峨山峰为掌中之物，神形兼备。但是我们却认为，这首诗的审美情趣跟中国的古典诗歌相比，并没有什么根本的不同或者特别之处，而吟咏了日本独特的风景"富士山"才是它题材上的日本特色所在。作者的贡献在于，他的《富士山》以及《咏地震》《题樱叶再为花》等诗作使日本汉诗的题材范围比以前有所扩大。富士山是日本的象征，樱花是日本的国花，地震是日本这个多火山的岛国最常碰到的自然现象之一，这些题材在中国的古代诗歌中是难觅踪影的，因此我们也可以将它们看作是汉诗日本化的实践，或者也可以看成是汉诗中的"和习"的特殊表现形态。因为题材不仅是描写对象，它还包括更深层的内涵，如樱花的生之绚烂、死之静美，体现了日本人通过自然对生命的崇尚和赞美、日本人的生命观，以及日本人以植物生命为象征体系的审美意识，可以说樱花最典型地表现了日本民族的"美意识"。也正因为如此，日本人创作的和歌常用鸟、兔、马、豚、鱼等飞禽走兽做比喻，用富士雪山、上野樱花等自然景物起兴，这样很容易把读者带进体现着日本意趣的艺术世界。

实际上，在此之前的日本五山时期（1191—1602）甚至更早的王朝时期（646—1192）就有了许多歌咏日本独特风景的汉诗，如《凌云集》（814）第二首平城天皇所作《咏樱花》，室町时代中期禅僧希世灵彦（1403—1488）的《天桥立》等。后者是一首描写日本三景之一"天桥立"风光的诗：

---

① 　[日] 石川梅次郎：《汉诗入门》，松云堂书店，平成十五年（2003），第94页。

碧海中央六里松，天桥胜景是仙踪。夜深人待龙灯出，月落文殊堂里钟。

天桥立位于京都府以北日本海侧的舞鹤，是宫津湾中的细长沙洲，沙洲两侧是绵延六里长的松树林，岸上有祭奉文殊的庙宇"文殊堂"，夜幕降临，舞鹤船屋渔灯点点。天桥立倒看像悬在空中的天桥，故名之。要说"和习"，这首诗应该更为突出，除了题材上描写了日本岛特有的景色、并且不用典以外，结句"月落文殊堂里钟"虽然"韵"没有押错，但是"文殊堂里钟"破坏了这首七绝的平仄和格律，读起来缺乏汉诗韵律上的节奏感、和谐感。因为中国最早的"诗"是附属于"乐"的，"歌永言，声依永，律和声，八音克谐"的音乐性质才是其中所强调的美感素质之所在。中国古典诗歌所强调的美感的构成，不仅建立在"诗言志"的"志"的性质与内涵上，而且建立在"声""乐""八音"的形式特质——即它们的"永""律"与"和""谐"的性质之上。因此，"诗"固然是"歌"中之"言"，"言"亦是"志"的表达，但它们至多只是美感创构的材料，"乐""音"才是艺术创造的表现和重心，是其艺术影响的伦理教化的手段与关键。《天桥立》写景，唯有"文殊堂"可以表明作者的人文兴趣即"志"之所在，却因"律"的不谐而使整首诗未能达到应有的审美效果。但是又正是因为如此，我们才可以看到它与和歌一样只依靠音节的数量来表现韵律节奏的特点，而不像汉诗那样要由声调和平仄叶韵来表现韵律，才看到它与中国人创作的诗歌的不同，才可以说它是"日本人的汉诗"。和歌在形式上的特点，只是通过"词"（即音）的数量来体现，并无韵和律的要求。

## 三

日本汉诗在经历了起源和发展的第一个高峰（奈良时期和平安初期）以后，随着日本封建政治制度的逐渐完善，上层知识贵族文化素养的进一步提高，以及他们文学主体意识的逐步加强，到平安时代末期，日本同中国大陆进行交流的主要目的从出于政治上的需要，已经开始转化为文化交流和贸易往来的新主题。日本人的汉诗创作也早已摆脱了单纯的模仿，变得相当成熟了。曾经依附于国家的政治需要而进行的文学交往应该逐步从统治集团的意识形态中分化和独立出来，成为日本知识贵族中一部分有识之士的共同意愿。因此作为对奈良和平安初期"国风暗黑"的一种反拨，日本人开始尝试将"和习"带入汉诗（文）当中。

如当他们使用汉诗文的形式描写岛国特有的风物以及日本民族特有的审美情趣时，往往为了表现出日本人独有的个性和习惯，故意在诗文中表现"和习"。最为极端的表现是，有的诗人甚至将片假名写入汉诗之中，如《五山堂诗话》曾这样评价宇庞卿的诗："'月新题ノ字'，五字亦佳。""ノ"是日语片假名，是汉语中绝不可能有的语言符号，汉和文字杂糅，已经不是纯粹的汉诗。但是马歌东先生认为，"ノ"宛如初月之形，用入诗中颇见新巧，虽不宜提倡，偶尔为之则无妨①。

雄居平安时期汉诗创作顶峰的菅原道真（845—903）的汉诗创作由模仿而走向独立，其中的"和习"为人瞩目。菅原道真是当时的知识贵族中竭力推广民族文化并且付诸实践的最具代表性的人物。他在《菅家遗诫》中指出："凡神国一世无穷之玄妙者，不可敢而窥知，虽学汉土三代周孔之圣经，革命之国风，深可加思虑也。"还特别提出了"和魂汉才"的主张："凡国学所要，汉欲论涉古今究天人，其自非和魂汉才不能阃其阄奥②矣。"即主张将业已引进的汉文化和汉文学本土化，与日本民族固有的文化精神和文学传统相融合，以促进日本民族文化和文学的发展壮大。他的汉诗文集《菅家文草》努力尝试在汉诗文中加入日本式审美因素，有意识地表现"和习"，汉诗创作更是打破了唐诗过于严格的格律以及过分整齐的形式，较多地采用自由的、长短句夹杂的杂言体形式，不拘泥于古典辞藻，而倡导使用朴素的日常词汇，因而他的诗独树一帜，即便是仿照中国诗歌的创作，也具有浓郁的日本式的生活情趣。据记载，醍醐天皇在收到菅原道真的诗集后，曾以"见右丞相献家集"为题作诗大加赞赏："更有菅家胜白样"（"样"是日语中对人的尊称，"白样"指白居易，这种用法本身就具有浓厚的"和习"）。如菅原道真的《山寺》：

　　　　古寺人踪绝，僧房插白云。门当秋水见，钟逐晓风闻。老腊高僧

---

① 马歌东：《日本汉诗溯源比较研究》，中国社会科学出版社 2004 年版，第 16 页。
② 编者按："阃其阄奥"当为"阄其阃奥"。

积，深苔小道分。文殊何处在，归途趁香熏。

　　这是菅原道真《晚秋二十首》中的一篇。程千帆先生评曰："萧散似张文昌，张今体诗亦白派也。"孙望先生则说："意在白云秋水之际，菅右相情趣于此可知。"① 这两段评价正好概括了此诗渊源于中国诗歌，同时却不拘泥于中国诗歌，具有自己（日本人）的情趣的特点。虽然菅原道真这首诗的自序说："九月二十六日，……数杯之后，清谈之间，令多进士题二十事。……文不加点，不避声病，不守格律，但恐世人嘲弄斯文，恐之思之，才之拙也"，但是对照他的诗歌主张，这些说法其实根本不是他的谦逊之辞，而应该是有意为之、刻意追求的。他在遭忌被贬官以后写过一首《不出门》：

　　　　一从谪落就柴荆，万死兢兢局蹐情。都府楼才看瓦色，观音寺只听钟声。中怀好逐孤云去，外物相逢满月迎。此地虽身无检系，何为寸步出门行。

　　虽然首联两句就借用了中国诗歌中的词语："清晨起巾栉，徐步出柴荆"（白居易《秋游原上》）、"谓天盖高，不敢不跼；谓地盖厚，不敢不蹐"（《诗经·小雅·正月》），颈联的"外物"也出自杜甫的"古来贤达士，宁受外物牵"（杜甫《寄题江外草堂》），但是相间其中的颔联和尾联非但不使用任何出典，而且还打破这首诗的平仄格律形式，尤其是最后一句，用特别口语化的语言表现了自己身处逆境之时胆战心惊和无奈的心情，读起来感觉松散，但颇类似于和歌的表现形式。和歌在形式上的特点，不同于中国诗歌的韵律必须依靠平仄和押韵来体现，它只是通过"词"（即音）的数量来体现，并无韵的要求，这使和歌创作起来更加自由，更能多姿多彩地抒发个人内心的独特感受，对日本人来说自然是更为易于掌握。当然菅原道真这么做，不会是因为汉学功底的欠缺。在汉诗文已经高度发达的平安时期，被尊为"文章之神"的菅原道真实际上是力图以日本式的表现来对抗汉诗文一统天下的局面，并以此体现日本人独特的审美心理，正是显示了日本文学对异质文学学习、适应与创造的能力。

---

① 程千帆等：《日本汉诗选评》，江苏古籍出版社 1988 年版，第 19 页。

　　令人叹息的是，进入江户时代以后的日本，随着工业的发展以及商业气氛的浓厚，汉诗入门、汉诗作法之类书籍的增多，汉诗创作在逐步普及的同时出现了庸俗化、简单化甚至程序化的趋势；特别是明治维新以后直到今天，汉诗早已失去了其主流文学的地位，往往被一些人当成一种茶余饭后的特殊"趣味"，就像他们对"书道""茶道"的兴趣一样。一些日本人为了显示学问——即所谓的"汉才"，往往为了作汉诗而作汉诗，他们只根据平仄、格律、对仗等作诗技巧，将他们从中国典籍中认识和日本正在使用的汉字词语，像组装电器那样把汉字组合进去成为诗歌，而不是表达对生活的真实感受，更没有投入自己的真情实感。他们写诗规规矩矩，每一字句必据诗韵，平仄韵律丝毫不差，不敢越雷池半步，以为只要符合技法、符合汉诗的形式就是汉诗。善于模仿而缺乏真正独创的日本文化性格在他们写作外来文学形式的汉诗时表现得特别明显。这种只重形式的情况在日本汉诗创作中相当普遍，其结果只能是邯郸学步，呆板木然。看得见的"和习"虽然没有了，看不见的"和习"却扼杀了汉诗的真正生命。

　　由此可见，文学作品的形式和内容的关系具体到日本汉诗上主要是韵律和抒情言志的关系，即汉诗创作既要考虑情感表达的一气贯通，又要顾及韵律是否和谐完美。日本汉诗人不管是为了体现"和魂"而有意表现"和习"，还是为了显示"汉才"而忽略真情实感的表达，都往往不能兼顾两头，只能作折中的选择，因此真正能够达到完美境界的作品当然就不会很多。日本人也认识到了汉诗创作"形式"和"内容"问题的重要性，江户汉学家日尾省斋在他的《诗格刊误》中说：

　　　　夫人有志而后有诗，有诗而后有音韵，有音韵而后有节簇。而志与诗古今一也，故多读古人诗，潜心甄之，则神之与诗，玄同融会，音韵节簇，洋洋乎盈耳矣。①

　　日尾先生从古人的诗中悟出了有"志"才有"韵"的道理，将汉诗的"志"放在首要的位置上，这和中国文学的传统观念大致相通。确实，

---

　　① ［日］日尾省斋：《诗格刊误·卷上》，见［日］池田四郎次郎编《日本诗话丛书》第1卷，凤出版，昭和四十七年（1972），第4页。

如果诗人作诗一开始的遣词造句就被技法所拘束，那么作出来的诗肯定是无病呻吟，当然不会是好诗。

日本汉诗中大量存在的"和习"表明，中日文学传统对它们都有相当大的影响作用。日本汉诗从对中国诗歌的全力模仿到"和臭"产生，再到"和汉融合"，形式和内容逐渐趋于和谐统一，这是它走过的合乎逻辑的发展过程。

# 日本汉诗与中国诗歌
## 比较研究

# 从《梅花百咏》看日中文学交流*

## ［日］池田温① 王勇②译

**摘　要：**日本锁国时期，并未与外部世界完全隔绝，不仅允许中国和荷兰商船入港，而且与琉球（今日本冲绳）和朝鲜保持交往。日本诗人相良玉山草成《梅花百咏》后，寄赠琉球文人程顺则；1713 年春程顺则将之传入福州，清朝文人王登瀛特为撰写序文；1714 年程顺则奉使日本，将序文交给相良玉山；次年将相良玉山序文刻入诗集出版，从而成就东亚文化交流史上一段佳话。

**关键词：**清代中日关系；东亚诗文交流；日本汉诗

＊ 本文为中国教育部人文社会科学研究"十五"规划项目《古代中日书籍之路》（01JA770017），原发表于《浙江大学学报》（人文社会科学版）2003 年第 5 期。

① 池田温，男，1931 年生于日本静冈，日本东京大学博士。原日本东京大学教授，现东京大学及创价大学文学部名誉教授，日本著名东洋史学者。主要从事唐代法制、敦煌学、东亚文化交流史等研究。专著有《中国古代籍帐研究概观・录文》（东京大学出版会，1979 年）、《中国古代写本识语集录》（大藏出版，1990 年）、《中国礼法与日本律令制》（东方书店，1992 年）、《魏晋南北朝隋唐时代史的基本问题》（合编，汲古书院，1997 年）、《世界历史大系・中国史 2 三国—唐》（合编，山川出版社，1996 年）、《仁井田升著〈唐令拾遗补〉》（编集代表，东京大学出版会，1997 年）等近二十部及论文三十余篇。《敦煌文书的世界》有中译本（张铭心、郝轶君译，中华书局 2007 年版）。

② 王勇，1956 年出生于浙江平湖，历任浙江大学日本文化研究所所长、北京大学中文系教授、日本早稻田大学客座教授、美国哥伦比亚大学兼职教授，现为浙江工商大学东亚研究院院长、复旦大学日本研究中心特聘教授、浙江省哲学社会科学重点研究基地首席专家，兼任中国中外关系史学会副会长、中华日本学会副会长、中国日本史学会副会长。专事东亚文化交流史、日本历史文化研究，迄今出版各类著作 46 种（含日文著作 16 种）目前主持国家社科基金重大招标项目"东亚笔谈文献整理与研究"。

# 引言

　　江户时代前期，萨摩藩士相良玉山所著的《梅花百咏》（1715 年刊本），算不上是一部有名的汉诗集，作者本人也罕为人知。然而，诗集卷首冠有高岱、伊藤东涯（长胤）、王登瀛等序文，这引起笔者的浓厚兴趣。伊藤东涯是伊藤仁斋的长子，著有《名物六帖》《制度通》等，是京都堀川的著名儒学家；高岱的名字看似汉人，实是幕府儒官深见玄岱，作为书法家亦颇负盛名；王登瀛是清代福建的文人。当时日本处在锁国时期，请外国人作序恐非易事，因而值得关注。相良玉山是如何获得王登瀛序文的呢？本文拟通过考察这段东亚文化交流的史事，以就教于国内外诸贤。

## 一　梅花百咏的传统

　　早春时节，率先开花吐芳的梅花，自古深受日本人喜爱，吟咏梅花的诗歌不胜枚举。《万叶集》中咏梅的和歌达 118 首，遥遥领先于 44 首的樱花，古代日本人对梅花之钟爱，超出人们的想象。

　　奈良时代的天平二年（730）正月十三日，太宰帅大伴旅人在府邸宴请同僚，客主趁兴吟诗作歌，所成《梅花歌》32 首录于《万叶集》卷五。兹略举二三例如下："我家池苑里，梅树已飞花，天上飘春雪，纷纷似落霞。"（主人大伴旅人）"梅花今日盛，今盛究何由，只为相思友，簪花插满头。"（筑后守葛井大夫）"万世无穷尽，年年去复来，梅花开不绝，岁岁有花开。"（筑前介佐氏子首）[①] 此外，《万叶集》（卷十·春杂歌）中收有作者不详的《野游》4 首，其一云："京洛多冠盖，暇时意趣悠。梅花头上插，来此乐同游。"由此可窥万叶人咏梅迎春之喜悦心情。

　　天平十年（738）七月七日，圣武天皇游幸西池宫，手指殿前梅

---

[①]　[日] 大伴家持编：《万叶集》，杨烈译，湖南人民出版社 1984 年版。

花，敕右卫士督下道朝臣真备（吉备真备）及诸才子云："人皆有志，所好不同。朕去春欲玩此树，而未及赏玩，花叶遽落，意甚惜焉。宜各赋春意，咏此梅树。"据《续日本纪》（卷十三）记载，时有文士30人奉诏献赋。

中国的咏梅诗文，兴于南北朝，盛于宋代以后。其间出现以梅花为主题，一气连咏百首之风气。从唐朝后期至宋代，科举中有以诗赋百篇取士之"百篇科"。在这种背景下，加之梅花深受中国人喜爱，于是士人竞相以梅花为题创作"百咏"。据管见所及，《梅花百咏》的始作俑者是北宋的秦观（字少游，1049—1100），这部诗集从《古梅》《早梅》至《十月梅》《二月梅》，共录七言律诗百首。日本有书林丁子屋仁兵卫刊印的和刻训点本，卷末附有熊谷立闲写于天和元年（1681）的跋记。秦观有40卷的诗文集《淮海集》传世，但《梅花百咏》不在其中，说明当初就是以单行本流播的。在秦观之后，南宋刘克庄（号后村，1187—1269）作《梅花十绝答石塘二林》二叠至十叠，合计七言律诗百首，收入《后村先生大全集》（卷十七）。是集系淳祐庚戌（1250）腊月，和林氏兄弟（林同、林合）之梅花绝句而咏。据其跋记，先学李伯玉（端平二年即1235年进士，《宋史》卷四二四有传）亦作过《梅花百咏》。此外，《宋史》（卷一六一·艺文志）著录《宋初梅花千咏》2卷，可惜早已散佚；张道洽（字泽民，号实斋，开化人，端平二年进士，1205—1268）作《梅花诗》300余首，现在仅存数首为《瀛奎律髓》采录。

元代咏梅之风愈盛，尤以冯子振（号海粟，依州人，1257—?）与释明本（中峰禅师，俗姓孙，杭州人，1263—1323）的唱和最为著闻，经《四库全书》采录而广泛流布。[①] 韦珏（字德圭，山阴人）的七言绝句《梅花百咏》，有至正五年（1345）十一月会稽杨维祯序（字廉夫，号铁崖，1296—1370）和天台胡世佐跋，[②] 日本的和刻本附有文政甲申（1824）正月安积信（艮斋）的校订序和吉田乡教（梅庵）的后记。《元史》（卷一八二·欧阳玄传）载："玄幼岐嶷……八岁……即知属文。……部使者行县，玄以诸生见，命赋梅花诗，立成十首，晚归，增至

---

① 《四库全书·集部·总集类》收冯子振与中峰明本的七绝唱和诗二百首及中峰明本的春字韵七律百首。

② 《夷门广牍》辑本，100首中有80余首与中峰禅师的诗作相同，可能在流传过程中产生混乱。

百首，见者骇异之。"又元人郭豫亨（号梅岩野人），集古人咏梅句成七律百首，题为《梅花字字香》（至大辛亥 1311 年序，收入《四库全书》《琳琅秘室丛书》）。至明代，传世的有王达善（无锡人，洪武初明经）之《新刊梅花百咏集》①，以书画鸣世的文徵明（1470—1559）之《梅花百咏》②，李确（初名天植，字潜夫，平湖人，崇祯举人）之《梅花百咏》③等。此外，康熙五十三年（1714）七月，从王羲之行书中集字而成的《集古梅花诗绝句百首》碑石刻成，现保存在西安碑林④。

以上概观了《梅花百咏》在中国流行的情况，但对明清时代的考察未必充分，还有不少遗漏⑤。下面我们来看看《梅花百咏》在日本传播的轨迹。

《梅花百咏》从中国传入日本，大概可以上溯到镰仓时代或室町时代，但是笔者目前尚未发现这方面的确凿证据。江户时代文运昌盛，日本人吟咏汉诗蔚成风气，诗赋技巧达到很高水平。只要看看秦观和韦珏的《梅花百咏》之翻刻、范成大《梅谱》（与《菊谱》合刻⑥）及明人刘雪湖《梅谱》⑦之和刻本的流通，日本人对梅花及百咏的热衷不容置疑。在这种诗风的强烈影响下，日本人开始自己创作，存世的日本版《梅花百咏》实不下十指（见表 1）。

通过表 1 所列的诸书，可以大略看出《梅花百咏》（包括《梅花百绝》《梅花百律》《梅花十咏》等类书）在日本流行的情况。宝历二年（1752）值菅原道真 850 年忌，嘉永五年当其 950 年忌，这两部诗集的作品显然是为纪念菅公而咏的。除了汉诗之外，题名《梅花百咏》或《梅花百首》的和歌集也相继问世（见表 2）。

---

① 明人左禄辑《新刊牡丹梅花菊花百咏》收录，尊经阁文库存有万历刊本。

② 民国刘世珩辑《天尺楼丛钞》收录。

③ 罗振玉辑《明季三孝廉集》收录，附其子李燿《梅花绝句》10 首。

④ 见宋联奎《咸宁·长安两县续志》（卷十二）。

⑤ 如安积信在韦珏《梅花百咏》和刻本的序中，提到顾霖调的同名诗集；高岱的序中则提到清人莲峰的《梅花百咏》。潘钟崿的《梅花百咏》附于《百花录注·百花诗》行世，许在璞的《梅花百咏》（《小丁卯集》二卷之中）见《清史稿艺文志补编》著录。

⑥ 文政十三年（1830）巴菽园刊本（阿部栎斋校），其后尚有多种印本。

⑦ 元禄八年（1695）京都古川氏学梁轩刊本。

**表 1**　　　　　　　　**日本人撰著的《梅花百咏》及其类书**

| 作者 | 册数 | 年代 | 备考 |
|---|---|---|---|
| | | 《梅花百咏》 | |
| 小川重胜 | 1 册 | 元禄十五年（1702） | 稿本 |
| 儿玉金鳞 | 1 册 | | 《近世汉学者著述目录大成》著录 |
| 相良玉山 | 1 册 | 正德五年（1715）刊 | |
| 武田栗荫 | 1 册 | 文久二年（1862）序 | |
| 野村圆平（空翠） | 1 册 | 嘉永五年（1852）刊 | |
| 林　茗涧 | 1 册 | | 《名远馆丛书》四十四抄本 |
| | 1 册 | | 抄本 |
| 村冈重德（并连怀纸） | 1 册 | 宝历二年（1752） | 《加能乡土辞汇》著录 |
| | 2 册 | | 抄本 |
| | 1 册 | | 版本 |
| | | | 以上据《国书总目录》 |
| 道熙 | 1 册 | 贞享四年（1687）刊 | 据《新纂禅籍目录》 |
| | | 《梅花百绝》 | |
| 川合春川 | 1 册 | 天明六年（1786）刊 | |
| 宫田五溪 | 1 卷 | | 《近世汉学者著述目录大成》著录 |
| | 1 册 | | 版本 |
| | | 《梅花百律》 | |
| 长尾秋水 | | | 《近世汉学者著述目录大成》著录 |
| 三上　恒（九如） | | 天保六年（1835）序 | 谷文晁画 |
| | | 《梅花十咏》 | |
| 牧野竹所等 | 1 册 | 文化三年（1806）版 | |
| | | | 以上据《国书总目录》 |

**表 2**　　　　　　　　**《梅花百咏》及《梅花百首》的和歌集**

| 作者 | 册数 | 年代 | 备考 |
|---|---|---|---|
| 竹内忠良（年名） | 1 册 | 嘉永五年（1852）序 | |
| | | 元治元年（1864）跋 | |
| 北村季文泽庵宗彭 | 1 册 | 文政七年（1824）序 | 抄本 |
| | | | 活字本《泽庵和尚全集》（三）收录 |

天保七年（1836）还刊行过一本书名叫《梅花百人一首宝筐》（1册）的和歌集，配有北尾重政的插图。不过我们应该注意到，与和歌作品相比，汉诗在数量上遥遥领先，这说明"梅花"的主题极大地刺激着汉诗作者的创作欲望，反映出江户时代汉诗创作的空前盛况。

## 二　相良玉山的《梅花百咏》

相良玉山本名长英，师从萨摩藩的儒士山口治易（性理学家，宝永三年即1706年去世），以"侧用人"仕于藩主岛津吉贵，颇有能吏之才，享保十四年去世①。其著述除《梅花百咏》外，还著有《菊花百咏》。关于《菊花百咏》，伊藤东涯撰于享保八年（1723）的序文存世（《绍述先生文集》卷四），但《国书总目录》等均未著录，大概成书后未及刊印行世，目前连抄本也不知下落。尽管如此，相良玉山之擅长汉诗，从存世的《梅花百咏》1册足可窥探。

《梅花百咏》收作者的咏梅七言绝句100首，卷头冠高岱、伊藤东涯、王登瀛的3篇序文，卷末附刊印者濑尾维贤之跋言，正德乙未（1715）冬由京都书肆奎文馆付梓。本文17页，每半页9行，每行16字。据跋言称，濑尾维贤与萨摩人松岩斋结为金兰之交，本文书法便出自松岩斋之手。兹将卷头《早梅》《寒梅》2首引载如下："最爱江南疏影斜，几番惊目兴相加。独怜不厌繁霜雪，待腊先香处士家。"（《早梅》）"野水塘边阴气浓，孤高不避雪霜风。清姿卓立谁同侣，姑射神游寂寞中。"（《寒梅》）从上述两首诗中可以清楚地看出，作品所咏的是生长于中国自然中的梅花，梅花之故乡的意象支配着诗人的想象，字里行间透出作者浸淫中国梅诗深矣。我们不妨来看看相良玉山吟咏的全部诗题：

赏梅、观梅、寄梅、苔梅、梦梅、竹梅、郊梅、月梅、忆梅、檐梅、问梅、蟠梅、烟梅、江梅、惜梅、古梅、盆梅、妆梅、魁梅、远梅、友梅、宫梅、巅梅、索梅、雾梅、雪梅、探梅、杏梅、瘦梅、溪梅、野梅、卧梅、瓶梅、折梅、孤梅、落梅、粉梅、剪梅、补梅、咀

---

①　参见《鹿儿岛县史》第二卷（1939年刊），第889—890页。

梅、矮梅、庭梅、浴梅、风梅、寻梅、接梅、簪梅、移梅、小春梅、城头梅、东阁梅、小字梅、胭脂梅、半开梅、未开梅、水竹梅、西湖梅、江上梅、山中梅、茅舍梅、前村梅、孤山梅、水月梅、担头梅、梦折梅、照镜梅、闲居梅、行舟梅、瑶台梅、雪埋梅、月下梅、馨口梅、邻家梅、琴屋梅、汉宫梅、廨舍梅、玉笛梅、纸帐梅、马上梅、画红梅、绿等梅、杖头梅、乍开梅、书窗梅、争色梅、僧舍梅、酒店梅、道院梅、隔帘梅、林间梅、照水梅、罗浮梅、樵子梅、雨中梅、水墨梅、全开梅、风媒梅、千叶梅、菅庙梅。

元人韦珪的七绝体《梅花百咏》的诗题，也是前半 2 字、后半 3 字，相良玉山连这些细节都刻意模仿。时间最早的秦观的作品虽为七律，但诗题却与后出的诗集基本相同，17 世纪末问世的秦观诗集的和刻本，大概对相良玉山产生过巨大影响。这部诗集只有最后 1 首《菅庙梅》，是直接吟咏日本梅花的。倘若没有这首作品，人们也许会怀疑此集是否出自日本人之手。诗云：“菅君遗庙在山阳，一树梅花倚短墙。昔日风流情庆重，花神亦未肯相忘。”关于相良玉山的诗风，高岱序称学宋人刘后村和清人莲峰，别出机杼而一气呵成；伊藤东涯序评“清新雅澹”；王登瀛则赞“清新俊逸，字字铿锵，墨彬彬乎，有三百篇之逸体焉”。然而，相良玉山并未到过中国，有关中国的知识主要通过书籍获得。值得注意的是，他与具有多次入华经历的琉球人程顺则的交往，获得许多从书本上得不到的信息，清人王登瀛为诗集寄赠序文，亦仰赖程顺则从中斡旋；而萨摩与琉球的地缘关系，是促成这场文字缘的背景。

## 三　高岱

《梅花百咏》的 3 篇序文，高岱序冠前，伊藤东涯序居中，王登瀛序殿后。伊藤东涯序中特别提到王氏的序文，说明在动笔之前看过王登瀛序，但没有言及高岱序。高岱比伊藤东涯年长 22 岁，其序文内容也最为充实，冠于卷首当之无愧。

高岱祖父高寿觉（亦作“筹觉”），出生于明代的福建漳州，庆长初年（1596 年前后）来到日本，以儒医身份仕于萨摩藩岛津氏，后收镰田新右卫门的次男为养子，取名大诵（但有，1603—1666），即高岱的父亲。

　　元和三年（1617）高寿觉携大诵归明，遂病死在故乡。宽永六年（1629）大诵回到长崎，30 岁开始仕于萨摩藩，宽永十九年（1642）辞去藩职，到长崎任唐通事。翌年娶久富七郎兵卫之女为妻，不久生下高岱。高大诵滞明十余年，精通汉语，在长崎升任大通事后改姓"深见"。高氏郡望在渤海，传闻"深见"含有"深海"之义。

　　高岱（1648—1722）名元泰，亦称玄岱，通称新兵卫、新右卫门，字子新、斗胆，号天漪、婆山老人。师承明末渡来华僧独立性易（戴曼公，1596—1672），学儒学、诗赋、书法，同时精通医术。37 岁时萨摩岛津光久召为侍读，从而成为萨摩藩士。43 岁时因病告退，再回长崎。宝永六年（1709）赴江户，与新井白石邂逅，时已 61 岁。次年经新井白石推举，被幕府擢为"寄合儒者"（类似于学术顾问——译者按）。

　　正德元年（1711）将军赠给朝鲜国王的《白雉帖》，题词的撰文和笔书均出自高岱之手。此外，还与新井白石、室鸠巢等奉命接待朝鲜使臣，翌年刊印主客笔谈唱和的《正德和韩集》。高岱与新井白石交厚，曾为《白石诗草》撰序，新井白石 60 大寿时特寄贺词，并为新井白石撰写的德川家宣的灵庙钟铭挥毫。享保三年（1718）70 岁时隐居，其子有邻继任家督。

　　高岱多才多艺，作为医家著有《养生训》，先于青木昆阳倡导普及甘薯，作为唐风书法家与北岛雪山、佐佐木道荣齐名。虽然论血统是地道的日本人，但他始终意识到父亲作为养子与高氏结下的缘分，特别是师事独立性易禅师而获得丰富的教养，殆乎与中国文人无异。《梅花百咏》的序文用风格独特的草体写成，刊刻时一依原样，尾署汉风姓名"高岱"，捺有"剡谿/第一流""高子新""婆山/泰帛"3 方印章，寓意皆与中国有关，也许他认为如此为汉诗集饰美才显风雅。

　　高岱与相良玉山同在萨摩藩奉职，两人的交往大概肇始于此。高岱对相良玉山的为人深怀敬意，这在序文中可以看出。关于高岱其人其事，石村喜英氏做过绵密精湛的研究，① 其生平事迹已为世人所知，本文得益于此甚多。

---

　　① 参见［日］石村喜英《深见玄岱の研究》，雄山阁，1973 年。

# 四　程顺则

清人王登瀛为《梅花百咏》撰写序文，实出于琉球人程顺则的斡旋。伊藤东涯在序文中述其经纬：

> 岁甲午（1714）琉球使人东来，过都城南，予往观之。其学士程雪堂氏在行中，闻其词翰敏富，尝入中原，游燕市，寓闽澥，与陈元辅、王阆洲诸子相师友。因想一苇航海，历吴会，登天台，恣其耳目，与文儒才子讨论上下，其乐如何哉！而天堑界国，欲往从之，杳不可得，徒增浩叹耳。先有人寄示萨州府官相良玉山氏《梅花百咏》者，盖与程雪堂相识，其诗草因得播中原，王阆洲为之序。

这里提到的"学士程雪堂氏"，无疑是指程顺则其人。程氏是琉球的著名文人，在当地具有很大影响。关于程顺则的生平事迹，择要介绍如下①。

宽文三年（1663）十月出生于琉球久米村，童名思武太，字宠文，号念庵、雪堂，人称名护亲方、名护圣人。其父程泰祚②从虞氏京阿波根过继给程氏继承家业，其生母系钟氏亲云上宗盛之三女饶古樽。

延宝二年（1674）从若秀才擢为通事，历都通事、中议大夫、正议大夫、紫金大夫等，享保四年（1719）至隆勋紫金大夫加衔法司正卿（三司官座敷）。其间，天和三年（康熙二十二年，1683）随谢恩副使王明佐赴华，在闽地逗留 4 年，拜竺天植、陈元辅为师，学习经史和诗赋。元禄元年（1688）琉球唐物问屋（中国商品的批发商——译者注）在京都开张，程顺则自愿主其事。翌年（康熙二十八年，1689）

---

① 关于程顺则，详见［日］伊波普猷、真镜名安兴《琉球之五伟人》及［日］真荣田义见《程顺则传》等。可资参考的基本史料有《程氏家谱》（载《那霸市史》资料篇一之六）。

② 康熙十二年（1673）程泰祚作为进贡都通事入华，晋京途中病没于苏州，葬在胥门外的墓地。参见［日］平和彦《近世琉球国的朝京使节——其贡道与琉球人墓地》，《南岛——历史与文化》3，1985 年，第 211 页。

选为存留通事再度入华，在中国逗留 3 年，回国之际购入《十七史》全 1592 卷。

程顺则先后 5 次入华，4 度晋京，曾在福建刊刻《六谕衍义》《指南广义》等带回琉球，其中《六谕衍义》从琉球传入日本，由萨摩藩进献给第 8 代将军德川吉宗，经荻生徂徕施加训点、室鸠巢译成日文后刊行，作为江户时代庶民教育的课本而广泛流布①。他编有汉诗集《雪堂纪荣诗》（1693），著有《雪堂杂俎》（1695），还在福建刊刻过《雪堂燕游草》（1698）。

正德四年（1714），程顺则作为将军袭封庆贺的掌翰使初履江户，会见新井白石、荻生徂徕等名流。新井白石撰著《南岛志》《采览异言》，与程顺则的交谈是一个重要的前提。从日本回到琉球后，1715 年任久米村总役，1718 年创建明伦堂，1725 年编纂梓行《中山诗文集》，1728 年升为名护间切的总地领。享保十九年（1734）十二月去世，享年 72 岁，今墓在那霸市识名。

程顺则参加编纂琉球的外交文书集《历代宝案》第二集，由蔡泽等于康熙三十六年（1697）编纂的第一集迄于雍正七年（1729），第二集则归纳整理了其后的外交文书。

综上所述，程顺则不仅亲身经历琉球对清、对日的遣使，而且对 17 世纪末至 18 世纪前期琉球文化发展的方方面面，作出了不可估量的巨大贡献。

琉球接受明、清的册封，奉两朝之正朔，向中国派遣的进贡、庆贺、谢恩等使节，明代约 350 次，清代近 120 次②。与此同时，庆长十四年（1609）萨摩出兵侵略使之藩属化，翌年岛津家久偕中山王参拜骏府；自此每逢琉球王即位或幕府将军就任，琉球向江户派遣恩谢使或庆贺使遂成恒例。从宽永十一年（1634）至嘉永三年（1850），琉球共遣使 18 次。

正德四年（1714）程顺则作为庆贺使兼恩谢使的成员赴日，前一年恰逢第 7 代将军德川家继就任、琉球中山王尚敬袭封，程氏不仅顺利完成掌管外交表文的掌翰使大任，而且与新井白石、近卫家熙等众多日本文化

---

① 参见［日］东恩纳宽惇《六谕衍义传》（载《东恩纳宽惇全集》卷八）、［日］石井谦《近世日本社会教育史之研究》。

② ［日］野口铁郎：《中国と琉球》，开明书院，1977 年。

人结下文字缘。程顺则先后 5 次奉使入清，在中国逗留十余年之久，虽然他只到过日本 1 次，但扮演的角色对日本人来说是难以忘怀的。

在正德四年（1714）的琉球使团中，金武王子朝祐任谢恩正使，与那城王子任贺庆正使，成员共 180 人。一行的日程大略如下：五月二十六日从那霸出发，乘船至萨摩的山川，陆路进入鹿儿岛；九月九日离开鹿儿岛，从久见崎（川内）出航，经大阪抵伏见登岸；十一月二十六日到达江户，谒见德川家继，完成使命；十二月二十一日告别江户，踏上归途；翌年二月二十一日途经鹿儿岛；三月二十三日返回那霸。全程费时约 10 个月，是一次长途跋涉的大旅行。

在此之前，程顺则与相良玉山已有尺素往来，此时相良玉山奉命接待琉球使节，从萨摩随伴赴江户，一路上交谊弥深。《萨藩旧记杂录》（追录三·岛津吉贵公御谱）中有比较详细的记载，兹引录如次①：

> 正德四年九月九日辰刻，吉贵发府城东行，琉球使与那城王子、金武王子（庆贺使与那城，谢恩使金武，从者总百八十人）、家老心腹主殿兼柄、若年寄比志岛隼人范房、用人市来次郎左卫门政芬（兼番头）、侧用人相良清兵卫长英等扈从之，权僧正智周亦从上京。家老岛津将监久当、侧用人岛津十郎左卫门久置、侧目附平冈八郎太夫之品等护送琉使。吉贵陆取九州，琉使船驾向田（川内）。
>
> 十一月七日，吉贵率琉使发伏见，取驿近江、美浓、东海，乃赐琉使驿马二百、担夫一千。……二十六日，吉贵率琉使著东武芝第。二十七日，上使松平纪伊守信庸来樱花第，劳率琉使遥来。二十八日，登营奉谒家继公，献品如先躅。
>
> 十二月二日，吉贵率两琉使登营奉谒家继公，著席，琉使勤拜礼。使职献品许多，自亦献数品……四日，又携琉使登营，琉使奏音乐备台览。毕，赐之金银，飨宴吉贵及两使。……九日，率琉使诣东睿山，使拜礼东照宫……二十一日，琉使毕事，发东武赴西萨。②

---

① 原文使用日本式汉语，读来拗口，引录时作了最小限度的改动。——译者注

② 《鹿儿岛县史料·旧记杂录追录三》（卷四十九·正德四年条），鹿儿岛县，1977 年，第 155—179 页。

在上述资料中，相良玉山的名字虽然只出现一次，但可以想象，精通汉诗汉文的他，与琉球使团的"掌翰"程顺则必多接触，旅途中交谊愈深。

十二月四日，程顺则在江户的萨摩藩邸，与来访的新井白石初次见面；正德五年（1715）正月九日，归途中在草津驿停留时，包括两位王子在内的琉球使一行，再度与来访的新井白石交谈。是日，程顺则应摄政近卫家熙之请，作京都鸭川物外楼诗文，获赐摄政自笔《小武当山八景手卷》1轴、欹案1张、熏物香合1个。同一天，家熙与大纳言中院通茂通过愿王院权僧正，将玉城朝熏召至岛津家老心腹主殿兼柄的旅舍，令其在扇面书写琉歌献上，作为恩赏摄政赐熏物香合1个、大纳言赐小偶人手匣1个①。

伊藤东涯与程顺则相遇，推测是正德四年（1714）十一月，琉球使一行赴江户途中。二月二十一日回到鹿儿岛之后，程顺则为萨摩藩绘师木村探元的作品写赞相赠，这是在江户时岛津吉贵通过两位王子拜托之事②。

一行回国之后，近卫家熙遥请程顺则及乐正玉城朝熏、乐童子滨川（蔡廷仪）3位书法好手馈赠书迹③。程顺则还向奈良的制墨名家古梅园松井元春赠送题为《古梅园墨赞》的汉诗。程顺则在访日期间吟咏的汉诗中，以下面这首《赋富士山》最得佳誉，一时脍炙人口④："真是群山祖，扶桑第一尊。满头生白发，镇国护儿孙。"

相良玉山曾将自著的《梅花百咏》赠送给程顺则，程氏对这部诗集颇感兴趣，因而转呈年轻时代入清师从陈元辅时的同门挚友王登瀛，促成了王氏序文漂洋过海的文坛美事。早年程顺则入清晋京的归途，路过高耸于浙江和福建两省交界处的仙霞岭，吟有如下一首《观梅》七律："玺书高捧上仙霞，曲蹬纡迴路转赊。锁钥千层高插汉，风烟夹道倒飞沙。岭头

---

① ［日］宫城荣昌：《琉球使者の江户上》，第一书房，1982年。

② 木村探元的作品是根据程顺则的《雪堂燕游草》绘制的《雪堂燕游图》。此外，程顺则还为木村探元的《中山花木图谱》（从"佛桑花"至"榕"共12品）撰写汉文赞辞。作品今存夏威夷大学。参见［日］横山学《琉球国使节渡来之研究》，吉川弘文馆，1987年，第348页。

③ ［日］宫城荣昌：《琉球使者の江户上》，第一书房，1982年。

④ 参见《琉球聘使记后人所录记》（《宫城书》222），第229页。

花待游人赋，雪裹香随使者车。过此仍为闽峤客，不堪闻雁更思家。"①
程顺则既能吟如此之诗，对相良玉山的《梅花百咏》产生共鸣，自是性
情相类使然的吧。

## 五　王登瀛与陈元辅

　　王登瀛寄赠《梅花百咏》的序文，以"康熙甲午岁（1714）仲春望
后二日，闽中阆洲王登瀛题于柳轩西深处"结尾，最迟在次年寄至相良
玉山之手。序文云：

> 中山宠文程大夫才华敏懋……五入闽疆，予交最厚。风晨月夕，
> 并辔连床；意气绸缪，千古称足。戊子岁（1708），自以正议大夫奉
> 贡归国，迄今六载，系我萦怅。癸巳冬（1713），邮寄友人玉山清韵
> 诗示予。夫宠文风雅中人，其取友必风雅人也。……予爱之慕之，定
> 知玉山胸次高旷，称为玉山，信不诬也。所恨山海各方，莫能一晤。
> 倘天假良缘，把臂言笑，快何如之！书此以为千里之面言。

　　关于王登瀛的生平事迹，目前尚未发现相关的传记资料，想必是一位
默默无闻的文人②。但是王登瀛师从的陈元辅，由于弟子程顺则的关系，
不少资料保存至今，兹摄要介绍如下。
　　陈元辅的诗文集《枕山楼文集·诗集》（各 1 卷），在程顺则的资助
下，康熙辛未（1691）、壬申（1692）附 4 序刊刻，卷末的刊记特别申
明："程子捐赀，为予刻诗。"林潭序中也提到："程子……一日袖昌其

---

① 程顺则：《雪堂燕游草》，康熙三十七年（1698）刊，存日本国会图书馆等。
② 承蒙福建师范大学历史系胡沧泽先生赐教，知王登瀛有题为《柔远驿草》的诗集。柔远
驿在福州东七里的琉球朝贡使驻地，亦称琉球会馆。王登瀛在此与琉球使人频繁接触，《柔远驿
草》收录吟咏驿站东西风光的诗作 20 首，与收录其他诗歌 40 余首的《柳轩诗草》合刻刊行。这
部诗集现存内阁文库，首冠康熙甲戌（1694）林潭序，作品包含送别程顺则归国的五言律诗等。
关于《柔远驿草》，请参见陈捷先《清代琉球使在华行程与活动略考》（载《琉中历史关系论文
集》，第二届历史关系国际会议实行委员会1989年版，第99—101 页）。康熙六十年（1721），王
登瀛还为程顺则编撰的琉球人汉诗文集《中山诗文集》撰写序文，可见王登瀛是与琉球人交往
最为密切的福州文人之一。

（陈元辅字）诗，问予曰：'此师半生心血也。兹欲寿之梨枣。'"①

陈元辅的《枕山楼课儿诗话》也是得到程顺则的资助刊刻的，程顺则在该书跋记中写道：丙子（1696）晋京途中，向陈元辅质作诗疑义，获赐师之《课儿诗话》，遂与僚友杨丹岩、游学诸子毛允和等4人捐资授梓。② 陈元辅除了参觐元人喇布（1654—1681）的帏幄及提军张公的幕下外，一生未曾仕官，沉潜于读书与著述。③ 他通过与琉球使的交往，对程顺则产生过巨大的影响，其著作在琉球人的资助下刊刻，不仅得以名垂青史，而且漂洋过海传播到日本④。

如上所述，日本锁国时期，萨摩藩的一介文士的汉诗集《梅花百咏》，通过琉球人程顺则的斡旋，远播重洋传到大陆的福州，程氏的挚友王登瀛遥寄序文，而成就东亚文化交流史上一段佳话。

在此不由得想起吉川幸次郎的一篇文章，他提到新井白石、室鸠巢、伊藤东涯等16位名士赋诗和清人魏惟度《八居题咏》的史事，指出三流诗人魏惟度因编撰阿谀大官的《皇清百家诗》，日本名士竞相赋诗和之，决非体面之事，实是锁国造成的悲剧。⑤

16位名士赋诗和魏惟度的《八居题咏》，距《梅花百咏》刊行仅6年。与此相比，本稿所述只是文坛边缘不太引人注目的一段插曲。无名文人之间充满善意的心交，仿佛使我们看到锁国时期文化交流中闪光的侧面。

---

① 陈元辅著《枕山楼文集》《诗集》各1卷，康熙三十一年（1692）序刊，存日本内阁文库。

② 陈元辅：《枕山楼课儿诗话》1卷，雍正三年（1725）跋刊，存日本内阁文库。另有大湜诗佛校、文政三年（1820）刊等和刻本数种。

③ 陈元辅著《枕山楼课儿诗话》所载福州府儒学司训戴氏序。

④ 除了注27的和刻本数种外，其《枕山楼茶略》有日本文政年间（1818—1830）刊本。编者按：这里的"注27的和刻本数种"疑为刊物编辑转换脚注序号时所误，当指上注中陈元辅《枕山楼课儿诗话》1卷"大湜诗佛校、文政3年（1820）刊等和刻本数种"。

⑤ ［日］吉川幸次郎：《新井白石与清人魏惟度——日中交涉史的资料一则》，《东方学》第42期，1961年。

# 中日文学交流中的诗词唱酬问题[*]

## 陈友康[①]

**摘　要**：诗词唱酬是传统汉语诗歌写作中富于趣味性和挑战性的方式，它随着中国文化的东渐在日本被接纳。日本诗人与中国诗人的唱酬凸显了他们对中国文化的认同及对相关诗人的崇仰，也使他们的诗歌创作水平得到锻炼和提升，促进了日本汉诗发展。同时，两国诗人的唱酬为中日文化交流架起了重要桥梁，并成为不同民族文学互相影响的范例。中日诗人之间的唱酬在晚清达到高潮，规模大，持续时间长，收获作品多，成为中日文学交流史乃至汉语诗歌史上的绝响。东方文化被冲击并趋于式微的焦虑、维护东方文化命脉的祈愿等社会和文化转型期的重要问题在此时期两国文人的交往和唱酬中都有所反映。

**关键词**：日本汉诗；文学交流；诗词唱酬

诗词唱酬是传统汉语诗歌写作中常见的方式，也是文人之间情感交流的重要手段。在中国本土，诗词唱酬源远流长，在唱酬中产生的优秀文本和创作佳话层出不穷。日本是深受中国文化影响的国家，汉诗写作长时期得到日本文人的喜爱，汉诗成为日本诗歌的基本类型，与和歌双线并行。

---

[*]　本文原发表于《学术探索》2009 年第 5 期。

[①]　陈友康，男，1963 年生，云南宾川人。曾任上海大学文学院院长助理、云南民族大学文学与新闻传播学院院长、教务处处长。现任云南省社会主义学院（云南中华文化学院）副院长、民进云南省委副主委、云南省政协常委兼文史委员会副主任等，兼任云南民族大学硕士生导师。主要从事古典文学和现代诗词研究，主持过国家社会科学基金项目和云南省哲学社会科学重大项目，在《中国社会科学》《民族文学研究》《世界宗教文化》《河北学刊》等期刊发表论文 50 余篇。多篇论文被《新华文摘》、中国人民大学复印报刊资料《中国古代近代文学研究》及《高等学校学术文摘》等转载或摘要转载。

诗词唱酬随着中国文化的东渐在日本被接纳并产生广泛影响，像在中国本土一样，唱和成为汉语诗人的基本素养和能力的体现，在唱和中也流传下许多文坛佳话和优秀文本。这是比较文学影响研究的绝佳材料。关于这一问题，严绍璗、王晓平、王晓秋、马歌东、王宝平等在他们研究中日文学关系的论著中都有所涉及，[①] 但专题研究尚有阙如。本文在他们研究的基础上加以相对系统的梳理和论说，以使这一问题得到较为完整的呈现，从而进一步深化我们对中日文学关系的认识。

# 一　共时性唱酬

唱酬又称"唱和"，是诗歌创作的一种特殊方法，先由一人作诗，是为"唱"，所得文本称为"原唱"；另一人或多人根据特定情景或原唱的意旨或形式回应，是为"酬"，所得文本称为"和作"。

唱酬按照回应方式不同，分为两种类型。一种是"和意不和韵"，即在特定情境之下回应原唱，诗歌的内容与原唱有关联，但不拘形式。这在汉魏时期已经产生，常见的表现形式是赠答诗。另一种是和韵诗，即按照原唱的用韵为诗，其中最常见的是"次韵"。"次韵相酬"由中唐元稹、白居易首创，其后即风行诗坛，成为诗词唱酬最普遍的方式，后世所谓"唱酬、唱和"往往是指"次韵相酬"。本文重点讨论的就是"次韵唱酬"问题。唱酬按照赓和的对象不同，又可以分为共时性和韵与跨时代和韵两种类型。共时性和韵酬和的对象是同时代人的作品，就是生活于同一时代人在大致相同的时段互相唱和，往复回环，交流是双向的甚至是持续多次的。这是和韵的主流。跨时代和韵以已经作古的诗人的作品为酬和对象，和者和原作只有单向交流，它实际上是唱和者仰慕前人及其作品而产生的一种跨时空的文学对话行为。

唐代，大批日本文人随遣唐使入华，学习中国文化，与唐代诗人交游，出现了不少唱和行为。据统计，在我国唐代文献中，保留至今的中日

---

　　① 分别见严绍璗《中日古代文学关系史稿》，湖南文艺出版社 1987 年版；马歌东《日本汉语诗歌溯源研究》，中国社会科学出版社 2004 年版；王宝平《试论清末中日诗文往来》，王宝平主编《晚清东游日记汇编》之一《中日诗文交流集》，上海古籍出版社 2004 年版。

僧俗学者唱和赠答诗歌近百首。和中国诗坛一样，中唐以前，这种唱和是广义的，就是"和意不和韵"。《全唐诗》所收中日之间交往的诗歌主要是赠答诗。

中日诗人之间有史料记载的"次韵唱酬"始于宋代。《宋史》卷四百九十一《外国传·日本传》载："咸平五年（1002），建州海贾周世昌，遭风飘至日本，凡七年得还。与其国人藤木吉至，上皆召见之。世昌以其国人唱和诗来上，词意雕刻，肤浅无所取。"《宋史》编纂者认为日本人的唱和诗"肤浅无所取"而未录入《日本传》，所幸明人冯应京在其《月令广义》中引用了这首诗而使之得以保留，诗曰：

> 君问吾风俗，吾风俗最淳。衣冠唐制度，礼乐汉君臣。
> 玉瓮乌新酒，金刀剖细鳞。年年二三月，桃李一般春。

这首诗的原唱已经失传，据《宋史》文意，应属于共时唱和之作。和诗强调了日本文化受中国影响之深。"桃李一般春"既是对两国气候相同的描述，更饱含着对和平共处、共享春光的祈愿，意味隽永。据严绍璗先生考索，日本《邻交徵书》初编卷二有与此事有关的记载："和藤原为时。为时诗曰：去国三年孤馆月，归程万里片帆风。娄世昌曰：昼鼓雷奋天不雨，彩旗云耸地生风。注云：按《宋史·日本传》，咸平五年，建州海贾周世昌，遭风飘至日本，凡七年得还。与其国人藤木吉至，上皆召见之。世昌以其国人唱和诗来上。娄世昌、周世昌，盖同人。当时，为时为越前守，盖世昌飘至越前敦贺，而从游乎：《活所备忘录》。"藤原为时是著名诗人，还是小说家紫式部的父亲，在平安朝享有大名。这两则材料之间的关系，严绍璗先生已经作了考论，[①] 兹不赘。从唱和的角度讲，娄世昌与藤原为时之间的往来诗已经是标准的"次韵唱酬"了。

明朝初年，著名的五山诗僧绝海中津游历中国，明太祖朱元璋于洪武九年（1376）接见了他。由于谈话投机，双方兴致极浓，即席赋诗唱和。绝海中津《应制赋三山》云：

---

①　参见王宝平《试论清末中日诗文往来》，王宝平主编《晚清东游日记汇编》之一《中日诗文交流集》，上海古籍出版社 2004 年版，第 287 页。

　　熊野峰前徐福祠，满山药草雨余肥。只今海上波涛稳，万里好风须早归。

朱元璋《御制赐和》云：

　　熊野峰高血食祠，松根琥珀亦应肥。昔年徐福求仙药，直到如今竟不归。

　　诗作追溯了中日之间源远流长的关系，绝海之作还赞美了彼时两国关系的平和，属于"政治正确"的文本。严绍璗先生评论说："一位日本僧侣和一个中国开朝帝王，唱和同一个主题，有各自的风格和心情，实在是古代中日文学关系史上难得的事。"[①] 后来，倭寇骚扰中国，明朝政府予以抗击，两国交往断绝，各自进入闭关锁国状态，文学交流也就难以为继了。明末清初，陈元赟避乱到日本，与日本元政和尚唱酬，编有《元元唱和集》二卷。清朝前中期，还有少量漂流到日本的中国人与日本文士唱和，也留下为数不多的唱和诗。

　　中日诗人之间大规模的共时唱酬发生在近代。近代，由于现代型外交关系建立，两国的官方交往制度化，而出使官员又多是诗词造诣精深的文化人；日本汉学修养深厚的文化人对中土使节也有仰慕之情，诗词唱酬于是成为双方交流和加深感情的有效方式和重要手段，中国驻日使团和日本文化人的雅集唱酬高潮迭起，留下不少酬唱集。另外，交通工具的发达，商业贸易的增加，也为民间往来提供了方便。中国文人或流寓日本，或求学日本，与日本学者发生密切接触，诗词唱酬也成为他们表达感情的常见方式。叶炜编《扶桑骊唱集》、陈鸿诰编《日本同人诗选》、李长荣编《海东唱酬集》等较具代表性。

# 二　跨时代追和

　　跨时代和韵是苏轼开创的。苏轼仰慕陶渊明之为人，爱其诗歌，遍和

---

　　① 参见王宝平《试论清末中日诗文往来》，《中日诗文交流集》，上海古籍出版社 2004 年版，第 287 页。

其诗，并说"古之诗人有拟古之作矣，未有追和古人者也。追和古人则始于吾"①。他把唱和对象从当代人拓展到古人，开辟了与古人进行精神对话的新渠道，也为士大夫提供了一种文字消遣的新方式。此方式一旦产生，就引起文人的浓厚兴趣。其后，跨时代追和受到诗人欢迎，除中国本土外，影响及于日本、朝鲜、越南等亚洲国家。

古代，日本是以仰视的态度对待中国、中国文化和中国诗人的，他们渴望与中国诗人交往。但由于大海阻隔，交通不便，并且属于不同的国度，有时还受到国家政策的影响，文人之间的直接交往总是有限的，共时性唱和的机会肯定不像在本土那样多。如被俞樾称为"东国诗人之冠"的江户时代著名诗人广濑旭庄在《观内海有竹所藏海上送别图》就谈到两国交流之不易："昭代严禁海外游，神州禹土路悠悠。徒羡金乌与玉兔，自由东隅到西陬。"这里以金乌和玉兔能自由来往于两国之间反衬人之不自由。跨时代唱和可以超越时空限制单方面进行，有很大自由度，为他们表达对中国诗人的爱慕、敬仰之情提供了有效形式，所以，跨时代和韵成为中日之间诗词唱酬的重要形式。李白、杜甫、白居易、苏轼等中国诗人都是他们追和的对象。

绝海中津（1336—1405）是日本五山文学的杰出代表，临济宗高僧，名中津，字绝海，号蕉坚道人。1368 年渡海到明朝，参访佛教名山，与高僧大德及文人名士交游，均有诗词唱和。著有《绝海录》一卷及《蕉坚稿》二卷。他的《山居十五首次禅月韵》是日本诗人跨时代追和中国诗人规模较大、水平较高的佳作。

禅月是唐末著名诗僧贯休的号，著有《禅月集》，其中有《山居》24首，表达超然淡泊的情怀。绝海中津喜爱贯休诗，创作了《山居十五首次禅月韵》组诗，描写僧人的生活内容，表达僧人的人生理念。其一、二、九、十、十五云：

> 人世由来行路难，闲居偶得占青山。平生混迹樵渔里，万事忘机麋鹿间。远壑移松怜晚翠，小池通水爱幽潺，东林香火沃州鹤，逸轨高风谁敢攀？

---

① 苏辙：《子瞻和陶渊明诗集引》，陈宏天，高秀芳点校《苏辙集》，中华书局 2004 年版，第 1100 页。

　　　　放歌长啸傲王侯，矮屋谁能暂俯头。碧海丹山多入梦，湘云楚水
少同游。蒙蒙空翠沾襟案，漠漠寒云满石楼。幸是芋香人不爱，从教
菜叶逐溪流。

　　　　袅袅樵歌下杳冥，幽庭鸟散暮烟青。卷中欣对古人画，架上新添
异译经。此地由来无俗驾，移文何必托山灵？幽居日日心多乐，城市
醺醺人未醒。

　　　　身心安乐在无求，自是粗人不肯休。老去一身同野鹤，闲边多梦
到沙鸥。和烟藤蔓侵门牡，经雨苔花上架投。涧有香芹坡有蕨，何妨
满鼎蒸春柔。

　　　　寒山拾得邈高风，物外清游谁与同？林罅穿云凌虎穴，潭头洗钵
睨龙宫。拜年多兴朝朝过，一梦无凭念念空。题遍苍崖千万仞，长歌
短吟意何穷！

　　诗歌有浓厚的禅学意味，其终极追求是解脱和自由问题。诗人认为造
成"人世由来行路难"亦即人生苦的根源是人们心中有太多的欲望，这
些欲望束缚了心灵，障蔽了眼界，而陷于无谓的纷扰，即佛家说的"无
明"状态。在这样的状态下，人生的意义和真价值被疏离和放逐。要解
决这一问题，就要摆脱世俗的诱惑和侵扰，保持超然独立的态度，在
"闲居"或"幽居"中体验自由和快乐，达到"身安心乐"的境界。他
把陷于尘世纷扰的"粗人"和"城市人"与悟透人生底蕴的"闲居人"
进行对比，突出了后者的高风逸韵和自由快乐。他们与自然为伍，感受自
然之美，在自然中达到身心的和谐。他们物质生活清淡，但在领略自然风
光、欣赏书画、诵读译经、长歌短吟之中获得大自在，"日日心多乐"，
摆脱了世俗的烦恼和痛苦。诗中体现的人生观基本上是佛教观念，但它对
自然的钟爱、对平和恬淡生活态度的褒扬给人启悟，清幽脱俗的氛围中仍
有温情在。诗风淡雅，意境幽峭。诗中使用了大量中国典故，表明了作者
对中国文化的熟悉程度。通过这组诗，绝海中津完成了一次和贯休的跨越
时空的精神对话。原唱与和诗对读，互相激发映照，能大大丰富诗歌的
内容。

　　另一组重要的追和诗是室鸠巢（1658—1734）的《秋兴八首和老杜
韵》。《秋兴》八首意蕴丰厚，雄浑壮丽，气韵沉雄，语言精粹，声调铿
锵，是杜甫七律的巅峰之作，古今艺林推为巨制，后代屡有追和之作。室

鸠巢是日本江户时代前期重要诗人，写有《秋兴八首和老杜韵》。兹录第一、二、六、七、八首：

> 萧瑟秋风动碧林，天边树色郁森森。鲸鲵蹴浪海氛恶，猿猱啸云山气阴。鬓际霜侵多病日，腰间龙泣未灰心。楼前一片如钩月，别恨谁家送夜砧。

> 城上楼台开曙辉，重门钟漏远微微。空庭霜下青梧落，绝塞运来拜雁飞。通国交游知己少，凤龄退尚与人违。世间少年慢儒客，肯信身贫心转肥。

> 寥落旧游多白头，几回同役海东秋。天台岭北霞光落，日本桥西月色愁。身托他乡送归雁，梦回孤岛狎轻鸥。相逢共说昔年事，此日凄然忆武州。

> 十年游学愧无功，为客送秋草露中。清晓梦残荷叶雨，黄昏笛断柳条风。异乡到处眼终白，同侣几人颜共红。书剑归来最萧瑟，沧浪一曲和渔翁。

> 远林平楚渺逶迤，万顷秋田匝郑陂。野外荒坟碑仆草，村中古庙鸟栖枝。山河长对白云在，人代宁知沧海移。谁子杖藜怀古久，愁吟陇上日将垂。

室鸠巢这组诗中心是人生之艰难和苦闷，充满萧瑟之感。有杜诗之沉郁，而无杜诗之博大。如果说绝海中津已经找到解脱之路，那么，室鸠巢仍在痛苦中挣扎。这种苦闷，一是年华易逝，功名难就；二是友朋相别，饱受寂寞；三是宇宙无限而人生有限的矛盾。这可以说是中国古代诗人普遍的关切，是许多经典性文本的共同主题。室鸠巢以他个人化的体验和富于日本特色的物象表达了这些主题，还是比较别致的。作品完全遵从杜诗原韵，杜甫"侧身天地更怀古，独立苍茫自咏诗"的慷慨苍凉也被他所继承。

"世间少年慢儒客，肯信身贫心转肥"表示了对儒生命运和儒家基本生活态度"安贫乐道"的怀疑。儒客作为文化的传承者、卫护者和创造者，在东方传统社会是较受尊重的，但现在，青少年们开始轻慢"儒客"了，他们不相信儒家"安贫乐道"的说教，不相信身处困穷而能保持精神的愉快。"安贫乐道"或"孔颜乐处"是儒家人生观的基本命题，它的核心思想是对"道"的体验和拥有以及让精神获得愉悦和满足，从而让人生进入自由和幸福的境界。它强调的是精神追求对于人生幸福的重要。这是孔子"朝闻道，夕死可矣"的理论根据，也是他对颜回"一箪食，一瓢饮，在陋巷，人不堪其忧，回也不改其乐"赞不绝口的原因。在江户时代，日本的商品经济已经十分发达，物质的拥有与人的社会地位的关联度越来越高，所以新一代人对儒者的人生理念已经不再视为当然而表示了质疑，这透露了日本社会将进入转型期的信息。当然，这两句诗所蕴含的意思也可追溯到杜甫："儒冠多误身。"但这只是杜甫对自己坎坷一生的无奈自嘲，他终身笃信力行的始终是儒家思想。室鸠巢诗中所透露的时代信息才是我们解读这一文本时应该格外关注的。

据马歌东考证，杜甫诗集在唐文宗大和九年（公元 838 年，日本仁明天皇承和五年）就传入日本。① 但很长一个时期杜甫在日本影响甚微，远不能和白居易相比，直到江户时代，杜甫的价值才被日本诗人充分重视，在诗话和诗歌创作中多有评论或仿效。追和杜甫的诗人也在这个时期出现。除室鸠巢上述作品外，还有如薮孤山（1735—1802）《追和杜子美陪郑广文游何将军山林仍次其韵八首》、大沼枕山（1818—1891）《梅雨追次老杜韵》、森春涛（1819—1889）《八月十四日大风用老杜茅屋为秋风所破歌韵》等。杜甫诗成为先在的范式而被他们崇仰和效法。

李白诗也是日本诗人追和的对象。菅茶山（1748—1827）《江月泛舟图》是一首题画诗，用的是李白《峨眉山月歌》韵。斋藤竹堂（1815—1852）《代月答李白用其见问之韵》以月亮的名义答复李白名诗《把酒问月》。森槐南也有《四月七日惺堂皎亭招邀墨水泛舟观樱即用太白江上吟韵以鼓诗兴》。

跨时代唱和的对象往往是经典性文本，它们的精神境界和艺术水准都是诗史典范。原作是一种高度，也是一种呼唤，激励唱和者投入更多心智进行创作，以获致优秀的文本。日本诗人对中国诗歌的跨时空追和，既表明了他们对中国文化的认同及对相关诗人的崇仰，也使他们的诗歌创作水平得到锻炼和提升，促进了日本汉诗发展。另外，名诗的连带效应也容易引起读者的兴趣而受到更多关注，有助于扩大和作的影响。

--------

① 马歌东：《日本汉诗溯源比较研究》，中国社会科学出版社 2004 年版。编者按：马歌东《试论日本汉诗对于杜诗的受容》有"虽然杜诗早在王朝时期的中期就已传入日本，且比《文德实录》中所记载的承和五年（838）藤原岳守在检阅唐商货物时偶而发现了《元白诗笔》以献的白诗传入日本的正式记载只晚了 9 年"。日本仁明天皇承和五年（838）当为唐文宗开成三年。

# 三 文人雅集与诗词唱酬

以写作场景而论，唱和主要在游赏、宴会及其他集体场合进行，因此，诗词酬唱往往与文人雅集联系在一起。中国晋朝永和九年（353）的兰亭修禊是文坛上的千古佳话。诗词唱酬传入日本以后，本土诗人之间的雅集唱和相当普遍，而中日文人之间的雅集在近代才较多见诸记载并留下不少作品。

鸦片战争以后，中国被迫卷入西方列强主导的近代化进程，对外关系也由传统的朝贡关系转变为现代意义的外交关系，各国互派使节，处理相关外交事务。在这一背景之下，中国从1877年起对日派遣使节。经过明治维新，日本迅速崛起，表现出对外扩张的强烈欲望，而矛头所指就是中国。这引起中国政府和有识之士的警惕，也造成两国关系的紧张。但现代意义上的外交关系客观上增强了两国官方和民间的往来，日本的成功也有值得学习的地方，于是清政府和各级地方政府都派出各种考察团赴日游历，两国间的文化交流比过去更为方便和频繁。尤其是一些外交官把雅集和唱和作为加强中日文人沟通、增进理解的方式，有意识地加以提倡和组织，从而使两国诗人之间的唱和达到高潮。

近代出使日本的外交官、考察团和民间人士写下了为数甚伙的考察报告、研究著作、日记及诗文。已故早稻田大学教授石藤惠秀将这些文献加以收集和整理，编为《东游日记》，现庋藏于东京都立图书馆石藤文库。浙江工商大学王宝平教授将其中的部分诗文编为《晚清东游日记汇编》，作为国家清史编纂委员会《文献丛刊》的一部分影印出版，其中第一集就是《中日诗文交流集》（上海古籍出版社2004年版）。该集收录的主要就是光绪朝两国文人雅集唱和的诗歌集，共十九种，通过它可以看到近代两国诗人雅集唱和的盛况。

《芝山一笑》是首任驻日公使何如璋等中国使臣与日本学者石川鸿斋及知恩院僧人彻定、义应的唱和集。石川鸿斋编，明治十一年东京文升堂刊刻，题为《清钦差大臣何如璋、同钦差副大臣张斯桂、日本石川鸿斋赠答芝山一笑》，有使团成员沈文荧、王治本序和日本源辉声后序及清泽秀"志"。石川鸿斋名英，字君华，鸿斋其号，以儒为业，工诗画，性格潇洒，淡泊名利。据沈序，中国使团到东京刚在芝山住下，他就和高僧彻定、义应来拜谒，虽然语言不通，但可用汉字手谈，并诗歌唱和。使团起初误以为石川鸿斋也是僧人，后来弄清他的真实身份，便哈哈大笑。鸿斋将当时的唱和诗及诙谐语裒集成册，便命名为《芝山一笑》。沈序云：

> 或谓宾主嘲戏，抽毫辩论，不过供一时欢畅，如风济而众籁皆寂，又乌足存？予曰：子言诚当。虽然，秋津之不通使命久矣，今来讲信修睦以继好息民，鸿猷盛典，度越汉唐。而贤士大夫联骑骈毂，往来过从，欢若一家，觞酒豆肉，言笑宴宴，此盖千古以来所未有也。后之读是编者，慨然长叹曰：两邦和洽之美有如是乎？吾知必流连景慕而邦交永固也，则又乌得以不存？

沈文荧对使团的作用和当时两国邦交之美作了过高的评价，但他们唱和的融洽和热情在这段话中得到了真实的反映。通过唱和，双方的感情得到沟通，对民间外交的展开是有积极作用的。源辉声的后序也说到他们之间"陶然心醉，于是来往无虚日，谈笑戏谑，以致彼我相忘，所谓倾盖如故者非耶"？① 这次聚会和唱和开创了清朝使节与日本文人唱酬的先例。清泽秀"志"说"清使之与国人以文墨相亲也，以二僧及先生为嚆矢"②。

在何如璋使团和日本人的雅集酬唱中，参赞黄遵宪与宫岛诚一郎之间的唱和诗典型地体现了双方的共同祈愿。1878 年 6 月 14 日，宫岛诚一郎在其住宅养浩堂设宴款待何如璋、黄遵宪等中国外交官，并请日本文人作陪。宫岛诚一郎赋诗说：

> 自有灵犀一点通，舌难传语意何穷。交情犹幸深如海，满堂德熏君子风。

黄遵宪立即奉和一首：

---

① 王宝平编：《中日诗文交流集》，上海古籍出版社 2004 年版，第 61 页。
② 同上书，第 62 页。

舌难传语笔能通，笔舌澜翻意未穷。不作佉卢蟹行字，一堂酬唱喜同风。

他们在语言不通的情况下用笔交谈，气氛友好，意兴浓烈，交流效果丝毫未受影响。"一点灵犀"就是对汉文化包括东方价值观的认同和较高的汉语诗文造诣，这为他们的笔谈提供了思想基础和工具支持。"佉卢蟹行字"指西方拼音文字，表现了对西方文化的拒斥。诗中满蕴温情，表达的是"以谋两国幸福"①的良好愿望。在何如璋使团中，黄遵宪的诗歌造诣是最高的，日本人与他切磋唱和的也较多。

后来黎庶昌两度出使日本，效法何如璋的做法并发扬光大，有意用诗文之交联络日本人，近代中日文人雅集和唱酬达到高潮。黎庶昌光绪七年（1881）第一次出使日本，驻节三年。日本重野安绎《癸未重阳宴集记》："莼斋黎君驻节于此三年，每遇重阳辰，召集都下知交僚属陪焉。"可见三年中都有重阳宴集。光绪九年（明治十六年，1883），他邀集日本森立之、重野安绎、长松干、岩谷修、藤野正启、中村正直、川田刚、向山荣、宫岛诚一郎、石川英、森大来，中国人杨守敬、姚文栋等共二十一人相会于使署之西楼，登高望远，开怀畅饮，主宾尽欢。黎庶昌提议说："诸君子服膺圣学，经书润其腹，韦素被其躬，国殊而道通，群离而情萃，传曰：登高能赋，可以为大夫。宜有以张今日之雅者。"②众宾群起响应："酬唱环叠，奏篇章，写素心"，共得 52 首，由使馆工作人员孙点编为《癸未重九谳集编》，黎庶昌序之并题笺。1884 年，黎庶昌丁母忧回国，三年守制期满，复于 1887 年 7 月第二次出使日本。此后，以黎氏为中心，中日文人之间的雅集唱酬更为频繁。光绪十四年（明治二十一年，1888）十月四日，日本友人重野安绎、井上子德等二十余人于中洲枕流馆设宴，庆贺黎庶昌再任。席上唱和所得诗编为《枕流馆宴集编》，有重野安绎《枕流馆宴集序》、星野恒《枕流馆宴集引》、日人蒲生重章与中

---

① 1878 年 4 月 19 日，宫岛诚一郎拜访中国公使馆. 第一次与黄遵宪笔谈. 说："敝国与贵国结盟，以今为始，而学汉文，盖自隋唐以来连绵不绝，则虽孤立于海中，其制度文物亦得仅备者，乃是汉文之德居多. 可谓文字增国光。今日始得拜晤于君，共讨论是非，以谋两国幸福，仆之愿也。"转引自王晓秋《黄遵宪与日本》，关捷主编《影响近代中日关系的若干人物》，社会科学文献出版社 2006 年版，第 182 页。

② 黎庶昌：《重九宴集诗序》，《中日诗文交流集》，上海古籍出版社 2004 年版，第 219 页。

国人孙点合作《枕流馆宴集记》。枕流馆之会后九日，又是重阳节，黎庶昌又邀约众人在使署聚会，"一献一酬，一唱一和，觞咏之盛，所未曾闻"（矢土胜之《大清节署戊子重阳讌集序》），所得诗作也由孙点编为《戊子重九讌集编》，有孙点《重九讌集记》、岛田重礼《上黎公使书》、蒲生重章与井上陈政《重阳燕集记》、矢土胜之《大清节署戊子重阳讌集序》、小牧昌业《戊子重九燕集诗序》。《戊子重九讌集编》1888 年刊刻，《枕流馆宴集编》作为附录收入。光绪十五年，有孙点编《己丑燕集续编》，收入三次宴集之作三种：《枕流馆集》《修禊编》和《登高集》。光绪十六年（1890），黎庶昌任期即将结束，中日诗会达到高峰，或黎庶昌设宴告别，或日本友人设宴饯行，大规模的唱和有四次。是年的唱和之作编为《庚寅讌集三编》《樱云台讌集诗文》。黎庶昌使日七年，"联欢六载"（黎庶昌《庚寅九月九日芝山红叶馆修登高约兼为留别之会赋呈二律希诸大雅吟坛和政》），彬彬之盛，令人叹为观止。

　　这些唱酬之作，充斥互相恭维之辞，这是唱和诗的通病，不足为怪。当中日关系处于微妙的状态且即将进入历史的紧要关头，其价值应从正面去发掘和肯定。首先，何如璋、黎庶昌等利用中日关系源远流长、部分日本文化人汉学修养深厚的有利条件，以文会友，诗词唱酬，开辟了文化外交的成功渠道。其次，诗中表达了和平相处，共谋两国幸福的强烈愿望。黎庶昌《庚寅九月九日芝山红叶馆修登高约兼为留别之会赋呈二律希诸大雅吟坛和政》："余事敦槃寻旧约，国盟金石寓深期。交怜有道诚能久，时局就平今可知。"要求人们珍视历史、以诚相交、长期友好，共谋和平。这成了庚寅重阳唱酬的主题，同时也是历次雅集唱酬的共同心愿。当然，由于日本扩张野心的膨胀，随后到来的不是和平，而是疯狂的侵略战争，但这种诉求还是值得珍惜的，它是度尽劫波以后两国关系正常化的基础。再次，参与雅集和酬唱的日本文化人多是偏于保守的，他们在唱和诗中，表达了对中国文化的真诚仰慕和倾心认同，表达了对东方价值的坚持。在明治维新取得实效、日本文化整体上弃东向西的背景下，这种文化认同和价值持守对于延续中国文化在东瀛的影响具有特别重要的意义。最后，参加唱和的日本诗人大多不会说中国话，交谈只能用笔，而所写汉语诗歌典雅纯正，与中国诗人桴鼓相应，表明汉语诗歌具有超越口语的表现能力。

　　近代，除了围绕驻日使馆的雅集唱酬活动以外，纯粹民间的文人雅集也多有发生。其中最具特色的是"寿苏会"。"苏轼是日本人最尊敬的中国文人之一",早川光三郎描述苏轼在日本的影响时说:"他的诗文在镰仓时代(1185—1333)传到日本,五山僧爱读和模仿其作品。室町时代的天下大乱,失去普及到一般人的机会。到了江户时代,由于引起芭蕉(1644—1694)等伟大风雅俳句诗人的共鸣,和杜甫作品一样,为发展东洋式的静观自然之美作出了贡献。"① 近代最崇仰和迷恋苏轼的日本文人是长尾雨山(1864—1942)和富冈铁斋(1836—1924),他们分别在1916年、1917年、1918年、1920年、1937年苏轼生日举行了5次寿苏会,并在1922年9月7日组织过一次赤壁会。他们收集与东坡有关的文具、书画、诗文集版本等展示,邀集文人雅士观赏、祝寿,饮酒赋诗,"怀念永垂不朽的伟大高尚人物苏东坡先生"。1916年第一次寿苏会于1月23日在圆山公园的春云楼举行。参加的人士是:富冈铁斋(百炼)、山本竟山(由定)、罗叔言(振玉)、王静庵(国维)、内藤湖南(虎次郎)、狩野君山(直喜)、罗公楚(福苌)、长尾雨山(甲)等。其中,罗振玉、王国维、内藤湖南、狩野直喜等是两国名重天下的学者,他们的参与,为雅集增重。这次雅集的诗作编为《乙卯寿苏录》。以后各年又编成《丙辰寿苏录》《丁巳寿苏录》《己未寿苏录》等,最后合编为《寿苏集》。这些作品原件收藏于日本各大图书馆,日本中央大学副教授池泽滋子将其收集整理,在其研究著作《日本的赤壁会和寿苏会》(上海人民出版社2006年版)中影印出版。这些雅集和唱和的主题就是表达崇敬苏轼之情,赞美中国文化,对加强两国文人和文化的理解和交流同样起了积极作用。

晚清中日诗人之间的雅集和唱酬规模之大,持续时间之长,所获作品之多,在汉语诗歌史上,可以说是空前的。黎庶昌在《庚寅谯集三编》"统序"中说他在日期间雅集和酬唱作品"呜呼多矣,自唐以来未之有也"。日人石川英在《谯集编序》中也说,这样大规模长时间的雅集唱和"千古所未有也"。考察中日汉诗史,这样的情况以前确实没有过,他们的话并非夸饰之词。这是耐人寻味的文学现象。最直接的原因是黎庶昌的热情提倡和精心组织。黎庶昌是曾国藩的弟子,久享诗歌盛誉,又以钦差

---

① [日]早川光三郎:《苏东坡与日本文学》,《斯文》1954年第10号;转引自[日]池泽滋子《日本文人的赤壁会和寿苏会》,上海人民出版社2006年版,第10页。

大臣之尊在"同文之国"广结善缘，于是得到使署员工和日本文士的积极响应。这是容易理解的，但更值得思考的是深层次的文化心理。

晚清对中国和日本来说都处于社会和文化的转型期。西方的强大导致西学东渐，明治维新以后日本的"脱亚入欧"战略，对传统汉学构成挤压，威胁东方文化和东方价值的生存。石川英显然是偏于保守的文人，他对西学是藐视的，但又对西学的强盛、东学的衰微无可奈何，意识到这是一个"天将丧斯文"的时代。在这样的文化心理之下，东方文化大本营——中国使臣的到来而又热心提倡"斯文"，便给了他们极大的兴奋和信心，所以石川英对黎庶昌寄了厚望并对其恢复"斯文"的努力高度评价。黎庶昌的提倡和组织使中日两国文士雅集唱和达到历史的高点，但在当时的背景之下，包括汉诗在内的中学在日本的命运已经难以逆转。19、20 世纪可以说是西方文化和东方文化在亚洲的历史性大对决，东方文化在中国和日本都是处于弱势的。然而正如石川英所说"物盛则衰，衰者未必不可复盛"，东方文化经过一定历史时间的调整、改造以后，仍会焕发出其生命力。在文化转型的历史性关头，中日文人的大规模雅集唱和对于延续中国文化在日本的命脉和影响，进而维护日本及亚洲多元文化发展态势具有重要意义。

# 四　余论

唱酬作为传统汉语诗歌的一种富于趣味性、互动性和挑战性的创作方式，① 以其特有的魅力受到日本汉语诗人的喜爱，成为汉诗写作的基本方法。中国诗人唱酬的各种具体手法也被日本诗人全方位接纳。它为日本诗人增添了生活趣味，激发了创作热情，为日本汉诗的发展做出了独特贡献。在唱酬中产生的诗歌文本是日本文学的有机组成部分。这一创作方式在日本的被接纳和流行，从一个侧面表明了中国文学对日本古典文学的巨大影响。

次韵唱酬有限的韵字在许多诗人之间一叠再叠，层出不穷，表明对杰

---

① 陈友康：《仪式化写作的困局和超越——论和韵的特点和功能》，张立新编《古典文学论集》，云南大学出版社 2007 年版。

出的文士而言，和韵并不构成对创作自由的束缚。正是这种仪式化的情感交流方式和戴着镣铐跳舞的快感使唱酬获得巨大魅力。

中日两国诗人之间的诗词唱酬为两国的文化交流架起了重要桥梁。唱酬沟通了两国文人的思想感情，表达了和平友好的良好愿望，拉近了两国文化人的心理距离，为两国关系的发展发挥了积极作用。参与唱酬的日本诗人大多对中日文化关系持历史主义态度，承认中国文化对日本的直接影响，强调两国是"同文之国"，对中国文化表示敬仰。而中国诗人内心深处虽然不乏大国心态，但在交往当中都能做到平等相处，诗情真切。两国诗人之间的唱酬是不同民族文学互相影响的范例。

中国晚清和日本明治时期，是两国文化的转型期。东西方文化在这一时期产生激烈的冲突，西方文化对东方文化构成强烈挑战和冲击，并取得强势地位。在这一背景之下，中日文人之间的诗歌唱酬达到高潮。东方文化被冲击并趋于式微的焦虑、维护东方文化命脉的愿望和努力在两国文人的交往和唱酬中都有所反映。这样长时间、大规模、高规格的唱酬可能会成为传统汉诗写作中的绝响，但唱酬中所释放出来的汉诗的思想能量和艺术魅力仍然让我们对汉诗在现代社会条件下的生存和发展保有信心。在晚清的背景之下，参与唱酬的双方文士的文化观念多偏于保守，他们的努力有一种悲壮感，但正是这种保守延续了西学强势背景下的中学命脉，有助于文化的多元发展。从长时段来看，东方文化和东方价值将随着东方的政治经济复兴而焕发生机。

明治维新以后，日本走上了"脱亚入欧"的发展道路，中国文化的影响渐趋式微，取而代之的是西方文化，但历史形成的文化血脉是割不断的，正如内藤湖南所说："日本文化是东洋文化、中国文化的延长，是和中国古代文化一脉相承的。"① 近代以来，日本多次发动对华侵略战争，给中国人民造成深重灾难，也给两国关系蒙上浓厚阴影。尤其是"二战"以后，一些日本右翼政治家和文化人不能正确对待历史，不仅不承认日本犯下的战争罪行，甚至不承认日本文化深受中国文化影响的事实，刻意抹杀日本传统文化的中国印记，宣称"用汉字创作的汉诗文称不上是地道

---

① ［日］内藤湖南：《日本文化史研究》，储元熹、卞铁坚译，商务印书馆1997年版，第7页。

的日本文学"①，这是极端民族主义的观点，是违背历史事实的，缺乏起码的理性，堪称荒谬。

作为地理上一衣带水、文化上具有血缘关系的邻邦，中日友好符合双方利益，是两国人民福祉所系。历史事实证明，文化交流是促进两国友好的有效手段。中日关系会受到政治形势的左右，但是，不管两国政治层面的关系如何，文化交流都不应该削弱，相反，应该开辟更广泛的文化交流渠道，以加深两国文化人的互相理解和支持，扩大和平相处的民众基础。两国负责任的文化人都要本着正义和良知对待历史和现实，以文化交流为改善两国关系做出努力。

---

① 大阪大学后藤昭雄教授在谈到这种现象时说："在日本，长期以来存在着对日本汉文学的偏见，有人说用汉字创作的汉诗文称不上是地道的日本文学。"见〔日〕后藤昭雄《日本古代汉文学与中国文学》，高兵兵译，中华书局 2006 年版，第 3 页。

# 从汉诗看中国节日习俗对日本的影响<sup>*</sup>

李寅生<sup>①</sup>

**摘　要**：中国节日习俗对日本历史有悠久的影响。日本汉诗是日本文学中的一个特殊品种，它的存在为我们整理和分析中国习俗对日本的影响提供了丰富的材料。由于中日交流的频繁和中华文化的传播，日本也形成了与中国节日相同的春节、清明节和中秋节等节日习俗，并形成了许多与中国相似的过节方式。日本汉诗艺术地再现了日本民族在过年过节时对中华文化的依存感及亲和性。

**关键词**：中国年节；日本汉诗；影响研究

中日两国是一衣带水的近邻，其中文化方面的交流已有一千多年的历史。中国封建社会发展到唐代时，政治、经济、文化等各方面的发展都达到了高峰，国势强盛，声威远震，为当时世界上最强盛的国家。太宗、玄宗时期，统治阶级十分重视兄弟民族间的和睦相处及与邻国之间的友好关系。当时的邻近诸国，对唐朝也莫不仰慕：其中尤为突出者为日本。当时的日本知识界直接探取中国文化的源泉。日本政府派遣大批学生到中国留学，其学习范围之广、留学年限之长为中外文化交流史上所罕见。由是揭开了日本历时一千年学习中国的序幕，在这一千年中，中国文化尤其是盛唐文化对日本的影响是十分巨大的：直到今天，这种影响依然存在。

---

　＊　本文原发表于《长江学术》2009 年第 4 期。

　①　李寅生，男，1962 年 7 月 27 日生，汉族。内蒙古自治区巴彦淖尔市人。1992 年在陕西师范大学获文学硕士学位；2000 年在四川大学获文学博士学位；现为广西大学文学院院长、中文系教授，汉语言文字学、中国古代文学硕士生导师。主要著作有《论唐代文化对日本文化的影响》《中日古代帝王年号及大事对照表》《古诗精粹》《四书名篇赏析》等，译著有《中国古典文化景致》《当代日本学者论中国古典文学》《读杜札记》等。

　　中日两国，语言虽异，但文字部分却是相通的，因而中国古典诗歌这种艺术形式能够在日本得以风行，不仅朝野广为传颂，而且连普通百姓也群起应和，抒情言志，运用自如，构成世界文学史上鲜有的奇观。这是国际文化交流史上少见的现象，也是两个国家在源远流长的文化交往中结出的丰硕成果。

　　所谓的日本汉诗，顾名思义就是日本人用古代汉语和中国旧体诗的形式创作出来的文学作品。汉诗是日本文学，尤其是日本古代文学的一个重要的有机组成部分，它在日本文学史上具有极为重要的地位。

　　从地球的纬度上看，日本所处的纬度与中国大部分地区相同，日本的气候、风土、农业生产情况，与中国的长江流域有很多的相似之处，所以中国的农历（夏历）也同样适用于日本。中国古代的劳动人民根据地球在绕太阳轨道上的位置划分了二十四个节气。地球围绕着太阳一周为360度，每隔15度为一个节气。全年十二个月，每个月两个节气，便是二十四个节气。中国的二十四节气约形成于战国末期，主要适用于黄河流域以及部分长江流域。随着夏历在日本的传入，日本的农业生产及百姓的节日生活等方面都深受影响，日本的年中行事也随之中国化起来。如元旦、春节、上巳节、清明节等节日也由留学生和学问僧传入日本。到了公元7、8世纪时，这些节日在日本已变得相当普遍了。

　　日本的传统节日习俗多是由中国传入的，这些节日习俗传到日本之后最初盛行于宫廷和贵族之间，到了江户时代逐渐演化成了民间的节日，并在普通百姓中流行开来，只是内容和形式已发生了许多的变化，加入了不少的日本民族特色。诗歌是社会现实生活的反映。因此，通过日本汉诗可以了解中国节日习俗对日本的影响。

# 一　春节对日本的影响

　　春节是中国老百姓在一年所过的最重要的节日，时间是农历的正月初一，也俗称为"过年"。过年实为庆贺丰收之节，最早由黄河流域的先民们的祭祀庆贺活动演化而来。旧时的春节从农历的腊月（十二月）初八就开始准备过节了，一直要到农历正月（一月）十五元宵节才告结束，整个过年的时间要持续一月有余。在这一个多月中，有祭神、祭祖、吃年夜饭、守岁、换桃符、喝屠苏酒、拜年贺节、给小孩子压岁钱等习俗。

日本在明治维新之前一直按照中国的传统过年，日语中的"正月"，即是旧历的春节。过春节时，日本的朝廷也和中国的朝廷一样，进行饮宴、献诗等活动。滋野真主（785—852）曾写过除夕夜陪伴天皇守岁的《奉和除夜》诗：

> 新年欲到故年去，新故相连四气和。豫喜仙令虽老歇，还悲人事易蹉跎。春声北向雁将少，晓听南惊莺未多。虽值喧寒犹不变，闲庵砌后古松萝。

滋野真主是平安时期著名的汉诗人，淳和天皇时为东宫学士，奉天皇之命撰《经国集》，曾官至参议宫内卿。由滋野真主的这首诗可知，中国过春节的习俗早在平安时代就已传入日本了。此外，中国民间过春节的吃年夜饭、守岁、换桃符、喝屠苏酒习俗在日本汉诗也可找到证明，金本相关（1829—1871）在他所作的《丁巳（1857）元旦》诗中即有关于这方面的描写：

> 厨灯渐炖焰将无，百八钟声彻九衢。一夕寒威辟魑母，万家香味入屠苏。书童窗下笔新试，贺宴门前名自呼。迂性应遭穷鬼笑，朝来未换旧桃符。

全诗就像是范成大的田园诗之作，作者笔下的年俗醇美，犹如一幅日本民间春节风俗画。尤其是末尾二句，轻快谐趣，极富特色。

在释元政（1623—1668）、斋藤拙堂（1797—1865）、赖山阳（1780—1832）等诗人的汉诗中，也都有描写日本人过春节时的情景。

> 寒风冽冽拂林亭，老鹤孤眠梦易醒。八轴莲经闲读了，愿言为母制颓龄。（释元政《与老母守岁》）
> 扫煤春饼四邻声，刚见担梅舍笑横。稚子殷勤向人问，睡过几日是新正。（斋藤拙堂《岁晚》）
> 纷纷帐簿妇当家，残岁真如赴壑蛇。不问计余钱几许，眼前有酒有梅花。（赖山阳《除日》）

　　上面几首诗的作者虽然身份、地位不尽相同，所处的生活环境也不尽相同，但在他们的汉诗中，都或多或少地谈到了日本的过春节的习俗。春节已成为了古代日本的一个重要的节日了，过春节的风俗已和中国的风俗并不存在太大的差别。

# 二　上巳节对日本的影响

　　上巳节大约形成于我国的春秋时期，在先秦的一些文献典籍中对此有过零星的记载。古时以农历的三月上旬巳日作为"上巳节"，并有曲水流觞和踏青的习俗。《论语》中记载有孔子弟子曾皙在上巳节"沐乎沂"的故事。魏晋以后，上巳节改为三月三日。王羲之与谢安、孙绰等人于永和九年（353）三月三日在山阴兰亭修禊，流觞饮酒、赋诗抒怀，并作《兰亭集序》，成为文学史、书法史上的千古佳话。

　　到了唐代，上巳禊饮之风更加盛行。唐高宗、武则天、唐玄宗、杨贵妃等统治者都曾在长安曲江赐宴百官禊饮，并赋诗助兴。唐代的大诗人李白、白居易等在他们的诗歌中都记述过此类活动的盛况。可见上巳节已发展成上自帝王、下至百姓的一个隆重的民俗节日了。这个民俗节日在唐代时就已随着遣唐使和留学生的来华而传到了日本。元正天皇养老元年（717，唐玄宗开元五年）以日本第八次遣唐使副使身份的藤原马养（694—737）来到中国，第二年归国。他在《暮春曲宴南池》诗中写道：

　　　　得地乘芳月，临池送落晖。琴樽何日断，醉里不忘归。

　　由藤原的这首诗可知，上巳禊饮和曲水流觞的习俗在唐时已传到了日本。

　　藤井阳洲在他的《踏青》诗中也写道：

　　　　百花如绵草如烟，吹暖东风雨霁天。路自江南接江北，踏青兴在酒旗边。

从这首诗所写的内容来看，三月三日踏青饮酒的习俗在日本已变得很普遍了。

# 三　清明节、寒食节对日本的影响

清明是中国的二十四节气之一。古代时黄河流域的劳动人民会在这时进行春耕春种，开始一年的农事。这种本是单纯的农业活动，后来演变成了清明节，并增加进了扫墓、祈祀祖先、踏青、插柳等内容。

寒食节在清明节的前一天，又称禁火节。相传在春秋时，晋公子重耳因避祸在外流亡十九年，大臣介之推随之左右。后重耳还国为君，是为晋文公。文公封赏随他流亡的功臣，介之推不愿为官受赏，与老母隐居绵山。后文公搜求介之推而之推不出，文公烧山以逼其出山，介之推与老母竟抱木被焚而死。晋文公为了悼念介之推，伐之推所抱之木作木屐穿于足下，并常呼："悲乎，足下！"又规定在这一天全国禁火寒食，以纪念介之推。此后，这个风俗由晋国传到中原地区，又从中原地区传到了其他的国家，遂成为中华民族的一个共同的节日习俗。

清明节、寒食节大约在唐代传入了日本，但其内容和形式均比中国有所减少。只有扫墓、踏青和郊游等项目，而没有了寒食、禁火等内容。林春信（1643—1666）的《清明雨》诗即是描写了日本清明节的扫墓状况：

> 骤雨淋漓不解晴，今朝相遇是清明。几人上坟数行泪，并作班班滴滴声。

由林春信的这首诗可知，在清明节这天，日本人上坟祭奠先人的情况也是和中国的情况差不多的。

在日本的描写清明习俗的汉诗中，关于踏青的诗数量最多，其中石野篁村的《春郊散策》诗写得最具特色。

> 清明丽日野桥西，草满长堤水涨鸡。竹杖扶吾踏青去，桃花深处锦鸡啼。

全诗笔墨酣畅，意兴淋漓，一扫清明之际的阴郁气氛。

## 四　七夕对日本的影响

七夕是指农历七月初七的晚上，这个节日最早源于中国古代的一个神话，神话中的主人公牛郎、织女后被演化成牵牛、织女星。牛郎、织女被天帝分隔在银河的两边，只被允许在每年的七月初七相会一次。当牛郎、织女相会时，有乌鹊在天河上搭成一座桥，名为鹊桥。在我国最早的诗歌总集《诗经》中，就有关于七夕的记载，可见它是中国民间较早的节日习俗了。旧时民间风俗，妇女在七月初七之夜向织女星乞求智巧，谓之"乞巧节"。

七月七日的"乞巧节"也是最早传入日本的中国民间习俗之一，平安初期的内大臣兼东宫傅藤原伊周（974—1010）就在自己的汉诗中引用过牛郎、织女的典故。后来，这个中国的民间习俗在日本逐渐演变成了一个规模较大的节日。到了近代，日本的这个节日规模甚至已经超过了中国，并增加了许多纯粹的日本特色，进而形成了日本的民俗节日。

室町时代的后花园天皇（1428—1464）在他所作的《巧夕得仙游》诗中，描写了日本皇宫中七夕游赏的情景：

> 人间争倚彩楼边，无事逍遥在洞边。凤管一声尘外曲，夜深吹白二星躔。

诗中描写了七夕游赏的热闹场面，表达了与中国习俗既相同又不相同的气氛。

七夕的故事也隐含着人间的一种悲剧，在日本的汉诗人，以七夕为题材而借题发挥来写人间悲欢离合的诗歌也是不少的。如藤原伊周的《牛女秋意》：

> 何为灵匹久相思，一岁唯成一会期。行佩应纫冷露玉，双蛾且画远山眉。未终秋夜难来意，已至朝云欲别时。此恨绵绵无说尽，苍茫天水问阿谁。

藤原伊周喜好文辞，其诗格调高雅。这首诗写得情致缠绵，与李商隐的《无题》诗风颇多接近，显示出了日本汉诗人化用中国风俗典故的高超技巧。

# 五　中秋节对日本的影响

在中国的风俗中，农历的八月十五日为中秋节，因中秋节恰是秋季七、八、九三个月之中间，故由此而得名。这个节日最早起源于古代的祭月活动，到了汉代，才由祭月转化为了赏月。到了唐代，赏月之风逐渐盛行。唐朝的一些皇帝每到中秋都大宴群臣，与民同乐，在唐代的诗歌中，描写中秋的佳句几乎不胜枚举。由于中秋之夜从气象上看正是一年中明月最为皎洁之时，所以合家赏月，吃月饼成为象征中华民族的家庭团聚之事，故而气氛也变得极为隆重。中秋节在中国人的眼里，几乎被看成是仅次于春节的节日了。

中秋赏月也是最早传到日本的中国习俗习惯之一，日本的汉诗人写下了不少中秋咏月的诗篇。如林罗山（1583—1657）的《咏中秋月》：

> 千里月晴三五秋，埜花幽草露光浮。诗仙借得吴刚斧，修造空中珠玉楼。

中秋月圆人不圆是为人间的一大憾事，在日本的汉诗中也有这类的反映。著名诗僧雪村友梅（1290—1346）在他的《中秋留别觉庵元文》诗中写道：

> 孤云踪迹元无定，兴尽京华我欲行。山好岂辞秦路远，身闲尤喜客装轻。一天霁色秋如洗，二老风襟日见清。不审明年今夜月，分光还照别离情。

作者在元成宗大德十一年（1307）十八岁时来到中国，后因元朝与日本交恶而被捕下狱，二十七岁时被流放西蜀，在经函谷、度秦陇后到达四川。这首诗是作者在离开大都（北京）时为友人觉庵元文所作。全诗语淡情浓，抒发了中秋之夜作者与友人的依依离别之情。

# 六　重阳节对日本的影响

重阳节指农历的九月初九日，又称重九。在中国的民间有登高、赏菊等习俗。后来又演变成了敬老节。

重阳节传到日本之后，日本在古代对这个节日是非常重视的。嵯峨天皇（809—823 年在位）在重阳节曾大宴群臣，并写下《重阳节神泉苑赐宴群臣》诗，而群臣也赋诗助兴。当然，每到重阳节，日本汉诗人赋诗内容最多的和中国的诗人一样，是抒写怀念亲人和思乡之情。如新井君美（1657—1725）的《九月示故人》：

> 黄金不结少年肠，独对寒花晚节香。十载故人零落尽，故园秋色是他乡。

诗中抒发了作者在重阳晚秋对友人的深切思念之情。

从以上汉诗可以看出，中国的节日习俗对日本影响历史的久远性和普遍性。这种久远性和普遍性不仅从日本汉诗中得到证实，在记载日本历史的史书中也可找到旁证。《日本考》记载日本的君臣礼节是"君臣上下之分，大较信中国"。而《续日本纪》则记载了嵯峨天皇在弘仁九年（817，唐元和十二年）所下的诏书："天下仪式，男女衣服，皆依唐制；五位以上位记，改从汉样；诸宫殿院堂门阁，皆著新榜。"可见汉唐仪制在日本社会的流行已具有极为悠久的历史。这也正如日本南北朝时怀良亲王使者瞎哩嘛哈在出使明朝时所作的《答大明皇帝问日本风俗》诗中所说：

> 国比中原国，人同上古人。衣冠唐制度，礼乐汉君臣。银瓮储清酒，金刀脍紫鳞。年年二三月，桃李自阳春。

从这首诗所举的事例可以说明，中华文化尤其是中国的节日习俗对日本的影响是极为深远的。如果谈起日本的传统文化习俗，即使是日本极端的民族主义者和赤裸裸的军国主义分子，也无法否认它与中华文明的渊源关系。如世人所公认的那样，正是由于古代中日两国人民往来的密切、频繁和中国文化对日本文化的深刻影响，才有了日本的"大化改新"，才有了日本日趋先进的古代政治、经济等方面的典章制度，才有了日本的文字及文化，才有了今天这样的日本。当然，日本民族也是一个惯于消化吸收其他民族之长的民族，在中国节日风俗的影响下，日本又派生了一些具有自己民族特色的节日习俗，如偶人节、鲤鱼节等。有些日本节日习俗的规模甚至还超过了中国。此外，中国的祭祀天地鬼神、祖宗先人等节令也传入了日本，并一直沿袭到今天。与节日、节气有关的中国的饮食、服饰、器用等，日本也向中国学习了一部分。在今天日本人所过的节日中，从中国传入或与中国有关的大约占了一半以上。可见，中日两国在文化渊源的深层次联系上，相互之间的关系是多么的密切。

# 明代文学东传与江户汉诗的唐宋之争<sup>*</sup>

陈广宏<sup>①</sup>

**摘　要：** 江户汉诗是日本汉诗创作的鼎盛期，作为日本近世文学的重要组成部分，它同样是蕴含由中世文学向近代文学过渡信息的富矿。以江户汉诗坛的唐宋之争为案例，我们不仅可以看到里面所反映的自身社会条件下人文主义思潮的发展，而且通过其与所摄取的明代文学资源关系的比较考察，可进而在整个东亚文学范围内，观照各民族在上述共趋历史进程中的互动、思想链接以及各自表现的特色。

**关键词：** 江户汉诗；唐宋之争；明代文学

唐宋之争，以及相伴而生的格调、性灵之争，是中国近世诗歌史上十分突出的现象与话题，所反映的当然不只是简单的诗学上技术路线之争，而是关涉那个时代精英文学审美理想的塑造、演变，有着相当复杂的思想文化内涵。从近世东亚社会来看，鉴于中韩、中日、韩日之间多种渠道的文化交流，它同样成为韩、日汉诗坛一个引人注目的现象与话题，尽管看上去存在某种时间差。如在朝鲜诗坛，一般认为于宣祖朝，以崔庆昌、白光勋、李达等"三唐诗人"为代表，受明代七子一派复古之风的影响，开启崇唐之学，终结国初以来盛行的苏、黄诗风，而至朝鲜朝中叶，又在

---

　＊　本文原发表于《上海师范大学学报》（哲学社会科学版）2010 年第 6 期。

　①　陈广宏，男，1962 年生，浙江人，文学博士，现为复旦大学教授、博士生导师，教育部新世纪优秀人才，复旦大学中国古代文学研究中心副主任、古籍整理研究所副所长。2003—2004年，韩国首尔大学人文学院中国文学文献学招聘教授；2009—2010年，日本早稻田大学文学学术院交换研究员。主要学术兼职有中国明代文学学会（筹）副会长、上海市古典文学研究会理事。长期从事中国古代文学教学与研究，近年研究重点为近世文学思想史、文学史的现代转型及日韩中国学等。

接受万历中晚以来文学信息的情形下，发生了批评明诗剽拟唐人之失、以诗为自我性情表现的转变；至于江户时代汉诗，亦可见元禄、享保间以木门、萱社诸子为代表，鼓吹唐诗或七子一派之明诗，一变幕府初期所承袭的五山宋诗风格，约至宽政前后，在性灵说的激荡下，又转而倡言宋诗及折中的现象。这就促使我们思考，一方面，如何在整个东亚文学的范围内进一步把握由中世纪向近现代演进的一种共趋态势；另一方面，细心甄别不同民族间出于对各自社会文化问题的应对，在解读、运用大体共享的文化、文学资源时所表现的独特面貌。以下拟以江户汉诗坛的唐宋之争与明代文学之关系为专题，对上述问题进行考察。

一

江户时代汉文学的性质，总体上被认为是儒学的附庸。[①] 这一特征，在早期阶段尤为突出。在众多论述江户汉诗的著作中，第一期的划分，占多数意见的是在庆长八年（1603）以降约 80 年的时间内。[②] 其时儒者所面临的主要问题，是乘朝廷明经之学、五山僧院之学丧失活力之机，运用程朱新注之说的思想武器，打破明经家学的秘传，建立士人之儒学，在摆脱于禅宗从属地位的同时，开拓相对自由的学术风气。汉文学即在此缝隙中开始获得复兴，并日益渗透到士人的日常生活中。

从时代上来看，这一时期相当于明万历三十年代至清康熙前中叶。虽然德川幕府实行锁国政策，但以长崎为口岸的中日海上贸易，使得作为大宗商品的汉籍输入取得前所未有的突破，因而包括明代历朝刊行的各类书籍，以相当迅疾的速度，不断流入日本市场（康熙二十三年即 1684 年，

① 如［日］绪方惟精曰："江户时代的汉文学，大部分为儒者的余技，研究经学的副产品。"（《日本汉文学史》，丁策译，正中书局 1976 年版，第 157 页）［日］猪口笃志曰："江户时代的文学，概括地说，是儒者的文学。"（《日本汉文学史》，角川书店，1985 年，第 231 页）

② 参详［日］松下忠：《江户时代的诗风诗论——兼论明清三大诗论及其影响》上编《总论》第一节"江户时代诗坛的时期划分和诗人的选出"，范建明译，学苑出版社 2008 年版，第 5—9 页。有关这方面的详情，可参看［日］大庭修《江户時代における中国文化受容の研究》第一章《江户時代における書籍輸入の概観》，同朋舍，1984 年，第 21—99 页。参详［日］铃木大拙《禅と日本文化》，［日］北川桃雄译，岩波书店，1977 年，第 104—107 页。［日］西乡信纲等《日本文学史》，佩珊译，人民文学出版社 1978 年版，第 172 页。

颁布"展海令"后，渡日贸易的唐船数更是急剧增加），这自然成为日本儒者接受明代学术与文学的资源。较早的藤原惺窝（1561—1619），松下忠氏尝举其《文章达德纲领》卷六所引明籍，计有《性理大全》《文章辨体》《皇明文则》《明文衡》《古文矜式》《翰墨全书》《百川学海》《文章一贯》《读书录》《明文选》《明文苑》等①。其中除《百川学海》这样由宋人辑刊、明人续之的丛书，《翰墨全书》这样元人编的日用类书（多取宋末诗文，日本有宽永二十年刻本），以及元陈绎曾《古文矜式》（日本有元禄元年刊本）外，集中在明代儒学与文章学两类。相应地，被列举的明人有宋濂、刘基、高启、方孝孺、胡广、吴讷、吴与弼、薛瑄、罗伦、聂大年、丘濬、李东阳、杨慎、罗洪先、唐顺之、王维桢、王慎中、茅坤、李攀龙、王世贞等②，亦清一色为儒林、文苑名臣。因如茅坤、王世贞尚活动于万历前期，而慎蒙辑《皇明文则》为万历初刻本（其选文颇以理学为则），则惺窝所阅明籍，当止于是际，距其卒年至多不过40余年。就所引明代文章学著作、选本而言，前中期吴讷《文章辨体》、程敏政《明文衡》，皆主真德秀《文章正宗》平正醇粹、辅翼世教之意，有较为浓厚的理学内涵，实体现馆阁文章学宗旨；而高琦《文章一贯》（国内已久无传本，日本有宽永二十一年刊本）、汪宗元《明文选》（以程氏《明文衡》为蓝本增删之）、张时彻《明文苑》（后删订为《明文范》），皆嘉靖间辑刊，虽亦大抵反映正统文学观念，然时代风尚毕竟已发生变化。从惺窝对明代文学的评论来看，以明初刘基、宋濂、苏伯衡、王袆等人"首辟文运"，于李梦阳（包括徐祯卿、何景明）有"力追古制，号为中兴"的高度评价，并以王慎中、唐顺之、罗洪先、王维桢为继而"擅其宗"者（《文章达德纲领》卷六），所持价值标准仍有较重儒臣文学的色彩，却已显示了对李梦阳至嘉靖前期文坛复古倾向的认可。惺窝门下对明代文学的关注点渐有下移，并更多地扩展到诗的领域，如被江村北海论为"先于徂徕已称扬七子者"（《日本诗史》卷四）的那波活所（1595—1648），已充分肯定题为李攀龙《唐诗选》之于学诗者的作用，又盛赞后七子中谢榛、徐中行、吴国伦诗之气象（《活所备忘录》）。林罗山

---

① ［日］松下忠：《江户时代的诗风诗论——兼论明清三大诗论及其影响》，范建明译，学苑出版社2008年版，第173页。

② 同上书，第174页。

（1583—1657）壮年所寓目，就明代而言，有李梦阳、李攀龙、王世贞、汪道昆、叶春及、王慎中等人诗文，总集则有"终明之世，馆阁宗之"（《明史·文苑传》）的高棅《唐诗品汇》《唐诗拾遗》《唐诗正声》，以及浦南金《诗学正宗》等，当然，也有如《阳明诗集》《丘浚诗集》等儒臣之作；为研究者所特别注意到的，是他在《十二虫并序》中曾提及袁宗道《白苏集》（《白苏斋集》）。被视为专业诗人先驱的石川丈山（1583—1672），于后七子一派诗及诗论相当娴熟，对李攀龙、王世贞、吴国伦诗作亦各有评论，并且他已读到过袁宏道的诗作，肯定其"写得有趣，别有奇新"（《诗话》，《北山纪闻》卷二）。此外，与惺窝门下背景颇为不同的元政（1623—1668），在40岁前已购入《袁中郎集》（《与元赟书》，《草山集》卷三），又与元赟老人共阅万历中其他性灵派诗人如徐渭、雷思霈、钟惺等的诗文集，"特爱袁中郎之心灵巧发，不藉古人，自为诗为文焉"（《送元赟老人之尾阳诗并引》，《元元唱和集》卷一），并因此以"性灵说"言诗，那也不过相距50年左右的时间。至于明末文坛的信息，如几社、复社之流，则至少可通过朱舜水（1600—1682）得以即时传递。

至此已可看到，事实上，整个明代文学在这一期中皆已传入，以前后七子为代表的复古主张与以公安派为代表的性灵学说，自然亦不例外，甚至已开始为人所持说，但两者并未即如中晚明或之后的江户诗坛那样倾夺天下而构成对立的论争关系，其中原委值得深究。如前所述，这一期儒者主要要应对的，是如何利用程朱新注之说，建设独立的士人新儒学，而程朱理学自元明以来已成为官方意识形态，故明代主流学术与文学，无疑是他们研习宋学经典与汉文的理想取资。也就是说，他们主要是从宋儒的立场出发，在宋明理学一脉相承的延长线上，审视明代文学的资源，取其所需，为我所用。惺窝自不必说，他所谓的"文章达德纲领"，如姜沆所解："其所谓达者，孔子之所谓辞达而已矣也。所谓德者，孔子之所谓有德者必有言者也。此一篇纲领，而作文之根柢也。"（《文章达德纲领叙》）罗山亦断言："唯文与道贯通为贵，谓之真之文章也，复谓之道德之文章也。"（《诗联句序》，《罗山林先生文集》卷五十）故宋儒的"文章载道之器"说自为题中之义，他们摄取明代儒林、文苑名臣的著述，首先皆在这一对文学的理解上获得某种统一。李梦阳辈以与宋学的对立而倡复古的动因显然不会被关注，诗文写作技法上的人为追求亦会被排斥，倒是元明馆阁文学一再申论的"文章与时高下"的"气运"说挟着复古之风，被突出强调其作为一种政治文化表征的意义（如活所在其《白氏文集后叙》中即述及国纲与文章盛衰之关系）。不过，正是这种联结政治想象的"雅正""气象""格调"之文学理想，成为他们对前后七子注目的动机，也很自然为下一期江户诗坛祭起明代古文辞派的旗帜作了某种铺垫。从作者自身修养的要求来说，文道一贯的基础在于"养气"，故惺窝通过引述如宋濂、薛瑄之说，将"养元气以充其本"视为作文的根柢（《文章达德纲领》卷一），在此层面上，亦有儒家学者"诗文出于真情则工"那种发乎自然的要求（同上）；但我们也应注意到，如薛瑄在理气论上对朱熹形上、形下之分而有先后的观念已有修正，认为"理只在气中，决不可分先后"，惟其如此，"理气无缝隙，故曰器亦道也，道亦器也"（《读书录》），王阳明更发展"理者气之条理，气者理之运用"（《传习录》中）的一元论哲学，这就影响他们在"道德文章元不二"（林罗山《春硕赓之因又和焉》）的认识基础上，为重视诗文自身的价值开了方便之门。作为日莲宗高僧的元政，由于陈元赟的特殊关系，已经领略到万历中晚文坛新变的思想、文学风尚，他对于袁宏道等性灵诗人的喜好，固然是因为有佛学修为上的共通基础，而在另一方面，正如有学者已指出的，如果说宋明理学是摒弃了佛、道异端教义的正统文化体系，日本的新儒学则是与佛教彼此相容的学说。因此，在当时儒学日盛的形势下，元政实际所关注的，是如何在佛、儒统贯的前提下把握心性之学与文学的关系，所谓"以忠孝为根柢，以文字为枝叶，则诗亦深邃也。以心性为渊源，以词章为波澜，则词以高妙也"（《与逝川子书》，《草山集》卷二十九），基于此，他所表述的"盖流自性灵者，有德之言也"（《复南纪澄公书》，《草山集》卷二），与袁宏道继承李贽"童心说"那种与"闻见道理"相对立、肯定人的欲望的个性主义要求，显然不在同一个语境中。松下忠氏在前引大作中曾分析说，两人在文学主张上相同，在哲学主张上相异，对于后一论点，我很赞同，只是觉得其在文学主张上亦未必相同，从某种意义上说，元政所持的"性灵"说，与崇道的唐宋派诸如唐顺之"文字工拙在心源"之论，倒有异曲同工之妙。

## 二

真正进入宗唐之拟古主义时代，要至江户诗坛第二期，日本学界一般划分在元禄至天明，按照江村北海在《日本诗史》卷四中提出的"气运"说，恰好距嘉靖间后七子所倡有二百年的时间差。这种递迁规律的发现是否准确，并非问题所在的关键，所应探讨的是，为什么会在 200 年后，才有这样看似是按中晚明文学思潮原序列的重演？江户诗坛自此开始的唐宋之争或格调、性灵之争，与中晚明乃至清代所要解决的诗学或社会文化问题，究竟有怎样的内应性及异同？

元禄时期是德川幕府最为繁荣的时期，"这个时期的文化特征，是取代武士文化的町人文化，特别是新产生的城市文化"①。城市商品经济的勃兴，町人势力的崛起，使得日本社会自此弥漫着一种带有世俗文化自由、独立之享乐主义基调的精神氛围，这也便是日本思想史上所描述的"文人精神成立"的社会文化条件。② 就儒学而言，随着朱子学派在日本的官学化，儒家学问被服务于幕府政治的特殊利益，已退化为一种外在化的伦理道德秩序，显然不能适应新的社会、经济变革需求。③ 于是，前后有山鹿素行（1622—1685）、伊藤仁斋（1627—1705）、荻生徂徕（1666—1728）等纷纷取径古学，提出对程朱理学的怀疑与批判。应该说，这种社会文化环境，与明代弘治以来城市经济复苏，市民阶层力量壮大，并产生反拨宋儒、肯定真实人性与个体价值的文学与文化思潮，确有内在的可比性。

如果说，伊藤仁斋的古义学派，通过直接追溯孔孟的真义，旨在重新发现体现于平民社会中儒家伦理人性化的内涵；那么，荻生徂徕的古文辞

---

① ［日］西乡信纲等：《日本文学史》，佩珊译，人民文学出版社 1978 年版，第 172 页。

② 可参看［日］衣笠安喜《近世儒学思想史の研究》，法政大学出版局，1976 年，第 189—191 页。

③ ［日］西乡信纲等所著《日本文学史》在简述以藤原惺窝、林罗山为代表的朱子学没落时即指出："它既然是在形式化了的君臣之间保持联系，又是教化士农工商四民的思想，因此，当现实社会的矛盾已经发展到即将突破旧有束缚时，这种学说也就不得不破灭了。"（第 218 页）这样的分析，在今天看来亦并未过时。

派，则可以说以对宋学有害于读书、文章、经学、修养的排斥与批判（《答问书》），在客观上将处理人的欲望与情感的道德、文艺，从宋儒以"理"统辖的政治公领域中解放出来，如人们常常举述的，他反对宋儒将《诗经》读解为劝善惩恶之目的，而主张"述人情"，是"古人之喜怒哀乐，表诸文字"（《辨道》）。门人太宰春台（1680—1747）亦有类似的表述："先王之道，不以发生情欲为罪。……宋儒名之为人欲之私，欲禁止之，此皆甚难之事也。诗者，唯如实吐露人情而已。"（《六经略说》）这与李梦阳批判宋人主理，谓"宋儒兴而古文废……嗟儒言理，不烂然欤？童稚能谈焉。渠尚知性行有不必合邪？"（《论学》上，《空同先生集》卷六十六）又强调"真诗"之"真"，恰恰在于"音之发而情之原也"（《诗集自序》，同上卷五十），有着相似的逻辑起点，[①] 因此，我们不会感到奇怪，这一时期的儒者利用李梦阳辈所开启的人文主义思潮之形式与内蕴，来表现新兴城市文化的存在价值及权力，尽管他们仍是志在经术的儒者。徂徕自述少时已察觉宋儒之说于六经有不合者（《复安澹泊》，《徂徕集》卷二十八），当他中年读到李攀龙、王世贞诗文集，由其资诸古文辞受到启迪，以古言更印证宋儒之非，故发展起一套借古文辞释读儒家原典的实证治学方法。其目的虽主要在于究明六经及先王圣人之道，但却因此承七子一派，强调习古文辞的重要性（故以李梦阳、何景明、李攀龙、王世贞诗文为益友）。据他自己的认识，"辞者，言之文者也。言欲文，故曰尚辞，曰修辞"（《与平子彬》，《徂徕集》卷二十二），则这样的见解很容易使儒者原本所持为道德、政教附庸的文学观向独立的方向转变，其弟子服部南郭（1683—1759）即曾有意表彰李、王辈为矫宋人诗文说理之弊，"于古文添一辞字，以修古文之辞为第一"（《灯下书》），故有人批评说："徂徕之教，特以词藻为先。"（蟹养斋《非徂徕学》）还是切中实质的。这种有所转变的文学观，还表现在凭借对诗文异体的认识，重新确立诗歌独具的性质与表现功能。徂徕认为诗与文"所主殊也"，诗为

---

① ［日］吉川幸次郎的《李梦阳的一个侧面——古文辞的平民性》，最早揭示了李氏反拨、改革"台阁体"文学，乃是作为明代之特征的平民精神的表现（见氏著《中国诗史》，章培恒等译，复旦大学出版社2001年版，第321—338页）。章培恒《李梦阳与晚明文学思潮》进一步阐发了李氏所倡诗文复古在张扬真情、否定程朱理学上的积极意义，以及与晚明追求个性之文学思潮的联系（原载《古田教授退官记念中国文学语学论集》，转载于《安徽师范大学学报》1986年第3期）。

"情语",文为"意语","学诗之法,必主情而求之于语"(《译文筌蹄十则》,《徂徕集》卷十九);门下安藤东野(1683—1719)所谓"诗以修辞,书以达意"(《再寄朝鲜严书记》,《东野遗稿》卷下)即承其说,服部南郭在《灯下书》中区分儒者之诗与诗人之诗的用意亦在于此。至于当时与南郭并以诗人著称的祇园南海(1676—1751)辩驳"只需文字为诗之文字,即是诗也"的观点(《诗学逢原》卷上),梁田蜕岩(1672—1757)强调"诗与文之立意不同"(《答永原生》,《问答书》卷下),其实也都具有为诗歌争取独立生存发展空间的意义。这也正是当初明代中期复古思潮所经历的过程,如李梦阳、何景明,在李东阳"诗之体与文异"(《沧洲诗集序》,《李东阳集》卷二)、诗"所以贵情思而轻事实也"(《怀麓堂诗话》)的认识基础上,或直接针对宋诗主理作理语,谓"若专作理语,何不作文而诗为邪?"(《缶音序》,《空同先生集》卷五十一)或总结说:"夫诗之道,尚情而有爱;文之道,尚事而有理。"(《内篇》,《大复集》卷三十一)目的即在于通过对宋学的清算,为恢复文学的独立价值与审美理想张本。当然,他们对抗台阁文风及科举时文体制倾轧的具体背景,与江户儒者所进行的儒学重建,还是有所不同的。

我国传统诗学,向来是一种实践的诗学,七子一派标举"的古"的审美理想,即是从"音度""法式"的摹习入手的;在这方面,尤以后七子李、王为代表,大抵古诗以汉魏六朝为则,近体以盛唐为则,在形式与技巧层面上,发展了一套相当系统的学习体验方法。当江户诗坛专业诗人开始出现,汉诗创作获得独立发展,乃至诗社随之竞立时,这种技术上的学习便成为一种必要的手段,如太宰春台所说:"苟学孔子之道,则当以孔子之言为断;为文辞者,苟效华人,则当以华人为法。"(《诗论》)只不过与明人仅以唐以上古人为榜样相比,他们又多了明人效习者这一重榜样。无论是徂徕本人及其门下高弟,还是木下顺庵(1621—1698)门下的新井白石(1657—1725)、祇园南海,几乎都把学习明诗当作理解汉唐诗的阶梯,或以明诗易学易解,便于初学(南海《明诗俚评叙》);或以明人能兼汉魏与唐(南郭《唐后诗序》叙徂徕之教,《南郭文集初编》卷六),赞赏他们以一家兼备各体(南郭《沧溟近体跋》,《南郭文集四编》卷九);或径以明诗为效习唐人近体之业(禅轼《书兰亭先生诗集后》叙高野兰亭之教),表彰明人用心于声律(白石《室新诗评》)。这当中,他们对于后七子代表李攀龙、王世贞在诗歌史上的作为与地位尤相推重,如春台谓："迨于李于鳞、王元美出，愈益精研，殆无遗憾。"（《诗论》）秋山玉山（？—1763）曰："而其尤粹然熔裁有则者，有莫李王二家若也。"（《琴浦小集序》，《玉山先生遗稿》卷六）龙草庐（1715—1792）亦以为："逮于嘉隆七子，则其尽美极巧也，蔚然森然，不可尚矣。"（《谢茂秦山人诗集序》，《草庐文集初编》卷一）评价之高，臻于极致。故如私淑徂徕的宇野明霞（1698—1745），承师说而将李攀龙所主张的"拟议以成变化"，奉为不易之教，不苟同人们对于鳞模拟的批评，亦无非在于认定这是由外而内、由古而我的合理取径，所谓"变化而神王，模拟而格存"（《送林君实序》，《明霞先生遗稿》卷六）。在这种情形下，七子一派的诗文作品自然就成为人们兴趣的焦点。早在宽文初年，木门的柳川震泽（1650—1690）已校刊《嘉隆七才子诗集注解》，延宝六年（1678），又校刊《正续明诗选》；之后如正德四年（1714），仁斋五子伊藤长坚辑《明诗大观》刊行，据香川修德《凡例》，取前后七子各家全集为多；徂徕自己选明诗作《唐后诗》《绝句解》，其中录于鳞绝句即在300首，又选韩愈、柳宗元与李攀龙、王世贞文为《四家隽》，以李、王为纠宋元之弊的功臣；其他如《沧溟诗》（新井白石手写）、《沧溟先生尺牍》（享保十五年刊）、《李沧溟先生文选》（延享元年刊）、《弇州山人四部稿选》（芥川丹丘抄录，延享五年刊）、《弇园摘芳》（宽保二年刊），以及《九大家诗选》（李、何及后七子九家，清人辑，濑尾维贤点，元文二年刊）、《四先生文范》（李梦阳、李攀龙、王世贞、汪道昆四家，题焦竑辑，宽保元年刊）、《嘉靖七子近体诗》（近江宇鼎士新注解，宝历十一年刊）等，不一而足，显示了在民间的风靡程度。而在众多已传入的明人唐诗选本中，亦以题为李攀龙《唐诗选》的影响独步天下，据日野龙夫氏推断，其中仅服部南郭校订的和刻小本《唐诗选》，自享保九年（1724）初版以来，至幕末万延元年（1860）140 年间，所经眼有 14 版，以每版印刷 5000 部为计，加上数版半纸本，数字即在近 10 万部。① 这是何等惊人的普及，由此谓该书为"形成日本人有关中国文学教养与趣味

---

　　① ［日］服部南郭：《唐诗选国字解》卷首《解说》，第 17 页，平凡社，1982 年。蒋寅《旧题李攀龙〈唐诗选〉在日本的流传与影响》一文，在［日］长泽规矩也《和刻本汉籍分类目录》所著录《唐诗选》61 种版本的基础上又有增补，总计当代以前各系列版本达 93 种（载《国学研究》2003 年第 12 期）。

的重要部分"（唐诗选国字解，第 1 页），自不为过。①

因此，以李、王为代表的古文辞派的影响，一方面具有文学史本身的意义，为江户汉诗提供了实践宗唐复古诗学理想的途径与样板；另一方面则具有思想史的意义，令人们从宋儒僵化的伦理道德对人性的压抑中解放出来，诗文风雅成为一种审美的生活方式及表述。不过，有关这种影响构成的内在殊异性与复杂性，是我们须充分省察的。从总体目标与立场看，这一期作为文学担当者的日本儒者，兴趣指向仍主要在诗学范畴外，无论是徂徕以李、王仅为"文章之士"而以是否"得明六经之道"作为自己与他们的区别（《与富春山人》，《徂徕集》卷二十二），室鸠巢（1658—1734）反省"明朝中叶以来文胜之弊"（《答五十川刚伯书》，《鸠巢文集》卷十），还是南郭这样专力风雅之士倡"君子之词"，其文学理想皆仍从儒学的框架中派生出来。故细辨其"风雅"义，于"三百篇"古诗之道的尊奉，不仅具有历史溯源的意义，而且确然有以"温厚和平"之旨为"士君子所养"的目的（《赠熊本侯序》，《南郭文集四编》卷五），这是当时许多人主张诗文有益、经诗兼修的依据，也是他们重韩柳之文的原因。这种情况与七子一派主张的立场、内涵颇有差异，而与明清鼎革之际士人反省明代中晚文风，以风雅之正为复古目标，全面重建儒家传统价值体系，却有着更多相似的要求。亦鉴于此，其时如室鸠巢强调"凡论诗当辨其体制雅俗"（《与桑原生论近体之诗书》，《后编鸠巢文集》卷九），祇园南海以诗为"风雅之道"，要求艺文之事能趋雅避俗（《诗学逢原》卷下"雅俗"），南郭主张诗文当去俗、用雅语，斥袁宏道、钟惺为"俳谐声口"（《灯下书》），我以为至少又与陈子龙为代表、对七子一派有继承又有调整的诗学主张有某种联系（如南郭即有《题陈卧子〈明诗选〉首》），他们同样关注诗歌体制的雅俗之辨，而以力返风雅为价值基准。此外，我们当然还应注意到日本文学自身传统在其间的影响，如松下忠在分析南海"诗法雅俗辨"力主雅趣雅言时，认为"在这种观点背后，传统的日本文学论中的优雅论起着很强烈的作用"②，即是一种很好的

---

① 其他如七子一派诗话在江户时代的传播，可参看［日］船津富彦《明代诗话考》中的具体考察，从其先驱李东阳，到徐祯卿、谢榛、王世贞、王世懋等人的诗话著作，皆有日本刊本（载氏著《明清文学论》，汲古书院，1993 年，第 10—12 页）。

② ［日］松下忠：《江户时代的诗风诗论——兼论明清三大诗论及其影响》，范建明译，学苑出版社 2008 年版，第 329 页。

提示。

# 三

　　不管对江户汉诗作三期还是四期的时代划分，作为一种主流的看法，宽政以降被认为是汉诗诗风的一大转捩，江户诗坛自此进入了主张清新性灵的宋诗时期，与之相对应，在学术史上，恰好是阳明学兴隆昌盛、与朱子学相对立的时期。[①] 徂徕学所蕴含的包容性与异端观念，将之后的日本儒学带入价值混乱之中，这便是宽政异学之禁的由来；即便在如此严峻的形势下，无论是井上金峨（1732—1784）的折中儒学还是阳明学派，都有进一步关注个人内在道德与智能自由发展的兴趣。这一期的文学担当者，在开放的城市生活背景下，与儒业日趋分化，以诗文为业谋生，令他们在获得经济自立的同时，更以诗为性命，而发展文人的个性、趣味，且汉诗坛亦出现了放浪靡曼的更为浓烈的世俗生活气息。这种以主体性、个性为主张的时代思潮，与晚明同样具有内在的可比性，衣笠安喜氏在分析山本北山（1752—1812）倡论清新性灵的社会、思想环境时即指出，这意味着北山受袁中郎影响正得时宜。[②]

　　对于古文辞派的反省与批判，如井上金峨、中井竹山（1730—1804）、皆川淇园（1734—1807）等折中、考证学派儒者已为先声，由矫正徂徕学及其末流的学问途径，而斥李、王之剽窃模拟，在诗歌领域，便由师古当师其意立论，反对由摹习明诗而入唐，如竹山认识到："是以明之学唐，其模拟蹈袭，终所以为明。而今之学明，亦所以为今。"（《答大北英藏》，《奠阴集》卷一）故于所谓"明体"颇为不屑；淇园亦直斥"明人于唐诗失之皮相"（《淇园诗话》）。在这一点上，一些曾经信奉古文辞派的专业诗人亦表现出相同的觉悟，如龙草庐论曰："若夫以明学唐者，迂阔宛曲，由隔靴搔痒、见兔放鹰之类，而虽务乎，终不可获焉。"（《玄圃集叙》，《龙草庐先生集初编》卷一）故纷纷以"明诗"为矢的，而主张直接以盛唐诗为格范。看上去这似乎并未脱复古格调之取径，但如

---

① 参见［日］牧野谦次郎《日本汉学史》的分期，民办堂书店，1938 年，第 103 页。

② ［日］衣笠安喜：《近世儒学思想史の研究》，法政大学出版局，1976 年，第 210 页。

金峨曰："虽合古胸臆，要亦各得于己。"（《匡正录》）竹山曰："（诗）亦唯摘事之实，运以趣之真而止，深耻乎依他人墙庑，为夸毗不根之辞矣。"（《奠阴略稿自序》）淇园曰："夫诗有体裁，有格调，有精神，而精神为三物之总要。"（《淇园诗话》）则显然已显示了向主体性要求的转变。至六如上人（1734—1801）中年变格倡宋诗，目的亦同样在于"欲折明人之弊"（畑橘洲《葛原诗话后篇序》），却已将追求"新奇"作为自己的旨趣，性灵说的影响终于显现，松下忠推断他的此类主张当源于袁宏道而非钟、谭，① 颇有理据，即由其以杨万里诗标举"新奇"窥之，亦与竟陵主张不类，倒是可看到袁枚的趣尚。这无疑是一值得重视的信号。

　　自觉运用袁宏道"性灵说"展开对萱园一派为"李王之奴"全面排击的，自非山本北山莫属。北山尝从金峨习折中儒学，与龟田鹏斋（1752—1826）等并称"异学五鬼"，为人为学皆具独立自信的豪纵之气。其治学以《孝经》为根本，重经济有用之学，则颇反映与阳明学派的共同倾向。他在诗学上的纲领，正是"清新性灵"四字。其中"清新"固然主要就语言风格求变而言："凡诗之要，欲趣之深，而辞之清新。"（《作诗志彀·诸家本集》）但那实是与"韵味之深浅""意趣之有无"内在融贯的整体风格，是他所体认的袁宏道据以反李、王剽袭陈腐之利器："公安袁中郎有见于此，矫以清新之诗，其志欲一洗剽袭模拟之陋。"（《作诗志彀·诗变总论》）故门人山田正珍为其诗论解题说："诗之以为诗者，特在乎清新耳。诗之清新，犹射之志彀。"（《作诗志彀·序》）"性灵"则以主体精神的指向与"格律""辞句"等外在形式相对立，更为诗之本："诗道以性灵为主，不可以格律为主。……夫格律愈严，而精神失之愈甚也。"（《作诗志彀·押韵》）"于麟不知求之于性灵，徒求似于辞句之际，所以学唐而愈远唐也。"（《作诗志彀·诗变总论》）在他看来，李、王及萱园一派的尚辞，恰恰与这种追求背道而驰。袁宏道尝曰："文章新奇，无定格式，只要发人所不能发。句法、字法、调法，一一从自己胸中流出，此真新奇。"（《答李元善》，《袁宏道集笺校》卷二十二）于"清新"与"性灵"之间相辅相成的关系，阐述得相当明晰，北山的纲领，乃基于此而得以统一条贯："清新性灵四字，诗道之命脉。不模拟

---

　　① ［日］松下忠：《江户时代的诗风诗论——兼论明清三大诗论及其影响》，范建明译，学苑出版社 2008 年版，第 457 页。

剽窃，必清新性灵也。不清新性灵，即模拟剽窃也。故以于麟、中郎二人，可分诗道一大鸿沟矣。"（《作诗志彀·诗变总论》）这是他所发现的古文辞派与真正诗人的本质区别。更值得注意的是，在他的诗论中，无论倡"欲为自己之真诗"（《作诗志彀·诸家本集》）也好，斥"于麟诗篇篇一律，而无变化"（《作诗志彀·性灵》）也好，皆与袁宏道的"性灵"主张一样，是以古今发展的文学史观与崇尚真趣之个性表现的文学观互为支撑的，这种文学思想的系统形成，尤为难能可贵。龟田鹏斋为北山所作《孝经楼诗话序》，即由古今人我之不同出发，为其写"我诗"、写"今日之诗"题拂申论，认为时间运动须臾不止，则耳目闻见亦逐世而新，"然则今日之诗，取之今日而足，何须求之于古耶"，"夫如是则其辞之出于我者，亦如凿井得泉，汲而不竭，灵通变化，触境流出。是之谓我诗"（《鹏斋先生文抄》卷上）。试比较袁宏道所说的："大抵物真则贵，真则我面不能同君面，而况古人之面貌乎？……诗之奇之妙之工之无所不极，一代盛一代，故古有不尽之情，今无不写之景。然则古何必高，今何必卑哉！"（《丘长孺》，《袁宏道集笺校》卷六）立场皆在尚今尚我，从而真正具有从复古中解放出来的姿态，它所具有的划时代的意义，完全可以与近现代种种个性主义文学新的思想内涵贯通起来予以观照、阐述。

随着对古文辞派反省、批判的广泛深入，18 世纪后期以来的汉诗坛有越来越多的人转而提倡为该派所排斥的中晚唐、宋元诗，这既可以说是性灵学说影响下有意识的选择，显示一种自觉的反动与习诗取径的拓展，也意味着是这个时期汉文学对于世俗社会日常生活趣味表现的内在需求与形式探索。其中在创作上堪与北山理论上的成就与影响相比肩的，可以市河宽斋（1749—1820）为代表。宽斋同样具有与异学之禁相抗争的背景，壮年时因为触犯禁学条例，被逐出作为官学所在的昌平坂学问所，这倒反而为其专力于诗文创造了条件。他所缔结的江湖诗社，有取效宋季以市民阶层为主体的江湖派之用意，于诗亦由摹习唐、明之格调，转向范成大、杨万里、陆游为代表的南宋大家，所标举的依然是清新的旨趣。从他突出强调的"诗本风情，不求之风趣而求之于格调，抑远矣哉"（大窪诗佛《诗圣堂诗话》引）来看，来自袁宏道"性灵说"的影响仍十分显著，中郎的文学思想正是以"各穷其趣"为中心，作出对李贽"童心说"的进一步发展，① 亦因而与李、王的格调拟古之说形成根本对立。与此同时，这种求之"风趣"的主张，又与上一时期祇园南海、服部南郭等人所倡"风雅"表现出异趋，那种"风雅之情"，从根本上说，属于"君子之词"，与俗世间"匹夫匹妇"的普通人情无涉，如祇园南海的兴趣所在："予尝读唐诗，于贞观以来应制台阁之诸作，喜之尤深。"（《题白石源公垂裕堂诗后》，《南海先生集初编》卷五）而宽斋则不然："故应制试帖，吾所不为。何则？身在江湖也。"（大窪诗佛《诗圣堂诗话》引）因此，尽管这一时期汉诗所受影响的来源，比起前两个时期要复杂多样得多，因时代的关系，不仅天明以后，与清诗及诗学的联系愈显密切，即性灵一派，其实又受到袁枚、蒋士铨、赵翼等多位诗人的影响（尤以袁枚为最，宽斋在所刊《随园诗抄·凡例》中称《随园诗话》"诗家宝重，不啻拱璧"），而且与国学派及同时其他日本文艺之间的相互影响与渗透亦相当显著，日本本民族的自位立场与要求日益强烈；但是，我们还是应当承认，江户时代由反古文辞派而起的这场思想、文学浪潮，毕竟主要是以矫七子一派最力的公安性灵学说为思想武器的，从某种意义上说，它提供了一种原动力，也因而成为在深层发挥积极作用的新变思想基础。在元禄九年（1696），小岛市右卫门等已翻刻了《梨云馆类定袁中郎全集》二十四卷，之后如以北山家塾奚疑塾名号序刊的宫川德、鸟居吉人编《袁中郎先生尺牍》，北山与门人校刻的袁宏道、钟惺、徐渭《三家绝句》，或许与风靡一时的古文辞派作品相比，市场效应仍有所逊色，不过，如袁宏道《瓶史》这样的著作，以所谓"文人花"的思想，对此际日本文人那种艺术的日常生活方式与趣味产生了十分深刻的影响，《瓶史国字解》《瓶史述要》等作的刊行，钓雪野叟《抛入岸之波》（题名《本朝瓶史》）乃至田能村竹田（1776—1834）《瓶花论》之类著述的出现，望月义想（1722—1804）创立"袁中郎流"的花道流派，都显示了这种影响的深入人心。② 也正是在这样的背景下，这一时期汉诗坛大抵呈现出两大新的特点，一即以一种艺术至上的态度，表现市隐文人世俗的日常生活情趣与人

①　可参看章培恒、谈蓓芳《袁宏道"性灵说"剖析》对此一问题的阐述，《明代文学研究》，江西人民出版社1990年版，第239—242页。

②　详参［日］衣笠安喜《近世儒学思想史の研究》，法政大学出版局，1976年，第211—221页。袁中郎该著和刻本有：天明元年（1781）江户青黎阁刻，望月义想校《瓶史》；明治十四年（1881）大村纯道刻《瓶史》一卷附清陈淏子《养花插瓶法》。

生境界，典型如北山门下大洼诗佛（1767—1837）、梁川星岩（1789—1858），"二子者以诗为性命，吟花必诗，啸月必诗。诗以瀹茶，诗以暖酒。凡天下人事物态，无见而闻而不悉以诗之"（朝川善庵《星岩诗集序》，《乐我室遗稿》卷第二），于诗歌创作皆有积极主张"性灵"的一面，以自然真趣为旨归。在这种旨趣背后，其实已可看到一种新的雅俗观念的形成，故如诗佛甚至将包括宽斋《北里歌》及其同社柏木如亭（1763—1819）《吉原词》、菊池五山（1769—1852）《深川竹枝词》在内的游戏之作，皆视为"见性灵之诗莫不可言者"（《诗圣堂诗话》）。一是在习诗取径上，越来越表现出开放的心态，或折中唐宋，或于历代诗歌多有取资，不再拘拘株守一家，看上去似乎不如北山斥伪唐诗那种彻底、强硬的姿态，但实际上也是中郎于古人诗文"各出己见""法不相沿"认识的体现，故如宽斋已有"是故仆诗之无定见，则笃好之所致，是所以其为仆也"（《与源温仲先生》，《宽斋漫稿》）的辩解，广濑淡窗（1782—1856）释"诗无唐宋明清"之论，亦由"从己之所好"（《诗话》上卷，《夜雨寮笔记》卷四）相生发，观其所说的"我亦丈夫也，李杜彼为谁"（《论诗赠小关长卿、中岛子玉》，《远思楼诗抄初编》卷上），其弟广濑旭庄（1807—1863）所说的"诗者人精神，何必立父祖？舍艺他家田，我诗我为主"（《读盛明百家诗》，《梅墩诗抄二编》卷二），之前菅茶山（1748—1827）所说的"我不能为我，从人浮沉，安在其为诗"（《霞亭诗集序》，《黄叶夕阳村舍诗》遗稿卷三），我们皆可领略到一种高扬的个性精神，毋宁说，这是性灵思想在相应历史条件下的日本社会引发碰撞的必然反应。

　　江户时代是日本史上的近世期，这种特殊的时代划分，是日本学者参考欧洲史分期标准所作的一种权变，基本上与西方文艺复兴前期相对应，体现了从中世纪向近代的过渡。如果说，文艺复兴以对个人的发现和确立个体价值为使命，并使之渗透到世俗文化中成为主流的价值观，那么，在世界其他城市文化渐次发展的文明中，确亦不同程度地反映出这样的进程，尽管各有曲折不同，而文学当然是极其重要的表征。作为日本近世文学重要组成部分的江户汉诗，本身具有十分丰富的内容与鲜明的特色，然因其以汉文为共同文语，又直接体现了与汉民族文学、文化以及汉文学圈之间的关系，特别是其与被认为已经反映文艺复兴类似现象之新思想的

16—17 世纪中国文人创作与理论著作之间的这种联系,① 对于探讨东亚各民族在上述共趋进程中的互动、思想链接及其各自表现的特色，毕竟是一个很好的案例与角度。因此，虽然笔者目前所掌握的资料十分有限，对于江户汉诗的认识尚难深入，但选择本专题探讨的意图在此，也算是一种交错的文化史研究的尝试。

---

① 参见〔俄〕李福清《中世纪文学的类型和相互关系》一文中有关在 16—17 世纪中国作家身上寻找东方体现文艺复兴由中世纪向近代过渡现象的论述，惟其所论文体，尚包括小说、戏曲（载李福清汉学论集《古典小说与传说》，李明滨编选，中华书局 2003 年版，第 300—301 页）。

# 后　记

　　王国维在《近三十年中国学问上之新发见》中曾说："古来新学问起，大都由于新发见。"（《学衡》第 45 期）并列举殷墟甲骨文字、敦煌塞上及西域各地简牍、敦煌千佛洞六朝唐人所书卷轴、内阁大库之书籍档案、中国境内的古外族遗文等 20 世纪的五项重大发现。时至今日，这些发现的确大大推进了学术的发展，甲骨学、敦煌学、简帛学都成了国际显学。近年来，域外汉文典籍在国内大量出版，其中既有中国原有典籍的回归，也有域外学者以汉文撰写的典籍，后者的数量相当庞大，如《韩国历代文集丛书》，就有三千册。其中所包含的与中国学术有关的材料，相当丰富。窃以为这是继王国维所说的五大发现之后的又一新发现。而就其数量而言，域外汉籍所提供的新材料也许远远超过了前者的总和。如果考虑到还有很多的域外汉文典籍，目前仍处于待发掘的状态。那么，这些新材料对于中国学术研究的意义将会是更大的。这正是我们编纂本书的一个大前提。

　　本书选目始于 2012 年，首先由张海华、吕晓宁、江吉俊、薛雪四位研究生尽可能收集了全部的日本汉诗研究论文，并在认真阅读的基础上，每人提出 20 篇左右的初选篇目。然后由我从全部论文和近 80 篇初选论文中再次选择，最后确定 30 篇，由张海华、吕晓宁、江吉俊三位研究生完成 30 篇论文的重新录入和初校工作。因篇幅所限和少数作者联系不上，最后入选的论文是 23 篇。论文选前言《20 世纪以来的日本汉诗研究》由我和我的博士生孙丽共同完成，相关材料截至 2014 年 10 月。全书的校订勘误工作，也由我们两人一起完成。

　　因入选论文需要得到原作者的同意，在与出版社签订出版合同之后，我开始一一征求作者意见。其间，一些前辈学者的严谨认真，让我十分感动。马歌东先生、蔡毅先生，或订正，或增补，都对各自论文做了修改。其他前辈和同人，也都对这项工作给予了大力支持。我愿借此机会，在此一并表示衷心的感谢！还有一位国外学者，他的严谨也让我们敬佩。在我们多方努力和他联系上之后，他表示对原译稿不是很满意，原本答应在2014年6月底之前将重译的稿子寄来。但遗憾的是，至今还是没有等到。也许是通信出了问题，之后寄出和通过朋友转寄的信件也如石沉大海。我想也许是他一直没有找到理想的译者吧。

本书是青岛大学东亚文学与文化研究中心"十二五"规划项目《东亚文学与文化研究丛书》之一，因上述原因，本书的出版比丛书的其他几本晚了一年多。责任编辑宫京蕾、慈明亮老师，是与我们多次合作过的两位优秀编辑。尤其是慈老师一如既往的认真严谨，使本书避免了不少失误，在此还要对他们表示特别的感谢！

目前，中国学术界关于日本汉诗的研究方兴未艾，与之相比，韩国汉诗研究也是一块待开垦的处女地，域外汉诗要做的工作还很多。我国历来重视选本，但选文之难，也毋庸讳言。加之日本汉诗虽可视为中国古代诗歌衍生的支流，二者却有着诸多的差异。而选者于日本汉诗研究只能算初学，故或有局外人之客观，却未必能总览全局，涉沧海而不遗骊珠。不当之处，还请同仁指瑕。本书的出版如能对东亚汉诗研究略尽绵力，抛砖引玉，起到一点总结与展望的作用，则是我们所期望的。

刘怀荣

2015年12月6日于青岛

2016年11月10日再校